Jason Dark

Ich töte jeden Sinclair!

Das Begleitbuch zu den ersten Fernseh-Folgen der größten deutschen Horror-Serie

BASTEI
LÜBBE

BASTEI LÜBBE TASCHENBUCH
Band 14 153

Erste Auflage: Februar 1999

Sie finden uns im Internet unter
http://www.luebbe.de

Lektorat: Rainer Delfs
Titelbild: RTL plus Deutschland, Köln
Umschlaggestaltung: QuadroGrafik, Bensberg
Satz: Fotosatz Steckstor, Rösrath
Druck und Verarbeitung: 45148
Groupe Hérissey, Evreux, Frankreich
Printed in France
ISBN 3–404–14 153–9

Inhalt

Ich töte jeden Sinclair!

Nacht. Ein Himmel ohne Wolken. Wie blankgeputzt. Kreisrund und fahlgelb malte sich der Mond am Firmament ab. Ein einäugiger Wächter, der sein Licht über das Land streute und die dunkle Umgebung in ein geheimnisvolles Zwielicht tauchte.

Der Wind war da, wenn auch lau. Ein unsichtbarer, neugieriger Geselle, der in alle Ecken schaute, etwas anhob, das nicht fest genug verankert war, mal mit Blättern spielte, die längst vom Geäst gefallen waren und sich in der Weite verloren hatten.

Nichts war vor dem Wind und dem Mondlicht sicher. Auch nicht der mächtige, hohe Bungalow. Mehr ein Säulenbau mit viel Glas an allen Seiten. Tagsüber lag er voll im Sonnenlicht, und in der Nacht wurde er vom hellen Schein des Mondes bestrahlt, der auch den vor dem Haus parkenden Porsche nicht verschonte und ihn beinahe wie ein Kunstwerk erscheinen ließ.

Nicht alle Fenster waren geschlossen. So schaffte es der Nachtwind, in den Bungalow einzudringen und mit den Gardinen zu spielen. Sie waren für ihn eine sichere Beute. Er ließ sie tanzen, er faltete sie, er wühlte sie auseinander und drückte sie tief in den Raum hinein, in dem sich die Umrisse eines Mannes abzeichneten, der versonnen neben einem Kunstwerk stand. Er hielt ein Longdrinkglas in der Hand und lauschte der Musik, die aus den beiden großen Lautsprechern drang und den Raum erfüllte.

Der Blick des Mannes war auf das Fenster gerichtet. Er schaute dem Spiel der Gardinen im Wind zu, als würden ihm diese Bewegungen eine Inspiration für seine zukünftigen Pläne als Innenarchitekt vermitteln.

Die Melodie des Handys hörte er erst nach einer Weile. Er zuckte zusammen, sein Gesicht zeigte Unwillen, aber er folgte dem Ruf, stellte die Musik leiser, nahm das Handy an sich und meldete sich mit leiser Stimme.

»Bitte ...?«

»Ian?«

Ian Sinclair lächelte, als er die weibliche Stimme hörte. »Natürlich, Darling, wer sonst?«

»Schön, daß du zu Hause bist.«

Ian lachte. »Wo sollte ich sonst sein? Ich stehe schließlich vor deiner neuesten Errungenschaft.«

»Tatsächlich?« Die Stimme klang freudig erregt. »Ich bin froh, daß sie es noch haben liefern können.«

Sinclair ließ seinen Blick über die hohe Skulptur gleiten. »Ich muß sagen, daß sie prima in mein Haus hineinpaßt. Aber reden wir nicht davon. Bist du gut in Portugal angekommen?«

»Und wie, Ian. Es ist alles super. Nein, das ist untertrieben. Ich kann es dir nicht einmal beschreiben. Hier paßt eben alles zusammen. Die Landschaft zuerst. Dann das Haus mit dem herrlichen Blick über das Meer. Es ist ein Traum. Ich bin glücklich. Wenn du kommst, werden wir eine wunderbare Zeit miteinander verleben.«

Ian räusperte sich und ging einen Schritt vor, näher zu den Gardinenhälften. »Versprochen ist versprochen. Ist das Wetter denn auch so super?«

»Im Augenblick nicht. Vorhin war es noch sonnig. Jetzt sind dunkle Wolken aufgezogen.« Sie seufzte. »Mal ehrlich, Ian, kannst du nicht früher kommen?«

»Nein, Sonja, du weißt doch, wie das ist. In drei Tagen bin ich bei dir. Sei nicht traurig.«

Die Frau schwieg. Auch Ian sagte nichts. Beide mußten die Pause irgendwie überbrücken und ihre Gedanken neu ordnen. Sinclair mußte sich einfach bewegen. Er ging unruhig in seinem Zimmer auf und ab. Noch immer konzentriert und nach Worten suchend. So vernahm er nicht das leise Geräusch, das irgendwo aufklang und sich anhörte, es würde eine kleine Glocke angeschlagen.

Pling – pling – pling …

»Aber drei Tage können wie eine Ewigkeit sein, Ian.«

Sinclair lachte wieder. Er wollte nicht, daß seine Freundin traurig war. »He, Kleine, ich liebe dich doch. Manchmal kann das Warten auf einen Menschen die Liebe noch verstärken.«

»Aber ich halte es kaum noch aus.«

»Keine Sorge, Darling. Laß dich einfach überraschen.«

Er hörte den schnellen, heftigen Atemzug. »Moment mal, soll das heißen, daß du vielleicht schon früher hier bei mir bist?«

Ian verdrehte die Augen und stöhnte auf. »Es ist meine Dummheit gewesen. Ich kann eben nichts für mich behalten. Okay, wenn es dir hilft, ich komme schon morgen.«

»Nein!« Ein heftiges Atmen, das in einem Jubelschrei endete. »Das ist doch nicht wahr. Sinclair – du – widerlicher, herrlicher Kerl, du. Verdammt, ich liebe dich.«

»Freust du dich wenigstens?«

»Wie kannst du so etwas fragen? Ob ich mich freue? Nein, überhaupt nicht. Ich bin nur verrückt nach dir, hörst du? Verrückt.«

»Klasse.« Er räusperte sich. Sinclair war jetzt stehengeblieben. »Du hast das Wort hören gesagt.«

»Ja. stimmt. Und?«

»Hörst du das auch?«

»Was denn?«

»Hörst du es nicht?«

»Was denn? Komm schon!« Sonja drängte.

Ian blickte sich im Raum um. Er stand jetzt nicht weit vom offenen Fenster entfernt. »Na, das Geräusch.«

»In der Leitung?«

»Unsinn. Wir leben nicht mehr im Mittelalter.«

»Bei mir ist nichts, Ian. Das muß irgendwo bei dir im Haus sein, falls es wirklich vorhanden ist.«

»Nun ja, kann sein.« Er sah sich wieder um, ohne etwas Verdächtiges entdecken zu können. Sinclair wechselte das Thema. »Da fällt mir ein, hat Josef schon den Wagen geholt?«

»Du kennst ihn doch. Der steht bei mir vor der Tür. Ich bin also mobil, Ian.«

»Gut. Dann kannst du morgen schon mal die Gegend für uns erkunden. Abends kommst du dann mit Josef zum Flughafen und holst mich ab. Alles klar?«

»Ich habe eine bessere Idee.«

»Laß hören.«

»Josef hat morgen frei. Deshalb werde ich allein zum Flughafen kommen und dich abholen.«

»Auch nicht schlecht. Manchmal kannst du richtig kreativ sein.« Er wollte noch etwas hinzufügen, aber da war es wieder. Dieses leise und doch so verdammte Geräusch.

Pling – pling ...

Ian wurde etwas nervös. Auf der Stelle drehte er sich um, das Handy noch immer am Ohr haltend. Mit dem anderen versuchte er herauszufinden, aus welcher Richtung das fremde Geräusch kam.

Es war nicht schlimm, aber es machte ihn nervös und störte ihn beim Sprechen.

Sein Blick fiel auf die Gardinen und die Vorhänge. Sie waren nicht völlig zugezogen und versperrten ihm den direkten Weg zum Fenster. Das Geräusch mußte von draußen kommen. Es würde verschwunden sein, wenn er das Fenster schloß.

»Warum sagst du nichts, Ian?«

»Warte mal eben. Ich muß das Fenster schließen.«

»Okay, beeil dich.«

Sinclairs Gesicht verzog sich, weil er nicht so konnte, wie er wollte. Die Vorhänge versperrten ihm den direkten Weg. Mit einer Hand verschaffte er sich eine Lücke, sprang aber sofort wieder zurück und fluchte, weil ihm eine neue Stoffbahn entgegenflatterte.

»Ian, was ist los? Warum fluchst du? Hast du Probleme?«

Er gab keine Antwort. Es war doch kinderleicht, ein verdammtes Fenster zu schließen. Aber die Vorhänge hatten etwas dagegen. Immer wenn er eine Bahn zur Seite geschoben hatte, flatterte die nächste heran. Mächtige Geister, die das Labyrinth des Todes verlassen hatten, schienen ihm den Weg zu versperren. Krampfhaft hielt er das Handy fest. Er arbeitete sich mit einer Hand durch den Stoff oder versuchte es zumindest, doch unsichtbare Kräfte schienen etwas dagegen zu haben. Sie schlugen nach ihm, sie flatterten gegen seinen Körper, trafen auch das Gesicht und bildeten regelrechte Wellenberge aus kühler Seide, die über seine schweißnasse Gesichtshaut streiften wie kalte Fingerkuppen lebender Toter. Sie wollten nicht loslassen, sie wickelten ihn ein, als stünden sie unter Befehlen aus einer anderen Welt.

Die Nervosität war von Ian Sinclair abgefallen. Er bekam es plötzlich mit der Angst zu tun. Was er hier erlebte, war nicht nur unnormal, es war auch unerklärlich für ihn. Eine eigentlich tote Materie hatte ein Eigenleben erhalten. Das ging über sein Begriffsvermögen. Während er mit der linken Hand immer weiter arbeitete, hielt er mit der anderen das Telefon fest. Er keuchte hinein, und die Frau hörte dieses Geräusch über Hunderte von Kilometern entfernt.

»Ian, was ist los?« Ihre Stimme zitterte und klang schrill, als könnte sie die Angst des Mannes spüren.

»Verdammt, ich weiß nicht …«

Er schwieg, er keuchte nur. Immer deutlicher nahm er jetzt dieses verdammte Geräusch wahr. Er empfand es auch nicht mehr als harmlos. Es war schlimm, aber es wurde von einem anderen Laut übertönt. Ian wußte nicht, was er davon halten sollte. Er stand plötzlich still und wagte nicht zu atmen, während ihn die Vorhänge wie Feinde umflatterten. Vor seinen weit geöffneten Augen bewegten sich die Bahnen weiter. Der Stoff riß plötzlich an verschiedenen Stellen entzwei, und in dieses Reißen hinein hörte er die jämmerlichen Schreie irgendwelcher gequälter Kreaturen.

Ian Sinclair riß den Mund auf. Er schnappte nach Luft. Er dachte an seine Freundin, und der Satz drang über seine Lippen wie ein verzweifelter Schrei.

»Sonja, bitte, hilf mir …«

»Ian?«

Er kämpfte. Seine linke Hand befand sich in permanenter Bewegung. Immer wieder versuchte er, die wallenden Bahnen zur Seite zu drücken, während die leisen Schreie blieben. Aber die Bahnen kehrten immer wieder zurück. Sie huschten geisterhaft an ihm vorbei und drehten sich um seine Gestalt. Sie waren einfach nicht zu stoppen. Die kühle Seide schlang sich bereits um seinen Hals.

»Iaaannn – um Himmels willen! Was ist passiert? Rede doch! Sag was, los …«

Sinclair sagte nichts. Er erlebte einen Traum, ja, einen Traum. Bitte, lieber Gott, laß es einen Traum sein. Nicht die Wahrheit, nicht die verfluchte Realität. Nur einen Traum.

Es war keiner.

Der Schatten war da.

Er hatte sich hinter den Stoffbahnen oder auch hinter dem Fenster aufgebaut. So genau erkannte Ian es nicht. Zudem standen ihm bereits die Tränen in den Augen, die seine Sicht verschleierten.

Der Schatten hatte keine normale Gestalt. Er war fließend, er paßte sich den Bewegungen der Stoffbahnen an, die sich um den Mann gewickelt hatten und ihn gefangen hielten.

Ian konnte sich nicht mehr bewegen. Er kam nicht weg. Er starrte nur nach vorn, wo die schattenhafte Gestalt immer größer wurde. Dann drang mit einem schrecklichen Geräusch etwas Scharfes durch den Stoff und ragte aus dem Schnitt hervor.

Ein langes Messer. Kalt schimmernd, einen stählernen Glanz verbreitend.

Der Tod aus Stahl.

Und er drang in den Bauch des Mannes. Ein furchtbarer Schmerz durchzuckte Ian Sinclair. Noch nie hatte er so etwas erlebt. Es war unbeschreiblich. Ian knickte in den Beinen ein. Nebelschwaden wallten vor seinen Augen. Er sah nicht, daß sich ein Teil der Vorhänge bereits blutrot gefärbt hatte. Vor seinen Augen drehte sich die Welt, aber er hielt sein Handy noch immer fest.

»Sonja, ich – nein …« Ein Röcheln. Seine Augen verdrehten sich. Aus dem offenen Mund quoll plötzlich

Blut und klatschte gegen das Handy. Ian Sinclair gab noch immer nicht auf. Er suchte verzweifelt Halt. Seine freie Hand zuckte in die Höhe. Doch die Finger rutschten ab, verschmierten das Blut an den hellen Stoffbahnen zu einer nach unten laufenden rosigen Farbschicht, an der entlang Ian zu Boden glitt.

Er schlug schwer auf, aber er war nicht tot. Ein letztes Aufbäumen, das in einem fürchterlichen Brüllen mündete.

Der Schatten wuchs wieder an. Er hielt das Messer, und damit stach er zu.

Immer und immer wieder, obwohl sich der Körper nicht mehr bewegte. Nur der eindringende Wind sorgte noch für Bewegungen. Er ließ die Tücher flattern wie blutrote Fahnen ...

Nacht über Lauder.

Nichts störte den Frieden in diesem kleinen südschottischen Ort. Die Dunkelheit war ein Gast, der immer wieder zurückkehrte, an den sich die Menschen gewöhnt hatten und ihm den entsprechenden Tribut zollten. Sie lagen in ihren Betten und schliefen. Die wenigen, die noch wach geblieben waren, hockten zumeist vor der Glotze und genossen das mitternächtliche TV-Programm.

Auch hier schien der Vollmond. Er war der heimliche Beobachter, der kalte Himmelskörper, dem nichts entging und der nur dann verschwand, wenn sich Wolken vor ihn schoben. Hin und wieder aber hatte er freie Bahn, und dann streute er sein Licht auch über den kleinen Friedhof hinweg, hinter dessen Mauer die Gräber in einer wahren Totenruhe lagen. Nichts Lebendiges bewegte sich, abgesehen von einem streunenden Hund an der Außenseite der Mauer. Doch auch er huschte schnell davon, wie jemand, der unsichtbaren Feinden entkommen will.

Es war kühl, und niemand hätte sich freiwillig um diese Zeit auf den Friedhof gewagt.

Wirklich niemand?

Eine Ausnahme gab es. Eine dunkle Gestalt hockte geduckt auf der Mauer des Friedhofs und ließ die Blicke über den Friedhof schweifen, als wollte sie sichergehen, daß sich auch wirklich niemand dort aufhielt. Sie sah die Grabsteine, die Büsche, die schmalen Wege, die mehr oder weniger frischen Blumen auf den Gräbern, und ihr Mund schnappte auf wie bei einem Tier. Ein Kichern erklang. Es hörte sich bösartig an. Wer so lachte, der konnte nichts Gutes im Schilde führen.

Sekunden noch wartete die einsame Gestalt auf der Friedhofsmauer ab. Dann sprang sie nach unten. Mit beiden Füßen zugleich landete sie auf dem weichen Boden, schaute sich um, kicherte wieder und richtete sich auf.

Einen Moment später lief der unheimliche Mann los. Er verwandelte sich. Er wurde zu einem Schatten, zu einem Phantom. Er schien über die Gräber hinwegzufliegen, wich den Steinen aus, huschte an Bäumen vorbei, trat in welkes Laub, duckte sich und setzte zu einem letzten Sprung an.

Er war am Ziel!

Das Stiefelpaar landete hart zwischen den Blumen eines gepflegten Grabes, als wollte es hier ein besonderes Zeichen setzen. Der Blick dunkler Augen richtete sich gegen den schlichten Grabstein, auf dem zwei Namen standen.

Mary Sinclair und Horace F. Sinclair.

Die einsame Gestalt schrie auf. Sie mußte ihrer Wut freie Bahn lassen. Sie konnte nicht anders. Haß überschwemmte den Mann wie eine Woge. Es war ihm unmöglich, sich zusammenzureißen. Er konnte auch nicht mehr ruhig auf dem Grab stehen bleiben. Sein Haß trieb ihn zu Boden. Er warf sich hin. Er wühlte beide Hände in die Graberde hinein. Er schleuderte die Vase mit den Blumen zur Seite. Er fluchte, er wimmerte, er lachte. Er war wie von Sinnen. Ein Mensch, der explodiert war und sich durch nichts mehr aufhalten ließ.

Wieder sprang er hoch. Er drückte seinen Rücken durch. Ein fauchender Laut stieg in den düsteren Nachthimmel.

Wie ein Derwisch tanzte er auf dem Grab herum, malträtierte den Grabstein mit Tritten, als wollte er ihn zerstören. Die Zeit interessierte ihn nicht. Er wurde nicht müde. Er riß Erdbrocken hervor und schleuderte sie weg. Sein Atmen glich einem wilden Keuchen, das Gesicht verdiente den Namen nicht mehr. Da war ein Mensch zu einem wilden Tier geworden.

Plötzlich hörte er auf. So schnell, daß es schon unnatürlich wirkte. Auf den Grabstein starrend blieb er stehen. Die Augen verengten sich, und tief aus seiner Kehle drang ein raubtierhaftes Knurren. Die nächsten Bewegungen folgten nicht mehr den Gesetzen der Hektik. Sehr bedächtig griff er in die rechte Tasche seines dunklen Mantels und holte etwas hervor.

Genau in diesem Augenblick war der Mond wieder voll und kreisrund am Himmel zu sehen.

Sein Licht wies der Gestalt den Weg. Der Grabschänder ging einen Schritt auf den Stein zu. Er mußte nahe heran, um seine Aufgabe zu vollenden. Dann bückte er sich, drehte den Gegenstand in seiner Hand, bis die Düse nach vorn wies, und einen Moment später war ein leises Zischen zu hören. Doch es strömte kein Gas aus der Leitung, sondern Farbe aus einer Spraydose. Der Mann bewegte den Gegenstand. Er schrieb.

Einen Satz – vier Worte, die alles sagten.

ICH TÖTE JEDEN SINCLAIR!

Ich war allein zu dem Bungalow gefahren und hatte den Wagen dort abgestellt, wo sich einige Neugierige hinter den Absperrbändern versammelt hatten.

Obwohl es recht warm war und die morgendliche Sonne Kraft hatte, blieb ich noch im Wagen sitzen. Von hier aus verschaffte ich mir einen ersten Überblick.

Wie gemalt sah die kahle Grünfläche aus. Und in ihrer Mitte stand das Haus. Was heißt Haus, es war ein futuristisch anmutender Bungalow mit einem Säuleneingang, vor dem ein Porsche parkte. Selbst aus meiner Perspektive war zu erkennen, daß die Decken in diesem Haus besonders hoch reichten, doch was spielte das noch für eine Rolle. Es war alles nebensächlich. Wichtig allein waren für mich die Fenster, die teilweise weit offenstanden.

Wenn ich an den Streifenwagen, den Fotografen und den Kollegen vorbeischaute, dann sah ich eben diese Fenster, die mich allerdings weniger interessierten. Etwas anderes jagte mir einen Schauer über den Rücken.

Sie sahen aus wie blutige Leichentücher, die irgendein Witzbold an eine Stange gehängt hatte, um sie im leichten Wind flattern zu lassen. Es waren keine echten Leichentücher, sondern einfach nur Gardinen, aber die waren irgendwie dazu geworden, denn an ihnen klebte das Blut des Ermordeten wie eine schaurige Warnung. Ich saugte noch einmal scharf die Luft ein, bevor ich die Wagentür aufstieß und den Rover verließ. Das gefiel einem Polizisten nicht, der mich und das Auto schon länger beobachtet hatte. Er kam jetzt sehr schnell auf mich zu. Wie ein dienstgeiler Pinguin. Er wollte mich ansprechen und schaute dann auf meinen Ausweis, den ich ihm entgegenhielt. Seine Augen blickten sofort freundlicher und respektvoller.

»Mein Name ist John Sinclair.«

»Ich bin informiert, Sir.«

Ich nickte. Dabei glitt mein Blick über die linke Schulter des uniformierten Kollegen in die Tiefe des Geländes. Der Polizist hatte mich beobachtet. Mit leiser Stimme sagte er: »Das Haus ist wie ein gläserner Sarg.«

»Wenn Sie das sagen.«

»Ja, Sir, so ist es. Unbegreiflich.« Er nahm die Mütze ab und wischte durch sein Gesicht.

Ich schlug ihm auf die Schulter. »Nehmen Sie es sich nicht zu sehr zu Herzen. Das Leben ist manchmal furchtbar. Gerade wenn man einen Job hat wie wir.«

Ich ließ ihn stehen und ging auf das Haus zu. Vor der Tür hielten sich schon die beiden Mitarbeiter des Beerdigungsinstituts auf. Sie standen neben einem offenen Zinksarg. Einer von ihnen hielt eine schwarze Plastiktüte in der Hand. Auf seinem Gesicht zeichnete sich ein abfälliges Lächeln ab.

Sein Kollege fragte: »Was ist denn damit? Muß das noch in die Gerichtsmedizin?«

»Spinnst du? Was sollen die denn damit anfangen?« Die Plastiktüte schwebte über dem Sarg. Er ließ sie los, und sie fiel hinein. Ein Klatschen ertönte, das mit einem glitschigen Geräusch verbunden war.

Ich enthielt mich eines bewertenden Kommentars und sah noch, wie die beiden Männer den Sargdeckel auf das Unterteil legten. Wenig später betrat ich das Haus.

Ich war einige Schritte in den Flur hineingegangen und dann stehengeblieben. Es ging mir wie vielen Polizisten, denn ich wollte mir zunächst einen Überblick verschaffen, was die äußeren Umstände betraf. Wie ein Mensch gelebt hat, kann man oft genug anhand seiner Wohnungseinrichtung ablesen.

Dieser Mann hier hatte viel Wert auf künstlerische Gestaltung gelegt.

An den Wänden sah ich Lithographien und Graphiken bekannter Künstler der Moderne.

Ein Picasso war ebenso vertreten wie ein Hundertwasser.

Nur die häßlichen, rotbraunen Flecken paßten nicht in dieses Gesamtbild. Es war das Blut des Toten, das an den Wänden klebte oder sich am Boden verteilt hatte. Dabei war der Mord nicht mal im Flur passiert. Da mußte wirklich eine Bestie gewütet haben.

Ich ging langsam weiter. Das ungute Gefühl in mir verstärkte sich. Ich kam mir dabei vor wie ein Schauspieler, der sich immer mehr der Bühne nähert, auf der er schließlich seinen Auftritt hat.

Ich betrat das Mordzimmer und warf automatisch einen Blick durch die große Scheibe nach draußen. Dort setzte sich soeben der Leichenwagen in Bewegung.

Da sich außer mir niemand mehr im Mordzimmer aufhielt und nur die Spurensicherung ihre speziellen Markierungen hinterlassen hatte, erinnerte mich das alles tatsächlich an ein absurdes Theaterstück, in dem ich die Hauptrolle spielte.

Der Tod war zu riechen, zu sehen. Die blutigen Vorhänge boten einen schrecklichen Anblick. Sie hingen als rot gefärbte Lappen herab und bewegten sich leicht, als wollten sie mich aus dem Totenreich grüßen.

Daran änderte auch die geschmackvolle Einrichtung des großen Raumes nichts. Ich sah Skulpturen der unterschiedlichsten Größen und auch einen modernen Fernseher, auf dessen Scheibe eine undefinierbare Substanz aus roten und weißen Farben klebte.

Irgendwie interessierte sie mich, und ich wollte näher herantreten, als ich hinter mir die Stimme hörte.

»Nun, was sagen Sie, Mr. Sinclair?«

Ich drehte mich um. Vor mir stand der Kollege Hornby. Er war der Chef der Truppe und hatte mich angerufen. Wir kannten uns und wußten, was wir voneinander zu halten hatten. Der Respekt beruhte auf Gegenseitigkeit. Hornby war etwas blaß. Zu diesem Aussehen paßte auch der ernste Blick, mit dem er mich betrachtete. Er hatte etwas in sein Notizbuch geschrieben, das er jetzt wegsteckte. Ich strich über mein Kinn. Meine Stimme klang belegt, als ich sprach. »Wer immer das auch getan hat, er muß einen verdammten Haß verspürt haben. Das ist einfach schlimm.«

Hornby nickte mir zu. »Das muß ein Tier gewesen sein.«

»Welchen Beruf übte der Tote aus?«

»Er war Innenarchitekt, wie Sie unschwer an seinem Haus und der Inneneinrichtung hier erkennen können. Ein Mann mit Ideen, doch von ihm ist nicht viel übriggeblieben. Den größten Teil habe ich bereits wegschaffen lassen. Vielleicht haben Sie ja einen Blick in den Sack werfen können ...«

»Nein, das habe ich nicht. Wie lebte der Tote? Allein? War er verheiratet?«

»Seine Frau kann jeden Moment hier erscheinen.«

»Ah ja.«

»Haben Sie wirklich keinen Blick in den Sarg werfen können?«

»Nein danke, Kollege. Ich glaube Ihnen auch so.«

»Tja, und hier sehen Sie den Rest.«

»Wer hat ihn eigentlich gefunden?« fragte ich.

»Wir.« Hornby lachte und schüttelte den Kopf. »Eigentlich hätte er in Portugal sein müssen. Seine Frau jedenfalls war dort. Aber er blieb hier, weil er beruflich noch etwas zu tun hatte. Die beiden haben noch gestern abend gegen dreiundzwanzig Uhr miteinander telefoniert. Dabei muß es dann passiert sein. Die Frau hat wohl mitbekommen, daß etwas geschehen ist. Sie rief uns dann Stunden später an. Ihren Aussagen konnten wir nicht viel entnehmen, da sie noch immer hysterisch war. Sie wird um diese Zeit landen. Was tatsächlich passiert ist, davon hat die Gute noch keine Ahnung.«

»Da steht Ihnen noch etwas bevor, Kollege.«

»Sie sagen es.«

Ich räusperte mich. »Stellt sich die Frage, weshalb Sie mich angerufen haben, Mr. Hornby. Bitte, nicht daß Sie mich falsch verstehen, dieser Fall ist schlimm. Er ist sogar bestialisch, und Menschen sind zu vielem fähig. Nur weiß ich nicht, was ich hier soll. Außerdem kümmere ich mich um andere Dinge, die weniger mit der normalen Realität zu tun haben. Deshalb wundere ich mich schon, daß Sie mich angerufen haben. Oder gibt es da noch einen Punkt, über den wir nicht gesprochen haben?«

Hornby holte tief Luft. Er faßte nach meinen Arm

und zog mich vertraulich zur Seite. »Den gibt es in der Tat. Der Grund meines Anrufs ist der Name des Toten.«

Überrascht schaute ich den Kollegen an.

»Er hieß Ian Sinclair.« Ich schwieg. Plötzlich rotierten die Gedanken in meinem Kopf, doch ich wollte nicht unbedingt einen Zusammenhang zwischen mir und dem Ermordeten sehen.

»Sagen Sie doch was.«

»Es gibt viele Sinclairs auf der Welt.«

»Richtig. Aber müssen sie gleich auf eine derart bestialische Art und Weise hingemetzelt werden?« Er senkte seine Stimme. »Ich sage Ihnen noch etwas. Vor fünf Tagen, in Cornwall, ist ein *Scott* Sinclair umgebracht worden.«

»Oh, da haben Sie mich aber nicht informiert.«

»Es erschien mir auch nicht nötig zu sein. Ich weiß schließlich auch, mit welchen Fällen Sie beschäftigt sind. Außerdem ist Cornwall weit von London entfernt. Und ich will auch keinen neuen Serientäter haben. Das ist mir zu sehr in Mode gekommen. Klar, Sie haben recht. Es gibt viele Sinclairs auf der Welt. Der Tod der beiden kommt mir aber schon seltsam vor. Es kann sein, daß es einen Zusammenhang gibt. Sagen Ihnen die Namen denn etwas?«

»Nein, auf Anhieb nicht. Ich glaube auch nicht an eine Verwandtschaft. Noch nicht.«

»Trotzdem habe ich gedacht, daß es Sie vielleicht interessieren könnte.«

»Bestimmt«, erwiderte ich nickend. »Im Nachhinein bin ich froh darüber, daß Sie mich angerufen haben.«

»Gut. Was werden Sie jetzt tun?«

»Ich sehe mich noch im Haus um und fahre danach zurück in mein Büro.«

Hornby sagte nichts. Nur sein Blick verdüsterte sich etwas. Wahrscheinlich hatte er von mir etwas anderes erwartet. Da konnte ich ihm leider nicht helfen.

Ich verabschiedete mich dann recht schnell, verließ das Haus und fuhr davon.

Der Fall ließ mich nicht los. Er hatte sich in meinem Kopf regelrecht festgesetzt. Zwar hatte ich den toten Ian Sinclair selbst nicht gesehen, doch ich konnte mir vorstellen, wie er ausgesehen hatte. Das viele Blut war Zeuge genug gewesen.

In Gedanken versunken, hatte ich den Lift verlassen, lief über den Gang, hörte die anderen Schritte, sah die Gestalt aber zu spät, die mir entgegenkam.

Es wer Glenda Perkins, die einen leisen Schrei ausstieß und wie die berühmte Salzsäule stehenblieb. Fassungslos starrte sie mich aus ihren großen Augen an.

»He, warum so schreckhaft?«

»Wenn du hier keinem anderen Platz läßt.«

»Habe ich das?«

»Und wie. Ich habe es eilig.« Das sah man, denn sie trug einen Schreibblock und eine Akte. Dann wurde Glenda dienstlich. »Hast du Hornby getroffen?«

»Auch das.«

Sie schwieg, was mich wunderte, denn Glenda war ansonsten ziemlich gesprächig. Erst jetzt fiel mir ein, sie richtig anzuschauen, und ich erkannte, daß sie blaß geworden war. Ihr leicht erschreckter Gesichtsausdruck zeigte an, daß etwas passiert sein mußte.

Zwar stand ich noch unter dem Eindruck des Erlebten, ich sprach sie trotzdem locker an und fragte: »He, was ist denn? Hast du einen Geist gesehen?«

»Nein.«

»Dann ist es ja gut.«

»Es ist trotzdem etwas passiert, John.«

»Okay, das sehe ich dir an. Du ziehst ein Gesicht, als wäre ein guter Freund gestorben.«

Glenda setzte zu einer Antwort an. Sie hatte zuvor noch eingeatmet und klappte den hübschen Mund wieder zu, als sich eine Tür in der Nähe öffnete und Sir James auf der Schwelle stand. Er mußte den Rest unserer Unterhaltung gehört haben, denn er sagte: »Nein, John, das ist es nicht.«

Ich drehte mich um.

Auch der Superintendent zog eine Leichenbittermiene. Ich wußte nicht, wen ich anschauen sollte. Ihn oder Glenda. Sir James machte es uns leicht. Er trat von der Schwelle zurück und bat uns mit einer Handbewegung, sein Büro zu betreten, in dem wir uns dann setzten. Er selbst fand seinen Platz hinter dem Schreibtisch.

Es herrschte Schweigen. Auch Sir James sagte zunächst nichts. Obwohl ich vor ihm saß, schaute er mich nicht an. Ihm schien ein Problem schwer auf der Seele zu liegen, und er wußte nicht, wie er beginnen sollte. Schließlich gab er sich einen Ruck und sagte mit leiser, schwer verständlicher Stimme: »Es geht um Ihre Eltern, John.«

Auch wenn man mich gefoltert hätte, in diesem Moment hätte niemand von mir eine Antwort verlangen können. Mir wurde heiß und kalt zugleich. Über meinen Rücken rannen kalte Schauer, und der Schweiß trat mir auf die Stirn. Meine Eltern waren beide tot, und ihr Tod war für mich der schlimmste Horror meines Lebens gewesen.

Sir James ließ mich in Ruhe und wartete auf meine nächste Frage. »Ich habe mich nicht verhört?«

»Nein, das haben Sie nicht. Sie kennen doch Terrence Bull, den Kollegen aus Lauder?«

»Natürlich.«

»Er hat mich vor kurzem angerufen. Lange Rede kurzer Sinn. Es geht um das Grab Ihrer Eltern. Man hat es geschändet. Es wurde, wenn ich Bull richtig verstanden habe, völlig verwüstet.«

»Was? Wann?«

»In der vergangenen Nacht.«

Ich war nicht mehr ich selbst und zur Statue erstarrt. Der Stuhlsitz war plötzlich heiß geworden, und diese Hitze schoß hinein in meinen Körper. Sie erreichte den Kopf, der eine rote Farbe annahm. An den Innenflächen der Hand spürte ich den nassen Schweiß. Meine Stimme klang mir selbst fremd, als ich fragte: »Weiß man schon, wer es getan hat?«

»Bisher noch nicht. Die Kollegen arbeiten fieberhaft daran, habe ich mir sagen lassen.«

Glenda, die neben mir saß, schlug die Hände gegen ihre Wangen. »Wer kann so etwas nur tun?« hauchte sie. »Es waren so liebe Menschen. Ich kann das nicht begreifen.«

Das konnte ich auch nicht. Aber ich war auch nicht in der Lage, ein Wort zu sagen. Das übernahm Sir James, denn er flüsterte: »Da ist noch etwas. Der oder auch die Täter haben eine Botschaft hinterlassen. Sie lautet: Ich töte jeden Sinclair.«

Auch dazu gab ich keinen Kommentar. Aber meine Hände umkrampften die Ränder der Sitzfläche.

Sir James fuhr fort: »Es ist nur das Grab Ihrer Eltern geschändet worden, John, und kein anderes. Deshalb müssen wir davon ausgehen, daß diese Aktion gezielt war. Das war kein Hokuspokus irgendwelcher Idioten.«

Ich nickte. Allmählich hatte ich die Fassung wieder zurückgewonnen.

Wie von weit entfernt vernahm ich Glendas Stimme. »Jemand muß deine Eltern bis über den Tod hinaus hassen.«

Ich löste meine Hände von der Stuhlfläche und rieb sie gegeneinander. Plötzlich sah ich den Tod des Ian Sinclair aus einem anderen Blickwinkel. »Ich denke, daß der Kollege Hornby einen guten Riecher gehabt hat, als er hier anrief. Es geht dabei nicht allein um den Tod meiner Eltern, glaube ich.«

Für Glenda und auch Sir James war meine Bemerkung nicht zu begreifen gewesen. Sie schauten mich skeptisch an, und ich gab ihnen eine weitere Erklärung.

»Es ist so etwas wie eine Drohung, wie immer man sie auch verstehen mag. Diese Drohung wurde bereits in die Tat umgesetzt. Zwei Männer wurden ermordet. Beide trugen den Namen Sinclair. Das kann einfach kein Zufall sein. Dahinter steckt Methode.«

Sir James gab mir durch sein Nicken recht. »Ich möchte noch mal auf das Grab Ihrer Eltern zurückkommen, John. Mein Gedanke scheint verwegen zu sein. Aber meinen Sie nicht, daß der Täter möglicherweise Sie im Auge hat? Bei Ihrem Beruf. Bei Ihrer Vergangenheit. Da wäre ein Sinclair-Hasser kein Wunder.«

Ich dachte über die Vermutungen nach und konnte ihnen nicht hundertprozentig zustimmen. »Es mag alles sein, Sir, doch nicht mit dieser grauenhaften Konsequenz. Ich gehe einfach nicht davon aus, daß nur meine Person allein der Grund für die Bluttaten gewesen ist. Meinetwegen können doch nicht alle Sinclairs getötet werden. Da muß es noch etwas anderes geben.«

Sir James hob die Schultern. Dafür sprach Glenda. »Trotzdem befindest du dich in großer Gefahr. Ich glaube, das wollte Sir James damit andeuten.«

»Das weiß ich nicht so recht. Ich gehe davon aus, daß mich der Mörder kennt. Er weiß über mich Bescheid, und er weiß auch, daß er mich durch eine derartige Tat nach Lauder locken kann. Er muß sich sicher sein, daß ich hinkommen werde.«

»Halt!« rief Glenda. »Da haben wir es doch. Das ist eine Falle!«

Ich verzog etwas meine Mundwinkel. »Um mich zu töten? Das kann er hier in London einfacher haben. Für mich steckt etwas anderes dahinter. Er will mit mir spielen. Er will mir seine Macht beweisen. Er hat zwei harmlose Männer umgebracht. Das ist erst der Anfang. Und ich muß herausfinden, was dahintersteckt, bevor noch mehr Menschen auf diese furchtbare Art und Weise umgebracht werden.« Nach diesen Worten stand ich auf, froh, mich wieder bewegen zu können.

»Sie fahren nach Lauder?« fragte Sir James.

»Darauf können Sie sich verlassen, Sir. Ich werde Sie stets auf dem laufenden halten.«

»Gut, das muß wohl so sein. Und geben Sie auf sich acht.«

»Keine Sorge. Unkraut vergeht nicht.«

Nach dieser Antwort verließ ich das Büro.

Ich hatte die Tür noch nicht ganz geschlossen, als Glenda aufsprang und meine Verfolgung aufnahm. Im Gang holte sie mich ein. Sie tippte mir auf die Schulter. »Hör zu, John, das Packen geht bei mir sehr schnell.«

Ich blieb stehen. »Du?«

»Ja, warum nicht. Ich will mit. Vier Augen sehen mehr als zwei.«

Ich lächelte sie an und strich über ihre linke Wange. »Das ist wirklich lieb von dir, Glenda. Es ist auch nicht gegen dich persönlich gerichtet, doch in diesem Fall ist es besser, wenn ich allein fliege. Das alles sieht mir mehr nach einer Familienangelegenheit aus. Außerdem könnte es sein, daß ich eine neue Spur finde, die den Tod meiner Eltern betrifft.«

Ich ging weiter, aber Glenda blieb an meiner Seite. Sie ließ sich einfach nicht abschütteln, und ihren Dickkopf in manchen Dingen kannte ich ebenfalls.

»Sei nicht so überheblich. Ob Familiensache oder nicht. Deswegen kannst du trotzdem meine Hilfe in Anspruch nehmen.«

Ich blieb stehen und verdrehte die Augen.

»Was heißt das?«

Ich hob nur die Schultern ...

Es hatte für mich keinen Sinn, länger im Büro zu bleiben. Ich war innerlich viel zu nervös. Die Decke fiel mir auf den Kopf, und ich wäre am liebsten die Wände hochgegangen. Glenda betätigte sich als Friedensengel, denn sie hatte mir zumindest einen wunderbaren Kaffee gekocht.

»Den trink erst mal, dann sehen wir weiter.«

Ich schaute sie kopfschüttelnd an. »Wieso weitersehen? Für mich ist der Fall klar.«

»Aber nicht für mich.« Glenda hatte sich ebenfalls einen Kaffee geholt und saß auf der Kante meines Schreibtisches. Dabei war der Rock in die Höhe gerutscht und gestattete mir einen interessanten Blick auf ihre Beine. Was mir sonst immer so gut gefallen hatte, ging in diesem Fall an mir vorbei, da sich meine Gedanken zu sehr in eine andere Richtung bewegten.

»Ich möchte noch mal die Familie ansprechen, John.«

»Bitte, daran kann ich dich nicht hindern.«

»Wenn du mal darüber nachdenkst, bin ich nicht nur irgendeine Sekretärin, sondern gehöre irgendwie mit dazu. Wer viele Feinde hat, braucht auch eine Menge Freunde.«

»Das sagst du so locker dahin?«

»Ja.«

»Ohne dabei zu überlegen, was es für dich bedeuten könnte? Glenda«, meine Stimme wurde etwas schärfer, »ich habe den toten Ian Sinclair nicht gesehen, sondern nur die Spuren, die der Täter hinterlassen hat. Sie waren grauenhaft! Das ist kein Mensch mehr. Das ist auch kein Tier, denn Tiere töten nicht aus purer Lust. Dahinter steckt mehr, glaub es mir.«

»Weiß ich, John. Aber wir müssen zusammenhalten. Erst recht in einem Fall wie diesem.«

»Du bist zu blauäugig.«

»Abwarten.«

Sie sagte nichts mehr und verließ nach diesem Wort mein Büro. Gefallen konnte mir das nicht. Ich glaubte fest daran, daß Glenda etwas im Schilde führte und bereits irgendwelche Dinge in die Wege geleitet hatte, von denen ich nichts wußte. Ich war nicht in der Lage, näher darüber nachzudenken. Gedanklich befand ich mich bereits in Lauder und sah mich vor dem Grab meiner Eltern stehen. Eine halbe Stunde noch hielt ich es im Büro aus. Glenda störte mich nicht. Ich wunderte mich nur, als ich die Tür zu ihrem Zimmer öffnete und sie praktisch zum Feierabend bereit dastand.

»Oh, schon Schluß?«

»Na klar. Schließlich muß ich noch einige Sachen zusammenpacken, da ich ja mitfliege.«

Mein Grinsen fiel säuerlich aus. »Wie schön. Darf ich fragen, was mit den Tickets ist?«

»Oh«, erwiderte sie lachend. »Du wirst es kaum glauben, aber dafür ist gesorgt.«

Diese Antwort hätte mich eigentlich mißtrauisch machen müssen, aber an diesem Tag lief ich irgendwie neben mir her.

»Gehen wir?« fragte Glenda.

»Ja, ich bringe dich bei dir vorbei.«

Schweigend fuhren wir nach unten. Glenda schaute mich nur an, und ihr Blick gefiel mir nicht. Darin lag zwar keine Schadenfreude, aber irgendwie ein Wissen. Ich hütete mich aber, sie darauf anzusprechen.

Mein Rover stand auf dem kleinen Parkplatz des Yard. Nur Glenda und ich hielten sich dort zur Zeit auf – dachte ich. Es war ein Irrtum. Woher er gekommen war, hatte ich nicht bemerkt, jedenfalls war Bill Conolly plötzlich da. Er kam mit schnellen Schritten auf uns zu, doch ich sah nicht ihn an, sondern Glenda, die wissend lächelte und dabei entschuldigend die Schultern anhob. Ah, da lag also eine Verschwörung in der Luft.

Bill und ich klatschten uns ab, während Glenda zwei Küsse auf die Wangen erhielt. »Das war wirklich im letzten Augenblick, Alter.«

»Wieso?«

Bill strahlte mich an. »Im letzten Augenblick ist es mir gelungen, die Reise nach Simbabwe abzusagen. Mein Verleger hätte mich zwar am liebsten in der Luft zerrissen, aber manche Dinge haben eben Vorrang.« Er blickte mich ernst an. »Wie geht es dir? Alles okay?«

Ich ahnte längst die Zusammenhänge. »Du weißt Bescheid?«

»Klar.«

»Dann hat es wohl wenig Sinn, euch die Sache auszureden – oder?«

Bill Conolly gab die Antwort auf seine Art und Weise. Aus der Tasche holte er drei Flugtickets. »Ich habe alles klargemacht. In Aberdeen wartet ein Mietwagen am Flughafen. Wir haben Spätsommer, und wenn wir uns beeilen, können wir noch vor Einbruch der Dunkelheit in Lauder sein.«

Ich lachte etwas scheppernd auf. »Wie immer ist alles toll organisiert. Das weiß ich schon.«

»Glenda ist eben super. Sie hat sehr schnell reagiert. Du kannst stolz auf sie sein.«

Ich schaute zu ihr. Sie blickte zur Seite, hörte allerdings meine Antwort. »Okay, dann fliegen wir eben zu dritt ...«

Schottland – die Highlands. Eine wunderschöne Gegend. Romantisch auf der einen und wild auf der anderen Seite. Dafür eingepackt in die Einsamkeit, die trotz immer zahlreicher werdender Touristen noch vorhanden war. Wer hier seinen Urlaub verbrachte, sich am Anblick der Berge, der Seen, der Hügel, der Wälder und Felsen ergötzte, der konnte die Seele baumeln lassen.

Relativ gesehen führten recht wenige Straßen durch die Landschaft, die noch ihre Ursprünglichkeit hatte bewahren können. Mir war dieses Bild nicht neu. Deshalb hatte ich es mir auf dem Rücksitz bequem gemacht, hielt die Augen geschlossen und döste vor mich hin. Nur hin und wieder öffnete ich sie einen Spalt, so daß ich den Sommerhimmel sehen konnte, der über dieser herrlichen Landschaft schwebte.

Er war an diesem Tag nicht grau. Es gab keinen

Nebel, keinen Regen, dafür dieses weiche und seidige Blau am Firmament, vor dem die wenigen Wolken wie hingetupft aussahen. Bauschige Wattebällchen, die sich kaum bewegten. Bill fuhr. Glenda saß neben ihm und warf hin und wieder einen Blick auf die Karte. Das Knistern des festen Papiers weckte mich endgültig auf, und ich hörte Glendas Stimme.

»Noch zehn Meilen etwa.«

Ich reckte mich und richtete mich auf. Die Schlafhaltung war doch nicht optimal gewesen, denn ich spürte meinen Rücken. »Wo sind wir denn hier?«

»Oxton haben wir soeben hinter uns gelassen.«

»Dann dauert es wirklich nicht mehr lange.« Ich brauchte frische Luft und öffnete das Fenster. Es war nicht zu heiß, es war nicht schwül. Ein gesunder Atem der Natur drang in den Wagen ein und streichelte unsere Gesichter. Tief saugte ich die Frische in meine Lungen. Sie vertrieb auch den letzten Rest der Müdigkeit, der noch in meinen Knochen steckte.

Bill hatte mich im Rückspiegel beobachtet. »Hast du gut geschlafen, Geisterjäger?«

»Ich habe es versucht.«

»Es sei dir gegönnt.«

»Danke, Euer Hochwürden.«

»O bitte. In kleinen Dingen bin ich immer großzügig.«

Ein letztes Lächeln huschte noch über meine Lippen. Dabei drehte ich die Scheibe wieder hoch und wurde ernst. »Mal Spaß beiseite, Bill. Ich habe mehr an meine Eltern gedacht. Mein Vater war ein unruhiger Ruheständler. In dieser Umgebung haben wir früher schon einige Male Dämonen gejagt.«

»Davon hast du erzählt. Ein paarmal bin ich auch dabeigewesen. Die Zeiten sind nun vorbei.«

»Leider«, murmelte ich.

Es wollte niemand mehr über das unangenehme Thema reden, deshalb schlief unser Gespräch auch wieder ein. Zu sehr hatten wir alle unter den Vorgängen gelitten, und ich wollte nicht, daß alles wieder hochkam, was mit dem Tod meiner Eltern zu tun hatte.

Trotzdem kam ich davon nicht los. Gerade hier nicht. All die schrecklichen Dinge lagen wie ein Schatten der Erinnerung auf mir. Und dieser Schatten verdüsterte sich immer mehr, als wollte er schon Gestalt annehmen und mir eine gewisse Angst vor der Zukunft einjagen.

Die Straße war kein Motorway, der geradeaus führte. Sie zog sich in zahlreichen Kurven durch die Landschaft. Hin und wieder führte sie dicht an einem Berghang entlang, mal über Hügel hinweg oder in Mulden hinein.

Dementsprechend verhielt es sich auch mit der Sicht. Mal war sie gut, dann wieder sehr begrenzt, denn die Landschaft nahm auf Autofahrer keine Rücksicht.

Andere Fahrzeuge waren uns bisher nur wenige begegnet oder hinter uns aufgetaucht. Wir hatten uns praktisch damit abgefunden, allein zu sein. Um so mehr überrascht wurden Glenda und ich durch Bill Conollys Ruf.

»Das ist doch nicht möglich! Was will der denn?«

»Wie?« rief Glenda.

»Dreht euch mal um!« Das taten wir sofort und sahen den kastenförmigen Wagen, der schon ziemlich dicht hinter uns war. Es war ein Londoner Taxi der besonderen Art, denn es gelang uns nicht, durch die Scheiben in das Innere zu schauen.

Dafür bekamen wir mit, was der Fahrer vorhatte. Er drückte aufs Gas und setzte zum Überholen an.

»Mist, das wird eng!« flüsterte Glenda.

Ja, es wurde mehr als eng, aber der Fahrer des Taxis war ebenso gut wie Bill. Es hatte sich scharf auf die rechte Spur gesetzt und war Sekunden später mit uns auf gleicher Höhe.

»Laß dich nur nicht provozieren!« flüsterte Glenda scharf.

»Keine Sorge, Mädchen.«

»Und denk auch an die Kurven, Bill«, sagte ich. Dabei blickte ich nach rechts, weil ich unbedingt wissen wollte, welcher Idiot sich auf der schmalen Straße so benahm. Ich hatte Pech. Die Scheiben des Taxis ließen keinen Blick in das Innere zu. Mir kam es vor wie ein Geisterauto, das auch nicht mehr lange in unserer Höhe blieb. Es wurde beschleunigt, schwenkte kurz vor unserem Wagen wieder scharf auf die linke Seite und donnerte in einer schon lebensgefährlichen Fahrweise davon. Wir konnten nur noch sein Heck kleiner werden sehen.

»Empfängt man in Schottland seine Besucher immer so?« fragte Bill.

»Keine Ahnung.« Ich hob die Schultern, währen Glenda noch immer den Kopf schüttelte.

Ob es ein Zufall war, konnten wir nicht sagen. Der Wagen paßte nicht in diese menschenleere Gegend. Mißtrauen gehörte zu meinem Beruf. Ich konnte mir vorstellen, daß dieser Wagen nicht ganz zufällig hier aufgetaucht war. Überhaupt hatte es in den letzten Minuten eine Veränderung gegeben. Am Horizont zogen neuen Wolkenformationen auf. Sie standen wie aus mehreren Schichten bestehende Wände am spätsommerlichen Himmel. In ihnen verteilten sich graue und rote Farbtöne. Sogar Donner rollte über die Highlands hinweg.

Kein gutes Omen …

Wir hatten Lauder ohne weitere Zwischenfälle erreicht. Schon bei der Einfahrt schlugen wieder die Erinnerungen über mir zusammen, und sie verstärkten sich noch, als wir das erste Ziel, den Friedhof, erreicht hatten.

Sehr langsam rollten wir an der Friedhofsmauer vorbei, bis ich Bill bat, anzuhalten.

»Und jetzt, John?«

»Steige ich aus.«

Glenda und Bill folgten meinem Beispiel. Etwas unschlüssig standen wir herum. Meine Freunde waren taktvoll genug, mich nicht auf gewisse Dinge anzusprechen. Ich wollte ihnen die Verlegenheit nehmen und fragte: »Hat jemand von euch etwas dagegen, wenn ich allein zum Grab meiner Eltern gehe?«

»Nein«, sagte Bill.

Auch Glenda schüttelte den Kopf.

»Allerdings könnte das gefährlich für dich werden«, wandte Bill ein.

»Warum?«

»Stell dir vor, es hält jemand den Friedhof unter Kontrolle.«

»Das will ich nicht hoffen.«

»Dann könnten wir dir auf alle Fälle die nötige Rückendeckung geben«, sagte Glenda.

Ich lächelte knapp. »Danke, das ist lieb. Bevor wir nicht wissen, was hier passiert ist, sollten wir es bei unserem abgesprochenen Plan belassen. Ich gehe auf den Friedhof, und ihr fahrt zum Haus meiner Eltern.«

Die beiden schauten sich an und stimmten zu.

Ich gab Bill den Hausschlüssel. »Hier, damit du keine Scheibe einzuschlagen brauchst.«

Glenda tippte gegen ihre Uhr. »Wir warten dann eine Stunde. Die Zeit dürfte reichen.«

»Klar. Da bin ich zurück.«

Die beiden erinnerte mich noch daran, vorsichtig zu sein. Ich nickte ihnen noch einmal zu, dann wandte ich mich ab und ging auf das Friedhofstor zu. Ich wußte, daß mir vier Augen nachschauten. Glenda und Bill würden erst fahren, wenn ich den Friedhof betreten hatte.

Er war eine Welt für sich. Einsam, verlassen. Ein Areal, das für viele Menschen mit unzähligen Erinnerungen an den Tod ihrer Lieben verbunden war.

So erging es auch mir. Es war keine Angst, die mich erfüllte, als ich über einen schmalen Weg ging, vorbei an dunkelgrünen Tannen und Buchsbaumsträuchern, aber ein ungutes und beklemmendes Gefühl drückte trotzdem gegen meine Brust. Meine Sinne waren übermäßig sensibilisiert. Ich hörte das Knirschen der Kieselsteine unter meinen Füßen doppelt so laut wie sonst. Das Rascheln der Blätter, die der leichte Wind bewegte. Das Wippen der dünnen Zweige. Ich nahm den düsteren Himmel über mir wahr und saugte mit jedem Atemzug den erdigen Geruch ein, der einfach nicht weichen wollte.

Ich sah die gepflegten Gräber, die entsprechenden Steine, die dort eingravierten Namen, die mir zum Teil bekannt vorkamen und auch wieder Erinnerungen in mir weckten. Schließlich war ich oft genug in Lauder gewesen.

Das alles gehörte für mich zu einem normalen Vorgang. Etwas anderes kam mir urplötzlich ich den Sinn.

Ich hatte das Gefühl, von einer anderen Seite oder Richtung her beobachtet zu werden, und blieb stehen, um mich umzudrehen.

Da war nichts, gar nicht. Nur die übliche Stille eines frühen Abends. Die Kollegen hier mußten ihre Arbeit beendet haben. Sie hatten dem Friedhof seine Stille zurückgegeben.

Bis zum Grab meiner Eltern war es nicht weit. Ich ließ mir trotzdem Zeit, und als ich dann auf den schmalen Weg einbog, der direkt zum Grab führte, stand er plötzlich da, als wäre er vom Himmel gefallen, schaute mir entgegen und schüttelte dabei den Kopf.

In der dunklen Uniform sah Terrence Bull beinahe so aus wie jemand, der als Statue auf den Friedhof gestellt worden war.

Wir gaben uns die Hand.

»Ich habe mir gedacht, daß du um diese Zeit kommen würdest, John«, sagte er.

»Das mußte wohl sein. Wie geht es dir?«

»Ich mag keine Friedhöfe.«

»Das weiß ich. Die anderen Menschen auch nicht. Er ist leer.«

»Kein Wunder, John. Denk daran, was hier alles passiert ist. Die Menschen haben Angst.«

»Kann ich verstehen. Und was erzählt man sich so alles im Ort?«

»Tja, das ist schnell gesagt. Immer dann, wenn du hier in Lauder erscheinst, passieren die schrecklichsten Dinge, sagen die Leute. Der schreckliche Mord an deinen Eltern war schon sehr mysteriös. Jetzt kommt noch die Grabschändung hinzu. Verdammt noch mal, hört das denn nie auf, John?«

Ich blickte an ihm vorbei. »Du glaubst gar nicht, wie

sehr ich es mir wünsche, daß es aufhört, Terrence. Aber ich glaube es nicht. Es gibt eben zwei Wahrheiten, und die sind sehr verschieden. Ich stehe nun mal auf der einen Seite und versuche auch, die Menschen zu schützen.«

»Klar, John, das habe ich nicht vergessen. Irgendwie sind wir auch stolz auf dich, daß es überhaupt jemanden gibt, der sich den finsteren Mächten entgegenstemmt. Aber was damals passiert ist, steckt mir noch verdammt tief in den Knochen. Ich kam mir vor, als hätte mich der Himmel verlassen. Als gäbe es keine Engel mehr, die uns beschützen. Es war so schrecklich.«

Ich konnte ihn verstehen und legte meine Hand wie zum Trost auf seine Schulter. »Es gibt eben Zeiten, Terrence, da ist die Hölle dem Menschen näher als das Paradies. Aber auch sie gehen vorbei.«

»Das hoffe ich.« Er konnte wieder lächeln und sagte: »Dann will ich dich nicht länger stören. Mach's gut.« Ein verkrampftes Lächeln erschien für einen Moment auf seinem Gesicht, bevor er mich allein ließ und ich meinen Weg fortsetzen konnte.

Wieder allein, wie in Gedanken versunken, die sich um die Vergangenheit und auch um die Gegenwart drehten. Sie bildeten ein regelrechtes Durcheinander, und so war es mir nicht möglich, einen klaren Gedanken zu fassen. Erst recht nicht, als ich vor dem Grab meiner Eltern stand und das gesamte Ausmaß der Verwüstung mit eigenen Augen sah.

Es war schlimm. Es war grauenhaft. Da mußte ein regelrechter Teufel gewütet haben. Das Grab war auf die schlimmste Art und Weise geschändet worden, als hätte sich jemand an den beiden Toten rächen wollen. Zertrampelte und aufgeworfene Erde und auch den verdammten Spruch ICH TÖTE JEDEN SINCLAIR! sah ich.

Ich holte tief Luft. Mein Magen war von unsichtbaren Kräften zusammengepreßt worden. Ich konnte nicht vermeiden, daß Tränen in meine Augen stiegen. Ich wollte nicht glauben, was hier passiert war, und wünschte, es wäre ein Traum. Aber es war keiner. Ich stand halb auf und halb vor dem Grab meiner Eltern und blickte auf den Stein, der in der Mitte einen Riß hatte. Da mußte jemand mit einer irrsinnigen Gewalt auf den Stein eingeschlagen haben. Es war ein Wunder, daß die beiden Grabsteinhälften noch nicht umgefallen waren.

Ich kam mir verloren vor. Das war wieder einer der Momente in meinem Leben, den ich verfluchte, weil ich mich so hilflos fühlte. Ich hatte auch meine Eltern nicht vor dem Tod bewahren können, und es war mir auch nicht möglich gewesen, ihr Grab zu schützen. Diese beiden Dinge kamen zusammen und ließen mich beinahe an meiner Aufgabe verzweifeln.

Wer hatte das getan? Wer hatte die beiden Sinclairs auf so schreckliche Art und Weise getötet? Der gleiche? Einer, der alle Sinclairs ausrotten wollte?

Meine Gedanken wurden unterbrochen. Von einem Gefühl, das ich auf dem Rücken verspürte. Ich stand für einen Moment sehr steif – und hörte die Stimme, die mich hämisch und flüsternd erreichte.

»Hi, John, du bist hier, das freut mich …«

Ich fuhr herum – und sah ihn!

Im ersten Augenblick glaubte ich an eine Halluzination. Ein Spuk, ein Phantom auf dem Friedhof, das sprach und auf mich gewartet hatte. Ich wußte nicht, wer dieser Mann war, aber daß er zu einer besonderen Kaste gehörte, das war ihm anzusehen.

Irgendwie wirkte er zeitlos. Vom Alter her schwer zu bestimmen, er konnte durchaus mein Jahrgang sein, aber er sah anders aus als ich. Grauschwarzes Haar, nach hinten gekämmt. Dazu ein ausdrucksstarkes, etwas vernarbtes Gesicht, dunkle, große, kalte Augen, eine sehr fahle Haut. Es war ein Mann mit einer besonderen Aura, die ihn permanent umwehte und auch mir nicht verborgen blieb. Wenn jemand wie er auf eine Party kam, waren alle anderen Gäste vergessen. Dann gab es praktisch nur noch ihn, dem die Aufmerksamkeit galt. Er war auch derjenige, der kein Wort zu sagen brauchte, um aufzufallen. Vielleicht auch durch die Siegelringe an seiner linken Hand. Die rechte Hand wurde von einer schmalen Kette umschlungen, an deren Ende eine runde Uhr hing, die wie ein Pendel hin und her schwang.

Er lächelte mich an. Er zeigte helle, schimmernde Zähne, aber sein Blick blieb so kalt wie die Graberde zu meinen Füßen. Er war gefährlich, aber sein Auftreten glich dem eines Spötters und Zynikers. Mir fiel die Figur des Mephisto in Goethes Faust ein.

Meine Überraschung dauerte noch immer an, weil ich nicht damit gerechnet hatte, auf ihn zu treffen, und es fiel mir auch schwer, die passenden Worte zu finden, um ihn anzusprechen. Ich beschäftigte mich noch zu sehr mit seinem Äußeren, aber er nahm mir das Sprechen ab.

»Sehe ich Tränen, John? Sie werden niemals zu einem Meer, das Mauern einreißt. Und doch vernehmen wir in ihnen das Rauschen der Brandung. Wellen, die uns ans Ufer unserer unendlichen Leiden schleudern. Flutwellen wie eine Ansammlung von Sternen so groß, die alle auf ein bestimmtes Zentrum zutreiben, wo sie ineinander stürzen und ein Loch in deinem Kopf hinterlassen, John. In den Tränen …« Er hörte auf und lächelte.

Es waren Worte, wie ich sie ihm nicht zugetraut hätte. Aber ich kam mit seiner Philosophie nicht zurecht. Deshalb schloß ich mich bei meiner Antwort seiner Diktion nicht an und blieb mehr auf dem Boden der Tatsachen.

»Tränen sind etwas für Menschen. Da Sie meinen Namen kennen, wäre ich Ihnen dankbar, wenn Sie mir auch Ihren nennen würden.«

Er zeigte sich verwundert. »Du weißt ihn nicht?«

»Bitte. Ich verliere nur ungern Zeit.«

Er breitete seine Arme leicht aus. »Oh, verzeih mir. Ich vergaß, daß die Zeit ja für einen wie dich von großer Bedeutung ist. Wenn es so ist, solltest du dir die Zeit schon nehmen. Wir haben doch erst damit angefangen, uns zu studieren. Ein gutes Studium braucht Zeit. Deshalb nutze den Augenblick, da ich nicht weiß, wie lange ich noch an diesem schaurigen Ort verweile.«

Ich lächelte spöttisch. »Höre ich heraus, daß du studierst? Was denn? Menschliche Anatomie? Vielleicht auch die Psyche?«

»Ja!« rief er mir entgegen. »Sofern sie ein Teil der Schwarzen Künste sind. Gewisse Kenntnisse können da nicht schaden.«

»Stimmt. Allerdings habe ich nicht die Schwarzen Künste studiert. Ich bin kein Dr. Faustus. Ich habe mich mit dem beschäftigt, das die Schwarzen Künste besiegt.«

»Mich kannst du nicht besiegen, John!«

»Abwarten. Ich werde daran denken. Ich erkenne

auch deinen Optimismus. Da wundert es mich schon, daß du nicht in der Lage bist, mir deinen Namen zu sagen.«

Er winkte mit seiner beringten Hand ab. »Der hilft dir nicht weiter. Ich bin zu mächtig für dich.«

»Nicht mächtig. Nur arrogant.«

Der Mann mit der Uhr lachte mir scharf entgegen. »Das kann ich mir leisten, denn ich habe den Tod bezwungen.« Er streckte mir die Uhr entgegen. »Ich bin der Herr über die Zeit. Deine Uhr ist abgelaufen, John, denn ich werde es sein, der dich tötet!«

»Das habe ich schon oft gehört. Es wird sich zeigen.«

»Aber vorher habe ich noch eine Menge zu erledigen.«

»Wie bei meinen Eltern, nicht? Hast du bei ihrem Tod deine Finger auch mit im Spiel gehabt?«

Er lachte mich spöttisch an. »Die Frage erheitert mich wirklich. Das *Wie* ist viel eindrucksvoller.«

Bisher hatte ich mich ruhig verhalten und ihn reden lassen. Bei meinen Eltern jedoch sah ich rot. Ich konnte nicht ertragen, daß dieser Unbekannte so despektierlich über sie redete. Mit einem blitzschnellen Griff hatte ich die Beretta gezogen und zielte auf den anderen, der sich davon unbeeindruckt zeigte, sogar halblaut lachte und seine kleine Uhr schwingen ließ wie ein Pendel.

»Was soll das, Sinclair? Die berühmte Beretta mit den geweihten Silberkugeln? Daß ich nicht lache. Oder willst du vielleicht deine Eltern sehen?« Die Stimme hatte jetzt einen lauernden Klang. »Möchtest du wissen, wer diese Schandtat begangen hat?«

Ich glaubte, mich verhört zu haben, aber seine Worte stimmten. Außerdem sprach er nicht mehr weiter, sondern drehte nur seine Uhr. Immer schneller schwang sie ihre Kreise, die mich störten. »Schieß doch, John. Tu dir keinen Zwang an. Dann wirst du es auch nie erfahren.« Er lachte böse auf. »Du Narr. Schau auf meine Uhr, nur auf die Uhr. Immer nur hierher. Dann darfst du deinen Eltern noch einmal begegnen.«

Wahrheit – Lüge? Ich wußte es nicht. Ich spürte nur, daß ich durcheinander war. Er hatte es geschafft, mich in sein grausames Spiel einzubinden. Das Kreisen der Uhr war für ihn wichtig, aber auch für mich. Dieser Gegenstand glich plötzlich dem Pendel in der Hand eines Hypnotiseurs.

»Nein!« würgte ich hervor.

Er lachte nur und machte weiter. »Höre ich Trauer aus deiner Stimme hervor? Du trauerst um deine Eltern? Du? Wo du doch der eigentlich Schuldige bist?«

Die Worte trafen mich wie schwere Schläge. Ich schaffte es nicht mehr, mich auf den Beinen zu halten. Es war demütigend, das wußte ich, aber ich sank auf die Knie, und genau das hatte der andere gewollt. Lässig kam er näher, die Uhr ließ er dabei kreisen. Ich sah nur sie. Ich war nicht mehr in der Lage, mich gegen diese Kraft zu wehren. Sie war über mich gekommen wie ein Orkan.

Weit riß ich den Mund auf. Der Schrei brandete über den Friedhof hinweg. Gleichzeitig drehte ich mich, ohne daß ich es gewollt hatte. Im Fallen hörte ich noch die Stimme des Fremden.

»Ich töte jeden Sinclair!«

Dann schlug ich auf das Grab meiner Eltern. Für einen Moment noch war die feuchte Graberde zu spüren. Dann war auch diese Wahrnehmung vorbei.

Etwas saugte mich auf. Es war eine Kraft, die ich nicht erklären und der ich auch keinen Widerstand entgegensetzen konnte. Sie riß mich tief in den Strudel hinein und schleuderte mir zugleich die Erinnerungen entgegen, die bereits tief in der Vergangenheit verborgen gewesen waren.

Den Fremden mit der Uhr gab es für mich nicht mehr ...

Es war grauenhaft, die Einzelheiten mitzuerleben. Es war alles so deutlich. Scharf traten die Bilder hervor, die sich aus Bruchstücken meines Erlebens und meiner Erinnerung zusammensetzten.

Nicht nur ich stand im Mittelpunkt. Es waren auch andere Personen, die mir nahestanden. Ich sah Bill Conolly und Terrence Bull in der Leichenhalle stehen. Sie starrten auf die toten Körper meiner Eltern. Ich hörte sie sprechen, verstand aber nicht, was sie sagten. Wenig später verwischte das fürchterliche Bild und schuf einem wunderbaren Platz. So heimelig, so schön. Meine Mutter vor dem Haus, wie sie mich verabschiedete und mich aus ihren traurigen Augen anschaute, weil sie immer Angst um mich gehabt hatte. Mein Vater war da anders. Er kam ebenfalls, um mich zu verabschieden, und sprach davon, daß ich einen Beruf hatte, der sehr wichtig war.

Wir umarmten uns. Ich spürte auf dem kalten Grab liegend die Wärme ihrer Körper. Alles war so nah, so schrecklich nah, so daß ich weiter unter den Szenen litt.

Meine Eltern lösten sich auf und erschienen einen Moment später erneut. Diesmal saßen sie in einem Wagen, der auf die Mauer des kleinen Friedhofs zufuhr. Der Aufprall. Die Stille danach. Die blutüberströmten Körper meiner Mutter und meines Vaters.

Die Schreie der beiden. Das Flehen zu Gott, damit wenigstens der Sohn beschützt wurde.

Dann das Blut!

Die zahlreichen Messer, die in die Tiefe hackten. Der schreckliche Tod meiner Eltern …

Das Bild verschwand. Aus der Tiefe erschien etwas anderes. Eine Frau, schon älter. Eine Zigeunerin, die ebenfalls im Sterben lag. Sie sprach mit mir. Sie hielt ein wunderschönes silbernes Kreuz in der Hand, das sie mir gab. Sie sprach vom Sohn des Lichts, der ich war, dann übergab sie mir das Kreuz, bevor ihre Augen brachen.

Das nächste Bild.

Ein Schrecken, kaum zu überbieten. Ich war gefangen. Ich lag in einem Sarg. Deutlich hörte ich den Aufprall der Erde auf dem Sargdeckel. Ich schrie. Jemand mußte mich doch hören! Ich erlebte eine irrsinnige Angst, schrie weiter und hörte in diese Schreie hinein das Lachen des Uhrenträgers.

Er war plötzlich da und sprach davon, daß ich etwas hätte, was ihm gehörte. Denn nicht ich, sondern er sollte der rechtmäßige Erbe sein. Ich brüllte dagegen und versuchte weiterhin, mich aus dem engen Sarg zu befreien.

Es war sinnlos.

Immer mehr Erde fiel auf den Deckel, während ich mich weiterhin wand und brüllte.

Hitze umwallte mich wie Flammen aus dem Höllenfeuer. Ich verbrannte, ich stieß mit dem Kopf gegen den Sargdeckel, und dann spürte ich den Hauch, der über meinen Körper hinwegstrich.

Luft, ich bekam wieder Luft. Ich schmeckte Erde auf den Lippen, ich nahm den Geruch des Friedhofs wahr, drehte mich zur Seite und öffnete die Augen.

Ich war wieder zurückgekehrt. Hineingestoßen in die Realität. Der schreckliche Alptraum war vorbei. Ich spürte zwischen meinen Händen den Gegenstand, den mir die sterbende Frau überlassen hatte.

Es war das Kreuz!

Das Signal der Hoffnung. Das Zeichen des Guten. Insignie der Macht über das Böse ...

Irgendwann konnte ich mich auch wieder bewegen. Ich gelangte auf die Knie, und mir fiel ein, weshalb ich hier auf dem Friedhof war und wer mich da besucht hatte.

Noch kniend drehte ich mich um.

Die Gestalt mit der Uhr war verschwunden!

Glenda und Bill saßen wieder im Wagen, starteten aber noch nicht.

»Und?« fragte Glenda.

Der Reporter hob die Schultern. »Irgendwie fühle ich mich wie ein Schuft. Aber wir sollten Johns Wunsch respektieren und ihn allein lassen.«

»Stimmt«, erklärte Glenda, wobei sie tief ausatmete und gegen die Windschutzscheibe starrte. »Es gibt eben Dinge im Leben, da können auch Freunde nicht helfen. Damit muß John allein klarkommen. Ich mache mir nur Sorgen, weil John einfach noch zu sehr an den Tod seiner Eltern denkt.«

»Würdest du das nicht auch?«

»Sicher, das ist menschlich. Aber es beeinträchtigt die Objektivität.«

»Okay, starten wir.«

Sie kannten den Weg, und der Rest der Fahrt verlief ziemlich schweigend. Bill lenkte den Mietwagen auf den schmalen Weg zu, der zum sinclairschen Haus führte, dessen Eingang im Schatten einer mächtigen Eiche lag.

Bill stoppte den Wagen nahe des Eingangs. Er stieg aus, blieb noch neben dem Auto stehen und ließ seinen Blick über das graue Gemäuer schweifen. Dabei umspielte ein verlorenes Lächeln seine Lippen. »Hier haben wir schon wunderbare Tage verbracht, Glenda.«

»Dann hast du dich verwöhnen lassen.«

»Bei der Köchin war das nicht schwer. Im Nachhinein denke ich daran, daß ich zu wenig hier gewesen bin. Tja, das ist nicht mehr zu ändern.« Er schluckte hart und sah, daß Glenda zum Kofferraum ging, um ihre Tasche zu holen. »Laß sie noch im Auto, wir sehen uns besser erst mal um.«

»Wieso? Ist doch alles ruhig.«

»Das kann täuschen.«

Glenda zog die Stirn kraus. »Ist dir denn etwas aufgefallen?«

Bill gab keine Antwort. Er war bereits auf die Haustür zugegangen.

Glenda tippte ihn an. »Du machst dich wirklich gut. Wie ein richtiger Polizist. Wenn das so weitergeht, kannst du deinen Reporterjob bald an den Nagel hängen.«

»Hör nur auf damit. Mit beidem. Sheila war sowieso sauer, daß ich mitgefahren bin. Ich muß sie später noch anrufen.«

»Sie liebt dich sehr, wie?«

»Ja, und ich liebe sie auch.« Bill steckte endlich den Schlüssel ins Schloß, um die Tür aufzuschließen. Glenda, die neben ihm stand, sah, wie er zusammenzuckte.

»He, ist was?«

»Ja, die Tür ist nicht abgeschlossen.«

»Aber hallo. Was hat das denn zu bedeuten?«

»Werden wir gleich haben«, flüsterte der Reporter und drückte langsam die Tür auf.

Nichts geschah. Nur das Tageslicht, das jetzt ins Haus fallen konnte, erhellte einen Teil der großen Diele. Beide übertraten die Schwelle und bewegten sich möglichst leise. In der Diele blieben sie stehen, und sie spürten, daß etwas nicht stimmte. Aber sie sahen nichts, auch nicht, als sie sich umdrehten und den großen Raum durchforschten.

»Was machen wir?« flüsterte Glenda.

»Na ja. Wir warten auf John, und zwar in der Küche. Außerdem könnte ich einen Kaffee vertragen. Bleib du mal zurück. Ich kenne mich hier besser aus.«

Noch immer schleichend bewegte sich der Reporter auf die Küchentür zu. Auch die öffnete er vorsichtig und atmete erleichtert auf, als er den Raum leer fand.

»Du kannst kommen. Hier hält sich niemand auf.«

»Okay.« Glenda schob sich an Bill vorbei in die recht geräumige Küche. Es stand alles noch so da, wie es früher gewesen war. Nur ein leichter Staubfilm lag über den Gegenständen, und der etwas muffige Geruch hatte sich auch gehalten.

Vor dem Fenster blieb Glenda stehen und suchte die nahe Umgebung des Hauses ab. Bills Worte vorhin hatten sie doch mißtrauisch gemacht, aber draußen war nichts Verdächtiges zu sehen. Glenda war erleichtert und fing damit an, nach dem Kaffee zu suchen.

»Okay«, sagte Bill. »Ich denke, daß es noch etwas dauert, bis er fertig ist.«

»Ein paar Minuten.«

»Dann sehe ich mich mal im Haus um.«

»Tu das, aber gib acht.«

»Geht schon klar.«

Glenda sah ihm sorgenvoll nach, als er die Küche verließ. Sie hatte das Gefühl, daß hier innerhalb des Hauses etwas nicht stimmte. Spuren gab es keine, die auf einen Besucher hinwiesen, aber die nicht abgeschlossene Tür hatte sie schon nachdenklich werden lassen.

Bill Conolly war inzwischen durch die Diele gegangen und hatte das Wohnzimmer erreicht.

Leer, verlassen.

Die Möbel, die Sessel, die Couch. Vor dem Fenster hingen die Gardinen und die Vorhänge. Einige Möbelstücke waren mit hellen Laken bedeckt, als sollten darunter Leichen verborgen werden.

Er verließ das Zimmer wieder und spürte auf seinen Armen eine leichte Gänsehaut. Auch er glaubte daran, daß mit diesem Haus etwas nicht stimmte. Die Stille täuschte, und sie setzte sich im Arbeitszimmer fort, das Bill betreten hatte.

Auch hier waren Bettlaken über die Möbel gelegt worden. Es herrschte ein geheimnisvolles Zwielicht, in das die Regale mit den Büchern und die Sitzmöbel getaucht waren.

Bis auf einen Sessel, der zwar auch im Dämmerlicht stand, aber von keinem Laken verdeckt wurde. Außerdem stand er mit dem Rücken zu Bill. Er hatte eine hohe Lehne, über die sich jetzt etwas hinwegschob. Es war der Hinterkopf eines Menschen, der jetzt langsam aufstand.

Der Mensch war eine Frau, die einen Schritt vorging, sich dann drehte und Bill anschaute.

Selbst bei diesen Lichtverhältnissen erkannte der Reporter, daß diese Unbekannte sehr schön war. Eine gute Figur, dunkles Haar und ein spöttisches Lächeln auf den Lippen.

Sie wundert sich wahrscheinlich über meinen Gesichtsausdruck, dachte Bill, der sich endlich überwunden hatte, ihr eine Frage zu stellen. »Darf ich erfahren, was Sie hier suchen?«

»Ich gebe die Frage an Sie zurück. Mich hat man gebeten, hier zu erscheinen.«

»Wie nett. Und wer?«

»Sinclair.«

»Aha.«

Die Unbekannte schüttelte den Kopf. »Was heißt denn hier aha? Sind Sie nicht Sinclair?«

»Nein, da muß ich Sie leider enttäuschen.«

Durch die Gestalt der Frau ging ein Ruck. »Pardon, wenn Sie das nicht sind, was machen Sie dann hier?«

»Na ja, wissen Sie, ich gehöre sozusagen zum Haus.«

»Wie nett.« Sie lächelte jetzt. »Wenn Sie schon zum Haus gehören, könnten Sie sich ruhig vorstellen.«

»Pardon. Ich heiße Conolly. Bill Conolly.«

»Na, das ist doch was.« Sie kam auf Bill zu und reichte ihm die Hand.

»Darf ich dann auch fragen, wie Sie heißen?«

Bills Hand wurde losgelassen. »Mein Name ist Susan Sinclair.«

»Ach.« Das verschlug Bill zunächst die Sprache. Er mußte sich sammeln und sagte mit leiser Stimme: »Susan Sinclair. Und Sie hat jemand hergebeten. Sie wissen nicht zufällig den Vornamen dieses Sinclairs?«

»Leider nicht«, erwiderte sie bedauernd. »Es war eine recht kurze und knappe Mitteilung. Aber mir ist die sanfte Stimme des Mannes in Erinnerung geblieben.«

»Sie wissen, wem das Haus gehört?« Bill wechselte das Thema.

»Das werden Sie mir sicherlich gleich sagen.«

»Klar. Das Haus gehört meinem Freund John Sinclair. Beziehungsweise es gehörte seinen Eltern, die leider tot sind. Kennen Sie John, oder kannten Sie seine Eltern?«

»Nein.«

Bill schüttelte den Kopf und konnte sich nur wundern. »Das ist mehr als seltsam. Jemand bestellt Sie einfach in ein wildfremdes, unbewohntes Haus, und Sie kommen auch hin. Sehr mutig von Ihnen, das muß ich schon sagen.«

»Kann es denn Ihr Freund gewesen sein?« Susan ging auf Bills letzte Bemerkung nicht ein.

»Das glaube ich nicht. Das hätte ich auch gewußt. Außerdem wird er bald hier sein.«

Susan hob die Arme. »Dann würde ich vorschlagen, daß wir gemeinsam auf unsere Sinclairs warten.« Sie zog einige Male die Nase hoch und blickte an Bill vorbei auf die offenstehende Zimmertür. »Täusche ich mich, oder riecht es hier nach Kaffee?«

»Sie haben recht, Susan. Ich vergaß, Ihnen zu sagen, daß ich nicht allein gekommen bin. Eine Freundin ist noch bei mir. Aber etwas anderes. Warum haben Sie sich eigentlich versteckt?«

Errötete sie, oder irrte sich Bill? Es kam ihm zumindest so vor. Und die Antwort ließ auch darauf schließen. »Aus Furcht, wenn ich ehrlich sein soll. Ich habe nämlich nicht gewußt, was mich hier erwartet.«

»Moment, das wissen Sie noch immer nicht.«

»Stimmt schon, aber …«

Susan kam nicht mehr dazu, zu Ende zu sprechen, denn beide hörten Glendas Stimme.

»Bill?« Schnelle Schritte im Flur. Wenig später erschien Glenda auf der Schwelle des Arbeitszimmers, blieb stehen, sah Susan und schüttelte den Kopf. »Ich hörte Stimmen …«

Der Reporter grinste. »Wenn man vom Teufel spricht – also, darf ich vorstellen. Glenda Perkins, eine Freundin von John und mir. Außerdem ist sie John beruflich eine große Hilfe. Glenda, das ist Susan Sinclair.«

Glenda war konsterniert. Sie preßte ihre Hand dorthin, wo unter der Brust das Herz schlägt. »Es ist eine Überraschung. Aber es freut mich, Susan.«

»Mich auch.«

»Na denn«, sagte Bill mit lauter Stimme. »Wenn es uns dann alle freut, können wir ja in die Küche gehen und den Kaffee trinken. Glenda kocht übrigens den besten Kaffee der Welt.«

»Ach, hör auf.« Sie zwinkerte Susan zu. »Bill Conolly gehört zu den Leuten, die gern übertreiben. Da kann man nichts machen, Susan …«

Ich hatte keine Lust gehabt, den Weg vom Friedhof bis zum Haus meiner Eltern zu Fuß zu gehen. Über mein Handy hatte ich mir ein Taxi gerufen und war erstaunt, wie schnell es da war.

Der Fahrer wartete, bis ich auf der Rückbank saß, und fuhr an. Es war ein Londoner Taxi, und ich wurde daran erinnert, daß uns ein solches Fahrzeug kurz vor Lauder überholt hatte.

»Da habe ich ja Glück gehabt. Normalerweise dauert es ewig, bis man hier ein Taxi bekommt.«

Der Fahrer gab die Antwort auf seine Weise. Er nickte einige Male ziemlich wild, was mich mißtrauisch machte. Ich beugte mich etwas vor und sah auf dem Registrierschild, daß der Wagen in London zugelassen war. Seltsam. Noch etwas kam hinzu. Das Foto auf dem Ausweis wies keinerlei Ähnlichkeit mit dem Fahrer auf, auch wenn ich sein Gesicht nur kurz gesehen hatte.

Ich wollte ihn aushorchen und sagte: »Wenn Sie aus London kommen, haben Sie einen verdammt langen Weg hinter sich.«

Wieder antwortete der Fahrer nur mit einem Nicken.

»Haben Sie einen Fahrgast nach Lauder gefahren? Oder wollen Sie heute noch nach London zurück?«

Das übliche Nicken.

»Warum sind Sie so stumm? Da Sie mich nicht nach dem genauen Weg gefragt haben, wissen Sie wohl selbst, wo es langgeht?«

Wie sollte es anders sein? Er nickte erneut.

Auch wenn mir dieser Bursche und die gesamte Lage nicht ganz geheuer waren, ich fühlte mich nicht bedrängt oder in einer Falle. Außerdem ging mir noch zuviel durch den Kopf. Die Ereignisse auf dem Friedhof waren auch für einen Menschen wie mich nicht so leicht wegzustecken. Sie hatten etwas mit der Vergangenheit zu tun gehabt. Da brauchte ich nur an diese traumhaftes Bildsequenzen zu denken. Aber ich ging davon aus, daß diese Szenen aus der Vergangenheit wichtig für die Gegenwart und ebenso für die Zukunft waren.

Der Fahrer sagte auch weiterhin nichts, und ich hielt ebenfalls meinen Mund und schaute nur aus dem Fenster. Der Friedhof lag längst hinter uns, und wir hatten auch nicht bis in den Ort direkt hineinfahren müssen. Dafür rollten wir jetzt über eine breite Straße, die durch ein Waldstück führte. Ich wußte, daß die Straße in den Weg mündete, der bis zum Haus meiner ver-

storbenen Eltern führte. Dem Fahrer wollte ich früh-
zeitig genug Bescheid geben, damit er die Abzweigung nicht verpaßte.

Ich brauchte es nicht. Er kannte sich aus und fuhr so
schnell in die entsprechende Kurve, daß ich bei offen-
stehender Tür aus dem Wagen geschleudert worden
wäre.

So aber wurde ich von der Tür gestoppt, hielt mich
noch fest, aber ich beschwerte mich nicht. Es war kein
Zufall, daß der Fahrer raste wie ein Vollidiot. Es
steckte etwas dahinter. Nur hatte ich keine Lust, mich
mit diesem harmlosen Irren zu beschäftigen und noch
mehr Zeit zu verlieren ...

Susan Sinclair und Glenda Perkins saßen am Tisch.
Vor ihnen standen die Tassen, in denen der heiße Kaffee dampfte. Bill hatte sich neben dem Fenster aufgebaut. Abwechselnd beobachtete er mal Glenda, dann
wieder Susan.

Glenda schob ihre Tasse etwas zur Seite. »Sie werden abgeholt, Susan?«

»Ja, so war es gedacht. Hier sollte nur der Treffpunkt
sein. Danach geht es weiter.«

»Wohin denn?« fragte Bill.

»In Richtung Nordosten. Das Ziel ist die Sinclair
Bay.«

»Was?« Glenda war erstaunt. »Eine Sinclair Bay?
Die gibt es?«

Susan konnte den Spott in ihrer Antwort nicht
unterdrücken. »Dafür, daß Sie einen Sinclair zum
Freund haben, wissen Sie recht wenig über die Fami-
liengeschichte.«

»Etwas weiß ich schon«, sagte Glenda.

»Aber nicht alles«, meinte Bill.

Susan trank ihre Tasse. »Ja, dann muß ich Ihnen wohl eine Erklärung geben.«

»Das wäre toll«, meinte Bill lächelnd.

»Auf Sinclair Castle findet ein großes Familientreffen statt. Ein riesiges Fest. Sinclairs aus allen Teilen des Landes werden dort erwartet. Haben Sie das nicht gewußt?«

Glenda und Bill schauten sich nur an.

»Ist denn Ihr Freund nicht eingeladen?«

Glenda hob die Schultern. »Was soll ich dazu sagen? Erzählt hat er jedenfalls nichts. Aber ein John Sinclair ist immer für Überraschungen gut. Das steht auch fest.«

Bill Conolly hatte sich umgedreht, um einen Blick aus dem Fenster zu werfen. Er sah, wie das Taxi vorfuhr, nickte den beiden Frauen zu und sagte: »Ich bin gleich wieder da.«

Susan deutete mit dem Kinn auf die Scheibe. »Haben Sie auch den Wagen vorfahren hören, Glenda?«

»Ja, das wird John sein.«

»Wie schön.«

»Sagen Sie mal, Susan, woher kommen Sie eigentlich?«

»Aus Blackpool«, erklärte sie lächelnd.

Ich hatte diese Höllenfahrt hinter mich gebracht, war ausgestiegen und beugte mich zu dem offenen Fahrerfenster hinab. »Hören Sie, Meister, ich habe nur Geld bei mir. Würden Sie das unter Umständen auch nehmen? Oder bezahlt man bei Ihnen mit Bananen?«

Das Gesicht des Mannes verzog sich zu einem debilen Grinsen. Der Kerl schien wirklich nicht ganz richtig im Kopf zu sein. Ich kramte noch in meiner Hosentasche, da tat der Fahrer etwas völlig Überraschendes. Den Motor hatte er nicht abgestellt. Urplötzlich gab er Gas und raste davon. Ich mußte schon hastig zur Seite springen, sonst hätte er mir noch die Füße abgefahren.

Ärgerlich schaute ich dem Fahrzeug hinterher. Ich hätte mich doch mehr mit diesem Typen beschäftigen sollen. Jetzt war es zu spät. Die Schritte meines Freundes Bill gingen in den Fahrgeräuschen unter. Erst als der Wagen nicht mehr zu sehen war, stellte Bill seine Frage: »Was war das denn für ein Chauffeur?«

»Keine Ahnung. Einer unserer Gegner. Ich denke, daß man uns beobachtet.«

»Mist. Und du läßt ihn laufen?«

Ich winkte ab. »Kleinigkeiten interessieren mich nicht. Ich will an die Hintermänner heran.« Mein Blick ging zum Himmel, der mir durch seine Wolkenformationen bedrohlich vorkam. »Jedenfalls müssen wir ab jetzt verdammt vorsichtig sein, Bill.«

»He, was ist los?« Bill stieß mich an. Er musterte mich jetzt auch von oben bis unten, denn ihm war meine Kleidung aufgefallen, die ziemlich beschmutzt war, da ich mich nur notdürftig hatte reinigen können. »Los, erzähl, was hat es gegeben?«

»Später, Bill. Wo ist Glenda?«

»Im Haus.«

»Dann wollen wir sie nicht warten lassen.«

»Jaaaa«, sagte Bill gedehnt. »Aber sie ist nicht allein. Wir haben unerwarteten Besuch bekommen.«

Ich versteifte mich. »Von wem?«

»Du wirst lachen oder auch nicht. Eine Namensvetterin von dir. Susan Sinclair. Sie behauptet, ein gewisser Sinclair hätte sie hierher bestellt.«

Auf meinem Gesicht zeigten sich Zweifel. »In das Haus meiner verstorbenen Eltern?«

»Das klingt zwar merkwürdig, aber sie hat es uns so erzählt. Jetzt wartet sie eigentlich auf den Anrufer.«

»Der ich nicht bin.«

»Eben.«

»Was hat sie gesagt?«

Bill hob die Schultern. »Wie soll ich dir das erklären? Jedenfalls sieht sie toll aus. Mein erster Gedanke war, als ich sie im Arbeitszimmer fand, das ist das nächste Opfer. Ich habe ihr dann von dir erzählt und Scotland Yard natürlich weggelassen. Aber sie kann mit dem Namen John Sinclair nichts anfangen.«

Ich nahm es mit Humor und fragte: »Hast du meine schlechten Seiten auch ausgelassen?«

»Sicher, ich wollte ihr doch keine Furcht einjagen.« Bill schnippte mit den Fingern. »Ach ja, da ist noch etwas.«

»Los, raus damit. Laß dir nicht jedes Wort aus der Nase ziehen.«

»Auf Sinclair Castle findet ein großes Familientreffen statt. Sie sollte abgeholt und dorthin gebracht werden.«

Jetzt war ich baff und schüttelte zunächst den Kopf. »Da oben bei den Ruinen?«

»Kein günstiger Treffpunkt, wie?«

»Das also ist sein Plan«, murmelte ich so leise, daß Bill es nicht hörte. Die nächsten Worte sprach ich lauter. »Hör zu, Alter, ich glaube daß ich den Gastgeber der Party auf dem Friedhof getroffen habe.«

Bill hatte schon zum Haus gehen wollen. Jetzt drehte er sich noch einmal um. »Wie war das? Du hast ihn getroffen? Mit wem, zum Henker, haben wir es zu tun?«

»Mit einem, der meinen Kopf will.« Ich führte meine rechte Hand an der Kehle entlang. »Außerdem ist er kein normaler Mensch. Er tritt als Mensch auf, doch unter dieser Hülle verbirgt sich etwas wahnsinnig Böses. Eine bessere Erklärung habe ich noch nicht.«

»Das akzeptiere ich. Aber was willst du Susan Sinclair sagen?«

»Die Wahrheit, denke ich.«

»Dann wollen wir mal ins Haus gehen.«

Darauf hatte ich schon gewartet. Irgendwie fürchtete ich mich davor, diesen leeren Bau zu betreten. Ich kannte ihn anders. Voller Leben, voller Wärme, aber jetzt war er nur noch eine Hülle, die von keiner menschlichen Stimme erfüllt war.

Ich drängte die traurigen Gedanken zurück, als ich die Küche betrat und Susan Sinclair sah.

Sie war tatsächlich sehr hübsch. Eine attraktive Frau, die mich anlächelte und mich aus großen Augen musterte. »Schade, daß Sie nicht der geheimnisvolle Anrufer sind, John. Es hätte mich ehrlich gefreut.«

»Mich ebenfalls.« Ich nahm neben ihr Platz. Glenda brachte mir den Kaffee und schaute mich bedeutungsvoll an. Wahrscheinlich war ich meiner Namensschwester zu nahe gerückt, was Glenda nicht gefiel.

Susan nahm den Faden wieder auf, während ich die ersten Schlucke trank, die mit guttaten. »Glenda hat mir vom Tod Ihrer Eltern berichtet. Es tut mir leid, John. Ich wußte wirklich nicht, wo ich hier landen würde.«

Ich stellte die Tasse wieder auf den Tisch. Mich überkamen abermals die Erinnerungen, aber ich mußte sie jetzt unterdrücken. »Dann wundert es mich nur, daß Sie den Anweisungen des unbekannten Anrufers sofort gefolgt sind. Warum nur?«

»Reine Lust aufs Abenteuer, John.«

»Komisch. Haben Sie denn nie daran gedacht, daß es auch eine Falle sein könnte?«

»Eine Falle?« Sie horchte auf. »Wieso das denn? Ich habe gedacht, es gehört zum Spiel.«

»Spiel?« fragte Bill. »Welches Spiel denn?«

»Das Familientreffen steht unten einem Motto. Wie immer eben. Diesmal heißt es ›Horror auf Sinclair Castle‹.«

Bill und ich blickten uns an. Beide konnten wir mit der Antwort nichts anfangen. Ich fragte: »Dann ist es also nicht das erste Treffen der Sinclairs?«

»Nein. Vor fünf Jahren war es in Frankreich. In Reims. Aber Ihnen bin ich damals nicht begegnet.«

Ich sah es locker. »Möglicherweise hat man vergessen, mich einzuladen. Oder es traf sich ein anderer Zweig unseres Stammbaums.« Ich schaute zu Glenda und Bill und zwinkerte ihnen zu. »Jedenfalls bin ich in diesem Jahr dabei.«

Glenda lachte. »Das sind eben Johns Überraschungen.«

»Und wenn wir schon alle dahin wollen«, meinte Bill, »können wir auch gemeinsam hinfahren, falls Ihr geheimnisvoller Anrufer nicht doch noch erscheint, Susan.«

Sie überlegte nicht lange. »Die Idee ist super. Außerdem habe ich keinen Wagen, und das Fest startet morgen mittag. Ihr seid meine Rettung. Ohne euch komme ich hier nicht weg. Außerdem sollten wir uns duzen. Wir sind ja fast Verwandte.«

Damit waren wir natürlich einverstanden, aber ich wollte noch von Susan wissen, wie sie nach Lauder gekommen war.

»Mit dem Zug und mit einem Taxi.«

»Bleibt nur eine Frage noch offen«, sagte Bill. »Wo sollen wir die Nacht verbringen?«

»Hier natürlich. Ich muß sowieso noch einige Papiere meines Vaters ordnen.«

Susan war skeptisch. »Meinst du?«

Glenda nickte ihr zu. »Das Haus ist groß genug für uns alle. Es gibt mehrere Gästezimmer. Das wird kein Problem sein.«

»Dann ist für das Schlafen ja gesorgt«, sagte ich. »Aber bei mir gibt es noch andere Probleme. Der Kühlschrank füllt sich nicht von allein. Mir knurrt schon die ganze Zeit der Magen.«

Susan hob den Arm. »Du sprichst mir aus der Seele. Ich habe seit heute morgen auch nichts gegessen.«

»Einverstanden. Es gibt in Lauder genügend Restaurants, in denen man recht gut ißt. Und sollte dein Sinclair doch noch auftauchen, Susan, muß er eben auf dich warten. Aber daran glaube ich nicht mehr.«

Sie gab mir recht. »Inzwischen halte ich es auch für einen schlechten Witz.«

Ich grinste sie an. »Wären wir nicht zufällig über Lauder gefahren, weil ich das Grab meiner Eltern besuchen wollte, hättest du die Nacht allein in diesem Haus verbringen müssen. Das wäre bestimmt gruselig geworden, und du hättest schon einen Vorgeschmack auf das Treffen bekommen. Aber jetzt hast du Glück gehabt.«

Susan wich zurück. In gespielter Furcht hob sie beide Hände an. »Du kannst einem ja richtig Angst einjagen, John. Vielleicht bist du sogar der Sinclair, der angerufen hat.«

Ich grinste nur, während Glenda und Bill lachen mußten. Dann fragte ich: »Wer von euch möchte sich noch umziehen vor dem großen Dinner in Lauder?«

»Meine Tasche steht im Arbeitszimmer«, sagte Susan.

»Dann hole ich mal den Rest aus dem Wagen«, meinte Bill.

»Und ich halte hier die Stellung«, fügte ich hinzu. Meine Tasse war noch halb mit Kaffee gefüllt. Ich leerte sie, als Bill den Raum verließ.

So locker wir uns auch gegeben hatten, ich war mir bisher noch nicht klar, wie ich unsere Lage beurteilen sollte. Immer stärker baute sich in mir die Vorstellung auf, daß wir nur Figuren in einem mörderischen Spiel waren …

Bill hatte das Haus verlassen, wollte zum Wagen gehen, blieb aber stehen, weil er den Wind wie Stöße spürte, die gegen sein Gesicht und den Körper schlugen.

Er warf einen Blick zum Himmel. Die Wolken hatten sich verdichtet. Dort oben braute sich etwas zusammen. Zugleich legte der Tag sein helles Gewand ab, um der grauen Kleidung der Dämmerung Platz zu machen.

Diese Stimmung paßte zu dem, was am nächsten Tag vor ihnen lag, und Bill dachte auch an die vor ihnen liegende Nacht, in der noch einiges passieren konnte.

Er öffnete die Haube des Kofferraums, nachdem er den kurzen Weg hinter sich gebracht hatte, drückte die Klappe wieder zu, nahm die Reisetasche in die rechte Land und wollte zurück ins Haus gehen.

Da hörte er das Geräusch!

Augenblicklich erstarrte Bill in der Bewegung. Er blieb stehen und lauschte dem, was der Wind an seine Ohren trug.

Leise, aber deutlich zu hören. Pling – pling – pling ...

Der Reporter wußte damit nichts anzufangen. Er drehte sich auf der Stelle, um nach dem Grund des Geräusches zu forschen. Zu sehen war nichts. Der helle Ton schien aus einer anderen, versteckt liegenden Welt zu stammen.

»Dann eben nicht«, sagte er und ging zur Seite, wobei er zufällig einen Blick über das Autodach warf.

Dort lag eine schwarze Katze. Helle Augen schauten ihn an. Bill lächelte. Er brachte das Geräusch mit dem Erscheinen der Katze in Zusammenhang, wollte das Tier auch streicheln, aber die Katze fauchte ihn an und schlug nach ihm.

Bill konnte den Krallen noch soeben ausweichen. Die Katze sprang zu Boden und huschte davon.

»Wer nicht will, der hat schon«, sagte Bill und ging zurück ins Haus ...

Das Gästezimmer, in dem Glenda und Susan nächtigen wollten, war gemütlich eingerichtet. Es gab sogar eine Dusche nebenan und eine Toilette. Über den Komfort konnte sich niemand beklagen. Allerdings mußten die Frauen auch hier erst die Laken von den Möbelstücken wegziehen. Erst dann fanden sie sich in einer gemütlichen Umgebung wieder.

Susan hatte einen Reisewecker aus ihre Tasche geholt und stellte ihn neben ihr Bett auf einen kleinen Tisch.

Glenda schaute ihr zu. »Weißt du was? Ich springe noch schnell unter die Dusche. Was ist mit dir?«

»Ja, ich auch. Sag mal ...« Susan richtete sich auf. »Was machst du eigentlich beruflich?«

»Ich – hm ...« Glenda zögerte. »So genau kann ich

das nicht einmal definieren. Ich bin so etwas wie eine Privatsekretärin für John.«

»Aahhh – verstehe.« Susan hatte süffisant gelächelt.

»Nein, nein, nicht wie du meinst, meine Liebe.«

»Ich habe nichts gesagt. In welcher Branche ist John denn tätig?«

Susan brachte Glenda mit dieser Frage in Verlegenheit. Sie überlegte kurz, schaute dabei zu Boden und meinte: »Weißt du, er macht vieles …«

»Vieles?« Susan lachte. »Verstehe. Geschäfte eben.«

»Genau.«

»Dann ist er bestimmt reich. Muß er sein, wenn er sich eine Privatsekretärin leisten kann. Für dich muß das doch aufregend sein. Heute Lauder, morgen New York oder Mailand …«

Glendas Lachen unterbrach sie. »So ist es nun auch wieder nicht. Aber wir sehen schon einiges von der Welt.« Dann war sie froh, daß an der Tür geklopft wurde. So brauchte sie sich keine weiteren Ausreden einfallen zu lassen.

Bill betrat das Zimmer und stellte Glendas Tasche auf den Boden. »Kinder, beeilt euch, sonst sterbe ich vor Hunger.«

»Ja, ja, geht schon klar. Ist alles kein Problem. In einer Viertelstunde ungefähr.«

»Na, wenn das mal stimmt, Glenda. Ich kenne die Zeiteinteilung meiner Frau schließlich.« Er zwinkerte ihnen zu und verließ das Zimmer.

»Irgendwie ist das schon seltsam«, sagte Susan.

»Was meinst du?«

»Mal direkt gefragt, Glenda. Hat John möglicherweise noch einen Zwillingsbruder?«

»Nein«, sagte Glenda und war echt überrascht. »Wie kommst du denn darauf?«

»Ganz einfach. Dieser Zwillingsbruder muß sogar bei der Polizei sein. Ich entdeckte unten ein Foto, auf dem John eine Auszeichnung überreicht bekommt.«

Glenda schaute zur Seite. Sie fühlte sich ertappt, und sie ärgerte sich noch mehr darüber, daß ihr die Röte ins Gesicht stieg.

Susan lockerte die Stimmung wieder auf. »Entschuldige, ich wollte nicht neugierig sein. Aber wenn man stundenlang in einem fremden Haus wartet, schaut man sich eben um. Außerdem gehe ich jetzt duschen.« Sie verließ das Zimmer und verschwand im Bad, das auf der anderen Seite des Flurs lag. Die Tür ließ sie angelehnt.

Die Chance nützte Glenda aus. »Aber sag mal, was ist eigentlich dein Job?«

»Meiner?« Susan lachte. »Ich hatte mal vor, Modedesignerin zu werden. Und wo bin ich gelandet? Bei einer öden Versicherung. Dort hocke ich vor dem Computer und glotze auf den Bildschirm. Manchmal kann das Leben schon ziemlich ungerecht sein.«

»Du sagst es, Susan ...«

Ich ließ das Buch sinken, in dem ich geblättert hatte, als Bill das Arbeitszimmer betrat. Er hielt zwei gut mit Whisky gefüllte Gläser in den Händen.

»Auch ein Glas, John?«

Ich drehte mich um. »Danke. Schön, daß du noch welchen gefunden hast.«

»Sogar von einer Superqualität. Dein Vater wußte, was schmeckt. Cheers, auf ihn.«

Wir stießen an und tranken. Bill ließ das Glas sinken. Dabei ging er einige Schritte zur Seite. »Vertraust du ihr, John?«

»Susan?«

»Ja, wem sonst? Eine sehr schöne junge Frau.«

»Ich weiß es noch nicht.«

Bill lachte mich an und streckte mir die Hand mit seinem Glas entgegen. »Komm schon, Alter. Nicht hinter jeder schönen Frau verbirgt sich ein Zombie.«

»Da hast du recht. Aber wir hatten es schon mit vielen schönen Frauen zu tun, und am Ende gab es oft ein böses Erwachen. Glenda behält sie zum Glück im Auge.«

Wir stießen wieder an. Das Thema war erledigt. Mir aber gingen andere Gedanken durch den Kopf. Ich kam mir etwas hilflos und verloren vor. »Weißt du, Bill, wenn ich mich hier so umsehe, da kehren natürlich die Erinnerungen zurück. Ich weiß, daß meine Eltern tot sind, aber sie haben mir das Haus hier hinterlassen, und dafür muß ich mir etwas einfallen lassen. Ich hatte so vieles verdrängt, jetzt aber stürzt alles wieder über meinem Kopf zusammen.«

»Das kann ich verstehen. Ist es auch der Mörder deiner Eltern? Oder hängt es damit zusammen?«

»Ich vermute es, Bill. Ich suche verzweifelt nach einem Hinweis. Ich will endlich wissen, wer es ist.«

»Du denkst an den Unbekannten auf dem Friedhof, den du vorhin erwähnt hast und fragst dich vor allem, wer er ist?«

»Genau. Er ist zurückgekehrt. Er war ein Sinclair. So jedenfalls hat er sich bei Susan gemeldet.«

Bills Gesicht nahm einen säuerlichen Ausdruck an. »Der Killer ein Sinclair?«

»Davon müssen wir ausgehen, Bill. Die Antwort liegt in der Vergangenheit meines Clans.«

»Eben auf Sinclair Castle.«

»Exakt, Bill. Inzwischen habe ich nachgedacht und

bin zu dem Schluß gelangt, daß wir dorthin schon früher aufbrechen sollten.«

Bill Conolly blies mir seinen Atem entgegen. »Die ganze Strecke noch fahren? Und das bei Nacht?«

»Fliegen können wir nicht. Zudem muß ich immer stärker an den Besucher auf dem Friedhof denken. Ich habe sogar das Gefühl, daß er in der Nähe ist. Das ist nicht eine der üblichen Kreaturen, die von Asmodis geschickt wurden, um mich zu vernichten. Er ist ein Einzelgänger mit einem sonderbaren Anliegen.«

»Wie kommst du darauf?«

»Seiner Meinung nach besitze ich etwas, worauf er einen rechtmäßigen Anspruch zu haben glaubt.«

Bill schaute mich fragend an. »Was kann er denn damit gemeint haben?«

Ich holte mein Kreuz hervor. »Das, mein Lieber.«

Bill riß die Augen auf. »Nein, John, du irrst dich. Das glaube ich nicht. Wir kennen uns schon einige Zeit, und ich weiß, daß jeder Dämon bisher einen großen Bogen um das Kreuz gemacht hat.«

»Stimmt, Bill. Bisher ist es auch so gewesen. Aber alles kann sich mal ändern, man weiß es nie.«

Bill nickte. Dann leerte er sein Glas …

Glenda Perkins hörte das Rauschen der Dusche nicht mehr. Sie wußte, daß Susan fertig war, wollte ihr aber noch einige Zeit geben, um sich abtrocknen und wieder anziehen zu können. In der Zwischenzeit holte sie ihre Kulturtasche aus dem Gepäck. Mit der Tasche unter dem Arm trat sie auf den Flur und ging auf das Fenster an seinem Ende zu, um in die Dunkelheit zu schauen, die wie eine grauschwarze Masse das Haus umgab.

Glenda schauderte, wenn sie daran dachte, wer sich dort alles verbergen konnte. Allein und waffenlos wäre sie nicht nach draußen gegangen, was sie auch nicht brauchte, denn das Bad wartete. Sie ging die wenigen Schritte zurück.

Das Bad war leer. Susan hatte es bereits verlassen, was Glenda nicht aufgefallen war, da sie zu sehr in Gedanken versunken vor dem Fenster gestanden hatte.

Im Bad roch es nach Seife, und der Spiegel über dem Waschbecken war beschlagen. Glenda blieb trotzdem vor ihm stehen und holte einen Lippenstift hervor.

Währenddessen kämpfte Susan mit der Tücke ihres BH's. Sie hatte ihn zwar über die Schulter gestreift, bekam ihn am Rücken aber nicht richtig zu und brauchte Glendas Hilfe.

»Kannst du mal kommen und mir den BH zuhaken?« Sie wartete. Sekunden verstrichen. Susan wurde es zu lang, sie wollte noch einmal rufen, als sie die Berührung der Finger auf ihrem Rücken spürte. Es war wie ein sanftes Streicheln, das über die Haut hinweg glitt. Dann saß der BH fest.

»Danke.«

»Nichts zu danken.«

Susan erstarrte, als sie die Antwort hörte. Plötzlich wurde es ihr eiskalt. Das war nicht Glendas Stimme, die sie gehört hatte, sondern eine andere.

Eine Männerstimme – fremd und kalt.

Susan fuhr herum. John oder Bill hatten sie nicht angesprochen, das war eine andere Person gewesen, die sie im nächsten Augenblick anstarrte.

Vor ihr stand ein Fremder. Er lächelte, und trotzdem ging von ihm der kalte Hauch des Todes aus. Als hätte er einen Gruß aus dem Jenseits mitgebracht.

Der Fremde lächelte weiter. Er streckte die Hand aus, um Susan zu streicheln, die förmlich explodierte und schrie wie noch nie in ihrem Leben ...

Der Schrei einer Frau in einem stillen Haus. Bill und ich waren alarmiert und wußten sofort, wo er aufgeklungen war. In dem Gästezimmer, das Glenda und Susan bewohnten.

Wir rannten los. Ich erreichte das Ziel kurz vor Bill, rammte die Tür auf, hatte auch die Beretta gezogen, steckte sie aber wieder weg, weil keiner der Frauen eine unmittelbare Gefahr drohte. Allerdings stand das Fenster offen. Das registrierte ich wie nebenbei.

Susan lag weinend in Glendas Armen, die der Frau eine Jacke übergestreift hatte. Ansonsten war sie mit dem BH als Oberteil ziemlich dürftig bekleidet.

»Was ist passiert?«

Glenda hob die Schultern. »Ich kann es dir auch nicht genau sagen, John. Da müssen wir schon Susan fragen.« Die aber wollte nicht reden. In ihren Augen schimmerte die Angst, und sie drückte sich eng gegen Glenda.

Bill hielt sich im Hintergrund. Er war an der Tür stehengeblieben, wie jemand, der uns die nötige Rückendeckung geben wollte. Mich interessierte das Fenster. Der Angriff mußte aus dem Dunkel erfolgt sein. Etwas Schreckliches, das Susan aus der Fassung gebracht hatte.

Zu sehen war nichts. Nur die Finsternis, die das Haus umhüllte. Hinter mir hörte ich wieder Glendas Stimme. »Es tut mir leid, ich bin im Bad gewesen. Da habe ich nicht so schnell reagieren können. Ich hörte Susan nur schreien.«

»Du brauchst dir doch keine Vorwürfe zu machen«, sagte Bill.

»Seid mal ruhig!« Ich hatte sehr scharf gesprochen, und wir alle hielten den Atem an. Ich hatte mich nicht geirrt. Das verdammte Geräusch war wieder da.

Pling – pling – pling …

Das kannte ich. Auf dem Friedhof war es mir aufgefallen. Es kündigte Unheil an. Unheil, das noch in der Dunkelheit versteckt lauerte oder sich bereits im Haus befand. So genau war die Quelle des Geräuschs nicht zu orten gewesen.

Auf der Stelle fuhr ich herum. »Weg hier. Wir verlassen sofort das Haus!«

Glenda und Susan rafften ihre Sachen zusammen. Bill half ihnen dabei, während ich schon auf den Flur getreten war, der leer vor mir lag. Die Freunde schlossen sich mir an, aber wir kamen nur wenige Schritte weit.

»John!«

Eine harte Stimme, in der ein widerlicher Triumph mitschwang. Sie war im Gästezimmer aufgeklungen, das wir soeben verlassen hatten.

Ich blieb automatisch stehen. Auch hinter mir ging niemand mehr weiter. Nur Susan flüsterte: »Mein Gott, das ist er wieder!«

Die Entscheidung traf ich innerhalb einer Sekunde. »Kümmere du dich um die Frauen, Bill. Ich erledige das hier.«

»Du kannst doch nicht allein …«, protestierte Glenda.

»Doch, ich kann!«

Die drei liefen an mir vorbei. Bill nickte mir beruhigend zu. Ich wußte Glenda und Susan bei ihm gut aufgehoben. Dann ging ich den Weg zurück. Ich war bereit, mich dem anderen zu stellen. Ich wollte ihn vernichten, und ich befand mich jetzt in einer anderen Situation als auf dem Friedhof. Dort war ich nervlich doch ziemlich angeschlagen gewesen.

Der andere Sinclair hockte auf der Fensterbank. Er lächelte überheblich. Einer wie er war es gewohnt zu siegen, und das mußte er auch durch seine Gestik zeigen. »Schön, daß du gekommen bist, John. Ich will dich nur an mein Versprechen erinnern.«

Ich ließ mich davon nicht beirren und fragte mit leiser Stimme: »Wer bist du?«

»Ein Sinclair wie du.«

»Das weiß ich mittlerweile. Ich will es mit dir austragen. Hier und jetzt. Ich werde dir nicht das geben, was angeblich dir gehört. Ich werde dich damit bekämpfen und …« Mitten im Satz unterbrach ich mich, denn Sinclair bewegte sich. Mit der Hand schlug er blitzschnell Zeichen in die Luft, dann wies er auf eine bestimmte Stelle am Boden.

Ich hörte noch das zischende Geräusch, dann schossen plötzlich Flammen hoch, die sich wie eine Wand zwischen mich und den anderen Sinclair stellten.

Ich hatte meine Hände in die Höhe gerissen, um mein Gesicht zu schützen. An das Kreuz dachte ich nicht. Die plötzliche Hitze raubte mir den Atem.

Hinter der Flammenwand sah ich Sinclair wie ein Gespenst. Er hatte die Arme ausgebreitet und wirkte wie ein Guru, der die Flammen betören wollte. Er spielte mit ihnen. Er kontrollierte sie, und er schickte mir plötzlich drei Zungen entgegen, die wie Blitze nach mir griffen. Ich mußte zurückweichen, um nicht erwischt zu werden, denn die Flammen hatten sich innerhalb der letzten Sekunden ausgebreitet und das gesamte Zimmer erfaßt.

Ich wußte auch, daß dieser Brand nicht zu löschen war. Ein Sinclair wollte einen Sinclair verbrennen, und aus dem zuckenden Meer aus heißen und tanzenden Armen drang die Stimme des Brandstifters an meine Ohren.

»Ich töte sie alle! Alle!« Es folgte ein schauriges Lachen. Ich sah noch, wie er zurückwich, dann fiel sein Körper aus dem Fenster hinein in die Nacht, während ich für einen Moment wie betäubt auf der Stelle stand, nicht auf die nach mir leckenden Flammenzungen achtete, sondern daran dachte, daß hier ein Stück Heimat verbrennen würde.

Ich bekam keine Luft mehr. Bei jedem Einatmen glaubte ich, das Feuer zu schlucken. Ich wollte weg, endlich. Ich mußte an mich denken, doch es war zu spät.

Das Feuer hatte mich eingekesselt. Flammen schlugen nach mir. Sie hatten bereits meine Jacke erfaßt, versengten den Stoff, ich mußte sie vom Körper reißen, und ein wütender Schrei drang aus meiner Kehle.

Zugleich wußte ich messerscharf, daß es nur einen Weg für mich gab, der Hölle zu entrinnen. Durch das Fenster, nicht mehr zurück in den Gang, denn dort tobte die Hölle ebenfalls.

Der Schrei machte mir Mut. Er berichtete auch von der wahnsinnigen Wut, die mich gepackt hatte. Ich dachte an mein Kreuz, ich dachte an den anderen Sinclair, dann startete ich und rannte durch die Feuerhölle auf das Fenster zu.

Es kam auf jede Sekunde an, deshalb konnte ich nicht normal durch das Fenster klettern.

Ich hechtete hindurch wie ein Schwimmer vom Startblock. Mein Gesicht brannte, der Rauch nahm mir den Atem und auch die Sicht. Dann spürte ich die kühle Luft und wußte, daß ich die Freiheit erreicht hatte. Es war wie im Training. Den Körper krümmen, den Kopf einziehen, beim Aufprall abrollen.

Es klappte. Der Sprung war nicht aus dem oberen Stockwerk erfolgt. Trotzdem schüttelte mich der Aufprall durch. Ich rollte mich so schnell ab wie möglich, da ich ahnte, was mit meinem Elternhaus passieren würde.

Ich hatte mich nicht getäuscht. Als ich in die Dunkelheit hinaus rannte, machte das Feuer kurzen Prozeß. Es war zu einer Verpuffung gekommen. Mich erfaßte ein Sturmwind, der mich vorantrieb, wieder zu Boden schleuderte, auf dem ich mich überrollte und so liegenblieb, daß ich zurückschauen konnte.

Das Haus brannte. Es war zu einem schaurigen Gemälde geworden, aber es war leider echt. Die Flammen schlugen wie zuckende Drachenflügel aus den Fenstern. Es gab keine heile Scheibe mehr, und ich zog mich kriechend zurück. Verdreckt, angesengt, angekohlt, innerlich zerrissen. Aus meinen Augen liefen Tränen, und das führte ich nicht nur auf den beißenden Rauch zurück.

Mein Elternhaus brannte. Es brannte nicht nur, es wurde brutal zerstört von Mächten, denen kein Mensch der Welt etwas entgegensetzen konnte.

Vorbei – verbrannte Erde. Zurück blieben nur die Erinnerungen an die schönen Tage, die ich hier verbracht hatte. Ich saß noch immer auf dem Boden. Hin und wieder trieb mir ein Windstoß den Rauch entgegen. Ich mußte husten, ich keuchte und machte mich endlich daran, wieder aufzustehen.

Plötzlich war eine Hand da, die mich in die Höhe zog. Durch den Rauch sah ich meinen Freund Bill

Conolly. Er half mir auf die Beine. Hinter ihm warteten Glenda und Susan. Das Feuer malte sich als Widerschein auf ihren entsetzten Gesichtern ab.

Ich stand.

Bill schaute mich an. Auch er sah ziemlich ramponiert aus. Zusammen mit den beiden Frauen war er der Flammenhölle ebenfalls im letzten Augenblick entronnen. »Ich denke, wir sollten gehen, John.«

»Ja, das ist wohl am besten ...«

Sonnenschein. Das Zwitschern der Vögel. Ein wunderschöner Spätsommertag. Ein See mit klarem Wasser und einem mit Gras bedeckten Uferstreifen.

Ich hockte in der Nähe des Ufers. Susan saß neben mir. Bill hielt sich noch am Wagen auf, der hinter uns auf der schmalen Straße parkte. Glenda sah ich ein Stück entfernt. Sie war dabei, sich auszuziehen, um einige Runden im See zu schwimmen. Sie wollte einfach den Dreck der vergangenen Nacht loswerden.

Ich hatte einige Steine in die linke Hand gelegt und schleuderte sie der Reihe nach ins Wasser.

Susan hielt mein Kreuz fest. Sie strich mehrmals darüber hinweg. Dabei sprach sie auch. Allerdings galten die Worte mehr ihr selbst als mir. »Geisterjäger bist du also. Einer, der Dämonen jagt. Immer?«

»Sicher, das ist mein Job.«

Sie lachte. »Und was machen Dämonen, wenn sie sich mal ausruhen müssen und nicht aktiv sind? Sitzen sie dann vielleicht irgendwo herum und lesen Zeitung?«

»Ja, die Dämonendepesche.« Ich warf den letzten Stein ins Wasser, und mein Gesicht nahm einen nachdenklichen Ausdruck an.

»Du denkst wieder an ihn – nicht?«

»An wen sonst, Susan? Sein Haß ist so gewaltig, daß er selbst die Erinnerungen auslöschen will.« Ich streckte Susan die flache Hand entgegen. »Aber das hat er mir nicht abnehmen können.«

Sie verstand und gab mir das Kreuz zurück. Dann schüttelte sie sich. »Er – er – hat mich angefaßt. Es war einfach widerlich. Das kannst du dir nicht vorstellen.«

»Doch, das kann ich. Aber es ist vorbei.« Ich nickte ihr zu. »Da, sieh, Glenda ist in ihrem Element. Sie macht es richtig und schwimmt. Wie jemand, der eine beschmutzte Haut abwaschen will.«

»Gute Idee«, meinte Susan. Sie setzte sie jedoch nicht in die Tat um und kam wieder auf das alte Thema zu sprechen. »Wie kannst du diesen Sinclair besiegen, John?«

»Wenn ich das wüßte, wäre mir wohler. Deine Frage muß leider ohne Antwort bleiben.«

Bill Conolly kehrte zurück. Er hatte in einem nahen Ort neue Kleidung für uns besorgt. »Na, alles okay?«

»Es geht.«

»Wir können frühstücken. Ich war aktiv. Dabei kann mir Glenda helfen.«

»Sie schwimmt im See.«

Bill schaute hin und grinste. »Die scheint sich da pudelwohl zu fühlen. Egal, sie muß rauskommen.«

Zugleich hörten wir das Knattern. Es war ein nicht zu lautes Geräusch, doch in der Stille breitete es sich aus und schwang über den See hinweg.

Wir blickten in den Himmel. Über dem Bergsee flog ein Hubschrauber, und es sah so aus, als wollte dessen Pilot Glenda beim Baden beobachten.

»Was sagst du zu dem Helikopter?« fragte Bill. »Wir werden ihn im Augen behalten.«

Alfred Sinclair war Historiker. Zudem gehörte er zu den Menschen, die gern erzählten, ohne mit ihrem Wissen zu protzen. Wenn er genügend Zuhörer um sich herum wußte, dann machte er die Geschichte spannend wie einen Krimi.

Diesmal gab es nur einen Zuhörer, der allerdings war Feuer und Flamme. Er hieß Benny Sinclair, war ungefähr elf oder zwölf Jahre alt und hatte jubelnd zugestimmt, als Alfred ihm den Vorschlag gemacht hatte, einen Hubschrauber zu chartern und sich das Land mal von oben zu beschauen. Es war Bennys erster Flug mit dem Hubschrauber. Um so aufgeregter war er. Immer wieder strich er durch sein dunkelblondes Haar und hatte sich zur Seite gebeugt, um aus dem Seitenfenster schauen zu können. Er wollte alles sehen. Sie waren fast am Ende des Rundflugs angelangt und wollten nur noch über einen Bergsee fliegen. »Stell dir vor, Benny, das alles, was du gesehen hast, hat einmal unseren Vorfahren gehört.«

»Wow. Echt cool.«

»Das ist es dann auch gewesen. Noch eine Runde über den See, dann ab zum Castle.« Alfred Sinclair tippte dem Piloten auf die Schultern. »Haben Sie gehört?«

Der Mann drehte etwas den Kopf. Er nickte und zeigte sein debiles Lächeln. Ein Wort sprach er nicht.

Benny war die Reaktion nicht verborgen geblieben. Er mußte lachen, sah dann, wie Alfred einen Finger auf die Lippen legte, und war still. Dafür strich Benny zweimal mit der flachen Hand an seiner Stirn vorbei. Für ihn war der Knabe unterbelichtet.

Der See sah aus der Höhe wunderschön aus. In seinem Wasser spiegelten sich die Sonnenstrahlen und hellten die dunkelgrüne Farbe etwas auf. »He, da schwimmt ja jemand. Eine Frau. Mann, die ist sogar nackt.«

»Ja, warum auch nicht.«

»Echt stark. Mir wäre das Wasser zu kalt. Ich bin lieber ...« Benny schüttelte den Kopf. »Ach du Scheiße«, flüsterte er.

»Was ist denn?«

»Da, da.« Der Junge deutete mit dem Finger nach unten. »Auf dem Wasser und dicht darunter. Genau dort, wo die Frau schwimmt. Das sieht aus wie ein Schatten. Sogar wie Klauen.« Benny erschrak. Er schaute Alfred Sinclair an, der ebenfalls bleich geworden war.

Nur der Pilot grinste wieder debil ...

Glenda fühlte sich pudelwohl. Sie war froh, den See gefunden zu haben. Das Wasser umspielte ihren nackten Körper, und sie hatte das Gefühl, von jeder Welle einzeln gestreichelt zu werden. Es war ihr auch nicht zu kalt, sie genoß zudem die Ruhe, die nur von einem über ihr fliegenden Hubschrauber gestört wurde.

Während des Schwimmens schaute sie hoch und behielt den Hubschrauber im Blick. Er drehte nur eine Runde über den See und drehte dann ab.

Doch keine Spanner, dachte Glenda, die wären länger geblieben. Auch für sie wurde es Zeit, das Wasser allmählich zu verlassen und zu den Freunden zurückzuschwimmen. Sie drehte sich um – und zuckte zusammen. Für einen Moment verschwand ihr Kopf unter der Wasseroberfläche. Etwas hatte sie an den Beinen berührt und sie sogar kurz in die Tiefe gezogen. Es war nicht zu fassen, sie tauchte wieder auf, schaute sich um und riß die Augen erstaunt auf.

Das Wasser hatte sich verändert. Es war dunkler geworden. Schatten hüllten sie ein, die sie auch an den Beinen berührt hatten. Zugleich konnte sie sich nicht erklären, woher der Nebel so plötzlich gekommen war, der sie umhüllte. Das Ufer war so gut wie nicht mehr zu sehen. Und der verdammte Nebel nahm von Sekunde zu Sekunde an Dichte zu.

Angst jagte in Glenda hoch und steigerte sich zur Panik. Sie trat Wasser, riß den Mund auf, schrie Johns Namen, und dabei brachte sie nur ein Gurgeln hervor, weil eine Welle genau in ihren Mund schwappte und auch gegen das übrige Gesicht klatschte. Für einen Moment sah sie nichts, schleuderte die nassen Haare zurück, wollte wieder schreien – doch da hörte sie die andere Stimme.

»Er kann dich nicht hören!«

Glenda glaubte, innerlich und äußerlich zu vereisen. Aus dem Nebel schälte sich wie ein Geisterschiff ein Ruderboot hervor. Bewegt wurde es von ihm, *dem Sinclair*, dem Höllenboten, dem Grausamen. Sie sah ihn aus der Nähe. Er wurde immer deutlicher, je mehr das Boot in ihre Nähe kam. Er brauchte auch nicht mehr zu rudern, die letzten Schläge hatten es vorangetrieben.

Sinclair lächelte. Seine Augen waren auf Glenda gerichtet. Sie schienen zu glühen. Dann streckte er ihr die Hand entgegen. »Nimm sie.«

»Nein, lieber ertrinke ich!«

Sinclair lachte kurz auf. »Das wirst du auch, mein Schatz. Du hast die Wahl.«

Etwas streifte an ihren Beinen entlang. Wie die Hände von alten Wasserleichen, die sich ein neues Opfer holen wollten. Eine wahnsinnige Angst überfiel Glenda.

Eigentlich ohne es zu wollen, schnellte sie aus dem Wasser in die Höhe und genau in Sinclairs Griff hinein, der ihren Schwung ausnützte und sie in das Boot zog. »Eine weise Entscheidung. John wird auch ohne dich zum Ziel finden ...«

Sinclair Castle!

Von der einst so stolzen Burg waren nur noch Ruinen zurückgeblieben, aber auch sie wirkten noch imposant. Die Gemäuer verteilten sich auf einem Hügel, dessen Ränder mit lichtem Wald und Buschwerk bewachsen waren. Inmitten dieser Naturlandschaft fand das Treffen der Sinclairs statt.

Zahlreiche Wohnwagen parkten auf einer großen Lichtung. Zelte waren ebenfalls aufgebaut wurden. Es erklangen die alten Lieder aus dem Dudelsack. Viele Männer zeigten sich traditionsbewußt und trugen Kilts. Auf den Grills lag das Fleisch, und der Geruch des Gegrillten schwebte auch über ein sehr großes Zelt hinweg, in dem später gefeiert werden sollte.

Der Hubschrauber schwebte herbei und landete ein Stück entfernt. Erst als sich die Rotorblätter nicht mehr bewegten, stiegen Alfred und Benny Sinclair aus.

Der Junge lief sofort auf seinen Vater, Ben Sinclair, zu, der mit einem befreundeten Ehepaar zusammen stand. Frank und Helen Sinclair, die ihre kleine Tochter Mary mit dabei hatten.

»Dad, das war einfach super.« Er schrie noch im Laufen. Benny war aufgeregt. Er mußte die Eindrücke erst verdauen. »Ich – ich – kam mir vor, als wäre ich selbst ein Vogel. Darf ich noch mal fliegen, Dad? Bitte, bitte ...« Er lief mit ausgebreiteten Armen im Kreis und machte so ein Flugzeug nach.

Sein Vater winkte ab. »Mal nicht so vorlaut. Die anderen Kinder möchten auch fliegen.«

»Später denn?«

»Mal sehen.«

»Wann darf ich denn fliegen?« fragte die kleine Mary und schaute ihre Mutter Helen dabei an.

»Nicht jetzt.«

»Außerdem startet der Hubschrauber heute sowieso nicht mehr«, erklärte Marys Vater. »Benny hat Glück gehabt. Er war der letzte in der Wartereihe.«

Mary nahm es nicht hin. Sie fing an zu quengeln. »Ich will auch ein Vogel sein. Eine Eule am liebsten.«

»He, warum das denn?« wunderte sich Benny. »Ein Adler ist doch viel besser.«

»Eulen fliegen nachts.«

»Und tagsüber pennen sie, wie?» Benny schüttelte den Kopf. »Nee, das ist nichts für mich.«

Aus dem Hintergrund löste sich der Historiker Alfred Sinclair. In der Hand hielt er einen Skizzenblock. Nahe der beiden Kinder blieb er stehen und schaute hoch zur Ruine, deren Mauern so dunkel aussahen, als hätten sie vor langer Zeit unter einer starken Feuersbrunst gelitten.

Mary stieß ihn an. »Onkel Alfred?«

»Was ist?«

»Gibt es im Himmel auch Historiker?«

Benny konnte nicht mehr an sich halten und mußte kichern. »So doof können auch nur Mädchen fragen.«

Alfred kümmerte sich nicht um die Antwort. »Ich weiß es nicht, mein Schatz. Ich bin selbst noch nicht im Himmel gewesen. Das war wohl niemand von uns.«

»Und du bist wirklich doof, Mary!« mischte sich Benny wieder ein. »Wenn du in den Himmel willst, mußt du tot sein. Bist du das denn?«

Mit dieser Antwort wollte sich Mary nicht zufrieden geben. »Warum sagen die Erwachsenen dann, ich bin im siebten Himmel?«

Darauf wußte auch Benny keine Antwort. Zum Glück rief Helen Sinclair nach den Kindern. »He, Mary, Benny, kommt, wir holen Eis.«

So schnell wie selten liefen die beiden zu ihren Eltern. Zurück blieb der lächelnde Alfred, der wieder hoch zur Ruine schaute.

Wir waren so schnell wie möglich dorthin gerannt, wo wir Glenda zum letztenmal gesehen hatten. Unsere Rufe hallten über das Wasser, auf dem sich die Sonnenstrahlen abzeichneten und die Echos unserer Rufe verhallten.

Susan und ich standen vor Glendas Kleidern, die am Boden lagen. Sie selbst war nicht mehr zu sehen, und in uns allen kroch allmählich die Furcht hoch.

Bill stand einige Schritte entfernt. »Verdammt noch mal, sie kann sich doch nicht in Luft aufgelöst haben.«

Ich schleuderte wütend einen Stein ins Wasser. »Wir hätten sie eben besser im Auge behalten müssen. Aber ich weiß, wer sie geholt hat. Wie auch immer er das geschafft haben mag.«

»Dann hat er sie getötet!« rief Susan.

»Nein, das glaube ich nicht. Außerdem ist sie keine Sinclair. Aber er …«

Bill unterbrach mich. »Sie gehört zu dir, John. Das muß man dann anders sehen.«

»Jedenfalls hat er jetzt eine Geisel.«

»Und damit unseren schwachen Punkt getroffen«, erklärte der Reporter.

»Das ist die Frage, Bill.«

»Wieso?«

»Er denkt vielleicht, daß er einen Trumpf in der Hand hält. Wenn er das nötig hat, ist er möglicherweise nicht so unbesiegbar, wie er von sich behauptet. Seine Arroganz kann durchaus ein Schutzschild sein wie bei vielen normalen Menschen auch.«

»Durchaus möglich«, stimmte Bill mir zu.

Susan dachte in eine andere Richtung. »Allmählich bekomme auch ich Angst. Ich frage mich, ob ich mein Leben für dieses blöde Fest überhaupt riskieren soll.«

Ich konnte ihr nicht verübeln, daß sie so dachte, und das sagte ich ihr auch. Fügte aber noch hinzu: »Du wirst hier mit einer Welt konfrontiert, die du vorher kaum für möglich gehalten hast. Aber willst du Glenda ernsthaft im Stich lassen? Wenn du darüber nachdenkst, spielst auch du eine Rolle in diesem Ganzen hier. Sonst hätte man dich ja nicht in das Haus meiner Eltern bestellt. Deshalb brauchen wir dich.«

Susan lächelte wieder. »Das höre ich gern. Außerdem bist du der Fachmann, nicht ich.«

Bill, der bisher seinen Blick über den See hatte schweifen lassen, drehte sich zu uns um. »Du mußt John vertrauen, Susan.«

»Wird mir wohl nichts anderes übrigbleiben.«

»Und noch etwas Susan«, sagte ich. »Ein Sinclair gibt nicht auf. Niemals …«

Glenda Perkins wußte nicht, was hinter ihr lag, denn sie war plötzlich weggewesen. Die tiefen Schatten der Dunkelheit hatten sie aufgesaugt und erst wieder in einer anderen Umgebung losgelassen, in der sich Glenda nicht zurechtfinden konnte.

Es war feucht – und kalt.

Sie hörte das Aufschlagen irgendwelcher Tropfen. Sie spürte die rauhe Felswand unter ihrer tastenden Hand. Sie versuchte, ihr Füße zu bewegen und nicht daran zu denken, was noch vor ihr lag. Sie wollte überhaupt nicht denken und nur herausfinden, wohin man sie geschleppt hatte.

Es war so still, wenn sie sich nicht bewegte. Schrecklich still, wie sie es normalerweise nicht gewohnt war. Kein fremder Laut unterbrach diese Ruhe. Nur wenn sich Glenda bewegte, hörte sie die eigenen, tappenden Schritte.

Nichts war zu sehen, gar nichts. Aber zu spüren. Sie schrie leise auf, als sie mit der Schulter einen Gegenstand berührte, den sie dadurch in Bewegung setzte. Etwas quietschte zum Gotterbarmen. Wahrscheinlich die Glieder einer Kette.

Glenda zuckte zurück. Sie hatte nicht die Courage, den Gegenstand abzutasten. Sie dachte nur daran, daß sie aus eigener Kraft dieses verdammte Versteck oder Verlies nicht verlassen konnte. Der wahnsinnige Sinclair hatte sie geholt und sie zu seiner Gefangenen gemacht. Einen besseren Trumpf hätte er sich nicht holen können.

Der flackernde Lichtschein in der Ferne erinnerte sie an einen unruhigen Geist. Er blieb nicht an der Stelle, sondern kam näher, und zugleich vernahm Glenda die Tritte. Da bewegten sich Füße schwerfällig über den Boden. Der Lichtschein nahm an Stärke zu. Auch wenn er flackerte, riß er die unmittelbare Umgebung doch aus dem Dunkel hervor. Glenda sah, gegen was sie gestoßen war.

Sie riß den Mund auf. Ihr Herz stand für einen Moment still. Sie wollte nicht mehr leben, denn es war zu grauenhaft.

Dicht neben ihr hing von der Decke herab ein Käfig. Das Licht war stark genug, um sie durch die freien Räume zwischen den Käfigstangen schauen zu lassen. Im Auf und Ab von Schatten und Helligkeit schien sich die Gestalt im Käfig zu bewegen, obwohl sie an den Gitterstäben lehnte.

Es war ein menschliches Skelett. Ein widerlicher, alter Knochenkörper, der von Lumpenfetzen umgeben war. Sie sah den Kopf, auf dem kein einziges Haar mehr wuchs, aber sie sah auch die ekelhafte Knochenfratze und glaubte sogar, den Geruch des nicht mehr vorhandenen und längst verfaulten Fleisches wahrnehmen zu können.

Es ging nicht anders. Sie mußte schreien.

Und etwas stieg von ihrem Magen her in die Höhe, bis hin zur Kehle, wo es den Schrei dann erstickte.

Dann stand der Mann mit der Fackel neben dem Käfig. Er hielt sein Licht so, daß das Skelett darin gut angeleuchtet wurde. Natürlich war Sinclair gekommen, der seinen Triumph kaum unterdrücken konnte. Er war der Sieger, er hatte das Opfer in seiner Gewalt, und er verbeugte sich mit einer spöttisch anmutenden Bewegung.

»Darf ich bekannt machen? Der vierte Earl of Sinclair. Stuart Sinclair, ein wahrer Braveheart. Ich würde mich freuen, wenn du meinem Vater Gesellschaft leisten könntest, Glenda. Ich muß mich leider um meine Gäste kümmern.«

Er nickte. Dann steckte er die Fackel in eine Halterung an der Wand und deutete auf das mittelalterliche Kleid, das er Glenda übergestreift hatte. Von ihr selbst war dieses neue Outfit kaum wahrgenommen worden.

»Gefällt es dir?«

»Wie – wieso …?«

»Es ist eine kleine Kostbarkeit, Glenda. Du darfst stolz darauf sein, es tragen zu dürfen. Nicht jeder hätte ich dieses Kleid übergestreift. Deshalb versuche auch, dich noch schöner zu machen, damit wir am Dinner teilnehmen können.«

Glenda war geschockt und schwieg. Sie brachte einfach kein Wort hervor und schaute Sinclair nach, wie er aus dem Verlies ging ...

Wir waren da. Endlich. Und wir hatten auch einen Parkplatz gefunden und den Wagen verlassen.

»Meine Güte«, sagte Susan, »das ist ja Wahnsinn. Soviel Betrieb war damals in Frankreich nicht. Schaut euch das nur an. Die vielen Menschen, die Wohnwagen und Wohnmobile, die Garküchen, die Kapelle, das ist schon enorm.«

»Wirklich«, bestätigte Bill. »Unser Freund scheint keinen Sinclair vergessen zu haben.«

»Okay«, sagte ich, »dann laßt uns gehen.«

Zu dritt schritten wir dem großen Begrüßungszelt entgegen.

Alfred Sinclair war hoch zur Ruine gegangen, denn von dieser Stelle aus hatte er den besten Überblick. Um auch Einzelheiten erkennen zu können, hatte der Historiker das Fernglas mitgenommen. Durch seine Optik beobachtete er das Treiben am Rand des Hügels, und er sah sehr deutlich, wie drei neue Gäste eintrafen.

Eine Frau und zwei Männer. Sicherlich auch Sinclairs, die er genauer betrachtete, als wäre es besonders wichtig für ihn. Nach einer Weile setzte er das

Glas wieder ab und nahm den Skizzenblock an sich, der vor ihm auf der Mauer gelegen hatte.

Der nächste Weg führte ihn in das Gemäuer. Er hatte den Eindruck, den Atem der Geschichte zu spüren. Die Ruinen waren nicht überall kahl. Vom ehemaligen Innenhof schaute er an den Fassaden hoch, die teilweise von Efeu überwuchert waren. Er sah auch den Brunnen in der Mitte des Innenhofes und ließ seinen Blick ebenfalls über die wenigen schon aufgestellten Stände und Buden schweifen. Hier würde es am Abend Essen und Trinken geben. Sogar der große Holzhaufen für das Feuer war schon aufgeschichtet.

Alfred Sinclair war nicht allein. Da gab es noch jemanden, der sehr beschäftigt war. Diesmal flog die Gestalt keinen Hubschrauber. Der debil grinsende Mann war damit beschäftigt, noch nicht brennende Fackeln in die Halterungen zu stecken. Immer wenn sein Blick auf Alfred traf, grinste er ihm zu. Wie jemand, der mehr wußte ...

Wir hatten uns mit Getränken versorgt und standen vor dem großen Zelt. Vor uns auf der Lichtung lief der Trubel ab, aber ich nahm ihn kaum wahr, da ich mit meinen Gedanken ganz woanders war.

»Wo, zum Teufel, kann er stecken? Und wo hält er Glenda gefangen?« Darauf konnte mir keiner eine Antwort geben, doch Susan war der Meinung, daß wir die Menschen besser warnen sollten.

»Nein, Susan. Wovor denn? Sollen wir ihnen sagen, daß hier ein Sinclair-Killer herumschleicht, der zudem noch Sinclair heißt, aber kein richtiger Mensch ist? Ich bin dagegen. Wir müssen ihn in dem Glauben lassen, daß alles nach seinem Plan läuft. Er darf auf keinen

Fall Verdacht schöpfen. Wichtig ist, daß wir ihn finden, bevor er noch weiteres Unheil anrichten kann.«

Bill nahm einen Schluck Bier und meinte: »Ihr beide habt einen Vorteil, denn ihr kennt ihn gewissermaßen von Angesicht zu Angesicht ...«

»Schon, Bill, aber du wirst ihn auch erkennen, wenn er dir über den Weg läuft. Das kannst du mir glauben.« Ich verengte die Augen. »Er ist einfach nicht zu übersehen. Das Gesicht und die Kleidung unterscheiden sich von denen der Gäste hier.«

»Ach ja, Gäste, wie sieht eigentlich das Ganze hier aus? Wie läuft es ab?«

»Ich habe mal kurz im Programmheft nachgeschaut, Bill. Hier unten findet nur das *warming up* statt. Ein Programm für Kinder. Nach Sonnenuntergang zieht die Gesellschaft dann hoch zur Ruine. Im Innenhof wird das Feuerfest eröffnet.«

Bill lachte scharf und bitter. »Verdammt, dann hat er ja alle zusammen. Außerdem ist es dunkel. Für ihn ein Vorteil.« Wir hätten noch weiter diskutieren können, aber der Schrei in der Nähe des Hubschraubers hielt uns davon ab. Ich erbleichte für einen Moment.

»Verflucht, der ist doch nicht schon da und hat zugeschlagen. Das wäre ja ...« Die nächsten Worte verschluckte ich und lief Susan und Bill nach.

Weit kam ich nicht, denn eine kräftige Hand zerrte mich zurück.

Ich fluchte wütend, drehte mich um und sah in das Gesicht eines Mannes mit leicht angegrauten Haaren.

»John Sinclair, nicht?«

»Ja.«

»Ich kenne Sie!«

»Wie schön. Ich habe noch kein bekanntes Gesicht hier entdecken können.«

Er hatte mich losgelassen und stellte sich vor. »Mein Name ist Alfred Sinclair. Ich bin Historiker an der Universität von Aberdeen. Unser Clan ist ein leidenschaftliches Hobby von mir. Ich forsche gern in der Vergangenheit.«

Ich runzelte die Stirn. »Moment mal, Alfred. Kann es sein, daß ich mal eines Ihrer Bücher gelesen habe?«

»Schon möglich.«

»Sehr gut.« Ich lächelte. »Dann kennen Sie sich in der Geschichte der Sinclairs gut aus. Wissen Sie auch, wer dieses fabelhafte Fest hier organisiert hat?«

Darauf gab er mir keine Antwort. Ich sah das wissende Lächeln auf den Lippen des Mannes, bevor er nickte. »Sie sind John Sinclair. Man nennt Sie auch einen Geisterjäger, und Sie arbeiten für Scotland Yard.«

»Wovon reden Sie?« Ich wollte nicht, daß meine Tarnung aufflog.

Alfred winkte ab. »Sie brauchen sich nicht zu verstellen. Ich lese Zeitung. Jeden noch so kleinen Artikel, der sich mit dem Clan beschäftigt.« Sein Blick wurde sehr ernst. »In Cornwall wurde ein Scott Sinclair umgebracht.«

Ich hatte mich entschlossen, ihm reinen Wein einzuschenken. »Ja, und nicht nur er ist getötet worden. Es gab noch einen anderen bestialischen Mord in London. Leider wissen die Menschen hier nicht, in welcher Gefahr sie schweben.«

»Ich dachte mir schon so etwas.« Er senkte seine Stimme. »Wenn ich Ihnen helfen kann, lassen Sie es mich wissen.«

Dieser Mann meinte es ernst. »In der Tat könnte ich einen Verbündeten gebrauchen. Mal eine andere Frage. Wurden Sie auch telefonisch eingeladen?«

»Nein, über E-Mail. Ich fand die Einladung schon sehr mysteriös. Neugierig wie ich bin, konnte ich nicht widerstehen. Und jetzt stehen Sie vor mir. Um auf Ihre Frage zurückzukommen. Nein, ich weiß nicht, wer dieser Sinclair ist.«

»Das ist das Problem«, murmelte ich. »Er hat es geschafft, eine Freundin von mir in seine Gewalt zu bringen. Ich nehme an, daß er sich auf die Burg zurückgezogen hat. Gibt es dort ein Verlies?«

Alfred wies auf seinen Block. »Ich habe Skizzen angefertigt. Daß es ein Verlies gibt, ist möglich. Nur wo …?«

Da war ich auch überfragt. Ich schaute noch einmal in die Runde und sah um den Hubschrauber herum eine Menschenmenge stehen. Susan und Bill suchte ich dort vergeblich.

»Und was machen wir jetzt?« fragte Alfred.

»Wir gehen zur Ruine hoch. Kommen Sie. Ab jetzt dürfen wir keine Zeit mehr verlieren …«

Es hatte sich schlimmer angehört, als es in Wirklichkeit gewesen war. Benny hockte auf dem angezogenen Bein seines Vaters und betastete die Schramme in seinem Gesicht, während aus seinen Augen die Tränen liefen.

»Wie bist du nur darauf gekommen, in den Helikopter zu steigen, Benny? Was da alles passieren kann.«

»Er hat gesagt, ich dürfte den Vogel fliegen.«

»Hör auf mit dem Quatsch!« Ben Sinclair wurde ärgerlich.

Auch Bill und Susan hatten zugehört. »Stell dir mal vor, das Ding hätte abgehoben«, flüsterte sie ihm zu.

»Das wäre schlimm geworden.«

»Überhaupt«, regte sich eine in der Nähe stehende Frau laut auf. »So ein Ding ist doch kein Spielzeug. Es ist unverantwortlich, es unverschlossen hier stehen zu lassen. Wo steckt der Pilot?«

Keiner wußte eine Antwort. Susan und Bill gingen etwas zur Seite. Neben Helen und Frank Sinclair blieben sie stehen. Sie bekamen mit, daß Helen ihren Mann ängstlich anschaute. »Hast du Mary gesehen?«

»Sie ist mit anderen in den Wald gegangen. Ich habe ihr allerdings verboten, zur Burg hochzugehen.«

Helen wurde wütend. »Warum hast du sie überhaupt allein gehen lassen?«

Frank verdrehte die Augen. »Himmel, sie kann doch mal etwas ohne uns unternehmen. Sie spielt mit den anderen Kindern. Was ist schon dabei?«

»Wie du meinst. Aber ruhiger bin ich dadurch nicht.«

Susan und Bill setzten ihren Weg fort. Sie hatte sich bei dem Reporter eingehakt und schüttelte den Kopf. »Komisch, ich sehe John gar nicht mehr.«

»Kann sein, daß er schon oben bei der Ruine ist.«

»Und wer war der Mann, mit dem er gesprochen hat?«

Bill grinste. »Den kenne ich auch nicht, aber ich wette, daß es ein Sinclair war ...«

Auch die Kinder waren schon für das Fest umgezogen und liefen in ihren mittelalterlichen Kostümen durch den Wald. Es waren Mary, David, George und noch zwei andere Kinder. Eigentlich hatten sie keine Angst, in einen Wald zu laufen. Dieser hier kam ihnen allerdings so anders vor.

Sie hörten ein merkwürdiges Geräusch, eine Mischung zwischen Schreien und Klingeln. David blieb stehen. »Was war das?«

»Hast du Angst?« fragte George. »Bestimmt nur eine wilde Katze. Das kenne ich.«

»Mir ist auch komisch«, flüsterte Mary und schaute sich dabei unsicher um. »Ich will zurück.«

»Dann hast du Schiß!«

Das wollte Mary nicht auf sich sitzen lassen. »Nein, habe ich nicht. Aber es ist komisch hier.«

»Nun«, sagte George und spielte den Überlegenen. »Dann siehst du das Ungeheuer, das hier lebt, nie.«

Auch David war wieder in Ordnung. Er faßte Marys rechten Arm an und zog sie mit. »Komm schon, sonst befreien wir die Prinzessin nie.«

Die Kinder spielten weiter und drangen tiefer in den allmählich düster gewordenen Wald ein ...

Alfred und ich hatten den Innenhof erreicht. Ich hatte mich umgeschaut, alles in Augenschein genommen und mußte zugeben, daß wirklich gute Vorbereitungen getroffen worden waren. Sogar ein hölzernes Podest war errichtet worden. Es erinnerte mich an einen der alten Tanzböden.

Alfred führte mich herum und kletterte vor mir durch eine Lücke in der Mauer. Wir befanden uns jetzt in einem Gebäude, von dem nur noch die Grundmauern vorhanden waren.

»Und jetzt?« fragte ich.

»Möchte ich Ihnen hier gern die Geschichte der Sinclairs erzählen, John.«

»Ich bin gespannt.«

»Also«, begann der Historiker, »der Earl of Sinclair, genannt der ›kühne‹ Stuart, hatte einen Sohn. Duncan

Sinclair, sein Erstgeborener. Er soll bei der Überfahrt mit einem Schiff seines Vaters vor der Küste Islands angeblich ertrunken sein. Kurze Zeit später verschwand der Earl unter merkwürdigen Umständen einfach von der Bildfläche. Der jüngere Bruder James vermählte sich daraufhin und vertrieb seine Mutter, Lady Sinclair, die Frau des ›kühnen‹ Stuart.«

»Wohin hat er sie vertrieben?«

»In die Wälder der Umgebung. Die Chroniken berichten in den folgenden Jahren von einer Hexe. Ich vermute, das war die verwilderte Lady Sinclair.«

»Im Jahre 1542 brannte die Burg aus, wie ich weiß.«

Alfred nickte. »Stimmt genau. Der Ort gilt seitdem als verflucht. James verlor zwei Söhne in den Flammen. Er floh mit seiner Frau und seinen beiden Töchtern. Kein Nachkomme wollte je die Burg wieder aufbauen.«

Ich ließ mir das Erzählte noch einmal durch den Kopf gehen und fragte dann: »Was heißt denn angeblich ertrunken?«

Der Historiker lachte leise. »Ich habe bei Duncan Sinclair auch so meine Zweifel. In den Chroniken werden auch Gerüchte erwähnt.«

»Welche denn?«

»Man erzählt sich, daß der Earl seinen Sohn lebendig begraben hat.«

»Ho.« Ich öffnete meine Augen weit. »Lebendig begraben? Was sollte das für einen Grund gehabt haben?«

Alfred Sinclair hob die Schultern. »Das stand leider nicht in den Chroniken. Nur frage ich mich, wenn es wirklich dieser Duncan Sinclair ist, der die schrecklichen Morde verübte, wie kann so etwas überhaupt funktionieren?«

»Da gibt es einige Möglichkeiten«, sagte ich.

»Welche denn?«

»Zum Beispiel ein Pakt mit dem Teufel!«

Alfred erbleichte und fing an zu schwitzen. Ich hielt mich nicht mehr länger an diesem Ort auf. Jetzt zählte nur noch, daß wir das geheimnisvolle Verlies fanden ...

Der Wald war dichter geworden, ohne daß die Kinder es bemerkt hatten, weil sie zu sehr in ihr Spiel vertieft gewesen waren. An einer leicht abschüssigen Stelle, die in eine Mulde hineinführte, blieb David stehen. »Hier – hier muß es sein, hier ist der Schatz vergraben.«

Die Kinder schauten auf den Grund der Mulde. Mary war nicht einverstanden. »Ich denke, wir suchen eine Prinzessin?«

»Richtig, ihr Kleinen. Nur – wo ist sie?«

Keiner von ihnen hatte gesprochen. Es war eine andere Stimme gewesen. So dunkel, so drohend, schon unheimlich, und sie war hinter ihnen aufgeklungen.

Langsam drehten sich die Kinder um, aber nicht, ohne sich zuvor an den Händen gefaßt zu haben. Was sie sahen, machte sie vor Entsetzen stumm. Bis auf Mary, die einen schrillen, zittrigen Schrei ausstieß.

Der Unheimliche lachte schallend und nahm seine Maske ab. Die Kinder starrten in ein normales Gesicht, doch auch das flößte ihnen Angst ein. Sie konnten mit diesem Fremden nichts anfangen, und sie spürten instinktiv, daß er etwas Böses ausstrahlte. »Ihr braucht euch nicht zu fürchten, denn ich will euch nur helfen, die Prinzessin zu finden. Das ist alles.« Er kam auf die Kinder zu und wies dabei auf Mary. »He, am Ende bist du noch die Prinzessin. Na, Mylady, wie heißt du denn?«

»Mary«, antwortete sie leise.

»Oh, das ist ein schöner Name.« Er schlug sich gegen die Stirn. »Jetzt erinnere ich mich. So hieß die Prinzessin auch.« Duncan Sinclair ging noch näher auf Mary zu, umfaßte sie, hob sie an, drehte sich mit ihr im Kreis und setzte sie auf einen in der Nähe stehenden Baumstumpf. Er ließ sie dort sitzen und betrachtete sie mit kalten Blicken.

Die anderen Kinder wagten nicht, sich zu bewegen. Sie schauten nur zu. Duncan griff in die Tasche und holte die kleine Uhr mit der goldenen Kette hervor. Er schwenkte sie leicht, und die Kinder hörten das leise Pling – pling …

David stieß George an. »Was ist das?«

»Hast du noch nie eine Uhr gesehen?«

»So eine noch nicht.«

Obwohl die beiden leise gesprochen hatten, hatte Duncan Sinclair sie gehört. »Das ist die Uhr des Lebens, versteht ihr? Sie zeigt mir an, wieviel Zeit ein Mensch noch hat, bevor er in den Himmel kommt oder in die Hölle!«

Er lachte und achtete nicht auf Marys Schreien. Dann stieß er den Arm vor. »Du hast noch Zeit, kleine Prinzessin.« Er wollte sie streicheln, aber Mary fuhr zurück, und so huschte seine Hand nur durch die langen Haare.

»Marrrryy!« Durch den Wald gellte die Stimme einer Frau, die keiner hatte überhören können. Besonders Mary nicht, denn es war ihre Mutter.

»Mummy …«

Keuchend lief Helen Sinclair näher. Sie hatte sich schon fast verausgabt, doch die Sorge um ihre Tochter hatte sie nicht ruhen lassen. Jetzt war sie nahe genug heran, um alles sehen zu können. »Lassen Sie auf der Stelle meine Tochter los, verdammt!« rief sie.

Duncan drehte sich lässig um. Seine Antwort troff vor falscher Freundlichkeit. »Kein Grund zur Aufregung, Mylady, es ist ja nichts passiert. Nur ein harmloses Spiel.«

Schwer atmend war Helen stehengeblieben. Ihr Blick fiel auf die Teufelsmaske am Boden. Sie deutete mir dem Finger darauf. »Und so etwas nennen Sie harmlos?« Duncan gab keine Antwort. Er spürte nur den Blick der Mutter auf sich. Seine Lippen verzogen sich zu einem geringschätzigen Lächeln.

Helen wich seinem Blick aus. Er war so grausam und wissend, und das Lächeln hatte jetzt einen bösen Ausdruck angenommen.

»Kinder, wir gehen! Das Spiel ist aus. Hier haben wir nichts mehr zu suchen!«

»He, du bist doch nicht meine Mutter!« rief David.

Helen wollte etwas antworten, doch ihre Stimme versagte. Mit dieser Antwort hatte sie nicht gerechnet. Sie rechnete sie nicht einmal den Kindern zu, sondern mehr dieser unheimlichen Gestalt, die so etwas wie Macht über sie bekommen hatte.

Sie holte noch ein paarmal Luft und hatte die richtigen Worte gefunden. »Okay, auch wenn ich nicht eure Mutter bin, sonst gibt es ein Donnerwetter. Kapiert?«

»Wo sie recht hat, hat sie recht«, erklärte Duncan. Er traf keinerlei Anstalten, die Kinder zurückzuhalten, nur wollten die von allein nicht. Sie blieben stehen, die Gesichter trotzig verzogen und wie unter einem Bann stehend.

Helen sprang über ihren eigenen Schatten. Blitzschnell hatte sie Mary erreicht und riß sie an sich.

»Nein, ich will nicht!«

»Du kommst mit!«

Helen war die Stärkere. Auch wenn sich Mary wehrte, sie kam gegen ihre Mutter nicht an. Beide verschwanden im Halbdunkel unter den Bäumen, und ihre Stimmen verklangen.

»Jetzt sind sie endlich weg!« sagte David. »Können Sie mal auf Ihre Uhr sehen, Mister, und mir dann sagen, wieviel Zeit ich noch habe?«

Duncan überlegte kurz. »Nein, das mache ich nicht. Ich habe keine Lust mehr.«

Er drehte sich um und ging ...

»Was fällt dir eigentlich ein, dich so zu benehmen?« schimpfte Helen Sinclair. »Du brauchst auch nicht mehr zu jammern. Für mich ist das Fest gelaufen. Ich wollte von vornherein nicht herkommen. Das war die Idee deines Vaters. Ich bin es leid.« Sie wollte noch mehr sagen und nahm auch keine Rücksicht darauf, daß Mary mehr stolperte als ging, aber sie blieb plötzlich stehen, als sie den Mann und die Frau sah, die ihr entgegenkamen.

Es waren Susan Sinclair und Bill Conolly. Beide hatten Mutter und Tochter schon gehört und blieben jetzt stehen, so daß sie ihnen den schmalen Weg versperrten.

»Moment, warten Sie«, sagte Bill. Ihm war die Aufregung der beiden nicht entgangen. »Was ist passiert?«

Helen stieß den Atem keuchend aus. »Was passiert ist, wollen Sie wissen?« Sie deutete über ihre Schulter zurück. »Dort oben treibt sich ein Wahnsinniger herum. Dem macht es Spaß, Kindern Angst einzujagen. Wir jedenfalls werden packen und wegfahren.«

»Wollen Sie denn nicht das Feuerfest sehen?« fragte Susan.

»Nein!« Helen wollte auch nichts mehr erklären. Sie zog Mary mit sich. Im Weggehen sagte sie noch: »Kümmern Sie sich lieber um die Kinder da oben im Wald.«

Bill schnippte mit den Fingern. »Das ist jetzt deine Sache, Susan. Du mußt die Familie aufhalten. Ich kann mir nicht vorstellen, daß der Killer einen Sinclair so einfach wieder nach Hause fahren läßt. Das wäre gegen seinen Plan.«

»Verflixt, wie stellst du dir das vor? Eine derartige Furie soll ich aufhalten?«

»Ja, versuch es. Ich gehe inzwischen weiter.«

»Wohin?«

»Zur Ruine hoch und die anderen Kinder suchen ...«

Bill war gelaufen und hatte gehofft, sein Ziel schnell zu erreichen. Jetzt stand er unterhalb der Ruine, aber die Kinder waren ihm nicht begegnet.

Er blieb stehen, schaute sich um, aber es war schwer, innerhalb der Schatten etwas zu erkennen.

Dafür entdeckte er eine schleichende Gestalt. Sie war klein, geduckt und dunkel. Kein Mensch, vielleicht ein Zwitterwesen aus der Dämonenwelt. Die kleine Gestalt hatte es eilig. Sie sprang über Hindernisse hinweg, lief mal schneller, dann wieder langsamer, schaute sich noch einmal um und war dann plötzlich verschwunden.

Bill, der sie verfolgt hatte, näherte sich vorsichtig dem Ort, an dem es geschehen war.

Felsen wuchsen aus dem Erdreich. Beim ersten Hinsehen sahen sie ziemlich kompakt aus. Das waren sie jedoch nicht, denn Bill entdeckte das Loch, das eigentlich mehr ein breiter Spalt war, der aber tiefer ins Erdreich führte.

Dort war der kleine Dämon verschwunden.

»Okay«, flüsterte Bill, »was du kannst, schaffe ich auch!« Er zwängte sich in den Spalt hinein …

Helen Sinclair hatte ihre Tochter sicherheitshalber in den Wagen gesetzt. So war sie vor Überraschungen sicher, denn Mary war noch immer sauer. Daran änderte auch der Stoffhase nichts, den sie fest gegen ihre Brust gedrückt hielt. Die Eltern standen neben dem Auto. Helen war hochrot im Gesicht, während Frank betreten zu Boden schaute. Sie hob den Zeigefinger an. »Noch mal, Frank, wenn ich dir sage, daß wir fahren, dann fahren wir auch.«

Susan, die in der Nähe stand und ebenfalls versuchte, die Sinclairs von einer Abreise abzuhalten, konnte nur den Kopf schütteln. Frank lachte sie an. »Sie hören ja, was meine Frau gesagt hat. Die ist es gewohnt, ihren Kopf durchzusetzen.«

Ein anderer Gast bewegte sich auf sie zu. Auch er hatte alles mitbekommen. »Was wollen Sie denn«, sagte er und deutete schräg hinter sich. »Da sind die Kinder doch.« Er schaute zu, wie die Kinder über die Lichtung liefen. »Keine Hexe hat sie in den Ofen gesteckt und gebraten. Das ist alles nur Schwachsinn. Sie können also ruhig noch bleiben.«

Helen hatte stumm zugehört und die Lippen zusammengepreßt. Als der Mann außer Hörweite war, zischte sie nur: »Arschloch!«

»Und was ist jetzt?« fragte Susan. »Wie haben Sie sich entschieden, Helen?«

Sie gab ihre Antwort durch Taten, stieg in den Wagen und überließ ihrem Mann das Steuer. Durch die Windschutzscheibe sah Susan Franks unglückliches Gesicht. Sie tat nichts mehr, um die Sinclairs an der Abfahrt zu hindern.

Statt dessen schaute sie hoch zum Castle, über dem sich dunkle Wolken zusammengezogen hatten. Sie sahen aus wie vom Höllenfürst persönlich geschickt ...

Der in die Tiefe führende Gang war eng gewesen, sehr eng sogar. Bill Conolly hatte schon seine Schwierigkeiten gehabt, sich normal zu bewegen. Immer wieder hatte er seinen Bauch einziehen müssen, um die engen Stellen zu überwinden. Der sich in der Ferne schwach abzeichnende Fackelschein hatte ihn immer weitergehen lassen, und Bill nahm auch den Geruch der Fackeln wahr, den ihm eine Luftströmung entgegenschickte.

Von der kleinen Gestalt hatte er nichts mehr gesehen. Sie mußte ihr Ziel längst erreicht haben, von dem Bill noch immer keine Ahnung hatte, wo es genau lag.

Irgendwo in den Gewölben der Ruine, das war ihm schon klar. Er vertraute auch darauf, daß der Sinclair-Killer dank seiner Kräfte diesen Gang nicht einstürzen ließ.

Er selbst trug kein Licht bei sich. Das war auch nicht nötig, denn je weiter er ging, um so heller wurde es. Auch der Geruch veränderte sich. Es stank stark nach Pechgasen, die einem den Atem nahmen. Wenig später konnte er nur noch staunen, denn der schmale Gang mündete in eine große Höhle. An den Felswänden steckten die Fackeln. Es war genügend Licht vorhanden, aber die Höhle war bis auf ihn selbst menschenleer.

Er schlich auf die nächste Fackel zu, um für die Dunkelheit gerüstet zu sein. Das rauhe Holz des Griffs kratzte an seiner Handfläche.

So bewaffnet, machte er sich auf den weiteren Weg. Ein untrüglicher Instinkt sagte ihm, daß er sich nicht mehr weit vom Ziel entfernt befand.

Die Höhle hatte nicht nur einen, sondern noch einen zweiten Ausgang. Im Fels klaffte eine Lücke, auf die Bill mit langen Schritten zuging. Immer wieder mußte er Hindernissen ausweichen. Dann erreichte er den Spalt, blieb davor stehen und leuchtete hinein.

Ja, da war ein Weg. Er war mit Geröll bedeckt, aber er führte nach oben. Wahrscheinlich endete er auf dem Innenhof der Burg. Zumindest in seiner Nähe.

Bill sah wieder Land.

Doch sein Optimismus verschwand, als er den schrillen und hohen Schrei hörte.

So schrie kein Erwachsener. Das mußte ein Kind gewesen sein!

Die Sinclairs waren bereits eine Strecke gefahren, aber Mary hatte sich noch immer nicht beruhigen können. Sie saß auf dem Rücksitz, weinte, zog hin und wieder die Nase hoch und jammerte darüber, daß sie das Feuerfest auf der Burg nun nicht sehen konnte.

Sie sprach ihre Mutter an. »Warum können wir denn nicht zurückfahren, Mum? Es ist doch nichts passiert. Der komische Mann ist auch nicht mehr gekommen.«

Helen hatte sich wieder beruhigt. Ihre Wut war vorbei. Sie fühlte sich wohler und sprach auch anders zu ihrer Tochter als noch vor kurzem im Wald. »Es ist besser so. Glaube es mir, mein Engel. Das wäre wirklich zu spät geworden. Dein Vater und ich haben in der nächsten Woche auch zahlreiche Termine.« Sie warf ihrem Mann einen bösen Blick zu. »Dieses Wochenende habe ich mir wirklich anders vorgestellt.«

»Klar, jetzt bin ich wieder schuld.«

»Ich bedaure dich, wenn ich Zeit habe.«

Frank hob die Schultern. Er konzentrierte sich auf die Straße, die als schmales Band hinein in das Halbdunkel führte. Er hatte keine Lust, mit seiner Frau zu diskutieren, das endete stets in einem großen Streit, und dem wollte Frank aus dem Weg gehen.

Plötzlich erzitterte der Wagen. Zwei laute und dumpfe Geräusche waren über ihren Köpfen aufgeklungen. Automatisch ging Frank vom Gas und schaute in die Höhe.

»Was war das?« flüsterte Helen.

Frank hob die Schultern, hielt aber nicht an.

Dafür meldete sich Mary, die das Geräusch ebenfalls gehört hatte. Sie hatte sich schräg hingesetzt und schaute gegen das Dach. »Das war bestimmt das Ungeheuer. Es will, daß wir das Feuerfest besuchen.«

»Halt den Mund, Mary!« Frank war nervös geworden. Helen auch, denn sie zischte: »Schrei das Kind nicht an!«

Frank Sinclair fuhr noch langsamer. Es irritierte seine Frau im ersten Moment, und sie fragte: »Was hast du vor?«

Er hielt an. »Ich will nachsehen, wer da auf meinem Dach herumhämmert.« Der Gurt rutschte nach oben.

»Du bist verrückt, Frank!«

»Ach ja? Glaubst du etwa, daß ich Angst vor diesem Ungeheuer habe?« Er ließ sich auf nichts mehr ein und stieg aus.

Helen und ihre Tochter blieben sitzen. Die Frau drehte sich zum Mädchen hin um. Sie wollte sie ansprechen, ließ es aber bleiben, weil sich der Ausdruck in Marys Gesicht verändert hatte. Sie wurde totenbleich, denn sie sah, wie ihr Vater draußen vor dem Wagen plötzlich in die Höhe stieg. Seine Füße hatten sich vom Boden gelöst. Er schwebte tatsächlich nach oben weg. Wie jemand, der von Riesenhänden hochgezogen wird. Einen Moment später rummste es auf dem Autodach. So stark, daß ihr Auto zitterte. In das Poltern hinein erklang der entsetzliche Schrei ihres Vaters. Mary konnte nicht mehr hinschauen. Sie warf sich auf den Sitz und preßte ihr Gesicht dagegen. Erst als sie den Luftzug spürte und den Schrei ihrer Mutter hörte, richtete sie sich wieder auf.

Soeben noch bekam sie mit, wie Helens Beine vor dem Fenster in die Höhe glitten.

Wieder hackte etwas auf das Autodach. Mary zuckte zusammen. Sie konnte nicht einmal schreien. Der Schock saß zu tief. Etwas flog draußen durch die Luft und landete irgendwo am Boden.

Das Auto war so leer. Nur Mary saß noch darin. Langsam drehte sie den Kopf. Ihr Blick schweifte nach links, dann nach rechts. Nichts. Keine Eltern mehr.

Bis zu dem Augenblick, als etwas vor der linken Seitenscheibe im Heck erschien. Er war wie ein Geist gekommen, und das Kind starrte in Duncans fahles Gesicht.

Er sprach sie an. »Eine Eule würdest du gerne sein, habe ich gehört. Mal sehen, was sich da machen läßt ...«

Erst jetzt schrie das Kind zum Steinerweichen ...

Alfred und ich hatten es geschafft und den Weg in die Tiefe gefunden. Noch immer waren wir auf das Verlies fixiert. Es mußte einfach in der Nähe sein.

Was früher in unserer Umgebung gewesen war, wußten wir nicht. Der Keller jedenfalls stand noch und war auch so groß wie ein Gewölbe. Keine Decke, die eingefallen war, obwohl an verschiedenen Stellen Steine als Hindernisse im Weg lagen. Zum Glück trug ich die kleine Lampe bei mir, so konnten wir uns orientieren. Leider wußten wir nicht, in welche Richtung wir gehen sollten. Auch die Skizzen des Historikers hatten darüber keine Auskunft gegeben.

Dann schraken wir beide zusammen, weil der schrille Schrei nicht zu überhören gewesen war. Ich spürte Alfreds Griff an meinem rechten Arm. »Sie sind der Fachmann, John. Ich könnte mir vorstellen, daß es ein Todesschrei gewesen ist. Und nicht von einem Tier …«

»Sie haben recht. Die schreien anders.« Ich drehte mich auf der Stelle um.

Die kleine Lichtlanze stach durch die Finsternis. Sie traf auf eine Mauer, die stabil war. Trotzdem hörten wir hinter ihr das typische Geräusch rollender Steine. Ein wenig weiter nach links versetzt. Ich war sofort an der Wand. Da mußte es irgendwo einen Durchbruch oder eine Lücke geben.

Wie gut, daß wir die Lampe hatten. Zuerst spürte ich den Luftzug, dann sah ich den Spalt, auch wenn er durch die dichten Spinnweben erst beim zweiten Hinsehen zu erkennen war. Aber er war breit genug, um mich durchzulassen.

Mein Blick nahm an Erstaunen zu, als ich Bill Conolly entdeckte, der an der anderen Seite herumkletterte und sich mit einer Fackel bewaffnet hatte.

Ich winkte Alfred zu. »Da ist Bill.«

»Was? Lassen Sie mich mal sehen.« Er drängte sich neben mich. »Eine Höhle, Himmel, wie ist die bloß entstanden?«

»Es muß einen Weg dorthin geben.«

»Moment mal. Vielleicht ist er auf meiner Karte verzeichnet. Leuchten Sie mal.«

Es war eine Chance. Vielleicht unsere letzte ...

Noch immer schwebte der Käfig in Glendas Gefängnis. Noch immer zuckte sie zusammen, wenn er sich aus irgendwelchen Gründen bewegte und sie das Quietschen hörte. Und noch immer konnte sie sich nicht damit abfinden, was sie hier erlebte. Es war einfach zu unglaublich und irreal. Aber der Käfig war leer.

Das Skelett saß ihr gegenüber!

Beide saßen an diesem Tisch. Der Knöcherne war für das Festmahl vorbereitet worden. Sogar eine Serviette hatte Duncan um seinen Hals geknüpft. Der kleine Tisch war gedeckt. Gläser standen dort, und es gab sogar eine Bedienung. Eine kleine Gestalt, die debil grinste, bisher kein Wort gesprochen hatte und nun dabei war, Wein in die Gläser zu schenken.

Glenda lauschte dem Gluckern. Sie atmete heftig und wußte nicht, ob sie lachen oder schreien sollte. Sie fühlte sich wie in einem Film oder wie jemand, der selbst neben sich stand.

Obwohl der schreckliche, stumme und tote Gast mit ihr am Tisch saß, kam ihr die Szenerie beinahe lächerlich vor. Vor allen Dingen, als der irre, kleine Ober einen Dudelsack hochnahm und anfing zu spielen. Dabei tanzte er um den Tisch herum. Seine Augen waren so groß geworden, als wollten sie die Höhlen verlassen.

Glenda schüttelte den Kopf. Sie winkte ab und bewegte ihre Hand danach auf das Weinglas zu, das sie hochnahm. Sie hatte das Bedürfnis, sarkastisch zu sein, und nickte dem Skelett zu. »All right, hochverehrter Earl. Warum sollen wir so stumm sein? Vielleicht erzählen Sie mir mal von Ihren glorreichen Schlachten, die Sie geführt haben. Das war doch bestimmt ein wahnsinniges Erlebnis ...«

Das Skelett bewegte sich nicht. Die Musik aus dem Dudelsack war ebenfalls leiser geworden. Spinnweben hingen von der Decke herab und strichen über Glendas Gesicht, die heftig zusammenschrak und dabei Wein verschüttete.

Sie schaute zu, wie die rote Lache über das weiße Tischtuch rann und Kurs auf das Skelett nahm.

Wie Blut, dachte sie – wie mein Blut ...

Bill Conolly suchte noch immer. Er war nervös und wütend zugleich. Er wußte, daß er dicht am Ziel stand und eigentlich nur zuzugreifen brauchte, aber er hatte noch nicht den richtigen Weg gefunden. Sich nahe an den rauhen Felswänden zu halten gab ihm eine gewisse Sicherheit. Die tanzende Flamme der Fackel produzierte ein Muster aus Licht und Schatten. Er hatte das Gefühl, in seiner unmittelbaren Umgebung würden zahlreiche Figuren entstehen. Düstere Wesen aus einer anderen Welt, die ihn blitzschnell überfielen, in seiner Nähe tanzten und sich ebenso schnell wieder zurückzogen.

Es war nichts da, was er greifen konnte. Kein Mensch, der lebte. Keiner, mit dem er sprechen und sich austauschen konnte. Obwohl er sich bewegte, fühlte er sich wie ein Gefangener. Er wußte auch nicht, wie tief er inzwischen war und ob sich noch etwas unter ihm befand. Dabei dachte er an alte Folterkeller.

Der Fackelrauch hatte graue Spuren auf seinem Gesicht hinterlassen, die sich mit dem Schweiß mischten. Immer wieder spürte er den heißen Hauch des Feuers, wenn er über sein Gesicht glitt. Der rechte Arm war ihm durch das Gewicht der Fackel schon beinahe lahm geworden. Er senkte ihn und wechselte die Fackel in die linke Hand. Dabei schaute er nach vorn – und sah den hellen Schein. Bill schüttelte den Kopf. Das Licht drang aus dem Boden. Dort mußte eine Öffnung sein. Plötzlich war er wieder voll da. Er sah Licht am Ende des Tunnels, und das im wahrsten Sinne des Wortes. Darunter gab es noch etwas.

Die Eile trieb Bill voran und ließ ihn seine Vorsicht vergessen. Es war ein Fehler, er dachte nicht mehr an den unebenen Boden mit seinen Stolperfallen. Plötzlich riß es ihm die Beine weg. Ein falscher Schritt, er rutschte ab und fiel dicht neben dem Loch zu Boden. Die Fackel rutschte ihm weg, er konnte sich nicht mehr halten und prallte mit dem Kopf gegen einen harten Gegenstand. Ein scharfer Schmerz schoß durch seine Schläfen. Er sah die berühmten Sterne und war für kurze Zeit außer Gefecht gesetzt.

Bis er das leise Lachen der Frau hörte.

Zuerst glaubte er an eine Einbildung. Er lag noch, aber Bill öffnete die Augen.

Woher Susan Sinclair gekommen war, wußte er nicht. Jedenfalls stand sie neben ihm und lächelte ihn an. Das Restlicht der Fackel umtanzte ihre Gestalt und ließ sie durch ihr Spiel von Licht und Schatten aussehen wie ein märchenhaftes Geschöpf.

»Hast du dich verletzt?«

»Kaum. Außerdem habe ich einen Eisenschädel.«

»Komm hoch.«

»Okay, aber langsam mit den alten Gäulen.« Bill richtete sich auf, was ihm sein Kopf übelnahm. Er kniff die Augen zusammen, und als er sie wieder öffnete, sah er den Schatten einer Hand, die sich am Boden abmalte. Susan hatte den Arm ausgestreckt. Sie wollte ihm helfen, und Bill war darüber froh.

Er faßte zu.

Im selben Moment stockte ihm der Atem. Er wollte es nicht glauben. Das war alles andere als eine Frauenhand, die er angefaßt hatte. Das war eine mit harter, schuppiger Haut überzogene Klaue, die seine eigenen Finger umschloß.

Selbst Bill, der schon so einiges erlebt hatte, konnte den Schrei nicht unterdrücken …

Alfred und ich gingen weiter. Wir hatten es nicht geschafft, den Zugang zur Höhle zu finden, in der sich Bill Conolly herumtrieb. Der normale Durchgang war zu eng geworden, und jetzt suchten wir verzweifelt nach einem zweiten Weg.

Uns saß die Zeit im Nacken. Jeder von uns wußte, daß es auf Minuten ankommen konnte. Inzwischen hatten wir einen weiteren Gang entdeckt, der ein schauriges Innenleben aufwies. Wir stiegen über alte Gebeine hinweg und über bleiche, morsche Knochenschädel. Es knirschte, wenn sie unter dem Druck unseres Körpergewichts zerbrachen.

Irgendwann hatte ich keine Lust mehr, blieb stehen und drehte mich zu Alfred um. Im Licht der Lampe sah ich sein schweißnasses und angestrengt verzogenes Gesicht. »So kommen wir nie ans Ziel und auch nicht in die Höhle zu Bill. Wohin führt dieser verdammte Gang?«

Der Historiker hob die Schultern. »Es tut mir leid, John, aber meine Unterlagen sind leider nicht vollständig. Das Labyrinth hier unten war bisher unentdeckt.«

»Okay, dann müssen wir eben weitermachen.« Ich war sauer. Ich wußte, daß in unserer Nähe etwas passiert war, aber, verdammt noch mal, wir kamen einfach nicht hin.

So blieb uns nichts anderes übrig, als die Suche nach einem Ausgang fortzusetzen.

Weit kamen wir nicht, denn wir hatten beide das Geräusch vernommen. Gedämpft, sehr leise, aber deutlich zu hören. Das war Musik, die Klänge von Fanfaren.

»Das Feuerfest beginnt«, flüsterte Alfred.

Ich schloß für einen Moment die Augen. »Und damit das Finale, bei dem Blut fließen wird. Verdammt, Glenda …«

Alfred rüttelte mich an der Schulter und brachte mich wieder zurück in die Realität. »Was ist jetzt? Sollen wir weiter nach dem Verlies suchen?«

»Auf keinen Fall. Ich kann die Menschen in der Burg nicht im Stich lassen. Der Weg nach oben wird eher zu finden sein als der in das Verlies.«

»Dann weiter.«

Ich war kein Hellseher, ich bin nie einer gewesen, doch in diesem Fall hatten wir Glück, denn wir entdeckten tatsächlich eine krumme und uralte Steintreppe, die zu den Ruinen hinauf führte …

Hoch auf den Mauern hockten die beiden kleinen Gestalten und jagten die Klänge der Fanfaren über die im Innenhof versammelten Menschen. Zwischen den alten Mauern herrschte Hochbetrieb, denn das Fest war bereits in vollem Gang.

Auf den Grills lag das Fleisch. Gut gewürzt und scharf gebraten, und sein Duft schwebte zwischen den Mauern. Man trank, man aß, die Stimmung war ausgelassen und stand dicht vor dem Höhepunkt. Das Wetter spielte auch mit. Zwar schwebten die dunklen Wolken nach wie vor am Himmel, aber sie brachten keinen Regen. Schottische Musikklänge hielten die Menschen bei Laune. Niemand kümmerte sich um die Musiker, von denen einige aussahen, als wären sie ihren Gräbern entstiegen.

Es war so, als wären sich hier zwei Welten begegnet. Die eine, die normale, die menschliche – und zum anderen die fremde, bösartige und von Duncan Sinclair regierte Dämonenwelt, in der er die normale Zeit ausgeschaltet hatte.

Den Mittelpunkt bildete das Holzpodest, auf das ein Thron gestellt worden war. Noch war er nicht besetzt, aber aus den tiefen Schatten hinter den Mauern schob sich eine Gestalt hervor und trat langsam zwischen die Feiernden.

Es war Duncan Sinclair, dessen Gesicht jetzt nur noch den blanken Haß zeigte.

David hatte ihn entdeckt. Er drängte sich durch die Menge und blieb laut atmend vor Duncan stehen. »Darf ich noch mal die Uhr sehen?«

Duncan Sinclair schaute ihn böse an. »Deine Zeit ist um. Weg von mir. Hau jetzt ab!«

David bekam Angst. Er zitterte, dann drehte er sich um und rannte zu seiner Mutter.

Duncan war zufrieden. Er brauchte drei Schritte, um das Podest zu erreichen. Mit sicheren Bewegungen stieg er hinauf und setzte sich auf den Thron.

Jetzt war er der King!

Die Steintreppe war verdammt lang gewesen. Sie endete erst über dem normalen Hofniveau, und wir gelangten auf eine Schräge, eine Art Dach, das jedoch sehr brüchig aussah.

Über uns spannte sich der sternenlose Nachthimmel. Unter uns lag der Innenhof des alten Castle.

Wind peitschte gegen uns. Alfred sah sich um. »Es sind Wolken da. Aber der Wind ...«

»Da unten spielt die Musik.«

Er beugte sich vor. Zu hastig, er rutschte ab, und ich konnte ihn soeben noch festhalten. Ich zog ihn zu mir heran und bemerkte, wie er zitterte.

»Das war knapp. Danke, John.«

»Man soll eben nichts übertreiben. Aber wir müssen trotzdem runter. Da unten wird Duncan Sinclair sein mörderisches Spiel beginnen. Ja, es ist Duncan«, sagte ich mehr zu mir selbst.

Der Historiker hatte die Worte trotzdem gehört. »Verdammt, das kann nicht stimmen. Der ist seit einem halben Jahrtausend tot.«

Ich grinste ihn schief an. »Das wird man seiner Show kaum anmerken, mein lieber Alfred.«

»Ja, möglich. Dann müssen wir also ...«

Ich ließ ihn nicht aussprechen und sagte nur: »Ja, Alfred Sinclair, wir müssen zu ihm. Außerdem bin ich sicher, daß er mit meinem Besuch rechnet. Und enttäuschen möchte ich ihn nicht ...«

Duncan Sinclair hatte von seinem debil grinsenden Helfer ein Mikrophon bekommen, es kurz getestet und war zufrieden. Auch darüber, wie gut er mit den Errungenschaften der Neuzeit zurechtkam. Selbst einer wie er stellte sich rasch auf gewisse Bequemlichkeiten ein.

Die Kapelle behielt er im Blick. Auf ein Zeichen seinerseits verstummten die Instrumente.

Jetzt war nur noch der Stimmenwirrwarr zu hören, doch gegen ihn konnte Duncan leicht ansprechen. »He, hört zu, ihr Sinclairs. Ich möchte ein paar Worte an euch richten. Es wird nicht lange dauern, keine Sorge. Danach geht es weiter …«

Seine Stimme war durch den Innenhof gehallt und hatte auch den letzten Winkel erreicht. Die Gesichter der Anwesenden drehten sich Duncan und seinem Thron zu.

Zwei Männer, die in der Nähe standen, schauten sich an. »Kennst du den?« fragte der eine und nahm noch einen Schluck aus seinem Glas.

»Nein.« Schulterzucken. »Das scheint hier wohl der große Zeremonienmeister zu sein. Erlebt habe ich das noch nie.«

Wie alle anderen schauten auch sie gespannt auf die Gestalt auf dem Thron, die so lange wartete, bis es still genug geworden war.

»Danke, meine Freunde!« rief Duncan. »Zunächst möchte ich mich einmal vorstellen. Mein Name ist – Sinclair …«

Alle lachten.

»Ein guter Witz!« rief jemand aus der Menge. »Alle mal die Hände heben, die nicht Sinclair heißen.«

Auch Duncan lachte. »Wie schön, daß wir Sinclairs Humor haben. Ich bin übrigens der fünfte Earl of Sin-

clair – das heißt, ich wäre es geworden, wenn nicht …«
Er winkte ab. »Lassen wir das. Ich möchte euch nicht
langweilen, deshalb werde ich mich kurz fassen. Ich
bin euer Gastgeber und begrüße euch sehr herzlich auf
Sinclair Castle, meinem, pardon, unserem ehemaligen
Familiensitz. Von dieser Burg aus ist unser Clan in die
Welt gezogen, um den Ruhm unseres Namens zu ver-
mehren.« Er bewegte sich und holte das Banner mit
dem Sinclair-Wappen hervor, das er heftig schwenkte.

Die Menschen jubelten. Das waren genau die richtigen Worte, die sie brauchten.

Einen gab es, der nicht jubelte …

Das war ich!

Ich hatte es geschafft, aus der Höhe nach unten zu
gelangen. Es war mein Glück gewesen, daß sich Duncan Sinclair so lange mit der Vorrede aufgehalten
hatte. Es war ihm auch gelungen, die Menschen auf
sich zu konzentrieren, so hatte niemand groß auf mich
geachtet. Wie ein Dieb war ich herangeschlichen und
hatte das Podest erreicht, ohne daß ich aufgehalten
worden wäre.

Duncan Sinclair schwenkte das Banner. Er war abgelenkt. Diese Chance nutzte ich aus, um auf das Podest
zu klettern. Diesmal trug ich mein Kreuz nicht versteckt. Ich hielt es in der Hand.

Duncan sah mich, als er das Banner wieder einrollte
und sich dabei zur Seite drehte.

Für einen Moment starrten wir uns an. Wenn Blicke
töten könnten, wäre es um Sinclair geschehen gewesen. Er aber nahm es locker, zwinkerte mir sogar zu
und drehte sich lässig um, damit er sich wieder an sein
›Volk‹ wenden konnte.

»Ich wollte einfach nur ein schönes Fest haben. Den Sinclair-Clan an seinem Ursprung vereinigt, wie es auch damals schon Brauch war. Es war nicht leicht, doch ich habe es geschafft. Ich konnte jeden von euch erreichen. Und weil dies so etwas Besonderes ist, braucht ein derartiges Fest auch eine gelungene Überraschung. Gewissermaßen in der Form eines Ehrengastes.« Er drehte kurz den Kopf, um mir ein Zeichen zu geben. »Komm her, John!« Leise und ohne Mikro fügte er hinzu: »Aber nicht zu nahe, verstanden?«

Ich tat ihm den Gefallen und blieb in einer für ihn sicheren Entfernung stehen, weil auch ich unbedingt wissen wollte, welche Schandtaten er sich ausgedacht hatte.

Er führte seine Rede fort. »Es gibt übrigens einen sehr prominenten Sinclair unter uns. Er heißt mit Vornamen John und hat sich bei Scotland Yard einen Namen gemacht. Wie sagt man heute? Er ist dort eine große Nummer.«

Duncan legte eine Kunstpause ein, damit die Zuhörer die Überraschung verarbeiten konnten. Er wartete so lange, bis das Raunen der Gäste verstummt war, und setzte seine Rede dann fort.

»John ist nicht einfach ein Polizist, nein, das dürft ihr nicht glauben. Er ist weit mehr. Man nennt ihn auch den Geisterjäger oder den Sohn des Lichts. Er ist derjenige, der über unsere Träume wacht, der böse Geister bekämpft und Dämonen vernichtet, und der sich dem Satan entgegenstellt, wenn er sich unsere Seelen holen will.« Wieder legte er eine Kunstpause ein, um seine Worte wirken zu lassen.

In gleicher Lautstärke fuhr er dann fort. »Außerdem besitzt er eine sehr ungewöhnliche Waffe. Ein Kreuz, dem sagenhafte Kräfte nachgesagt werden. Etwas, das ihn beinahe unbesiegbar macht. John, sei so gut, zeig uns dein Kreuz!«

Ich fühlte mich auf den Arm genommen. Schon längst hätte ich ihn angegriffen, wenn mich der Gedanke an Glenda Perkins und Bill Conolly nicht zurückgehalten hätte. So zeigte ich ihm nur ein kaltes und überlegenes Lächeln.

»Willst du nichts sagen?« flüsterte er mir zu.

»Keine Sorge, Duncan, du wirst es noch früh genug spüren. Und zwar zwischen deinen Augen.«

Sein Mund verzog sich. »Abwarten.« Dann stand er mit einem Ruck auf und trat an den Rand des Podests, wo er sich wieder an die Gäste wandte und mit lauter Stimme redete. »Freunde! Diesen feierlichen Rahmen habe ich für einen ganz besonderen Anlaß gewählt. Ihr werdet heute Zeuge, wie John das Kreuz auf mich überträgt, auf mich, Duncan Sinclair, den wahren Sohn des Lichts, der zurückgekehrt ist, um die Tradition der Geisterjäger in unserer Familie fortzusetzen. Wir alle können stolz auf John sein, der seiner Bestimmung folgend den Mächten der Finsternis widerstanden hat. Jetzt ist seine Zeit um. Ich bin bereit, die Nachfolge anzutreten.« Er schloß die Augen. Er schwankte leicht. Er wirkte irgendwie erschöpft. Ich fragte mich, was sein Gerede tatsächlich zu bedeuten hatte. Sein Ziel war klar. Er wollte mein Kreuz. Nur baute er darum ein Ritual auf, dessen Sinn ich nicht begriff.

Er öffnete die Augen wieder. Wie flehend streckte er seine Hände aus. »Und nun bitte ich, daß meine Mutter hervortreten möge ...«

Ich war geschockt. Mit diesen Worten hatte ich nicht gerechnet. Die anderen nahmen es wohl hin, denn sie glaubten ihm alles. Ich fragte mich dagegen, wer diese Mutter war, die er aus dem Hut zaubern wollte.

Nahe des Podests entstand Bewegung. Eine Frau drängte sich durch die Zuschauer. Ich erkannte sie nicht sofort. Erst als sie die Stufen hochging, da sah ich, wer die Mutter war.

Susan Sinclair!

Mein Herz schlug plötzlich schneller. Ich schaute in ihre kalten und bösen Augen. Da wußte ich, daß Duncan Sinclair Gewalt über Susan bekommen hatte.

Sie betrat das Podest, passierte den Thron und kniete vor mir nieder. Auf ihren Händen lag ein Samtkissen, über dessen Stoff flackernd das Licht der Fackeln strich.

Duncan deutete auf Susan. »Das ist meine geliebte Mutter!« rief er den Versammelten zu. »Sie begehrte mich, und ich begehrte sie. Dank ihrer Künste hat sie mich aus dem Verlies befreit, in das mein Vater mich warf, weil er unsere Liebe nicht ertragen konnte.« Seine Stimme hatte sich gesteigert und jagte wie Donnerhall über die alte Ruine.

Ich aber wurde abgelenkt, weil ich plötzlich den Taxifahrer sah, der schwer an einem Eisenkäfig zu tragen hatte und ihn schließlich auf dem Podest abstellte.

Duncan nickte ihm zu, wies auf das Skelett innerhalb des Käfigs und erklärte mit lauter Stimme: »Ihr seht, Freunde, daß ich den Spieß umgedreht habe. Das ist mein Vater. Er hat meine Stelle eingenommen. Es ist alles gerichtet worden. Nun fehlt mir noch der letzte Erfolg. John, das Kreuz!«

Ich hob es an. »Da ist es, Duncan. Sieh her. Das ist das Kreuz, das dich verdammte Kreatur vernichten wird.«

»Nein, nein, John, das kannst du nicht. Denn ich allein bin der wahre Sohn des Lichts!«

»Vielleicht wärst du es tatsächlich geworden. Doch

die Geschichte wurde anders geschrieben. Du hast dich auf die Seite der falschen Mächte gestellt.«

»Nein!« brüllte er mich an und vollführte eine wütende Handbewegung. »Ich lösche die Geschichte aus. Sie interessiert mich nicht. Deswegen seid ihr doch alle hier. Ihr sollt sehen, wie ich mit der Geschichte spielen werde. Jetzt her mit dem Kreuz oder ...«

»Was ist mit oder?«

»Das!« brüllte Duncan und streckte seinen Arm aus.

Es war zugleich ein Zeichen für seine versteckten Helfer. Sie hatten in der Nähe des Scheiterhaufens gelauert und hielten die Fackeln bereit, deren Flammen über Reisig und Holz huschten. Das Zeug war pulvertrocken und brannte wie Zunder. Flammen stießen in den Himmel wie lange, gierige Arme.

Ich riß die Arme vor mein Gesicht, um mich gegen die Blendung zu schützen. Aus einem anderen Winkel schaute ich hin und mußte erkennen, daß es zwei Scheiterhaufen gab.

Beide waren sie besetzt.

Die Opfer hatte man an Pfähle gefesselt.

Ich hatte das Gefühl, den Boden unter den Füßen zu verlieren und in ein tiefes Loch zu fallen. Denn wer dort auf den beiden Scheiterhaufen sterben sollte, waren Glenda und Bill.

Die Gäste waren begeistert. Sie begriffen die tödliche Gefahr nicht.

Einige klatschten sogar Beifall. Andere waren begeistert über die tolle Vorstellung.

»Nein, John!« brüllte Bill aus Leibeskräften, während er sich in den Fesseln wand. »Gib ihm nicht das Kreuz. Egal, was passiert. Nicht das Kreuz!«

Ich war noch immer überrascht und bewegte mich

nicht. Starr wie eine Statue stand ich auf der Stelle. Dabei wußte ich nicht einmal, welche Gedanken durch meinen Kopf rasten. Zu groß war das Durcheinander geworden. Meine Passivität nutzte Susan aus. Sie riß mir mit einer blitzschnellen Bewegung das Kreuz aus der Hand und fauchte dabei wie ein Raubtier. Sie legte es auf das Kissen, schnellte hoch, sprang zurück und lief die wenigen Schritte auf Duncan Sinclair zu, um ihm den wertvollen Gegenstand zu übergeben.

Duncan Sinclair brüllte auf. Er hob die Arme so hoch wie möglich. Mit beiden Händen hielt er mein Kreuz fest, um es den Gästen zu präsentieren.

»Ich bin am Ziel! Ich bin der Sohn des Lichts! Der wahre Sohn des Lichts! Ab jetzt gilt mein Zauber!« Sein mörderisches Lachen hallte über den Burghof ...

Alles war plötzlich anders geworden. Das Fest artete aus. Der Höhepunkt war erreicht, denn Duncan Sinclair hatte seinen bösen Zauber endlich ausbreiten können.

Ein Gast sprang von seinem Platz auf. Er schrie entsetzt und deutete auf seinen Teller. »Verdammt noch mal, das ist kein normales Fleisch! Nein, nein, nein! Wir essen Menschenfleisch. Verflucht noch mal ...«

Die Frau ihm gegenüber spie ihren Mund leer.

David, der Junge, sah plötzlich die abgetrennte Männerhand vor sich auf dem Teller liegen und schrie zum Erbarmen.

Jeder hatte inzwischen bemerkt, was hier ablief. Das Fest war zu einem Horror-Trip geworden, der jeden Rahmen sprengte. Panik brach von einem Moment zum anderen aus, und die Kapelle spielte schrille Melodien.

Raketen jagten in die Höhe. Gezündet von Duncans Helfern, stießen sie in den dunklen Nachthimmel hinein, um am höchsten Punkt zu zerplatzen.

Ein bunter Sternenregen senkte sich auf die Ruine nieder.

Genau das hatte Duncan gewollt. Es war seine große Zeit. Er hatte das Kreuz und floh damit ...

Auch wenn der Schock und die Überraschung bei mir nur kurz angedauert hatten, war es Duncan doch gelungen, mit dem Kreuz zu fliehen. Ich ließ ihn auch, denn Glenda und Bill waren in diesem Fall wichtiger. Ich wußte nicht, ob die Flammen sie bereits erfaßt hatten, dennoch mußte ich alles versuchen.

Die Panik war groß. Ich mußte mir den Weg zum Scheiterhaufen regelrecht freikämpfen.

Jemand hatte etwas dagegen. Kurz davor sprang mir plötzlich Susan in den Weg. Sie war kein Mensch mehr, sie fauchte, ihre Augen sahen schrecklich verändert aus.

»Schade«, sagte ich nur, zog die Beretta und schoß.

Susan stürzte zu Boden. Ein letzter Schrei. Was weiter mit ihr geschah, sah ich nicht. Da hatte ich mich schon von ihr entfernt. Plötzlich war auch Alfred Sinclair an meiner Seite. Er hatte als einziger neben mir den Überblick behalten.

»Du kümmerst dich um Glenda, ich helfe Bill!«

Sie brannten noch nicht. Sie keuchten und schrien. Der verdammte Rauch vernebelte meine Sicht. Die Hitze setzte uns alle zu. Aber wir gaben nicht auf. Wir kämpften uns durch die Hölle bis zu ihnen vor und achteten nicht auf uns und unsere Sicherheit. Aber wir packten es. Durch die heftigen Bewegungen hatten

Glenda und Bill ihre Stricke schon recht weit gelockert. So konnte ich sie mit wenigen Schnitten meines Messers durchtrennen, auch wenn es nur ein kleines Taschenmesser war. Ich ließ die beiden erschöpften Freunde in Alfreds Obhut.

»Kümmert euch um die Leute hier. Ich hole mir Duncan.«

»Dann mach es auch richtig, John!« keuchte Bill.

»Darauf kannst du dich verlassen!«

Er hatte das Kreuz. Damit war er geflüchtet. Ich sah seine Gestalt als Schattenriß vor mir. Der Wind hatte die Wolken vertrieben, und über uns lag jetzt der klare Sternenhimmel.

Mit langsamen Schritten näherte ich mich der Gestalt des Duncan Sinclair.

Aber war er das wirklich? Sah so ein Sieger aus? Er war dem Fest entflohen, das hinter uns wie eine helle Kulisse lag, da die Feuer noch immer loderten.

Das Kreuz hielt Duncan in der rechten Hand. Diesmal hatte er seine Arme nicht wie zum Sieg erhoben. Sie baumelten schlaff an den beiden Seiten seines Körpers herab. Ich hörte sein tiefes Stöhnen, und er hatte meine Schritte gehört, denn er drehte sich mit einer müden Bewegung zu mir herum.

Nein, das war nicht mehr der Duncan Sinclair, wie ich ihn kannte. Er durchlebte eine schreckliche Veränderung, die vor allen Dingen an seiner linken Gesichtshälfte zu sehen war. Sie hatte sich verfärbt, hing herunter, sah aus wie feuchter Stoff, aus dem eine bräunliche Substanz nach unten tropfte.

Ich schüttelte den Kopf. »Du bist nicht der Sohn des Lichts, Duncan.«

»Doch, doch!« brachte er gequält hervor.

»Nein, Duncan. Wenn Gottes Schöpfung einen Irrtum ausschließt, gilt das ab sofort auch für die Hölle. Du bist ein Psychopath mit dämonischen Kräften. Leider kenne ich niemanden, der dich behandeln könnte.«

Duncan krümmte sich unter Schmerzen. Seine Worte brachte er nur mühsam hervor. »Ja, die Hölle, die Hölle! Satan – hilf mir. hilf mir, Satan, verflucht …«

»Ach, auf einmal?« Mein Stimme klang spöttisch. »Du hast mir doch mal erzählt, daß sich selbst der Satan vor dir fürchtet.«

Duncan sank auf die Knie. Mühsam hob er den Kopf. Sein Gesicht verfiel immer mehr. Jetzt hatte sich auch die Haut auf seiner anderen Wange aufgelöst, und an der Stirn brach sie ebenfalls auf. Das Kreuz hielt er noch immer fest, obwohl es für seinen weiteren Verfall sorgte.

Mitleid kannte ich nicht. »Du verfluchte Ausgeburt der Hölle hast meine Eltern getötet!«

Noch einmal riß er sich zusammen, während es weiter aus seinem Gesicht zu Boden tropfte. »Ich hätte es gern getan. Ich muß dich enttäuschen. Ich kam zu spät. Du mußt weiter nach den Mördern suchen, Sinclair. Ich wollte immer so sein wie du. Nur ist die Bestimmung an mir vorbei gegangen. Deshalb hasse ich dich. Ich hasse dich und alle anderen Sinclairs. Ich bin eifersüchtig auf alle.«

»Ein sehr menschliches Gefühl für einen Teufel.«

»Teufel?« Sein Kopf sackte nach vorn. Er hob ihn in einer großen Kraftanstrengung wieder an. Seine Lippen waren bereits zerfranst. Ich hatte Mühe, ihn zu verstehen. »Ich bin kein Werkzeug des Teufels. Ich habe ihn nur für meine Zwecke ausgenutzt. Er stand an meiner Seite. Später wollte ich dann zu meiner eigentlichen Bestimmung zurück. Du weißt es selbst, zu dem Kreuz …«

»Ja, ich weiß.«

Duncan brach zusammen. Auch sein Körper verfaulte. Vor meinen Augen vollzog sich dies. Die Arme, die Beine, der Brustkorb sackten zusammen. Er wurde zu einer brauen, schmierigen Masse.

Ich nahm das Kreuz wieder an mich. Dabei lächelte ich. Es war ein gutes Gefühl, es wieder in der Hand zu halten.

Noch einmal betrachtete ich Duncan.

Nicht alles an ihm war verändert.

Seine rechte Gesichtshälfte hatte sich nicht weiter aufgelöst. Auch das Auge war noch vorhanden, während das andere längst in der Höhle dahinter versunken war.

Mit diesem einen Auge starrte er mich an. Plötzlich sah ich das Wasser darin schimmern.

Eine Träne …

»Dämonen, die weinen?« fragte ich leise. »Nein, das glaube ich nicht.« Ich richtete die Beretta genau auf das Auge. Die geweihte Silberkugel würde auch den Rest zerstören.

Das Echo des Schusses wehte sogar bis zur Ruine des Sinclair Castle …

Am Rand der Ruine traf ich auf Glenda und Bill. Ich war froh, sie hier zu sehen, denn von dem Fest hatte ich die Nase voll. Die beiden Scheiterhaufen waren zusammengesunken. Sie glühten nur noch wie die Riesenaugen zweier Zyklopen.

Ich berichtete vom Ende des Duncan Sinclair, und

Bill meinte: »Dann hat er das gleiche Schicksal erlitten wie Susan.«

»Tut mir leid, ich mußte sie töten.«

»Das wissen wir«, flüsterte Glenda. »Wir konnten es von unseren Scheiterhaufen aus sehen.«

»Und sonst?« fragte ich.

»Haben sich die Gäste beruhigt. Dafür hat Alfred gesorgt«, erklärte Bill. »Er hat sogar gefragt, ob wir ihn mal in Aberdeen besuchen kommen.«

»Hör auf, Bill. Später vielleicht. Zunächst einmal habe ich von meinem Clan die Nase voll.«

»Kann ich verstehen.«

»Und ich auch«, sagte Glenda. »Wir sollten zum Wagen gehen, denn hier möchte ich nicht unbedingt übernachten.«

Wenn Glenda Perkins jemals ein wahres Wort gesprochen hatte, dann an dieser Stelle …

ENDE

Der Hexenclub

Mund und Augen der Bardame lächelten, als sie den Gast anschauten. Der Mann saß an der Theke. Er hatte des öfteren seine Blicke durch den Nachtclub schweifen lassen und schien zufrieden zu sein mit dem, was er sah.

Das Ambiente war gemütlich und ein bißchen plüschig. Weiches Licht, das die Mädchen noch schöner machte. Ein perfekter Anmachschuppen, bei dem auch die Türen zu den entsprechenden Séparées nicht fehlten. Die Musik war nicht zu laut. In weichen Klängen schwebte sie über der Tanzfläche und schmeichelte den Ohren der Gäste, die sich auf der Tanzfläche bewegten und ihre Partnerinnen an sich preßten.

Die Bardame hieß Nina. Das hatte sie dem Gast gesagt. Sie tippte ihn leicht an. »Gefällt es dir bei uns?«

»Sehr.«

»Möchtest du noch etwas trinken?«

Er nickte. »Gern.«

Die Bardame wandte sich ab. Der Gast vor der Theke sah, daß sich die Tür eines Séparées öffnete. Ein Mann trat auf die Schwelle. Er wirkte benommen, beinahe marionettenhaft. Sein Blick war ins Leere gerichtet. Hinter ihm stand eine Frau. Sie hielt sich mehr im Schatten auf, aber ihre langen Beine waren deutlich zu sehen.

Die Bardame hatte ihren Gast vergessen und verließ ihren Platz hinter der Theke. Lächelnd ging sie auf den Mann vor dem Séparée zu. Nur kam sie nicht dazu, ihn anzusprechen, denn aus dem Hintergrund war eine rauhe Frauenstimme zu hören.

»Erwin ...«

Der Angesprochene drehte sich wie in Zeitlupe um. Er gab durch seine Bewegung die Sicht in den dahinterliegenden Raum frei. Das Licht erhellte ihn nur spärlich. Trotzdem zeichneten sich die Umrisse eines Diwans ab. Auf ihm lag eine halbnackte Frau. Ihr Körper sah verschwommen aus, aber gerade das erhöhte noch ihren Reiz.

Mit einer lasziven Bewegung hob sie ihren rechten Arm. »Du darfst mich wiedersehen ...«

Erwin Tischer nickte. Dann schaute er Nina an, die dicht vor ihm stand. Sie faßte ihn behutsam an, als bestünde er aus Glas.

»Komm jetzt. Das reicht für heute ...«

Erwin gehorchte. Er drehte sich um und ließ sich von Nina zum Ausgang der Bar führen.

Lukretia rekelte sich auf ihrem Diwan und lächelte triumphierend ...

Die Dunkelheit der Nacht hatte die Stadt Prag eingehüllt. Nur noch wenige Menschen hielten sich am Ufer der Moldau auf, deren Rauschen wie eine Melodie klang, die niemals abreißen wollte. Einige Liebespaare hatten sich in noch dunklere Ecken gedrückt und küßten sich.

Das alles sah Erwin Tischer nicht. Wie in Trance ging er weiter, den Blick vor seine Füße gerichtet. Der Weg war ihm bekannt, er brauchte sich nicht einmal umzuschauen und hatte irgendwann sein Ziel, ein Hochhaus, erreicht.

Die Eingangstür war nicht verschlossen. Er drückte sie auf und betrat mit etwas unsicher wirkenden Schritten den Fahrstuhl, der ihn nach oben brachte. Dort verließ er die Kabine und ging langsam über den Flur auf seine Wohnungstür zu. Es war still, deshalb klangen die Schritte der Nachbarin besonders laut, die auf den Fahrstuhl zusteuerte.

Es war nicht besonders hell. Trotzdem bemerkte die Frau Erwin Tischers Zustand.

Sie blieb stehen. Ihre Stimme klang besorgt. »Na, Herr Tischer, alles in Ordnung?«

Erwin gab keine Antwort. Stumm stand er da und stierte gegen seine Wohnungstür.

Die Nachbarin hob die Schultern und betrat den Fahrstuhl. Sie hatte es nur gut gemeint. Mehr Zeit konnte sie sich nicht nehmen. Sie mußte pünktlich zu Schichtbeginn am Arbeitsplatz sein.

Erwin wartete, bis sich der Fahrstuhl wieder in Bewegung gesetzt hatte. Dann holte er mit einer langsamen Geste den Schlüssel hervor …

Mit leisen Schritten betrat Erwin Tischer seiner Wohnung. Er war nur noch ein Schatten, der sich durch den Flur bewegte. Links lag das Kinderzimmer, in dem der Junge schlief. Die Tür war nicht geschlossen. Durch den Spalt fiel Licht in den Flur hinein. Es stammte von einem erleuchteten Globus neben dem Bett.

Bevor Erwin die Küche betrat, passierte er das Schlafzimmer. Dort lag Vivian. Er wußte nicht, ob sie schlief. Oft blieb sie wach, wenn er unterwegs war, aber das war ihm jetzt egal. Er betrat mit leisen Schritten die kleine Küche.

Das Licht wollte er nicht einschalten. Auch im Dunkeln fand er sich zurecht. Er wußte, wo seine Frau die wichtigen Gegenstände aufbewahrte. Die Töpfe, das Porzellan und die Bestecke.

Die lagen in der Schublade …

Er zog die rechte der beiden hervor. Messer, Löffel und Gabeln klirrten gegeneinander, als sie sich bewegten. In der Stille hörten sich die Geräusche überlaut an. Sie drangen selbst durch die geschlossene Tür bis in das Schlafzimmer, in dem Vivian lag und tatsächlich geschlafen hatte.

Sie richtete sich auf, als sie ihren Mann in der Küche hantieren hörte. Der Bademantel lag griffbereit, und sie war auch schnell in die Hausschuhe geschlüpft.

Erwin stand noch immer in der Küche. Er hielt den Kopf gesenkt und schaute in die offene Schublade. Er konnte die Umrisse der Messer nur verschwommen erkennen. Einige probierte er aus, bis er die richtige Waffe gefunden hatte.

Es war ein Messer mit hartem Griff und einer festen Klinge. In seinem Gesicht bewegte sich auch jetzt nichts, als er den scharfen Gegenstand hervorzog, den Griff mit der rechten Hand umschloß und sich mit einer langsamen Bewegung umdrehte.

Dann verließ er die Küche mit unsicher wirkenden Bewegungen. Aber er wußte genau, wo er hinzugehen hatte. Der Weg führte ihn geradewegs auf die offene Tür des Kinderzimmers zu. Tischer vergrößerte den Spalt, um eintreten zu können. Dicht hinter der Schwelle stand ein Spielzeug-Krankenwagen. Er stolperte über das kleine Auto, das sich überkugelte und erst von der Wand gestoppt wurde.

Der Junge lag im Bett. Das Licht aus dem Globus streute seinen Schein über ihn und das Bett hinweg, ohne den Jungen in seinem tiefen Schlaf zu stören.

Erwin ging auf das Bett zu. Das Messer hielt er fest in der rechten Hand.

Noch wies die Spitze zu Boden ...

Er atmete flach. Die Schuhe steiften über den Teppichboden. Es hörte sich gedämpft an und sogar unheimlich in der Stille.

»Liebling?«

Vom Flur her war Vivians Stimme aufgeklungen. Die Frau hatte so laut gesprochen, daß der Junge erwachte.

»Mama?«

Erwin ging einen Schritt weiter, dann noch einen. Er tauchte als unheimliche Schattengestalt auf und war nicht mehr weit vom Bett entfernt, als er das Messer anhob.

In diesem Augenblick verdunkelte sich die Türöffnung. Vivian war da.

Sie sah ihren Mann am Bett des Jungen stehen, sie wollte etwas sagen, aber die folgenden Sekunden wurden so schrecklich, daß nicht ein Laut aus ihrer Kehle drang.

Sie konnte sich auch nicht bewegen. Der Schock hatte sie gelähmt. In ihren schlimmsten Alpträumen hätte sie sich eine derartige Situation nicht vorstellen können.

Sie starrte auf Erwins Rücken. Sie hörte seine Stimme. »Lukretia, ich tue es für dich!«

Dann bewegte er seinen rechten Arm.

Von oben nach unten. Von oben nach unten – immer und immer wieder. Zugleich drangen die dumpfen Laute an ihre Ohren, und sie sah auch den hell blitzenden Streifen, der sich bewegte wie eine sehr lange Spiegelscherbe.

Ihre Starre dauerte nicht lange an. Sekunden nur, dann hatte Vivian begriffen.

Ob sie schrie, flüsterte oder keuchte, das wußte sie nicht. Jedenfalls warf sie sich auf ihren Mann, sie zerrte ihn vom Bett zurück, sie hörte ihn fluchen. Blut spritzte in ihr Gesicht. Es stammte von ihrem Sohn, der nicht die geringste Chance gehabt hatte, den heftigen Messerstößen zu entgehen. Ein Ellbogen traf ihr Gesicht. Der Schmerz war schlimm, und Vivian ließ ihren Mann los.

Darauf hatte Erwin gewartet.

Die rechte Hand schnellte vor. Die Klinge fand ihr Ziel. Sie drang tief in den Körper der Frau ein und wurde mit einem Ruck wieder hervorgezogen.

Noch stand Vivian auf den Beinen. Sie glaubte nicht, was sie da sah. Ihr Mund war weit geöffnet. Beide Hände hielt sie gegen die Wunde in ihrem Leib gepreßt. Etwas raste durch ihren Körper wie eine scharfe Säure. Sie konnte nicht einmal schreien. In ihrer Kehle saß ein nach Blut schmeckender Kloß.

Schwer fiel sie auf die Knie und dann zurück. Als sie den Boden mit dem Rücken berührte, glitten bereits die Schatten des Todes heran und nahmen sie gefangen.

Erwin Tischer war zufrieden. Sein Blick war leer. Nichtssagend. Er ließ das Messer fallen und schaute sich um. Überall war Blut. Er streckte den Zeigefinger aus und tauchte die Spitze in eine rote Lache.

Danach drehte er sich um und suchte eine freie Stelle an der Wand. Dort malte er mit dem Blut der Toten einen Schlangenkopf auf die Tapete. Er lächelte dabei. Seine Gedanken kehrten wieder zurück. Sie drehten sich um die andere Frau, die so schön war. Für sie allein lohnte es sich, zu töten und zu sündigen.

Plötzlich hielt er inne.

Etwas hatte ihn gestört.

Jemand war gekommen. Er spürte die Aura, und ein Glücksgefühl stieg in ihm auf. Erwin drehte sich um und konnte so auf das Fenster schauen.

Hinter der Scheibe schwebte die Gestalt in der Luft. Das schöne Gesicht zeigte ein lobendes Lächeln, und mit einer Hand winkte sie ihm zu. Erwin vergaß seine Malerei. Er wollte nur zu ihr hingehen und war wahnsinnig erfreut darüber, daß Lukretia den Weg zu ihm gefunden hatte.

Erwin Tischer wußte, was er zu tun hatte. Er öffnete das Fenster. Die frische Nachtluft wehte ihm entgegen, dann war die Hand der Lukretia da, die ihn lockte.

»Komm ...«

Erwin nickte. Er konnte es noch immer nicht fassen. Sie war da. Ein Wunder. Sie wollte ihn zu sich holen, und er beeilte sich, auf die Fensterbank zu klettern, um Lukretias Hand zu fassen.

»Spring, Erwin!«

Tischer stand noch für einen Moment auf der Kante. Dann ließ er sich in die Tiefe fallen. Er vertraute auf Lukretia.

Deren Lachen begleitete seinen Fall nach unten. Es dröhnte in seinen Ohren, und ihm wurde nicht einmal bewußt, daß sie seine Hand losgelassen hatte.

Und so sprang Erwin Tischer in den Tod ...

Stella Dobro schaute sich im Kinderzimmer um. Die attraktive Frau war bleich geworden. Schon einige Jahre arbeitete sie bei der Mordkommission, doch was sie hier sah, das war einfach nur grauenhaft und nicht zu begreifen. Das Blut, die beiden Leichen, Mutter und Sohn und auch der mit Blut gemalte Schlangenkopf an der Wand, der von einem ihrer Mitarbeiter angestarrt wurde.

»Es war ein Massaker«, flüsterte Stella.

»Und wer tut so etwas?«

»Keine Ahnung.« Sie drehte sich um und rief in den Flur hinein. »Valezny, kommen Sie mal her.«

Ein Mann betrat das Zimmer. Stella deutete auf den gemalten Schlangenkopf. »Was halten Sie davon?«

»Keine Ahnung.«

»Denken Sie nach, Mensch.«

»Vielleicht.« Valezny grinste schief. »Na ja, abstrakte Kunst.«

Die Dobro hob die Augenbrauen an. »Wie Sie meinen. Dann abstrahieren Sie das mal in Ihren Zeichenblock.«

»Ich tue ja alles, was Sie wollen, Chefin«, sagte er seufzend und vermied es dabei, einen Blick auf die Toten zu werfen, deren Anblick ihm unter die Haut ging. Mit wenigen Strichen zeichnete er den Schlangenkopf nach. »Das fasse ich nicht«, flüsterte er. »Der bringt sein Kind um und zeichnet noch so etwas an die Wand. Die Menschen werden immer irrer.«

»Haben wir ein Tatmotiv?« fragte Stella.

Valezny ließ den Block sinken. »Nicht die Spur. Würden Sie so eine Schlange darstellen? Es kann eine Schlange sein, muß es aber nicht. Was ist es denn?«

»Brüste vielleicht …?«

»Daran habe ich auch schon gedacht.«

Stella überlegte. Dabei schaute sie auf die Zeichnung. »Hier geht etwas vor, mit dem Sie und ich nicht zurechtkommen. Das fällt nicht unbedingt in die Normalität. Für derartige Verbrechen gibt es Spezialisten, mein Lieber.«

»Wen denn? Ich kenne keinen.«

»Aber ich. Der Mann heißt John Sinclair …«

Jan Tischer hatte es eilig. Er wollte sich um Himmels willen nicht verspäten, denn es ging um seinen Beruf, um seine Karriere, und da war Pünktlichkeit wichtig.

Der Mann, mit dem er sich verabredet hatte, hieß Mohler. Er war für Jan wichtig und würde auch weiterhin wichtig sein. Ziemlich abgehetzt und ein wenig außer Atem betrat er Mohlers Sekretariat, nickte der Vorzimmerelfe zu, richtete seine Krawatte, klopfte an die Tür des Chefzimmers und trat ein.

Mohler saß hinter einem Schreibtisch, der sehr breit und wuchtig war. Passend für sein großes Büro, in dem er der Herrscher war.

»Pardon, aber ich bin leider etwas zu spät und …«

Mohler winkte ab. »Das macht nichts. Setzen Sie sich.«

»Danke.« Dem Schreibtisch gegenüber nahm Jan Tischer Platz. Mohler hielt ihm ein gefülltes Zigarettenetui hin. »Bitte, bedienen Sie sich.«

»Danke, aber ich rauche nicht.«

»Sehr vernünftig. Endlich mal jemand, der auf seine Gesundheit achtet. Ich hätte auch längst aufhören sollen, aber Sie wissen ja, wie das ist. Am letzten Tag des Jahres nimmt man es sich vor, und Stunden später sind die guten Vorsätze wieder vergessen. Egal.« Er winkte ab. »Kommen wir zu Ihnen. Sie sind jetzt zwei Monate bei uns in der Firma.«

»Das stimmt, Herr Mohler.«

Mohler zwinkerte ihm zu. »Und noch immer Junggeselle?«

»Auch das ist richtig.«

»Tja.« Der Mann ließ seine Blicke über Jans Gestalt gleiten. »Haben Sie noch nie daran gedacht, mal zu heiraten?«

Jan hob die Schultern.

»Ich habe mit meiner Freundin einige Male darüber gesprochen. Warum wollen Sie das wissen, wenn ich fragen darf?«

Mohler ging nicht darauf ein. »Ach, Sie haben eine Freundin?«

»Klar, das haben doch viele. Und wir werden bald auch heiraten, wenn es Sie beruhigt.«

Mohler lächelte, denn er wollte die Spannung aus dem Gespräch nehmen. »Sie wundern sich bestimmt über meine Fragen. Aber alles hat seinen Grund.«

»Das denke ich mir.«

»Wissen Sie …« Mohler suchte noch nach den richtigen Worten und hatte sie auch bald gefunden. »Hätten Sie nicht Lust, mit in einen Club zu kommen? Es wäre ein Club, in dem – sagen wir – ungewöhnliche Dinge passieren.«

Jan Tischer begriff nicht. Er wollte den Chef auch nicht brüskieren und sagte: »Ich habe gedacht, wir wollten über meine neue Aufgabe reden, über Ihren Vorschlag, daß ich das Atelier leite …«

»Auch, Herr Tischer. Sie sind mein bester Graphiker, aber alles zu seiner Zeit. Mein Club ist etwas ganz anderes. Kein normaler Club und nicht langweilig. Heutzutage muß man sich selbst etwas bieten und gönnen. Sie sind Graphiker, Künstler. Sie müssen alle Facetten des Lebens genießen, damit sie zurück in Ihre Arbeit fließen.« Mohler lachte laut auf und schaute sein Gegenüber an.

Jan schüttelte den Kopf. »Sie haben da von ungewöhnlichen Dingen gesprochen …«

Mohler senkte seine Stimme, bis sie nur noch ein Flüstern war. »Phänomene, mein Lieber. Okkulte Phänomene …«

Jan wurde verlegen. Er strich durch sein Gesicht und hob die Schultern an. »Ehrlich gesagt, Herr Mohler, davon halte ich persönlich nicht viel. Verstehen Sie?«

136

»Schon, aber man kann seine Meinung auch ändern. Deshalb mein Vorschlag. Sie sollten uns einmal besuchen. Ganz unverbindlich natürlich. Ich bin Ihnen auch nicht böse, wenn Sie nicht kommen. Einige Ihrer Kollegen sind übrigens auch Mitglieder im Hexenclub.«

Jan wand sich. »Tja, ich weiß nicht so recht …«

Mohler winkte lässig ab. »Machen Sie sich darüber mal keine Gedanken, Jan. Denken Sie einfach darüber nach. Sie werden bestimmt nicht enttäuscht sein.« Er schaute auf die Uhr. »Leider muß ich Sie jetzt bitten, zu gehen, da ich noch einen Termin habe.«

»Ja, ja, natürlich.« Jan erhob sich. Er war noch immer etwas verwirrt und ging auf die Tür zu.

»Ach ja, Herr Tischer, noch etwas. Hängen Sie unser kleines Geheimnis nicht an die große Glocke. Unser Club ist etwas für handverlesene Gäste und nicht für jeden Penner bestimmt. Sie verstehen?«

»Das ist mir klar, Herr Mohler.«

Nach diesen Worten verließ Jan das Büro und sah nicht, daß ihm sein Chef lächelnd nachschaute …

London im Sommer. Die Sonne stand strahlend am Himmel und sorgte dafür, daß die Laune der Menschen auch strahlend war. Da machte auch ich keine Ausnahme, als ich an diesem Morgen das Vorzimmer zu meinem Büro betrat und Glenda Perkins am Schreibtisch sitzen sah. Sie hielt sich einen Handspiegel vor das Gesicht und war dabei, ihre Lippen nachzuziehen. »Sehr schönes Rot«, lobte ich.

»Richtig.« Glenda ließ den Spiegel und ihren Lippenstift in der Handtasche verschwinden. »Öfter mal was Neues, John. Ach ja, da liegen übrigens deine

Unterlagen. Das Ticket. Hotelreservierung. Prag, wie schön. Ich würde dir gern die Koffer tragen.«

»Das nächste Mal. Da können wir sogar Urlaub machen. Im Moment sind die Bedingungen ...«

Glenda unterbrach mich mit spitzer Stimme. »Die Bedingungen heißen Stella Dobro, diese schöne Kommissarin, von der du mir schon einige Male vorgeschwärmt hast.«

»Ich? Vorgeschwärmt? Was meinst du?«

Glenda verdrehte die Augen und gab ihrer Stimme einen rauchigen Klang. »So eine rätselhafte slawische Ausstrahlung. Du bist doch damals verrückt nach ihr gewesen – oder?«

»Vorbei.« Ich grinste Glenda an. »Könnte es sein, daß ich da so etwas wie Eifersucht gehört habe?«

»Nein, nein, fahr nur ohne mich. Du weißt ja selbst, wie sehr ich Schlangen verabscheue.«

»Verstehe. Die Urangst der Menschen vor Schlangen. Die Verkörperung des Bösen schlechthin.« Ich war dicht an Glenda herangetreten und strich mit einem Finger schlangengleich an der Haut von Glendas Hals entlang. Sie verengte dabei die Augen.

»Ich bin hier nur gut für den Papierkram, John.«

»Klar, aber den machst du perfekt. Wenn ich daran denke, wie geschickt du damit umgehst, habe ich in Prag bestimmt schlaflose Nächte.«

Sie lachte. »Du Schmeichler. Und gib auf dich acht.«

»Das werde ich. Bis später mal ...« Ich zwinkerte ihr noch einmal zu und verließ das Büro.

Jan Tischer stand vor dem Backofen. Er hatte sich etwas nach vorn gebeugt und fächerte sich die Luft zu, die trotz der geschlossenen Tür nach draußen drang.

Sie roch so gut. So würzig. Er wußte, daß er die Ente jetzt herausnehmen konnte.

Er war vorsichtig, aber nicht vorsichtig genug, und verbrannte sich die Finger. »Scheiße.« Rasch lief er zum Wasserhahn und kühlte die verbrannten Stellen.

Ihm gefiel die Umgebung. Die Küche war einfach super. Nicht nur wegen der Ausstattung, nein, auch aufgrund der Größe. So hatte er aus ihr eine Wohnküche gemacht, in der es noch genügend Platz gab, um einen Eßtisch aufstellen zu können.

Er war bereits gedeckt. Es fehlte nur noch das Essen auf den Tellern, der Wein in den Gläsern, das Licht der Kerzen und natürlich Ruth Greif, seine Freundin. Denn sie war die Hauptperson bei diesem Essen.

Er zündete die Kerzen an und hörte, wie die Wohnungstür aufgeschlossen wurde. Wenig später stand Ruth im Zimmer, zwei Flaschen Wein hatte sie mitgebracht.

Jan pfiff durch die Zähne. »Himmel, so schnell bist du zurück? Kannst du fliegen?«

Ruth lächelte. »Ja, auf einem Besen.«

Jan hob beide Hände. »Bitte, Ruth, keine Hexengeschichten. Zeig mir lieber den Wein. Und dann bin ich gespannt, was du mir noch alles sagen wirst.«

»Vergiß unsere Ente nicht.«

»Die hat noch Zeit.«

Ruth strahlte ihn an.

»Außerdem liebe ich dich.«

»Ach?« Tischer tat überrascht. »Das ist mir aber neu.«

»He, komm mal her.«

»Wüßte nicht, was ich lieber täte.« Jan ging zu ihr und küßte sie leidenschaftlich. Er wunderte sich, wie innig Ruth diesen Kuß erwiderte, und als sie sich voneinander gelöst hatten, da war Jan ziemlich außer Atem.

»Himmel, das ist …«

Sie legte ihm einen Finger auf die Lippen. »Nicht jetzt, mein Lieber. Später. Ich muß dir noch etwas sagen.«

»Na los. »

»Du wirst Vater!«

Jan hatte den Satz gehört und glaubte, sich verhört zu haben. Er kam sich plötzlich vor wie jemand, der neben sich steht. Wie aus weiter Ferne hörte er Ruths Stimme, die die Worte mehrmals wiederholte, als müßte sie ihm jeden Buchstaben eintrichtern.

»Warum sagst du denn nichts, Jan?«

Tischer erwachte wie aus einem tiefen Traum. »Was ja – aber das ist doch …«

»Toll, willst du hoffentlich sagen.«

»Klar, mein Schatz.« Er hatte sich wieder gefangen und nahm Ruth in die Arme. »Mensch, wie ist das denn passiert?« flüsterte er.

Er hörte ihr Lachen. »Wie passiert so etwas schon?«

Jetzt lachten beide. »Klar, sicher. Dumme Frage.«

»Aber wir kriegen ein Kind, Jan, ein Baby.«

Er atmete tief durch und ging zum Tisch, um eine Weinflasche zu entkorken.

»Bist du glücklich?« fragte Ruth.

»Das weißt du doch.«

»Ich habe so meine Zweifel.« Sie verzog die Lippen. »Du wirkst so abwesend, wie von der Rolle. Außerdem hast du mir noch nicht erzählt, wie das Gespräch mit Mohler verlaufen ist.« Jan gab keine Antwort. Gedankenverloren schaute er gegen das Fenster. Er zwinkerte, denn hinter der Scheibe entdeckte er die Frau, die ihn so verführerisch anlächelte …

»Jan, he, hörst du mir eigentlich zu? Ich habe dir eben gesagt, daß du Vater wirst.«

»Ja, ja – Mohler …« Er drehte sich zu Ruth um. »Siehst du die Frau auch?«

»Welche Frau?«

Tischer deutete zum Fenster. »Da – direkt vor der Scheibe.«

Ruth schaute hin. Da war nichts zu sehen. Sie ging zu ihrem Freund und legte die Hände gegen seinen Kopf. »Ja, was ist denn heute los mit dir?«

Er schwieg.

»Bist du überarbeitet?«

»Kann sein.«

Ruth stieß mit ihrer Faust leicht gegen seine Brust. »Früher, als wir noch Kinder waren, haben wir Luftballons bemalt und sie dann an einem Band hochgelassen, um die Nachbarn zu erschrecken. Ich wußte gar nicht, daß du so sensibel bist.« Sie küßte ihn auf den Mund. »Deine Lippen sind kalt. Vielleicht bekommst du eine Grippe. Du solltest mal früh ins Bett und richtig ausschlafen.«

Jan schnickte mit den Fingern. »Das ist eine gute Idee. Zuvor aber feiern wir, und morgen besprechen wir die Zukunft unserer Kleinfamilie.«

»Das ist ein Wort«, sagte Ruth. Sie wunderte sich gleichzeitig, daß Jan noch immer auf das Fenster starrte …

Lukretia lag auf ihrem Diwan. Sie spielte mit ihren langen Haaren und schaute mit leicht zusammengezogenen Augen zu Mohler hoch, der in einer fast devoten Haltung vor ihr stand. Das warme Licht weichte die Konturen auf und gab der Umgebung etwas Unnatürliches. Mohler konnte seinen Blick einfach nicht von dieser schönen Frau abwenden. Obwohl er sie kannte, war es für ihn jedesmal wieder wunderbar, sie aus der Nähe betrachten und auch berühren zu dürfen.

»Was ich dir sagen wollte, Mohler, John Sinclair ist auf dem Weg hierher.«

»Na und?«

Sie streckte ihm das Champagnerglas entgegen. »Man sollte sich um ihn kümmern.«

Mohler schenkte nach und schaute zu, wie der edle Saft überschäumte. »Meine liebe kleine Hexe. Für dich tue ich doch alles. Ich gehe sogar durch die Hölle für dich …«

»Ja«, flüsterte sie, »das mußt du auch. Das tust du auch und das wirst du auch.«

Mohler war zufrieden. Er beugte sich tief zu Lukretia hinab und küßte ihren Bauchnabel.

Sie lachte. Erst normal laut, dann girrend. Aber auch dieser Ton veränderte sich und wurde zu einem leisen Zischeln …

Der Bahnhof in Prag!

Alt, wunderschön, sehr betriebsam. Viele Menschen aller Nationen, die hier ankamen und abfuhren. Ich hatte für das Gewimmel um mich herum keinen Blick, denn meine Suche galt Stella Dobro. Ich sah sie trotz allem am Hauptportal stehen, da störte auch das Gewimmel der Menschen nicht. Wir hatten uns entdeckt und gingen aufeinander zu. Ein jeder versuchte zu lächeln und so natürlich wie möglich zu wirken, aber wir beide waren verkrampft.

»Hallo …«

Beide sprachen wir dieses Wort zugleich aus. Das

Lächeln entkrampfte sich, und dann kam es doch zur richtigen Begrüßung, denn wir küßten uns auf die Wangen.

»Danke, John, für dein schnelles Kommen.«

Ich nahm Stella in die Arme. »Wenn schöne Frauen um Hilfe rufen, bin ich schnell wie der Wind.«

Sie mußte lachen, und damit war das Eis endgültig gebrochen. »Warum bist du nicht gleich nach Prag geflogen, John?«

»Ich wollte mal wieder mit dem Zug fahren. Außerdem ist das unauffälliger.«

Stella hatte ihren Wagen günstig parken können. Sie schloß ihn auf, und wir stiegen ein. Den Alukoffer legte ich auf den Rücksitz.

»Dann willkommen in Prag«, sagte sie.

Ich nickte. »Hat sich ganz schön verändert. Das habe ich auf den ersten Blick gesehen.«

»Tja, die Zeit bleibt nicht stehen, John.« Stella lächelte mich an, und ich wußte, was sie damit meinte, denn sie dachte sicherlich einige Jahre zurück.

»Stimmt, die bleibt nicht stehen.«

Die Kollegin startete, und wir fädelten uns in den Prager Verkehr ein.

Ein Außenstehender hätte uns zwei allein im Wagen sitzen sehen. So ganz stimmte das nicht, denn auf dem Rücksitz bewegte sich eine kleine Schlange ...

Jan hatte beide Hände in die Taschen seiner Hose geschoben. In Gedanken versunken ging er auf den Aufzug zu und wäre beinahe gegen eine Mitarbeiterin geprallt, die ihm entgegenkam.

»Pardon, aber ich ...«

Die Frau lachte. »Keine Ursache. Ich erledige nur

noch schnell den Rest für morgen, dann mache ich auch Feierabend.«

»Ist gut.«

Die Frau blieb stehen. »Sie sehen schlecht aus, Jan.«

Er nickte. »Das hat meine Freundin auch gesagt. Kann sein, daß ich eine Sommergrippe bekomme. Am liebsten möchte ich mich ins Bett legen und nur noch schlafen.«

»Gegen Sommergrippe hilft Milch mit Honig.«

»Danke, ich werde es mir merken.«

Die Sekretärin entfernte sich, und Tischer ging die letzten Meter bis zum Aufzug und schob die Tür auf. Jan ging hinein, drehte sich der Tafel zu, um den Knopf für Parterre zu drücken, als ihn der plötzliche Schweißausbruch erwischte. Gleichzeitig erfaßte ihn ein Schwindelgefühl, und Jan mußte sich an der Innenwand abstützen.

Er atmete schwer. Seine Knie waren weich geworden. Er fühlte sich so schwach. Selbst seine Sehkraft war in diesem Moment mitgenommen. Deshalb sah er Mohler erst, als er den Fahrstuhl schon betreten hatte.

»Abwärts, Herr Tischer?«

Jan hob mühsam den Kopf. »Ja.«

»Sie machen Schluß für heute, nicht?«

»So ist es.«

»Schön.« Mohler lachte. »Unsere Verabredung haben Sie doch nicht vergessen – oder?« Er klopfte ihm auf die Schulter. »Sie sehen aus, als könnten Sie etwas Spaß gebrauchen.«

»Nein, das glaube ich nicht …«

Mohler drückte auf den Knopf. Endlich schlossen sich die Türhälften. »Sie fühlen sich doch gut und fit.«

Jan richtete sich wieder auf. Es klappte wunderbar. Der Schwindel war ebenso vergangen wie auch die

Schweißausbrüche. Er lächelte Mohler an. »Das ist wirklich seltsam. Vor einer Minute hätte ich mich noch hinlegen und schlafen können. Doch jetzt ist wieder alles normal.«

»Das wußte ich.«

»Wieso?«

Mohler senkte seine Stimme. »Die heutige Nacht ist eine besondere. Sie ist deine Nacht, Jan ...«

Wir fuhren durch die Stadt an der Moldau, und ich mußte anerkennen, daß Stella eine sehr gute Fahrerin war. Sie ließ den Verkehr nicht außer acht und berichtete zugleich, was sich hier zugetragen hatte. »Zuerst dachte ich an einen Amokläufer, aber es war Tischer. Er muß unter einem fremden Einfluß gestanden haben. Eine Nachbarin hat ihn noch kurz vor der Tat gesehen. Er wirkte laut ihrer Aussage sehr verändert. Als wäre er nicht mehr ganz bei sich. Wie ferngelenkt, verstehst du?«

»Ja, das kenne ich.« Ich stieß sie leicht an. »Es kann auch sein, daß hinter dieser Tat keine dämonische Kraft steckt und du mich einfach nur hast wiedersehen wollen.«

»Ha, ha, du Macho. Das Angenehme mit dem Nützlichen verbinden, nicht wahr?«

»Ja, so ähnlich.«

»Ist aber nicht so. Obwohl es mir gefallen könnte.«

Die Schlange auf dem Rücksitz bewegte sich. Sie hatte sich gestreckt und war dabei, allmählich zu wachsen. Das passierte mit einer schon erschreckenden Lautlosigkeit, und die beiden Menschen bemerkten nichts.

Ich schaute zu, wie Stella den Wagen auf den Parkplatz des Polizeipräsidiums rollen ließ. Wir fuhren in eine Parktasche hinein, und Stella stellte den Motor ab.

Wir wollten aussteigen. Ich war dabei, den Anfang zu machen, löste den Gurt, drehte mich dabei um – und wurde starr. Mein Blick war dabei auf den Rücksitz gefallen, und bei dem, was ich sah, sträubten sich mir die Nackenhaare.

»He, John, was ist mit dir?«

Ich sagte nichts. Stellas Blick fiel in den Rückspiegel. Innerhalb einer Sekunde veränderten sich ihre Gesichtszüge. Blitzschnell zeichnete sich die Panik darin ab. Sie konnte nicht fassen, was sie da sah, aber die verdammte Schlange war echt.

Sie griff an!

»Raus!« brüllte ich noch, dann gelang es mir, die Schlange zu packen, bevor sie mit ihren Giftzähnen zubeißen konnten. Ich hielt sie mit beiden Händen fest und hatte den Eindruck, als würde sie noch in meinem Griff wachsen. Sie wollte beißen, und ich drückte sie von mir weg, aber sie war geschickt und ringelte sich immer wieder näher an mich heran.

Dann schleuderte ich den recht schweren Körper wieder hinein in den Fond. Das Tier klatschte innen gegen die Heckscheibe, aber es war nicht tot. Es ringelte sich zu einem weiteren Angriff zusammen. Der Kopf mit der zuckenden Zunge glitt über das Polster hinweg und nahm Kurs auf mich und auf die Mündung meiner Beretta, die ich in der Zwischenzeit gezogen hatte.

Ich schoß zweimal.

Beide Kugeln hackten in den Kopf der Schlange. Blut und Körpermasse spritzten bevor und trafen auch mich. Aber ich hatte es geschafft. Die Schlange lag tot und zerfetzt auf dem Rücksitz.

Dann stieg ich aus. Blut klebte an meiner Kleidung. Einige Spritzer hatte ich auch im Gesicht.

Stella Dobro starrte mich nur an. Wie auch zwei Polizisten, die neben ihr standen.

»Ein wirklich netter Empfang«, sagte ich. »So kann es weitergehen …«

Ich hatte mich umgezogen, mich auch etwas gereinigt und war danach mit Stella Dobro in einem Raum gelandet, den man durchaus als Archiv ansehen konnte. Allerdings eines vom alten Schlag. Vieles war in Kisten verpackt, die überall herumstanden.

Stella hatte schon einiges ausgepackt. Auf dem Boden verteilt lagen Bücher und Akten. Alte Unterlagen, die sich mit der Lebensgeschichte der Prager Bewohner beschäftigten. Sie waren für Stella eine wahre Fundgrube, während ich mich mehr um die Schlangenbücher kümmerte. In einem hatte ich auch eine Abbildung der Schlange gefunden, die uns im Wagen angegriffen hatte.

Ich tippte mit dem Finger auf das Bild. »Das ist sie, Stella. Medusa Orientalis. Eine seltsame und seltene Art.«

Sie hörte gar nicht hin. Erst jetzt sah ich, wie aufgeregt sie war. Ihre Wangen zeigten eine dunkle Röte. Jetzt tippte auch Stella mit dem Finger. Allerdings auf ihre Unterlage, die vor ihr lag. »John, ob du es glaubst oder nicht, aber ich habe auch etwas gefunden. Es gab schon mal einen Fall Tischer hier in Prag. Das war noch vor dem Krieg im Jahr 1932. Bei einer Familienfeier ist ein Hein Tischer durchgedreht und hat elf seiner Verwandten erschossen. Danach hat er sich die Kehle durchgeschnitten.«

Ich nickte. »Interessant. Vielleicht habt ihr deshalb keine Verwandten von diesem Tischer auftreiben können. Für uns ist wichtig, daß wir herausfinden, wo sich der Mann vor seiner schrecklichen Tat aufgehalten hat.«

Stella winkte ab. »Da ist einiges in Bewegung gesetzt worden. Das müssen wir abwarten.« Sie preßte die Finger der rechten Hand gegen ihre Stirn. »Mir fällt noch etwas aus dem Obduktionsbericht ein. Er hatte etwas im Körper.«

»Drogen?«

Sie hob die Schultern. »Ja, irgendwie schon. Aber nicht Heroin oder so.«

»Was dann?«

»Tollkirsche …«

Ich hob nur die Schultern …

Jan und Mohler gingen am Ufer der Moldau entlang. Den Fluß beachteten sie nicht. Sie kannten ihn. Er war nur ein immer wiederkehrendes Fotomotiv für die zahlreichen Touristen, die auch um diese Zeit Prag in Massen heimsuchten.

»Darf ich mal was fragen?«

»Sicher.«

Jan räusperte sich. »Muß ich irgendwelche Spielregeln kennen und einhalten?«

»Nein, nein, mein Lieber, da seien Sie ganz beruhigt. Bleiben Sie einfach locker.«

»Gut.«

Sie gingen jetzt schneller. Jan war in Gedanken versunken. Er wollte sich auf seine Freundin konzentrieren und auf das Kind in ihrem Leib, aber er schaffte es nicht. Alles kam ihm fremd vor, obwohl er schon seit zwei Monaten in Prag lebte. Geboren war er in Pilsen. Als er den Kopf hob, weil Mohler stehengeblieben war, sah er sich irritiert um.

»Meine Güte, ich weiß gar nicht mehr, wo wir hier sind. Die Gasse kenne ich nicht.«

»Keine Sorge. Es ist alles in Ordnung.« Mohler klopfte gegen die Tür dicht vor ihnen.

Lange warten mußten sie nicht. Sehr schnell wurde ihnen geöffnet. Rötliches Licht hüllte die blonde junge Frau ein, die sie lächelnd erwartete.

»Schön, daß Sie gekommen sind«, sagte Nina. »Kommt bitte herein. Wir freuen uns schon ...«

Die beiden Männer betraten den Club. Mohler schob Jan vor sich her, der sich sehr unsicher fühlte und schließlich bis zur Bar vorging.

Verwundert blickte er sich um. Mohler hatte ihn allein gelassen und war zu einem anderen Mädchen gegangen. Eine derartige Atmosphäre hatte Jan noch nie zuvor erlebt. Sie kam ihm fremd vor, aber er fühlte sich nicht unbedingt unwohl. Das weiche Licht, das überall Inseln bildete, leuchtete gegen die orientalisch anmutende Einrichtung. Die weichen Sitzgelegenheiten, die niedrigen Tische, an denen die Mädchen mit ihren Gästen saßen, der ungewöhnliche und fremde Geruch, der von den schwachen Schwaden ausging, die durch den Raum trieben.

Das alles kam Jan Tischer schon fremd genug vor. Die Stille allerdings beunruhigte ihn. Es gab die Gäste, es gab die Mädchen. Sie saßen beisammen, doch sie sprachen kein Wort miteinander und schwiegen sich an. Sie wirkten wie Statisten innerhalb einer exotischen Filmkulisse.

Eigentlich hätte Jan jetzt kehrtmachen und verschwinden müssen. Das tat er nicht. Er blieb einfach nur stehen. Ihm fehlte die Energie, sein Vorhaben in die Tat umzusetzen. Wie er da stand, wirkte er nicht anders als die mit den Mädchen an den Tischen sitzenden Gäste.

Nina bewegte sich auf ihn zu. Sie ging katzenhaft leise und sprach ihn an. »Wünschen Sie etwas zu trinken, Herr Tischer?«

Jan starrte das Mädchen nur an. »Woher kennen Sie meinen Namen?«

Nina lächelte nur rätselhaft und sagte: »Folgen Sie mir bitte, Herr Tischer.«

Jan ging ihr nach. Er dachte noch immer darüber nach, daß diese fremde Person seinen Namen kannte. Auf die Umgebung achtete er weniger und blieb erst stehen, als ein schwarzer Vorhang Nina und ihm den Weg versperrte.

Sie waren in den Teil der Bar gelangt, der von dem normalen Raum aus nicht zu sehen war. Hier herrschte wieder eine andere Atmosphäre vor. Es gab Licht, das aber wurde von Kerzen verbreitet, die den Gang ausleuchteten. Nina hatte kein Wort mehr gesprochen. Sie ging vor und zeigte dem Besucher ihren Rücken. Jan blickte sich immer wieder mißtrauisch um. Er sah auch verschlossene Türen, die zu geheimnisvollen Séparées führten, und er spürte immer stärker, daß das hier nicht seine Welt war. Und doch fand er nicht die Kraft, von allein kehrtzumachen und einfach wegzulaufen.

Vor einem weiteren Vorhang blieb Nina stehen. Sie drehte sich kurz zu Jan um. Wieder lächelte sie. Und auch jetzt verbarg das Lächeln mehr, als es preisgab.

Mit einer lässigen Bewegung schob sie auch diesen Vorhang zur Seite. Zwei Augenpaare trafen auf eine Tür, die nicht verschlossen, sondern nur leicht angelehnt war. Durch den Spalt sickerte fluoreszierendes Licht von einer grüngelben Farbe.

Nina deutete mit einer einladenden Geste auf die Tür.

Jan blieb starr stehen. Er wußte, was sie verlangte, aber er tat es nicht.

»Bitte«, flüsterte ihm die junge Frau zu, und im nächsten Augenblick öffnete sich die Tür, ohne daß sie von einer Hand berührt worden wäre.

Jan betrat einen Raum, wie er ihn noch nie gesehen hatte. Ihm fiel dabei nicht auf, daß Nina nicht mehr an seiner Seite war. Er schaute nur auf die acht Ecken und gegen den roten Samt, mit dem dieses Zimmer ausgekleidet war. In jeder Ecke stand zudem ein Sessel, der mit dem gleichen Stoff bezogen war.

Nur in der Mitte des Raumes gab es eine freie Fläche. Auch achteckig. Aus ihr strömte das seltsame Licht hervor. Hinter sich hörte Jan ein leises Klicken. Es war wie eine Warnung, die allerdings zu spät erfolgt war. Als er sich umgedreht hatte, sah er, daß die Tür ins Schloß gefallen war.

Er spürte das Ziehen im Magen. Er wußte Bescheid, daß man ihn jetzt gefangen hatte.

Dann drehte er sich wieder um – und sah sie!

Jan verschlug es den Atem. Er hatte die Frau zuvor nicht gesehen und nicht gehört. Sie war auf einmal da und schien sich materialisiert zu haben.

Schön und gefährlich – so stufte er sie ein. Das lange, rötliche Haar, die wenige Kleidung, die mehr zeigte, als sie verhüllte. Das schmale, katzen- und schlangenhafte Gesicht mit den schillernden Augen, all das zog ihn in einen bisher nie erlebten Bann.

Die Frau streckte ihm die Hand entgegen. »Ich bin Lukretia.« Er faßte sie an. Noch immer fasziniert. Er schaute in ihr Gesicht und sah, wie sich die Lippen kräuselten. »Wollen Sie meine Hand nicht loslassen?«

»Oh, Pardon.«

Lukretia blickte an Jan vorbei. Mit dem Kopf gab sie ein Zeichen, und einen Augenblick später legte sich von hinten her eine Hand auf Tischers Schulter.

Er spürte das Fremde und wußte genau, daß er diesem Zauber nicht mehr entkommen konnte …

Das Gewölbe war tief, aber nicht finster. Die beiden Kuttenträger hatten Jan abgeholt und bis in den Keller begleitet. Hier saßen einige Menschen auf dem Boden und wiegten ihre Körper in einem bestimmten Rhythmus, als hörten sie eine ferne Melodie.

Feuer erhellte das Gewölbe. Es brannte auf einem steinernen Podest, zu dem mehrere Stufen hinaufführten. Die beiden Kuttenträger schoben Jan auf die Treppe zu und dann die Stufen hoch. Hinter ihm fingen die Menschen leise an zu singen. Er hörte die fremden Melodien, als sollten sie ihn einschläfern.

Hände drückten gegen seine Schultern, so daß Jan gezwungen war, sich hinzuknien. Er starrte in das Feuer, dessen Flammen zwar loderten, aber keine Hitze verbreiteten und auch keinen Rauch abgaben.

Seine Augen konnten sich nicht an das Hin und Her der Flammenzungen gewöhnen. Sie irritierten ihn. Sie gaukelten ihm eine Welt vor, die es nicht gab, von der er sich trotzdem angezogen fühlte.

Im Zentrum des Feuers ballte sich etwas zusammen. Flammen bildeten für einen Moment ein Gesicht, das Jan kannte. Es gehörte der schönen Lukretia, die ihn plötzlich anlachte. Aber das Geräusch war hinter ihm, und Jan drehte sich um.

Sie stand vor ihm.

Sie war nackt bis auf einen schwarzen Umhang, den sie sich um die Schultern gehängt hatte. Der glänzende Stoff war mit magischen roten Symbolen bedeckt. Jan kannte keines der Zeichen. Sie alle waren ihm fremd.

Lukretia bewegte sich tanzend vor ihm. Sie nahm seine Hände und zog ihn hoch.

Von ihren Dienern war sie genau beobachtet worden. Auch sie erhoben sich, als der Neue auf die Füße gestellt wurde. Sie alle starrten jetzt zum Podest hoch. Dort hoben sich die beiden Gestalten, die Frau und der Mann, vor dem flackernden Feuer ab.

Der Gesang war verstummt. Als Lukretia beide Arme hob, verstummte auch das letzte Flüstern.

»… wieder ist ein Diener zu uns gekommen, um mit uns zu kämpfen. Er, der vor wenigen Tagen noch nicht wußte, daß es uns gibt, will nun immer zu uns gehören. Ich habe es bereits beschlossen und frage nun euch, ob ihr damit einverstanden seid.«

»Wie sind es«, antworteten die Stimmen im Chor.

»Gut.« Lukretia war zufrieden. Sie wandte sich an Jan, um ihn direkt anzusprechen. »Jan Tischer, bist du bereit, uns für immer zu dienen?«

»Ja.«

»Bist du auch bereit, dein Leben für uns zu opfern?«

»Ich bin bereit.«

»Sehr schön.« Lukretia drehte sich wieder um. Mit einer Hand wies sie auf das Feuer. Sie war eine Königin, die den Flammen befahl, was sie zu tun hatten.

Zwei lange Klauen schoben sich aus dem Feuer hervor. Hände und Arme, die wie verbrannt aussahen und einen goldenen Becher umklammert hielten.

»Trink ihn leer, Jan!«

Tischer gehorchte dem Befehl der Lukretia. Er nahm

den Becher zitternd entgegen und führte ihn zum Mund.

Bis auf den letzten Tropfen trank er ihn leer. Ein Raunen durchlief das Gewölbe. Die Diener schauten gespannt zu, was vor ihnen ablief. Sie sahen auch, daß Jan Tischer den Becher fallen ließ. Er prallte auf die oberste Stufe und rollte die restlichen hinab.

Plötzlich griff sich Jan an die Kehle. Er bekam keine Luft mehr, doch in seinem Kopf hörte er plötzlich eine Stimme. Sein Gewissen konnte sprechen.

»Was hast du getan? Wen hast du alles verraten ...?«

Tischer gab keine Antwort. Auf der Stelle brach er zusammen. Die Gestalt der Lukretia war für ihn längst nur noch Erinnerung. Er lag auf dem Rücken und hielt die Augen weit offen.

Aus einer für ihn nicht einsehbaren Ferne erschien eine unheimliche Gestalt und schwebte auf ihn zu.

Es war der Sensenmann, das Abbild des Todes.

»Jan Tischer«, sprach er mit hohl klingender Stimme. »Jan Tischer, du hast deine Seele verkauft ...«

Es war das letzte, was er wahrnahm.

Danach wurde er ohnmächtig ...

Stella Dobro war nicht mehr zu halten gewesen. Sie war regelrecht von der Arbeitswut gepackt worden. Sie war mit mir in eine alte Klosterbibliothek gefahren, in der es noch ein besonderes Archiv gab.

Umschlossen wurden wir von hohen Regalen, die mit Büchern vollgestopft waren. Beide vertieften wir uns in die Lektüre, waren konzentriert und schwiegen. Nur hin und wieder wurde die Stille vom Geräusch einer umgeblätterten Seite unterbrochen.

»Ha, was ist das denn? Ich hatte es geahnt!«

Stellas Bemerkung schreckte mich auf. Ich schaute zu ihr. Sie schlug mit der Hand auf eine Seite. »Hier gibt es noch einen älteren Fall, an dem die Tischers beteiligt waren. Bei einem Bootsunglück im Jahre 1866 ertranken auf der Moldau fünf Familienmitglieder.«

Ich überlegte und fing an zu rechnen. »Paß auf, Stella. 1866 – das sind 66 Jahre vor dem Amoklauf von 1932. Glaubst du jetzt noch an einen Zufall?«

»Nein.« Sie ließ das Schriftstück sinken und blickte auf ein Regal. »Kann es so etwas wie ein Todestrieb gewesen sein, der die Familie befallen hat? Oder eine Krankheit, die in regelmäßigen Abständen auftritt?«

»Und das alle 66 Jahre. Die Zahl 66 ist auch die Zahl der Apokalypse.« Ich nickte der Kollegin zu. »Jemand hat es auf die gesamte Familie abgesehen.«

»Das denke ich jetzt auch, John. Aber hier ist noch etwas. Die älteste Erwähnung der Familie. 1734 hat ein Tischer aus – verdammt, das ist kaum zu Entziffern – ein Haus hier in Prag gekauft.«

»Und weiter?«

Stella hob die Schultern. »Zwei Jahre später brannte es ab. Seitdem gilt das Haus als verhext ...«

Die Bauarbeiter froren, als sie das Gerüst hochkletterten. Sie waren ziemlich früh dran und die ersten auf dem Bau, und sie waren nicht eben fröhlich gestimmt.

Noch mehr sackte ihre Laune dem Tiefpunkt entgegen, als sie den Mann sahen, der auf den Brettern lag. »He, was ist denn mit dem? Sieht aus, als wäre er total besoffen.«

Der Kollege sah das anders. »Ich glaube nicht, daß er wie ein Penner aussieht. Außerdem kommt er wieder zu sich.«

Der erste grinste. »Komm, wir werfen ihn zur Seite.«

Beide bückten sich, um den Mann hochzuziehen. Er war schwer, sie keuchten, und die Laute drangen auch an die Ohren des allmählich aufwachenden Mannes.

»Nein, bitte, lassen Sie mich los«, flüsterte Jan Tischer.

Die beiden mußten lachen. »Ho, er kann sogar reden. War also nur ein Bluff. Wir werfen dich schon nicht in die Tiefe. Hier liegenbleiben kannst du auch nicht. Also verschwinde.«

Jan hatte sich hingesetzt und strich über seinen Kopf. »Wo – wo – bin ich hier?«

»Da, wo du nicht hingehörst.«

»Ja, das glaube ich auch.«

»Dann hau ab.«

»Mach ich.« Jan nickte. »Vielen Dank noch mal.« Er rappelte sich auf und kletterte über die Leiter nach unten. Er wußte nichts Genaues, aber er wußte schon, daß mit ihm etwas in der vergangenen Nacht geschehen war, das sein Leben verändern konnte …

Den Weg nach Hause hatte er gefunden. Ohne Ruth irgendwelche Erklärungen abzugeben, war er sofort unter die Dusche gegangen und hatte sie ziemlich lange genossen. Wie jemand, der irgendwelche Erinnerungen abspülen wollte.

Jetzt stand er vor dem Spiegel und rasierte sich. Die Tür war nicht geschlossen. Wenn er sich drehte, konnte er Ruth sehen, die im Nebenraum auf der Couch saß und verweinte Augen hatte.

»Warum sagst du denn noch immer nichts?« rief sie gegen das Brummen des Apparats an.

»Weil ich dir nicht sagen kann, was passiert ist. Du

mußt mir einfach vertrauen. Es hat bei mir einen Blackout gegeben oder so.«

Ruth lachte. »Vertrauen?« höhnte sie.

»Ja.« Er ließ den Apparat sinken. »Ich liebe dich doch, und das ist das Wichtigste.«

Ruth sagte nichts.

»He, liebst du mich auch?« Jan konnte ihr längeres Schweigen nicht ertragen.

Also nicht, dachte er und beugte sich dem Spiegel entgegen. Im selben Augenblick hörte er das Rauschen der Dusche. Urplötzlich und von allein war sie angestellt worden. Das plötzliche Rauschen erschreckte ihn. Er drehte sich um – und sah die nackte Lukretia unter der Dusche stehen.

Er konnte nichts tun, sich nicht einmal bewegen. Er starrte nur auf die Frau, die sich unter den Strahlen schlangengleich wand und ihn dann fragte: »Hast du mich schon vergessen, Jan?«

»Nein …«

»Was macht dann die fremde Frau in deiner Wohnung?« Lukretia kicherte. »Sag nichts, ich weiß es. Die Frau gefällt dir, das spüre ich. Aber du gehörst jetzt mir. Mein Liebestrank fließt durch deine Adern.«

»Ja«, bestätigte Jan.

Lukretia lächelte, denn sie hatte gewonnen. »So ist es gut, mein Lieber. Du mußt mir einen Gefallen tun.«

»Und welchen?« Er dachte nicht mehr an Ruth und auch nicht an das Kind, das sie unter dem Herzen trug. Von nun an zählte nur noch Lukretia.

»Ich habe hier ein Messer. Nimm es …«

Jan sah in ihrer Hand ein altertümliches Rasiermesser. Er ging auf die Dusche zu und nahm die Waffe entgegen.

»Klapp es auf.«

Er tat es.

Lukretia lächelte und stieß ein Zischen aus. »Und jetzt geh. Geh zu deinem Weib und töte es!«

Jan wußte nicht, wohin er schauen sollte. Seine Blicke wechselten zwischen der Klinge und Lukretia. »Ruth ...?«

»Ja, du sollst sie töten« Sie streckte ihm die Hände entgegen. »Du mußt keine Angst haben. Ich will dich besitzen, und das voll und ganz. Du gehörst mir und nicht dem Weib. Wir beide fangen neu an, das verspreche ich dir.«

Tischer hatte den Worten gelauscht. Er hatte Lukretia dabei nicht aus den Augen gelassen. Er spürte ihren Einfluß, und er spürte, daß sie etwas Besonderes war. Sie umgab ein Zauber, dem er sich nicht entziehen konnte.

»Ja, ich werde es tun!«

»Gut, so ist es recht.«

Jan drehte sich um. Die Tür zum Bad stand nicht mehr offen. Es war ihm egal, wer sie zugedrückt hatte. Er hatte nur noch seinen Auftrag im Kopf.

Er legte die Hand auf die Klinke und drückte sie nach unten. So leise wie möglich wollte er die Tür öffnen und dann mit dem Messer über Ruth herfallen.

Sie saß nicht mehr auf der Couch, das sah er schon durch den Türspalt. Ruth hatte sich erhoben, stand mitten im Zimmer und starrte ins Leere. Sie war in den eigenen Gedanken versunken.

Erst als Jan auf der Schwelle stand, bemerkte sie ihn. In ihren Augen lag ein Ausdruck der Verzweiflung. »Ich kann dir erst verzeihen, wenn ich weiß, was in der letzten Nacht mir dir geschehen ist.«

Das hatte Jan nicht hören wollen. Er schrie auf und riß den Arm in die Höhe. Die Klinge funkelte.

Erst jetzt wurde Ruth bewußt, in welcher Gefahr sie schwebte. Auch sie schrie los. »Jan! Nein!«

Er kam auf sie zu. Er knurrte. Er war zu einem anderen geworden.

Der Schweiß rann ihm aus allen Poren. Jeden Schritt begleitete er mit einem Wort. »Ich werde es für Lukretia tun, für sie ...«

Dann schleuderte er das Rasiermesser. Es huschte wie ein tödlicher Gruß durch die Luft, aber es traf Ruth nicht. Sehr knapp verfehlte die Klinge sie und blieb in einem Holzschrank mit ihrer scharfen Seite stecken.

Für einen Moment war Jan unfähig, sich zu bewegen. Er konnte es nicht fassen. Dann brüllte er seine Wut hinaus und rannte auf das Messer zu.

In diesem Augenblick überwand Ruth ihre Erstarrung. Sie wußte jetzt, was sie zu tun hatte. Ihre einzige Chance war die Flucht. Und so rannte sie zur Wohnungstür, riß sie auf und taumelte hinein in den Hausflur. Ihr war klar, daß sie Jan nicht durch eine längere Flucht entkommen konnte. Er würde immer schneller sein als sie. Es gab für sie nur eine Chance bei den Nachbarn. In ihrer Panik trommelte sie gegen die nächstbeste Tür. Rasch wurde ihr geöffnet.

Die Frau sah Ruth, aber sie sah auch Jan Tischer, der soeben den Flur betrat, nachdem er sich das Messer zurückgeholt hatte.

Die Frau begriff die Lage sofort. Sie zerrte Ruth so hart über die Schwelle, daß die junge Frau beinahe gestürzt wäre. Dann rammte sie die Tür wieder zu, bevor sich Jan dagegen werfen konnte.

Er blieb stehen, trommelte mit einer Faust gegen das Holz und brüllte dabei: »Ich muß sie wiedersehen. Ich muß ...«

Der Anruf hatte Stella unterwegs erreicht. Jetzt fuhren wir weiter, und sie telefonierte. »Bitte, wir brauchen die Adresse. Wo genau ist das passiert?« Sie hörte zu und nickte. »Ja, das ist gut. Sehr gut sogar. Wir sind auf dem Weg!«

Sie legte das Handy wieder ab und schaute mich an. »Ich glaube, wir haben Glück, John.«

»Wie hieß der Mann, der plötzlich durchgedreht hat? Jan Tischer?«

»Genau.« Sie lenkte das Fahrzeug hart in eine Linkskurve, so daß die Reifen jaulten. »Er ist aber nicht verwandt mit Erwin Tischer. Das haben wir herausgefunden.«

»Darf ich fragen, ob es noch mehr Tischers hier in Prag gibt?«

»Nur noch diesen«, erwiderte sie leise.

»Na denn …«

Ruth zitterte am gesamten Körper. Sie weinte, sie zog die Nase hoch, sie schüttelte immer wieder den Kopf und schaute die Nachbarin dann an. Mit weinerlicher Stimme fragte sie: »Haben Sie eine Zigarette?«

»Natürlich.« Die Frau holte eine Schachtel. Sie gab der Geretteten auch Feuer.

»Danke.« Ruth saugte nervös an ihrem Glimmstengel. Das Rauchen schien sie zu beruhigen, denn sie war wieder in der Lage, einen zusammenhängenden Satz zu sprechen. »Ich verstehe das einfach nicht. Ich kann sein Verhalten nicht begreifen. Ich weiß nicht, was in ihn gefahren ist. Tut mir leid.«

»Sie kennen ihn doch schon länger …«

»Ja, natürlich. Wir wollten sogar heiraten.« Ruth lachte bitter auf. »Kann man einen Menschen überhaupt kennen? Oder lernt man ihn erst im Laufe der Zeit kennen? Ich weiß es nicht. Ich kann es mir nicht mehr vorstellen. Jan hat sich so schrecklich verändert. Etwas muß mit ihm geschehen sein. Zuerst habe ich an eine Krankheit gedacht«, sie rauchte wieder und hob die Schultern, »aber jetzt? Jetzt kann ich das alles nicht mehr begreifen. Er ist kein Mensch mehr. Er ist – er steht – ja, er steht unter einem fremden Einfluß. Er ist zu einem menschenverachtenden Teufel geworden.«

Die Nachbarin wußte nicht, was sie dazu sagen sollte. Das war ihr alles zu theoretisch. Einfach nur auf dem Stuhl sitzen konnte sie auch nicht, deshalb stand sie auf. »Ich sehe mal nach, ob er noch vor der Tür ist.«

»Gut.«

Die Frau ging zur Wohnungstür und lugte durch den Spion. Sie sah einen fremden Mann.

»Und? Ist er da?«

»Nein, Ruth, aber ein Fremder. Ich denke, daß er von der Polizei ist.«

Zum erstenmal atmete Ruth erleichtert auf …

Stella und ich waren in Jan Tischers Wohnung gegangen. Dort sahen wir uns um. Ruth Greif saß am Tisch und umklammerte eine mit Kaffee gefüllte Tasse. Zwei Kollegen, die vor uns hier gewesen waren, hatten die Wohnung wieder verlassen.

Ich kümmerte mich um das Rasiermesser. »Es sieht sehr kostbar aus. Schon eine Antiquität.«

Stella kehrte aus dem Bad zurück.

Sie hatte meine Worte gehört. »Ja, so etwas gibt es noch bei uns.«

Einer der beiden Beamten war rasch wieder da. Er zog ein trauriges Gesicht. »Es tut mir leid, aber wir haben im gesamten Haus nichts gefunden. Der Vogel ist ausgeflogen.«

»Das hatte ich mir gedacht«, murmelte Stella. »Wir haben ja ein Foto von Jan Tischer. Lassen Sie es vervielfältigen und verteilen Sie es an die Kollegen. Mehr können wir im Moment nicht tun.«

Ruth meldete sich mit schwacher Stimme. »Jan fährt einen VW.«

»Das ist schon mal was«, sagte ich. »Fällt Ihnen sonst noch etwas zu dem Fall ein?«

Ruth blickte hoch. Sie zitterte wieder heftiger. Etwas störte sie, dann brach es aus ihr hervor. »Er – er – wollte es für eine Lukretia tun. Für sie wollte er mich töten. O Gott, mir wird schlecht …« Sie kippte zur Seite und wäre gefallen, hätte ich sie nicht soeben noch aufgefangen.

Wir hatten einen Namen, eine heiße Spur – Lukretia!

Wie von Sinnen war Jan mit seinem Wagen durch die Stadt gerast. Es glich schon einem Wunder, daß er nicht von einer Polizeistreife angehalten worden war. Rücksicht nahm er nicht, er wollte jetzt alles wissen, und deshalb war er dort hingefahren, wo alles seinen verdammten Anfang genommen hatte. Zu der Firma, in der er arbeitete, und die Mohler gehörte.

Er rammte die Tür des Sekretariats auf. »Ist er da?« schrie Jan.

Die Vorzimmerelfe schnellte hoch. Erschreckt, denn einen derartigen Ton war sie nicht gewohnt. »Sie können nicht …«

»Doch, ich kann.« Im Nu war Jan an ihr vorbei und riß die Tür zu Mohlers Büro auf. Er warf sie hinter sich wieder zu, ging zu einem Stuhl und setzte sich Mohler gegenüber hin. Er war noch immer erregt. Er sah nur Mohler und nicht den zweiten Besucher. Die Wut überkam ihn mit einer irren Wucht. Es hielt Jan nicht mehr auf seinen Platz. Er schnellte in die Höhe, hechtete über den Schreibtisch hinweg und drosch Mohler die Faust ins Gesicht.

Er hatte nicht nur Mohler damit überrascht, sondern auch mich, denn ich war es, der Mohler einen Besuch abgestattet hatte. Zu einem zweiten Schlag kam Tischer nicht mehr, da war ich bereits aufgesprungen und hatte ihn in den sicheren Polizeigriff genommen. Seinen Oberkörper drückte ich auf den Schreibtisch.

Mohler keuchte und preßte eine Hand gegen Wange und Nase. Die Sekretärin hatte das Wachpersonal alarmiert. Zwei Männer stürmten in das Büro.

Mohler hatte sich wieder gefangen. Mit zuckenden Bewegungen deutete er auf Jan.

»Nehmen Sie den Mann fest!« kreischte er. »Sofort!«

Die Wachleute zögerten. »Das ist doch Herr Tischer.«

»Spielt das eine Rolle?«

Die Szene konnte mir nicht gefallen. Ich brauchte Jan Tischer noch und wandte mich an die beiden Wachmänner. »Augenblick. Ich habe noch einige Fragen an den Mann.«

Damit war Mohler nicht einverstanden. »Was soll das?« regte er sich auf. »Sie haben doch gesehen, wie er mich angriff!«

»Stimmt. Und Tischer arbeitet für Sie, wie ich herausgefunden habe.«

»Leider.«

Ich lächelte Mohler an. »Für mich ist es eher unwahrscheinlich, daß jemand grundlos über seinen Chef herfällt. Er muß bestimmt ein Motiv haben.«

»Motiv – Motiv.« Mohler prustete die Worte hervor. »Tischer ist durchgedreht.«

Zum erstenmal meldete sich Jan. »Lukretia – sie ist – eine Hexe. Sie hat mich ...«

»Halten Sie Ihren Mund!« brüllte Mohler ihn an. »Sie erzählen nur Unsinn.«

Ich winkte Mohler zu. »Moment, bleiben Sie ruhig. So kommen wir nicht weiter. Ich möchte mit Jan Tischer allein reden.«

»Was?« Er lief noch roter an. »Das ist – das ist – ich werde mich bei Ihrem Vorgesetzten beschweren.«

»Tun Sie das.«

Mohler wußte nicht, was er unternehmen sollte. Ich aber packte Tischer am Arm und führte ihn aus dem Zimmer. »Wohin bringen Sie mich?« flüsterte der junge Mann, der seinen Widerstand aufgegeben hatte.

»Ins Büro einer Freundin, die auch gern mit Ihnen reden möchte, Herr Tischer ...«

Stella Dobro reichte Jan einen mit Kaffee gefüllten Becher. »Trinken Sie, das tut Ihnen gut.«

»Ja, danke.«

Ich lehnte an der Wand und beobachtete die beiden. Tischer war wieder normal geworden. Zumindest aus meiner Sicht. Er hatte den Becher zur Seite gestellt und schüttelte den Kopf. Leise begann er zu sprechen. »Ich weiß nicht, was in mich gefahren ist. Es war wie im Rausch. Ich war – ich war richtig verhext. Ich habe versucht, meine Freundin zu töten ...« Die letzten Worte brachte er nur jammernd hervor.

Vielleicht gab es ihm Trost, deshalb sagte ich: »Wenn wir den Fall aufgeklärt haben, kommt das mit Ihrer Freundin wieder in Ordnung.«

Er hob den Kopf. »Meinen Sie?«

»Wenn Ruth alles erfährt, und wenn Ruth Sie liebt, wird sie Ihnen auch verzeihen. Aber kommen wir zu Mohler. Er hat Sie also in diesen Club mitgenommen, wie Sie erwähnten?«

»Stimmt.« Er nickte. »Ich hatte eigentlich keine Lust. Nun ja, er ist mein Chef. Es ging die Karriereleiter hoch. Viele Kollegen sind Mitglieder in diesem Club. Da dachte ich, ein kleiner Gefallen kann nicht schaden.«

»Kennen Sie einen Erwin Tischer?« fragte ich.

»Nein.«

»Er hat sich umgebracht, nachdem er seine Frau und seinen Sohn tötete. Sie schweben in großer Gefahr, Herr Tischer.«

Jan sagte nichts. Er starrte vor sich hin und mußte das Gehörte erst einmal verdauen.

Stella Dobro, die sich bisher zurückgehalten hatte, mischte sich nun ein. »Offenbar will jemand alle Menschen mit dem Namen Tischer umbringen.«

Ich fragte: »Haben Sie noch Verwandte?«

Jan schüttelte den Kopf. »Nicht, daß ich wüßte. Ich hatte nie großen Kontakt zu meiner Familie. Wenn Verwandtschaft auftauchte, haben wir uns schnell wieder aus den Augen verloren. Selbst mein Vater ging eines Tages einfach weg …«

Ich unterbrach ihn. »Ihre Familienchronik ist eine ziemlich blutige Angelegenheit.«

»Ja, davon habe ich auch erfahren. Ein Fluch scheint auf uns zu liegen. Davon hat mein Vater auch gesprochen, als er noch bei uns war. Wenn die Zeit da ist, würde ich erfahren, was zu tun ist. Ich konnte als kleiner Junge damit nichts anfangen. Jetzt sehe ich es anders. Ich bin verflucht. Sie müssen mir helfen. Sie dringt in mein Gehirn ein. Mein Gott, die Hexe treibt mich in den Tod!« Sein Gesicht verzerrte sich, weil ihn die Erinnerungen quälten.

Ich beruhigte ihn. »Keine Sorge, Jan, so weit wird es nicht kommen.«

Er lachte uns an. »Sie haben vielleicht Vorstellungen ...«

»Wir werden Gegenmaßnahmen ergreifen.«

Sein Gesicht zeigte einen skeptischen Ausdruck. »Wie sollen die denn aussehen? Man kann die Hexe nicht einfach töten. Sie ist da, aber sie ist nicht real.«

Ich winkte ab.

»Keine Sorge, das ist sie. Ich kämpfe nicht zum erstenmal gegen diese Brut. Auch bei ihr gibt es wunde Punkte. Meistens jedenfalls.«

Jan hob die Schultern. »Ich kann Ihnen nicht viel helfen. Warum wenden Sie sich nicht an Mohler?«

»Der läuft uns nicht davon. Er weiß, daß wir miteinander reden. Er geht jetzt davon aus, daß Sie uns alles erzählen und daß ich Ihnen kein Wort glauben werde. Den Kontakt mit Lukretia wird er schon aufgenommen haben.«

»Außerdem habe ich jemanden gefunden«, sagte Stella, »der uns bei unserem Schlangenproblem weiterhelfen kann.«

»Hört sich doch gut an, nicht?« Ich lächelte Jan Tischer zu. »Es wird am besten sein, wenn Sie mit uns kommen. An unserer Seite sind Sie sicher.«

Das wollte er nicht. Er dachte an seine Freundin. »Aber Ruth. Ich muß mich um sie kümmern. Sie ist schwanger ...«

»Keine Sorge«, erklärte Stella lächelnd. »Wir haben sie an einen sicheren Ort gebracht. Und für Sie ist es besser, wenn Sie nicht wissen, wo sie sich aufhält. Denken Sie daran, Jan, Sie stehen noch unter dem Bann der Hexe.«

Jan war mit allem einverstanden.

Auf einen Fremden hätte der Raum unheimlich gewirkt. Nur das Licht einiger Kerzen erhellte ihn. Der Widerschein flackerte über die Wände, die mit Szenen aus der Apokalypse bemalt waren. In der Mitte des Raumes zeichnete sich auf dem Boden ein kleines Achteck ab.

Davor kniete Mohler. Er breitete die Arme aus und schloß seine Augen. Er wirkte wie ein Betender, als er mit leiser Stimme sprach: »Große Gebieterin. Dieser Sinclair ist stärker, als wir dachten. Der Wächter ist in seiner Gewalt. Hilf mir, Sinclair zu vernichten …«

Er wurde erhört. Aus der Mitte des Achtecks züngelte eine kleine Flamme hoch …

Wir hatten den alten jüdischen Friedhof erreicht, der ein Anziehungspunkt für jeden Prag-Touristen war. In der Nacht lag er ruhig da. Auch jetzt. Die zahlreichen Gräber und die kleinen Steine, die auf den Platten lagen, wurden vom Mondlicht angestrahlt, das gelb-grün schimmerte.

Stella hatte ihre Beziehungen spielen lassen und alles so geregelt, daß wir uns mit Abraham Moskowitz treffen konnten. Er war Jude, ein alter und auch zugleich weiser Mann.

Wir sahen ihn vor einem Grab stehen, auf das er nach altem Brauch einen Stein legte. Er mußte unsere Schritte gehört haben, denn er drehte sich um und kam auf uns zu.

Mit einem Kopfnicken wurden wir begrüßt. Jan Tischer, der zwischen uns stand, atmete heftig.

Stella hatte ihn bereits vorab informiert, und so kam der Mann gleich zur Sache. »Ihr wollt etwas über Schlangen wissen. Medusa Orientalis. Diese Schlange ist seit zweihundert Jahren ausgestorben. Eine der Gorgonen. Ihr findet sie in der griechischen Mythologie. Eine Medusa und ein Geschöpf der Hölle. Ihr Kopf war mit Schlangen bedeckt. Der Sage nach verwandeln sich die Schlangen auf ihrem Haupt in Frauen – in Rachegöttinnen.«

»Wie kann man sie besiegen?« fragte ich. Dabei gingen wir mit langsamen Schritten über den Friedhof.

Die Antwort machte mich nicht eben froh. »Überhaupt nicht.«

Jan lachte auf. »Das wußte ich.«

Abraham blieb stehen. Er schaute Tischer direkt an, der unter dem Blick verlegen wurde. »Sie sind ein interessanter junger Mann. Jan Tischer heißen Sie?«

»Ja.«

»Tischer«, murmelte der Alte, »und die Medusa hat es auf ihn abgesehen?«

Die Frage hatte mir gegolten, und ich bestätigte es.

Abraham räusperte sich. »Soweit ich mich erinnere, gab es nur einen, der wußte, wie man die Medusa bekämpft.« Sein Blick verlor sich etwas, als er weitersprach. »Haben Sie schon mal etwas von den Begiens gehört? Alte Magier, und es war ihre Aufgabe, in Griechenland den Tempel der Medusa zu bewachen. Solange die Begiens existieren, hält der Schlaf der Medusa, heißt es.«

»Dann sieht es jetzt so aus, als wäre sie aufgewacht. Was ist aus den Begiens geworden?«

Der alte Mann schaute mich an. »1668 hat man zum

letzten Mal von ihnen gehört. Vor 330 Jahren. Sie sind verschwunden. Ihr Kreuz, mein Freund, zeigt bei der Medusa keine Wirkung. Sie ist viel älter als das Christentum und manch andere Religionen. Die Medusa, das bedeutet auch blinde Wut, Lust an der Zerstörung und pure Vernichtung.«

Ich nickte ihm zu. »Wenigstens wissen wir jetzt, mit wem wir es zu tun haben. Die Medusa ist erwacht.«

Abraham sagte nichts. Er ging weiter. Wir folgten ihm und wunderten uns, als er so plötzlich stehenblieb. Dabei richtete er seinen Blick auf Jan.

»Warum starren Sie mich so an?«

»Ich stehe vor dem Grab Ihres Vaters.«

Jan Tischer zitterte plötzlich. Das hatte er nicht gewußt. Langsam trat er näher an das Grab heran. Im Mondlicht war sein Gesicht noch blasser geworden. In den Stein war der Name Oskar Tischer eingemeißelt.

»Mein – mein – Vater?«

»Ja.«

Jan bewegte sich nervös. »Ich habe immer gedacht, daß er noch leben würde. Daß wir uns einmal wiedersehen.«

Abraham ging nicht darauf ein. »Da ist noch etwas, mein junger Freund. Rückwärts gelesen lautet der Name Tischer Reschit, wenn man das Sch als einen Buchstaben betrachtet.«

Als ich das hörte, fiel es mir wie Schuppen von den Augen. »Sicher – Reschit. Das ist hebräisch. Am Anfang war das Wort.«

Der weise Mann stimmte mir zu. »In der Tat. So beginnt die Bibel. Reschit heißt Anfang oder Beginn. Jan Tischer, Sie sind der letzte Begien.«

Jan erschrak. »Ich …«, hauchte er, »… soll ein Magier sein? Sie müssen sich irren. Ich besitze um alles in der Welt keine magischen Kräfte. Im Gegenteil. Mir geht es verdammt dreckig.«

»Irrtum, junger Freund. Sie sind ein Begien. In Ihnen steckt das verschüttete Wissen. Sie haben es immer gewußt, aber Sie haben es verdrängt. Das gehört zur Tarnung. Die Medusa hat es auf Sie abgesehen, denn Sie sind ihr schlimmster Feind.«

Jan konnte das immer noch nicht begreifen. »Ausgerechnet auf mich?« flüsterte er.

»Du bist der Wächter des Tempels.« Abrahm nickte mir zu. »John Sinclair, Sie haben Ihren Waffenbruder gefunden.«

Ich lächelte Jan zu. Die Worte des alten Mannes hatten mich froh gestimmt, aber Jan kämpfte mit den Tränen. Er legte einen Stein auf das Grab seines Vaters, drehte sich um und schaute mich an. In seinen Augen lag jetzt ein anderer Ausdruck – Entschlossenheit.

Das sah auch Abraham. Er lächelte …

Es war gar nicht so einfach gewesen, die Gasse zu finden, in der der Hexenclub lag. Jan hatte sich nur schwer erinnern können, deshalb waren wir drei ziemlich durch die Gegend geirrt.

Wir saßen in Stellas VW, rollten immer wieder durch ein Altstadtviertel und fuhren dann in eine dunkle Gasse hinein, in deren Mitte das rote Licht einer Reklame aufleuchtete.

»Hier – hier muß es sein!« flüsterte Jan. »Ich bin mir sogar ziemlich sicher.«

»Gut«, sagte Stella.

Wir fuhren noch ein Stück weiter und hielten an. Den Weg gingen wir zurück. Dabei bestätigte Jan noch einmal, daß er sich sicher war.

»Gut, dann gehen wir hinein. Aber ohne dich, Stella. Der Club ist leider nur für Männer.«

»Schade.« Sie überlegte. »Okay, ich will jetzt noch keinen Wirbel machen. Wenn ihr in einer halben Stunde nicht zurück seid, mache ich mobil und lasse den Club stürmen.«

Stella Dobro zog sich zurück, während Jan und ich auf den Eingang zugingen. Sehr schnell schwang die Tür auf, und eine Frau lächelte uns an. »Willkommen im Club, meine Herren. Schön, Sie wieder bei uns zu sehen, Herr Tischer.«

»Wer ist sie?« flüsterte ich.

»Nina.«

Sekunden später hatten wir den Club betreten. Die Tür schloß sich hinter uns.

Wir schauten uns um. Ich kannte Nachtclubs aller Arten. Dieser hier war etwas plüschig, aber er paßte irgendwie zu dieser Stadt. Leicht verrucht, viel rotes Licht. Mädchen, die wie Schatten heranglitten oder mit ihren Freiern tanzten.

»Das ist ganz anders als beim letztenmal«, sagte Jan.

»Wieso?«

»Normaler, meine ich.«

Zwei Mädchen kamen auf uns zu. Noch bekleidet, aber sehr locker. Sie geizten nicht mit ihren Reizen. In ihren Augen lasen wir die Fragen praktisch ab.

»Wir haben einen sehr speziellen Wunsch«, sagte ich.

»Der wäre?«

»Lukretia.«

»Oh. Sie ist leider beschäftigt«, sagte die zweite.

»Und wie lange dauert das in der Regel?«

»Es kommt immer auf die Kondition des jeweiligen Gastes an ...«

Ich zuckte mit den Schultern. »Aber wir haben keine große Lust, lange zu warten.«

»Das brauchen wir auch nicht«, sagte Jan. Er deutete auf einen Vorhang. »Das ist der Weg.«

Es gab niemanden, der uns aufhielt. Jan schob den Vorhang zur Seite, und wir betraten einen Gang, an dessen Ende wir fünf Frauen sahen. Sie wirkten bedrohlich und versperrten den Weg zu einer weiteren Tür. Ihre Augen schauten uns kalt und drohend an.

»Nicht beirren lassen«, flüsterte ich Jan zu. »Das packen wir.«

Er blieb an meiner Seite, auch wenn ihm nicht wohl war. Ich ließ mich von den fünf Grazien nicht abhalten. Ich glaubte nicht, daß sie uns angreifen wollten.

Das stimmte. Als wir nahe genug an sie herangekommen waren, traten sie zur Seite. Sie gaben die Sicht und den Weg auf eine Tür frei, die vor uns aufschwang, als wäre sie von innen aufgezogen worden.

Ich merkte, wie Jan zögerte, den dahinter liegenden Raum zu betreten. Dafür hatte ich kein Verständnis. Ich umfaßte seinen Oberarm und zog ihn über die Schwelle ...

Es war alles ganz anders als in der Bar. Der Raum war achteckig und völlig mit rotem Samt ausgeschlagen. Hinter uns fiel die Eisentür ins Schloß wie die Platte einer Gruft.

Jan Tischer trat zur Seite. »Wir sind gefangen.« Noch während seiner Worte verlosch das Licht. Eine tiefe Dunkelheit breitete sich aus, in die hinein Jans Worte gellten. Sie kamen sogar als Echos zurück, als er sagte: »Die Hexe hat es geschafft. Sie ist doch stärker. Es gibt kein Entkommen ...«

Auch mir war nicht wohl zumute, doch ich durfte hier nicht den Ängstlichen mimen. »Reiß dich zusammen, Jan. Denk daran, wer du bist. Konzentriere dich auf deine Fähigkeiten.«

»Welche sind das denn? Im Dunkeln sehen?«

Ans der Dunkelheit hervor hörten wir zuerst das Lachen und dann die weibliche Stimme. »Welche sind das denn? Hat er Ihnen welche versprochen?«

Jan faßte mich hart an. »Das – das ist sie. Ich erkenne die Stimme!«

»Ruhig, nur ruhig.« Laut sprach ich in die Finsternis hinein. »Zeig dich endlich, Lukretia!«

Sie reagierte nicht. Es blieb dunkel. Auch nach einem erneuten Rufen kümmerte sie sich nicht um mich. Aber ich merkte trotzdem, daß sich in meiner Nähe etwas verändert hatte. Jan war nicht mehr da. Ich hörte ihn nicht atmen, und mir fehlte auch der Geruch seiner Kleidung.

Obwohl es nicht viel bringen würde, rief ich trotzdem nach Tischer, doch Lukretia unterbrach mich. »Gib dir keine Mühe, Geisterjäger. Ich bin stärker. Ich habe die Jahrhunderte überdauert und werde auch dich überleben.«

»Dagegen halte ich. Warum zeigst du dich nicht? Hast du Angst? Los, zeig dich, damit ich dich zum Teufel schicken kann.«

»Zum Teufel?« schrie sie und wollte sich ausschütten vor Lachen. »Was meinst du denn, woher ich komme? Der Satan selbst gibt mir die Kraft, um Menschen wie dich unter meine Knute zu zwingen. Deine Zeit läuft ab, Sinclair.«

Es waren ihre vorläufig letzten Worte, denn im Hintergrund schwang eine Tür auf. Ich sah das Licht. Vier helle Glotzaugen. Schritte näherten sich, und dann erschienen Lukretias Dienerinnen. Frauen, die glühende Speere in den Händen hielten und mich damit bedrohten, als sie stehenblieben.

Lukretia meldete sich wieder aus der Dunkelheit. »Bist du noch immer so siegessicher? Ein Wort, und du bist tot!« Wieder lachte sie, bevor sie weitersprach. »Aber es gibt immer noch eine zweite Chance. Ich biete dir an, mein Diener zu werden und mit mir zusammen die Freuden der Hölle zu erleben. Viele haben schon versucht, dich zur Strecke zu bringen. Keinem ist es bisher gelungen. Selbst Asmodis hat es nicht geschafft. Jetzt mußt du dich entscheiden. Jetzt und hier …«

Ich gab keine Antwort. Sekunden verstrichen. Ich spürte eine zweite Haut auf dem Rücken. Es war nicht eben angenehm, von verschiedenen Seiten bedroht zu werden und zu wissen, mit einem Bein im Grab zu stehen.

»Sprich, Sinclair!«

»Nun ja, ich …«

»Eins!« fing sie an zu zählen.

Ich räusperte mich. »Können wir nicht …«

»Zwei!«

Ich wischte mit der linken Hand über mein Gesicht. Mit der rechten zog ich die Beretta.

»Drei!«

Ich wußte, daß sie nicht weiter zählen würde. Sie wartete auf die Antwort, und ich gab sie ihr.

»Ja, okay, ich gebe auf. Deine Macht ist stärker, Lukretia.«

Stille, nichts mehr. Ich wußte auch nicht, warum es still blieb. Wahrscheinlich hatte ich es geschafft, sie mit meiner Antwort zu verblüffen.

Aber sie zeigte sich. Wieder hörte ich zuerst ihr

Lachen, dann entdeckte ich sie neben ihren Helferinnen. Sie glitt zwischen ihnen hindurch, streichelte dabei die Frauen, ließ sich küssen, küßte sie ebenfalls, und schlangengleich fuhren ihre Hände über die Körper der Dienerinnen hinweg.

Vor ihnen blieb sie stehen und schaute mich scharf an. Ihre kalten Augen gehörten keinem Menschen. Darin spiegelte sich die Unmenschlichkeit der Hölle wider.

»So habe ich dich eingeschätzt, Sinclair!« sprach sie mich an. »Feige und erbärmlich!« Sie nickte mir zu. »Du hast dich entschlossen. Gut. In dieser Nacht wird alles anders. Führt ihn ab!«

Sie hatten mich in ein Gewölbe unter der Erde gebracht. Es war ein unheimlicher Raum. Ein Hort des Bösen, erfüllt von einem unwirklichen Licht, das aus den Spalten der Wände hervorsickerte. Ein Steinpodest bildete den Mittelpunkt. Zu ihm führten Stufen hinauf, die auch ich gegangen war. Ich hatte mich hinknien müssen, danach waren die Helferinnen der Lukretia verschwunden und hatten mich allein zurückgelassen. Ich war allein, und ich hätte jetzt etwas unternehmen können, aber ich blieb in der knienden Haltung, denn ich wollte das Spiel bis zur letzten Karte ausreizen.

Als ich die Schritte hinter mir hörte, drehte ich den Kopf. Ein alter Bekannter stieg die Treppe hoch. Es war Mohler, der neben mir stehenblieb.

»Überrascht?«

»Nein, Herr Mohler. Ich hatte Sie erwartet.«

Er verengte seine Augen. »Ihnen kann man so leicht nichts vormachen oder?«

»Erfahrung. Aber ich muß gestehen, daß mir der Dreh neu ist. Ein Club, ein bißchen Okkultismus – schöne Frauen ...«

»Hören Sie auf. Das ist kein Scherz oder ein bißchen Okkultismus. Sie werden die magische Kraft des Feuers noch zu spüren bekommen, das schwöre ich Ihnen. Genau diese Kraft wird Sie auf die große Begegnung mit Lukretia vorbereiten.«

Mohler hatte die Worte kaum ausgesprochen, als vor mir auf dem Podest ein Feuer hochzüngelte. Plötzlich starrte ich in die zuckenden Flammen und fragte: »Glauben Sie wirklich, daß es so einfach ist, mich auszuschalten?«

»Stimmt. Man nennt Sie nicht ohne Grund Geisterjäger. Das ist sicherlich nicht nur ein Witz. Doch das spielt jetzt keine Rolle mehr. Sie gehören jetzt zu uns. Sie sind unser größter Trumpf.«

»Okay, wenn Sie das so sehen, will ich Ihnen nicht widersprechen. Aber ich möchte Ihnen eine Frage stellen.«

»Bitte.«

»Wie sind die Spielregeln?«

Mohler lachte. »Sie sind sehr simpel. Nimm den Trank der Hexe zu dir. Ein altes Rezept. Nachdem du ihn genossen hast, wirst du alles tun, was sie will.«

»Das ist wirklich sehr einfach.«

»Und ob!« Ich hörte plötzlich Lukretias Stimme. Sie war schon sehr nahe und brauchte nur noch die Stufen hinaufzusteigen. Neben mir blieb sie stehen. Sie rieb ihre Hände und sagte, wobei sie den Triumph nicht verbergen konnte: »Der berühmte Sinclair. Viele haben es versucht. Mir ist es gelungen. Ich werde in der Dämonen-Hierarchie weit nach oben steigen und bald neben Asmodis' Thron sitzen, den ich so gut kenne.«

Die Worte hatten mich neugierig gemacht. »Dann sag mir, wer du tatsächlich bist.«

»Ich bin die Gefährtin des Teufels. Vor über sechshundert Jahren hat mir der Satan das ewige Leben gegeben, damit ich auf die Menschheit Einfluß nehme. Ich war immer zugegen, als sich die Menschen gegenseitig umbrachten. Leider gab es immer wieder Männer, die sich mir in den Weg stellten. Es waren Gelehrte, Kenner der Weißen Magie. Aber sie konnten mir nichts antun. Ich kehrte immer wieder zurück und legte den Keim erneut. Auch dich habe ich beobachtet und muß zugeben, daß du dich schlau angestellt hast. Wir beide wären ein unschlagbares Team. Na, wie gefällt dir das, Geisterjäger?«

»Ich gebe zu, es ist verlockend.«

»Ha, mehr sagst du nicht? Soll ich dir jetzt vertrauen? Ich kenne deinen Ruf. Deshalb ist es an der Zeit, daß du eine kleine Prüfung absolvierst.«

»Was soll ich tun?«

»Du wirst es erleben!« Sie hob eine Hand und rief in das Gewölbe hinein. »Bringt das Opfer!«

Der Ruf war kaum verhallt, als vier in Kutten eingehüllte Gestalten erschienen, zum Podest hochkamen und einen leblosen Mann vor Lukretias Füße legten.

Es war Jan Tischer.

Wut jagte in mir hoch, und ich schrie die Hexe an: »Du hast ihn getötet!«

»Nein, noch nicht. Das überlasse ich dir! Es ist deine Prüfung, Sinclair. Ich will, daß du ihn vor meinen Augen umbringst!«

Ich sagte nichts, atmete nur hastig und sah, daß Mohler näher an uns herantrat.

»Nun, Geisterjäger? Ich warte auf deine Antwort.«

»Ja, ich tue es.«

Lukretia war überrascht. »Was – du tust, was ich von dir verlange?«

»Ich habe keine andere Wahl.«

Sie schüttelte den Kopf. »Wie leicht ist es doch, deinen Widerstand zu brechen. Zu leicht, Sinclair.« Ihre Schlangenaugen verengten sich. »Oder denkst du an einen Trick? Schlag dir das aus dem Kopf. Du tust es so oder so.« Sie ruckte zu Mohler herum. »Jetzt gib ihm das magische Schwert!«

Mohler hatte es hinter seinem Rücken versteckt gehalten. Nun zeigte er es mir.

Lukretia flüsterte: »Es ist das Schwert des Mirakolus, einem Magier aus dem Mittelalter. Du, Sinclair, entweihst die Waffe jetzt, indem du sie gegen den letzten Begien führst. Das Schwert hat bis zum heutigen Tag dem Guten gedient. Es freut mich, daß es ausgerechnet durch dich den Mächten der Finsternis übertragen wird. Nimm es!«

Mohler trat näher an mich heran, um mir die Waffe zu übergeben, aber die Stimme der Hexe stoppte ihn.

»Halt, noch nicht! Zunächst will ich deinen Durst stillen, Geisterjäger.«

Sie drehte sich zur Seite und gab mir den Blick auf das Feuer frei. In den Flammen erschienen zwei dunkle Klauen, die einen goldenen Becher umfaßt hielten.

»Du wirst den Becher leeren, Sinclair. Erst danach kannst du das Schwert nehmen und es durch sein Herz stoßen. Wenn du den Becher nicht leerst, werde ich dich töten!«

Ich nickte. »Ja, ja, du hast recht.« Dann drehte ich mich zur Seite, damit sie meine Bewegung nicht sah. Die Beretta wollte ich nicht einsetzen, das Kreuz war jetzt wichtiger. Auch wenn es nicht direkt gegen Lukretia half, es gab ja noch den Becher.

Weder Lukretia noch Mohler bemerkten, wie ich die »Waffe« aus der Tasche zog. Ich drehte mich wieder herum, alles geschah normal, aber mir kam es vor wie in einem Zeitlupentempo.

»Du solltest dir einen besseren Türsteher anschaffen«, sagte ich noch, denn warf ich das Kreuz genau in den Becher hinein.

Die Klauen zuckten. Sie schleuderten den Becher weg. Der Inhalt spritzte heraus und genau in Mohlers Gesicht, der aufschrie, seine Hände hochriß und das Schwert fallen ließ.

Blitzschnell hatte ich es gepackt. Die Klauen wollten wieder zurück in die Flammen tauchen, aber mein Hieb war schneller. Ich säbelte sie mit einem Schlag von den Armen ab. Mit einem Zischen fielen die Flammen in sich zusammen.

Lukretia schrie schrill wie eine Sirene. Sie war durcheinander, stand in meiner Nähe, und ich brauchte nur noch zuzuschlagen. Ich holte aus, und der Rundschlag konnte sie eigentlich nicht verfehlen. Aber es war Mohler, der getroffen wurde.

Er hatte seiner Herrin zu Hilfe eilen wollen. Er war in den Schlag hineingesprungen und stand plötzlich ohne Kopf da. Ich achtete nicht auf sein Blut, das gegen den Boden klatschte, jetzt war Lukretia wichtiger.

Sie hockte, ich stand.

Sie war klein geworden, ich groß, und sie bettelte darum, von mir getötet zu werden. »Gib mir den Gnadenstoß. Gib ihn mir. Stich zu! In mein Herz!«

Diesmal konnte ich lächeln. »Du armselige Kreatur. Du bist nicht die Medusa. Du bist nur eine kleine Schlange von ihrem Haupt. Eine kleine Rachegöttin, die angeben wollte. Das habe ich sehr schnell gemerkt.

Von mir wirst du den Gnadenstoß nicht erhalten. Du hast verloren. Ich werde dich Asmodis überlassen, der keine Diener gebrauchen kann, die versagt haben. Soll er mir dir abrechnen.«

»Neiiiinnn!« kreischte sie. »Liefere mich nicht aus! Nicht ihm ...« Es war bereits zu spät. Durch die Wände des Gewölbes drang ein Grollen. Rauchwolken stiegen auf, die schreckliche Gestalten umhüllten. Sie schwebten auf das Podest zu, um Lukretia zu holen.

Ich wußte, daß das hier nicht mehr mein Platz war. Jan Tischer lag noch immer in der Nähe. Doch er war dabei, aus seinem Zustand zu erwachen. Ich zog ihn hoch und schleifte ihn dann die Stufen hinab. Dabei blickte ich in die Höhe, weil ich sehen wollte, was mit Lukretia geschah. Der Teufel hatte seine Vasallen geschickt. Sie umtanzten und umkrallten den Körper der Lukretia, der längst keiner mehr war. Er löste sich auf und wurde immer transparenter.

Das letzte, was ich von ihr hörte, war ein gellender Schrei, dessen Echo bis hinein in die Verdammnis schallte.

Jan Tischer meldete sich. »John, was ist passiert?«

»Raus hier!«

Mehr sagte ich nicht. Das Donnern hatte mich aufgeschreckt. Ich rannte, was die Beine hergaben. Ich schleifte Jan dabei mit, und hörte noch einmal die Stimme der Hexe, bevor sie von der ewigen Finsternis verschlungen wurde.

»Sinclair, ich verfluche dich ...«

Das war mir egal, denn wir hatten den Ausgang erreicht. Mit langen Schritten rannten wir eine Treppe hoch, erreichten die normale Welt, in der alles anders war.

Plötzlich sah ich Stella Dobro, die sich in meine

Arme warf. »John, Himmel, du hast es geschafft. Ich – ich hatte so große Angst um dich.«

Ich lachte. »Keine Sorge. Unkraut vergeht nicht. Und was dich angeht, so werde ich bestimmt noch einige Tage in Prag bleiben.«

Wir waren bei Jan und Ruth eingeladen. Sie machten es spannend, nachdem Stella und ich unsere Plätze eingenommen hatten. Danach öffnete Jan eine Flasche Champagner vom Feinsten, schenkte die Gläser voll, und wir stießen an und tranken.

»Das ist kein Hexentrank«, sagte er.

»Und ich bin so froh, daß alles vorbei ist«, flüsterte Ruth.

»Klar. Nur, solange die Begiens nichts aussterben.«

Jan schaute mich an. »Wie soll ich das verstehen?«

»Daß ihr noch viele Kinder bekommen müßt.«

»Ha.« Ruth lachte auf. »Darauf kannst du dich verlassen. Es werden Zwillinge.«

»Was?« rief Stella. »Ist das wahr?«

»Ja.«

Die beiden Frauen hatten jetzt ihr Thema. Jan zog mich zur Seite. Er wirkte etwas verlegen. »Ich habe mich nicht eben heldenhaft verhalten, John. Die Show habe ich verschlafen. Man hat mich plötzlich von deiner Seite weggezogen …«

»Ja, ja, mein Lieber«, erwiderte ich und klopfte ihm auf die Schulter. »Es ist noch kein Magier vom Himmel gefallen …«

ENDE

Das Todeskarussell

Ken Kovac ging nicht, er schlurfte und torkelte. Die Flasche Gin hatte er bis auf den letzten Tropfen geleert und sie dann weggeworfen. Er atmete schwer und merkte nicht einmal, wohin er überhaupt lief. Lag der Ort schon hinter ihm oder durchwanderte er ihn noch?

»Himmel, bin ich besoffen. Das gibt es nicht. Das kann nicht wahr sein.« Er rülpste und grinste dann. »Aber – aber – schön ist es trotzdem. Hat richtig Spaß gemacht.«

Er ging schwankend weiter. Die Zeit hatte er vergessen, den Windstoß bekam Ken mit. Er sorgte auch dafür, daß er stehenblieb und sich verwirrt umschaute.

»Scheiße, wo bin ich denn hier gelandet?« Obwohl er total betrunken war, stimmte das Bild. Da wurde ihm nichts vorgegaukelt, denn er stand auf einem Platz, auf dem eine Dorfkirmes aufgebaut war. Schaubuden, mit Planen abgedeckte Wagen, und in der Mitte stand ein altes Kinderkarussell. Auch schon brüchig und halb verfault. Aus Holz gefertigte Figuren. Pferde, kleine Gondeln, Einhörner. Überall blätterte die Farbe ab. An einer Stelle des Karussells sah es sogar aus, als hätte dort etwas gebrannt.

Kovac konnte nicht anders. Er mußte einfach lachen. Es unterbrach die Stille, aber für ihn war es der richtige Antrieb. Er setzte sich wieder in Bewegung. Mit unsicheren Schritten und schwankendem Körper ging er auf das Karussell zu. Es gehörte jetzt ihm. Er konnte es in Besitz nehmen und so lange fahren, wie er wollte. Das zuckte durch seinen benebelten Kopf.

Als er auf die Plattform kletterte, stolperte er, konnte sich aber an einem Pferd festhalten und versuchte mühsam, den Rücken zu erklettern.

»Scheiße, du alter Gaul, bleib endlich stehen.« Er faßte noch einmal nach und saß.

Tief durchatmen. Die Augen öffnen. Das Gefühl genießen und das Licht sehen.

Licht? Wieso Licht? Der Turm in der Mitte der Plattform leuchtete plötzlich, als wären in seinem Innern Lampen eingeschaltet worden. Eine Glocke bimmelte, dann setzte sich das Karussell in Bewegung.

Ken Kovac verstand die Welt nicht mehr. Je länger er saß, um so schneller drehte sich das Karussell. Er hörte Kinderlachen, das Bimmeln von Glocken, Musik, Stimmen.

Immer schneller drehte sich das Ding. Kovac lag auf dem Holzpferd. Er war plötzlich nüchtern geworden, denn was er nun zu sehen bekam, das war unmöglich.

Er sah fratzenhafte Gesichter, die das Karussell umgaben. Menschen, die zuschauten und zu einer Wand verschmolzen, je schneller er sich drehte.

Er wollte weg, aber er konnte es nicht. Zudem geschah noch etwas Unheimliches in seiner Nähe.

Aus dem Turm trat eine Gestalt wie der Satan persönlich. Schwarze, lockige Haare, ein dichter, dunkler Vollbart, dazu eine rote Gesichtshaut und düstere Augen. Um seinen Körper herum tanzten Flammen, sogar hoch bis zum Kopf, und auch düstere Nebelschwaden umwallten ihn. In der Hand hielt der Unheimliche einen gewaltigen Dreizack, dessen Spitzen auf Kovac zeigten.

Immer und immer wieder, obwohl er sich drehte. Chandra war überall. Und er starrte Kovac an. Seine Augen waren wie tiefe Schächte, in die der Mann hineinsank. Die Tore einer anderen und schrecklichen Welt hatten sich für ihn geöffnet. Ein riesiges, mit mächtigen Speichen bestücktes Rad erschien. Vier Menschen waren darauf regelrecht aufgespießt, und das Rad drehte sich ebenfalls. Es tauchte immer wie-

186

der mit seiner Beute ein in eine blutrote Flüssigkeit, und immer dann, wenn die gepeinigten Leiber wieder erschienen, öffneten sich die Mäuler der Opfer, um vor Schmerz zu schreien. Was sie nicht schafften, denn sie blieben stumm wie die Toten.

Aber Kovac schrie.

Er konnte nicht anders. Er hatte noch die lässige Handbewegung des Unheimlichen gesehen, dann bohrten sich die Spitzen des Dreizacks in seinen Körper.

Kovac brüllte weiter. Er schaute an sich hinab. Mit beiden Händen umklammerte er den Stiel der Waffe und versuchte, sie aus seinem Körper herauszuziehen.

Seine Eingeweide schienen in heißer Säure zu liegen und zu kochen. Kovac hatte keine Chance.

Zwei Gestalten erschienen auf dem Karussell. Henker mit roten Kapuzen über den Köpfen.

Einer von ihnen packte den Dreizack und zog ihn aus Ken Kovacs Körper hervor, was bei ihm wieder fürchterliche Schmerzen verursachte. Dann packten sie zu und zerrten ihn vom Pferd.

»Neinnn, neinnnn, weg mit euch. Geht weg. Was passiert hier? Ich will nicht …«

Die beiden Henker kannten kein Erbarmen. Plötzlich sah Kovac wieder das gräßliche Bild vor sich. So dicht, wie zum Greifen nahe. Der Schädel des Fremden erschien ihm übergroß.

In seinen Augen drehte sich das Rad. Immer wieder, wie eine endlose Uhr. Und doch war etwas anders geworden. Auf den Speichen steckte jetzt noch ein fünftes Opfer.

Chandra lächelte. Für eine Weile blieb er noch auf der Plattform stehen, dann zog sich die Höllengestalt zurück, als hätte es sie nie zuvor gegeben …

Frank Spiro trat kräftig in die Pedalen, damit der Dynamo auch genügend Licht für die Lampe produzierte. Er schaute dem hüpfenden Schein nach und fluchte über den holprigen Weg. Er haßte dieses schwere Fahren, aber es war noch besser, als zu laufen.

Irgendwann hatte er die holprige Strecke hinter sich gelassen. Es ging besser, er pfiff vor sich hin, denn weit hatte er es nicht mehr. An der linken Seite tauchte bereits das Karussell auf.

Er wollte schon vorbeifahren, als ihm etwas auffiel. Bremsen mit dem Rücktritt. Noch einmal hinsehen, ob er sich nicht getäuscht hatte.

Nein, es stimmte. Das Karussell war besetzt. In einer Gondel hockte zusammengesunken der alte Schluckspecht Ken Kovac. Nur hatte er das Karussell nicht erklommen, um seinen Rausch auszuschlafen, denn aus seinem Körper ragte ein Dreizack hervor. Seine Haut war grün angelaufen, und die Augen quollen aus den Höhlen hervor.

Ken war tot!

Das begriff Spiro nach einigen Augenblicken. Dann raste er davon wie vom Leibhaftigen persönlich verfolgt ...

Wenn Menschen gehen oder schleichen können wie eine Katze, so glich ich diesem Tier, denn ähnlich bewegte ich mich um den neuen Bentley herum und sah einen zufrieden lächelnden Verkäufer.

Sir James stand neben ihm. Zögernd ließ er den Schlüssel in meine Handfläche fallen.

»Ja, Mr. Sinclair«, sagte der Verkäufer. »Da ist der Wagen doch noch gekommen. Ein Prachtstück. Daran werden Sie bestimmt sehr lange Ihre Freude haben.«

Sir James räusperte sich. »Hoffentlich länger als beim letzten.«

»Weiß ich nicht. Das kommt immer darauf an, wohin Sie mich schicken, Sir.«

Der Verkäufer hob beide Hände. »Aber bitte, meine Herren. Der Wagen hält schon etwas aus. Damit müssen Sie ja nicht gleich durch die Wüste fahren. »

Ich grinste Sir James zu. »Na ja, manchmal wird es schon höllisch heiß, sage ich mal.«

Der Verkäufer hatte den Doppelsinn der Worte natürlich nicht verstanden. »Für den Fall verfügt das Fahrzeug über eine erstklassige Klimaanlage. Oder Sie fahren direkt mit offenem Verdeck.«

»Ist auch eine Möglichkeit«, gab ich zu und öffnete die Beifahrertür. »Steigen Sie ein, Sir James.«

»Nein, nein, ich nehme lieber ein Taxi.«

»Stellen Sie sich nicht so an. Sie tun gerade so, als würde ich Sie in eine Dämonenschaukel bitten.«

»Das weiß man bei Ihnen nie so genau.« Er quetschte sich auf den Beifahrersitz des Cabrios. »Aber nur bis zum Yard. Ich soll demnächst einen Orden bekommen, und den möchte ich auf keinen Fall im Rollstuhl entgegennehmen.«

»Keine Sorge. Es wird Ihnen schon nichts passieren.« Ich startete den Motor. »Hören Sie?«

»Was denn?«

»Der schnurrt wie eine Raubkatze.«

Sir James winkte ab und schrie dann protestierend auf, als ich einen heißen Start hinlegte. »Sinclair, sind Sie wahnsinnig …«

Brady war Polizist. Mit wütenden Bewegungen scheuchte er die beiden Kinder aus der Nähe des Karussells. »Weg mit euch, verschwindet. Geht woanders hin.«

»Wohin denn?«

»Ist mir doch egal. Zum Bach, meinetwegen.«

Die beiden stiegen auf ihre Räder und entfernten sich langsam. Brady war sauer. Das paßte ihm alles nicht. So etwas gehörte nicht hinein in seine Welt. Er ging auf eine Frau zu, die einen mit Kartoffeln gefüllten Korb über ihren Arm gehängt hatte. »Auch Sie verschwinden hier. Gehen Sie nach Hause.«

Die Frau hob schweigend die Schultern und trollte sich. Dafür näherte sich Inspektor Frenton von der Mordkommission. Sein Gesicht sah aus, als hätte er soeben puren Zitronensaft getrunken. »Halten Sie mir bloß die Leute vom Hals, Brady.«

»Das wird nicht einfach werden, wenn sich der Mist hier erst richtig herumgesprochen hat.«

»Bis dahin sind wir fertig.«

»Ha, Sie kennen die Leute nicht.«

Frenton ballte eine Hand zur Faust. »Verdammt noch mal, ich will hier keinen sehen. Und Sie sorgen mir dafür. Sperren Sie unten den Weg ab, damit niemand hochkommt.«

»Wird gemacht. Sie sind der Boß und fünfzig Kilometer gefahren. Hat sich die Reise denn gelohnt?«

»Ja, ja, gehen Sie schon.« Frenton war sauer. Er drehte sich um und schritt auf das alte Karussell zu. Ein Arzt, Dr. Winter, war dabei, den Toten zu untersuchen, ohne ihn zu berühren. Er schaute ihn nur an. Wegen des Gestanks hatte er sich ein Tuch vor den Mund gebunden.

Frenton zog die Nase hoch. »Was sagen Sie, Doc? Ich

habe in meinem Leben schon einiges gesehen, aber so etwas noch nicht.«

Der Arzt band den Mundschutz ab, atmete aus und nickte.

»Sie sprechen mir aus der Seele.«

Frenton deutete auf den Toten. »Und seiner Seele ist der Herrgott hoffentlich gnädig.« Er verzog die Lippen. »Was halten Sie eigentlich von der Färbung der Haut? Sie ist recht ungewöhnlich – oder?«

»Der ganze Leichnam ist ungewöhnlich.«

»Stimmt. Können Sie es genauer sagen?«

Dr. Winter hob die Schultern. »Eine exakte Analyse kann ich Ihnen natürlich nicht geben. Wir finden kein Blut. Keinen einzigen verdammten Tropfen. Auch nicht auf der Tatwaffe. Diese Leiche ist blutleer. Damit müssen wir uns abfinden.«

»Aber Sie sind Arzt.«

»Na und?«

»Dann haben Sie möglicherweise eine Theorie.«

Dr. Winter winkte ab. »Ich wollte damit sagen, daß es nicht den geringsten Hinweis dafür gibt, daß je in seinem Körper Blut geflossen ist. Wenn ich gegen die Haut drücke, höre ich die Venen knistern. Überspitzt formuliert.«

Frenton grinste. »Beruhigen Sie sich, Doktor. Sie müßten mal Ihr Gesicht sehen.«

Der Arzt deutete auf das Karussell. »Ich sehe das Gesicht da, und es reicht mir. Wenn man überhaupt noch von einem Gesicht sprechen kann.«

»Jetzt hören Sie aber auf. Das hört sich ja an ...«, Frenton lachte. »Haben Sie Bißwunden an seinem Hals gesehen wie bei einem Vampiropfer?« Er fing an zu knurren.

»Bleiben Sie sachlich, Frenton«, erwiderte der Arzt

ärgerlich. Dann stieg er wieder auf die Plattform des Karussells, und der Inspektor folgte ihm.

»Das bin ich, Doktor. Ich bin sachlich. Hier waren Vampire am Werk. Weil der Tote blutleer ist. Wie viele Verrückte laufen eigentlich als Vampire durch die Gegend? Wir finden schon heraus, was hier vorgefallen ist. Darauf können Sie sich verlassen. So, und jetzt noch mal. Haben Sie nun Bißwunden gefunden oder nicht?«

»Nein, das habe ich nicht. Trotzdem …«, der Arzt schaute nachdenklich auf den Toten, » … ich sehe hier etwas vor mir, das ich mir nicht erklären kann. In derartigen Fällen bin ich verpflichtet, Scotland Yard zu alarmieren.«

Frenton hob beide Hände und verdrehte die Augen. »Okay, das mußte ja kommen. Habe ich direkt vermißt. Warum muß immer ich mit Ihnen die Probleme haben.« Er schaute Dr. Winter an. »Jetzt hören Sie mir gut zu, Doktor. Den weiten Weg hier heraus habe ich nur gemacht, weil es mein Fall ist.« Er tippte gegen seine Brust. »Verstehen Sie? Mein Fall. Verschonen Sie mich also bitte mit Scotland Yard.«

Dr. Winter schüttelte den Kopf. »Das geht nicht, und das wissen Sie ebenso gut wie ich. Beim Yard gibt es Spezialisten, und davon werden auch Sie schon gehört haben.«

Frenton lachte und winkte ab. »Kommen Sie, Doktor. Sie meinen doch nicht etwa diesen Spinner, der Sinclair heißt. Was ich von dem gehört habe, gibt mir wirklich den Rest. Das ist doch alles ausgemachter Schwachsinn.« Er hob seinen rechten Zeigefinger. »Wir beide finden eine Erklärung. Sogar eine, die mit Ihrer Schulmedizin in Einklang steht.«

Dr. Winter lachte scharf auf. »Sie finden bestimmt

keine Erklärung. Wachen Sie endlich auf. Kann sein, daß ich in meinem Leben schon einiges mehr gesehen habe als Sie.«

Frenton verzog nur die Lippen. Er sah auch nicht, wie sich Kovac in seiner Gondel bewegte und dabei den Dreizack aus seinem Körper zerrte. Sein grünliches Gesicht schimmerte im Licht des Tages noch bleicher. Die Haare standen von seinem Kopf ab wie nach einem gewaltigen Stromschlag.

Dr. Winter hatte die Bewegung aus den Augenwinkeln gesehen. Es war ihm so fremd und unheimlich, daß er zunächst nichts sagen konnte und auf der Stelle erstarrte. Er sah auch, wie sich Kovac daranmachte, vom Karussell zu steigen.

Frenton war noch mit sich selbst beschäftigt. »Also, ich bin hier die Mordkommission. Ich habe eine Untersuchung durchzuführen. Das heißt, ich werde kriminalistische Methoden mit dem realen Verstand paaren. Was wollen Sie mir eigentlich einreden, Doktor? Daß Sie an Vampire glauben? Machen Sie sich nicht lächerlich.«

Dr. Winter gab keine Antwort. Er preßte die Hand gegen seine Brust wie ein Herzkranker und wich langsam zurück.

»He, was ist? Sehen Sie gerade einen?«

Der Arzt gab keine Antwort. Aber er streckte den Finger aus, und Frenton wußte, wohin er schauen mußte.

Blitzschnell drehte er sich um.

Kovac stand vor ihm!

Beide starrten sich an. Frenton hatte das Gefühl, allmählich zu vereisen. Dr. Winter und Frenton bewegten sich nicht. Das tat allein der ›tote‹ Kovac, der mit langsamen Schritten auf sie zukam.

Der Inspektor lachte. »Nein, das ist doch verrückt …«

Kovac ließ sich nicht aufhalten. Er ging weiter.

»He, was haben Sie vor?«

Langsam öffnete Kovac sein Maul, und den beiden Männern strömte ein Fauchen entgegen.

»Zurück, zurück!« zischelte der Arzt und wollte Frenton nach hinten ziehen.

Der sperrte sich. »Verdammt noch mal, es gibt keine Vampire. Das ist ein Bluff.« Trotzdem wich er zurück, denn Kovac schien allein auf ihn fixiert zu sein. Sie hatten die Plattform schon verlassen, aber Kovac dachte nicht daran, aufzugeben.

»Wir müssen verschwinden, Frenton!«

Frenton lachte krächzend. »Und der da? Was ist mit dem? Nein, nein, so nicht.« Frenton wollte sich stellen. Er wollte vor allen Dingen nicht wahrhaben, daß Frenton kein Mensch war, sondern ein verdammtes Monster, wie es sonst nur im Film oder in irgendwelchen Schauergeschichten vorkam.

Deshalb bückte er sich und hob eine in der Nähe liegende Holzlatte auf. Mit beiden Händen hielt er sie fest. Als Kovac noch einen Schritt weiterging, schlug er zu.

Nicht nur einmal. Er drosch auf ihn ein. Er war zu einem Berserker geworden, aber Kovac fiel nicht. Er nahm die Schläge hin, und so kam es, wie es kommen mußte. Die Latte zerbrach beim fünften oder sechsten Treffer.

Frenton war sprachlos. Er ließ das Ende der Latte fallen und wich vor der Leiche zurück.

Auf einmal wurde Kovac schnell. Frenton war nicht darauf gefaßt. Der Tote sprang ihn wuchtig an und schleuderte ihn zu Boden. Er blieb dicht am Mann und gab sich noch einmal Schwung. Zu spät zog der Inspektor die Beine an. Da hockte Kovac schon auf ihm und drückte ihm die Klauen gegen die Brust.

Dr. Winter hatte alles mit angesehen. Er glaubte noch immer an einen bösen Traum, aber er tat das einzig Richtige in dieser teuflischen Situation.

Er trug immer ein kleines Kreuz bei sich. Es war an einer Kette befestigt. Mit zitternden Händen zog er sie über den Kopf und sprang auf die Kämpfenden zu.

»Weiche, Satan! Zurück mit dir!« Er hielt Kovac das kleine Kreuz entgegen.

Die Leiche riß die Arme hoch, um sich vor dem Anblick zu schützen. Diese Gelegenheit nahm Frenton wahr. Er zog seine Beine an und stieß die Gestalt heftig von seinem Körper weg.

Kovac fiel nach hinten, und Dr. Winter setzte nach. Er sprang dabei über seinen eigenen Schatten, zeigte dem lebenden Toten wieder das Kreuz, der diesen Anblick nicht ertragen konnte.

Sein schauderhaftes Brüllen hallte über den Platz hinweg. Kovac mußte unter Schmerzen leiden. Er drehte sich um seine eigene Achse, sprang auf und rannte weg. An den Schaubuden vorbei flüchtete er auf den nahen Wald zu und war bald zwischen den Bäumen verschwunden.

Der Arzt nahm die Verfolgung nicht auf. Das war nicht seine Sache. Er ging zu Frenton, der noch immer am Boden lag.

»Alles in Ordnung?«

»Ja, ja, aber wo ist die Leiche?«

Dr. Winter schaute ihm in die Augen und runzelte die Stirn.

»Weggelaufen«, sagte er trocken.

»Weggelaufen?« Frenton lachte schrill. »Ich bin doch

nicht verrückt. Hier ist was faul. Denken Sie bloß nicht, daß ich jetzt von Ihrem Gerede überzeugt bin. Ich kriege schon heraus, was hier nicht stimmt.« Er stand fluchend auf, schüttelte den Kopf, und seine Stimme klang bei den nächsten Worten wieder normal. »Trotzdem sollten Sie mir mal die Telefonnummer von diesem Sinclair geben, Doktor ...«

Als ich mein Büro betrat, lächelte Glenda mich strahlend an. So sehr, daß ich mißtrauisch wurde.

»Ist was?«

»Ja.«

»Und?«

»Ein herrlicher Tag.«

»Stimmt.«

»Aber das ist nicht alles.«

»Oho, jetzt wird es spannend.«

Sie lächelte weiter. »Ich habe dich übrigens gesehen. Dich und dein neues Auto.« Sie nickte mir zu. »Einfach toll, der Wagen. Und er paßt zu dir, John.«

»Danke.« Ich deutete auf ihr neues Outfit. »Das Kompliment gebe ich gern zurück.«

Glenda Perkins drehte sich auf der Stelle und ließ die untere Hälfte des Kleides fliegen. »Gefällt es dir? Ich habe es gestern gekauft. Damit du dich in deinem Cabrio mit mir blicken lassen kannst. Ein Ausflug mit offenem Verdeck ...«

»Nicht schlecht. Dazu ein Picknickkorb ...«

»Mit Champagner ...«

»Super, aber wer fährt zurück?«

Glenda lachte. »Da müßten wir uns noch Personal besorgen. Aber das sind Träume.«

»Dein Kaffee ist kein Traum, Glenda.«

»Und der ist frisch.«

Ich nahm mir die Tasse und ging zu meinem Zimmer. Auf dem Weg dorthin hörte ich das Telefon. »Das ist Sir James.«

»Bist du Hellseher?«

»Später mal, wenn ich alt bin.«

Glenda hob ab. Sie brauchte nicht viel zu sprechen, nickte und meinte: »Ja, Sir, ich sage es ihm.«

Ich hob die Schultern.

»Kaffee verschoben.«

»Trink eine halbe Tasse.«

»Mache ich auch.« Ich nahm mir Zeit und ging danach zum Büro meines Chefs.

Sir James saß hinter seinem Schreibtisch und hatte die Stirn gerunzelt. »Wie nett, daß Sie hier sind. Aber Sie sollten nicht vergessen, daß Sie Polizist sind und kein Testpilot für Rennautos.«

»Der Wagen muß sich schließlich an mich gewöhnen, Sir.«

»Das wird er auch.« Sir James deutete auf einen Stuhl, und ich nahm Platz. »Sie bekommen die Gelegenheit für eine kleine Spritztour.« Er hielt ein Blatt dünnes Papier hoch. »Das Fax ist von einem Inspektor Frenton. Es ist vor ein paar Minuten hier eingetroffen.«

Er reichte mir das Fax. Ich überflog den Text, und was ich las, ließ mich nachdenklich werden. »Am besten ist es, wenn ich mich so schnell wie möglich auf den Weg mache.«

Sir James nickte. »Das denke ich auch. Übrigens habe ich über Ihren Kollegen Frenton einige Auskünfte eingeholt. Er ist für einen Leiter der Mordkommission noch ziemlich jung. Zudem extrem ehrgeizig. Ein notorischer Besserwisser. Steht mit beiden Beinen sehr fest auf der Erde. Ein großer Zweifler, was Ihre Aufgaben angeht. Sie könnten Ärger mit ihm bekommen.«

Ich winkte ab. »Das bin ich gewohnt. Frenton wäre nicht der erste, der über meinen Job lacht und später anders denkt. Sie hören dann von mir.«

»Das hoffe ich. Und viel Glück.«

Nach diesen Wünschen verließ ich das Büro.

Diana Spiro ärgerte sich, daß sie die Einkaufstüten schleppen mußte. Sie wollte ihrem Mann einiges dazu erzählen, doch als sie die Küche betrat, saß Frank am Tisch und hatte sein Gesicht in den Händen vergraben. Auf der Platte war noch genügend Platz, um die Einkaufstüten abzustellen.

»Was soll das denn? Du bist ja immer noch da. Wenn du so weitermachst, verlierst du noch deinen Job. Außerdem hättest du mit mir einkaufen gehen können.«

Spiro hob die Schultern. »Der Anblick geht mir nicht aus dem Kopf.«

Diana setzte sich. »Du kannst doch unmöglich den ganzen Tag über hier herumhocken. Einfach nicht zur Arbeit gehen. Setz nicht alles aufs Spiel, Frank. Willst du auch diesen Job wieder verlieren? Ist dir das egal?«

Frank schaute seine Frau trübe an. »Du hast ja keine Ahnung. Wenn du das gesehen hättest, was ich gesehen habe …«

Sie ließ ihn nicht ausreden. »Hör mal, ich weiß, wie schlimm das für dich ist. Ich bin auch schockiert. Alle hier sind schockiert. Aber du kennst unsere Lage. Du mußt ja nicht für mich arbeiten, aber wer soll das Baby ernähren?«

Er winkte heftig ab. »Hör auf, das immer zu wiederholen. Ich tue ja, was ich kann.«

Diana lächelte. »Natürlich. Ich denke nur an uns. Und der Kleine wartete auf dich.«

Frank lächelte plötzlich, stand auf und legte seinen Kopf gegen den runden Bauch seiner Frau.

Das gefiel Diana, denn sie schlang die Arme um ihren Mann.

Die Tankstelle lag außerhalb des Dorfes und ziemlich einsam. An das alte Tankstellenhaus mit der Glastür war noch eine Garage mit Hebebühne angebaut worden.

Besitzer der Tankstelle war der alte Mac Mahoon, ein Invalide, der das linke Bein nachzog.

Als der kleine Lastwagen an der Zapfsäule hielt, kam Mahoon aus der Garage.

Der Fahrer, ein Mann aus dem nahen Dorf, hatte das Fenster geöffnet. »Hi, Mac.«

Mahoon gab keine Antwort. Schweigend vollführte er die nötigen Handgriffe, um den Wagen aufzutanken.

Der Fahrer wußte, was ihn bedrückte. Aus dem offenen Fenster sprach er Mahoon an. »Tut mir leid für dich. Ken war wirklich ein guter Junge.«

Mac lachte. »Er war ein Herumtreiber, aber ich habe ihn gemocht. Kovac hatte Fehler, aber die haben wir alle.«

»Das ist trotzdem rätselhaft und ekelhaft. Wir sollten aufpassen und uns einschließen.« Er sah besorgt aus. »Zumindest so lange, bis alles vorbei ist.«

Mahoon war anderer Meinung. »Darauf pfeife ich. Wenn es kommt, dann kommt es. Daran ändern kann man sowieso nichts. Außerdem bin ich zu alt, um mich einzuschließen. So, die Arbeit ist erledigt.«

»Was muß ich zahlen?«

Mahoon nannte den Betrag. Er erhielt zwei Geld-scheine. »Sollen sich doch die einschließen und ver-stecken, die allen Grund dazu haben.«

Der Fahrer schüttelte den Kopf. »Du bist ein alter Narr, Mac.« Dann startete er und fuhr an.

Mahoon schaute dem Wagen nach. »Ihr könnt mich alle mal – Drecksbande.« Er spie aus. Danach hinkte er zu dem Tankstellenhaus zurück. Die kleine Glocke bimmelte, als er die Tür öffnete. Wie immer schaute er von der Tür her auf die Theke mit der Kasse und gegen einige sparsam sortierte Verkaufsständer, in denen die Waren schon Staub angesetzt hatten.

Mahoon trat hinter die Kasse, ließ das Geld darin verschwinden und murmelte vor sich hin. »Ich muß noch bestellen, und das sehr schnell.« Er griff zu einem Bestellformular und fing damit an, es auszufüllen. Um besser sehen zu können, hatte er die Brille aufgesetzt.

Das Bimmeln der Türglocke drang an seine Ohren, aber Mahoon schaute nicht hoch. »Moment noch.« Er hörte, wie jemand näher trat, dann fiel ein Schatten auf das Bestellformular. Genau in dem Augenblick, als Mahoon fertig war.

Er hob den Kopf – und hielt die Luft an, denn vor ihm stand Ken Kovac mit seiner Starkstromfrisur.

Es dauerte Sekunden, bis sich Mahoon gefangen hatte und etwas sagen konnte. »Ähm – Ken, ich – ich dachte, du wärst tot.«

Kovac grinste, bevor er nickte.

»Also doch.« Mahoon wich zurück, so weit es ihm möglich war. »Bitte, Ken, tu mir nichts. Ehrlich. Ich bin alt und …« Er bekreuzigte sich, was Kovac nicht ver-tragen konnte, denn er brüllte plötzlich auf. Dann hieb er mit der flachen Hand auf die Theke.

»Nie mehr dieses Zeichen, verstehst du? Nie mehr!«

Mahoon hatte es gehört. Aber er dachte nicht daran, sich kampflos zu ergeben. Er wußte, daß Kovac nicht lebte und auch nicht richtig tot war. Dieser Typ, den er so gemocht hatte, war so ein Zwischending. Er gehörte zu den Wesen, die ihr erstes Leben vergessen hatten und nur eines kannten: alles zu vernichten, was sie daran erinnerte. Kampflos jedenfalls wollte sich der alte Mac nicht ergeben. Er packte eine Blechbüchse mit Trinkgeld und schleuderte sie Kovac entgegen. »Du verdammter Teufel!«

Ken duckte sich. Die Büchse verfehlte ihn. Er wollte dem Mann an die Kehle, aber Mahoon wehrte sich. Ein Schraubenschlüssel geriet ihm zwischen die Finger. Er schlug nicht zu, denn Kovac hatte sein Maul geöffnet, und plötzlich sah Mahoon die beiden gefährlichen Eckzähne, die wie bei einem Vampir weit hervorstanden. Der Anblick ließ den alten Mann zittern. Er suchte nach einem Ausweg. Noch immer stand er recht weit von Kovac entfernt, der plötzlich mit einem Satz auf die Theke sprang.

Bevor er den alten Mann greifen konnte, lief dieser los. Mac verfluchte seine Behinderung. Er hörte Kovac böse lachen und wußte, daß er mit seiner Flucht das Falsche getan hatte.

Kovac stieß sich im richtigen Moment ab. Er landete schwer in Mahoons Rücken. Beide krachten zu Boden. Mac war hart mit dem Kinn aufgeschlagen. Der heftige Schmerz ließ Sterne vor seinen Augen aufzucken, und er merkte, wie stark Ken war. Beinahe lässig nahm er ihm den Schraubenschlüssel aus der Hand, drehte Mahoon dann herum und funkelte ihn aus seinen höllischen Augen an.

Mac war starr vor Angst. Er wußte, daß sein letztes

Stündlein geschlagen hatte, wenn nicht noch ein Wunder geschah. Die verdammten Vampirzähne schimmerten in seiner Nähe. Ken brauchte nur zuzubeißen, dann war es um ihn geschehen.

Kovac zog sein Opfer lässig am Kragen in die Höhe. Er wollte es genießen, das Blut des anderen zu trinken, aber für Mahoon geschah so etwas wie ein Wunder, denn er hörte das schwache Bimmeln der Türglocke.

Auch der Vampir vernahm es. Er ließ von Mahoon ab und schaute irritiert hoch.

Frank Spiro stand in der Tür. Die Klinke hielt er noch fest. Er starrte auf das, was er sah, und machte den Eindruck eines Menschen, der das alles nicht glauben konnte.

»He, Frank, hilf mir!« keuchte der alte Mann.

Spiro schüttelte den Kopf. »Ich – ich – kann nicht.«

Plötzlich sprang Kovac hoch. Er hatte sich in den letzten Sekunden ruhig verhalten. Jetzt hielt ihn nichts mehr. Den Schraubenschlüssel hielt er wie eine Beutewaffe fest, als er mit langen Sätzen auf Spiro zurannte.

Frank handelte im letzten Augenblick. Er warf sich zurück und schleuderte die Glastür zu.

Kovac aber stoppte nicht. Einmal in Fahrt, hechtete er durch die Scheibe, um Frank zu packen. In seinem Schädel steckte noch eine Scherbe, aber kein Blut trat aus der Wunde.

Kovac schleuderte den schweren Schraubenschlüssel. Spiro hatte keinen großen Vorsprung und war einfach nicht zu verfehlen. Der schwere Schlüssel erwischte seinen Rücken. Franks Schrei ging in den harten Trittgeräuschen unter. Er warf den Kopf hoch und sah den auf dem Boden liegenden Tankschlauch nicht. Er stolperte und fiel zu Boden.

Kovac war da und hechtete auf ihn. Spiro rollte sich

zur Seite, konnte dem Vampir noch einmal ausweichen, doch der hatte sich schnell wieder gefangen und warf sich erneut auf ihn …

Es war eine schöne Fahrt aufs Land gewesen, und als ich das Ortsschild mit dem Namen Brickaville las, wußte ich, daß ich mein Ziel erreicht hatte.

Wie so oft wurde man als Autofahrer von einer Tankstelle begrüßt. Aber hier stimmte einiges nichts. Meine gute Laune und die Erinnerung an die schöne Landschaft waren sofort dahin, als ich sah, was vor der Tankstelle passierte.

Zwei Personen lagen am Boden und kämpften miteinander. Ich gab noch einmal Gas und bremste vor den beiden ab.

Ich sah einen Vampir, wie er häßlicher nicht sein konnte, und ich sah einen normalen Menschen am Boden liegen, der sich wehrte. Er hatte es im letzten Augenblick geschafft, nach einem Tankschlauch zu greifen und ihn vor seinen Hals zu halten.

Der Biß traf den Schlauch, nicht ihn.

Ich flog aus dem Wagen. Der Vampir sprang in die Höhe. Er sah sich abermals einem neuen Opfer gegenüber, und wie ein Wirbelwind stürzte er auf mich zu.

Ich hatte mich darauf einstellen können. Bevor er nahe genug war, schlug ich ihm mit einem gezielten Tritt die Beine weg. Kovac tanzte plötzlich in der Luft, dann prallte er mit dem Kopf zuerst auf.

Okay, ich hätte ihn sofort töten können, aber dieser Dämon war eine erste Spur, und deshalb ließ ich mir etwas Zeit. Die Haube des Kofferraums schnellte hoch. Ich wollte an eine Waffe heran, da landete der Vampir mit einem heftigen Sprung in meinem Rücken. Der Aufprall schleuderte mich fast in den Kofferraum hinein. Im letzten Augenblick gelang es mir, nach einer Spraydose zu greifen.

Noch immer hing das Ungeheuer in meinem Rücken. Zu lange durfte ich nicht warten, deshalb rammte ich meinen linken Arm nach hinten und erwischte den Blutsauger mit dem Ellbogen.

Er krächzte komisch. Sein Griff lockerte sich, ich konnte mich drehen, hielt die Dose mit dem Frostschutzmittel vor sein Gesicht und drückte auf den Sprühknopf.

Der Strahl sprühte in Kovacs Augen.

Der Untote reagierte wie ein Mensch. Er ruderte mit den Armen und taumelte zurück.

Diesmal zog ich die Beretta. Bevor sich Kovac versah, klebte die Mündung an seiner Stirn. »Okay, im Magazin stecken geweihte Silberkugeln. Du müßtest wissen, daß sie für dich tödlich sind. Aber es muß nicht sein, wenn du mir einige Fragen beantwortest.«

Kovac knurrte nur leise. Ein Atmen war es nicht, denn das brauchte er nicht.

»Wer schickt dich? Raus damit!«

»Chandra!«

»Wer ist das?«

»Ein Höllenfürst.«

»Ist mir zu vage. Genauer.«

»Der Tag der Rache ist nah. Chandra hat mich geschickt.« Seine Augen funkelten wieder. Er glaubte, langsam wieder Oberwasser zu gewinnen.

»Da gab es noch ein Karussell. Was ist damit? Was hat das alles mit ihm zu tun?«

Kovac hatte sich gefangen. Er trat plötzlich gegen mein Schienbein. Der Schmerz schoß hoch bis in meinen Oberschenkel. Ich konnte nicht anders, ich mußte den Blutsauger loslassen, der die Chance nutzte und sich auf mich stürzte.

Meine Kugel war schneller.

Sie erwischte ihn mitten im Sprung genau zwischen den Augen.

Den Untoten zerriß es fast. Er jaulte, dann zuckte er zurück, fiel zu Boden, wälzte sich noch herum, doch da begann er schon zu verfaulen. Begleitet war der Vorgang von einem Zischen, und Qualm umwölkte ihn. Ich hatte diese Bestie außer Gefecht gesetzt.

Am Boden hockte ein leichenblasser Mann, der kaum sprechen konnte. Ich half ihm hoch. Er wirkte wie jemand, der soeben die Geisterbahn verlassen und Schreckliches gesehen hatte.

»Ich muß mich noch vorstellen. Mein Name ist John Sinclair. Scotland Yard.«

Der andere schüttelte den Kopf. »Das – das hätte ich nie für möglich gehalten. So was ist irre.«

»Kannten Sie den Vampir?«

Er nickte schwach. »Das war Ken Kovac.«

»Verstehe. Den hat man tot auf dem Karussell gefunden. Und wer sind Sie?«

»Frank Spiro.«

»Dann sind Sie der Mann, der ihn gefunden hat?«

»Leider.«

Hinter mir hörte ich das Bimmeln einer Glocke. Ich drehte mich um und sah einen alten Mann heranhinken, der das Tankstellenhäuschen verlassen hatte.

»Das ist Mac«, sagte Spiro.

»Schon gut, schon gut.« Er schaute mich kurz an und hinkte weiter. »Ich habe nichts zu sagen.«

»Komisch, dabei hatte ich ihn gar nicht gefragt.« Ich deutete auf den Wagen. »Auch der hat was von unse-

rem Vampir abgekriegt. Kann man nichts machen.«
Ich holte mir eine Kanne und goß Wasser über den
Fleck. Das Zeug wurde weggespült. Als bräunliche
Soße rann es über den Boden. »Wohnen Sie hier im
Ort, Mr. Spiro?«

»Ja.«

»Dann halten Sie sich bitte für weitere Fragen zur
Verfügung. Und wenn möglich, kümmern Sie sich um
den alten Mann. Kann sein, daß er einen Schock erlitten hat. Vielleicht sollten Sie besser einen Arzt rufen.«

»Nee, der ist schon okay.«

»Wie Sie meinen.« Ich schaute Spiro fragend an.
»Wo finde ich den Gasthof Golden Goose?«

»Fahren Sie einfach die Straße weiter. Da kommen
Sie dann automatisch hin.«

»Danke.«

Spiro hatte noch etwas auf dem Herzen. »Für Sie
scheint das ja alles Routine zu sein. Nicht für mich.
Können Sie mir vielleicht sagen, wie so etwas überhaupt möglich ist?«

»Nicht jetzt. Später vielleicht. Den Vampirismus zu
begreifen, das ist nicht einfach.« Ich nickte ihm zu.
»Dann bin ich weg. Wir sehen uns sicher noch.«

Ich startete und sah noch, wie der Alte zurückkehrte. Spiro schaute ihm entgegen. Er hatte die
Hände in die Seiten gestemmt. »Hör mal, Mac, was hat
das alles hier zu bedeuten? Du kennst dich doch aus.«

»Nein, laß es. Es war vor deiner Zeit.«

»Was passierte da?«

»Das weiß nur der Himmel, warum es geschah. Und
der Himmel allein weiß, warum keiner von uns hier
weggegangen ist.«

»Rück schon raus mit der Sprache.« Spiro ließ nicht
locker.

Aber Mac Mahoon war stur. »Geh, Frank, geh zu deiner Frau. Das ist besser für dich.« Danach interessierte sich Mahoon nicht mehr für Frank. Statt dessen nahm er die Gießkanne und spülte die letzten Reste des Blutsaugers weg …

Ich hatte den Gasthof Golden Goose erreicht und vor ihm einen Parkplatz gefunden. Bevor ich ihn betrat, sah ich mich noch um. Das war eine alte Angewohnheit von mir.

Auf der anderen Straßenseite stand kein Haus, dafür sah ich einen Garten mit alten Bäumen. Zwischen den Bäumen drehte sich plötzlich eine Gestalt weg, die einen dunklen Umhang trug. Das Gesicht konnte ich nicht erkennen, zudem hatte ich das Pech, daß sich ein Traktor in mein Blickfeld schob. Als ich wieder zur anderen Seite schaute, war die Gestalt verschwunden.

Ich betrat den Gasthof, und wieder hatte ich das Gefühl, vom Mars zu kommen, denn die Gäste – Einheimische – drehten sich zu mir um, und ihre Gespräche verstummten. Sie beobachteten, wie ich zum Tresen ging und mich dort hinstellte. Der Wirt beachtete mich nicht. Er wienerte wie ein Weltmeister ein Glas.

»Guten Tag«, grüßte ich.

Der Wirt nickte nur. »Kann ich Ihnen helfen?«

»Ja, ich hätte gern ein Zimmer.«

»Für wie lange?« Ich hielt meine Antwort zurück und schaute nach links, wo außer mir noch ein Mann am Tresen stand. Er hatte mich die ganze Zeit über angestarrt. Als er meinen Blick sah, nahm er sein Glas und ging zu einem Tisch, an dem er sich niederließ.

»Ihr Wagen parkt da schlecht«, meinte der Wirt.

»Haben Sie eine Garage?«

Er lachte nur.

»Ich bin hier übrigens mit Inspektor Frenton verabredet, falls Ihnen der Name etwas sagt.«

»Gehen Sie durch die Tür in den Flur. Dann die Treppe hoch. Zimmer drei. Da finden Sie ihn.«

»Gut.« Ich hatte mich schon halb abgewandt, als mir noch etwas einfiel. »Glauben Sie hier eigentlich an Vampire?«

Für einen Moment starrte mich der Wirt an. »Wieso?«

Ich deutete an ihm vorbei und wies auf die Stränge von Knoblauchzwiebeln, die an der Wand hingen, zwischen Gläsern und Schnapsflaschen.

»Das ist für die Küche. Wir servieren hier auch Mahlzeiten. Wenn Sie wollen, kann ich Ihnen später etwas hochbringen.«

Ich lächelte. »Wunderbar. Ich werde mich melden, wenn ich hungrig bin.« Dann ging ich auf Tür zu, auf die der Wirt gewiesen hatte. Als ich eine alte Frau passierte, sah ich aus den Augenwinkeln, wie sie sich bekreuzigte ...

Der Flur war nicht sehr lang, aber recht dunkel. Mit Mühe konnte ich die Zimmernummer erkennen. Ich klopfte zweimal.

»Ja, wer ist da?«

»John Sinclair.«

Die Tür wurde erst spaltbreit geöffnet, dann weiter aufgezogen. Ein noch junger Mann musterte mich unwirsch.

»Endlich«, sagte er, »ich hatte Sie schon früher erwartet.«

»Sorry, aber ich wurde aufgehalten.«

»Na ja, kommen Sie rein.«

Das Zimmer war nicht groß und spartanisch eingerichtet. Bett, Tisch, ein Stuhl. Ein Waschbecken an einer
gekachelten Wand, neben dem ein graues Handtuch
hing. Die Tapete hatte auch schon bessere Zeiten
gesehen.

Inspektor Frenton bot etwas zu trinken an. »Ich habe
aber nur Cognac und keinen Whisky.«

»Einen Schluck nehme ich.«

Frenton schenkte ein. Er reichte mir eines der beiden
Gläser und nickte vor sich hin. Dann hob er das Glas.
»Auf daß wir mit dieser Scheiße hier aufräumen. Mir
sitzt der Schock noch immer in den Gliedern.«

»Kann ich mir denken.«

Wir tranken.

Frenton setzte das Glas ab.

»Ich hätte so etwas nicht für möglich gehalten. Nein,
bestimmt nicht.«

»Irgendwann trifft es jeden mal.« Ich hatte mich ans
Fenster gestellt und schaute hinaus. Der Tag war trübe
geworden. Man sah und roch den Abend. »Kovac ist
tot.«

Frenton lachte kratzig. »Das hatte ich erwartet. Sind
Sie da sicher?«

»Er hat die Reise in das Reich der ewigen Finsternis
angetreten. Ich mußte ihn mit einer geweihten Silberkugel töten. Für seine Seele gibt es keine Erlösung.«

Der Kollege wollte lachen. Es mißlang ihm. Aus seinem Mund drang nur ein Krächzen. »Geweihte Silberkugeln – Vampire – ist das denn Ihr Ernst?«

»Und wie.«

»Unglaublich.« Er schüttelte den Kopf. »Man lernt
eben nie aus. Ich kenne nur die Geschichte von Dra-

cula. Eine andere Erklärung halte ich nicht für möglich, obwohl das auch Unsinn ist.«

Ich hatte ihn ausreden lassen und mir so meine Gedanken gemacht. »Wissen Sie, Kollege, es ist besser, wenn ich den Fall allein zu Ende führe.«

»Ach? Warum das denn?« Die Worte hatten sich aggressiv angehört.

»Ganz einfach. Weil Sie Probleme haben, die Fakten zu akzeptieren. Mit den normalen Methoden kommen wir hier nicht weiter. Außerdem ist es sehr gefährlich. Glauben Sie eigentlich an diese Geschöpfe aus einer anderen Welt?«

»Im Prinzip nicht.«

»Klar. Aber Sie sind eines Besseren belehrt worden. Sie standen dem Phänomen recht hilflos gegenüber. Sie haben mich gerufen, und jetzt bin ich da.«

Er streckte mir die Hand entgegen. »Irrtum, Sinclair, so kommen wir nicht ins Geschäft. Erstens bin ich hartnäckig. Zweitens habe ich einen Ruf zu verteidigen. Ich habe noch nie einen Fall ungeklärt gelassen.«

»Sie sind jung und stehen erst am Anfang. Das wird alles noch kommen.«

»Moment, Sinclair, ich bin nicht viel jünger als Sie. Selbstverständlich übernehmen Sie die Leitung, keine Frage. Aber ich denke, Sie können meine Hilfe gut gebrauchen. Von den Leuten hier können Sie nämlich keine erwarten. Die sind stur Fremden gegenüber.«

»Das habe ich schon gemerkt. Stur sind Sie auch, Frenton.«

»Und neugierig.« Er grinste jetzt. »Sie haben selbst gesagt, irgendwann ist jeder mal reif. Ich möchte mit eigenen Augen sehen, ob es stimmt, was man sich über Sie erzählt.« Er zwinkerte mir zu. »Bin gespannt, was Sie draufhaben.«

»Einverstanden.« Ich hob mein Glas.

Frenton schenkte noch einmal bei sich nach. Er wirkte erleichtert. »Wie gehen wir vor? Ich bin hier auf eine Mauer des Schweigens gestoßen. Niemand spricht mit mir. Der Bürgermeister läßt sich verleugnen. Er ist angeblich zum Fischen gefahren. Die Menschen hier verbergen etwas. Sie haben Angst.«

»Nicht nur das, sondern schon eine Höllenangst.«

»Stimmt. Wo beginnen wir?«

»Wo hat denn alles angefangen?«

»Am Karussell.«

»Eben …«

Es war dunkler geworden, und wir hatten Taschenlampen mitgenommen. Frenton und ich standen vor dem alten Karussell. Die Lichtkegel wanderten über die Figuren hinweg, an denen der Zahn der Zeit stark genagt hatte. Die Pferde, die Gondeln, die Einhörner. All diese Figuren wirkten geisterhaft bleich und gespenstisch.

Ich ließ die Lampe sinken. »Der Schlüssel zu diesem Fall muß meiner Meinung nach in der Vergangenheit des Dorfes liegen. Haben Sie etwas über das Karussell in Erfahrung bringen können?«

Frenton hob die Schultern. »Nicht viel. Normalerweise meiden die Menschen diesen Ort. Ich schätze, das Ding hier steht gut und gern seine dreißig Jahre.«

»Chandra«, murmelte ich. »Der Name ist gefallen. Kovac hat ihn förmlich ausgespuckt.«

»Kenne ich nicht«, sagte Frenton. »Hört sich auf jeden Fall nicht gut an.«

»Man sieht es nicht«, sagte ich leise, »aber ich fühle es. Hier lauert etwas.« Ich blieb nicht mehr stehen, sondern bestieg die Plattform. Das alte Holz bewegte sich unter meinen Füßen. Es knarzte, als wollte es einen Schrei ausstoßen.

»Wenn das Böse hier ist, Sinclair, dann sollte es sich auch zeigen.«

»Gehen Sie davon aus, daß Kovac nur der Anfang war.« Ich blieb neben dem Turm in der Mitte der Plattform stehen. »Möglicherweise war der Unglückliche nur zur falschen Zeit am falschen Ort. Er war der Auslöser, aber nicht der Grund.«

»Verstehe ich nicht. Worauf wollen Sie hinaus?«

»Ach, nichts. Ich habe nur laut gedacht. Auch Dämonen haben Motive. Da unterscheiden sie sich nicht von den Menschen.« Ich atmete ein und schaute mich noch einmal um. »Kommen Sie. Es bringt nichts, wenn wir noch länger hier bleiben. Ich habe die Erfahrung gemacht, daß es in jedem Ort einen Menschen gibt, zu dem die Leute Vertrauen haben. Ihm erzählen Sie auch ihre Geheimnisse. Es ist der Pfarrer. Er kennt seine Schäfchen. Kann sein, daß er mehr über Chandra weiß.«

Wir verließen die Plattform, aber Frenton zeigte sich wenig überzeugt. »Würde mich schon wundern, wenn er den Mund aufmacht. Bei den Leuten hier.«

»Abwarten …«

Die Kirche wuchs neben dem kleinen Dorffriedhof hoch, als sollte sie ihn und die Toten beschützen. Der Abendwind spielte mit dem Laub der Bäume, aber das Rascheln drang nicht durch die Mauern in die Kirche, in der ein Mann in dunkler Kleidung vor dem Altar stand und seinen Blick auf das Kreuz gerichtet hatte.

Es war der Pfarrer, der seine Hände krampfhaft

gefaltet hielt und die Worte flüsternd aussprach. »O Herr, vor langer Zeit hast du uns in Versuchung geführt. Wir waren der Prüfung nicht gewachsen. Vergib uns. Vergib uns unsere Schuld. Bitte, verlaß uns nicht.«

Es waren die letzten Worte des Gebets gewesen, und der schon alt gewordene Mann drehte sich seufzend um. Bis auf eine alte Frau, die nahe des Beichtstuhls auf einer Bank saß, war die Kirche menschenleer. Die Frau war in ihrer Andacht versunken. Sie sah nicht, daß der Pfarrer zu einem Beichtstuhl ging, ihn betrat und den Vorhang zuzog. Mit einem Taschentuch tupfte er den Schweiß von seiner Stirn weg.

Es dauerte nicht lange, da hörte er Schritte. Jemand betrat den Beichtstuhl, und der Pfarrer schob die kleine Klappe zur Seite. Ohne den Sünder zu sehen, segnete der Pfarrer ihn. Danach lehnte er sich etwas zurück und flüsterte: »Im Namen Jesus Christus, beichte deine Sünden.«

»Ja, das will ich«, flüsterte die Männerstimme.

»Was hast du getan, mein Sohn?«

»Ich – ich – möchte meine Sünden beichten, doch mein Blick ist getrübt.«

»Rede, ich helfe dir.«

Er hörte einen schweren Atemzug und danach die ersten Worte. »Es ist die Lüge. Wir haben mit einer großen Lüge gelebt.«

»Das weiß ich, und ich bete, daß sie vergeben wird.«

»Aber sie erdrückt mich. Sie schnürt mir die Luft ab.«

»Deshalb müssen wir alle stark sein und zusammenhalten.«

»O Gott, es ist einzig und allein meine Schuld, die auf uns liegt. Jetzt ist die Zeit der Rache gekommen.«

Der Pfarrer schloß für einen Moment die Augen und dachte nach. Die Luft in der engen Kabine kam ihm schwer und belastend vor. »Du kannst nichts daran ändern, mein Sohn. Wenn du gefallen bist, glaube trotzdem an den Herrn, denn eines Tages wirst du vor ihn treten, und der Herr ist gnädig. Wir müssen alles tun, damit unsere Seelen erlöst werden. Führe ein gottgefälliges Leben. Der Herr ist mit uns. Er ist unser Retter.«

Der Mann war nicht überzeugt. »Aber was sollen wir tun? Was passiert mit uns und unseren Kindern? Sie sagen, er rettet uns. Wann ist das? Die Pforten der Hölle haben sich schon geöffnet, aber wie können wir sie wieder schließen?«

Der Pfarrer schluckte. Ein dicker Kloß saß ihm in der Kehle. Er ballte die Hände, und in seinen Augen schimmerte es feucht. »Vertraue auf den Allmächtigen«, sagte er gepreßt. »Er wird uns ein Zeichen geben und uns den Weg zeigen.«

»Nein, Vater, das kann ich nicht glauben. Gott ist nicht mehr bei uns. Er hat diesen Ort verlassen.«

»Gott verläßt die Menschen nie. Er ist die Liebe!«

Ein schweres Atmen war zu hören. »Er hat sich abgewendet. Er überläßt uns den Mächten der Finsternis. Die Zeichen kommen aus einer anderen Richtung. Chandras Fluch liegt über uns. Vater, auch du hast gesündigt, das weiß ich. Was hast du getan? Du mußt beichten!«

Der Pfarrer hielt es nicht mehr aus. Er keuchte auf, riß den Vorhang zur Seite – und starrte auf einen Fremden. Vor ihm stand Inspektor Frenton und schaute ihn an.

Frenton nickte nur, dann sah er zum Beichtstuhl, aus dem ein hochgewachsener Mann stieg. »Das ist mein

Kollege John Sinclair. Ich denke, Sie sollten sich uns offenbaren.«

Der Geistliche schloß für einen Moment die Augen. Als er sie wieder öffnete, war ich dicht an ihn herangetreten.

»Sie sollten wirklich sprechen, Hochwürden. Welche Schuld hat das Dorf auf sich geladen? Sie müssen reden, es ist wichtig. Chandras Vorboten sind bereits da.«

Der Pfarrer blickte mir in die Augen – wie jemand, der nach Worten ringt. Denn drehte er sich um und ging in Richtung Altar. Er kniete sich hin, senkte den Kopf und betete.

Frenton und ich waren ihm gefolgt und ließen ihn eine Weile in Ruhe. Ich sprach ihn an. »Sie sollten jetzt wirklich reden.«

Der Geistliche erwachte aus seiner Trance und schaute mich an. »Gut, ich werde reden. Alles liegt vierunddreißig Jahre zurück. Chandra war ein Zigeuner, der Anführer einer Sippe. Sie hatten ihre Buden und das Karussell hier oben auf dem Hügel aufgestellt. Dann spielte die Natur verrückt. Der Winter kam über Nacht, und sie steckten im Schnee fest. Am Anfang hatten die Dorfbewohner noch Mitleid mit ihnen, dann aber wurde der Winter immer länger …«

»Und die Zigeuner wurden zur Last, nicht wahr?«

Der Pfarrer nickte Frenton zu. »Es stimmt. Besonders Chandra. Von ihm ging etwas Unheimliches aus. Die Leute redeten nicht gut über ihn.«

»Was waren das für Geschichten?« fragte ich.

Der Pfarrer holte tief Luft. »Es gab da ein Mädchen im Dorf. Aurelia. Eine wirkliche Schönheit. Jeder junge Mann begehrte sie. Plötzlich kam ein Gerücht auf. Aurelia wäre Chandras Liebesdienerin, hieß es. Aber das stimmte nicht, ich weiß es.« Er holte tief Atem. »Sie kam zu mir. Sie hat hier vor dem Altar gekniet. Sie bat um meine Hilfe, weil sich selbst ihre Eltern von ihr abgewandt hatten.«

»Was taten Sie?« flüsterte ich.

»Ich glaubte ihr. Aber ich war der einzige. Sie bat mich, mit ihren Eltern zu sprechen. Sie wollte sich solange verstecken. Aber ich – nun ja, ich habe vielleicht zu lange gezögert. Noch in derselben Nacht fand man Aurelia erschlagen auf dem Karussell. Alle verdächtigten Chandra. Die Menschen bewaffneten sich und überrannten das Lager wie ein wilder Mob. Ich habe versucht, sie aufzuhalten. Gott ist mein Zeuge, aber ich habe es nicht geschafft. Die Zigeuner konnten fliehen – bis auf Chandra, ihr Anführer. Den trieben sie auf das Karussell und steckten es in Brand. Die Flammen fraßen ihn, und Chandra rief in seiner Not den Satan an, der ihn erhörte. Bevor die Hölle ihn endgültig verschlang, hat er uns verflucht. Vor unser aller Augen hat er uns verflucht …« Der Pfarrer schloß die Augen. Er preßte seine Hand gegen die Stirn wie jemand, der ein vergangenes Bild zurückholen will. »Ich sehe ihn noch vor mir. Um seinen dämonischen Schädel züngelten die Flammen. Seine Augen waren böse. In ihnen leuchtete die Finsternis der Hölle. Ja, sie leuchtete – mein Gott.« Der Pfarrer schüttelte den Kopf und rieb seine Augen. »Ich habe es nicht verhindern können …« Seine Stimme sackte weg, und er schwieg zunächst.

Frenton lachte auf, was mir nicht gefiel. Er schaute den Geistlichen mit einem kalten Blick an. Seine Mundwinkel waren herabgezogen. »Da habt ihr eine schöne Scheiße gebaut.« Er lief hin und her und bewegte seinen rechten Arm. »Ihr habt einen Menschen gelyncht, obwohl nicht der geringste Beweis vorhanden war.«

»Ja, ja, das weiß ich!« rief der Geistliche gequält. »Es gibt keine Wiedergutmachung. Aber es gibt vielleicht eine Vergebung.«

»Weiß ich nicht. Ich an Chandras Stelle wäre auch sauer. Aber warum nach so langer Zeit?«

Mir gefiel Frentons Ton nicht. »Hören Sie, Kollege, reißen Sie sich zusammen!«

»Ja, ja, schon gut.«

Ich wandte mich an den Pfarrer. »Dämonen haben nie Eile mit ihrer Rache. Aber sie vergessen auch nichts. Chandra wird das Dorf vernichten, wenn wir ihn nicht aufhalten.«

»Das glaube ich auch.« Der Geistliche räusperte ich. »Kovac ist nicht der erste Tote gewesen. Vor elf Jahren starb Fred Wilson grausam auf dem Karussell. Sein Kopf steckte auf dem Einhorn. Mehr haben wir von ihm nicht gefunden. Er war der Bruder von Tom Wilson.«

»Ah, der Herr Bürgermeister, der sich verleugnen läßt«, sagte Frenton.

»Die beiden haben damals den Mob angeführt«, flüsterte der Geistliche.

»Gut«, sagte ich. »Kommen wir zu einem Fazit. Es kann also gut möglich sein, daß Aurelias wahrer Mörder noch unter euch lebt.«

Der Pfarrer deutete ein Nicken an.

Ich hob die Hände. »Himmel, wie konntet ihr nur so lange schweigen?«

»Es hat sich wohl so ergeben. Die Angst, wissen Sie …« Der Pfarrer verzog gequält das Gesicht. Es war ihm anzusehen, wie er unter der Schuld litt.

Plötzlich flog die schwere Kirchentür auf. Eine

Sturmböe jagte in die Kirche hinein. Das war nicht normal. Da hatte jemand seine Verboten geschickt, um zu beweisen, wie stark er war.

»Los, Frenton, kommen Sie!« rief ich.

Wir verließen die Kirche, in der ein einsamer und gequälter Mensch zurückblieb und um Vergebung betete ...

Wir hatten die Kirche verlassen und waren nach wenigen Schritten auf dem alten Friedhof gelandet. Manche Bäume sahen hier wie tot aus, und unter einem Baum stand eine dunkle Gestalt, die uns belauerte.

Frenton hatte sie auch gesehen. Er schüttelte den Kopf. »Verdammt, wer ist das?«

Bevor ich eine Antwort geben konnte, setzte sich die Gestalt in Bewegung. Sie ging nicht, sie schwebte. Es war kein Laut zu hören. Wie ein unheimliches Gespenst glitt sie durch die Lücken zwischen den Grabsteinen.

»Sie warten hier auf mich, Frenton.«

»Kommt nicht in Frage.«

»Bitte, Frenton!«

»Gut, dann bleibe ich im Hintergrund.«

Ich wußte, daß ich ihn nicht zurückhalten konnte. Zu zweit machten wir uns an die Verfolgung.

Die unheimliche Gestalt blieb weiterhin für uns sichtbar. Sie schien mit uns spielen zu wollen, denn sie hielt den Abstand zwischen uns ungefähr gleich. Die schweigende Welt der Gräber hielt uns umfangen.

Wir stoppten. Es war ein Versuch, der klappte, denn auch die Gestalt blieb stehen.

»Es kommt mir vor, als müßte sie einen bestimmten Abstand zu uns einhalten«, flüsterte ich.

»Kann ja sein.«

Ich holte mein Kreuz hervor. »Kann sein, daß es daran liegt. Nehmen Sie es mal.«

»He, was ist das denn? Was haben Sie vor? Sie wollen doch nicht ...«

»Keine Fragen, Frenton, lassen Sie mich meinen Job tun. Sie sind doch eine erstklassige Rückendeckung für mich – oder?« Ich reichte ihm meine Beretta.

Er wog die Waffe in der Hand. »Was soll das denn? Lebensmüde?«

»Wenn es schiefgeht, schicken Sie meine Leiche an Scotland Yard.«

Frenton grinste verbissen, und ich ließ ihn stehen, um auf die geheimnisvolle Gestalt zuzugehen. Sie bewegte sich tatsächlich nicht. Sie blieb auf dem Fleck stehen, um auf mich zu warten. Der sanfte Wind spielte mit ihrem Umhang, der aber hochgezogen war und auch ihr Gesicht verbarg.

Beim Näherkommen sah ich, daß der Umhang nicht dunkel war, sondern bleich und schmutzig. Wie eben ein noch nicht verrottetes Totenhemd aussah, aber unter ihm verbarg sich eine lebende Tote, deren Fleisch eine grünliche Farbe angenommen hatte und in deren Gesicht noch ein Rest der ehemaligen Schönheit vorhanden war, die sie als Lebende so herausgehoben hatte.

Ich blieb stehen. Über meine Haut rieselte ein Schauer. Auch ich war nur ein Mensch und mußte mit diesem Anblick erst fertig werden.

»Aurelia?« fragte ich leise.

In den Augen entdeckte ich ein seltsames Funkeln. Wie bei manchen Insekten.

»Chandras Rache kommt über euch ...« Ihre Stimme hörte sich dumpf und drohend an. »Ich bin an ihn gekettet. Ich kann meinen ewigen Frieden nicht finden. Wenn Chandra siegt, bin ich auf ewig verloren ...« Ihre Stimme verlor sich im raschelnden Geräusch der Blätter über uns.

»Es tut mir leid für dich«, sagte ich. »Aber sag mir, wie ich Chandra bekämpfen kann.«

»Erlöse mich aus dem Feuer!« klagte sie bittend.

»Aber wie?«

»Du hast ein Kreuz. Ich spürte es. Aber es ist zu schwach.«

»Kennst du den Weg?«

»Ja.«

»Bitte, verrate ihn mir!«

»Du mußt deinen Oberkörper freimachen und dich auf den Rücken legen.«

Im ersten Augenblick war ich geschockt und wollte mich zurückziehen. Dann aber sagte ich mir, daß Aurelia in ihrer Lage bestimmt nicht log, und so tat ich, was sie wollte. Ich zog die Jacke aus, das wollene Hemd und das Unterhemd, dann legte ich mich rücklings und mit geschlossenen Augen auf den kalten Friedhofsboden, wie es Aurelia verlangt hatte.

Ich spürte sie neben mir und zuckte leicht zusammen, als ihr Finger meine Brust berührte und sie ein mir unbekanntes magisches Symbol auf die Haut malte. Dazu murmelte sie: »Erlöse mich, dann werde ich ein Vogel sein ...«

Flammen aus dem Feuer der Hölle umzüngelten Chandra. Im Hintergrund drehte sich langsam das Rad mit den dort aufgespießten fünf Verdammten. Aus dem Widerschein des Feuers löste sich eine Gestalt. Es war ein menschliches Wesen, das seinen

Kopf unter dem Arm trug. Fred Wilson, der schon seit Jahren Tote. Seine Augen waren geschlossen.

Chandra schaute seinen Diener an. Er sprach, ohne daß er die Lippen bewegte. »Deine Zeit ist gekommen. Es ist ein mächtiger Feind erschienen. Geh los und bring mir John Sinclair.«

Fred Wilson hatte verstanden. Zum Zeichen dafür öffneten sich die Augen in seinem Kopf.

Und die Flammen um Chandras Gestalt loderten noch höher ...

Ich hatte mich wieder angezogen. Frenton und ich liefen nebeneinander her durch einen Wald, der den Friedhof begrenzte.

»Sind Sie eigentlich irre, Sinclair, dieser Person zu vertrauen? Was heißt Person? Das ist schon eine Unperson.«

»Im Prinzip haben Sie recht. Aber ich trage mein Kreuz wieder. Wäre dieses Zeichen auf meiner Brust ein dämonisches Stigma, hätte das Kreuz schon längst reagiert.«

»Das muß ich wohl so verstehen, daß Sie bestimmten Kreaturen auch mal eine Chance geben.«

Ich blieb stehen. »Das Mädchen ist das unschuldige Opfer in diesem blutigen Spiel. Hätte ich Aurelia getötet, wäre sie im ewigen Feuer verbrannt. Ebenso wie Kovac. Erst wenn ich Chandra besiege, wird ihre Seele wieder Ruhe finden.«

Frenton war skeptisch. »Und wenn nicht, haben wir einen Vampir mehr.«

»Hören Sie auf damit.«

»Sorry, Kollege. Habe wohl für einen Moment die Nerven verloren. Kann mal passieren.«

»Gut, Sie wissen jetzt Bescheid. Ab jetzt weichen Sie mir nicht mehr von der Seite. Wir müssen so schnell wie möglich zurück ins Dorf.«

Tom Wilson war alt geworden, aber seiner Lust hatte das kaum Abbruch getan. Noch immer war er hinter dem weiblichen Geschlecht her, und auch jetzt hatte er sich eine Frau ins Bett geholt. Sie hieß Elizabeth, lag nackt neben ihm und schaute gegen die Decke.

Er stieß sie an. »Los, steh auf. Dein Mann kehrt bald zurück. Ich will nicht, daß er etwas merkt.«

Elizabeth kicherte. »Ja, ja, Bürgermeister. Die Leute würden sich die Mäuler zerreißen.«

»Bis jetzt haben wir alles geheimhalten können. Das ist gut so. Ich will, daß es so bleibt.«

»Du hast gut reden. Für mich ist es kein Vergnügen, durch die Kälte zu laufen.«

»Stell dich nicht so an.« Tom half ihr dabei, den BH zu schließen.

»Außerdem habe ich Angst. Die ganze Sache ist einfach zu schrecklich.«

»Was meinst du?«

»Der Mord an Ken Kovac.«

Wilson winkte ab. »Jaja, schrecklich.«

»Scheiße, Tom. Du tust, als würde dich das alles überhaupt nicht interessieren.« Sie zog ihre Schuhe an. »Hast du die Fremden im Dorf gesehen? Ein Polizist von Scotland Yard. Die Leute machen sich ihre Gedanken und meinen, daß alles mit der Vergangenheit zu tun hat.«

»Hör nicht auf den Unsinn.«

»Die Leute sagen auch, daß du etwas damit zu tun gehabt hast.« Ihr Ton änderte sich, wurde weicher, und sie fing an, sich lasziv zu bewegen. Dabei strich sie über ihre Brüste. »Damals, als du noch jünger und schön gewesen bist.«

Wilsons Kopf lief rot an. Er regte sich auf. »Quatsch, absoluter Quatsch. Hör nicht auf den Mist. Laß die Vergangenheit ruhen. Du bist noch jung. Denk an die Zukunft. Kovac ist tot. Weiß den Henker, warum.«

Die Frau leckte über ihre Lippen. »Man soll ihn leergesaugt haben, hörte ich. Ist doch unheimlich, wie?« Sie schaute ihn neugierig und lauernd an. »Willst du mir dein letztes Geheimnis nicht erzählen, Tom?« Sie lächelte. »Ich kann schweigen wie ein Grab.«

Wilson schlug zu. Seine Hand klatschte gegen ihre Wange. »Da hast du deine Antwort. Bist du hergekommen, um mir irgendwelche Schauermärchen zu erzählen?« Wilson war wütend. Mit einem Satz sprang er aus dem Bett, packte Elizabeth hart am Arm und schüttelte sie durch.

»He, was hast du? Man wird ja wohl noch seine Meinung sagen dürfen.«

»Die kannst du für dich behalten.« Er raffte ihre Kleider zusammen und warf sie der Frau um die Ohren.

Elizabeth wußte, wann sie das Spiel ausgereizt hatte. Hastig zog sie sich an. »Sehen wir uns dann am Sonntag?«

»Weiß ich nicht. Jetzt hau endlich ab!«

Sie ging, ohne ein Wort zu sagen. Wilson rammte die Tür hinter ihr zu und lehnte sich von innen dagegen. Tief atmete er durch. Es paßte ihm nicht, daß seine Geliebte das Thema angesprochen hatte. Da war die Furcht wieder in ihm hochgestiegen.

Wilson hielt sich allein in seinem Haus auf. Erst jetzt fiel ihm auf, wie dunkel es hier drinnen war. Als er durch das Fenster schaute, sah er den Mond wie ein helles Glotzauge am Himmel.

Und dann hörte er die Schritte. Er verfluchte den Holzboden, über den sie gingen. Jede Diele bewegte sich und knarzte. Das Geräusch nahm zu.

Er hörte, wie sich die Person immer mehr seinem Zimmer näherte. Es hatte keinen Sinn, die Flucht zu ergreifen, er wäre ihr genau in den Weg gelaufen. Deshalb suchte er nach einem Gegenstand, mit dem er sich verteidigen konnte.

Er tastete sich an der Wand entlang. In der Ecke stand sein altes Gewehr. Es war geladen wie immer. Wilson packte die Waffe und wartete auf seinen Feind. Dabei spannte er den Hahn.

»Los, komm doch!« schrie er.

Die Schritte näherten sich, aber niemand erschien. Das machte Wilson noch nervöser. Zweimal drückte er ab, ohne ein Ziel zu treffen. Wilson erschrak nur selbst.

»Du Bastard!« brüllte er in die Dunkelheit hinein. Eine Antwort erhielt er nicht.

Es blieb so unheimlich still …

Wir hatten das Dorf erreicht. Es gab einige schmale Gassen, die von alten Hausfassaden flankiert wurden. Durch eine liefen wir mit hastigen Schritten, um den Weg abzukürzen.

Eine Gestalt lief uns entgegen. Sie gestikulierte wild mit beiden Armen. Erst als sie dicht vor uns war, erkannten wir den Pfarrer. Er war völlig außer Atem, und sein Gesicht zeigte einen entsetzten Ausdruck.

»Was ist passiert?« fragte ich.

»Kommen Sie! Kommen Sie schnell. Beim Bürgermeister wurde geschossen …«

Tom Wilson wußte, daß er nicht mehr allein im Zimmer war. Irgend jemandem war es gelungen, einzudringen. Er wollte auch nicht fragen, wie der das geschafft hatte, er lud nur hastig sein Gewehr nach und wartete dann ab.

Lange brauchte er nicht zu warten. Vor ihm schälten sich die Umrisse einer Gestalt aus der Dunkelheit hervor. Zuerst nur verschwommen, dann immer deutlicher werdend, und Wilson hatte das Gefühl, verrückt zu werden. Er konnte nicht glauben, was er da sah! Aber es gab keinen Zweifel. Der unheimliche Besucher war sein längst verstorbener Bruder Fred – ein Torso als Körper, denn seinen Kopf trug Fred unter dem Arm. Tom atmete nicht einmal. Er dachte, ersticken zu müssen. Seine Augen waren groß geworden. Sie schauten nicht mehr, sie glotzten und schienen aus den Höhlen fallen zu wollen. Mit einer wie einstudiert aussehenden Bewegung setzte Fred seinen Kopf wieder auf den Hals.

»Hallo Bruderherz …«

Tom ächzte ein »Neinnn« hervor.

»Ich bin gekommen, um auch dich zu holen, Bruder. Das Jenseits wartet auf dich. Leider ist es eine verdammt schlechte Seite. Das Reich des Grauens. Zumindest für uns …« Er lachte hämisch. »Du hast die schöne Aurelia erschlagen, Bruderherz. Hast du das vergessen?«

»Nein, bestimmt nicht!« stotterte Tom flüsternd. »Aber vergiß nicht, daß du auch dabeigewesen bist.«

»Dafür habe ich auch büßen müssen.«

Tom schüttelte sich. Plötzlich übermannte ihn die Wut und schwemmte seine Angst fort. »Du verfluchter Satan! Ich werde dich töten. Ich kille dich endgültig!« Er wartete keine Sekunde länger und feuerte.

Fred war nicht zu verfehlen. Die Kugel hieb in seinen Körper. Sie verursachte dabei ein dumpfes Geräusch, und der Untote wurde nach hinten geschleudert.

Nur der Kopf nicht.

Er schwebte über dem Boden. Sein Mund öffnete sich, und ein scharfes Lachen scholl dem Bürgermeister entgegen.

»Vorbei, Bruder. Endgültig!«

Jetzt reagierte auch der Körper. Er hatte nach dem Treffer Halt an der Wand gefunden, stieß sich ab und taumelte auf Tom Wilson zu.

Der Bürgermeister schrie. An sein Gewehr dachte er nicht mehr. Er hatte Angst, nur noch Angst. So stark wie nie zuvor in seinem Leben.

Da klingelte es an der Tür!

Vor dem Haus des Bürgermeisters gab es eine Veranda. Dort hatte sich der Pfarrer versteckt, während ich an der Tür stand und geklingelt hatte.

Niemand öffnete, aber ich wollte hinein. Ein Fenster war schwach erleuchtet, das hatten wir gesehen. Ich schickte Frenton dorthin. »Behalten Sie es im Auge.«

»Okay.« Er verließ die Veranda, und ich kümmerte mich weiter um die verdammte Tür …

Fred, der Kopf, hatte seinen Spaß. Er lachte und schaute zu, wie der Torso auf Tom zutorkelte. Die Arme ausgestreckt, die Hände zu Klauen gespreizt. Sie suchten den Hals des Bruders, und Tom war nicht in der Lage, sich zu bewegen. Der Schock hatte ihn starr werden lassen.

Er röchelte, als sich die Hände des Torsos um seinem Hals schlossen. Seine Augen traten hervor.

Er sackte in die Knie.

Der Bürgermeister schloß mit seinem Leben ab und dachte an die andere Seite, das Grauen ...

Endlich war die Tür offen!

Nach dem neunten oder zehnten Tritt. Sie fiel nach innen, ich sprang ihr nach und hatte Mühe, die Balance zu halten.

Aber ich war im Haus!

Dunkelheit umgab mich. Bis auf einen schwachen Lichtschein, der aus einem bestimmten Zimmer unter einer Türritze hervorsickerte. Sekunden später war ich da, zog noch die Beretta, und riß die Tür des Zimmers heftig auf.

Ich sah zwei Dinge. Ein Mann lag am Boden, ein anderer auf ihm. Ich mußte schlucken, als ich sah, daß dieser keinen Kopf mehr hatte. Den entdeckte ich einen Sekundenbruchteil später. Er hatte mich ebenfalls bemerkt und wich zu einer zweiten Tür zurück, die ebenfalls offen war.

Er war verflucht schnell. Aber ich blieb hinter ihm. Ein langer Sprung brachte mich in den anderen Raum, ein Schlafzimmer.

Ich sah den Kopf an der gegenüberliegenden Wand. Lange hielt er sich dort nicht auf. Blitzartig drehte er sich um und raste auf mich zu. Er wollte mich im Gesicht erwischen, doch ich tauchte rechtzeitig genug ab, so daß er über meinen Scheitel hinwegfuhr. Im Flug drehte sich der Kopf noch und raste auf das Fenster zu.

Vor der etwas helleren Fläche war er gut zu erkennen, so daß ich die Gelegenheit zu einem Schuß hatte. Ich ließ sie mir nicht entgehen.

Zweimal drückte ich ab.

Beide Kugeln trafen. Der Kopf zerplatzte wie ein überreifer Kürbis, der von einem Beil gespalten worden war, und seine Reste klatschten neben dem offenen Fenster zu Boden ...

Frenton war sauer, weil die Musik ohne ihn spielte. Das war er nicht gewohnt. Er fühlte sich irgendwie überflüssig, seit dieser Scotland-Yard-Mann das Kommando übernommen hatte. Deshalb verließ er seinen Platz, sah aber zuerst nur den Pfarrer, der auf dem Boden kniete und betete.

Dann brach jemand förmlich aus dem Haus hervor. Eine Gestalt lief über die Veranda, und Frentons Augen nahmen einen ungläubigen Ausdruck an.

Trotz der Dunkelheit hatte er sich nicht geirrt. Die Gestalt, die in den Garten lief, konnte sich bewegen, obwohl sie keinen Kopf mehr hatte.

Frenton wirbelte herum.

»Scheiße, dich kriege ich!« Mit langen Schritten rannte er dem Kopflosen nach.

Der Pfarrer hatte alles gesehen. Er unterbrach seine Fürbitten, stand auf und ging auf das Haus zu ...

Der Geistliche fand mich, wie ich neben dem vor sich hin wimmernden Tom Wilson kniete.

»Was ist mit ihm, Mr. Sinclair?« Die Stimme des Geistlichen war kaum zu verstehen.

»Er hat den Verstand verloren.«

»O Gott.«

228

»Er braucht einen Arzt. Wissen Sie, wo Frenton steckt?«

»Ja.« Der Pfarrer nickte. »Er ist dem kopflosen Körper nachgerannt.«

»Verdammt, Frenton!« brüllte ich, sprang auf und stürzte aus dem Haus ...

Frenton war gerannt wie selten zuvor. Der Torso war verflucht schnell gewesen. Die Verfolgung hatte den Inspektor erschöpft und außer Atem gebracht. Aber er hatte die Gestalt nicht aus den Augen gelassen und das Karussell ebenfalls erreicht.

Fred stieg gerade auf die Plattform und war plötzlich weg.

Frenton lief die letzten Schritte und kletterte ebenfalls hinauf. Fred war nicht da. Er schien sich aufgelöst zu haben. Schweratmend stützte sich Frenton auf einem alten Pferd ab. Er gönnte ich einige Sekunden Ruhe, weil er zu Atem kommen mußte. Überstürzen durfte er nichts, auch wenn es ihm noch so schwer fiel.

Als er sich wieder einigermaßen auf dem Damm fühlte, ging er mit kleinen Schritten vor. Er war sicher, den Torso hier irgendwo zu finden. Deckung gab es genug. Die Gondeln, die Pferde, die Einhörner und auch der Turm in der Mitte des Karussells.

Seine sonst zur Schau getragene, schon an Überheblichkeit heranreichende Sicherheit war von ihm abgefallen. Er spürte die eigene Furcht und dachte daran, wie er sie als Kind immer bekämpft hatte. Ein Lied summen. Sich so Mut machen, das war auch jetzt seine Devise. Er tastete sich zwischen den Figuren hindurch und bewegte sich auf den Turm in der Mitte zu. Frenton ahnte, daß er dort die Lösung fand – den Weg zum

Kopflosen und zu Chandra. Tagsüber zeichnete sich der Turm als eine schwarze Säule ab, und so war es auch in der Dunkelheit. Schwärzer als die Finsternis, aber dennoch gut zu sehen – wie auch das Leuchten, das sehr schnell zu einem Strahlen wurde und sich über das Karussell hinweg verteilte.

Eine Glocke bimmelte.

Wenig später fing das Karussell an, sich zu drehen.

Der Inspektor stand einfach nur da, ohne etwas zu unternehmen. Er drehte sich mit, und die bösen Überraschungen nahmen kein Ende. Er hörte Musik, auch Stimmen, Kindergeschrei, Lachen ...

Mit jeder Drehung schien das unheimliche Karussell tiefer zurück in die Vergangenheit zu fahren, denn um es herum erschienen die schemenhaften Gestalten irgendwelcher Geistwesen.

Allmählich fraß sich das Entsetzen in Frenton hoch. Er begann zu begreifen, daß er in eine Falle geraten war, aus der es kein Entkommen mehr gab. Das Karussell drehte sich schneller und schneller, und bei jeder Drehung erschienen die Geistgestalten deutlicher. Er sah sogar Kovac auf einem Pferd sitzen und ihn wissend angrinsen.

Die Angst schüttelte Frenton durch. Er klammerte sich fest, und dann brach der Damm.

»Sinclaiiir!« brüllte er.

Der Ruf hallte hinaus in die Nacht, aber Sinclair kam nicht. Statt dessen erschien eine andere Gestalt.

Aus dem Turm trat Chandra hervor. Ein Richter, der die Todesstrafe aussprechen würde. Ein Rächer, wie er schlimmer nicht aussehen konnte. Schwarzes langes Haar, ein dunkler Bart, dazu die rötliche Haut des Gesichts, kalte, bedrohliche Augen, ein Umhang aus Flammen, der bis hoch zu seinem Kopf reichte, wo ihn dünne Rauchschwaden umwaberten. In der Hand hielt Chandra wieder seinen Dreizack, dessen Spitzen rot glühten, als wären sie soeben aus dem Feuer gezogen worden.

Chandra redete und schüttelte dabei den Kopf. Die Lippen bewegte er dabei nicht.

»Du bist nicht Sinclair!«

Frenton konnte nicht mehr atmen. Das Karussell drehte sich noch immer, und Frenton konnte nicht anders, er mußte einfach in die Augen des Unheimlichen starren.

Dort erschien eine Szene, wie sie nur aus der Verdammnis stammen konnte.

Ein großes Rad mit sechs Speichen drehte sich. Auf fünf von ihnen waren Menschen gespießt worden. Eine war noch frei, und Frenton wußte Bescheid.

Sie war für John Sinclair vorgesehen, doch der war nicht da.

Die beiden Henker mit den Kapuzen sah er erst, als es zu spät war. Da hatten sie ihn schon gepackt.

»Neeeiiiinnn!« schrie Frenton noch ...

Ich lief nicht, ich flog. Zumindest hatte ich das Gefühl. Das Karussell war in der Dunkelheit gut zu sehen. Schon aus der Ferne sah ich das unheimlich wirkende Licht, das in der Dunkelheit eine sich drehende Insel bildete.

Ich lief auch die letzten Yards, stieß mich dann ab und sprang auf die sich drehende Plattform. Ich wurde herumgeschleudert und ergriff noch soeben die Spitze eines Einhorns, an der ich einen einigermaßen sicheren Halt fand.

Für einige Sekunden hatte mich das wilde Drehen

aus dem Konzept gebracht, aber bald sah ich wieder klar und stellte fest, daß ich mich inmitten eines dämonischen Strudels befand.

Ich sah Chandra.

Er stand mir fast übermächtig gegenüber. Und ich sah das Rad mit den aufgespießten Menschen. Am schlimmsten waren für mich die beiden Henker, die Frenton gepackt hielten und auf das verfluchte Höllenrad zuschleiften, um ihn auf der letzten Speiche aufzuspießen.

Frenton schrie. Er rief meinen Namen, er wehrte sich, aber die Henker waren zu stark.

»Frenton!« brüllte ich. »Halten Sie durch, ich komme …«

»Nein, Sinclair!« donnerte mir Chandra entgegen. »Meine Rache heißt Gerechtigkeit!«

Frentons Schreie erstickten. Er konnte sich nicht mehr wehren. In den Griffen der beiden Henker war er zusammengebrochen.

»Gib ihn frei, Chandra! Er hat nichts mit deiner Rache zu tun!«

Dieser Teufel lachte nur – und schleuderte seinen verfluchten Dreizack auf mich zu.

Ich hatte damit gerechnet und mich darauf eingestellt.

Bevor sich die Waffe mit ihren glühenden Spitzen in meinen Körper fressen konnte, riß ich mein Hemd auf, legte den Oberkörper frei, und Aurelias magisches Schutzzeichen leuchtete auf meiner Brust auf.

Dicht vor mir jagte der Dreizack in die Höhe, als wäre er gegen eine Mauer aus Gummi geprallt. Er beschrieb einen glühenden Bogen, dann kehrte er zu seinem Besitzer zurück.

Nur wurde er diesmal nicht von Chandra aufgefangen. Mit unheimlicher Wucht bohrte er sich in seine Brust.

Chandra brüllte schrecklich auf. Selten hatte ich jemanden so schreien hören. Die Flammen loderten dabei noch heller auf, aber sie waren kein Schutz mehr für Chandra. Diesmal fraßen sie ihn und drückten ihn hinein in den Boden des Karussells wie in ein Grab.

Ich sah nur noch das Rad.

Sechs lange Speichen, die nach außen ragten. Auch die sechste war nun besetzt.

Frenton glitt an mir vorbei. Den Ausdruck in seinem Gesicht würde ich nie in meinem Leben vergessen. Ich wollte noch hin und zumindest das verfluchte Rad zerstören, aber das Licht wurde so grell wie eine Sonne. Es explodierte vor meinen Augen. Eine nicht faßbare Kraft packte mich und schleuderte mich zur Seite. Ich taumelte dem Rand der Plattform entgegen, dann wuchtete mich die Fliehkraft von ihr weg und zu Boden.

Hart schlug ich auf. Vor meinen Augen wurde es schwarz, während hinter mir das Karussell explodierte …

Ich war nicht bewußtlos geworden. Wie ein Gluthauch fuhr die Hitze über meinen Rücken hinweg und sorgte dafür, daß ich so schnell wie möglich wegkroch. Ich gelangte auch wieder auf die Füße und taumelte gebückt weiter. Hinter mir stand das Karussell in hellen Flammen. Es verbrannte. Alles an ihm wurde ein Opfer des Feuers, auch mein Kollege Frenton, dessen Vornamen ich nicht einmal gekannt hatte …

Der Fall war gelöst. Ich hatte es überstanden, aber ich fühlte mich verdammt mies. Der Pfarrer sah mir meinen Zustand an, als er neben mir am Bentley stand.

»Tut mir leid wegen Ihres Kollegen.«

Ich gab ihm keine Antwort. Auf der anderen Straßenseite wurde Tom Wilson von zwei Pflegern abgeführt. Sie hatten ihn in eine Zwangsjacke stecken müssen.

»Ich darf mich im Namen aller Menschen hier bedanken, daß Sie uns von Chandra befreit haben. Und auch Wilson hat seine Strafe noch bekommen.«

Ich hob die Schultern. »Das ist nichts im Vergleich zu dem, was ihm noch bevorsteht.«

Nicht weit entfernt flatterte ein Vogel über uns hinweg. Ich schaute in den Himmel, lächelte und dachte dabei an Aurelia ...

ENDE

234

Die Rattenkönigin

Es war eine mit Trostlosigkeit gefüllte Welt, so wie sie in jeder Großstadt zu finden ist. Hinterhäuser, dunkle Gassen, die auch am Tag kaum heller waren. Nachts wurden sie von Katzen, allein gelassenen Hunden, Ratten und den Ausgestoßenen der Gesellschaft durchstreift, die in all dem Unrat nach etwas Verwertbarem suchten, das sich irgendwie zu Geld machen ließ. Wie auch die beiden Stromer, die durch die enge Gasse schlichen.

Es war kalt geworden. In einer Blechtonne hatten die beiden ein Feuer entzündet, um etwas Wärme zu erhalten. Einer hielt seine Hände über die Flammen und schaute seinem Kumpan entgegen, der eine gefundene Flasche in der Hand schwenkte.

Der Mann am Feuer nahm das Ding entgegen und schüttelte den Kopf. »He, was willst du denn damit? Ist nicht mal eine Pfandflasche. Kannst du nicht lesen?«

»So richtig habe ich das nie gelernt.«

»Na ja, dafür hast du ja mich.« Der Penner hob den Arm und schleuderte das Fundstück weg. Die Flasche zerschellte neben einem Müllhaufen, der sich auf dem Boden ausbreitete. Daß es innerhalb des Mülls raschelte, bemerkten die beiden Männer nicht.

»Wo hast du die Flasche eigentlich gefunden?«

»Da drüben.« Der Gefragte deutete über seine Schulter.

»Ich werde mal nachsehen.« Der zweite Penner ging dorthin und stöberte mit dem Fuß in dem Abfall. Er fand nichts, hob die Schultern und sagte: »Schade.«

Wieder raschelte es verdächtig, und auch diesmal nahm keiner der Männer das Geräusch wahr.

Der andere Penner hatte Blut geleckt. Er suchte nach weiteren Flaschen und näherte sich dem anderen Ende der Gasse. Auch hier sah es aus wie überall. Das dunkle, aufgerissene Pflaster, das leicht ölig schimmerte. Ein verloren wirkender Lichtschein, der von irgendwo her in die Gasse fiel und schnell versickerte.

Der andere folgte seinem Kumpel, der plötzlich stehenblieb, weil er das Rascheln jetzt gehört hatte.

»He, da war was!«

»Was denn?«

»Da hat es geraschelt.«

»Eine Katze?«

Der Gefragte legte einen Finger auf die Lippen und drehte sich langsam nach rechts. Dort lag der Müll, und dort hatte es auch geraschelt. Der Penner raffte seinen langen Mantel hoch und ging gebückt auf den Müllhaufen zu, der von einem Pappkarton gekrönt wurde. Der Karton war auseinandergerissen worden und bedeckte deshalb einen großen Teil des Haufens.

Die Männerhand hob den Karton hoch. Inzwischen war auch der zweite Penner näher gekommen, und beide hielten plötzlich den Atem an, als sie sahen, was sie da entdeckt hatten.

Auf dem Müll lag eine dunkelhaarige, schmutzige und abgerissen wirkende junge Frau, der trotz ihrer verdreckten Kleidung die Schönheit anzusehen war. Sie schien geschlafen zu haben, denn sie öffnete langsam die Augen und schaute die Männer verwirrt an. Sekunden später wußte sie Bescheid. Mit einem leisen Schrei auf den Lippen sprang sie so schnell hoch, daß die beiden Männer hastig zurückwichen. »He, was willst du hier? Mach dich aus dem Staub, mach schon!« Der Flaschenfinder hatte als erster seinen Schreck überwunden. Er wedelte mit der rechten Hand.

»Du tust so, als wäre das unsere Gosse hier!« sagte sein Kumpel.

»Verschwinde, Schlampe!«

»Laß sie doch!«

Der Penner schüttelte den Kopf. Er war jetzt bockig geworden. »Die Gasse reicht kaum für uns zwei. Ich will hier keine Schmarotzer haben. Hau ab!«

Er fühlte sich plötzlich stark und ging einen bedrohlichen Schritt auf die junge Frau zu.

Für einen Moment blieb sie noch stehen. Sie zitterte. Dann warf sie sich herum und rannte weg ...

Die Frau und der Mann waren jung und seit Jahren verheiratet. Sie besaßen genügend Geld, um ein angenehmes Leben zu führen und sich sogar ein Kind leisten zu können. Ihr Baby lag im Kinderwagen, der vom Vater geschoben wurde. Die Mutter ging neben dem teuren Gefährt her. Sie warf ab und zu einen Blick auf das schlafende Baby und lächelte dabei glücklich.

»Also«, sagte sie, »wir machen Urlaub. Dann muß deine Firma eben mal ohne dich auskommen. Schließlich ist es deine Firma.«

»Genau.«

»Für den Kleinen ist es auch nicht schlimm. Die Hitze wird er schon vertragen. Denk nur an den Strand. Der ist doch herrlich für den Kleinen. Wir hatten uns vorgenommen, daß wir in diesem Jahr auf keinen Fall in London überwintern.«

»Okay, ich werde sehen, was ich machen kann.«

Sie schüttelte den Kopf. »Das ist mir zu wenig. Du mußt es mir hier versprechen.«

Der junge Vater lächelte und zwinkerte seiner Frau zu. »Gut, versprochen.« Dann blieb er stehen und schaute sich um. »Oh, ich schätze, daß wir zu weit gegangen sind. Laß uns umdrehen.«

»Aber die frische Luft tut dem Kleinen gut.«

Er lachte. »Das nennst du frische Luft?«

»Nun ja, ich meine …« Die Frau sprach nicht mehr weiter. Sie und ihr Mann hatten die schnellen Schritte gehört. Mit langen Sätzen lief aus einer Nebengasse eine junge Frau hervor, die offensichtlich in Panik geraten war, denn sie schaute weder nach rechts noch nach links. Auch die junge Mutter konnte nicht so schnell ausweichen. Beide Frauen prallten zusammen und stürzten zu Boden.

Der junge Vater war im Moment geschockt. Dann lief er rot an, sprang auf die Gestürzten zu und zerrte die Fremde von seiner Frau fort, die noch von einem Ellbogenstoß getroffen wurde. »Hast du keine Augen im Kopf, verdammte Schlampe?« Er stieß die Frau zurück.

Das Kind fing an zu schreien, doch der Vater kümmerte sich zuerst um seine Frau und half ihr hoch. »Liebling, bist du in Ordnung?«

»Ich denke schon.«

»Ganz sicher?«

Die fremde junge Frau raffte sich auf. Stolpernd rannte sie weg.

»Laß dich nur nicht mehr hier blicken!« schrie ihr der Mann nach und drehte sich um, weil sich seine Frau über das verschmutzte Kleid beschwerte.

Dann schüttelte sie sich. »Dieses Weibsstück hat mich angefaßt. Außerdem schreit unser Kind. Warte, mein kleiner Liebling. Mum kommt sofort zu dir.«

Der Vater ballte die Hände. »Dieses Pack sollte man aus der Stadt entfernen.«

Beide hörten ihr Baby unnatürlich laut aufschreien. Sie fuhren herum, überwanden die kurze Distanz zum Kinderwagen mit einem Sprung und blieben wie angewurzelt stehen, weil sie nicht glauben konnten, was sie sahen. Sie kamen sich vor wie in einem Horrorfilm.

Aus dem Kinderwagen sprang mit einem Satz eine dicke Ratte, landete auf dem Boden und verschwand.

»O Gott!« brüllte die Mutter.

Ihr Mann riß den Kinderwagen herum.

»Neiiinnn!« Er schrie, er konnte nicht anders. Seine Frau sagte nichts. Das Entsetzen hatte sie stumm gemacht.

Im Kinderwagen tummelten sich die Ratten. Das Baby war kaum zu sehen. Dafür aber das Blut, all das verdammte Blut …

Ich war froh, wieder zu Hause zu sein, denn die Fahrt durch den leichten Nebel war keine Erholung gewesen. Ich betrat das Haus, in dem ich ein Apartment bewohnte, und schaute zunächst in den Briefkasten.

Hinter mir hörte ich Schritte. Als ich mich umdrehte, kam Mrs. Evans, die Frau des Hausmeisters, auf mich zu. »Sieh an, Mr. Sinclair. Auch mal wieder im Lande?«

»Ja, wie Sie sehen. Aber was machen Sie um diese Uhrzeit noch hier?«

»Arbeiten, Mr. Sinclair, nur arbeiten!«

»Sehr schön. Und wie geht es Ihnen sonst? Und Ihrem Mann?«

Sie winkte ab. »Ach, der ist krank.«

»Oh. Hoffentlich nichts Ernstes?«

»Nein, das nicht. Ist wohl nur ein Virus. Den hat er wahrscheinlich den Ratten zu verdanken.«

Ich verzog das Gesicht. »Ratten?«

»Ja. Ratten in dieser Gegend! Und jetzt bin ich dabei, Rattengift zu streuen.«

Ich wollte es nicht glauben. »Bei allem Respekt, Mrs. Evans, aber ich habe hier noch keine einzige Ratte gesehen.«

Sie trat dicht an mich heran. »Sie sind auch ein paar Tage nicht hiergewesen. Wissen Sie es noch nicht?« Jetzt kam sie noch näher. »Vor drei Tagen, ganz in der Nähe, haben die Ratten ein Baby bei lebendigem Leib aufgefressen.« Sie schüttelte sich und war totenblaß geworden.

Ich winkte ab. »Nun ja, Mrs. Evans, ich will Ihnen nicht zu nahe treten. Aber erzählen Sie mir da wieder eines von Ihren Horrormärchen? Ich kehre gerade von einer anstrengenden Reise zurück. Das war für mich Horror genug.«

»Weiß ich doch, Mr. Sinclair. Aber lesen Sie denn im Ausland keine Zeitung?«

»Nicht unbedingt.«

Mrs. Evans lächelte. »Ja, ja, ich weiß schon. Es ist viel zu tun. Scotland Yard schläft nie.«

»Da haben Sie recht.« Ich machte mich auf den Weg zum Aufzug.

»Vor Ihrer Tür habe ich auch einiges weggeschafft, Mr. Sinclair.«

»Danke.«

»Sie könnten sich ruhig mal eine Frau zulegen.«

Ich lachte. »Das ist mir zu anstrengend, wenn ich ehrlich sein soll.«

»Ja, ja, kann ich verstehen. Und die richtige Frau zu finden ist auch so eine Sache.«

»Sie sagen es, Mrs. Evans.« Ich betrat den Lift und sah, daß die Hausmeisterin auch weiterhin das Rattengift verteilte. Ich schüttelte den Kopf. Ratten, die hatte es bisher noch nie hier in der Gegend gegeben.

Nachdem ich mein Apartment betreten hatte, stellte

ich den Koffer ab, atmete tief durch, warf die Post auf den Tisch und schaltete den Anrufbeantworter ein.

Bill Conollys Stimme drang an meine Ohren. »Hi, John, tut mir leid, daß ich nicht am Flughafen war. Ließ sich nicht machen. Bei Gelegenheit mußt du mir mal erzählen, wie deine Geisterjagd verlaufen ist. Dabei fällt mir ein, daß Sheila und ich uns freuen würden, wenn du am Wochenende zum Essen kommen könntest. Wir haben noch ein paar Leute eingeladen. Alles ganz locker. Überlege es dir. Mich kannst du vorläufig nicht erreichen. Bin die ganze Woche auf Achse, aber ich melde mich noch mal. See you later, alligator.«

Ich grinste. Das war typisch Bill. Ich zog mein Jackett aus und legte auch die Beretta auf den Tisch, wobei ich den nächsten Anruf abhörte. Glenda Perkins war dran.

»Hallo, John, Glenda hier. Hast du mich vermißt? Hoffentlich. Und wehe, wenn nicht. Ich habe einige Termine für dich. Das Gespräch mit Sir James morgen fällt aus. Der Chef ist im Innenministerium. Keine Angst, du wirst schon nicht vor Langeweile vergehen. Hier haben sich viele Akten angesammelt, die du durchgehen kannst. Ich freue mich auf dich. Bis morgen also.«

Eine weitere Nachricht hörte ich nicht. Zum Glück, und so konnte ich es mir endlich bequem machen. Ich schaltete die Musik ein, setzte den Kopfhörer auf und haute mich in den Sessel. Die Post lag in Griffweite. Ich ließ einige Umschläge durch die Finger gleiten, um die Briefe erst einmal zu sortieren.

Mitten in der Bewegung stoppte ich.

Verdammt, das konnte nicht wahr sein! Das gab es doch nicht! Ich war erstarrt, was mir nicht oft geschah.

Nicht weit von mir entfernt lag ein dicker, pelziger

und feucht schimmernder Klumpen auf dem Boden, der leider kein Klumpen war, sondern eine fette Ratte!

Ich schrie nicht, ich sprang auch nicht auf, sondern bewegte mich sehr langsam. Ich nahm den Kopfhörer ab, legte die Briefe zur Seite und stand vorsichtig auf.

Die Ratte hatte sich nicht bewegt und blieb auch jetzt starr hocken. Den Kopf hatte sie leicht angehoben, um mich mit ihren schillernden Augen zu beobachten. Ich schlich auf das Tier zu. »Wo kommst du her? Was bringst du uns? Die Pest?« Ich drehte mich um und suchte nach einem Gegenstand, mit dem ich die Ratte vertreiben konnte.

Kaum hatte ich sie aus den Augen gelassen, als sie sich schattenhaft schnell bewegte. In meiner Hausbar klirrten Flaschen und Gläser. Woanders stürzte ein CD-Ständer um, eine Lampe wackelte bedrohlich, und ich fing allmählich an zu schwitzen. Dann schnappte ich mir die Beretta. »Tut mir leid für dich, aber ich mag nun mal keine Ratten.«

Bevor ich etwas unternehmen konnte, klirrte hinter mir die Fensterscheibe. Sofort fuhr ich herum. Ein Loch war in der Scheibe zu sehen, von der Ratte fehlte jede Spur.

Ich hob die Schultern und schaute mir das Loch an. »So wollte ich auch nicht gerade lüften.« Die Ratte war in der Dunkelheit verschwunden. Trotzdem trat ich nahe an das Fenster heran und achtete nicht auf meine freie Hand. Als ich den Schmerz spürte, war es schon zu spät. Ich hatte mich bereits an der Scheibe geschnitten.

»Idiot!« schimpfte ich mich selbst aus und holte eine Serviette, die ich gegen die Wunde drückte.

Der nächste Weg führte mich zum Kühlschrank. Hätte ich eine Frau gehabt, wie von Mrs. Evans vorgeschlagen, wäre er sicherlich gefüllt gewesen. So aber war er gähnend leer, und ich blieb weiterhin hungrig …

Der Verkäufer der kleinen Bude zählte das Geld im Licht der Lampe nach und schüttelte den Kopf. »Nein, tut mir leid. Das ist zu wenig. Dafür kann ich dir das Sandwich nicht verkaufen.«

Die dunkelhaarige junge Frau mit dem blassen Gesicht schloß für einen Moment die Augen. »Oh …«

»Ja, oh – auch ich muß sehen, daß ich zurechtkomme. Hier hast du dein Geld.«

Die junge Frau wollte gehen. Sie drehte sich um und sah einen hochgewachsenen Mann in die Außenbeleuchtung des Kiosks treten.

»Abend«, sagte ich. »Ich brauche ein paar Zigaretten, etwas Wein und auch was zu essen.« Neben mir huschte die junge Frau davon. Ich blickte ihr unwillkürlich nach.

Der Verkäufer schaute mich durch die Fensterluke an. »Die Gegend wird immer schlechter.«

Ich hörte ihn zwar, doch mein Interesse galt der etwas abgerissen wirkenden Frau, wobei die Kleidung ihre eigentliche Schönheit kaum verbergen konnte. Sie schlenderte von der Bude weg. Ich sah, daß sie barfuß war, aber sie schien nicht unglücklich zu sein, denn sie tänzelte beim Gehen. Hin und wieder warf sie einen Blick hinauf zu den Sternen.

»War das alles, Mister?«

»Ich nehme noch ein Sandwich und eine Cola.«

»Ist okay.« Der Verkäufer packte die Waren in eine Tüte. Nur das Sandwich nahm ich so an mich.

Ich betrachtete es skeptisch. »Von wann ist das?«

»Ofenfrisch sieht es nicht mehr aus, das gebe ich zu.«

»Sie haben recht, Meister, die Gegend wird tatsächlich immer mieser.« Ich zahlte und ging.

Die letzte Kundin war zwar weitergegangen, aber nicht sehr schnell gelaufen. So kam es, daß ich sie bald eingeholt hatte.

Für einen Moment blieb sie stehen. Auf ihren Lippen sah ich ein schüchternes Lächeln. Dann ging sie wieder weiter, aber sie schüttelte mich nicht ab, denn ich blieb neben ihr.

»Hier, wenn du das Sandwich haben möchtest, nimm es. Es ist nicht mehr ganz frisch, aber vergiftet ist es auch nicht.«

Die junge Frau blieb wieder stehen, nahm das Sandwich, biß hinein, kaute und lächelte. Langsam ging sie weiter.

Ich blieb an ihrer Seite. »Hast du kein Zuhause?«

»Doch.«

»Gut, das gefällt mir. Nur am Abend ist es nicht gerade ungefährlich, als Frau allein unterwegs zu sein.«

»Möglich. Aber ich kann nicht schlafen. Und du ...?«

»Ich auch nicht. Da haben wir schon etwas gemeinsam. Hast du denn keine Angst?«

»Nein.«

Trotzdem solltest du nicht allein um diese Zeit spazierengehen. Wie heißt du eigentlich?«

»Isabel.«

»Schöner Name. Ich bin John. Eine Cola?«

»Gern.«

Ich kramte die Dose aus der Tüte und gab sie ihr. Isabels Blick war dabei auf meine Hand gerichtet. Sie entdeckte die Wunde und fragte: »Oh, was ist das denn?«

»Ach, nur ein Kratzer. Ich habe mich geschnitten.«

»Kommt vor.« Sie öffnete die Dose und trank. Sie hatte großen Durst, gab mir die Dose zurück und sagte: »Danke, aber jetzt muß ich leider weiter.«

»Wo wohnst du denn? Kann ich dich nicht nach Hause bringen? In allen Ehren natürlich.« Ich mußte über meinen letzten Satz selbst grinsen.

»Besser nicht.«

»Dann gib nur auf dich acht.«

»Keine Sorge, ich bin okay.«

Nachdenklich ging ich zum Haus zurück, wo noch immer Mrs. Evans bei der Arbeit war. »Gut, daß ich Sie treffe, Mrs. Evans. Können Sie mir einen Gefallen tun und mir einen Glaser besorgen?«

»Was ist denn passiert?«

Ich hob die Schultern. »Meine Scheibe ist kaputt. Sie haben übrigens recht gehabt, was die Ratten angeht.«

Sie stemmte die Hände in die Seiten. »Natürlich habe ich recht. Über Nacht waren die Biester plötzlich da. Aber das kriegen wir schon hin. Wenn erst mal mein Mann wieder okay ist, ziehen wir den Nagern das Fell über die Ohren.« Sie lachte, und ich winkte ihr zu. Dann fuhr ich wieder hoch in meine Wohnung.

Diesmal war ich vorsichtiger. So sehr ich mich auch umschaute, eine Ratte entdeckte ich nicht …

Der andere Tag. Ich saß im Wagen und wartete auf Glenda, die es sehr eilig hatte, wie sie mir sagte. Sie stürzte aus der Tür und lief über den Hof des Yard-Gebäudes. Mit einem Seufzer ließ sie sich auf den Beifahrersitz fallen und hielt sich die Wange.

»Ganz plötzlich, John.« Trotzdem küßte sie mich auf beide Wangen. »Oh, frisch rasiert.«

»Wie es sich für einen Mann von Welt gehört. Wo ist dein Zahnarzt?«

»Fahr los, ich zeige dir den Weg.« Glenda sprach etwas gequetscht und leise.

Nach einigen Sekunden, wir hatten uns in den fließenden Verkehr eingeordnet, kam ich auf Sir James zu sprechen. »Ich habe immer gedacht, daß er nicht eben ein Freund unseres Innenministers ist.«

»Ist er auch nicht. Aber er muß sich um dessen Frau kümmern. Die beiden sind zum Essen.«

»Was? Das ist ein Hammer. Mit der Frau des Innenministers? Seit wann läuft das denn? Warum erfahre ich so etwas nie?«

»Bitte, John, fahr, ich habe Zahnschmerzen und will so wenig reden wie möglich.«

»Okay, keine Sorge.«

Nach einer Viertelstunde waren wir da und hatten sogar einen Parkplatz gefunden. Glenda schwang sich sofort aus dem Wagen. Ich stieg ebenfalls aus und lehnte mich gegen das Auto.

»Was ist los?«

»Ich warte hier auf dich.«

»Oh, das ist lieb. Es dauert höchstens zwanzig Minuten oder eine halbe Stunde, denke ich. Du kannst ja inzwischen einen Kaffee trinken.«

»Okay, ich werde da sein, Mylady.«

»Darum bitte ich auch, George«, erwiderte Glenda mit einem hochnäsigen Tonfall in der Stimme.

Sie verschwand durch den Eingang. Ich drückte ihr die Daumen, daß es nicht zu schlimm wurde, und verdrehte die Augen, weil sich mein Handy meldete.

»Sinclair.«

»Ich bin's – Bill. Bist du gut angekommen?«

»Klar.«

»Und was ist mit dem Essen am Wochenende?«

»Das weiß ich noch nicht.«

»He«, beschwerte er sich, »das ist nicht gut. Wo bist du eigentlich? Ich kann dich kaum verstehen.«

»Ich habe gerade Glenda zum Zahnarzt gebracht, und jetzt warte ich auf ihre Rückkehr.«

»Glenda, die Arme. Trotzdem John, du mußt unbedingt kommen. Einer meiner Verleger kommt auch. Der will dich schon seit Jahren kennenlernen. Außerdem bringt er den Chefredakteur der New York Times mit. Sag ja, John, bitte. Gib dir einen Stoß ...«

Den gab ich mir nicht, und auch Bill Conolly war nicht mehr interessant. Ein Zufall oder nicht, aber ich sah Isabel, wie sie über die Straße ging.

»John, he, was ist ...?«

»Ich ruf später zurück, Bill.«

Isabel hatte schon einen ziemlich großen Vorsprung gewonnen. Ich mußte mich beeilen. Sie lief um eine Ecke, ich verfolgte sie mit langen Schritten, wich Passanten aus, die mir verwundert nachstarrten, und hatte sie schließlich eingeholt.

»Isabel!«

Mein Ruf erreichte sie. Mit wehenden Haaren drehte sie sich um. »John, das ist eine Überraschung. Wie geht es dir?«

»Prächtig. Und dir?«

»Auch.« Sie lächelte mir ins Gesicht. »Du siehst aus, als würdest du mich zum ersten Mal sehen.«

»Zumindest bei Tageslicht.«

»Da hast du recht.«

Sie war wirklich kaum wiederzuerkennen. Sie hatte sich umgezogen und wirkte in ihrem Kleid beinahe

wie ein festlich herausgeputztes Zigeunermädchen
mit einem schon poetischen Glanz in den dunklen
Augen. Nur eines wunderte mich stark. Ihre Füße
waren nackt. »He, trägst du nie Schuhe? Es ist kalt.«

»Mir nicht.«

»Hast du keine Schuhe? Oder kannst du sie nicht
bezahlen?«

Sie hob die Schultern. »Ich hatte mal welche«, erwiderte sie ausweichend.

»Das läßt sich ändern.«

»Wie du willst.«

Ich wußte selbst nicht recht, warum ich so reagierte.
Es war ein Wahnsinn. Vielleicht hatte mich diese
schöne junge Frau verzaubert. Jedenfalls ging ich mit
ihr, und ich kaufte ihr ein Paar Schuhe.

Sie blieb jetzt an meiner Seite und bedrängte mich,
mit ihr zu einem kleinen Zirkus zu gehen, der in
einem kleinen Park sein Standquartier gefunden hatte.
Im Hintergrund sahen wir die Wagen der Artisten und
auch einige fahrbare Käfige.

Isabel wollte unbedingt hineingehen und schleifte
mich zur Kasse. Ein Mann kam auf uns zu. Er hatte
Humor und stellte sich als der dicke Uli vor. Gleichzeitig fungierte er als Direktor. Er strich über seinen
Bauch und schüttelte betrübt den Kopf. »Tut mir leid,
aber wir haben erst morgen Premiere.«

Ich schaute zu Isabel. »Pech gehabt.«

»Können wir uns denn auf dem Gelände etwas
umsehen?« fragte sie.

»Gern, wenn Sie möchten.«

Wir schlenderten zu den Tierkäfigen hinüber. Es
herrschte nur wenig Betrieb. Wir waren die einzigen
Besucher. Isabel blieb vor einem Käfig stehen. Durch
die Gitter sahen wir Leoparden.

»Das ist schlimm«, flüsterte sie.

»Daß sie gefangen sind?«

Sie nickte. »Raubtiere kann man nicht fangen. Nicht ihre Seelen. Deshalb verenden sie auch oft in der Gefangenschaft.«

Ich deutete auf das Tier. »Der Bursche sieht mir ziemlich gefährlich aus. Mir ist es lieber, daß er momentan nicht frei herumläuft.«

»Und statt dessen gezwungen wird, eine Vorstellung zu geben?«

»Was willst du? Die Schau muß weitergehen. Auch ein Zirkus muß von etwas leben.«

Sie ballte die Hände. »Dabei ist der Mensch das Biest, nicht das Tier.«

Ich schaute sie an. Isabel hatte sich in den letzten Minuten ziemlich verändert. Vor mir stand eine völlig andere Person, und Mißtrauen keimte in mir hoch. »Wer bist du?«

Sie ging nicht auf meine Frage ein. »Bist ein toller Typ, John. Hast dich nett verhalten.«

»Wegen der Schuhe?«

»Das auch. Aber daran habe ich nicht gedacht. Ich meine mehr den gestrigen Abend. Andere hätten meine Situation bestimmt ausgenutzt.«

Ich zwinkerte ihr zu. »Wer sagt dir denn, daß ich nicht daran gedacht habe?«

Sie wich meinem Blick aus und schaute zur Seite. Ich tat es ebenfalls und bekam mit, daß etwas pfeilschnell über den Boden hinweghuschte. Eine Ratte?

»Nein, nicht schon wieder.«

Isabel stupste mich an. »He, was ist los mit dir? Hast du eine Freundin entdeckt, die dich mit mir nicht sehen darf?«

»Nein, das nicht.«

»Was dann?«

»Ich dachte – nun …«

»An was? An Ratten?«

Scharf musterte ich sie.

»Stimmt's, John?«

»Kannst du Gedanken lesen?«

Isabel verengte die dunklen Augen und lächelte, und in diesem Moment hallte der Schrei vom Zelt zu uns herüber. Eine Artistin humpelte in unser Blickfeld, die sich die Wade hielt. Die Frau war eine Ostasiatin und blieb jetzt stehen, um sich zu bücken.

»Magst du keine Ratten?« fragte Isabel.

»Genau. Ich verabscheue sie.«

»Warum?«

Ich winkte ab und ließ Isabel stehen, um auf die Artistin zuzugehen. »Weil sie auch Menschen angreifen!« rief ich im Laufen.

Die Artistin stand noch immer an derselben Stelle. Sie hatte ein Bein angehoben und schaute auf ihre stark blutende Wunde.

»Lassen Sie mal sehen«, sagte ich und bückte mich.

Die Frau zischte mir ihren Atem entgegen. Schweiß stand auf ihrem Gesicht. »Das – das Tier war so verdammt schnell. Ich konnte nicht ausweichen. Es hat mich gebissen.« Der dicke Uli hatte den Schrei ebenfalls gehört und lief näher.

»Welches Tier?« fragte ich.

Die Asiatin holte tief Luft. »Ich habe es nicht genau sehen können. Ein Hund – eine Katze – ich weiß es nicht.«

»Oder eine Ratte?«

Sie zuckte zusammen. »Ratten? Ich hasse sie.«

Die Frau sollte sich nicht noch mehr aufregen. »Schon gut, dann war es eben ein Hund.«

Der dicke Uli hatte uns erreicht und auch einen Stuhl mitgebracht. Auf ihn drückte ich die gebissene Frau nieder.

»Das kann auch eine Zecke gewesen sein«, meinte der Direktor.

Ich wies auf die tiefe Wunde. »Mal ehrlich, sehen so Zeckenbisse aus?«

Der Direktor knetete seine Nase. »Nein, eigentlich nicht. Ich hole besser einen Arzt.« Er lächelte der Frau zu. »Und du kannst dich jetzt beruhigen, Liang Pi.«

Sie flüsterte etwas.

»He, lauter!«

»Es gibt hier Ratten.«

Der dicke Uli verzog das Gesicht. »Egal, ob Ratten, Mäuse oder Zecken. Morgen um neunzehn Uhr ist Vorstellung, auch wenn es fliegende Hunde und Kühe regnet.«

So war der Job im Zirkus. Aber das war das Problem der beiden. Ich wollte wieder zu Isabel gehen und mußte erkennen, daß sie verschwunden war. Als ich die Stelle erreicht hatte, an der sie zurückgeblieben war, fiel mir das dünne Streichholzheftchen auf, das auf dem Boden lag. Ich hob es auf und las die Aufschrift.

Es war die Reklame für ein Lokal mit dem Namen Blue Moon.

Ich runzelte die Stirn. Das war schon ungewöhnlich. Ein Hinweis, ein Tip, den mir Isabel hinterlassen hatte? Warum tat sie so geheimnisvoll? Warum hatte sie sich so seltsam benommen? Diese junge Frau gab mir immer mehr Rätsel auf. Ich fing zudem an, darüber nachzudenken, ob unsere Begegnungen wirklich nur rein zufällig gewesen waren. Egal, jedenfalls würde ich nachhaken.

Meinen abgestellten Wagen konnte ich zu Fuß erreichen. Glenda hatte ich natürlich vergessen, und auch
das war mir noch nie passiert. Als ich das Auto sah,
entdeckte ich sofort den pelzigen Klumpen auf dem
Dach. Dort hockte eine Ratte!

Ich blieb stehen, blickte mich um und glaubte, Hal-
luzinationen zu haben. Auf den Dächern der in der
Umgebung abgestellten Autos hockten die Ratten und
glotzten mich aus ihren schillernden Augen an. Es war
ein so verrücktes Bild, das auch alle anderen Passanten
wahrnehmen mußten, aber sie taten nichts. Sie verhiel-
ten sich völlig normal. Die Ratten sah nur ich – oder?

Ich schloß die Augen, öffnete sie kurze Zeit später
wieder und sah alles normal.

Die Ratten waren verschwunden!

Mrs. Evans hatte einen Glaser bestellt, und die Fensterscheibe war repariert worden. Ich hatte es mir auf
der Couch bequem gemacht und drehte das gefundene Streichholzheftchen zwischen meinen Fingern.
Natürlich klingelte das Handy wieder, und Glenda
Perkins' Stimme klang nicht mehr so nett.

»Auf George, den Butler, ist kein Verlaß mehr«,
sagte Mylady.

»Entschuldige, aber mir ist etwas dazwischen-
gekommen. Wie war's bei dir? Hat er gebohrt?«

»Hat er.«

»Schmerzen?«

»Ein wenig. Aber um mich geht es nicht. Was ist mit
dir, John? Alles in Ordnung?«

»Hm, so recht weiß ich das noch nicht.«

Ihre Stimme klang bei der nächsten Frage besorgt.
»Was soll das heißen?«

»Doch, doch, es ist alles okay, Glenda. Tu mir einen Gefallen. Streich meine Termine bis auf weiteres.«

»Gut, auch wenn ich den Grund nicht verstehe. Aber ich kenne dich. Du bist ja öfter komisch.«

Ich ging nicht darauf ein, denn unser Gespräch sollte nicht in lange Diskussionen ausarten. »Geh du bitte nach Hause. Es hat keinen Sinn, wenn du mit Zahnschmerzen im Büro hockst und sich unser Chef mit der Frau das Innenministers amüsiert.«

»Danke für den Rat. Bis später mal …«

»See you, Glenda.« Ich kümmerte mich wieder um mein Fundstück. Auf dem Heftchen war eine Telefonnummer abgedruckt, die ich wählte. Es meldete sich eine weibliche Automatenstimme. »Wir freuen uns sehr über Ihren Anruf. Leider nehmen wir keine telefonischen Kartenbestellungen entgegen. Unsere Abendkasse ist ab neunzehn Uhr geöffnet. Die Vorstellung beginnt täglichen außer Sonntag und Montag um zwanzig Uhr. Wir freuen uns auf Ihren Besuch und versprechen Ihnen ein unvergeßliches Erlebnis.«

Auch gut, dachte ich und ließ mich nach hinten fallen. Es tat mal gut, tagsüber liegen zu können. Ich merkte auch, daß mich eine gewisse Mattheit erfaßte, die in eine schwere Müdigkeit überging, so daß ich wie von selbst die Augen schloß.

Es war nur ein kurzer, aber sehr intensiver und tiefer Schlaf. Zudem begleitet von einem ekligen Traum.

Eine übergroße Ratte starrte mich aus kurzer Entfernung an. Sie hielt die Schnauze offen, ich sah sogar das Zittern ihrer Barthaare, hörte ein schrilles Pfeifen und rechnete damit, daß mich das Tier im nächsten Moment anspringen und sich bei mir festbeißen würde.

Wie ein Spuk erschien plötzlich die schöne Isabel. Sie nahm die Ratte in beide Hände und küßte sie.

»Nein ...« Ich hatte gesprochen, ich hatte mich auch selbst gehört, aber ich war noch zu müde, um richtig aufzuwachen. Die Umgebung war wie in einen dichten Nebel eingetaucht.

Aber die kalte Berührung an meiner Schläfe gehörte nicht zum Traum, sie war echt und zwang mich, die Augen zu öffnen. Ich mußte sie verdrehen, um die Gestalt zu erkennen, die neben der Couch stand und die Waffe in der Hand hielt.

Ein düsterer Typ, dessen Kleidung feucht roch.

Szenen wie diese erlebte ich zwar nicht oft, aber ich hatte mich schon in der Gewalt und blieb entsprechend ruhig. Ich wollte mich aufrichten, doch er gab mir mit einer kurzen Bewegung seiner Pistole zu verstehen, daß ich liegen bleiben sollte.

»Was wollen Sie von mir?« fragte ich ihn.

»Reden!«

»Lassen Sie sich von meiner Sekretärin einen Termin geben.«

Der Mann grinste: »Es macht mir überhaupt nichts aus, dir den verdammten Schädel wegzupusten!«

Ich grinste zurück. »Okay, wenn es dann so dringend ist ...«

»Danke für das Entgegenkommen«, flüsterte er.

»Ich hoffe, daß es sich für mich auszahlt.«

»Vielleicht lasse ich dich leben, Sinclair.«

»Schon im voraus danke.« Ich ärgerte mich über mein Einschlafen und auch über meine Lage. Dieser Typ, dessen Namen ich nicht wußte, mußte der perfekte Einbrecher sein. Nur glaubte ich nicht daran, daß er etwas stehlen wollte. Der war aus einem anderen Grund gekommen.

Mit seiner nächsten Frage klärte sich einiges. »Was wolltest du von Isabel?«

»Ich will nichts von ihr.«

Er drückte mir die Waffe fester gegen die Schläfe. »Im Moment bist du noch nicht tot. So hast du die Chance, dir eine vernünftige Antwort zu überlegen.«

»Ich habe sie zufällig kennengelernt.«

Der Eindringling deutete ein Kopfschütteln an. »Zufälle kenne ich nicht.«

»So war es aber. Ich habe ihr ein Sandwich gegeben, weil sie Hunger hatte.«

»Eine wie die verhungert nicht«, erklärte er zweideutig.

»Alles andere hat sich dann ergeben.«

»Was denn?« zischte er.

»Hören Sie, Mister. Wer sind Sie eigentlich? Ein Privatdetektiv?«

»Falsch.«

»Ist Isabel Ihre Freundin?«

Der Mann ließ die Waffe wandern und drückte mir die Mündung dann genau zwischen die Augen.

Ich blieb dennoch cool und fragte weiter: »Wer hat Sie zu mir geschickt?«

Keine Antwort.

»Ihr Boß? Isabels Boß?«

Er schwieg weiter, was mich aufregte. »Warum sagen Sie nichts, Mann?«

»Weil ich hier die Fragen stelle.«

Das mochte sein, doch im Augenblick kam er nicht dazu, denn das schrille Fiepen der Ratte war nicht zu überhören. Die Waffe löste sich von meiner Stirn. Der Mann fuhr herum und feuerte auf die Ratte, die durch das Zimmer huschte.

Sie war mir egal, ich kümmerte mich um den Fremden. Noch liegend hämmerte ich ihm die Faust ins Gesicht. Der Kerl flog zurück und blieb auf dem Teppich liegen. Ziemlich benommen, so daß er keine Gefahr mehr für mich darstellte.

Ich wollte mich um die Ratte kümmern, aber sie war wieder schneller. Sie sprang auf das Fenster zu, und einen Moment später gab es ein neues Loch in der Scheibe, und die Ratte war weg.

Ich verschluckte einen Fluch, nahm dem Mann die Waffe ab, riß ihn hoch und wuchtete ihn auf eine freie Tischplatte. »So, mein Freund, jetzt stelle ich die Fragen. Was hat das alles zu bedeuten?«

Er hob den rechten Arm und winkte ab.

»Fangen wir noch mal von vorn an«, sagte ich geduldig. »Du hast sicherlich auch einen Namen?«

»Ich habe ihn vergessen.«

»Und wer hat dich geschickt?«

»Auch vergessen.«

»Schön. Soll ich dir dein Gehirn zurechtklopfen? Raus mit der Sprache. Was hast du mit Isabel zu tun?«

»Mit wem?«

Ich schüttelte ihn durch. Meine Geduld näherte sich dem Ende. »Hör zu, mein Freund. Du dringst hier in meine Wohnung ein, bedrohst mich und warst sogar bereit, mich zu erschießen. Mich, einen Polizisten, einen Bullen.«

Der Mann schien es nicht gewußt zu haben, denn ich sah das Erschrecken in seinen Augen. »Scheiße.«

»Kann man wohl sagen.«

In diesem Augenblick klingelte es an der Tür. Dieses Geräusch lenkte mich für einen Moment ab. Der Fremde riß ein Bein hoch. Er winkelte das Knie dabei an und trat mir zwischen die Beine.

Ich hörte keine Engel singen, sondern Teufel und taumelte zurück. Wie durch einen Schleier erlebte ich die weiteren Aktionen. Der Eindringling schnappte sich noch seine Waffe und rannte auf die Wohnungstür zu. Er riß sie auf, ich hörte die schrille Stimme der Hausmeisterin und sah sie dann, wie sie in die Wohnung kam. Etwas verstört schaute sie mich an und sah auch mein verzerrtes Gesicht.

»Was war denn hier los?«

»Schon gut, Mrs. Evans. Wir haben uns etwas gestritten. Vielleicht können Sie noch mal einen Glaser rufen?« Ich wies auf das Fenster.

»Es ist ja nicht zu übersehen, Mr. Sinclair«, erklärte die Frau spitz.

Isabel hatte sich einen Bademantel übergestreift und trocknete mit einem Handtuch ihre dichten Haare. Sie war in einen Raum ohne Fenster getreten und setzte sich vor einen Schminktisch. Die Tür wurde geöffnet. Langsam betrat Böttcher den Raum. In seinem glatten Gesicht hatten sich die Augen verengt. Im Spiegel sah Isabel Böttcher auf sich zukommen.

»Wo hast du die ganze Zeit über gesteckt?«

»Warum fragst du?«

Er blieb dicht hinter ihr stehen. »Weil ich dich vermißt habe.«

»Ach wirklich?« erkundigte sie sich voller Spott.

»Ja, hast du Geheimnisse vor mir?«

»Bestimmt nicht.«

»Das will ich auch sehr hoffen.« Der drohende Unterton in seiner Stimme war nicht zu überhören. »Um noch mal auf diesen Sinclair zu sprechen zu kommen. Wer ist das eigentlich?«

Die Frau hob nur die Schultern.

Er tippte sie an. »Keine Geheimnisse, wie?« Übergangslos schlug er kurz und heftig zu.

Isabel nahm den Schlag hin. Sie unterdrückte den Schmerz. Sie wollte Böttcher den Triumph nicht gönnen. »Du spionierst mir nach, wie?«

»Nicht ich. Vaszly erledigt seinen Job perfekt.«

Isabel senkte den Kopf. »Es ist nicht, was du denkst. Sinclair mag sowieso keine Ratten.«

»Egal was, Süße. Bau nur keinen Mist. Keine Probleme, und unterschätze vor allen Dingen meine Eifersucht nicht.« Er legte seine Hand auf ihre Schulter und drückte die Finger hart in das Fleisch.

Isabel schloß die Augen. Ein wohliger Schauer durchrieselte sie. »Fester ...«

Böttcher lachte. Er ließ die Frau los, legte die Finger um ihr Kinn und drehte das Gesicht herum, so daß er sie direkt anschauen konnte. »Du kleines Miststück, du. Kennst du nicht die Gefahren der Großstadt? Weißt du nicht, daß dort viele Psychopathen herumlaufen? Ich will nur nicht, daß dir etwas Schlimmes passiert. Das würde mich sehr unglücklich machen.«

»Das weiß ich«, flüsterte Isabel und schlang beide Arme um den Mann. »Du bist mein Retter.«

»Ja, das bin ich ...«

Sie ließ ihn nicht los. »Ich verspreche dir, daß ich zu dir halten werde.«

»Sehr gut, Süße, und jetzt mach dich fertig.«

Er ging und ließ Isabel allein zurück ...

Ratten, wohin sie auch schaute. Kleine, dicke, magere und fette Tiere, die sich auf dem Boden tummelten. Sie wieselten hin und her, sprangen übereinander, bissen oft verspielt zu, aber sie verletzten sich nicht gegenseitig.

Isabel stand zwischen ihnen wie eine Königin. Sie

lächelte, und sie lächelte auch noch, als die Tür geöffnet wurde und Vaszly den Raum betrat. Auch er lächelte, aber so, als wollte er Isabel mit seinen Blicken ausziehen.

»Hi, Isabel ...«

»Komm ruhig näher.«

Er tat es nicht, weil er die Ratten sah, die sich um Isabels Füßen tummelten. Sie gaben Töne ab, die bei ihm einen kalten Schauer hinterließen, aber er riß sich zusammen. Es ging ihm um die Frau. Möglichst locker sagte er: »Ich sehe, daß du deine Freunde mitgebracht hast.«

»Ja, das habe ich. Aber es sind nicht deine Freunde oder?«

»Nein.«

»Dein Pech, Vaszly.«

»Wieso?«

Isabel hatte plötzlich etwas im Blick, das ihn störte. Dann schnippte sie mit den Fingern.

Es war ein Befehl, und die Ratten führten ihn sofort aus. Sie stürzten sich auf den Mann und hingen plötzlich an ihm wie ein dicker, pelziger Teppich.

Vaszly wurde zurückgetrieben. Erst als er gegen die Wand prallte, schrie er auf. Da war er schon angenagt und angebissen worden, und auch sein entsetzliches Schreien verstummte, weil sich eine der Ratten in seinen weit geöffneten Mund drängte und mit ihren spitzen Zähnen in seine Zunge biß ...

Es hatte für mich keine andere Möglichkeit gegeben. Um Aufklärung zu finden, mußte ich zum Blue Moon fahren, das in einer nicht eben vertrauenerweckenden Gegend lag, in der auch am Abend nur wenig Betrieb herrschte. Ich blieb vor dem Etablissement stehen und sah, daß schon geöffnet war. Zumindest waren die Rolläden vor den Fenstern in die Höhe gezogen worden. Auch ein Schaukasten fiel mir auf. In ihm hing nur ein Bild, und das zeigte Isabel.

Ich hob die Schultern, ging auf den Eingang zu und drückte die Tür nach innen.

Finsternis, dicht wie schwarze Watte, lag vor mir. Nur sehr weit entfernt sah ich einige Lichtquellen, fast wie Gestirne. Aber sie reichten nicht aus, um Konturen erkennen zu lassen. Hinter mir schwang die Tür langsam zu. Jetzt war die Finsternis noch dichter geworden.

»Hallo … ?« Meine Stimme hallte in das Dunkel hinein.

Ich war nicht enttäuscht, daß ich keine Antwort erhielt, und ging langsam weiter.

»Isabel …?«

Niemand antwortete mir, aber das Licht wurde besser. Meine Augen hatten sich darauf eingestellt. Es kam mir nicht mehr so tiefschwarz vor, sondern war eher schummrig geworden.

In diesem Dämmerlicht zeichneten sich die Umrisse eines Spiegelbildes ab. Ich sah mich selbst und ging langsam darauf zu. Etwa einen normalen Schritt vor dem Spiegel blieb ich stehen. Jetzt entdeckte ich auch die beiden Gänge, von denen der eine nach links und der andere nach rechts abzweigte.

Ich entschied mich für den rechten und hatte ihn kaum betreten, als ich das Kichern hörte. Auch ein kaum unterdrücktes Hüsteln war zu vernehmen und ebenfalls ein schrilles Fiepen. Für mich paßten die Laute nicht zusammen, aber ich ließ mich durch sie nicht beirren und ging trotzdem weiter.

Der Umriß einer Tür zeichnete sich in der Wand ab. Da ich ein höflicher Mensch bin, klopfte ich an.

»Komm rein, John, es ist offen!«

Isabel hatte gerufen. Ich drückte die Tür auf und befand mich in einer Garderobe. Die schöne junge Frau saß vor einem Schminkspiegel. Um ihre Gestalt lag ein dünner Seidenmantel. Sie selbst war mit ihren Augen beschäftigt, mich nahm sie nicht zur Kenntnis.

»Du hast mich erwartet?«

»Klar.

Ich nahm es locker, und sagte: »Sorry, aber ich konnte die Abendkasse nicht finden.«

»Ich bitte dich, John. Jemand wie du steht doch auf der Gästeliste.« Isabel lehnte sich jetzt zurück und schlug die langen Beine übereinander. Amüsiert schaute sie mich an.

»Was ist so lustig?« fragte ich.

»Du.«

»Ich? Ach …«

»Ja, denn ich sehe dir an, daß du Probleme hast. Du weißt nicht, wie du mich einschätzen sollst. Einerseits fühlst du dich von mir angezogen, andererseits weißt du nicht, ob du deinem Gefühl auch folgen sollst. Ich bin dir noch zu fremd.«

»Guter Spruch. Mich interessiert besonders die andere Seite an dir.«

»Das ist der Sex«, erklärte sie. »Ich habe dich einfach nur scharf gemacht. Du kannst an nichts anderes mehr denken.«

»Mal davon abgesehen, da gibt es noch die Ratten.«

Isabel verzog den Mund, schaute in den Spiegel und griff nach einem Lippenstift. Während sie sich schminkte, sagte sie mit leiser Stimme: »Ja, die Ratten. Ich weiß genau, daß du sie nicht magst.«

»Sehr richtig. Mir stellt sich die Frage, was du mit ihnen zu tun hast.«

»Für mich sind es Freunde.«

»Und wo du bist, tauchen sie auf.«

Isabel ließ den Lippenstift sinken. Sie drehte sich auf ihrem Stuhl um. »Wo bin ich, John? Wo sind die Ratten?«

Ich winkte ab. »Pardon. Aber ich war im Moment etwas durcheinander.«

»Dann ist es gut, wenn ich dich auf andere Gedanken bringe, mein Freund!«

Ich winkte ab. »Später vielleicht. Zunächst mal muß ich dir sagen, daß ich Besuch von einem fremden Mann hatte.«

Sie lachte auf. »Ja, ich weiß, wen du meinst. Das war Vaszly. Um den brauchst du dir keine Sorgen mehr zu machen. Wirklich nicht.«

»Warum? Haben das deine vierbeinigen Freunde übernommen?« Ich griff in die Innentasche meines Jacketts und holte eine Zeitung hervor. Dabei hielt ich sie so, daß Isabel die Schlagzeile lesen konnte.

BABY VON RATTEN GEFRESSEN!

Sie nahm es zur Kenntnis, blieb aber gleichgültig und drehte sich wieder dem Spiegel zu. »Wenn ich mich nicht irre, hast du mir doch die Schuhe gekauft.«

»Was hat das jetzt damit zu tun?«

»Das zeigt mir, wie du zu mir stehst.«

»Hör auf, um den heißen Brei herumzureden. Antworte mir. Was geht hier vor?«

»Es liegt an mir, John.«

»Klar, das hatte ich mir schon gedacht.«

»Ich bin eben einmalig. Alle Gäste kommen, um

mich zu sehen. Es ekelt sie, aber sie kommen immer wieder.«

»Was ekelt sie?«

»Sei nicht so ungeduldig, John. Du wirst es noch früh genug zu sehen bekommen. Ich bin die Sensation.« Sie stand auf. »Und jetzt mußt du mich entschuldigen. Ich möchte mich für meinen Auftritt vorbereiten.«

»Schon okay«, sagte ich und ging ...

Isabels Worte hatten mich sehr nachdenklich gemacht. Als ich die Garderobe verlassen hatte, sah ich den breitschultrigen Mann ziemlich spät und wäre fast gegen ihn gelaufen. Der Mann hatte eine Glatze. Auch als er lächelte, sah er nicht freundlich aus.

»Folgen Sie mir bitte, Sir.«

Ich ging hinter ihm her. Wir passierten den Spiegel und nahmen den anderen Gang. Durch eine Tür betrat ich das eigentliche Lokal. Es war eine Mischung aus Bar und OFF-Theater. Auf einer freien Fläche sah ich einen großen gläsernen Kasten, wahrscheinlich die Bühne für Isabels Performance.

Es waren auch Gäste eingetroffen. Schon beim ersten Blick sah ich, daß sie nicht zu den Unteren Zehntausend gehörten. Wer hier saß, brauchte nicht unbedingt auf sein Geld zu achten. Auch ihre Kleidung sah teuer aus. Einige bekannte Gesichter entdeckte ich ebenfalls. Das Blue Moon schien wirklich ein In-Tip zu ein.

Ich ging zur Bar. Der Keeper strahlte mich an. »Sie sind neu, Sir. Deshalb genießen Sie das einzig Echte. Ihren Blue Drink.« Er stellte das schon fertige Getränk auf die Theke.

»Sieht aus wie Rattengift.«

Der Mann lachte meckernd. »Schlechter Scherz. Hier braucht man Nerven, Mister. Sollte das Programm Ihre Nerven zu sehr strapazieren, halte ich Ihre Hand.«

»Sehr freundlich. Wem gehört dieser Schuppen eigentlich?«

Er breitete die Arme aus. »Da bin ich überfragt. Ich mixe hier nur die Drinks.« Der Keeper nickte mir zu. »Viel Spaß noch.« Dann zog er sich zurück.

Von der Seite näherte sich ein anderer Mann. Er war elegant gekleidet. Schon beim ersten Blick sah ich, daß er nicht zu den Gästen gehörte. Seine Frage bestätigte mir dies.

»Fühlen Sie sich wohl bei uns?«

»Bis jetzt schon. Es gab noch keinen Grund zur Beschwerde.«

»Das hört man gern.« Er nahm einen Schluck von dem Drink, den er in der Hand hielt. »Mein Name ist Böttcher. Ich wollte Ihnen noch einen Rat geben. Lassen Sie die Finger von Isabel. Die Frau gehört mir.«

»Sind Sie Ihr Zuhälter?«

Er fletschte die Zähne. »Das Wort höre ich verdammt ungern.«

»Nun«, sagte ich und lächelte dabei. »Isabel hat Niveau. Ich kann mir schlecht vorstellen, daß sie Ihnen gehört.«

Böttcher lächelte jetzt auch. »Das hier ist alles ganz legal. Auch die Polizei ist uns immer willkommen, wenn sie sich amüsieren will und nicht ihre Nase in meine Geschäfte steckt.«

»Im Prinzip stimme ich Ihnen zu. Es kommt nur darauf an, wie faul die Geschäfte sind.«

Er wurde ärgerlich. »Setzen Sie sich ins Publikum.

Machen Sie es wie Ihr Kollege, oder verschwinden Sie. Das ist meine letzte Warnung.«

Böttcher ging, und ich dachte über das Wort Kollege nach. Deshalb sah ich mir das Publikum genauer an und hatte das Gefühl, von einem Hammerschlag getroffen zu werden. Beinahe hätte ich sogar den Drink verschüttet.

Zwei Personen fielen mir besonders auf.

Es waren Sir James und die Gattin des Innenministers!

Böttcher war nicht nur sauer, er war auch wütend. Wie ein Klotz stand er vor Isabel. In seinem Gesicht zeichnete sich ab, was er dachte, und es waren keine guten Gedanken. Zweimal hatte er sie schon geschlagen. Jetzt tat er es ein drittes Mal. Diesmal mit dem Handrücken, der brutal mitten in ihr Gesicht klatschte und den Kopf nach hinten warf. Blut spritzte aus der Nase. Auch die Lippe war an einer Stelle leicht aufgeplatzt.

»Was fällt dir ein, uns einen Bullen ins Haus zu schleppen? Bist du verrückt geworden? Sobald diese Vorstellung vorbei ist, brechen wir die Show hier ab. Dann packen wir zusammen und verlassen die Stadt.«

Isabel hatte seinen Worten mit gesenktem Kopf zugehört. Jetzt hob sie ihn langsam an.

Böttcher zeigte ein zynisches Grinsen. »Wisch dir vor deinem Auftritt das Blut aus dem Gesicht. Es steht dir nicht ...«

Es war so gekommen, wie es eigentlich kommen mußte. Da ich an der Bar wie auf dem Präsentierteller saß, hatte mich Sir James natürlich gesehen. Mein Chef hatte kurz mit seiner Begleiterin gesprochen, war dann aufgestanden und zu mir gekommen.

Ich kannte ihn ja als typischen Beamten. Korrekt bis unter den Scheitel. In dieser Umgebung fühlte er sich nicht wohl, das war nicht seine Welt. Deshalb wirkte sein Lächeln auch mehr als gequält. »John Sinclair, das ist eine Überraschung. Wie kommen Sie denn hierher?«

»Die gleiche Frage hatte ich an Sie richten wollen, Sir.«

Sir James runzelte die Stirn. Er senkte seine Stimme. »Die Gattin des Innenministers hat ein Faible für alles Ausgefallene. Es hat sich herumgesprochen, daß dieses Etablissement etwas Besonderes ist. Ich konnte nicht ablehnen, als sie mich bat, sie zu begleiten.«

Seine Verlegenheit wich nicht. Ich versuchte, ihm darüber hinwegzuhelfen.

»Man kann ja nicht nur im Büro versauern und muß sehen, was das Leben so bietet.«

Sir James beugte sich vor. »Ehrlich gesagt, das Büro ist mir in diesem Fall lieber. Haben Sie das blaue Zeug da schon probiert?«

»Nein, Sir. Um es vornehm auszudrücken, es sieht nicht besonders gesund aus.«

»Dafür schmeckt es aber gut.«

Beide sahen wir, daß die Gattin des Innenministers winkte. Sir James räusperte sich. »Wir sehen uns dann später, John.« Er verdrehte leicht die Augen. »Die Pflicht ruft.«

»Da sagen Sie was, Sir. Das kenne ich. Fast jeden Tag. Und diesem Ruf muß man folgen.«

Ich freute mich diebisch, daß es diesmal auch meinen Chef erwischt hatte. Nur dauerte die Freude nicht sehr lange, denn dieser »Zuhälter« hatte seinen ersten

Auftritt. Lässig, als würde ihm die halbe Welt gehören, trat er in das Licht eines Scheinwerfers, blieb in dessen Mitte stehen und wartete so lange, bis die Gespräche verstummt waren.

Dann setzte er zu seiner Rede an. »Ladies and Gentlemen, der Höhepunkt des Abends steht nun auf dem Programm. Sie werden etwas Sensationelles erleben, und einige von Ihnen kennen es schon. Aber ich muß es immer wieder betonen und ansagen. Eine wirklich einmalige Verbindung zwischen Mensch und Tier. Deshalb bitte ich um Ihre ungeteilte Aufmerksamkeit für Isabel, die Rattenkönigin!«

Der Mann wußte genau, wie er sich richtig in Szene zu setzen hatte. Klatschend trat er zur Seite, um Platz zu schaffen für Isabel, die wie ein tanzender Geist aus der Dunkelheit erschien und dabei Laute ausstieß, die an das Fiepen einer Ratte erinnerten.

Böttcher kam zu mir an die Theke. »Jetzt sperren Sie mal Ihre Augen weit auf!«

»Deshalb bin ich hier.«

Isabels Ziel war der Glaskäfig, den sie nicht aus den Augen ließ. Schritt für Schritt näherte sie sich ihm. Im Hintergrund spielte Musik. Keine Life-Band. Die Klänge drangen aus den großen Lautsprechern. Noch waren sie gedämpft und betonten jeden ihrer Schritte. Isabel bewegte den Kopf und den Körper mit einer unnachahmlichen Geschmeidigkeit. Ihre Arme zuckten rhythmisch vor und zurück. Dann umklammerte sie einen Teil des Glaskäfigs, als wäre er ein Geliebter. Sie schob sich an der Ecke hoch, legte den Kopf zurück, öffnete den Mund und schaute für einen Moment über das Publikum hinweg, bevor sie dann mit einer ruckartigen Bewegung den Glaskasten öffnete und der nächste Schritt sie in das Innere brachte.

Das Publikum hielt den Atem an. Viele der Gäste waren nicht zum erstenmal hier. Sie wußte, daß der Höhepunkt der Show dicht bevorstand. Auch wenn sie schon öfter zugeschaut hatten, jeder Tanz war wie eine Premiere für sie.

Die Musik hatte für einen Moment ausgesetzt. Jetzt setzte sie wieder ein. Lauter als zuvor. Lockend und aggressiv zugleich. Sie galt nicht der Tänzerin. Wo sie die Ratten verborgen hatte, das war mir als Zuschauer unbekannt. Auf einmal waren sie da. Ich zählte sie nicht, als sie um die Füße der schönen Isabel herumwuselten und die Frau mit ihrem Tanz begann.

Sie bewegte sich geschmeidig. Sie war einmalig. Das Licht glitt in Blitzen über ihren Körper und auch über die Ratten hinweg. Ein zuckendes, ein wildes und auch erotischen Spiel, denn Isabel beließ es nicht nur beim Tanz. Sie bekam die Ratten auch zu fassen. Sie hob die Tiere an oder sorgte dafür, daß sie an ihrem Körper hochkrochen. Sie genoß es, das war für jeden zu sehen, wenn ihr Gesicht für einen kurzen Moment vom Licht erfaßt wurde.

Wie huschende Geister hingen die Ratten an ihr. Sie erreichten das Gesicht, den Kopf. Sie küßten und wurden geküßt. Man mußte schon starke Nerven haben oder sensationsgeil sein, um an dieser Schau Gefallen zu finden. Vielleicht war es auch die Mischung aus Abscheu und Erotik, die fast jeden Zuschauer in seinen Bann zog.

Ich hörte Böttchers Stimme. »Gefällt es Ihnen?«

»Ja, ich bin beeindruckt.«

»Ist das alles, Polizist?«

»Was wollen Sie denn hören?«

Er lachte scharf auf. »Macht, mein Lieber. Sie hat Macht über die Ratten. Ist das nicht ein Wahnsinn?«

»Ich kenne jemanden, der Macht über Pferde hat. Dann ist sie eine Rattenflüsterin.«

»Nein, Sie haben nicht begriffen. Isabel ist mehr. Sie ist eine Rattenkönigin. Sie ist selbst ein Tier. Sie ist eine Ratte!« preßte er hervor. »Ich habe sie einmal in ihrem Rattenkörper erlebt.«

»Sie sind geisteskrank, Mann.«

Er kicherte. »Eifersüchtig. Sie sind eifersüchtig, weil ich sie schon gehabt habe. Wollen Sie Isabel noch immer haben?«

Ich schaute ihn kurz an und blickte danach wieder zu Isabel hin, die jetzt auf dem Boden saß, sich dabei zu den Klängen wiegte und mit den Ratten spielte.

Böttcher sprach weiter. »Ich bin ihr Entdecker. Ich fand sie in einem Slum in Rio. Zuvor wußte ich nicht, wer sie war. Sie trug nur Lumpen. Sie hatte Hunger, aber ich erkannte sofort ihre Schönheit. Sie lebte zusammen mit den Ratten von Rio, was ich zuvor ekelhaft fand. Ich dachte, die Nager würden sie anknabbern. Bis ich hinter ihr Geheimnis kam.« Er stieß wieder sein ekelhaftes Lachen aus. »Ich nahm Isabel mit und zeigte ihr das Leben. Sie begriff rasch. Glauben Sie mir, ich habe wahnsinnige Nächte mit ihr erlebt. Aber ich kam nie ganz an sie heran.«

»Warum nicht?«

»Weil ihre Liebe zu den Ratten stärker ist. Für mich logisch. Ohne sie hätte Isabel in Rio nicht überleben können.« In diesem Augenblick nahm die Frau eine Ratte mit beiden Händen hoch. Sie brachte das Tier dicht an ihr Gesicht und küßte es mit einer wahren Hingabe. Einige Leute stöhnten auf. Eine Frau ekelte sich lautstark. Andere schauten weg.

Böttcher war nicht zu halten. Er blieb noch neben mir, stemmte sich aber vom Tresen weg.

»Isabel!« Sein Ruf übertönte die Musik.

Der folgende Schrei war irre. Isabel hatte ihn ausgestoßen, und einen Moment später passierte es.

Die Tür des Käfigs flog auf.

Plötzlich hatten die Ratten freie Bahn. Sie nahmen die Gelegenheit wahr, denn sie stürmten in die Bar hinein und griffen die Gäste an ...

Es war auch für mich wie ein wahr gewordener Alptraum. In den ersten Sekunden wußte niemand so recht, was er tun sollte. Es gab niemanden, der nicht unter Schock stand.

Dann aber brach die Panik aus. Keinen Gast hielt es mehr auf seinem Platz. Die Ratten waren schon längst da. Sie nahmen keine Rücksicht. Sie waren aufgeputscht und hungrig. Sie wollten Fleisch, sie wollten Blut, und sie wollten mit ihren scharfen Zähnen die Menschen anbeißen und sie auffressen.

Durch die Theke hatte ich eine verhältnismäßig gute Rückendeckung. Die Ratten konnten mich nur von vorn angreifen, aber ich schaffte es trotzdem nicht, sie mir vom Hals zu halten. Ich dachte auch an Sir James und die Gattin des Ministers. Zudem hatte es keinen Sinn, wenn ich die Beretta zog. Die Ratten waren einfach zu schnell und zu zahlreich, ich hätte meine Munition nur vergeudet. Die Panik der Gäste legte sich zwar nicht, aber sie wußten jetzt, daß es wichtig für sie war, wenn sie den Ausgang erreichten. Nur so konnten sie den Ratten entkommen. Es kam zu einem wilden Gedränge, weil jeder zuerst hinaus wollte. Die Körper der Menschen bildeten vor dem Ausgang so etwas wie eine lebende Mauer, die zugleich eine sichere Beute für die Ratten war.

Sie sprangen hinein und bissen sich fest. Der Stoff der Kleidung riß. Kleine, spitze und rasiermesserscharfe Zähne hackten in die Haut. Blut spritzte hervor. Die Schreie waren kaum zu beschreiben.

Auch mich griffen die Ratten jetzt an. Ich sah sie vor mir. Pelzige Körper, die über den Boden wuselten. Eine hatte ich mit meinem Absatz fast zerdrückt, aber es gab noch viel mehr.

Ein Schatten huschte vor mir hoch. Es war eine besonders fette Ratte, die in die Höhe gesprungen war. Beinahe schon ein kleiner Hund. Ich war nicht ihr Ziel, sie jagte auf Böttcher zu und biß sich an seiner Kehle fest.

Fontänenartig spritzte das Blut aus der Wunde hervor. Ich wollte dem Mann helfen, aber in seiner Panik reagierte er völlig falsch. Er stürzte sich in das Rattengewühl hinein und damit weg von mir. Ich hörte ihn noch gurgeln, dann ging er in der Masse unter, und die Ratten fielen über ihn her.

Auch ich wollte hier raus. Ich sah Sir James und auch die Gattin des Ministers. Neben ihnen stand ein Mann, der mit einem Stuhlbein auf ein Tier einschlug. Zwei Tiere wollten Sir James und seinen Gast angreifen. Diesmal konnte ich die Waffe einsetzten. Zweimal schoß ich. Die Kugeln zerfetzten die Körper.

Die Frau des Ministers war zu Boden gestoßen worden. Bevor die Ratten über sie herfallen konnten, zerrte ich sie hoch und drückte sie Sir James in die Arme. »Bringen Sie die Frau in Sicherheit, Sir!«

»Ich ...«

»Schnell!« In diesem Fall war ich der Boß.

Zum Glück stand der Ausgang jetzt weit offen. Die Gäste rannten schreiend hinaus. Viele von ihnen bluteten aus mehreren Wunden.

Ich blieb noch. Mit der Waffe in der Hand drehte ich mich um, um wieder in das Lokal schauen zu können.

Die Ratten hatten genug. Sie zogen sich zurück in die dunklen Ecken der Bar.

Böttcher lag am Boden. Ihn hatte es schlimm erwischt. Sein Hals war blutig. Spitze Zähne hatten die Haut von seinem Gesicht gefressen. Auf der Brust hockte eine fette Ratte und nagte an seinem Kinn. Noch lebte er und hielt die Arme halb erhoben.

Ich wollte ihm helfen und mußte mir eingestehen, daß es keinen Sinn mehr hatte. Böttchers Arme fielen steif zurück, sie klatschten gegen den Boden, ein letztes Zucken noch, dann blieb der Mann bewegungslos liegen.

Alle Gäste hatten diese Hölle verlassen, bis auf einen Mann, der auf Knien zum Ausgang kroch und heulte. Auch er war gebissen worden, und ich wollte ihm helfen.

»Nein, lassen Sie mich! Damit werde ich allein fertig.« Er kroch weiter.

Das war mir irgendwie auch recht, denn ich wollte die Rattenkönigin. Sie hatte sich aus dem Staub gemacht. Aus der Ferne hörte ich das Heulen der Polizeisirenen. Es war gut, denn die Kollegen würden sich um die Gäste kümmern, während ich laut nach Isabel rief, aber keine Antwort erhielt.

Doch ich kannte mich aus, und mein Weg führte mich hin zu Isabels Garderobe.

Man kann nicht immer Glück haben, und diesmal hatte ich Pech. Der Raum war leer. Ich fand auch keine Ratte. Doch bei näherem Hinsehen fiel mir auf, daß der Spiegeltisch ein wenig von der Wand abstand. Das war zuvor nicht so gewesen und mußte etwas zu bedeuten haben.

Ich schob ihn noch ein Stück zur Seite. Im Lokal hinter mir und dann auch im Gang hörte ich die Stimmen der uniformierten Kollegen. Sie interessierten mich nicht, denn in der Wand sah ich einen Durchgang, der mir als schwarzes Loch entgegengähnte.

Ich schlüpfte hindurch …

Inspektor Hornby und seine Leute hielten das Lokal besetzt. Sie waren von Sir James über das Handy alarmiert worden. Wie bei einer Geiselnahme waren sie in die Räumlichkeiten eingedrungen. Bewaffnet. Jederzeit bereit, sofort zu schießen.

Hornby stand in der Mitte. Ihm gefiel die schlechte Beleuchtung nicht.

»Seht zu, daß wir hier Licht bekommen!« schrie er seinen Leuten zu.

Jemand fand den Schalter. Es wurde hell, und in der Mitte lag wie aufgebahrt der tote und von Rattenbissen verunstaltete Körper Böttchers.

»Shit!« keuchte Hornby. Er war nur kurz geschockt. Dann hallten seine weiteren Befehle durch den Raum. »Durchsucht den verdammten Schuppen hier. Stellt alles auf den Kopf. Ich will die Frau. Ich will sie haben, verflucht!«

Seine Leute verteilten sich, aber auch Hornby machte mit. Als einer der ersten erreichte er die Garderobe. Er sah das Loch in der Wand und verengte die Augen.

Ein Beamter trat neben ihn. »Der Geruch, Inspektor, der aus dem Loch dringt, läßt darauf schließen, daß es ein Weg ist, der nach unten führt. In die Kanalisation.«

Hornby nickte, bevor er sich abdrehte und sich an einen weiteren Mitarbeiter wandte. »Fordern Sie Verstärkung an. Dann krempeln wir unsere Hosenbeine hoch. Auf geht's.«

Ein Kollege versuchte witzig zu sein. »Und was ist mit unseren Schuhen, Chef?«

»Die können wir danach wegschmeißen ...«

Londons Unterwelt!

Ich hatte sie erreicht. Es war die echte. Dieses uralte Kanalsystem, ein Ort des Abfalls, des schaumigen, schmutzigen Wassers, der kleinen und großen Kanäle, die sich unter der Stadt wie ein Netzwerk verzweigten. Eine stinkende Welt für sich, die immer mit Wasser gefüllt war. In der letzten Zeit hatte es geregnet, deshalb waren die Kanäle auch gut gefüllt.

Ich lief auf dem schmalen Sims neben einem dieser Kanäle entlang. Das Wasser nahm alles mit. Fäkalien, Dreck, Abfall, Papier.

Viel Vorsprung konnte Isabel nicht haben. Ich war sehr schnell gewesen und hatte mich schon an das Rauschen des Wassers gewöhnt, so daß es nicht mehr alle anderen Geräusche übertönte. Deshalb hörte ich hin und wieder das schrille Fiepen der Ratten.

Sie hielten sich noch in der Nähe auf ...

Nach einigen Schritten blieb ich stehen und richtete meinen Blick nach vorn. Es gab hier auch Licht. Zwar schwach, aber immerhin. Die an den Decken hängenden Lampen waren durch Gitter geschützt. Ihr Schein spiegelte sich im schmutzigen Wasser.

Wieder das schrille Fiepen.

Ich blieb stehen.

Isabel konnte nicht weit sein. Sie war bestimmt nicht in die schmutzige Flut getaucht.

Dann hörte ich einen schrillen Pfiff. Ich stoppte wieder. Noch einmal wurde gepfiffen. Dann fielen irgendwo Schüsse. Danach war es wieder still bis auf das Rauschen des Wassers.

Isabel lief durch das Wasser. Sie kämpfte, es fiel ihr nicht leicht, weil es über die Hüften hinwegschäumte. Sie hatte den Mund weit aufgerissen. Sie keuchte und weinte zugleich. Tränen rannen über ihr nasses Gesicht hinweg. Sie war nicht mehr die stolze und gefährliche Frau. In diesen Momenten wirkte sie zerbrechlich. Irgendwann kletterte sie aus dem Wasser und huschte in eine Nische in der Wand.

Dort trat sie gegen Vaszlys Leiche.

Für einen Moment entstellte der Ausdruck des Hasses ihr Gesicht. Dann packte sie den toten Körper und schleuderte ihn in den nahe vorbeifließenden Kanal.

Die Leiche trieb davon ...

Auch Inspektor Hornby und seine Leute hatten es geschafft, die Unterwelt zu erreichen. Sie alle bewegten sich über die beiden Simse rechts und links des Wassers. Keiner wollte unbedingt in die Brühe fallen. Sie mußten sich auf dem glatten und schmierigen Boden sehr vorsichtig bewegen. Taschenlampen schickten ihr Licht geisterhaft durch den langen Tunnel und huschten über das schaumige Wasser hinweg, dessen Oberfläche zu brodeln schien.

»Inspektor, da treibt ein Toter!« schrie einer der Beamten.

»Holt ihn raus!«

»Aber ...«

»Verdammt noch mal, kein Aber! Was geht hier

überhaupt vor?« schrie Hornby, der ziemlich nervös geworden war.

»Es ist der Leibwächter von diesem Böttcher. Und er sieht mir verdammt zerfressen aus. Die Ratten müssen in der Nähe sein. Vielleicht sollten wir besser auf die Flammenwerfer warten.«

»Sehen Sie irgendwo Ratten?«

Der Beamte schüttelte den Kopf. »Nein, Sir!«

»Na also! Weiter. Wir müssen die Frau finden, bevor noch mehr Menschen sterben ...«

Ich hatte das zuckende Licht der Taschenlampen gesehen und wußte, daß mich die Kollegen bald einholen würden. Das wollte ich nicht, denn Isabel war einzig und allein meine Sache. Eine Nische war tief und dunkel genug, um mir ein sicheres Versteck zu bieten.

Rasch waren die Kollegen da, und ich ließ sie passieren. Sie sahen mich nicht. Ich wartete, bis sie weit genug entfernt waren, verließ das Versteck und bewegte mich in die entgegengesetzte Richtung weiter. Die über die Wand huschenden Schatten der Kollegen verloren sich im Dunkeln.

Ich machte mich wieder auf die Suche. Isabel war hier unten, das wußte ich. Es gab einfach keine andere Möglichkeit, denn nur in dieser Welt fühlte sie sich wohl. Die kannte sie aus ihrer Kindheit, die sicherlich schlimm gewesen war.

Ich suchte. Ich lief auch durch das Wasser, wenn es flach genug war. Ich schaute in weniger breite Nebengänge hinein, die noch schlechter beleuchtet waren, und hielt auch nach Ratten Ausschau, die mir eventuell den Weg weisen konnten.

Es war nicht mehr nötig, denn plötzlich sah ich Isabel, als wäre sie vom Himmel gefallen. Sie saß auf einem erhöhten Stein. Die Beine baumelten im schaumigen Wasser.

Auch sie hatte mich gesehen und winkte mit dem rechten Arm. »Komm ruhig näher, John. Du brauchst keine Angst zu haben. Du hast dich sehr für mich interessiert und wolltest wissen, wo ich lebe. Das hier unten ist meine Welt.«

Ich ging einige Schritte vor, behielt jedoch noch genügend Distanz.

»Und was ist mit den Ratten?«

»Sie werden dir nichts tun.«

»Aber sie sind nicht meine Freunde, das weißt du ...«

Isabel hob die Schultern. »Du bist nicht unbedingt ihr Feind, John!«

»Da hatte dieser Böttcher weniger Glück.«

Isabel lachte scharf und winkte ab. »Böttcher hat es verdient. Er war ein Tyrann. Er hat mir meine Freiheit gestohlen. Er stand mir im Weg. Er stand *uns* im Weg, John. Muß ich einem derartigen Kerl denn ewig dankbar sein?« Sie schüttelte den Kopf. »Nein, nicht ich. Meine Freunde haben mir gesagt, was ich tun soll. Sie beschützen mich.« Sie strich über ihr klatschnasses und klebriges Haar. Es gab keinen trockenen Faden mehr an ihr.

»Wie in Rio, nicht wahr?«

»Stimmt, John. Sie sind die besten Wächter, die man sich vorstellen kann. Nicht nur in Rio gibt es Ratten. Sie leben überall auf der Welt, und sie werden noch auf der Erde sein, wenn es die Menschen schon längst nicht mehr gibt.«

Das nahm ich ihr ab. Trotzdem konnte ich nicht auf

ihrer Seite stehen. »Du hast Macht über die Ratten. Auch über die, die gemordet haben. Deshalb bist du für den Tod von Menschen verantwortlich. Denke nur an das tote Baby. Die Polizei wird dich finden.«

»Aber du bist doch auch Polizist, John.«

»Ja, das stimmt ...«

Hornby und seine Leute waren erfolglos gewesen. Keine Spur von den Ratten, nicht von einer Frau und auch keine weiteren Toten mehr, die durch die Kanäle geschwemmt wurden.

An einer Kreuzung blieben sie stehen und leuchteten in die Gänge hinein. Nur Wasser, das floß und schäumte, über den Rand schwappte und ihre Füße näßte.

Ein Beamter kam auf Hornby zu und reichte ihm sein Funkgerät. »Für Sie, Inspektor.«

Hornby meldete sich und schluckte, als er hörte, wer ihn da sprechen wollte. Es war Sir James, und dessen Stimme klang nicht eben freundlich. »Haben Sie die Rattenkönigin schon?«

»Aähm – wen meinen Sie damit? Isabel Gomez?«

»Wen sonst?«

»Noch nicht, Sir. Die Suche gestaltet sich schwieriger, als wir erwartet hatten.«

Der Superintendent atmete tief aus. »Sie bekommen jeden verfügbaren Mann. Ich will diese Gomez. Ist Sinclair bei Ihnen?«

»Was? Sinclair?«

»Ja, das haben Sie doch gehört.«

»Nein, Sir, er ist nicht hier ...«

Isabel hatte geschwiegen, dabei die Stirn gerunzelt und überlegt. Dann schaute sich mich mit einem sehr traurigen Blick an. »Hältst du mich für eine Mörderin?«

Ich antwortete mit einer Gegenfrage. »Bist du denn eine?«

Sie verzog die Lippen. »Ich hätte viele töten können, aber ich habe es nicht getan. Ich brauchte es auch nicht zu tun, verstehst du? Sie übernahmen es für mich.«

»Verstehe. Du fühlst dich nur indirekt betroffen. Aber du wirst so weiterleben. Du bist nur bei deinen Ratten glücklich.«

»Das stimmt. Ich fühle mich nur glücklich, wenn sie in meiner Nähe sind.« Sie griff in das Wasser und holte eine Ratte hervor, die sie versonnen streichelte und dabei leise sagte: »Ich eine Mörderin? Nein, ich bin nur jemand, der auf dieser verdammten Welt ein wenig glücklich sein möchte.«

Ich konnte nur den Kopf schütteln. Isabel begriff die Situation nicht oder wollte sie nicht begreifen. Ich hörte auch das Fiepen der Nager wieder, während sich Isabel versonnen am Hals kratzte. Die ganze Situation erschien mir wie ein Traum, in den ich rein zufällig geraten war. Wie eine unwirkliche Welt unter einer Glaskuppel.

Ich übernahm wieder das Wort. »Aber du hast den Ratten befohlen, die Menschen zu töten.« Ich ging näher an Isabel heran und strich über ihr nasses Haar.

»Es stimmt, John. Willst du mich deswegen vor ein Gericht stellen?«

»Das müßte ich tun.«

Sie lächelte. »Wie willst du mir etwas nachweisen, John? Niemand wird dir glauben. Man wird mich freisprechen.«

»Kann sein«, erwiderte ich. »Aber darum geht es nicht. Es geht allein darum, daß du es warst und ich darüber Bescheid weiß.«

»Was willst du dann noch hier? Geh doch weg, verdammt!«

»Nach einem Ausweg suchen!«

Isabel sagte nichts. Sie schaute nur über das Wasser, das an einigen Stellen aufschäumte. Wirbel entstanden, die sich mit der Strömung vereinigten. Mehrere nasse Rattenkörper erschienen. Isabel mußte sie »gerufen« haben. »Ich möchte dir gern helfen, Isabel.«

»Nein, von einem Menschen brauche ich keine Hilfe!« flüsterte sie und schaute auf die Ratten, die sich jetzt dem Sims näherten. Sie bewegten sich nicht schnell. Sie schoben sich wie eine kompakte Masse heran. Mir fiel auf, daß Isabel ihren Mund auf eine unnatürliche Art und Weise gespitzt hatte. Ihre Lippen waren geöffnet, und ich sah zwei spitze Schneidezähne hervorragen, ähnlich wie die Nager der Ratten.

Isabel hob die Schultern. »Es ist schade, daß aus uns nichts geworden ist.«

»Da kann man nichts machen.«

Sie weinte plötzlich. Tränen liefen über ihr Gesicht.

»Komm«, sagte ich, »laß uns nach oben gehen ...«

Isabel bewegte sich nicht. Sie schaute auf die Ratten in der Nähe. Ich aber sah die Schatten, die über die Wände huschten, und die wurden nicht von Ratten geworfen, sondern von Menschen. Als ich den Kopf drehte, sah ich Hornby an der Spitze einiger seiner Leute. Ihre Taschenlampen waren ausgeschaltet.

Dafür hatten die Männer ihre Waffen gezogen.

»Augenblick, Hornby, warten Sie!«

»Verflucht, Sinclair. Die Frau ist gefährlich!« Er winkte. »Kommen Sie zu uns.«

Das tat ich nicht. Statt dessen wandte ich mich an Isabel. »Wenn du versuchst, den Ratten einen Befehl zu geben, werden die Männer schießen.«

»Sinclair, verdammt!«

»Ruhig, Hornby, ruhig …«

»Und was ist mit den verdammten Ratten hier?«

»Keine Sorge, sie werden uns nicht angreifen.«

»Haben Sie das den Biestern gesagt, oder was macht Sie so verdammt sicher?«

»Isabel hat es versprochen!«

Die Rattenkönigin drehte den Kopf. Sie schaute zu Hornby und seinen Leuten hinüber. »Was werden die mit mir machen, John?«

»Wir bringen dich gemeinsam nach oben.«

»Und dann?«

»Werden wir sehen.«

Ein trauriges Lachen löste sich aus ihrem Mund. »Nein, John, nein …«

»Bitte, Isabel …«

»Geh weg!« zischte sie mir zu. »Geh zu ihnen. Dort gehörst du hin. Geh schon!«

»Ja, Sinclair, kommen Sie!« drängte auch Hornby.

Ich schüttelte den Kopf. »Warten Sie noch. Das hier ist allein meine Sache.«

»Himmel, Sinclair, sind Sie verrückt! Drehen Sie sich mal um! Die Ratten, die verdammten Ratten! Sie sind überall. Die haben sich versammelt. Sie hat die Biester doch gerufen. Nehmen Sie endlich Vernunft an!«

Ich zog meine Beretta und zielte auf Isabel. »Es ist besser, wenn du jetzt kommst.«

»Würdest du auf mich schießen, John?«

»Laß es bitte nicht darauf ankommen!«

Sie lachte mir ins Gesicht. »Du wirst schießen müssen, John. Ich will nicht ohne meine Lieblinge sein. Ich spüre, wie sie drängen. Ich fühle ihre Macht. Sie schicken ihre Gedanken zu mir.« Plötzlich fing sie an zu schreien: »Ich will nicht zu euch! Ich will es nicht. Da gehöre ich nicht hin! Laßt mich in Ruhe!«

Hornby hielt es nicht mehr aus. »Aus dem Weg, Sinclair, ich schieße jetzt!«

»Nein!« Eine Drehung nach links, und ich stellte mich Hornby in den Weg. Und dann waren die Ratten da. Das heißt, sie waren schon immer dagewesen, aber plötzlich brach ein gewaltiger Sturm los. Wie ein akustischer Orkan überschwemmte uns das schrille Fiepen. So etwas hatte ich noch nie gehört.

Ich sah, wie Hornby zur Salzsäule erstarrte, und auch ich wirbelte herum. Fassungslos verfolgten wir ein Schauspiel, wie es schlimmer nicht sein konnte.

Die Ratten hatten sich Isabel geholt. Als dichter Teppich hingen sie an ihrem Körper. Ich bekam noch mit, wie sie von den Tieren in die Brühe gezerrt wurde, die plötzlich aufbrodelte. Der Schaum wirbelte und tanzte. Die Brühe kochte, und sie nahm eine andere Farbe an.

Sie wurde rot – blutig ...

Leichenblaß trat Hornby auf mich zu. Er schüttelte den Kopf. »O Gott, Sinclair, sie haben die Frau gefressen.« Ich nickte, hatte Mühe zu sprechen und die richtigen Worte zu finden.

»Ja, denn sie hat sich für keine Seite richtig entscheiden können. Die Ratten merkten, daß sie ihre Königin an die Menschen verlieren würden, und da haben sie die Konsequenzen gezogen. Kommen Sie, mein Lieber, hier haben wir nichts mehr zu suchen ...«

ENDE

Anruf aus dem Jenseits

Der vierunddreißigjährige Peter Wayne war das, was man einen glücklichen Menschen nennt. Versonnen lächelnd zog er die Spieluhr auf, die er dann an dem Mobile über dem Säuglingsbett befestigte. Die Uhr hing genau neben den bunten Engeln.

Er war zufrieden, wandte sich ab, warf einen Blick auf die Armbanduhr und stellte fest, daß es genau achtzehn Uhr war.

Da meldete sich das Telefon.

Blitzschnell schnappte sich Peter den Hörer und drückte ihn ans Ohr. »Ellen? Bist du das?« Er lachte. »Ich habe gerade sein Bettchen gemacht. Ist toll. Ich fühle mich sauwohl als Vater. Warum sagst du nichts, Liebling? Liebling?«

Peter lauschte. Er hörte die Stimme seiner Frau nicht. Dafür ein unheimliches Rauschen.

War Ellen überhaupt da?

»Die Verbindung ist so schlecht und …«

Auf einmal war die Stimme da. Nicht die von Ellen. Eine andere Frauenstimme, unterlegt von Tönen eines Schiffshorns. Die Stimme war so laut, sie drang nicht nur aus dem Hörer. Peter hatte das Gefühl, sie von überall hören zu können, und sie war untermalt von seltsamen Lauten und Tönen.

»Erhöre mich …«

Wayne holte tief Luft. »Verdammt noch mal, wer spricht denn da?« Wieder die Stimme, die alles andere überlagerte. »Der schwarze Täufer kommt in einem weißen Gewand. Wehe euren Kindern …«

Peter begriff nichts. »He, soll das ein Witz sein? Mit wem spreche ich?«

»Peter, mein Junge – ich bin es, deine Mutter!«

Wayne fing an zu zittern.

Der Hörer wäre ihm beinahe aus der Hand gerutscht, so schweißnaß war sie plötzlich. Er leckte über seine Lippen. »Mutter ...?«

»Ich möchte dich warnen, mein Junge – warnen ...«

Peter hielt den Hörer nicht mehr fest. Er fiel zu Boden. Dann gab es nur noch die Stille ...

Der Regen war furchtbar. Eine wahre Sintflut, die das gesamte Land zu ertränken schien.

Ellen Wayne rannte. Sie lief die dunkle Landstraße entlang. Der Regen peitschte gegen ihren Körper, gegen ihr Gesicht und gegen das Kind, das sie fest in ihren Armen hielt. Ellen wußte, daß die Flucht ihre einzige Chance war, aber sie wußte auch, daß die anderen sie nicht so einfach würden laufenlassen. Sie konnten es sich nicht leisten, sie entkommen zu lassen, denn Ellen hatte sie durchschaut. Sie wußte nicht alles, doch ihr Wissen reichte.

Der Regen war kalt. Fast wie Eis. Ellen lief weiter. Die Straße bildete einen dunklen Tunnel, und sie hoffte, irgendwo ein Licht zu finden. Ein Haus, in dem Menschen lebten, die sie aufnahmen und vor ihren Verfolgern versteckten.

Das Licht war plötzlich da. Nur sah sie es nicht vor sich. Es flammte hinter ihr auf. Lange Scheinwerferbahnen trafen sie und malten ihr Bild als Schattenriß auf die Straße. Sie hörte die Sirene eines Martinshorns und wußte doch, daß es keine Polizei war, von der sie gejagt wurde. Das waren andere, das waren die verdammten Häscher.

Ich muß weg! Weg von der Straße! schoß es ihr durch den Kopf. Sie dürfen mich nicht fangen. Ich muß mich verstecken. In einem Graben oder so ...

Zu spät. Der Wagen war da. Wie ein gewaltiges

Ungeheuer rauschte er an ihr vorbei. Seine Reifen schleuderten die Gischt in die Höhe, die Ellen wie eine Dusche traf.

Er hielt nicht an. Er fuhr weiter – oder?

Nein, er stoppte plötzlich. Ein Suchscheinwerfer strahlte jetzt gegen ihr Gesicht. Der Wagen setzte zurück. Er rollte auf sie zu. Er fuhr sogar schneller. Ein monströser Schatten inmitten des strömenden Regens.

Verzweifelt fuhr Ellen herum. Sie rannte jetzt in die entgegengesetzte Richtung weiter. Wohl wissend, daß sie nicht schneller als der Wagen war. Das Kind hielt sie noch immer fest. Es war ihr ein und alles. Plötzlich war der Wagen wieder da. Neben ihr rollte er dahin. Ellen blickte nach rechts. Sie sah die hellen Fenster schemenhaft hinter den Regenschleiern, achtete nicht mehr darauf, wohin sie trat, rutschte aus und fiel zu Boden.

Das Baby! Das Baby! Sie mußte es schützen und drehte sich während des Falls herum. Sie prallte mit der Seite auf und blieb liegen, hilflos wie ein verwundetes Tier.

Eine Tür des Krankenwagens wurde geöffnet. Aus dem Fahrzeug blies ein gewaltiger Sturm in den Regen hinein. Mit ihm erschien eine schreckliche Gestalt, bullig wie ein Riese.

Auch eine zweite Tür glitt auf. Ein Zischen verwehte in der Regennacht, als hätte jemand eine Schlange freigelassen.

Ellen lag noch immer auf dem Boden. Sie umklammerte ihr Kind, das jetzt anfing zu weinen. Als sie die schweren Schritte hörte, die das Klatschen der Regentropfen übertönten, spürte sie zum erstenmal in ihrem Leben eine große Todesangst.

Sie stieß einen gellenden Schrei aus. Doch niemand

hörte ihn. Der Bullige holte eine Spritze hervor. Er bückte sich zu der Frau hinab, in deren Augen die nackte Angst zu lesen war. Kalt schaute er Ellen über die Spritze hinweg an.

»Bitte, bitte nicht …«

»Aber sicher …« Gelassen setzte der Pfleger die Spritze an …

Peter Wayne saß auf dem harten Stuhl und starrte ins Leere. Er fühlte sich so schlimm wie noch nie in seinem Leben. Völlig fertig und ausgelaugt. Auch die Stimme des Polizeibeamten konnte ihn nicht beruhigen.

»Glauben Sie mir, Mr. Wayne. Meine Kollegen durchkämmen jeden Quadratzoll des gesamten Waldabschnitts, in dem Ihre Frau gefunden wurde. Und wenn das Baby noch lebt, dann …«

Der Mann sprach nicht mehr weiter, denn Peter Wayne bedachte ihn mit einem Blick, der ihn verstummen ließ. Wayne richtete sich auf. Er drehte sich um und schaute auf das Krankenbett, in dem seine Frau Ellen lag.

Ellen stierte ins Nichts. Umhüllt von fahlem Neonlicht und dem rhythmischen Impuls des EKG's. Eine junge Assistenzärztin löste den Gummischlauch von Ellens Oberarm und zog gelassen eine Blutprobe auf. Dann entfernte sie die Nadel und sterilisierte den Einstich.

»Das war's. Jetzt können wir nur noch abwarten.« Sie wandte sich dem Ausgang zu, blieb bei Peter Wayne aber noch einmal stehen. »Ruhen Sie sich aus. Es ist wichtig, daß Sie bei Kräften sind, wenn Ihre Frau wieder zu sich kommt.«

Peter nickte nicht einmal. Er merkte auch nicht, wie die Ärztin den Raum verließ. Erst nach einer Weile hob er den Kopf und schaute hinüber zu seiner Frau. Wie ein alter Mann erhob er sich aus seinem Stuhl, hob Ellens Arm an und preßte ihre Hand gegen seine Wange.

»Liebling«, flüsterte er, »was ist mit unserem Kleinen? Was hast du mit ihm gemacht?«

Ellen antwortete nicht. Apathisch starrte sie gegen die Decke. Peter beugte sich über seine Frau und schaute ihr in die Augen. »Wo ist unser Baby? Wo ist Patrick …?«

Ellen reagierte nicht, und Peter spürte, wie die warmen Tränen über seine Wangen rollten …

Es war wie so oft. Da sitzt man in seinem Büro, denkt an nichts Böses und wird plötzlich gestört. Und wie so oft war es Glenda Perkins, die mir von der Tür her zuwinkte.

»Willst du was?«

»Ich nicht, John.«

»Wer dann?«

»Sir James.«

Ich verdrehte die Augen. »Wann?«

»Sofort.«

»Okay.« Ich stand mit müden Bewegungen auf und schaute auf Glenda, die mich anlächelte. Sie hatte den Weg noch nicht freigegeben, und so zog ich etwas den Körper ein, damit ich an ihr vorbeikam.

»Schüchtern, John?«

»Nein, nur heute. Wir sprechen uns noch.«

Zunächst einmal mußte ich mit Sir James Powell sprechen, der wie immer hinter seinem Schreibtisch saß und wenig glücklich aussah. Er deutete auf einen Stuhl.

»Brennt mal wieder der Busch, Sir?«

»Fast.«

»Aha, mal wieder Handlungsbedarf. Die Kollegen wissen nicht weiter, und wir spielen den Lückenbüßer.«

Sir James gab mir eine Antwort, die er von einem kleinen Zettel ablas. »Ellen Wayne. City Hospital.«

»Und was noch?«

Sir James hob die Schultern. »Ich bin mir nicht sicher, was da läuft. Entführungen möglicherweise. Zehn vermißte Kleinkinder in nur zwei Monaten. Sie können sich vorstellen, John, wie brisant die Geschichte ist. Unsere Kollegen treten jedenfalls auf der Stelle und wollen unsere Hilfe. Ich möchte, daß Sie der Sache so schnell wie möglich nachgehen.« Er gab mir den Zettel, den ich einsteckte.

Ich stand noch nicht auf. »Mit Babys kenne ich mich nicht besonders gut aus, Sir. Auch nicht mit jungen Müttern. Hätten Sie etwas dagegen, wenn ich Glenda Perkins mitnehme?«

»Nein. Überhaupt nicht.«

»Danke, dann hören Sie von uns ...«

Sheila Conolly, die auf einer Liege lag, schaute lächelnd zu ihrem Mann Bill hin, der wie ein gereizter Löwe im Zimmer auf- und ablief.

»Nun sei nicht so nervös. Du bekommst das Kind doch nicht.«

Bill stoppte mitten im Lauf. Mit einem Ruck warf er beide Arme hoch. In seinem Gesicht stand der Ausdruck der Verzweiflung. »Das ist es doch. Wenn ich das Kind bekäme, wäre es alles nicht so schlimm. Du glaubst nicht, wie ich leide. Wenn ich mir vorstelle, daß du im Krankenhaus ...«

»Bill!« Sheila unterbrach ihren Mann mit drängender Stimme. »Es wird alles gut ablaufen. Professor Harris ist eine Kapazität auf seinem Gebiet. Er hat mich auch während der Schwangerschaft immer wieder untersucht und ist der Meinung, daß ich völlig gesund bin. Besser kann es gar nicht sein.«

Bill blieb stur. »Trotzdem.«

Seine Frau mußte lächeln und streckte ihm die Arme entgegen. »Komm mal her.«

Nichts tat Bill lieber. Er ging zu seiner Frau, die ihm einen Kuß auf die Lippen drückte. Dann nahm sie ihren goldenen Anhänger ab, der das Symbol der Sonne verkörperte, und reichte ihn ihrem Mann. »Bitte, Bill, trag das. So bin ich immer in deiner Nähe.« Sie verengte ihre Augen. »Ich bin so froh, daß du bei mir bist. Glaube mir, Bill, ich liebe dich noch so wie am ersten Tag.«

»Das weiß ich doch.« Der Reporter strich seiner Frau über das Haar. Er wollte noch mehr tun und sagen, aber das Handy meldete sich.

»Conolly.«

Es war wenig zu hören. Kein Anrufer. Nur ein Rauschen, belegt mit irgendwelchen Obertönen. Bill schüttelte den Kopf. Dann hielt er sein Handy etwas vom Ohr weg und ging auf das Fenster zu.

Sheila hatte das Klingeln gar nicht gepaßt. »Handys sind die reinsten Liebestöter!« beschwerte sie sich. »Ein blödes Klingeln zum falschen Zeitpunkt, und alles zerplatzt wie eine Seifenblase.« Sie schaute auf Bills Rücken. Ihr Mann hielt das Ding jetzt wieder ans Ohr gedrückt.

Da hörte Bill etwas. Urplötzlich passierte es. Es war eine Stimme, die ihm einen kalten Schauer über den Rücken jagte. Sie gehörte Gerald Hopkins, Sheilas verstorbenem Vater. Zugleich war sie von ungewöhnlichen Klängen und Geräuschen überlagert, wie man sie in einer Hafengegend hörte.

»Erhöre mich. Der schwarze Täufer kommt in einem weißen Gewand …«

Bill blieb das Lachen im Hals stecken. »Das ist wirklich nicht der Moment für schlechte Scherze.«

»Wehe euren Kindern …«

Bill spürte, daß dies kein Scherz war. Auf seinem Gesicht malte sich der Schrecken ab. »Was wollen Sie, verdammt?«

Nichts.

»Hallo …?« Es hatte keinen Sinn. Die Verbindung war weg. Nur das Rauschen war noch zu hören.

»Wer war das denn?« flüsterte Sheila.

»Tja, wer war das?« Bill hob die Schultern. »Eine falsche Verbindung, würde ich sagen.«

So recht daran glauben konnte er nicht …

Glenda Perkins hatte das Krankenzimmer, in dem Ellen lag, bereits betreten. Ich folgte der jungen Ärztin und wandte mich an Glenda.

»Hat sie schon etwas gesagt?«

»Nein. Sie sitzt nur da und starrt apathisch vor sich hin.«

Ich wandte mich an die Ärztin. »Wie lautet Ihre Diagnose?«

Die Frau hob die Augenbrauen. »Eine leichte Fraktur am Fußgelenk. Außerdem leichte Prellungen. Vermutlich das Resultat eines Sturzes.«

Damit konnte ich nicht viel anfangen. Ich bewegte meine Hand vor Ellens Augen hin und her und erlebte wieder keine Reaktion. »Was könnte es nur sein?«

»Ihre Akte enthält keinen Hinweis auf frühere Erkrankungen ihres Bewußtseins, Mr. Sinclair. Der apathische Zustand ist aller Wahrscheinlichkeit nach durch ein drastisches Schockerlebnis ausgelöst worden.«

»Irgendwelche besonderen Verletzungen? Brandmale? Ausschlag?«

»Nein.«

Das Signal eines Beepers ertönte. Die Ärztin wurde gebraucht. Mit einer Entschuldigung verließ sie den Raum.

»Eines ist seltsam«, sagte Glenda. »Laut Aussage der Entbindungsklinik hat sie mit ihrem Baby gestern nachmittag freiwillig ausgecheckt. Ihr Ehemann allerdings behauptet, davon nichts gewußt zu haben.«

Ich ging langsam um das Bett herum, das sehr frei im Zimmer stand. »Vielleicht wollte sie ihren Mann überraschen.«

»Unsinn. Was macht sie dann zwei Stunden später im Morgenmantel auf der Landstraße?«

Es schien, als hätte Glenda ein Stichwort gesagt. Urplötzlich schnellte Ellens Hand nach oben und schaffte es, meinen Unterarm zu umklammern. Ihre Kraft war unnormal. Sie zerrte mich auf sich zu, und ich schaffte es nicht, mich von ihr zu lösen. Auch Glenda, die mir helfen wollte, hatte keinen Erfolg.

»Was hat das zu bedeuten, John?«

»Reflexe. Ich bin ihr zu nahe gekommen. Das hat so keinen Sinn. Wir brauchen ein Spasmolytikum. Hol die Ärztin, schnell!«

Glenda war sofort weg, während mich Ellen weiterhin in ihrem Griff hielt. Sie wollte etwas von mir, das stand fest, und ich wehrte mich auch nicht mehr gegen die Umklammerung, die sie verdoppelte, denn sie schnappte auch mit der zweiten Hand nach mir. Jetzt zerrte sie mich mit aller Kraft auf sich zu, so daß ich mit meinem Gesicht ihren Lippen sehr nahe war.

Ich hörte ihre Stimme. Leise gesprochenen Worte wehten mir entgegen. »Er – er – wird sie alle holen ...«

Glenda und die Ärztin stürmten in das Zimmer. Die Frau Doktor war bereit, Ellen eine Spritze zu verabreichen. Dagegen hatte ich etwas. »Nein, lassen Sie das. Einen Moment noch.« Ich drehte den Kopf und brachte mein Ohr dicht an Ellens Lippen. Ihr Körper zitterte jetzt unter der Kraft des Würgegriffs. »Patrick – alle! Er wird sie holen. Der schwarze Täufer kommt in einem weißen Gewand. Wehe euren Kindern ...« Ellen keuchte. Ihre Adern traten sichtbar hervor. Sie stand dicht vor einem endgültigen Zusammenbruch.

Die Ärztin war schneller. Sie stieß die Spritze zielsicher in Ellens Arm.

Die Kranke zuckte noch einmal, und wenig später sanken ihre Gliedmaßen kraftlos aufs Bett zurück.

Ich atmete tief durch, froh, dem Klammergriff entronnen zu sein. Die Ärztin fühlte Ellens Puls. Dabei nickte sie uns beiden zu. »Es wäre besser, wenn Sie jetzt gehen.«

»Eine Frage noch«, sagte ich. »Wo ist ihr Mann?«

»Zimmer dreiundzwanzig. Er ist am Ende seiner Kräfte. Wir mußten ihm ein Beruhigungsmittel geben.«

»Danke.« Zusammen mit Glenda verließ ich das Krankenzimmer. Auf dem Gang murmelte ich: »Der schwarze Täufer ...«

»Was sagst du?«

»Der schwarze Täufer kommt. Wehe euren Kindern ...«

»Das verstehe ich nicht.«

»Ich auch noch nicht, aber warten wir ab. Ich gehe allein zu Peter Wayne. Wartest du hier?«

»Klar.«

Der Mann saß am Fenster, starrte nach draußen und rauchte eine Zigarette. Er drehte sich um, als ich den Raum betrat und mich vorstellte.

»Ich heiße John Sinclair und arbeite für Scotland Yard. Die Kollegen haben mich um Unterstützung gebeten. Darf ich mich setzen?« Neben Wayne stand ein Stuhl wie für mich bestellt.

Der erschöpfte Mann hob die Schultern. »Was wollen Sie von mir? Ich habe Ihren Kollegen bereits alles gesagt.«

»Stimmt. Ich habe die Akte gelesen. Nur möchte ich Ihre ganz persönliche Meinung hören.«

Ich erntete einen verdutzten Blick. Dann saugte Wayne wieder an seiner Zigarette. »Was denn?«

»Gefühle, Ahnungen – Träume? Ist in letzter Zeit etwas Ungewöhnliches vorgefallen? Sie können mir alles sagen, auch wenn es Ihnen noch so absurd erscheint.«

Wayne überlegte. Meine intensiven Worte hatte ihn nachdenklich gemacht.

»Ich weiß«, flüsterte er, »daß Patrick, mein Sohn, in großer Gefahr schwebt.«

»Was macht Sie so sicher?«

»Meine Mutter – ich – ähm – ich glaube, daß sie es war, die mich gewarnt hat.«

Das verstand ich nicht. »Moment. Soll das heißen,

daß Ihre Mutter schon vorher Bescheid gewußt hat, was passieren würde?«

Er nickte mir zu. »Sie hat mich angerufen. Der schwarze Täufer kommt ...«

»In einem weißen Gewand«, vollendete ich.

Peter Wayne drückte die Zigarette aus. Er brauchte einen Moment, um seinen Schock zu verdauen. »Woher wissen Sie ...«

»Wir müssen Ihre Mutter sofort aufsuchen, Mr. Wayne.«

»Das – das geht nicht.«

»Warum nicht?«

Er machte eine Bewegung, die seine Verzweiflung verdeutlichte, und lachte dabei auf. »Meine Mutter ist seit zwei Jahren tot ...«

Sheila hatte sich auf die Couch gelegt, und Bill mußte sich einfach zu ihr gesellen. Solange sie noch zu Hause war, wollte er sie einfach spüren. Zärtlich streichelte er mit dem Sonnenanhänger über ihren Bauch. »He, du da? Kannst du mich hören? Hier spricht dein Papa ...«

Sheila lächelte, und Bill hob den Kopf. »Er hat geantwortet. Ich habe es gehört.«

»Was hat er denn gesagt?«

»Nun ja, das soll eigentlich ein Geheimnis bleiben, aber ich will es dir trotzdem verraten. Er kann es kaum erwarten, mit seinem Vater Fußball zu spielen.«

»Toll.« Sheila küßte ihren Mann. »Hast du den Koffer schon gepackt?«

»Klar.«

»Dann hilf mir mal hoch.«

Bill half Sheila von der Couch.

Nur kam sie nicht dazu, sich normal hinzustellen.

Plötzlich wurde sie von einem Krampf ergriffen und schrie leise auf.

»Bitte, leg dich wieder hin.«

»Nein, nein.« Sie hielt sich an Bills Arm fest. »Bewegung tut mir gut. Ich gehe nur ins Bad und mache mich ein wenig frisch.«

»Okay.«

Bill begleitete seine Frau. Allerdings nicht ins Bad hinein, denn das Telefon meldete sich. Sheila ging den Rest der Strecke allein, so konnte Bill abheben.

»Hallo.«

Da war es wieder, das Rauschen. Erinnerungen an das erste Gespräch stürmten auf Bill ein. »Wer sind Sie denn?« flüsterte er gepreßt. »Melden Sie sich.«

»Helft mir – helft mir – das Jenseits ruft euch. Ich bin ein Gefangener. Es ist schlimm.«

»Reden Sie lauter. Was ist mit Sheila?«

»Ich – ich ...«

Auf einmal war die Stimme wieder weg, und Bill Conolly hörte nur noch das Rauschen. Er stand da wie ein Denkmal, den Hörer noch in der rechten Hand.

Sheila erschien in der offenen Badezimmertür. »Bill, bitte, es ist soweit. Die Wehen. Ruf in der Klinik an. Wir müssen sofort hinfahren ...«

Ich hatte meinen alten Freund und Ratgeber Father Ignatius besucht. Er war jemand, der sich gut auskannte, und wahrscheinlich konnte er mir auch jetzt helfen. Vor einem großen Regal stand er auf einer Leiter und hatte ein Buch hervorgeholt. Es war in Leder gefaßt und versiegelt.

»Meinst du, daß der Schwarze Tod mal wieder mitmischt?« fragte ich ihn.

Ignatius stieg von der Leiter herab. Das Buch legte er auf einen Eichentisch, der mit anderen Büchern und Schriften bedeckt war. Mir einem Schlüssel öffnete der Mönch das Siegel des Buchs. »Der Schwarze Tod lauert immer auf der anderen Seite und schlägt zu, sobald wir uns auch nur für einen Moment abwenden.« Er wies auf den Spiegel in meiner Nähe. »Dort, zum Beispiel.« Seine Aussage reizte mich, den Spiegel leicht zu berühren. Für einen winzigen Moment hörte ich ein scharfes Ausatmen. Täuschung? Ich zog die Finger zurück, das Geräusch verstummte. Ich konzentrierte mich wieder auf meine Fragen.

»Warum Kinder? Warum Neugeborene? Wer versucht uns vor dem Grauen zu warnen?«

Ignatius lächelte mit zu. »Keine Sorge, das werden wir herausfinden.« Er schaute noch einmal auf den Buchdeckel, auf dem das Allsehende Auge mit einem Strahlenkranz abgebildet war, dann schlug er es auf und blätterte die Seiten vorsichtig durch.

Ich hatte ihm berichtet, was ich gehört hatte, und Ignatius hatte genau gewußt, wo er nachschlagen mußte. Sein Gesicht hellte sich plötzlich auf. »Da ist es. Schaut in das Auge Gottes. Der schwarze Täufer kommt in einem weißen Gewand.« Er hob den Kopf und blickte mich besorgt an.

Ich trat näher, so daß ich ebenfalls den Text lesen konnte. »Die Prophezeiungen des unbekannten Propheten. Die schwarze Taufe gebiert zwölf Söhne. Zwölf Stammhalter eines neuen Königreichs unter dem Zepter des Schwarzen Tods.« Auf der gegenüberliegenden Seite sah ich ein Bild. Ein Taufbecken, zwölf Wiegen und einen Dämon mit Schlangenkopf. Der Dämon wurde von einer menschlichen Gestalt mit einem Schwert bedroht.

»Nur die zweischneidige Klinge der vierten Welt vermag die Saat für ein Volk des Bösen auf Erden zu verhindern.« Ich schlug das Buch wieder zu und suchte Ignatius, der nervös in der Bibliothek auf- und abwanderte.

»Wie viele Kinder sind bereits verschwunden, John?«

»Zehn. So steht es im offiziellen Bericht. Zwei fehlen also noch, um den teuflischen Plan zu vollenden.«

»Wer immer die Warnungen erteilt hat, John, wir müssen Sie ernst nehmen. Es bleibt uns nicht mehr viel Zeit. Wir müssen davon ausgehen, daß es der Schwarze Tod wieder geschafft hat, sich mitten unter uns zu manifestieren. In welcher Gestalt auch immer.«

Ich nickte. »Das denke ich allmählich auch …«

Bill war schnell gefahren. Auf dem Weg zur Klinik war nichts mit Sheila passiert. Er lenkte den Porsche durch den Torbogen auf die alte Villa zu. Über dem Torbogen thronte ein Äskulapstab, das Standeszeichen der Ärzte.

Die Privatklinik gehörte Professor Harris, der einen ausgezeichneten Ruf hatte.

Danach lief alles perfekt ab. Zum Abschied lächelte Sheila ihrem Mann noch einmal zu, bevor sie zu Professor Harris zur Untersuchung gebracht wurde.

Bill konnte vor der Glastür warten und ging nervös auf und ab. Er versteifte leicht, als der Professor die Tür öffnete. Mit einem strahlenden Lächeln kam er auf den Reporter zu. »Ich gratuliere Ihnen zu Ihrer Frau, Mr. Conolly. Bei der Geburt wird es keinerlei Komplikationen geben.«

Bill atmete auf.

»Sie machen mich glücklich, Professor.«

»Und jetzt können Sie mir Ihrer Frau reden, wenn Sie wollen.«

»Und ob ich das will.«

Sheila lag im Bett und lächelte Bill an, der ihr ein Glas Milch reichte. »Ist für Johnny.«

»Du verwöhnst ihn jetzt schon.« Sheila nahm das Glas. Sie hatte es kaum leergetrunken, als die koreanische Krankenschwester mit dem Namen Clou das Zimmer betrat. Lächelnd, immer freundlich, eine perfekte Hilfe. »Hat es geschmeckt, Mrs. Conolly?«

»Ja, sehr.«

»Wunderbar.« Die Schwester wandte sich an Bill. »Auch wenn es Ihnen nicht passen wird, Mr. Conolly, aber ich muß Sie jetzt bitten, das Zimmer zu verlassen. Vorschrift, wissen Sie.«

Bill zwinkerte ihr zu. »Können wir die Vorschriften nicht ausnahmsweise mal umgehen?«

»Nein.« Clou lächelte auch jetzt. »Ihre Frau braucht Ruhe. Eine Entbindung ist kein Kinderspiel, sondern harte Arbeit. Auch heute noch.«

»Okay, wenn Sie das sagen.« Bill beugte sich über seine Frau und küßte sie. Zu Schwester Clou gewandt sagte er dann: »Sie versprechen mir, gut auf meine Frau aufzupassen?«

»Versprochen, Mr. Conolly.«

Sheila und Bill zwinkerten sich noch einmal zu, dann verließ der Reporter das Krankenzimmer.

Schwester Clou räumte das Tablett ab. »Haben Sie noch einen Wunsch, Mrs. Conolly?«

»Nein, danke, wirklich nicht.«

»Schön.« Clou machte noch Sheilas Bett zurecht. »Wenn Sie etwas möchten, brauchen Sie nur zu klingeln. Wir alle hier sind immer für Sie da.«

»Ich danke Ihnen, Schwester.«

Die Koreanerin lächelte noch einmal und verließ das Krankenzimmer.

Sheila, die gesessen hatte, ließ sich zurück in die Kissen fallen und kuschelte sich dort ein. Sie wollte wirklich ihre Ruhe haben und sich auf die Geburt vorbereiten, aber das Klingeln des Telefons störte sie.

Die Schwangere brauchte nur den Arm auszustrecken, um den Hörer zu erreichen. »Ja, hallo …«

Keine Stimme. Nur das Rauschen in der Leitung.

»Bitte …«

Dann hörte sie die Stimme. Aber weit, sehr weit weg. »Sheila …«

»Ja?« Sie schauderte zusammen.

»Erkennst du mich nicht mehr, Sheila?«

Diese eine Frage hatte ausgereicht. Plötzlich weiteten sich ihre Augen in Panik. Aber es war ihr unmöglich, noch ein Wort zu sagen. Dafür sprach die andere Person. »Sheila, Liebling – so hör doch …«

»Nein – nein, nein!«

»Bitte, hör mich an.«

Der Hörer entglitt Sheilas Hand. Sie hatte ihn nicht mehr halten können. Über ihren Rücken rann ein kalter Schauer, und auch die Haut auf ihrem Gesicht schien zu vereisen. Aus dem offenen Mund drang ein Schrei, der sich dann zu einem Wort formte.

»Vater …«

Immer wieder strich Bill Conolly über sein Gesicht, als er die Bilder auf dem Fernsehschirm sah. Er hatte eine Kassette in den Videorecorder eingelegt und schaute sich einen alten Film an.

Auf ihm war Gerald Hopkins zu sehen, der mit seiner Tochter Sheila im Garten spielte. Sie war zu diesem Zeitpunkt nicht älter als sechs Jahre. Sie lief über den Rasen, blieb dann stehen und rief ihren Vater zu sich.

»Komm mal her!«

Gerald Hopkins ging langsam auf seine Tochter zu, die auf den Boden deutete. Dort lag eine leblose Taube. »Ist sie tot?«

Hopkins bückte sich und nahm die Taube hoch. »Ja, mein Liebling, das ist sie wohl.«

Bill preßte die Lippen zusammen. Aus einem Instinkt heraus hatte er gehandelt und den alten Film hervorgeholt. Er hatte noch einmal Gerald Hopkins sehen wollen, der längst tot war und sich trotzdem aus dem Jenseits telefonisch gemeldet hatte.

Und wieder klingelte das Handy.

Bill schnellte hoch, wäre beinahe noch über seine Fototasche gestolpert und nahm das Handy an sich. Nervös ging er im Zimmer auf und ab.

Wieder die Stimme. »Erhöre mich. Der schwarze Täufer kommt in einem weißen Gewand.«

Neben seiner Computerstation blieb der Reporter stehen. Er wunderte sich, wie ruhig er plötzlich war. Er dockte das Handy an ein Mikrofon an, rief auf dem Computer ein Digitalisierungsprogramm auf und begann damit, die Stimme aus dem Handy im Rechner zu speichern. »Bingo!« flüsterte er.

»Wehe euren Kindern. Das Sakrament der schwarzen Taufe gebiert zwölf Söhne.«

Die Stimme sprach und warnte weiter. »Zwölf Stammhalter eines neuen Königreichs unter dem Zepter des Schwarzen Tods. Nur die zweischneidige Klinge der vierten Welt vermag die Saat für ein Volk des Bösen auf Erden zu verhindern.«

In Bill Conolly stieg die Furcht hoch ...

Die Tür wurde heftig aufgestoßen, und Schwester Clou stürmte in das Krankenzimmer. Sofort sah sie, daß mit der Patientin etwas nicht stimmte. »Ist Ihnen nicht gut, Mrs. Conolly?«

Sheila preßte die Antwort hervor. »Ich – ich – glaube, es geht los.«

»Gut, dann sage ich sofort Professor Harris Bescheid.« Sie drehte sich um und eilte zur Tür, aber Seilas Ruf hielt sie auf.

»Nein, Schwester, nicht. Sie müssen mir helfen.«

»Das mache ich doch. Bin schon unterwegs.«

»Nein, nein, so meine ich das nicht. Mein Vater hat mich angerufen.«

»Ja und?«

»Er ist schon seit einigen Jahren tot.«

Die Schwester starrte Sheila nur an. Plötzlich war ihr Lächeln verschwunden. Sie schüttelte den Kopf. Man sah ihr an, was sie von Sheilas Aussagen hielt.

»Keine Sorge, Mrs. Conolly«, flüsterte sie. »Der Professor und ich sind gleich bei Ihnen.«

Sie drehte sich um und ging.

Sheilas Ruf hörte sie zwar, aber sie kümmerte sich nicht darum.

Bill hatte mich alarmiert, und ich war sofort zu ihm gefahren. Wir saßen vor dem Laptop und schauten uns die Aufzeichnung der Stimmenanalyse an, die Bill von dem Anruf aus dem Jenseits angefertigt hatte. Immer wieder waren die gleichen Worte zu hören, die ich bereits aus dem Buch kannte, in dem sie niedergeschrieben worden waren.

Bill holte tief Luft. »Der erste Anruf erreichte uns kurz bevor wir in die Klinik fuhren. Der nächste genau vier Stunden später. Und so weiter. Immer zur vollen Stunde.«

»Gut, Bill, gut. Aber warte mal, da ist doch noch ein Geräusch zu hören.«

»Die Stimme?«

»Nein, ich meine mehr den Hintergrund. Hörst du?«

Bill nickte. Dann gab er ein paar neue Befehle in den Rechner ein. »Ich werde mal versuchen, die entsprechende Frequenz zu isolieren.«

Er schaffte es. Die Stimme trat immer mehr in den Hintergrund. Dafür schälte sich bei jedem Durchlauf das Signal eines Schiffshorns mehr in den Vordergrund, bis es ganz deutlich zu hören war.

»Da ist ein Störsignal reingerutscht«, sagte Bill.

Ich widersprach. »Nein, das klingt eher wie eine Hupe, Sirene oder ähnliches. Wann hat dich der letzte Anruf erreicht?«

»Vor genau siebenundvierzig Minuten. Das Stimmenprofil müßte jede Minute vorliegen. Paß auf, es kommt noch besser, John. Ich habe bei der Funkvermittlungsstelle nachgeforscht. Die Anrufe trafen alle über dieselbe Funkstation ein. Allerdings nicht über die üblichen Netze und ohne Identifikationscode.«

»Was heißt das im Klartext?«

»Daß unser Anrufer jenseits der uns bekannten Methoden mit uns kommuniziert.«

Wieder wurde die Tür des Krankenzimmers geöffnet, und Professor Harris, begleitet von Schwester Clou, betrat den Raum.

Der Arzt lächelte Sheila an. »Dann ist es wahrscheinlich soweit. In wenigen Stunden können Sie Ihr Kind in den Armen halten.«

Sheila atmete heftig. Ihr Gesicht war gerötet. »Mag alles sein, Professor, aber zuvor muß ich unbedingt meinen Mann erreichen.«

»Ich bitte Sie.« Harris breitete die Arme aus. »Das schaffen wir beide doch ganz allein.«

Sheila ballte die Hände zu Fäusten. »Ich will aber meinen Mann dabei haben! Verstehen Sie nicht?«

Der Professor schüttelte den Kopf. »Sheila, Sie müssen sich wirklich keine Sorgen machen. Aber damit Sie beruhigt sind, werden wir versuchen, ihn zu erreichen. Einverstanden?«

»Danke, Professor.«

Harris war zufrieden. »Gut, dann fangen wir mit den Untersuchungen an. Schwester, bringen Sie Mrs. Conolly auf die Entbindungsstation …«

Wir hatten uns eine Karte besorgt, auf der die Kleinzellenstruktur der Funkzone von London eingeteilt war. Die Zellen waren allesamt numeriert.

»Wie war die Nummer der Funkstation?« fragte ich.

Bill schaute auf seinen Laptop, der einem Wunderding glich. Es war auf dem Monitor jetzt auch ein Fenster zu sehen, in dem blitzschnell verschiedene Videobilder aus Bills Archiv durchhuschten. Ein Schriftzug »Match-Search« blinkte in roten Lettern darunter.

»Sechshundertzwölf.«

Ich suchte die Karte ab und hatte die Nummer schnell gefunden. »Das ist bei den Docks, Bill. Das Geräusch muß das Signal eines Schiffshorns gewesen sein.«

Bill kümmerte sich nicht um meine Antwort. Er starrte auf den Bildschirm und flüsterte: »Sieh dir das an, John.«

Ich sah hin. In großen Lettern blinkte eine Nachricht auf.

STIMMENPROFIL ABGESCHLOSSEN!
IDENTIFIZIERUNG GERALD HOPKINS!

Im AVI-Fenster lief gleichzeitig eine Videosequenz, die deutlich das Gesicht von Bills totem Schwiegervater zeigte. Dann fror das AVI auf einem Close Up von Hopkins ein.

»Sheilas Vater«, flüsterte ich Bill zu. »Peter Wayne wurde von seiner toten Mutter gewarnt. Jetzt versucht Sheilas Vater, dich zu warnen. Du mußt sofort zu deiner Frau.«

Bill war aufgeregt. Er trat von mir weg. »Und was willst du unternehmen, John?«

»Ich kümmere mich um den Sektor sechshundertzwölf ...«

Schwester Clou hatte Sheila dabei geholfen, in einen Rollstuhl zu steigen. Sie hatte ihn über den Gang geschoben und in einen Fahrstuhl hinein. Etwas klapprig glitt er in die Tiefe.

»Wenn ich ehrlich bin, hätte ich doch lieber auf meinen Mann gewartet«, sagte Sheila leise.

»Machen Sie sich keine Sorgen, Mrs. Conolly. Ich habe bereits veranlaßt, daß er benachrichtigt wird. Glauben Sie mir, in der Entbindungsstation sind Sie im Moment besser aufgehoben.«

»Mag sein ...«

Der Fahrstuhl hielt. Die Tür öffnete sich, und Sheila wurde in einen Gang hineingeschoben. Sie rollten auf die Entbindungsstation zu. »So, gleich sind wir da.«

Nach wenigen Schritten öffnete die Schwester die Flügeltür zum nüchternen, aber perfekt eingerichteten Kreißsaal. Sheila wurde hineingeschoben. Hinter sich hörte sie die Stimme der Schwester.

»Hier haben wir alles, was wir brauchen, falls es doch mal Komplikationen gibt. Aber keine Sorge. Es wird alles glattgehen, und Ihr Mann wird sicherlich auch bald hier sein.«

Sheila hatte die Worte zwar gehört, sie aber nicht richtig aufgenommen. Widerwillig betrachtete sie all die fremden Instrumente, die für sie gefährlich aussahen.

Eine Befürchtung stieg immer stärker in ihr hoch: Wie soll das noch alles enden …?

Die Umgebung der Docks war nicht eben das Gebiet, in das ein Stadtführer seine Touristen brachte. Besonders in der Nacht wirkte sie noch düsterer.

Ich hatte meinen Wagen im Schatten einer Mauer abgestellt und ging über die leeren Docks. Ich schritt sie förmlich ab und war eingetaucht in diese unheimliche und gespenstisch anmutende Kulisse, durch die noch der vom Wasser hochsteigende Dunst waberte.

Ich sah die alten Kutter am Kai liegen. Sie schaukelten träge im Rhythmus der Wellen. Auffälliges entdeckte ich nicht und kam mir ziemlich verloren vor.

Bis eine Kirchturmuhr zur vollen Stunde schlug.

Ich kannte die Geräusche sehr gut, aber sie veränderten sich plötzlich. Das Plätschern des Wassers, das Knarren der Seile und Planken wurde immer leiser. Zugleich stellte sich ein anderer Ton ein. Es war ein seltsamer Klang, der alle anderen Geräusche übertönte und mich in seinen Bann zog.

Ich blieb stehen und konzentrierte mich. Am Ende der Anlegestelle klang dieses Geräusch auf. Genau dort entdeckte ich auch das fahlblaue Leuchten.

Es paßte nicht in diese Umgebung und hatte mich mehr als neugierig gemacht.

Ich ging jetzt schneller darauf zu und sah innerhalb des hellen, aber trotzdem düsteren Lichts einen alten Fischkutter. Er war nicht mein Ziel, denn hinter ihm malte sich der Anblick eines noch älteren Kahns ab. Er schien aus einer anderen Zeit zu stammen und war für mich nichts anderes als ein Geisterschiff.

Ich blieb erst einmal stehen und blickte mich um. Zu sehen war nichts. Es gab auch niemanden, der mich vom Schiff her angreifen wollte. Es lag einfach nur im Wasser, es war trotz allem existent, und ich konnte es auch betreten.

Als ich über die Bordwand geklettert war, schaltete ich meine kleine Lampe an.

Zuerst sah ich nicht viel. Es wirkte wie ein normales Schiff. Masten ragten vor mir in die Höhe wie die fleischlosen Arme eines Riesen. Ich leuchtete weiter und entdeckte plötzlich auf den Planken gewisse Einkerbungen, die offenbar eine bestimmte Bedeutung hatten. Ich ging noch näher heran.

Im scharfen Licht der Lampe machte ich dann die Entdeckung, die mich elektrisierte.

Das Allsehende Auge schimmerte mir im fahlen Licht der Leuchte entgegen. Das gleiche wie auf dem Deckel des Buches ...

Bill Conolly war nicht mehr zu halten gewesen. Zum zweitenmal innerhalb kürzester Zeit hatte er die Klinik erreicht und sie auch betreten. Mit energischen Schritten ging er durch einen Flur und überprüfte dabei die Zimmernummern.

Bisher war es ruhig geblieben. Das änderte sich mit den plötzlichen Schreien. Vor ihm waren sie aus einem Zimmer gedrungen, dessen Tür nicht vollständig geschlossen war.

Bill lief hin und lugte durch den Spalt. Eine verzweifelte Patientin, eine Farbige, klammerte sich an Schwester Clou fest.

»Ich will es sehen! Ich will sofort mein Baby sehen!«

»Aber ja, das werden Sie, keine Sorge. Schwester Clara wird es Ihnen bringen, sobald die Untersuchungen abgeschlossen sind.«

»Aber ich will es sehen! Jetzt!«

Die Koreanerin schüttelte den Kopf. Sie riß sich los und verschloß die Tür. Bill hatte soeben noch die Spritze in ihrer Hand erkennen können, dann war ihm die Sicht genommen.

Für einen Moment blieb er stehen. Er spürte den Schweiß auf der Stirn und ebenfalls seinen schnellen Herzschlag. Die Angst ergriff von ihm Besitz, aber es hatte keinen Sinn, wenn er hier stehenblieb und wartete. Er wollte Sheilas Zimmer finden und eilte weiter.

Ein paar Türen weiter lag es. Ohne anzuklopfen riß der Reporter die Tür auf.

Das Zimmer war leer. Keine Sheila im Bett. Man hatte das Bett sogar abgezogen. Schränke und Schubladen waren entleert worden und standen offen.

Die Ahnung, die in Bill hochstieg, war schrecklich. Nur gehörte er nicht zu den Menschen, die so schnell aufgaben. Manchmal konnte er wie ein Bluthund sein, der eine Fährte aufgenommen hatte. Und jetzt fühlte er sich wieder so.

Die Spur führte ihn zur Aufnahmestation der Gynokologischen Abteilung. Er stürmte in den Raum und auf einen Schreibtisch zu, hinter dem ein bulliger Pfleger hockte.

»Ich will sofort meine Frau sehen!«

Der Pfleger zeigte sich unbeeindruckt. Er schaltete lässig zwischen den Bildern auf der Überwachungsanlage hin und her.

»He, haben Sie nicht gehört?« Bill drosch seine flache Hand auf den Schreibtisch.

»Ja, habe ich. Sie haben laut genug gesprochen. Beruhigen Sie sich erst mal. Momentan ist sowieso keine Besuchszeit, und die Patientinnen brauchen ihre Ruhe.«

Die Antwort brachte bei Bill das Faß zum Überlaufen. Er warf sich über den Schreibtisch hinweg und packte den Pfleger blitzschnell am Kragen. »Jetzt paß mal auf, Freund. Wenn ich meine Frau nicht augenblicklich zu Gesicht bekomme, gibt es hier ein Erdbeben.«

Der Krankenpfleger erschlaffte unter Bills Griff und hob resignierend die Arme. »Wie war noch gleich Ihr Name?«

»Conolly. Sheila ist …«

»Ja, ich weiß Bescheid. Warten Sie noch einen Moment.« Er wandte sich ab und verschwand hinter einer Glaswand. Bill konnte ihn noch sehen und stellte fest, daß er telefonierte. Er selbst schaute mehr auf die Kontrollbilder, die sich auf den Monitoren abzeichneten.

Es dauerte nicht lange, dann hatte der Pfleger sein Gespräch beendet, kehrte zu Bill zurück und bat ihn, ihm zu folgen.

»Wohin?«

»Das werden Sie sehen.«

Bill hatte Mühe, die Ruhe zu bewahren. Er gestand sich allerdings ein, daß es nicht viel brachte, wenn er hier den starken Mann spielte, und so ging er neben dem Bullen her, der ihn in ein Büro brachte, das recht antik wirkte. An den Wänden hingen alte Schaukästen mit bedrohlich aussehenden Instrumenten aus den vergangenen Jahrhunderten. Ein schwerer Schreibtisch aus Eichenholz war nicht zu übersehen. Hinter ihm stand ein imposanter, drehbarer Ledersessel, gegen dessen Rückseite Bill schaute. Die Sitzfläche war für ihn nicht einsehbar.

»So, und jetzt will ich endlich meine Frau sehen!«

Der bullige Krankenpfleger grinste ihn an. »Bleiben Sie cool, Mr. Conolly.« Danach ging er zur Tür und verschwand.

Bill war so überrascht, daß er zunächst nichts tat. »He!« rief er ihm noch nach. »Sie wollten mich doch zu meiner Frau bringen, verdammt!«

Der andere war schon weg, aber so leicht ließ sich Bill nicht abschütteln. Er wollte ihm nach, und er würde ihn auch einholen, doch dagegen hatte Professor Harris etwas, der die ganz Zeit über im Sessel gesessen hatte und diesen nun umdrehte.

Freundlich blickte er Bill an, erhob sich dann und streckte ihm die Hand entgegen. »Mr. Conolly! Welch eine Überraschung. Was kann ich für Sie tun?«

Bill war so perplex, daß er zunächst nichts sagen konnte. Er gab dem Arzt automatisch die Hand und setzte sich in einen zweiten Sessel. »Weshalb ist meine Frau nicht auf ihrem Zimmer?«

Harris lächelte Bill beruhigend zu. »Ich kann verstehen, daß Sie aufgeregt sind, Mr. Conolly. Ich habe Ihre Frau auf die Entbindungsstation verlegen lassen. Die Geburt kann jeden Moment losgehen.«

Bill zögere nur einen Moment. Danach sprang er auf. »Dann möchte ich unverzüglich zu ihr gebracht werden.«

Der Professor blieb ruhig. Er wiegte den Kopf. »Das halte ich im Moment nicht für ratsam. Ihre Frau braucht Ruhe. Jede Art von Aufregung könnte zu Komplikationen führen, und das wollen wir doch beide nicht.«

»Stimmt, aber ich habe mir fest vorgenommen, bei der Geburt meines Sohnes dabei zu sein.«

Harris schüttelte den Kopf. »Tut mir leid, Mr. Conolly. In dieser Klinik trage ich ganz allein die Verantwortung für meine Patienten. Im Augenblick können Sie nicht zu Ihrer Frau!«

Bill verengte die Augen. »Sie lassen mir also keine andere Wahl. Dann werde ich Sheila in eine andere Klinik verlegen lassen. Das übernehme ich persönlich.«

Er wollte mit Harris nicht mehr reden, machte kehrt und ging zur Tür. Er sah nicht, daß der Professor auf einen unter dem Schreibtisch versteckten Knopf drückte.

Bevor Bill die Tür öffnen konnte, wurde sie aufgerissen. Bill hätte noch eine Chance gegen die beiden bulligen Pfleger gehabt, wenn er nicht so überrascht gewesen wäre.

So aber erwischten ihn zwei Schläge in der Körpermitte. Sie schleuderten ihn zu Boden, sie nahmen ihm die Luft und verschleierten seinen Blick, und so sah Bill auch die Spritze nicht mehr, die einer der Männer aus der Tasche holte.

Die Entdeckung des Auges hatte mich nicht nur überrascht. Sie bewies mir auch, daß ich mich auf dem richtigen Weg befand. Sehr langsam schritt ich über das Deck, wie jemand, der auf keinen Fall bemerkt werden wollte.

Die magischen Klänge blieben. Sie begleiteten mich und wehten an meine Ohren. Und sie mischten sich bereits mit dem verzerrten Klang eines Schiffshorns.

Es gab eine Quelle für diese Musik. Sie lag unter Deck und genau dort, wo Licht durch die Ränder einer Luke nach außen flimmerte. Das war mein Ziel.

Vor der Luke blieb ich stehen.

Schon jetzt spürte ich die Kraft der anderen Seite. Sie war so stark, daß ich mich nicht gegen sie wehren konnte. Ich wußte, daß ich ein Geheimnis entdeckt hatte. Unter mir braute sich etwas zusammen. Die Luke war der Zugang.

Sie flog plötzlich auf!

Sie schnellte nach oben, ich hatte freie Sicht und wurde von diesem strahlenden Licht geblendet. Zurück konnte ich nicht mehr, denn das Licht war stärker und packte mich.

Wie von den Kräften eines Magnets wurde ich in das Licht hineingezogen. Nicht nur unter Deck, sondern auch hinein in eine andere Dimension ...

Eine fremde Welt. Nicht das Diesseits und auch nicht das Jenseits, sondern eine Dimension dazwischen.

Die vierte Welt!

Ich stand in einer völlig fremden Umgebung. Es war düster. Trotzdem sah ich.

Zwölf schwere Ruder waren kreisförmig um ein großes Uhrwerk herum angeordnet. Durch Rotation wurde es am Laufen gehalten. Alles war morbide, alt und verrottet. Es rauschte Wasser, und ich hörte auch die Geräusche auf den Boden fallender Tropfen.

Plötzlich war Gerald Hopkins da. Wie aus dem Nichts erschienen, stand er vor diesem gigantischen Zifferblatt. Er hielt eine glänzende, zweischneidige Klinge fest, aber seine Gelenke waren angekettet. Um ihn herum tanzten die geisterhaften Gestalten von elf weiteren Sklaven, aus deren verzerrten Mündern die Summtöne drangen, die ich schon kannte. Überlagert waren sie vom Klang des alten Schiffshorns.

Hopkins begann zu sprechen. Seine Stimme klang schwer, wie bei jemandem, der unter Druck steht. »Erhöre mich. Der schwarze Täufer kommt in einem weißen Gewand. Wehe euren Kindern …«

Plötzlich klappte über mir die Luke zu. Ich sah, wie eine Klinge durch die Luft flog, warf mich noch auf Hopkins zu und hörte, wie das Schwert in eine alte Planke schlug. Das Licht war verschwunden. Für wenige Sekunden herrschte eine bedrückende Stille bis auf das Klirren der Ketten und der Tropfgeräusche.

Ich fand langsam wieder zu mir selbst. Hopkins' Körper lag jetzt neben mir. Die anderen Geister lauerten ebenfalls. Sie kamen bedrohlich auf mich zu.

Eine Frauenstimme schrillte auf. »Er ist es! Er ist ein Fremder. Er hat unsere Verbindung zerstört! Tötet ihn, bevor es zu spät ist!«

Ich wußte nicht, wer da gesprochen hatte, rechnete allerdings mit Peter Waynes Mutter, weil auch sie zu den Warnern gehört hatte.

Eines der Geistwesen bewegte sich auf das Schwert zu und zerrte die Klinge aus der Planke. Ich hörte die anderen wieder singen. Diesmal tiefer und bedrohlicher. Kettenglieder klirrten in meiner Nähe. Ich drehte mich um. Jetzt sah ich auch die Frauengestalt, die beide Hände angehoben hatte.

Sie schrie mich an. »Nieder mit dem Dämon! Weg mit dem Handlanger des Schwarzes Tods ...«

»Bitte, bitte nicht ...«

Mein Bitten half nichts. Ich war noch immer wie gelähmt, konnte mich kaum bewegen und war deshalb längst nicht schnell genug, um der Klinge zu entgehen.

Die Gestalt raste auf mich zu. Die Spitze der zweischneidigen Klinge zielte dabei auf meinen Körper. Mit aller Macht versuchte ich mich aufzurichten. Ja, ich schaffte es, aber ich war doch zu langsam. Als ich den gellenden Schrei hörte, wußte ich, daß meine Chance vertan war. Ich sah das Schwert noch dicht vor mir, dann wurde es wuchtig in meinen Körper gestoßen.

Direkt in die Brust ...

Sheila! Sheila! Nur dieser eine Name jagte durch Bills Kopf. Seine hochschwangere Frau war für ihn das Wichtigste überhaupt. Wenn er versagte, war sie verloren.

Der Gedanke daran verlieh ihm Kräfte, mit denen die beiden Schläger nicht gerechnet hatten. Als sie Bill hochzogen, bekamen sie es zu spüren. Den einen erwischte er mit einem Tritt, dem anderen rammte er den Ellbogen gegen den Hals, so daß der Mann mit einem gurgelnden Geräusch auf den Lippen zurücktaumelte.

Bill war frei. Er hätte jetzt eine Chance gehabt, aber er war durch die beiden Treffer zu schwach. Und die Pfleger konnten einiges einstecken. Sie kamen von zwei Seiten, verbissen ihre Schwäche und stürzten sich auf den Reporter.

Männer wie sie wußten, wie man mit renitenten Kranken umzugehen hatte, sie kannten die entsprechenden Griffe. So sehr sich Bill auch wehrte, sie ließen ihm keine Chance.

Er wurde zum Schreibtisch des Professors geschleppt und rücklings darauf gelegt.

Harris hatte alles nur beobachtet. Leicht lächelnd, durchaus siegessicher. Jetzt nickte er den beiden Pflegern zu. Der erste holte eine Spritze hervor.

Bill starrte in die Höhe. Er sah das widerliche Gesicht des Mannes über sich erscheinen, und er sah die Spritze, die plötzlich auf ihn zuschnellte und ihn im Hals traf.

Harris sprach ihn an. In seinen Worten schwang der reine Zynismus mit. »Glauben Sie mir, Mr. Conolly, ich weiß sehr gut, was Sie durchmachen. Aber in Ihrem Zustand kann ich Sie unmöglich gehen lassen. Sie könnten sich womöglich noch verletzen, und das will ich nicht.«

Bill kämpfte noch immer gegen das Zeug in seinen Adern an. Er versuchte sich aufzubäumen, aber die Pfleger drückten ihn mit ihren Bärenkräften zurück.

Und Bill merkte auch, wie die Wirkung einsetzte. Er kämpfte dagegen an. Er wollte nicht bewußtlos werden. Wieder hörte er die Stimme des Professors. Sie klang so weit weg, als würde er in einem anderen Raum stehen.

»Es ist wirklich nicht leicht, wenn jemand zum erstenmal Vater wird, Mr. Conolly ...«

»Du – du ...«, er versuchte, die Augen offenzuhalten. Es war unmöglich, die Lider wurden immer schwerer.

»Bald ist alles vorbei …«

Harris behielt recht, denn Sekunden später fielen Bill Conolly die Augen zu …

Trotz der Ketten schaffte Gerald Hopkins es, sich vom Boden zu erheben. Er beugte sich über den leblosen Körper, in dem noch immer die Klinge steckte. Trotz der Verletzung war an der Wunde kein Tropfen Blut zu sehen. Mit einer müden Bewegung drehte sich Hopkins den übrigen Bewohnern der vierten Welt zu.

»Ihr Ungläubigen! Was habt ihr getan?«

Hopkins erhielt keine Antwort. Sehr behutsam streifte er die Jacke des leblosen Mannes ab. »Dieser Mensch ist so etwas wie ein Gesandter des Allmächtigen. Und er ist der einzige, der die schwarze Taufe unserer Kindeskinder noch zu verhindern vermag …«

Er schüttelte den Kopf und faßte mit beiden Händen die Klinge an, die er vorsichtig aus dem Körper hervorzog. Dabei leuchtete sie golden auf.

In diesem Augenblick regte sich die Gestalt auf dem Boden. Sie atmete ein, sie hustete, aber sie hielt die Augen noch geschlossen.

Hopkins nickte zufrieden, bevor er sich wieder an die Geister wandte. »Die zweischneidige Klinge vermag nur den zu töten, für den sie bestimmt ist! Sie bringt dem schwarzen Täufer den sicheren Tod! Dieser Mann aber lebt, obwohl die Klinge sein Herz durch eure Hand durchbohrt hat. In diesem Herzen schlägt die Kraft des Guten. Geht an die Ruder. Folgt dem irdischen Sekundentakt, sonst driften wir in die andere Zeitzone zurück.«

Die Worte reichten aus, um die Geister wieder auf ihre Plätze zu treiben. Sie legten mit aller Kraft los.

Gleichzeitig fing das gigantische Uhrwerk an zu ticken und zu drehen. Genau im Takt der Ruderschläge.

»Schneller!« trieb Hopkins sie an. »Wir haben Zeit verloren. Wir müssen sie aufholen, sonst kann dieser Mensch nie mehr in seine Zeit zurückkehren.«

Das war der Augenblick, in dem ich wieder meine Augen öffnete ...

Sheila Conolly hatte den Rollstuhl verlassen können. Sie saß jetzt auf einem normalen Stuhl. Sie zitterte und blickte immer wieder voller Sorge auf ihren Bauch.

Hinter einer Glasscheibe sah sie die koreanische Schwester in einem Nebenraum hantieren. Sie telefonierte und lächelte Sheila aufmunternd zu.

Und dann hörte sie die Schreie!

So schrecklich und laut, daß sie im ersten Moment an eine Täuschung glaubte. Sheila wünschte sich, daß die Schreie verstummten, aber sie blieben, und nichts hielt sie mehr auf ihrem Stuhl. Nervös ging sie im Kreißsaal auf und ab, begleitet von den Schreien, die einfach nicht aufhören wollten. Hin und wieder hielt sich Sheila die Ohren zu, was auch nicht viel Linderung brachte.

Ich will hier raus! Ich kann nicht mehr bleiben! Sie war eine Frau, die bei gewissen Dingen nie lange zögerte, und sie hatte das Glück, daß ihr Schwester Clou den Rücken zudrehte und nicht sehen konnte, was sie tat.

Auf leisen Sohlen schlich sie zur Tür des Kreißsaals. Sie war sehr vorsichtig und öffnete die Tür zunächst nur einen Spalt. Der schmale Ausschnitt reichte ihr aus, um einen ersten Blick in den Gang werfen zu können.

Zwei bullige Krankenpfleger schoben eine Trage vor sich. Sie kamen immer näher auf die Tür zu, und Sheila konnte erkennen, daß ein Mann darauf lag.

Ihr Mann – Bill!

Der Schwindel, der Schock, es kam alles zusammen. Schmerzhaft spürte sie die Wehen, taumelte von der Tür weg und drehte sich dabei noch. Es kam ihn vor, als fiele sie schwebend zu Boden. Kurz bevor sie das Bewußtsein verlor, sah sie noch das Gesicht der koreanischen Krankenschwester …

Gerald Hopkins hatte mir auf die Beine geholfen und mich zu einem großen Bullauge geführt, durch das ich schauen konnte.

Ich sah nichts. Keine Bewegungen, keine Landschaft. Nur eine blauschwarze Finsternis, die sich völlig lichtlos wie ein riesiger Stausee verteilte.

Hinter mir drehte sich knatternd das Uhrwerk, angetrieben von den angeketteten Geistern, die dazu verflucht waren, durch die Zeiten zu rudern.

Ich wußte nicht, wo ich mich befand. Der Begriff vierte Welt war nicht konkret genug, aber ich wollte auch nicht länger darüber nachdenken, denn andere Dinge waren wichtiger.

»Alles hat mit dem Allsehenden Auge zu tun, nicht wahr?« fragte ich leise.

Hopkins nickte. »Ja. In der vierten Welt ist es möglich, die Zeit zu steuern. Nur aus dieser Dimension heraus schaffen wir es, den teuflischen Plan des Bösen zu erkennen und die Prophezeiungen in die Welt der Lebenden zu senden. Leider gibt es nur wenige auf Erden, die die Warnungen der Worte zu deuten wissen.«

Ich gab ihm recht, sprach aber ein anderes Thema an. »Was wissen Sie über die entführten Kinder?«

Kaum war das letzte Wort verklungen, als sich Peter Waynes Mutter von ihrem Ruder löste, zu uns kam und vor uns auf die Knie fiel. »Der schwarze Täufer hat die Stammhalter unserer Familien in seine Gewalt gebracht. Wenn es ihm gelingt, sie mit dem Blut des Schwarzen Tods zu taufen, werden ihre Seelen für immer den Gesetzen der Finsternis gehorchen.«

»Und das Reich des Bösen wird sich wie ein Lauffeuer über die gesamte Erde ausbreiten, um die Kräfte des menschlichen Lebens im Keim zu ersticken«, fuhr Gerald Hopkins fort. Er wandte den Kopf und schaute auf die großen Zeiger des gigantischen Uhrwerks. Sie bewegten sich ächzend auf die Zwölf zu. »Der schwarze Täufer wird auf jeden Fall versuchen, sein Werk noch in dieser Nacht zu vollenden. Denn das gestärkte Licht der Sommersonnenwende entlarvt seine wahre, dämonische Gestalt. Wir müssen uns beeilen.« Er überlegte nicht lange und reichte mir die zweischneidige Klinge. »Nur ein Lebender reinen Herzens kann sie gegen den schwarzen Täufer führen.«

Ich faßte automatisch nach der Waffe. Hopkins verlor nicht viel Zeit. Er ließ auch keine Fragen zu, sondern schob mich an den Platz direkt unter der Luke, wo er mich noch umarmte.

»Aber wie erkenne ich den schwarzen Täufer?«

Hopkins schüttelte den Kopf. Intensiv beobachtete er die große Uhr. Die Zeiger standen unmittelbar vor der Zwölf-Uhr-Marke. »An ihren Zeichen werdet ihr sie erkennen. Vertraue der Stimme deines Herzens.«

Vorbei. Die Zeiger erreichten die Marke.

Die Ruder wurden blockiert. Elf Geister verließen ihre Plätze und kamen auf mich zu.

Mit einem Krachen blieb das Uhrwerk stehen.

Die Geister bildeten einen Kreis um mich. Ich hatte noch so viele Fragen, aber es ging alles zu schnell. Plötzlich öffnete sich die Luke über meinem Kopf. Licht fiel auf mich nieder. Die Geister lösten sich auf. Ihr Gesang verschwand ebenfalls. Ich hörte nur noch den Ton der Schiffssirene.

Dann drang das Rauschen auf mich ein. Zuerst nur als Geräusch. Wenig später stürzten gewaltige Wassermassen auf mich ein, denen ich nicht entkommen konnte.

In Panik suchte ich nach einem Ausweg. Es gab ihn nicht.

Das Wasser packte mich und schwemmte mich fort ...

Nur sehr langsam kam Sheila wieder zu sich. Sie wußte nicht so recht, was passiert war. Als sie sich jedoch umschaute, erkannte sie, daß sie wieder auf einer Liege in der Entbindungsstation lag. Und sie sah Schwester Clou, die dabei war, ihr eine Spritze aus dem Arm zu ziehen.

»Was ist passiert?« flüsterte sie. Ihre Lippen waren trocken und rauh geworden.

Clou nickte ihr zu. »Sie machen vielleicht Sachen, Mrs. Conolly. Kaum drehe ich mich mal kurz weg, da liegen Sie ohnmächtig vor der Tür. So was ...«

Sheila fing an nachzudenken. »Ohnmächtig?« hauchte sie – und schrak zusammen, denn ihr fiel ein, was sie kurz vor ihrer Ohnmacht gesehen hatte.

Die Trage mit der leblosen Gestalt ihres Mannes darauf. Ein Adrenalinstoß jagte durch ihren Körper, und Sheila umklammerte Schwester Clous Arm.

»Sie müssen mir helfen – bitte.«

»Was glauben Sie, was ich gerade tue?«

»So meine ich das nicht.«

»Wie denn?«

Sheila mußte erst Luft holen, bevor sie weitersprechen konnte. »Draußen im Flur, da – da – habe ich meinen Mann gesehen.« Beschwörend schaute sie die Krankenschwester an.

Clou lächelte. »Na, sehen Sie. Ich habe Ihnen doch gesagt, daß er jeden Augenblick hier sein wird.«

Sheila wollte etwas richtigstellen, doch eine starke Wehe ließ sie unter Schmerzen zusammenzucken. Noch einmal nahm sie ihre ganze Kraft zusammen. »Bitte, helfen Sie mir. Ich habe ihn gesehen. Aber er war – er war tot ...«

Ich war naß wie eine Wasserratte. Und völlig erschöpft. Nur mit Mühe schaffte ich es, mich an der Kaimauer aus dem schmutzigen Wasser zu ziehen.

Auf dem Trockenen blieb ich stehen und schaute schwer atmend zu, wie das Wasser an mir hinabrann und um meine Füße herum eine große Pfütze bildete. Noch immer begriff ich das alles nicht so recht, was ich erlebt hatte, aber es war kein Traum gewesen.

Ich besaß die zweischneidige Klinge, die ich in meinen Gürtel gesteckt hatte. Kein Schwert, sondern mehr ein von goldenem Licht durchflutetes Messer.

Ich mußte es hinnehmen, und es brachte auch nicht viel, wenn ich zu intensiv darüber nachdachte. Ich hatte überlebt, ich befand mich wieder in der normalen Dimension, zu der diese dunkle Umgebung gehörte und auch mein Auto.

Im Innern war es etwas wärmer als draußen. Trotzdem schnatterte ich vor Kälte. Das Handy funktionierte noch, und ich wählte Glenda Perkins' Nummer.

»Hi, hier bin ich. Hast du etwas von Bill gehört?«

»Nein.«

»Verdammt.«

»Ich habe die ganz Zeit über versucht, ihn zu erreichen, aber sein Handy war tot, und am Empfang der Klinik stellt man mich einfach nicht durch.«

Das sah alles nicht gut aus. Ich fragte: »Wie heißt die Klinik noch, in der Sheila entbindet?«

»Blueweed.«

»Okay, ich fahre hin!«

Wieder daß Sheila in dem ihr schon bekannten Rollstuhl und wurde von der Koreanerin über den Flur vor dem Kreißsaal geschoben. Clou lächelte nicht mehr. Statt dessen schaute sie sich immer wieder nervös um und fuhr auch Kurven, um nicht von den Augen der Überwachungskameras erfaßt zu werden.

Sie hatte sich von Sheila überzeugen lassen, daß in dieser Klinik einiges nicht mit rechten Dingen zuging und der Herr Professor sein eigenes Spiel durchzog.

Mit einer matten Bewegung deutete Sheila nach vorn. »Sie sind dorthin gegangen.«

»Ja, ich weiß. Aber wissen Sie was? Ich bereue es jetzt schon, mich auf den Unsinn eingelassen zu haben.«

»Trotzdem danke«, flüsterte Sheila und blickte in das Gesicht der Asiatin.

Vor ihnen knickte der Gang ab. Sie fuhren um die Ecke und wenig später durch eine offenstehende Tür in das Innere eines Lastenaufzugs hinein. Die Schwester drückte auf einen Knopf, und nach kurzem

Rucken glitten sie in die Tiefe, dem Keller entgegen. Sheila fühlte sich alle andere als wohl. Auch in normalem Zustand hätte es ihr keinen Spaß bereitet, mit diesem Aufzug zu fahren. Jetzt war es noch schlimmer.

»Wohin fahren wir?« flüsterte sie.

»Es gibt nur einen Ort, um zu überprüfen, ob Sie mit Ihrer Behauptung recht gehabt haben, meine Liebe.«

Sheila fragte nicht weiter. Außerdem hatten sie das Ziel erreicht. Die Tür des Aufzugs zischte auf.

Wieder wurde Sheila geschoben. Beinahe lautlos rollte der fahrbare Stuhl auf eine große Metalltür zu. Aus dem Kittel holte Clou einen Schlüssel.

»Da wären wir!«

Sheila deutete nach vorn. »Und was befindet sich hinter dieser Tür?«

»Die Leichenkammer!«

Ich hatte die Klinik erreicht, die recht einsam lag. Mit abgeblendeten Scheinwerfern fuhr ich am Tor vorbei und betrachtete das beleuchtete Hauptgebäude.

Ich hielt an und griff wieder zum Handy. Die Klinik machte einen völlig harmlosen Eindruck. Nur ließ ich mich davon nicht täuschen. Die Mauern waren dick, und hinter ihnen konnte sich manch menschliches Grauen verbergen.

Glenda meldete sich. »Wo bist du jetzt, John?«

»Vor der Klinik.«

»Und?«

»Sieht alles ganz friedlich aus.«

»Wie schön.«

»He, was schwang da für ein Ton mit, Glenda?«

»Bevor du hineingehst, muß ich dir noch etwas sagen, John.«

»Rück raus damit.«

»Sir James besteht darauf, daß du die Sache nicht im Alleingang durchziehst. Kollegen vom anderen Department werden nachrücken und dir zur Seite stehen.«

Glenda sah nicht, daß ich mein Gesicht verzog. »Das kommt nicht in Frage. Überhaupt nicht. Ich werde und will diesen Fall auf meine Art und Weise beenden.«

Glenda schwieg. Ich wollte schon nachhaken, da sagte sie: »Dreißig Minuten sind drin. Wenn ich bis dahin nichts von dir gehört habe, gebe ich Alarm.«

Die Zeit reichte mir, und jetzt lächelte ich zufrieden. »Danke, Glenda.«

»Gib nur auf dich acht.«

»Werde ich, keine Sorge.« Das Gespräch war beendet. Ich startete wieder, fuhr zu einem nahen Gebüsch und stellte den Wagen dort ab.

Sheila war von Schwester Clou in die Leichenhalle geschoben worden. Augenblicklich umgab sie eine andere Welt. Neon, Kacheln, Edelstahl. Der Geruch des Todes hing in der Luft.

Einige Leichen waren aufgebahrt. Alle mit hellen Tüchern bedeckt, als sollten sie Anprobe für die Leichenhemden nehmen.

Sheila mußte sich wahnsinnig zusammenreißen. Am liebsten wäre sie schreiend davongelaufen, aber sie dachte an Bill und wollte Gewißheit haben. Trotz ihres Zustands hatte sie es im Rollstuhl nicht ausgehalten. Sie war aufgestanden und stand zitternd neben der letzten Bahre, auf das Leichentuch starrend und auch auf die Umrisse des leblosen Körpers, die sich darunter schwach abzeichnete.

Fürsorglich drapierte Schwester Clou eine Decke um Sheilas Schultern. »Warum tun Sie sich das an, Mrs. Conolly? Sie sehen doch, er ist nicht hier.«

»Ich will ganz sicher sein!«

»Okay, dann los.« Die Schwester zog das Tuch weg und starrte ebenso wie Sheila auf den toten Körper der farbigen Patientin, der sie vor kurzem noch eine Spritze gegeben hatte. »Wie kann das ...« Sie unterbrach sich, als hätte sie Angst, zuviel gesagt zu haben. Tiefes Durchatmen, dann hatte sie sich wieder gefaßt. »Also – Ihr Mann ist nicht hier, glauben Sie mir.«

Sheila konnte nicht mehr. Sie mußte einfach weinen. Die Schwester sah, wie schlecht es ihr ging, und brachte sie wieder zurück zu ihrem Rollstuhl. »Sie werden sich getäuscht haben, Mrs. Conolly. Das kommt in Ihrem Zustand schon mal vor.« Sie deckte die Leiche wieder zu.

Beide hörten das Geräusch gleichzeitig. Ein Schlüssel wurde ins Schloß der Tür gesteckt. Allerdings nicht von innen. Es wurde von außen abgeschlossen.

Auch die Schwester verlor ihre Beherrschung. »Mein Gott, was soll das?«

Sheila versuchte, die aufsteigende Panik zu unterdrücken. »Diese Klinik ist eine Todesfalle«, flüsterte sie, »und für uns ist sie zugeschnappt. Wir müssen hier raus!«

»Ja – aber ...«

Sheila fuhr von allein weiter. Ihr war eine kleine Seitentür aufgefallen. Sie war so schnell, daß sie beinahe dagegen geprallt wäre. Im letzten Moment stoppte sie ab.

Die Tür war von innen verriegelt. Verzweifelt versuchte Sheila, den Riegel zu lösen. Er klemmte, aber Schwester Clou war plötzlich bei ihr.

Mit vereinten Kräften schafften sie es.

Clou riß die Tür auf.

Vor ihnen lag der gespenstisch beleuchtete Klinik-park …

»Und jetzt?« flüsterte die Koreanerin.

»Raus, nur weg …«

Das sah die Schwester ein. »Aber wohin …?«

»In Deckung. Da gibt es Bäume und Sträucher. Dort können wir uns verstecken.«

Clou zögerte jetzt nicht länger. Sie schob den Rollstuhl ins Freie, in die Kühle und in dieses gespensterhafte Halbdunkel, das schleierartig über dem gesamten Gelände lag. Bäume und Buschwerk bildeten Schatten, die manchmal aussahen, als hätten sie sich zusammengerottet.

Bei Sheila verstärkten sich die Schmerzen. Sie hatte ihre Hände gegen den Buch gelegt und das Gesicht verzogen. Manchmal drang ein leises Stöhnen aus ihrem Mund. Der Untergrund war nicht unbedingt für einen Rollstuhl geeignet und schaukelte mehr, als es der Schwangeren gutgetan hätte.

»Wenn Sie so weitermachen, werden Sie Ihr Kind noch verlieren.«

Sheila hatte die Worte der Schwester gehört, und plötzlich stieg eine Ahnung in ihr hoch, die zur Gewißheit wurde. Sie sprach es jedoch erst aus, als sie die Deckung schützender Sträucher erreicht hatten.

»Genau das ist es, Clou. Sie wollen mein Kind. Sie wollen mir Johnny wegnehmen …«

Ich mußte in diese verdammte Klinik hinein und wollte es nicht auf dem offiziellen Weg tun. Deshalb hatte ich einen andern Weg gesucht und gefunden.

Es gab einen Keller, und es gab auch Kellerfenster. Eines davon zerschlug ich mit dem Griff meiner Beretta. Ich konnte es von innen öffnen und einsteigen.

Meine Kleidung war noch immer feucht und klebte mir am Körper. Das war zweitrangig. Wichtig war, daß Sheila und ihrem Ungeborenen nichts passierte.

Ich landete in einem dunklen Kellerraum, in dem es bestialisch stank. Im Licht der Leuchte blickte ich mich um. Überquellende Mülltonnen und Abfallcontainer hatte man hier abgestellt. Fehlten nur noch ein paar Leichen, die man verschwinden lassen wollte. Die fand ich zum Glück nicht bei meiner Suche.

Der Raum hier unten war größer, als ich angenommen hatte. Er weitete sich vor mir aus, und dann verschwand die Dunkelheit, als ich vor mir zuerst das Quietschen hörte und schließlich den flackernden Flammenschein sah. Der Keller mündete geradewegs in einen breiten Gang. Von dort hatte mich der Schein erreicht, dem ich nur zu folgen brauchte, bis zu einer Abzweigung, an der ich stehenblieb. Vorsichtig warf ich einen Blick um die Ecke.

Da zuckten die Flammen wie aus dem geöffneten Maul einer Riesenechse nach draußen. Aber es war kein Tier, sondern der große Ofen einer Müllverbrennungsanlage. Davor stand eine Mann, der mir den Rücken zudrehte und in einem Müllsack herumkramte. Ich sah leider nur den Rücken, doch ich kannte den Anzug. Er gehörte Bill. Verdammt, das war Bill!

Mich packte die Erleichterung. Ich lief auf ihn zu und rief seinen Namen.

»Bill!«

Erschreckt fuhr der Mann herum. Es war nicht Bill. Perplex starrte ich in das Gesicht eines Fremden, der sehr verlebt aussah. Blitzschnell war ich bei ihm, packte ihn und wuchtete ihn gegen die Wand. Die langen Feuerzungen leckten aus dem offenen Ofen, erreichten uns aber nicht.

Ich hielt den Kerl fest. »Woher haben Sie die Kleidung?«

Der Müllmann fing an zu stammeln. Ich mußte schon gut zuhören, um ihn verstehen zu können. »Verraten Sie mich nicht. Die Klamotten sahen mir zu gut aus, um sie zu verbrennen.«

»Woher?«

»Lassen Sie mich los, dann zeige ich es Ihnen.«

Ich tat ihm den Gefallen, behielt ihn aber unter Kontrolle. Er trat auf einen Müllsack zu und holte Dinge hervor, die einmal mein Freund Bill getragen hatte. Besonders die Krawatte fiel mir auf.

»Der Sack wurde vorhin runtergebracht.«

Ich riß dem Mann das Ding aus der Hand, denn mir war das am Sack angebrachte Etikett aufgefallen.

»Station C. Zimmer dreizehn«, las ich leise …

Auch wenn es im Rollstuhl für sie bequemer gewesen wäre, Sheila hatte ihn trotzdem verlassen. Sie lief neben ihrer neuen Verbündeten her, die sie an der Hand festhielt und dafür sorgte, daß sie nicht stolperte. Clou achtete darauf, daß sie selten über frei einsehbare Flächen liefen und sich mehr im Schatten der Bäume aufhielten.

Sie mußten hier raus. Das allein zählte. Es gab einen Ausgang. Nur war der ziemlich weit entfernt. Über

Clous Lippen drang kein Vorwurf, weil Sheila nur langsam lief. Es grenzte schon an ein kleines Wunder, daß sie sich überhaupt so gut hielt.

An der linken Seite befand sich ein Parkplatz. Er war durch ein Gitter und ein Tor vom übrigen Gelände abgetrennt. Sheila glaubte, ihren Augen nicht trauen zu können, als sie den Porsche dort abgestellt sah.

»Das ist – das ist Bills Wagen!«

Beide blieben stehen. Clou zeigte sich irritiert und schüttelte den Kopf. Dann warf sie einen Blick auf ihre Uhr. »Der Parkplatz ist ab einundzwanzig Uhr für Besucher gesperrt.«

»Wie schön. Das heißt, daß sich mein Mann schon seit Stunden hier in der Klinik aufhalten muß.«

Die beiden schauten sich besorgt an. Die Schwester war der festen Meinung, daß etwas nicht stimmte, und sagte: »Kommen Sie, ich habe meinen Wagen dort drüben geparkt.«

Das gab Sheila wieder Hoffnung. Und diese wuchs noch mehr, als sie das Tor erreichten. Dahinter lag der Parkplatz, die große Hoffnung für beide Frauen.

Clou zog ein Bund mit Schlüsseln hervor. Dann passierte etwas, womit sie beide nicht gerechnet hatten. Sie hörten das Brummen eines Motors. Im nächsten Augenblick sahen sie schon die Silhouette des dunklen Krankenwagens, der durch den Park fuhr. Lichter flammten auf. Wie ein gefährliches UFO kam ihnen das Fahrzeug vor, das auf sie zuraste.

»Weg, in den Park zurück!«

Schwester Clou zerrte Sheila mit. Es war ihre letzte Chance. Noch hatten die Lichter sie nicht erreicht, und sie hofften, daß es auch in den folgenden Minuten so bleiben würde …

Bill fühlte sich wie ein nasser Lappen, den jemand ausgewrungen und weggeworfen hatte. Er war erwacht, und als erstes hatte er die Fesseln gespürt, die seine Handgelenke hielten. Er zwinkerte und sah in seiner Umgebung die gekachelten Wände und über sich eine Decke, von der kaltes und grelles Neonlicht nach unten strahlte. Es kam Bill vor wie eine brutale Sonne, die schmerzhaft in seine Augen stach.

Er schloß sie wieder, hörte Schritte und blinzelte zur Seite. Die Gestalt eines Pflegers erschien. Der Typ mit dem stupide grinsenden Gesicht blieb neben dem Reporter stehen, checkte seine Pupillen, brummte etwas und zog dann eine neue Spritze auf.

Angst vor der endgültigen Todesspritze durchschoß den Reporter. Er kämpfte mit den Fesseln, bäumte sich dann auf und sah dabei in das Gesicht des Mannes, der seinen Spaß hatte. Er senkte die lange Nadel und zielte damit auf Bills Hals.

»Keine Chance, du Arschloch!« Er wollte noch einmal grinsen, doch seine Gesichtszüge entgleisten. Unglaube breitete sich für einen Moment auf seinem Gesicht aus, danach zuckte er noch, und der Gesichtsausdruck wechselte wieder. Er nahm etwas Stupides an, dann brach der Mann auf der Stelle zusammen. Im Fallen bemerkte Bill, wie jemand die Spritze aus dem Hals des Mannes zog.

Die Hand gehörte seinem Freund John Sinclair!

Die Frauen hatten es geschafft und waren dem dunklen Krankenwagen entkommen. Vorerst zumindest. Es war ihnen gelungen, sich in den hinteren und älteren Teil des Parks durchzuschlagen. Hier standen die Bäume dichter. An dieser Stelle wuchs auch Unterholz und dichtes Gestrüpp. Sheila konnte nicht mehr. Sie sank zu Boden, weinte und schüttelte den Kopf, während der Wagen noch immer umherfuhr. Sie hörten den Motor und sahen auch das kalte Licht der Scheinwerfer.

Sheila drehte sich mühsam zur Seite. Durch eine Lücke im Gebüsch traf ihr Blick auf einen archaisch aussehenden alten Kuppelbau, der ihr bisher nicht aufgefallen war.

»Was ist das?«

»Das alte Mausoleum. Seit Jahrzehnten stillgelegt. Dort sollten wir uns verstecken.«

Sheila nickte, fing aber an zu schluchzen. Sie dachte an Bill, und sie sprach weinend davon, daß man ihn getötet hätte. Ausgerechnet jetzt überfiel sie wieder einen Wehe, und sie bäumte sich in Clous Griff auf.

Gleichzeitig erklangen die unheimlichen Töne eines Martinshorns. Der Krankenwagen war bereits sehr dicht an den Buschrand herangefahren. Es konnte nicht mehr lange dauern, dann waren sie entdeckt.

Clou zerrte Sheila wieder hoch. Auch wenn es der Schwangeren mehr als schwerfiel, sie schaffte es trotz allem, sich auf den Beinen zu halten.

Das Mausoleum lag nicht einmal weit entfernt. Sie mußten nur eine Wiese überqueren, aber die Lichter des Krankenwagens waren urplötzlich da und leuchteten die Umgebung aus.

Erwischt wurden sie nicht. Sie wußten auch nicht, wie sie es geschafft hatten, die Mauern des Mausoleums zu erreichen, aber sie waren schließlich da und lehnten sich erschöpft gegen das feuchte Mauerwerk ...

Bill Conolly hatte sich umgezogen. Er stand jetzt in Pflegerklamotten da, die ich dem Mann abgenommen hatte. Bill war noch immer matt, stöhnte, aber er besaß Sheilas Sonnenanhänger noch, und ihn streichelte er mehrmals wie einen Talisman, der ihn beschützen konnte.

In einem Medikamentenschrank hatte ich einige Pillen gefunden, die Bill wieder auf die Beine helfen konnten. In seinem Zustand war er mir ansonsten keine Hilfe.

»Hier, schluck das, Bill. Das bringt dich wieder auf die Beine.«

»Okay.« Er schleuderte zwei Pillen in den Mund. Dann faßte er mich an.

»Wo ist Sheila? Hast du sie gesehen? Was ist, wenn wir zu spät kommen?«

»Ich habe sie nicht gesehen, Bill, aber wir …«

»Scheiße, es geht um meine Frau!« brüllte er. »Begreif das doch!«

»Stimmt, Bill, aber es geht nicht nur um deine Frau.«

Er schloß für einen Moment die Augen. »Du hast recht. Ich weiß auch, wer dahinter steckt. Er hat mir sein wahres Gesicht gezeigt. Wie konnte ich nur so blind sein!«

»Wer ist es, Bill?«

»Harris. Professor Harris, der Chef hier. Himmel, was hat er Sheila angetan?«

»Bleib ruhig, Alter. Auch Harris ist nicht unfehlbar. Der Schlüssel zu ihm liegt bei Sheila. Er braucht euer Kind, um seinen teuflischen Plan zu vollenden. Wir müssen Sheila finden, bevor er das Baby in die Finger bekommt.«

»Und wo?«

»Bestimmt nicht in einem der netten Zimmer. Ich

hatte vorhin noch Zeit, mich umzuschauen. Das hier ist der Ausgangspunkt.« Dabei deutete ich auf den Medikamentenschrank, hinter dem sich etwas abzeichnete, was er nur unvollkommen verbarg. Ebenfalls ein Türumriß.

Wir schoben den Schrank zur Seite und entdeckten eine Eisentür, deren Vorderseite mit einem Spiegel bestückt war. Leider gab es keine Klinke.

Bill trat gegen die Tür, die sich nicht rührte.

»Mist, und jetzt?«

Ich hatte schon eine schwere Zange gepackt und schleuderte sie mit voller Wucht gegen den Spiegel und auch gegen mein eigenes Spiegelbild, das in zahlreiche Scherben und Splitter zerbrach.

Der Blick war frei.

Ein düsterer, nach alter Luft riechender Saal breitete sich vor uns aus. Wir betraten ihn mit vorsichtigen Schritten. Bill murmelte etwas vor sich hin, was ich nicht verstand. Wenig später sahen wir, was in dem alten Saal aufbewahrt wurde.

Zwölf alte Babybetten standen dort. Es war die Säuglingsstation aus längst vergangener Zeit.

Uns rann es kalt den Rücken hinab ...

Zum Glück kannte Schwester Clou den Weg. Sie und Sheila hatten sich immer dicht an der Mauer des Mausoleums gehalten und es geschafft, sich vor den Scheinwerfern des verfolgenden Krankenwagens zu verbergen. Die Treppe hätte Sheila bestimmt übersehen, aber Clou nicht. Sie stiegen die alten Stufen hinab, die vor einer Holztür endeten.

Sheila zitterte so stark, daß ihre Zähne aufeinanderschlugen.

»Keine Panik«, flüsterte die Koreanerin, bevor sie wuchtig gegen die Holztür trat.

Die alte Tür zerbrach. Zugleich hielt oben der Krankenwagen. Eine Tür wurde aufgezogen, und ein bedrohliches Leuchten drang nach außen. Es erreichte die beiden Frauen nicht, denn sie hatten bereits das Innere des Mausoleums erreicht und befanden sich in einem alten, stollenähnlichen Gang, der nur vom Licht einiger Pechfackeln erhellt wurde.

Vorsichtig gingen sie weiter. Das Mauerwerk strömte einen modrigen Geruch aus. Schatten tanzten über die Wände wie kleine Teufel, die dem Höllenfeuer entkommen waren.

Clou ging vor. Sheila hielt sich dicht hinter ihr. Sie war angespannt wie nie. Selbst ihr Kind hatte sie in diesem Moment vergessen. Sie wollte nur weg, einen Ausgang finden und …

Von hinten legte sich etwas auf ihre Schulter.

Sheila schrie auf, als sie den Druck spürte. Sie drehte sich um – und schaute in das Gesicht des Professors.

Er ließ sie los. Im weißen Kittel und auf einen antiken Krückstock gestützt, stand er vor ihr. Er wirkte wie jemand, der in diesem Mausoleum vergessen worden war.

Mit der freien Hand winkte er. »Schwester Clou«, raunte er.

Reumütig trat die Koreanerin näher. »Verzeihen Sie, Professor, aber Mrs. Conolly hatte das Gefühl, daß Ihrem Mann hier in der Klinik etwas zugestoßen sein könnte.«

»Ach, hatte sie das?« Er schaute Sheila an und schüttelte den Kopf. »Angstpsychosen vor der Geburt sind keine Seltenheit.«

Sheila war seelisch in sich zusammengefallen. Hinzu kamen die Schmerzen einer plötzlich einsetzenden Wehe. Den Schrei konnte sie nicht unterdrücken, und sie krümmte sich zusammen.

Harris faßte sie am Arm. »Kommen Sie, meine Liebe. Es wird Zeit, daß wir Sie von diesen Qualen befreien.« Er wollte noch etwas hinzufügen, aber sein Blick war in die Höhe gefallen, wo sich eine Lichtluke abzeichnete. Der nächtliche Himmel war zu sehen, aber er zeigte bereits das leichte Grau der Morgendämmerung.

Harris veränderte sich. Er sprach nicht mehr, sondern zischte wie eine Schlange. Seine Zunge zuckte einige Male aus dem Mund hervor. Sie war schlangenartig und schmal. Er schnalzte, als er sie zurückzog. Noch immer hielt er Sheila fest. »Komm schon, du Biest, bevor ich hier aus der Haut fahre!«

Die letzten Worte hatten Sheila geholfen, den Schock zu überwinden.

Sie schaffte es sogar, sich loszureißen. Trotz der Schmerzen rannte sie weiter und wuchs über sich selbst hinaus. Ein gellender Schrei ließ sie stoppen.

Sheila drehte ich herum. Was sie sah, erkannte sie nur als Schattenspiel. Doch es war grausam genug. Harris ging seinen brutalen Weg, und so sah Sheila, wie er die Schwester mit einer Schere erstach.

Sheila konnte nicht mehr denken. Sie wollte auch nicht. Sie wußte nur, daß sie jetzt völlig allein auf sich gestellt war. Hinter ihr nahm dieser Satan im weißen Kittel wieder die Verfolgung auf. Er humpelte näher und stützte sich immer wieder auf seinen alten Stock.

Zurück ging es nicht mehr. Dann wäre auch Sheila in die Schere des Mörders gelaufen.

Also weiter nach vorn.

Sheila leistete Übermenschliches. Sie wollte nicht

mehr daran denken, was noch passieren könnte. Sie lief, schwankte, hielt ihren Bauch fest, jammerte, weinte und schrie zugleich, während sich ihr Gesicht zu einer Grimasse verzerrt hatte.

Die große Holztür bereitete ihrer Flucht ein vorläufiges Ende. Es gab für sie nur den einen Weg, und so zerrte Sheila das schwere Ding auf.

Ein düsterer Raum tat sich vor ihr auf. Sheila schaltete ihre Gedanken ab, und das klappte sogar, weil einfach zuviel Grauenhaftes hinter ihr lag.

So nahm sie die schreckliche Umgebung beinahe schon objektiv auf. Vor ihr stand das übergroße Taufbecken, das mit dämonischen Fratzen verziert war. Im Becken schimmerte Blut, auf dessen Oberfläche ein rotes Leuchten lag. Rund um das Taufbecken standen die zwölf schwarzen Wiegen, in denen all die Neugeborenen lagen, die mit ebenfalls schwarzen Tüchern verdeckt waren. Hinter jeder Wiege stand ein hoher Leuchter, in dem eine brennende Kerze steckte.

Eine Wiege jedoch war leer.

Sheila Conolly kannte den Grund.

Sie war für ihren Sohn reserviert!

Ich schritt die zwölf Säuglingsbettchen ab und las die Namen auf den Zetteln halblaut vor. »Thomas Kinley, John Lovecraft – und hier Patrick Wayne.« Danach drehte ich mich zu Bill hin, der am letzten Bett stehengeblieben war. Gleichzeitig fühlte ich auf der Matratze nach und spürte noch die Wärme des Körpers.

»Sie waren hier, Bill. Noch vor kurzem. Es sind die zwölf Stammhalter des Schwarzen Tods auf Erden. Und sein Diener ist dieser schwarze Täufer. Wir müssen ihn finden und zur Strecke bringen.«

Bill sagte nichts. Er hatte sich gebückt und noch ein Namensschild gelesen. Ich sah nur, wie er bleich, sehr bleich wurde. »Der Name, John«, sagte er mit tonloser Stimme. »Johnny Conolly. Um Himmels willen, nicht nur Sheila, sondern auch er …«

Er wollte zu mir kommen, das sah ich, doch da erschien hinter ihm eine monströse Gestalt, die Bill sofort angriff und versuchte, ihn zu erwürgen. Sie hatte ihn ihm Griff, sie trat ihm die Beine weg, und beide fielen zu Boden.

Es war eine mächtige Frau, eingehüllt in die Kluft einer Krankenschwester, wie man sie früher getragen hatte, nicht hell, sondern dunkel und düster.

Die Person war mit übermenschlichen Kräften ausgestattet. Bill hatte gegen sie keine Chance. Zudem war der Angriff zu überraschend erfolgt.

Nur hatte die Person mich nicht gesehen. Als es dann passierte, war es zu spät. Ich zerrte sie weg. Ihre Hände rutschten von Bills Hals ab. Sie röchelte, spuckte, wollte um sich schlagen, und ich jagte ihr die Handkante in den Nacken.

Sie brach nicht zusammen. Torkelnd hielt sie sich auf den Beinen, aber sie war durcheinander, und ich nutzte den Augenblick. Bevor sich dieses Monster von Frau wieder fangen konnte, hatte ich die zweischneidige Klinge gezogen und hielt sie ihr an den Hals. Sofort erstarrte sie.

»Du weißt, was das bedeutet? Wo sind die Kinder?«

Die Schwester wollte nicht antworten. Ich verstärkte den Druck der Klinge, und das reichte. Sie deutete auf eine Tür im Hintergrund des Säuglingssaals. In der Düsternis hatte wir sie nicht gesehen.

Bill lief sofort hin. Er riß die Tür auf. »Ein Tunnel, John!«

»Super.« Ich ließ die Schwester los und stieß sie von mir weg. Bevor sie sich umdrehen konnte, hatte ich zugeschlagen. Diesmal war der Treffer richtig angesetzt. Der Hieb gegen den Hals schleuderte sie zu Boden, auf dem sie bewußtlos liegenblieb.

Jetzt nur noch weg!

Bill hatte bereits den Gang betreten. Er stand auf der anderen Seite der Tür und schaute zu, wie sie sich selbständig schloß.

»John!« brüllte er mir zu.

Ich war schon auf dem Weg. Auf der Tür erkannte ich plötzlich zwei Spiegel. Auf den hellen Flächen zeichnete sich zweimal das Gesicht des Schwarzen Tods ab. Er bewachte den Zugang zu diesem anderen Reich. Und doch war ich schneller. Bevor die Tür zuschlagen konnte, hatte ich mich durch den Spalt geworfen und stand, ebenso wie Bill, auf der anderen Seite. Es war eine Seite, die in die Hölle zu führen schien. Pechfackeln beleuchteten einen schmalen Tunnel, dessen Mauerwerk feucht war und stank. Wir hatten uns mit zwei Fackeln bewaffnet, um dort, wo es dunkel war, besser sehen zu können. Das war auch nötig, denn so riß das Licht die Stufen einer alten Steintreppe, die nach oben führte, aus dem Dunkel. In Höhe der ersten Etage gab es eine weitere Tür aus Eisen. Sie war verschlossen. Zum Glück führte die Treppe noch höher, und in der zweiten Etage hatten wir Glück.

Bill war vorgegangen. Ich hörte sein Flüstern. »John, komm her, hier oben!«

Bill hatte ein im Boden eingelassenes Gitter gefunden, durch das Licht schimmerte. Wir schauten nach unten und sahen die koreanische Krankenschwester inmitten einer Blutlache auf dem Boden liegen.

»Diese Schweine!« flüsterte Bill. Er wollte noch etwas sagen, aber ich legte einen Finger auf meinen Mund.

Ich hatte etwas gehört, und zwar unter uns. Ein komisches Geräusch. Mehr ein Pochen, das entsteht, wenn etwas in einem unregelmäßiges Rhythmus gegen den Boden prallt. Es war unter uns in diesem Fackelgang zu hören. Hin und wieder wurde es von einem Zischen begleitet.

»Was ist das, John?« fragte Bill leise.

»Vielleicht die Lösung, komm ...«

Zwei Helferinnen, beinahe wie Nonnen gekleidet, hatten Sheila gepackt, auf ein Krankenbett gelegt und dort gefesselt. Sie war am Ende und stöhnte vor Schmerzen.

Trotzdem hörte sie das Geräusch, das ihr eine so große Furcht einjagte. Der Stock des Professors tackte in bestimmten Abständen gegen den Boden, und sie hörte die Laute immer deutlicher.

Dann stand Harris neben ihr. Er strich über ihre verschwitzte Stirn, und Sheila ekelte sich vor dieser Berührung. »Es ist soweit, Mrs. Conolly. Jetzt müssen Sie mir vertrauen.«

Eine Helferin trat an das Bett heran. Sie trug ein Tablett, auf dem die für eine Geburt benötigten Instrumente lagen.

Gelassen streifte sich Harris einen Gummihandschuh über und nahm eine furchterregende Geburtszange vom Tablett hoch. Für einen Moment geriet sie übergroß in Sheilas Blickfeld.

Da war es mit ihrer Beherrschung vorbei. Sie schrie wie nie zuvor in ihrem Leben ...

Aufgrund der Geräusche hatten wir Harris verfolgen können. Dann war es still geworden. Wir befanden uns noch immer eine Etage über ihm, aber dieser Gang war ziemlich brüchig und morsch. Immer wieder mußten wir über Steine steigen, und als wir vor uns das rötliche Schimmern sahen, wußten wir, daß das Ziel nicht mehr weit war.

Vor uns lag eine morsche Holzluke. Durch die Ritzen schimmerte das rote Licht.

»Das muß es sein, John!«

Der Schrei war schrecklich. Unter uns war er ausgestoßen worden, und wir wußten sofort, wer geschrien hatte. Das konnte nur Sheila ein. Bill stand dicht davor, durchzudrehen. Er wollte die Luke aufreißen und in die Tiefe stürzen, verständlich, denn es ging um seine Frau und auch um seinen Sohn.

Ich zerrte ihn zurück. »Langsam …«

Bill riß sich zusammen, auch wenn es ihm schwerfiel. Er kontrollierte sogar seinen Atem, als er die Luke behutsam anhob.

Gemeinsam schauten wir in die Tiefe, und was wir sahen, war furchtbar. Es kostete uns eine wahnsinnige Beherrschung, ruhig zu bleiben und nicht durchzudrehen.

Sheila lag gefesselt auf dem Bett. Daneben stand Harris. Er tastete ihren Bauch ab, und wir sahen auch eine Helferin in seiner Nähe stehen. Von einem Tablett hatte er bereits eine Geburtszange genommen, setzte sie aber noch nicht ein.

Dann erschien aus dem Hintergrund eine zweite Frau, die sich an Sheilas Füßen aufbaute und ihre Beine spreizte. Sheilas Kleidung war bereits in die Höhe geschoben worden.

Sheila litt, sie stöhnte und wand sich, aber sie wurde

von der ersten Helferin an den Schultern festgehalten. Die an den Füßen stehende Frau schüttelte den Kopf. »Es ist noch nicht soweit, Professor. Sie braucht noch mindestens eine Stunde, denke ich.«

Harris schüttelte den Kopf. »Nein, nein, wir werden die Geburt jetzt einleiten. Die Zeit drängt. Hol heißes Wasser, schnell.«

Die Helferin verschwand.

Harris nickte. Dann griff er nach einer Schere, um den Dammschnitt anzusetzen.

»Neiiiinnnn ...«

Wir hörten Sheilas abermaligen Schrei, und Bill war kaum noch zu halten.

Es ging um seine Frau, um sein Kind, und er wollte sich von oben herab in die Tiefe stürzen. Es war ihm alles egal, auch wenn er selbst dabei draufging.

Ich riß ihn zurück, denn der Zeitpunkt war noch nicht günstig. Bill wollte mir an die Kehle fahren, sein Gesichtsausdruck ließ darauf schließen. Zudem bewegte er ungeschickt seine linke Hand, in der er Sheilas Talisman hielt.

Der Sonnenanhänger machte sich selbständig und fiel nach unten. Wie von der Hand einer guten Fee geleitet, landete er direkt in der Mitte des schauriges Taufbeckens. Das Blut spritzte dabei in die Höhe, und die Flüssigkeit beruhigte sich nicht mehr. Sie fing an zu wallen und auch zu dampfen. Der Rauch legte sich über das Taufbecken, dann hörten wir ein klägliches Stöhnen.

Jetzt mußten wir handeln. »Egal, was da unten passiert, Bill. Sheila ist jetzt deine Sache, okay?«

»Und ob ...«

Die Schere befand sich nur noch eine Handbreit vom Ziel entfernt, da wurde Harris abgelenkt. Er hörte das Stöhnen aus dem Taufbecken, er sah den Rauch und auch, wie das Blut anfing zu brodeln und zu kochen. Harris war irritiert. Mit dieser Entwicklung hatte er nicht gerechnet, und er wollte wissen, was geschehen war.

Deshalb ließ er Sheila liegen und trat an das Taufbecken heran. »Es ist bald vollbracht, Herr und Gebieter ...«

Das Stöhnen im Becken nahm zu, aber Harris konnte die Antwort aus dem Reich des Bösen nicht verstehen. Bis er das Knarren über sich vernahm. Der Instinkt ließ ihn herumfahren, er sah den Schatten eines Menschen von oben herab auf sich zufliegen, und einen Atemzug später rammte ich ihn mit beiden Füßen zu Boden.

Harris flog weg wie eine Puppe und blieb bewegungslos liegen. Ich hatte mir zum Glück nichts getan und wandte mich dem Taufbecken zu. Das aus dem Blut hochsteigende rote Licht war dabei, sich zu verwandeln. Es verlor seine Farbe und wurde zu einem Strahlen, das auf die offene Luke zuströmte. Auch das Klagen war nicht mehr zu hören. Jetzt brüllte eine Bestie aus dem Unsichtbaren, als würde sie gefoltert, wahrscheinlich bedingt durch die Umwandlung des Lichts von der negativen zur positiven Seite.

Das Grauen brach zusammen, aber es gab noch die Helferin, die das nicht akzeptieren wollte. Ich sah sie nicht, aber ich hörte Sheila schreien.

Die Frau hetzte auf mich zu, um mir die Spitze eines Kerzenleuchters in den Leib zu rammen. Sie schaffte es nicht, denn ebenso wie ich flog auch Bill nach unten. Er sprang der Frau genau in den Rücken, die zu

Boden prallte und mich deshalb verfehlte. Bill hatte den Sprung nicht so gut verdaut, aber Sheilas Ruf riß ihn wieder hoch. Er zögerte noch, doch ich schrie ihm zu.

»Los, bring sie endlich hier raus!«

Ich war bereits zu Harris gegangen und kniete neben ihm. Jetzt war die zweischneidige Klinge wichtig, die ich langsam aus dem Gürtel hervorzog.

Bill zuckte zusammen, als Sheila unter einer Wehe aufschrie.

»Verschwindet endlich!« brüllte ich ihn an.

»Ja, schon gut!«

Für Bill gab es kein Halten mehr. Das Bett lief auf Rollen. Bill packte es und schob es mitsamt Sheila durch die Tür in den Gang des Mausoleums hinaus.

Ich war froh. Jetzt gab es nur noch Harris und mich. Der schwarze Täufer war schon so gut wie tot.

Ich setzte die Klinge in Herzhöhe an und wollte sie in den Körper stoßen, als Hände meinen Hals packten und mich würgten. Es war die Helferin, die sich wieder erholt hatte. Eine Frau, die ihrem Chef treu ergeben war und mich erwürgen wollte.

Zugleich erwachte Harris und richtete sich auf …

»Wir schaffen es, Schatz, wir schaffen es!« Immer öfter wiederholte Bill die Worte. Er lachte dabei, er weinte, er keuchte. Die Erleichterung durchströmte seinen Körper und machte ihn glücklich.

Das Licht der Fackeln huschte über sein Gesicht und auch über Sheilas Körper hinweg. Sie stöhnte leise vor sich hin und schrie dann auf, als sie die Leiche der koreanischen Schwester sah. In einer großen Blutlache lag sie am Boden.

346

»Mein Gott, sie hat mir helfen wollen …«

Bill schob das fahrbare Bett weiter. Trotz seines Glücksgefühls konnte er nicht so recht glauben, daß schon alles vorbei sein sollte. Da kam bestimmt noch etwas nach. Oder sollte alles so einfach sein?

Und der Schrecken erschien.

Plötzlich stand eine der Helferinnen vor ihnen und versperrte ihnen den Weg. Sie hielt einen glühend heißen Kohlekessel in der Hand und in der anderen eine aufgeklappte Geburtszange. Bill sah die Schale mit dem heißen Wasser auf dem Kohlekessel stehen, und er wußte, welches Schicksal ihm bevorstand.

Die Frau freute sich schon darauf, denn sie grinste diabolisch. Selbst Sheila versuchte noch verzweifelt, sich von den Fesseln zu befreien, was sie jedoch nicht schaffte.

Bill wuchs über sich selbst hinaus. Bevor die Nonne ihn angriff, reagierte er. Er riß Sheilas Laken weg, drängte sich zwischen Bett und Wand vorbei, wickelte das Laken um seine Hände und packte so die Schüssel mit dem heißen Wasser.

Trotzdem hatte er das Gefühl, die Haut an seinen Händen stünde in Flammen. Das Wasser schwappte wie eine Woge auf die Frau zu, die so schnell nicht ausweichen konnte. Die heiße Ladung klatschte in ihr Gesicht, und die Person stieß einen fürchterlichen Schrei aus, bevor sie rücklings zu Boden stürzte.

Bill kümmerte sich nicht um sie. Sheila war wichtiger. »Wir sind gleich draußen!« rief er krächzend und schob das Bett vor. »Vertrau mir. Es wird alles gut.«

Sheila wimmerte nur noch. Und dann sah Bill die Tür. Seine Augen leuchteten auf. Er rammte sie mit dem Bett auf, die kalte Luft traf sein Gesicht, und Sekunden später hatten sie das Freie erreicht …

Der Würgegriff der Krankenschwester war mörderisch. Ein Riese hätte kaum schwächer sein können.

Das gleißende Licht aus dem Taufbecken erhellte fahl den großen Raum, und ich sah die alte Frau wie einen gewaltigen Schatten, der sich neben mir abzeichnete. Die Babys weinten jämmerlich, und diese Laute hallten schaurig in meinen Ohren.

Harris hatte sich aufgerappelt und sich mit einem Kerzenleuchter bewaffnet. Er kam damit auf mich zu. Er humpelte. Sein Gesicht war kein Gesicht mehr, sondern eine Fratze. Er war drauf und dran, mir den Leuchter in den Leib zu rammen.

Die Krankenschwester hinter mir atmete röchelnd. Sie war wie von Sinnen, und ihre Finger glichen Stahlklammern, die sich tief in die Haut meines Halses bohrten.

Harris war schon so nah bei mir, daß ich sein Keuchen hörte. Seine Augen glänzten. Er ging noch einen Schritt weiter, blieb dann stehen und holte mit dem Kerzenleuchter aus.

Die würgende Krankenschwester schob mich noch näher an ihn heran und drückte mir dabei ein Knie in den Rücken. Sie war für Harris die perfekte Helferin.

Noch einmal riß ich mich zusammen. In den letzten Sekunden hatte ich meinen Widerstand aufgegeben, um die würgende Frau zu täuschen. Ich hatte Kraft sammeln können – und setzte sie ein.

Ich stemmte den linken Fuß gegen den Boden und drehte mich in die gleiche Richtung. Mit soviel Schwung wie möglich, und ich hatte Glück.

Die Krankenschwester machte die Bewegung mit. Die Würgehände rutschten an meinem Hals ab. Alles ging wahnsinnig schnell. Selbst Harris wurde überrascht und konnte seine Hand nicht mehr anhalten.

Der schwere Leuchter befand sich bereits auf dem Weg. Aber die Spitze traf nicht mich, sondern die Frau.

Der große Leuchter bohrte sich tief in ihren Leib. Das konnte sie einfach nicht überleben.

Sie sank zu Boden. Unter dem Stoff der Kutte löste sich ihr Körper mit einem zischenden Geräusch auf.

Harris glotzte mich an. Er hielt nur noch seinen Krückstock fest. »Das wirst du mir büßen, Hund!«

Er kam näher. Er wollte mir an die Kehle. Aus seinem Mund drang ein Zischen, und die Zunge zuckte immer wieder hervor. Plötzlich aber starrte er auf die Klinge, die ich ihm entgegenhielt. Er stoppte, er zitterte plötzlich, duckte sich und ging mit unsicheren Schritten zurück auf das Taufbecken zu.

Ich verfolgte ihn mit dem Wissen, daß er mir nicht mehr entkommen konnte. Die Klinge in meiner rechten Hand fing an zu strahlen. Während er mit dem Rücken gegen das Taufbecken stieß, sprach ich die wichtigen Worte.

»Nur die zweischneidige Klinge der vierten Welt vermag die Manifestation des Schwarzen Tods auf der Erde zu verhindern ...«

Harris riß den Mund auf. Das Licht des Taufbeckens tauchte ihn in einen hellen Glanz. Vom Kopf bis hin zu den Füßen erfaßte ihn der Kegel.

Er brüllte, dann zischte er wie eine Schlange, und sein Gesicht veränderte sich innerhalb von Sekunden in einen schrecklich aussehenden Schlangenschädel ...

Bill schrie, als er das Blaulicht sah. Überall standen die Wagen der Einsatztruppe. Er schob das Bett auf den hellsten Lichtkegel zu, und wie eine Traumgestalt kam ihm Glenda Perkins vor, die sofort sah, was passiert war. Sie sorgte dafür, daß Sheila umgehend in einen Krankenwagen geschafft wurde und in ärztlich Behandlung kam. Dort wurde sie versorgt, aber Bill blieb bei ihr und hielt ihre Hand.

Glenda lächelte ihm von draußen noch einmal zu. »Paß gut auf dich auf, Bill. Und noch mehr auf Sheila.«

»Darauf kannst du dich verlassen.«

Glenda schloß die Tür, und der Wagen rauschte ab.

Sheila und Bill waren gefunden worden, John Sinclair noch nicht. Mit einem sehr besorgten Gesichtsausdruck wandte sich Glenda den düsteren Mauern des Mausoleums zu …

Der Körper eines Menschen, der Schädel einer Natter!

Das war aus Harris geworden, der auf keinen Fall aufgeben wollte. Obwohl ich die Waffe in der Hand hielt, stieß er sich vom Taufbecken ab und stürzte mir entgegen. Nichts war mehr von seiner Schwäche zu spüren. Die Verwandlung hatte ihn gestärkt und schnell und geschmeidig gemacht.

Ich mußte mich in acht nehmen. Er wollte beißen. Seine Schlangenzähne in mein Genick hacken wie ein Vampir. Dabei hörte ich Geräusche, die aus einem Knurren und Zischen bestanden.

Ein paarmal schon hatte ich zugestoßen, ihn aber immer verfehlt, weil er mir ausgewichen war. Dafür hatte er es nicht geschafft, mich zu beißen. Aber er duckte sich, rammte sein Knie hoch, das meine Gürtelschnalle traf und mich zurückwuchtete. Mein Stich verfehlte ihn wieder. Er schrie triumphierend auf, setzte nach – und war zu hastig, denn meinen Tritt übersah er.

Der Fuß hob seinen Körper fast an. Wieder wurde er

nach hinten geschleudert und stieß gegen den Rand des Taufbeckens. Damit geriet er auch wieder in das Licht.

Für mich lag er wie auf dem Präsentierteller. Der häßliche Natternkopf war nach hinten gesunken, die Brust lag frei vor mir, und ich hieb die zweischneidige Klinge genau in Herzhöhe hinein.

Kein Schrei, nur ein Winseln. Und eine Rückverwandlung. Die dämonische Welt wollte ihn nicht mehr haben. Sie stieß ihn ab, indem sie ihn wieder in den Menschen verwandelte, der allerdings vor meinen Augen blitzschnell alterte.

Sein Haar ergraute, dann wurde es weiß, und tiefe Falten durchzogen sein Gesicht wie Furchen. Noch einmal versuchte er mich anzusprechen, aber seine Worte waren nicht mehr als ein unverständliches Gurgeln. Er versuchte noch, sich an mich zu klammern. Ich trat zurück, und Harris brach vor mir zusammen.

Seine Haut war trocken geworden und sehr porös. Beim Aufprall brach Harris auseinander, denn er war bereits zu einem Skelett geworden, das zu braunem Staub zerbröselte.

Da fiel auch das Licht über dem Taufbecken in sich zusammen. Normales Wasser schimmerte in der Mulde. In ihm lag, wie ein Zeichen des Sieges, Sheilas Sonnenanhänger.

Und als ich das Weinen eines Babys hörte, da wußte ich, daß alles vorbei war. Dieser Schrei war wie das Symbol für ein neues Leben ...

Ich hatte mich nicht halten können und den kleinen Wurm hochgenommen. Er schaukelte jetzt in meinen Armen, aber nur ich erschreckte mich, als die Tür zu dieser unheimlichen Stätte aufbrach und Glenda als erste auf mich zulief. Hinter ihr sah ich die Männer des Einsatzkommandos.

Ihr Erschrecken verwandelte sich in ein Lächeln, als sie mich mit dem Kind sah.

»Toll, steht dir gut.«

»Noch nicht, Glenda. Das überlasse ich den Conollys.« Mein Lächeln verschwand. »Was ist mit ihnen?«

»Sie sind in Sicherheit.« Glenda schaute auf die Uhr. »Wahrscheinlich wirst du sogar in diesem Augenblick Patenonkel.«

Ich bekam plötzliche weiche Knie, denn damit hatte ich nicht mehr gerechnet. Aber es gibt immer zwei Seiten im Leben. Diesmal hatte ich die richtige erwischt ...

ENDE

Engelsgrab

Der Junge rannte, als säße ihm der Teufel persönlich im Nacken. Es war nicht der Satan. Hinter ihm donnerte ein Ungeheuer heran. Ein Koloß aus Stahl, der über die glänzenden Schienen des Tunnels raste.

Und Chris Stevens rannte. Schneller, immer schneller. Seine Beine waren nur ein zuckendes Etwas, und die Füße schienen den Boden kaum zu berühren.

Nicht nur die eigene Furcht trieb ihn an, auch die Rufe seiner Freunde, die sich in die Nischen und gegen die Wände des Tunnels gedrückt hatten.

»Schneller!«

»Los, du schaffst es!«

»Häng dich rein!«

»Zeig, was du drauf hast!«

Chris gab nicht auf. Ich kann fliegen, dachte er. Ich kann fliegen! Er rannte weiter und hörte hinter sich das schrille Pfeifen des Zuges, das ihm beinahe das Trommelfell zerriß ...

Im Gegensatz zu William Stevens konnte Cathy, seine Frau, nicht schlafen. Unruhig wälzte sie sich von einer Seite auf die andere und ärgerte sich auch darüber, daß ihr Mann so fest schlief, als würden sie in einer heilen Welt leben.

Schließlich hielt sie es nicht mehr aus und stieß ihn an. »Bitte, ich denke an Chris ...«

William erwachte. Er hatte das letzte Wort genau verstanden und drehte sich zu seiner Frau um. »He, träumst du?«

»Nein, ich träume nicht. Wo ist Chris?«

William richtete sich auf. Er rieb seine Augen. »Im Bett, wo sollte er sonst sein?«

»Bist du sicher?«

»Warum sollte ich nicht sicher sein?«

Auch Cathy hatte sich aufgesetzt und strich über ihre Stirn. »O Gott, der Junge macht mich noch wahnsinnig.«

William schüttelte den Kopf. Gleichzeitig drückte er seine Frau wieder zurück. »Komm zu mir.«

Cathy rutschte zu ihrem Mann hinüber und kuschelte sich eng an ihn. Trotzdem konnte sie nicht einschlafen. Außerdem fror sie trotz der Wärme unter dem Oberbett.

Sie wollte etwas sagen, doch da klingelte es schrill und brutal an der Wohnungstür.

Mit einem Ruck fuhr Cathy in die Höhe. Ihr Mann reagierte etwas später, weil er schon beinahe wieder eingeschlafen war. Er schaute zu, wie Cathy aus dem Bett sprang und sich einen Bademantel überstreifte. Sie flüsterte dabei mehrmals den Namen ihres Sohnes vor sich hin und eilte dann aus dem Zimmer.

An der Wohnungstür holte William sie wieder ein. Im hellen Licht der Flurleuchte sah er die Angst auf dem Gesicht seiner Frau. »Laß mich öffnen.«

»Ja – bitte.«

Er zog die Tür auf. Sie sahen zwei Polizisten vor sich, zwischen denen ihr Sohn stand, der etwas ramponiert aussah und Schürfwunden im Gesicht hatte.

Cathy konnte nicht sprechen und schüttelte nur den Kopf.

William Stevens atmete tief durch. Sein Herzschlag beruhigte sich allmählich. »Ich denke, du liegst im Bett!«

Einer der beiden Polizisten begann zu sprechen, und er sah nicht eben glücklich dabei aus. »Ihr Sohn war mit ein paar Freunden in einem U-Bahn-Tunnel unterwegs. Er hat die Vollbremsung eines Betriebswagens verursacht. Der Wagenführer wurde leicht verletzt und hat viel Glück gehabt.«

»Was machst du da nur?« keuchte Cathy.

Jetzt sprach der zweite Polizist. »Er sprach von einem Rendezvous mit einem Schutzengel. Kann ja sein. Es gibt ja heute viele verrückte Dinge. Ich bin kein Psychiater und kenne mich nicht aus. Ich bringe nur Ihren Sohn zurück.«

»Aber«, fügte sein Kollege hinzu. »Diesmal müssen Sie mit einer Strafanzeige rechnen.« Er schob Chris in den Flur hinein. »Eine gute Nacht noch.«

Leise schloß William Stevens die Tür. Chris hatte noch immer nichts gesagt. Er lief durch den Flur und betrat das Wohnzimmer. Seine Eltern folgten ihm.

William schaute seinen Sohn an. »Hat dich also wieder mal dein Schutzengel gerettet«, sagte er spöttisch. »Mein Sohn muß ja mehr als außergewöhnlich sein.«

»Das kannst du glauben oder nicht, Dad.«

Stevens schlug gegen seine Stirn. »Wenn du so weitermachst, landest du noch im Irrenhaus. Du bist total verrückt!«

»William, bitte!«

»Ist doch wahr, Cathy. Da hat er dann Gitter vor seinem Fenster.«

»Laßt mich doch in Ruhe!« schrie Chris und zog die Nase hoch.

»Ach, wir sollen dich in Ruhe lassen? Merkst du nicht, daß du uns nicht in Ruhe läßt? Du machst deine Mutter und mich krank. Ich gebe mir wirklich alle Mühe, dich zu verstehen …«

»Außerdem gibt es auf der Welt keine Engel!« mischte sich Cathy ein. »Das weißt du ebensogut wie ich. Sieh mich an. Was ist mit irgendwelchen Drogen?«

»Drogen, Mum?« Chris lachte seiner Mutter ins

Gesicht. »Vergiß es. Ich kann es ja selbst nicht begreifen«, jammerte er plötzlich los. »Keine Ahnung, was mit mir passiert. Aber es ist so, wie ich es euch sage. Ich baue viel Scheiße, okay. Manchmal gehe ich auch zu weit. Aber jetzt ist alles anders.«

»Wie anders, Chris?«

»Als ob mich etwas da reinzieht, Dad.« Er zog wieder die Nase hoch. »Plötzlich taucht dann das Mädchen auf und rettet mich.«

William Stevens nickte. »Aha, es ist also eine sie. Der Engel hat ein Geschlecht. Toll. Aber ich verstehe. Die erste Liebe meines Sohnes.« Seine Stimme nahm an Schärfe zu. »Ist es vielleicht ein Mädchen aus deiner Schule, vor dem du den dicken Max spielst?« Er schüttelte den Kopf. »Nicht mit mir, mein Junge, nicht mit mir ...«

Chris riß den Mund auf und atmete tief ein. »So versteht mich doch! Es ist anders. Sie muß sterben, und wenn sie stirbt, sterbe ich ebenfalls. Ihr müßt mir helfen!« Der Ausdruck starker Angst war plötzlich in seinen Augen. »Da ist jemand unterwegs, der uns töten will!«

Stevens grinste. »Dich und deinen Schutzengel?« Er schaute seine Frau an, die nur den Kopf schüttelte.

Wütend trat Chris mit dem rechten Fuß auf. »Scheiße, auf euch habe ich mich noch nie verlassen können.« Er drehte sich um und rannte auf die Wohnzimmertür zu.

»Wo willst du hin?« rief William ihm nach.

»Ins Bett!« schrie Chris unter Tränen. »Ich brauche jemanden, der mir glaubt!«

Die Tür knallte so laut zu, daß Cathy und William zusammenzuckten.

Sehr früher Morgen über London. Drei Stunden nach Mitternacht. Eine Stadt im Schlaf. Nur wenige Menschen waren jetzt noch unterwegs. Es hatte geregnet, und aus den Gullys kroch geisterhaft dünner Dampf.

Schaufenster von Geschäften. Zum Teil erleuchtet, zum Teil nicht. Alles wirkte so leer und geheimnisvoll. Wie auf einer Bühne, die darauf wartete, von den Akteuren betreten zu werden.

In einem großen Schaufenster, unweit einer Einkaufspassage, die tagsüber von Menschenmassen bevölkert war, standen verschiedene Puppen. Sie nahmen unterschiedliche Posen ein und wirkten jetzt, wo sie bekleidet waren, wie zu Stein gewordene Menschen.

Eine Puppe stach besonders von den anderen ab. Sie trug einen langen Ledermantel. Der Kopf war mit schwarzem Kunsthaar bedeckt. In dem glatten Gesicht strahlten Augen von einer unbestimmten Farbe, die plötzlich ein intensives Leuchten annahmen.

Ein Ruck durchlief die Puppe. Sie hob ein Bein an. Sie lebte, und sie stand dicht vor der Scheibe.

Ein wuchtiger Tritt reichte aus, um sie zu zerstören. Die Splitter flogen auf den Gehsteig und wirbelten wie schimmernder Eisregen durch die Luft. Auf dem Boden blieben sie liegen. In ihnen spiegelte sich das kalte Mondlicht.

Sammuel verließ das Schaufenster mit einem langen Schritt. Für einen Moment blieb er noch vor dem zerstörten Schaufenster stehen und schüttelte letzte Glasreste von seiner Kleidung.

Er schaute sich um. Blickte nach vorn, nach rechts und nach links.

Denn nickte er und war wenig später in den Schatten der Nacht verschwunden ...

Die Glasscherben knirschten unter den Sohlen der drei Männer, als sie einen Teil Einkaufspassage abschritten. Es waren zwei Polizisten und der Geschäftsführer des Ladens.

»Meine Mitarbeiter haben schon alles nach einem Stein abgesucht, aber nichts gefunden.«

»Es sieht nicht unbedingt danach aus, als hätte jemand die Scheibe mit einem Stein eingeworfen.«

Der Geschäftsführer zuckte mit den Schultern. »Vielleicht hat der Täter eine Eisenstange benutzt und sie dann wieder mitgenommen.«

»Nein, das auch nicht.«

»Wieso?«

»Sie sollten sich mal bei Ihren Mitarbeitern umhören.«

»Sorry, aber das verstehe ich nicht.«

»Ist ganz einfach, Mister. Die Scheibe wurde von innen zerstört. Das sieht auch nicht nach einem Einbruch aus. Oder wurde etwas aus dem Fenster gestohlen?«

Jetzt mußte der Mann lachen. »Wenn Sie es so nehmen. Eine meiner Puppen ist weg, ausgestattet mit einem sündhaft teuren Outfit von Armani.«

»Und was noch?«

»Sonst nichts. Aber das reicht doch wohl. Es ist schon ein herber Verlust.«

Die beiden Beamten schauten sich die Auslage noch einmal an. Die Puppen standen an ihren Plätzen. Sie waren so drapiert, daß die Lücke schon auffiel.

Einer grinste und meinte: »Vielleicht ist die Puppe auch weggelaufen.«

Und sein Kollege fügte hinzu: »Wir werden die Augen offenhalten, falls sie uns über den Weg läuft.«

Der Geschäftsführer wußte nicht, ob er lachen oder

sich ärgern sollte. Er wurde wieder angesprochen. »Wahrscheinlich haben Sie mit der Eisenstange doch recht. Aller Erfahrungen nach sind weitere Nachforschungen in einem derartigen Fall sinnlos. Wir nehmen noch die Anzeige gegen Unbekannt auf, und Sie melden den Schaden Ihrer Versicherung. Einverstanden?«

Der Mann nickte. »Von mir aus ...«

Bill Conolly hielt die Bilder in der Hand, die allesamt mich, John Sinclair, zeigten. »Das, John, oder das?«

»Gut.«

»Wie wäre es denn mit dem hier?«

»Auch gut.«

Bill schüttelte den Kopf. Er schaute hinter mir her, wie ich durch mein Zimmer ging und etwas suchte. »Etwas mehr Engagement, wenn ich bitten darf. Du kannst dir die Bilder zumindest mal ansehen, die ich dir vorlege.«

»Siehst du nicht, wie engagiert ich bin? Ich suche diese verdammten Flugtickets.«

»Vielleicht hast du sie gegessen. Als Junggeselle ist man ja mit vielem zufrieden.«

»Kann ja nicht jeder eine so gute Köchin im Haus haben wie du, Bill.«

»Bevor ich dich hier rauslasse, treffen wir eine Auswahl.«

Ich blieb stehen, schaute Bill an und stemmte die Hände in die Hüften. »Meinst du nicht, daß der Wirbel allmählich reicht?«

»Himmel, John, das ist deine und meine Chance. Ein Story für Newsweek. Super.« Seine Augen leuchteten. Er konnte sich kaum beruhigen.

Ich schüttelte den Kopf. »Die Leser werden denken, sie hätten sich in ein Splatter-Magazin verirrt. Mein Job ist nichts für die Öffentlichkeit.«

»Du hast keine Ahnung, was die Leser wollen.«

»Meinetwegen. Dann laß wenigstens den Geisterjäger raus. Es liest sich sonst zu trivial.«

Bill lachte. »Steigert aber die Auflage.« Er hielt zwei Fotos hoch.

»Nehmen wir die beiden?«

Ich winkte ab. »Meinetwegen.«

Bill grinste mich an. »Ich habe auch eine Belohnung für dich. Da, es steht auf der Anrichte.«

Ich runzelte die Stirn. »Ein Diktiergerät?«

»Ja. Du kannst es während der Sitzungen einschalten und dann weiterschlafen.«

Ich ballte die rechte Hand zur Faust. »Ich hasse diese Tagung. Wenn ich das Ticket nicht finde, muß Sir James eben allein fliegen.« Ich ging auf das Diktiergerät zu. Es war klein genug, um es in der Tasche verschwinden zu lassen, was ich auch tat. Dafür holte ich einen anderen Gegenstand hervor.

Es war mein Ticket.

»Schade …«

Bill hob die Schultern. »Komm, ich habe es eilig, schließlich sollst du deinen Flug nicht verpassen.«

»Das geht nicht. Ich muß noch auf die Hausmeisterin warten. Fahr du los, ich nehme meinen Wagen.«

Er winkte ab. »Ob das gutgeht? Wann wollte Mrs. Evans denn hier sein?«

»Gegen zehn.« Bill lachte nur, wünschte mir einen guten Flug und versprach auch, mich anzurufen. Die beiden Fotos nahm er mit. Die anderen ließ er auf dem Tisch liegen. Ich legte sie säuberlich zusammen. Dann warf ich einen Blick auf die Uhr.

Mrs. Evans war schon über der Zeit.

»Dann eben nicht, gute Frau«, sagte ich und nahm meinen Koffer.

Ich hatte den Wagen gestern abend auf dem Parkplatz vor dem Haus stehenlassen. Auf dem Blech lag ein feuchter Film, denn in der Nacht hatte es geregnet, und auch jetzt war die Luft noch nicht so recht trocken geworden. Ich öffnete die Klappe des Kofferraums und legte mein Gepäck hinein. Der Abfahrt zum Airport stand nichts im Weg, bis ich plötzlich den Lärm hörte.

Ich fuhr herum.

Weiter hinten sah ich einen Motorradfahrer. Er fuhr eine schnelle Rallye-Maschine.

Von der Seite näherte sich ein mächtiger Truck. Er fuhr ziemlich schnell, und wenn er nicht bremste oder der Motorradfahrer es tat, würden sich die Wege unweigerlich kreuzen.

Himmel, war der Mann denn verrückt?

Ich gab ihm Zeichen. Ich sprang hoch, ich winkte, aber es brachte nichts. Der heiße Ofen donnerte mit der gleichen Geschwindigkeit weiter, und das Unheil war nicht aufzuhalten. Die folgenden und auch entscheidenden Sekunden durchlitt ich wie einen Zeitlupenfilm. Der Motorradfahrer hatte noch gebremst, trotzdem schaffte er es nicht mehr, die Maschine rechtzeitig genug zum Stehen zu bringen. Sie und der Truck trafen sich.

Plötzlich flog die Gestalt durch die Luft, während der Fahrer des Trucks einfach weiterfuhr. Ich starrte der durch die Luft wirbelnden Gestalt nach, die sogar über meinen Kopf hinwegflog, auf ein Autodach prallte, von dort zu Boden rutschte und dann aus meinem Gesichtsfeld verschwand. Erst jetzt kam mir zu

Bewußtsein, daß ich der einzige Zeuge dieses Vorfalls gewesen war. Allmählich fing ich mich wieder und dachte über das nach, was ich gesehen hatte.

Dann rannte ich los.

Hätte ich den Motorradfahrer gesehen, so hätte ich auch bemerkt, wie er seinen Helm abnahm, den Kopf schüttelte und hoch zu einem etwa sechzehnjährigen Mädchen schaute, das vor ihm stand. Rote Locken umrahmten das hübsche Gesicht. Es war schwarz gekleidet und schüttelte den Kopf. »Wann endlich machst du deinen Führerschein?«

»He, du schon wieder. Mir passiert immer etwas, wenn du aufkreuzt.«

»Ich will nicht mit dir streiten, Kleiner. Ich habe dich gewarnt. Es war das letzte Mal. Von jetzt ab kann ich dir nicht mehr helfen. Auch Schutzengel sterben …«

Chris nahm es locker. »Ach ja? Ich dachte immer, daß Engel schon tot wären.«

»Du hast dein Leben zu oft riskiert. Auch ich habe Feinde. Es gibt jemanden, der mich töten will. Er ist schon da. Sammuel!«

»He, und ich bin auch noch da.«

Der Engel schüttelte den Kopf. »Es gibt kein Entkommen für dich. Von nun an bist du auf dich allein gestellt. Denk an Sammuel. Er wird auch dich suchen.« Der Engel drehte ab.

Chris verspürte plötzlich Angst. Er hatte bemerkt, daß sein Schutzgeist nicht spaßte. »Bitte – geh nicht weg – ich habe – mich in dich verliebt. Echt …«

»Leb wohl, Süßer …«

Chris hörte hastige Schritte und auch das Atmen eines Menschen. Er richtete sich auf und sah, wie ein Mann auf ihn zurannte.

Auch ich sah den Jungen, aber ich sah noch mehr.

Ein Mädchen mit roten Locken, das in seiner Nähe stand, plötzlich aber wie ein Spuk von der Bildfläche verschwunden war.

Aus dem Lauf heraus blieb ich stehen, sah mich noch einmal um und fand die Kleine nicht. Dafür hörte ich die Stimme des Jungen, der sich aufrichtete. Er sprach ins Leere hinein, aber er schien trotzdem jemanden zu sehen. »Bitte, bleib bei mir. Ich kann ohne dich nicht leben …«

Es hatte keinen Sinn. Niemand war zu sehen. Ich half ihm richtig auf die Beine und legte einen Arm um seine Schultern. »Ist alles okay, mein Junge?«

»Nein, nichts ist okay.« Er atmete stoßweise und starrte mich dann an. »He, sind Sie nicht John Sinclair?«

»Ja, und wie heißt der junge Stuntman? Das war ja eine unglaubliche Bogenlampe. Du hast irrsinniges Glück gehabt. So etwas gibt es nicht zweimal.«

Der Junge schüttelte den Kopf. Er ging gar nicht auf meine Worte ein, sondern sagte: »Sie sind meine letzte Rettung. Keiner will mir glauben.«

»Ausgerechnet ich?«

»Wer sonst?«

Da sah ich das Magazin, das aus der Tasche seiner Bomberjacke hervorschaute. Es war aufgeschlagen. Ich sah mein Foto und einen Artikel über mich.

»Aha, ein gewisser Conolly hat mal wieder seine Spuren hinterlassen.«

Chris stieß mich an und meinte: »War gar nicht einfach, Sie zu finden, Mister. Da mußte ich mir schon was einfallen lassen. Sind Sie eigentlich schon mal Ihrem Schutzengel begegnet?«

»Bisher noch nicht. Die Engel, die ich kenne, waren weniger freundlich.«

Cathy Stevens stand in der Küche und packte Müll in die Tüte. Durch das Fenster fiel ihr Blick nach draußen. Ein Hund bellte. Er sprang vor seiner Hütte hin und her. Ein Nachbar wechselte auf der Straße einen Reifen. Gegenüber, wo der kleine Spielplatz lag, wippte ein Kind auf einer Schaukel. Eine Idylle, die Cathy lächeln ließ und in der sie sich wohl fühlte.

Mit den beiden Mülltüten trat sie wenig später aus dem Haus und ging durch den Vorgarten auf die Tonnen zu, die bereits vorn an der Straße standen.

Sie hörte das Bellen nicht mehr und warf einen Blick hinüber zur Hundehütte. Aber da lag nur noch die Kette. Vom Hund selbst war keine Spur mehr zu sehen. Die Frau hatte Mühe, die Tüten in die schon sehr gefüllte Tonne zu quetschen. Sie blickte dabei über die Straße hinweg zum Spielplatz. Das Quietschen der Schaukel hörte sie, aber das Kind selbst war nicht mehr zu sehen. Die Schaukel schien immer wieder von Geisterhänden angestoßen zu werden. Auch der Mann, der seinen Reifen wechselte, war nicht mehr da. Nur das Werkzeug lag noch auf der Straße. Der Ersatzreifen lehnte einsam am Wagen.

Sie fröstelte, denn die gesamte Gegend kam ihr plötzlich wie ausgestorben vor. So etwas hatte sie noch nie erlebt. Als wären alle blitzartig weggezaubert worden und hätten dabei ihre Sachen einfach im Stich gelassen.

Cathy Stevens spürte den Frost auf ihrem Körper. Sie trat schnell den Rückweg an. Irgend etwas trieb sie, und sie blickte sich auch immer wieder unsicher um.

Und dann hörte sie das fremde Geräusch aus der Garage!

Augenblicklich blieb sie stehen und hielt den Atem an. Sie brachte das Geräusch mit der Veränderung in einen unmittelbaren Zusammenhang, obwohl sie keine normale Erklärung wußte.

Aber sie wollte Gewißheit haben und ging langsam auf die Garage zu. Ihr Herz klopfte heftig. Sie spürte auch den leichten Schweißfilm auf der Stirn. Das Tor zur Garage war nicht geschlossen. Trotzdem lag der Raum weiter hinten im Halbdunkel.

Nur einen Schritt ging die Frau in die Garage hinein, dann blieb sie stehen.

Was sie sah, begriff sie zunächst nicht. Im Hintergrund kniete ein ihr fremder Mann am Boden, der den dort lagernden Kram hastig durchstöberte. Er hatte die Frau noch nicht bemerkt und ließ sich in seiner Arbeit nicht stören.

»Guten Tag«, sagte Cathy mit leicht zittriger Stimme.

Der Mann stutzte für einen Moment. Danach richtete er sich auf. Er lächelte freundlich und hielt noch ein ölverschmiertes Tuch in seiner rechten Hand.

»Gehört das Tuch Ihrem Sohn?« fragte er, ohne den Gruß erwidert zu haben.

Cathy kümmerte sich nicht darum. »Wer sind Sie? Was wollen Sie hier?«

Sammuel sagte nichts. Er ging einfach nur weiter. Cathy wich zurück, bis sie gegen eine schmale Werkbank stieß. »Hören Sie, ich sage Ihnen nur, daß mein Mann jeden Augenblick nach Hause kommen muß.« Sie war bei ihren Worten nicht stehengeblieben und schob sich auf den Ausgang zu. Dabei suchte sie nach einer Waffe, mit der sie sich verteidigen konnte. Sie fühlte eine schwere Zange zwischen den Fingern, aber das Werkzeug rutschte ihr aus der Hand und fiel zu Boden. Die Angst trieb ihr die Röte ins Gesicht, aber sie dachte auch an Chris und flüsterte: »Was wollen

Sie von meinem Sohn? Sind Sie von der Schule? Oder von der Polizei?«

Der Fremde antwortete nicht. Er war stehengeblieben und rührte sich nicht. Er wirkte wie eine steinerne Figur, die eine nicht erklärbare Kälte ausstrahlte.

Auch Cathy wagte nicht, sich zu bewegen. Sie wunderte sich nur, daß er keine Fragen mehr stellte und nur das ölverschmierte Tuch anhob, um es unter seine Nase zu halten. Sehr intensiv saugte er den Geruch ein.

»Danke ...«

Danach ging der Fremde. Er trat auf, aber es war nichts zu hören. Lautlos verließ er die Garage.

Es dauerte mindestens ein Minute, bis sich Cathy Stevens wieder gefangen hatte. Mit kleinen, steifen Schritten verließ sie die Garage. Den Fremden entdeckte sie nicht mehr. Aber die nahe Umgebung zeigte wieder das alte Bild.

Der Hund bellte, als er an der Kette hin- und hersprang. Der Nachbar wechselte das Rad, und das Kind schaukelte im Park.

Cathy schüttelte den Kopf. »Habe ich geträumt?« fragte sie leise und spürte wieder das kalte Gefühl der Angst ...

Ich hatte Chris mit hoch in meine Wohnung genommen und ihn mit Pflastern versorgt, damit er sich um seine neuen Schürfwunden kümmern konnte. Auf dem Handy hatte ich Glendas Büronummer gewählt und hörte gleichzeitig den Jungen sprechen.

»Mit den komischen Psychiatern, zu denen mich meine Eltern geschleift haben, mit denen bin ich nie klargekommen. Die winken schon ab, wenn sie mich nur sehen. Idioten. Die haben mich längst abgeschrieben und kassieren nur die Kohle.«

Glenda meldete sich.

»Toll, daß ich dich erwische, Mädchen.«

»Oh, schon gelandet?«

»Nein, ich bin in meiner Wohnung. Gib Sir James Bescheid, wenn es möglich ist.«

»Haha, der wird sich freuen.«

»Ach, Glenda, du kannst doch so etwas. Bring es ihm schonend bei, dann wird er es überleben. Es ist ein Notfall.«

»Brauchst du eventuell Unterstützung?«

»Noch nicht. Aber ich melde mich, wenn ich welche benötige.«

»Das ist gut.«

Ich beendete das Gespräch und faßte noch einmal zusammen, was mir der Junge beim Hochfahren gesagt hatte. »Ans Limit gehen willst du? So ein Schwachsinn. Hast du Durst? Ich hole uns etwas aus dem Kühlschrank.«

»Nein.«

»Auch gut. Mal 'ne andere Frage. Warum bist du scharf darauf, den Kick zu erleben?«

Sehr altklug antwortete er mir. »Weil das Leben doch sonst scheißlangweilig ist.«

»Ja, begriffen. Aber ich verstehe nicht, daß du plötzlich zitterst, wo das Leben doch so fad ist.«

»Na ja, jetzt habe ich ein uncooles Gefühl.«

Ich lachte ihn hart an. »Uncooles Gefühl nennst du das? Daß dein Kopf noch auf deinen Schultern sitzt, grenzt an ein Wunder. Dein Engel hatte Schwerstarbeit zu leisten.«

Chris grinste und sah dabei aus wie ein Lausejunge. »Und das alles ohne Flügel.«

»Vielleicht hast du sie nur nicht gesehen.«

»Nein, nein, da waren keine. Aber sie selbst war klasse. Einfach super.« Sein Blick zeigte einen schwärmerischen Glanz.

Ich nickte ihm zu. »Himmel, Chris, dich hat es ja ganz schön erwischt. Hat deine Freundin auch einen Namen?«

Er blies die Wangen auf. »Nee, komisch. Sie hat mir nie einen gesagt. Die kann doch nicht echt sein oder?«

»Durchaus. Nur mit dem Verlieben wird es dann schwierig.«

»Aber sie darf nicht sterben!« rief der Junge.

Ich war dorthin gegangen, wo einige Bücher im Regal standen. »Aber den Namen Sammuel hat sie erwähnt?«

»Habe ich wenigstens verstanden.«

Ich hatte das entsprechende Buch gefunden, zog es hervor und legte es auf den Tisch. Langsam schlug ich es auf und hatte Glück, die richtige Seite schon wenig später zu finden. Die Darstellung eines Engels war zu sehen.

»Hier, Chris, hier haben wir ihn. Er ist ein Höllenengel. Sammuel steht an der Seite von Luzifer. Er ist der Todfeind der Schutzengel und …« Ich sprach nicht weiter, was Chris nicht gefiel.

»He, was und?«

»Er bestraft Hochmut!«

Plötzlich klatschte etwas gegen die Fenster. Es war Regen, der sich blitzartig aus den Wolken gelöst hatte. Aus der Ferne drang das Grollen eines Donners zu uns, als wäre der Himmel dabei, sich auf seine Rache vorzubereiten …

In der Ferne schlug eine Glocke an. Der Klang wehte über den einsamen Friedhof hinweg und erreichte auch die Ohren des jungen rothaarigen Mädchens, das mit sehr behutsam gesetzten Schritten über den Friedhof ging und sich dabei ängstlich umschaute. Eine Gefahr war ihm noch nicht aufgefallen. Das hatte nichts zu bedeuten. Die Gefahr näherte sich, das spürte der Engel.

Er schaute sich die Gräber genauer an. Sah die Steine, die Statuen, die Figuren, die Inschriften, oft mehr als Namen, auch Sinnsprüche und sogar kleine Reime.

Der Himmel war dunkel. Mehrere Wolkenschichten zeichneten sich dort in unterschiedlichen Grautönen ab. Er sah traurig aus, und das rothaarige Mädchen nahm es als Omen.

Vor einem hohen Grabstein blieb der Engel stehen. In seinen Augen leuchtete es auf. Er hatte genau das gefunden, was er suchte. Mit leiser Stimme sprach er vor sich hin.

»Das Grab eines Gerechten. Ein Kindergrab. Das muß es sein.« Er nickte. »Das ist der Ort für mich ...« Noch einmal blickte er sich um, weil er wissen wollte, ob der Feind bereits in der Nähe lauerte. Er sah ihn nicht. Wenn er bereits da war, dann hatte er sich gut versteckt.

Der Engel betrat das Grab. Weich war die Erde. Laub raschelte leise. Er schaute nicht nach, wie derjenige Mensch hieß, der hier unter der Erde lag. Es war ein Kind, das stand fest, und es hatte ein kurzes, gutes Leben hinter sich.

Das Mädchen mit den roten Haaren hockte sich auf den Boden. Mit dem Rücken stützte es sich am Grabstein ab. So fand es ein wenig Deckung.

Noch einmal glitt ihr Blick über den Friedhof, so weit es möglich war. Der Todfeind war nicht zu sehen. Aber er würde kommen, bald schon, und der Engel fing an zu frieren. Er hatte Angst. Es war die innerliche Kälte, die von ihm Besitz ergriffen hatte. Er senkte den Kopf, und leise Worte drangen über seine Lippen.

»Er kommt. Er kommt ganz bestimmt. Nichts kann ihn aufhalten ...«

Es nieselte, und der Regen verschmierte meine Windschutzscheibe. Ich schaltete den Scheibenwischer einen Takt schneller, betätigte die Scheibenwaschanlage und schaute zu, wie das Wischwasser vergeblich versuchte, zusammen mit den Wischern die Scheibe zu reinigen. Streifige graue Bögen blieben immer wieder zurück.

Chris saß neben mir. Er war wieder okay. Eine innere Spannung hatte ihn erfaßt, und er schaute sich des öfteren um wie jemand, der nach Verfolgern suchte.

»Kannst du ihn eigentlich besiegen?« fragte er.

»Keine Ahnung. Ich bin ihm bisher noch nicht begegnet.«

»Aber du hast seinen Namen schon mal gehört.«

»Das stimmt.«

»Wow. Ist echt cool.« Der Junge lachte. »Mann, weißt du, wie ich mir vorkomme?«

»Nein, wie sollte ich?«

»Wie im Kino.«

»Aha.«

»Ja, wie in Last Action Hero mit Arnold Schwarzenegger. Da hat sich der Junge eine verzauberte Kinokarte gekauft und spielt plötzlich in dem Film mit. He, woher soll ich eigentlich wissen, daß es auf einem Friedhof passiert? Der Friedhof der gerechten Kinder. Dort stirbt sie, und das weiß ich. Plötzlich fällt es mir ein. Weil ich bloß in einem Film bin, den ich schon mal gesehen habe. Weil ich das Drehbuch kenne. So ist es. Mann, die kurzen Ferien hier entwickeln sich zu einem echten Hammer.«

»Gedankenübertragung ist das nicht.« Ich musterte ihn von der Seite. »Du bist in keinem Film, und ich bin auch nicht Arnold.«

Chris zog seine Baseballkappe tiefer in die Stirn und hob die Schultern ...

Der Engel wußte nicht, wie lange er auf dem Grab gesessen hatte, als ihn ein flatterndes Geräusch aufschreckte. Es hörte sich an wie ein großer Vogel, der mit flatternden Schwingen in seiner unmittelbaren Nähe gelandet war.

Er sah einen Schatten und einen Augenblick später die düstere Gestalt in ihrem langen, dunklen Ledermantel. Sammuel war da, der Engelkiller, der Mörder. Er war naß vom Kopf bis zu den Füßen, und das rothaarige Mädchen hörte das Fallen der Tropfen.

Das Mädchen mußte lächeln, als es Sammuel so sah.

Ihn ärgerte dieses Lächeln. »He, was hast du? Selbst Engel kommen in den Regen und vergessen den Schirm. Hör auf zu lächeln. Du bist fast noch ein Kind, und ich mag es nicht, wenn Kinder mich anlächeln. Es könnte mich irgendwie verzaubern.«

Sammuel näherte sich dem Grab. Auch er lächelte jetzt. Nur war sein Lächeln anders. Böse, kalt, auch wissend, und der junge Schutzengel spürte die eisige Kälte, die von der anderen Gestalt ausging. Es war der

Geruch der ewigen Finsternis. Dicht vor dem Mädchen blieb Sammuel stehen. »Das ist der richtige Ort, um zu sterben. Zitterst du?«

»N – nein.«

»Doch, du zitterst. Aber nicht um dich. Sondern um den, den du beschützt hast. Er verspottet Gottes Saat. Er schwingt sich hoch zu seinem Thron. Er mißachtet seinen Platz in der Schöpfung. So fiel Satan, nicht wahr? Wir werden ihn uns holen ...« Sammuel verstummte. Er griff hinter sich, und plötzlich hielt er einen dunklen Bogen in der Hand, zu dem der ebenfalls dunkle Pfeil paßte.

»Bewege dich nicht, dann geht alles sehr schnell.«

Während der Worte hatte er den Pfeil bereits aufgelegt und den Bogen gespannt.

Dann zischte der Pfeil durch die Luft. Ein todbringendes Geschoß, das die Kehle des Schutzengels durchbohrte. Der schmächtige Körper wurde zurückgeworfen, das Mädchen drehte sich dabei und versuchte verzweifelt, sich am Grabstein festzuklammern, was ihm jedoch nicht mehr gelang. Ein letztes Wort drang stöhnend aus seinem Mund.

»Vater ...«

Dann brach der Engel endgültig zusammen. Er rollte auf das Grab zurück und blieb liegen, die Augen gegen den düsteren Himmel gerichtet. Wie bei einem Menschen, so waren sie auch bei ihm gebrochen.

Sammuel nickte zufrieden. Er beugte sich über den toten Engel und holte dabei das ölverschmierte Tuch hervor und roch daran.

Er war glücklich ...

Es war eine Fahrt gewesen wie die berühmte Suche nach der Stecknadel im Heuhaufen. Schon viele Friedhöfe der Stadt hatten wir abgefahren, und unser Laune war entsprechend gesunken.

Wieder hatten wir einen Friedhof betreten. An einer Weggabelung waren wir stehengeblieben. Chris sammelte kleine Steine und warf sie in ein Wasserbecken. Ich überlegte, wie es weitergehen sollte, als ich einen Mann sah, der sich uns näherte. Er trug Arbeitskleidung und schob eine Schubkarre vor sich her.

In unserer Nähe blieb er stehen. »Glücklich seht ihr beide nicht aus. Habt ihr euch verlaufen?«

»Wir suchen etwas Bestimmtes.«

»Was denn?«

»Den Friedhof der gerechten Kinder.«

Der Gärtner lachte. »Gratuliere, da sind Sie hier richtig.«

Chris hörte auf, die Steine ins Wasser zu werfen. »He, es gibt ihn doch?«

»Na ja, warum nicht.«

Ich schüttelte den Kopf. »Unter diesem Namen kenne ich den Friedhof aber nicht.«

»Da haben Sie recht, Mister. Am hinteren Ende gibt es eine verwilderte Ecke, die nennen die Leute im Volksmund Friedhof der gerechten Kinder.«

Chris lief sofort los. Ihn hielt jetzt nichts mehr. Die Sorge um seinen Schutzengel trieb ihn an.

»Wissen Sie«, sagte der Gärtner, »hier liegen viele Kinder, die damals bei den Bombenangriffen ums Leben kamen.«

»Danke, Sie haben uns sehr geholfen.«

»Gern geschehen.«

Ich lief Chris nach. Er war zu hören, ich brauchte nur seinen Geräuschen zu folgen und hatte ihn bald eingeholt. Diese Gegend hier war ziemlich verwildert. Es gab kaum einen Menschen, der sich um die Gräber kümmerte. Unterholz, das durcheinander wuchs. Alte Bäume. Viel Laub und Zweige auf dem Boden. Gräber mit alten Steinen, die teilweise schon verwittert waren.

Aber der helle Gegenstand fiel auf.

Er lag direkt auf einem Grab.

Chris schrie leise auf. Er wollte vorlaufen, doch ich hielt ihn zurück. Gemeinsam näherten wir uns dem Grab. Wir sahen den nackten Körper und auch die roten Locken und den Pfeil in der Kehle. Ich hatte genug Tote gesehen, das hier war kein toter Mensch.

»Eine Schaufensterpuppe«, murmelte ich.

Ich bückte mich. Chris sagte nichts. Er schluckte und kämpfte mit den Tränen.

Ich tastete über die Oberfläche der Puppe hinweg, befühlte auch den schwarzen Pfeil und wunderte mich über die durchsichtige Masse, die unter dem Rumpf der Puppe hervorquoll.

Ich richtete mich wieder auf und fragte Chris: »Sehen so tote Engel aus? Du kennst sie doch. Ist eine gewisse Ähnlichkeit vorhanden?«

Er wischte über seine Augen. »Na ja – ja …«

»Tut mir leid, Junge, wir sind zu spät gekommen.«

Chris fragte leise: »Ob Engel wohl eine Seele haben?« Dann lachte er wild und streckte seinen Arm vor. »Das ist doch nur eine blöde Puppe. Hohl und blöd.«

»Bitte, Chris!«

Der Junge wandte sich ab. Er ballte die Hände. »Verdammt«, sagte er gepreßt.

Ich stellte mich so hin, daß ich ihm in die Augen schauen konnte. »Ich möchte dir mal etwas sagen, Chris. Einem alten Glauben nach formte Gott die

Gestalten der Menschen aus Erde. Dann sprach er zu seinen Engeln: ›Verbeugt euch, denn das ist mein Ebenbild.‹ Aber es gab einen Engel, der wollte sich nicht verbeugen. Die Gestalt war aus Erde, er aber war aus Feuer. Er war das höhere Wesen und näher bei Gott. Da kroch der Engel durch den Mund in das Innere der Gestalt und kroch hinten wieder hinaus. Die Gestalt war hohl. Der Engel fand die Seele nicht und wunderte sich über ein derartiges Ebenbild. Er konnte es nicht glauben. Der Engel wollte daraufhin Gottes Thron besteigen. Er war voller Hochmut, doch der Herr warf ihn aus dem Himmel, und so war der Satan geboren. Der dachte sich dann, daß es besser war, in der Hölle zu herrschen, als im Himmel zu dienen. Und das alles nur, weil er die Seele nicht fand. So sind die Geschichten, die Legenden, von denen es einige gibt. Aber wir haben eine Seele, Chris.«

»Ja«, murmelte der Junge. »Jetzt verstehe ich Sie.«

»Schön. Dann schlage ich vor, daß wir damit beginnen, den Engel zu begraben.«

»He, was machen Sie denn da?« Hinter uns klang die Stimme des Friedhofsgärtners auf. Er kam näher, entdeckte die Schaufensterpuppe und wurde wütend. »Jetzt sehen Sie sich das mal an. Die Leute müssen irre sein. Laden ihren Müll schon auf dem Friedhof ab. Und was haben Sie mit der Puppe vor?«

»Wir wollten sie begraben und suchen einen entsprechenden Platz. Das hier ist ein Engel.« Ich kam mir selbst komisch bei dieser Erklärung vor und wurde angestarrt wie ein Geisteskranker.

Der Gärtner grinste uns an. »Ich hatte mal einen hier, der wollte sogar die Reifen von seinem Auto beerdigen. Nichts da!« Er packte die Puppe, ging mit ihr zu einer nahen Tonne und steckte sie kopfüber hinein. Der schwarze Pfeil in ihrem Hals brach dabei ab. »Aber dem Kerl mit seinen Reifen, dem habe ich Beine gemacht.« Er trat gegen die Tonne. »Wenn Sie hier nichts mehr verloren haben, lassen Sie die armen Seelen doch in Ruhe. Oder muß ich erst die Bullen rufen?« Er packte die Tonne, warf uns noch einen wütenden Blick zu und ging weg.

Chris stieß mich an. »He, du bist doch ein Bulle. Unternimm was.« Er wollte dem Mann nachlaufen, doch ich hielt ihn fest.

»Verdammt, laß mich los!«

»Dafür haben wir keine Zeit!«

»Ach, scheiß doch was auf die Zeit. Die ist für mich sowieso stehengeblieben. Merkst du das nicht? Mist, ich bin schon verrückt.« Er schüttelte sich. »Mein Alter hat schon recht.« Er schlug mit den Fäusten gegen seinen Kopf und weinte.

Ich hielt seine Unterarme fest. »Jetzt reiß dich zusammen, Chris. Du bist nicht verrückt!«

»Doch!« schrie er.

»Himmel, sei kein Jammerlappen. Du bist doch sonst anders. Immer voll drauf.« Ich ließ den Jungen los, der sich allmählich wieder beruhigte. »Alles, was wir hier erleben, ist wahr. Doch Tatsachen können einen manchmal verrückt machen, wenn man nicht versucht, den tieferen Sinn zu verstehen. Weißt du überhaupt, was verrückt bedeutet? Und jetzt komm, wir verlassen den Friedhof.«

Ich zog den Jungen einfach mit. Am Ausgang fragte er mich: »Wohin fahren wir eigentlich?«

»Das wirst du schon früh genug sehen.«

Die private Klinik lag sehr idyllisch. Sie war von einem kleinen Park umgeben, und zum Haus hin führte eine Auffahrt. Chris und ich waren ausgestiegen und gingen auf den Eingang zu.

Erst jetzt bemerkte der Junge, wo wir uns befanden. »Echt. Da kriegst du mich nicht rein.«

»Fängst du schon wieder an ...«

»Das ist eine Klapse. Willst du mich hier abliefern oder was?«

Ich grinste.

»Wie hast du noch auf dem Friedhof gesagt? Ich bin ein Bulle. Entweder vertraust du mir oder ziehst Leine.«

»Ich gehe mit. Aber unter Protest.«

Wir betraten den Bau und gelangten in eine Halle. Dort saßen verschiedene Patienten und waren mit irgendwelchen mehr oder weniger sinnvollen Arbeiten beschäftigt. Kaum jemand nahm von uns Notiz.

Ich deutete auf eine freie Bank. »Setz dich hin.«

»Und was machst du?«

»Ich habe etwas zu erledigen.«

»He, was denn? Ich dachte, Vertrauen wäre angesagt.«

»Diesmal ist es besser, wenn du hier wartest.«

»Allein?« Er schüttelte den Kopf. »Nee, Meister, nur über meine Leiche.«

Ein Pfleger trat auf uns zu. Er lächelte, als er mich begrüßte. »Guten Tag, Mr. Sinclair. Lange nicht mehr gesehen.«

»Das stimmt. Kann ich vielleicht ...?«

»Natürlich. Ich bringe Sie sofort hin.«

»Kann der Junge hier warten?«

»Das ist kein Problem.« Und zu Chris gewandte sagte er: »Die Leute hier sind alle ganz friedlich. Wenn du etwas trinken möchtest, dort drüben steht ein Automat.«

»Danke, keinen Durst.«

Der Pfleger nickte mir zu. »Kommen Sie bitte, Mr. Sinclair.«

Ich schlug Chris noch auf die Schulter. »Keine Panik, ich bin bald wieder zurück.«

»Ist schon okay.«

Der Pfleger brachte mich in einen Trakt des Hauses, in dem die schwer zu behandelnden Kranken untergebracht waren. Er öffnete die Tür zu einer Gummizelle, ließ mich ein und wartete selbst draußen.

Auf dem Boden kauerte eine blonde Frau, die in eine Zwangsjacke gesteckt worden war. Die Frau schaukelte leicht mit dem Oberkörper. Auf ihrer linken Wange zeichnete sich eine Verletzung ab. Ich kniete mich vor sie hin, und sie fing an zu schluchzen.

Aber sie hatte mich erkannt und sagte leise: »John Sinclair …«

»Hallo, Claudine.«

»Tränen brennen, wenn man sie nicht abwischen kann.« Sie versuchte, ihr Gesicht an der Schulter zu reiben.

Ich wischte ihr die Tränen ab und fragte dabei: »Hörst du wieder die Stimmen?«

»Viele Stimmen.«

»Dann sind sie also da?«

»Ja, sie flüstern nur.«

Ich nickte. »Sie sind gekommen, Claudine, und du hast es gewußt. Sie stecken in den Schaufensterpuppen. Heerscharen bevölkern die Städte, und wir sehen sie nicht. Wie auf deinen Bildern.«

Sie warf ihre halblangen Haare zurück. »Hast du einen Engel gesehen?«

»Einen toten.«

»Ja. In den Puppen ruhen sie sich aus. Die Puppen sind Häuser für ihre Seelen. Ist es Winter?«

»Fast, Claudine. Und eines verspreche ich dir. Wenn dieser Fall hier vorbei ist, hole ich dich raus. Auch gegen den Willen deiner Tante.«

»Nein, bitte nicht. Ich will nicht. Hier sind alle nett zu mir. Es kommt der Tag, da sehe auch ich einen Engel, und er wird mich dann mitnehmen. Das weiß ich.« Sie schaute mich an, aber sie sah mich nicht. Ihr Blick verlor sich im Nirgendwo.

Ich wußte, daß mit Claudine jetzt nicht mehr viel anzufangen war, und erhob mich. Die Tür wurde geöffnet, der Pfleger betrat die Zelle. Er bückte sich zu Claudine hinab. »Du kannst bald wieder zu den anderen. Komm, wir ziehen das hier aus.«

»Ja, es ist so eng.«

»Aber du mußt mir versprechen, dir selbst nicht mehr weh zu tun.« Ich ging und sah nicht mehr, wie der Pfleger Claudine die Zwangsjacke auszog.

In der Halle fand ich Chris. Er hatte sich eine Cola geholt und sich so weit wie möglich von den Patienten entfernt gehalten.

»Komm, Chris, wir gehen.«

»Das finde ich aber toll.«

Wir drehten uns nicht mehr um und sahen auch nicht den Pfleger, der ein Tablett festhielt. Auf ihm standen Becher und Schälchen mit Pillen. Ein Mann trat ihm in den Weg. Eine große Gestalt, von der etwas Unheimliches und Düsteres ausging.

»He, wer sind Sie denn? Neu? Ich habe Sie gar nicht auf meiner Liste.«

Sammuel schaute ihn starr an. »Heute ist Ihr Glückstag, denn *ich* habe Sie nicht auf *meiner* Liste.« Er klaubte einige Pillen aus dem Schälchen und warf sie in einen Becher.

Der Pfleger tat nichts. Er stand da wie paralysiert.

Sammuel hatte freie Bahn. Als wäre er schon immer hier gewesen, so sicher bewegte er sich durch die Klinik. Er fand den Zugang zu den Zellen und auch zu Claudine. Er öffnete die Tür.

Sie sah ihn. »Du bist da?«

»Ja. Komm jetzt ....«

Claudine verließ die Zelle. Und es war niemand da, der ihre Flucht bemerkte. Sammuel hatte alles unter Kontrolle ...

»Also, Junge hier sind wir.«

»Ach ja, wieder bei dir zu Hause.«

»Richtig. Du solltest bei deinen Eltern anrufen und Bescheid sagen, wo du dich aufhältst. Du brauchst ihnen ja nichts zu erzählen, sie würden nichts kapieren.«

»Nein.«

»Aber sie machen sich Sorgen.«

Chris schüttelte den Kopf. »Die nicht.«

Es war seine Sache, und vielleicht war es auch besser so. Dann hatte ich freie Hand.

Es war ein Wetter zum Weglaufen. Die Wolken hingen tief, und es regnete in Strömen. Ich hatte mich an das Fenster gestellt und blickte hinaus. Alles verschwamm, wurde zu einer Soße, aber es gab den anderen Mächten auch eine gute Deckung. Sammuel war mächtig. Er brauchte den Gesetzen der Schwerkraft nicht zu gehorchen. Ich ging davon aus, daß er unsere Spur längst aufgenommen hatte und uns womöglich schon unter Beobachtung hielt. Dann fragte ich mich, ob er nur ein Einzelgänger war oder sich Helfer geholt hatte.

Mit allem mußte ich rechnen, aber der Blick nach draußen brachte auch keine Lösung. So drehte ich mich wieder um und holte das Buch vor. Ich mußte noch einiges mehr über diesen Höllenengel erfahren.

Chris saß in der Nähe. Er gab sich ganz cool, hatte die Füße auf den Tisch gelegt und meinte: »Du hast doch eine Kanone mit geweihten Silberkugeln.«

»Stimmt.« Ich ließ das Buch sinken.

»Wäre es nicht besser, wenn ich auch eine hätte? Eine mit geweihten Kugeln, meine ich.«

Ich lachte auf. »Soweit kommt es noch. Was würde eigentlich dein Vater zu dem sagen, was du treibst?«

»Ach, mein Vater.« Die Worte klangen verächtlich. »Der ist eh nicht mein richtiger Vater.«

»Trotzdem. Er wird doch eine Meinung haben.«

»Ja, die hat er auch. Tut so, als würde er sich für mich interessieren. Nur damit er meine Mutter weiter bumsen darf.«

»Ist verdammt hart, was du da sagst.«

»Und? Ich sehe es so. Warum hast du eigentlich keine Kinder, John?«

»Ich wäre ein zu schlechter Vater. Da bin ich ehrlich.«

Er grinste mich an. »Ausprobiert hast du es noch nicht.« Chris sprang urplötzlich auf. Bevor ich es verhindern konnte, hatte er sich einen Gin eingeschenkt und kippte ihn so schnell in die Kehle, daß ich viel zu spät kam.

»He, bis du irre? Was soll das?«

»Brüderschaft trinken.« Er schüttelte sich.

»Ich bin deshalb kein Vater, weil ich mit Typen wie dir keine große Geduld haben würde.«

»Aha.« Chris wollte nicht mehr über das Thema sprechen. Statt dessen deutete er auf das Buch. »Hast du was herausgefunden?«

»Wenn ich mich weiter konzentrieren könnte.« Ich konnte es nicht, denn mein Handy meldete sich.

»Ach, Sie sind zu Hause, John?« Die Stimme klang nicht eben freundlich.

»Sir James, hallo. Sie rufen sicherlich aus Brüssel an, denke ich.«

»Stimmt. Aber wer nicht da ist, sind Sie. Ich habe schon öfter versucht, Sie zu erreichen …«

Ich stand auf und ging durch den Raum. Als ich sah, daß Chris noch einen zweiten Schnaps kippte, drohte ich ihm mit der Faust. »Ich hatte mein Handy abgestellt, Sir, weil ich mitten in einem interessanten Fall stecke.«

»Das ist etwas anderes. Worum handelt es sich?«

Chris stand auf. Er ging durch den Livingroom, verließ ihn dann und betrat das Badezimmer. Hatte ich mich geirrt, oder hatte er tatsächlich abgeschlossen?

»Sir, ich …«

»Ja, ja, das kenne ich. Sie wollen keine Einzelheiten nennen, aber ein paar Stichpunkte reichen.«

»Okay.« Ich verdrehte die Augen. »Hören Sie zu …«

Kaum hatte Chris hinter sich abgeschlossen, als er das Gesicht verzog. Er sah aus wie jemand, dem kotzübel war. Beide Hände preßte er auf die Magengegend, um die Würgegefühle zurückhalten zu können, was er jedoch nicht schaffte. Er beugte sich über das Waschbecken, würgte, doch es kaum nichts heraus.

»Verdammter Schnaps …«

Er richtete sich auf. Er schwitzte. Die Luft um ihn

herum schien zu kochen. Er brauchte frische Luft. Nichts wie raus hier. Zumindest zum Fenster.

Zitternd riß er es auf. Die kalte Luft strömte ihm entgegen. Er starrte in den Regen, der in einer nie abreißenden Flut aus den Wolken fiel. Es ging ihm nicht besser. Das verdammte Würgen war noch immer vorhanden.

Chris beugte sich weiter aus dem Fenster. Er sah vor sich das Dach. Mit einem Sprung hatte er es erreicht und fiel in sich zusammen. Ihm war noch immer sauschlecht, und er schaffte es nicht, sich auf den Beinen zu halten.

Stöhnend kroch er auf allen vieren weiter ...

»Also Engel«, sagte Sir James.

»Ja.«

»Und Sie haben sich nicht geirrt?«

»Nein, Sir, sie sind ...« Ich hörte plötzlich ein Geräusch, und das war nicht in diesem Raum aufgeklungen. Weiter entfernt, aber in der Wohnung, und zwar im Bad.

»He, sind Sie noch dran, John?«

»Sir, ich melde mich wieder.«

Ich hatte es mehr als eilig. Es war ein Fehler gewesen, Chris aus den Augen zu lassen, denn letztendlich machte er doch immer nur das, was er wollte.

Das Handy landete auf dem Tisch, und mit langen Schritten rannte ich auf das Bad zu. Mein Hand rutschte an der Klinke ab, denn die Tür war verschlossen.

»Chris!« brüllte ich.

Keine Antwort!

Ich trat die Tür ein. Beim dritten Versuch hatte ich es

erst geschafft. Ich taumelte in das Bad, fand es leer, aber das Fenster stand weit offen. Der Wind trieb den Regen herein, und ich wußte, wo ich den Jungen zu suchen hatte.

Mit einem Satz hatte ich das Fenster erreicht. Ich beugte mich nach vorn, sah den Jungen wie einen Schatten über das Dach kriechen und brüllte seinen Namen.

Er wollte mich nicht hören und kroch weiter.

»Chris!«

Der Junge schleppte sich weiter. Ihm war speiübel. Das konnte nicht nur von den beiden Schnäpsen kommen. Das war etwas anderes. Er befand sich im Griff einer anderen Macht, die sein Leben wollte. Vor seinen Lippen sprudelte heller Schaum, und niemand hielt den Jungen auf, der sich der Dachkante immer mehr näherte.

Auch Sammuel nicht.

Er stand im Schatten eines Schornsteins, beobachtete den Jungen kalt lächelnd und ließ dabei immer wieder die drei chinesischen Massagekugeln durch eine Hand gleiten. Seine Position war gut, weil sie erhöht lag. So sah er alles wie auf dem Präsentierteller. Den kriechenden Jungen und auch John Sinclair, der die Verfolgung aufgenommen hatte.

Es war sein Spiel, und er glaubte daran, daß nur er als Sieger zurückblieb.

Der Regen peitschte mir ins Gesicht. Das Dach war naß und entsprechend glatt. Ich glaubte auch nicht mehr daran, daß sich Chris noch aus eigener Kraft bewegte. Daran hatte jemand gedreht, der ihn unter seiner Kontrolle hielt.

Es war Sammuel.

Und ich hatte ihn gesehen. Kurz nur, mehr ein Schatten neben einem Schornstein, höher als Chris und ich. Noch griff er nicht ein. Ich hoffte, daß es so bleiben würde, denn die Pfannen waren verdammt rutschig. Eine falsche Bewegung, und ich landete in der Tiefe.

Aber ich näherte mich dem Jungen. Wenn alles gutging, konnte ich ihn vor einem Sturz in die Tiefe bewahren.

Ich sah nicht, wie Sammuel neben dem Schornstein den Kopf schüttelte. Die Entwicklung gefiel ihm nicht. Sinclair war ihm zu nahe an den Jungen herangekommen. Er wollte ihn aus dem Weg schaffen. Die Kugeln eigneten sich dazu.

Er streckte seinen rechten Arm aus, drehte die Hand, dann ließ er die Kugeln los.

Sie prallten auf das Dach, rollten in die Tiefe, und das Regenwasser sorgte dafür, laß sie immer schneller wurden. Sie rollten in meine Richtung. Ich sah sie aus dem rechten Augenwinkel und versuchte, ihnen auszuweichen. Das hätte wohl jeder getan, es war rein menschlich, aber es war falsch in dieser Lage.

Durch eine unkontrollierte Bewegung verlor ich das Gleichgewicht. Plötzlich war es aus. Ich landete auf dem Rücken, rutschte nach rechts weg und glitt über die nassen Dachpfannen hinweg dem Rand des Daches entgegen.

Es gab nichts, an dem ich mich festhalten konnte. In diesen Sekunden jagten schreckliche Bilder durch meinen Kopf. Ich sah mich schon fallen und in der Tiefe gegen den Boden schmettern, wo von mir nur ein zerstörter Körper zurückblieb. Die Bilder verschwanden. Die Realität hatte mich wieder. Ich rutschte rücklings über die eisglatte Fläche und sah bereits den Rand des Dachs immer näher kommen.

Eine Sekunde noch.

Mit einem verzweifelten Schwung drehte ich mich herum. Den letzten Rest rutschte ich seitlich weiter, dann waren meine Beine schon ohne Halt.

Ich schlug mit den Händen um mich und bekam die Dachrinne zu fassen. Ein Ruck jagte durch meinen Körper. Ich glaubte, daß mir die Arme aus den Gelenken gerissen wurden. Meine Beine pendelten hoch über dem Boden.

Ich riskierte einen Blick nach unten.

Die Tiefe war schwarzblau, und das Pflaster schimmerte ölig unter mir. Die Rinne war zwar stabil gebaut, aber sie war nicht für ein derart starkes Gewicht ausgelegt. Mit Schrecken stellte ich fest, daß sie sich langsam durchbog.

Es half nichts. Ich mußte wieder hinauf aufs Dach, und ich wollte auch dorthin, wo sich Chris befand.

Mit einem Klimmzug zog ich mich höher und schaute über die Kante hinweg.

Es hatte sich etwas verändert.

Vor mir hockte der Höllenengel!

Sammuel grinste mich an. Sein Gesicht schien sich aus der Kälte zusammenzusetzen, die auch von ihm abstrahlte. Keine Freundlichkeit in seinen Augen, kein Lächeln auf den schmalen Lippen, nur eben dieses Eis.

»Ich bin Sammuel.«

»Das weiß ich!«

Hinter ihm machte ich eine Gestalt im Regen aus. Es

war Chris, der sich den Schaum von den Lippen wischte. Er lebte noch, und das sollte auch so bleiben.

Ich dachte in diesem Augenblick nicht an die Schmerzen in meinen Händen und das Reißen in den Schultern, ich wollte nur, daß der Junge überlebte.

»Hau ab, Chris! Runter vom Dach! Versteck dich!«

Er lief tatsächlich weg und nahm Kurs auf das Badezimmerfenster. Sammuel verhinderte es nicht. Er machte sich nicht einmal die Mühe, sich umzudrehen. Chris war ihm sicher. Nach wie vor hockte er über mir und starrte mich an.

»Was willst du?« keuchte ich. »Mich töten?«

Das Wasser rann mir über das Gesicht, auch in die Augen, und ich sah ihn nur noch verschwommen.

»Vielleicht erliege ich der Verlockung, auch wenn mir deine Seele nicht viel bringen dürfte.«

Das hörte sich recht gut an. Ich machte die Probe aufs Exempel. Alles oder nichts. Noch hatte ich ein wenig Kraft.

Mit einem Klimmzug schaffte ich es, mich auf das Dach zu ziehen. Dabei sah ich, wie Sammuel den Kopf drehte und in die Regenrinne hineinschaute, in der etwas hell und schimmernd lag.

Es war mein Kreuz. Ich hatte es nicht vor meiner Brust hängen gehabt, sondern es in die Tasche gesteckt. Bei der Rutschpartie war es mir herausgerutscht und lag jetzt wie verloren in der Dachrinne. Für mich zu weit weg.

»Ja, Sammuel, sieh genau hin. Dort siehst du die Zeichen der vier Erzengel. Sie sind die Mächte, die hinter mir stehen.«

Sammuel ließ sich nicht beeindrucken. Er machte eine schnelle Bewegung. Da ich glaubte, daß er nach mir greifen würde, zuckte ich zurück. Ein Fehler, denn ich geriet abermals ins Rutschen und glitt über die Kante hinweg. Sekunden später baumelte ich wieder an der Dachrinne und kämpfte gegen die Schwäche und die Schmerzen in den Schultern an.

Der Höllenengel beugte seinen Kopf vor. »Der Junge hat jetzt einen neuen Schutzengel – dich. Aber Schutzengel stehen auf meiner Liste.«

»Es ist immer gut, seine Feinde zu kennen!« Ich merkte, wie mich die Kräfte verließen.

Und dann hörte ich von unten eine schrille Frauenstimme. Mrs. Evans stand im Regen und schaute zu mir hoch. »Mr. Sinclair, um Gottes willen, was tun Sie denn da?«

Ich mußte einfach lachen, als ich die Hausmeisterin sah. Sie war eine energische Person. Mein Galgenhumor verließ mich auch nicht, als ich den Höllenengel ansprach. »Jetzt geht es dir an den Kragen. Du kennst meine Hausmeisterin nicht!«

Ich hatte ins Leere gesprochen, denn Sammuel war verschwunden.

Dafür schrie Mrs. Evans zu mir hoch. »Bleiben Sie dort hängen! Ich hole Hilfe!«

Es war nicht mehr nötig. Ich schaffte es aus eigener Kraft, aber die gute Frau war trotzdem losgelaufen. Ich holte mein Kreuz aus der Regenrinne und trat den Rückweg an. Als ich endlich meine Wohnung erreicht hatte, naß wie eine Wasserratte, und durch das Fenster schaute, sah ich das Blaulicht.

In den noch nassen Klamotten ging ich nach unten und gab den Kollegen einige Anweisungen, denn ich hatte Chris nicht gesehen. Er war spurlos verschwunden. Da war es besser, wenn man nach ihm suchte.

Mrs. Evans hatte mir eine Decke über die Schultern gelegt. Ich konnte gar nicht so schnell sprechen, wie ich zitterte. »Wollten Sie nicht um zehn Uhr kommen, Mrs. Evans?«

»Ja, am Abend.«

»Tatsächlich?«

»Das schwöre ich!«

»Dann war wohl alles ein Mißverständnis.«

»Das bin ich bei Ihnen ja gewohnt, Mr. Sinclair.«

Ein Polizist trat zu uns. Er hob die Schultern, und sein Gesichtsausdruck sah auch nicht eben glücklich aus. »Wir haben die Fahndung nach dem Jungen durchgegeben, aber die Beschreibung paßt beinahe auf jeden zweiten in seinem Alter. Es gibt kein Foto. Wir kennen auch keinen Nachnamen.«

Ich hätte mir selbst in den Hintern treten können. »Danach habe ich ihn gar nicht gefragt.«

Mrs. Evans, die mir heißen Tee gebracht hatte, drückte ich die leere Tasse in die Hand. »Ich muß den Jungen finden und sonst keiner ...«

Ich war unterwegs, aber nicht mehr mit dem Wagen, sondern zu Fuß. Es gab eine Spur, und das waren die Schaufensterpuppen, die in vielen Schaufenstern standen.

Die richtigen zu finden war reine Glückssache. Aber daran dachte ich nicht. Wie ein streunender Hund bewegte ich mich an den Schaufenstern vorbei und betrachtete die Puppen, ohne einen Engel zu entdecken. In einer Auslage wurde sogar nachts gearbeitet. Eine Dekorateurin war damit beschäftigt, den Fenstern ein neues Gesicht zu verleihen. Auch sie hatte mit Schaufensterpuppen zu tun, die auf dem Boden lagen und meiner Ansicht nach traurig blickten.

Das Lächeln der jungen Frau konnte mich auch

nicht aufheitern, und ich setzte meinen Weg fort. Bei diesem verdammten Wetter war auch London in der Nacht relativ menschenleer, und so fiel mir eine Person auf, die aus dem grauen Regen wie ein Schemen erschien und direkt auf mich zulief. Sie trug eine ungewöhnliche Kleidung. Helle Stoffe, die übereinander wallten, aber durch die Nässe zusammenklebten.

Ich staunte nicht schlecht, als ich Claudine vor mir sah. Auch sie hatte mich erkannt und lächelte irgendwie selig oder geistesabwesend.

»Was tust du denn hier?« Ich fragte sie erst gar nicht danach, wie es ihr gelungen war, die Klinik zu verlassen. Dafür mußte Sammuel gesorgt haben.

»Die Engel versammeln sich«, flüsterte sie mir zu. »Sie haben Angst. Ich muß sie beschützen.«

»Das ist gut.« Ich zog die Nase hoch. »Und wonach duftet es hier?«

»Nach Flieder.«

Ich deutete auf ihre Kleidung. Trotz der Dunkelheit waren die Farben zu erkennen. Das Licht aus den Schaufenstern fiel gegen ihre einsame Gestalt. »Weshalb diese Farben?«

»Engel lieben sie. So locke ich sie an.«

»Schön. Komm mit mir.«

»Nein, John Sinclair.«

»Bitte, Claudine. Für dich allein ist es zu gefährlich.«

Glockenhell lachte sie auf und breitete ihre Arme aus. »Ich fühle mich frei wie nie zuvor. Ich muß weiter. Was habe ich denn noch zu verlieren? Die Engel sind in der Nähe. Ich spüre ihre gewaltige Konzentration. Sie sind in heller Aufregung. Ich darf auf keinen Fall zu spät kommen.«

Ich versuchte es erneut. »Bitte, Claudine, ich flehe dich an. Bleib in meiner Nähe.« Ich hielt sie jetzt fest.

Sie blieb störrisch. »Nein, John, das geht nicht. Sie treffen sich mit mir. Ich muß einfach weiter!« Mit einer kraftvollen Bewegung riß sie sich los und rannte weg.

Allein blieb ich zurück.

Claudine war selig. Endlich hatte sie es geschafft, ihrem Gefängnis zu entkommen. Sie tänzelte an den Schaufenstern vorbei. Weit und breit waren keine Menschen zu sehen. Sie spürte die Anwesenheit der Engel. Claudine konnte nur an sie denken und war so tief in ihre Gedanken versunken, daß sie den Penner nicht sah, der plötzlich aus einer Türnische trat.

»He, Süße, hast du Feuer für einen alten Mann?« Claudine lachte nur und lief weiter.

Kopfschüttelnd starrte ihr der Mann nach. »Nicht mal in der Nacht haben die Leute Zeit. Schrecklich.« Er schüttelte den Kopf, drehte sich um und schaute in das von innen erleuchtete Schaufenster. Sein Blick blieb auf einer bestimmten Puppe haften, und seine Augen weiteten sich dabei im Zeitlupentempo.

Die Puppe lebte. Das war gar keine, das war ein Mensch, der jetzt seine dunklen Augen bewegte und dann den ganzen Kopf. Er trug so komische Klamotten. Aus Leder oder Plastik. Wie einer vom Theater, der ein Bühnenstück spielt.

Die Puppe lächelte und – trat zu! Der Penner sprang zurück, als er das Bersten der Glasscheibe hörte. Splitter wirbelten wie scharfkantige Eisstücke auf den Gehsteig, rutschten über die Steinplatten und erreichten auch den Penner, während Sammuel mit einem großen Schritt das Schaufenster verließ.

»Ha – ha – haben Sie Feuer?« stotterte der Penner. »Feuer, Mister?«

Sammuel ging über das unter seinen Füßen knirschende Glas. »Nenn mich einfach Sammuel. Feuer wolltest du? Hier!« Eine blitzschnelle Bewegung, und plötzlich stand der Mann in hellen Flammen. Als lebende Fackel stürzte er zu Boden.

Der Höllenengel hatte seinem Namen wieder alle Ehre gemacht ...

Chris Stevens hockte an der Theke des Fast Food Restaurants und weinte leise vor sich hin. Er hatte etwas gegessen, aber es hatte ihm nicht geschmeckt. Die wenigen Gäste und die Bedienung kümmerten sich nicht um ihn, und so verließ er nach einer Weile das Lokal. Er drehte sich nach rechts und ging weg.

Hätte er in die andere Richtung geschaut, wäre ihm eine junge blonde Frau aufgefallen, die wenig später das Restaurant betrat und sich umschaute ...

Claudine war enttäuscht und wirkte längst nicht mehr so fröhlich. Sie ging zur Theke vor, bestellte Kaffee und ging mit der Tasse zu einem der entfernt stehenden Tische. An ihm ließ sie sich nieder. Gedankenverloren rührte sie in der Tasse.

»Ich finde euch noch!« flüsterte sie.

»Was haben Sie gesagt?« Claudine hörte nicht nur die Worte, sie sah auch den Mann, der plötzlich neben ihr stand. Seine Gestalt irritierte sie. Nicht nur die etwas verrückte Kleidung, da war man hier in London ganz anderes gewohnt – es war das kalte Gesicht und auch der Geruch, der von diesem Mann ausging. Sie rümpfte die Nase, blieb aber freundlich und dachte daran, daß ihr der Geruch doch nicht so fremd war. In der Klinik war er ihr schon in die Nase gedrungen, wenig später war sie dann frei gewesen.

»Darf ich mich setzen?« fragte der Fremde.

Claudine lächelte und nickte.

»Sie riechen so gut. Ein wunderschöner Duft«, sagte der Mann.

»Danke.«

»Und erst diese Farben. Die könnten mir glatt die Sinne rauben. Auf derartige Farben stehen Schutzengel.«

»Ach? Sie kennen sich aus?« Sie rümpfte wieder die Nase.

»Und ob. Ich frühstücke jeden Morgen mit ihnen.«

Nach dieser Antwort erwachte Claudine wie aus einem Traum. Plötzlich wußte sie, wer vor ihr saß, aber sie konnte sich nicht einmal freuen, obwohl sie sich immer danach gesehnt hatte, einen echten Engel zu sehen.

Er lächelte sie an. »Sie wollten doch schon immer einen Engel sehen. Haben Sie schon mal einen geküßt?«

Claudine kam nicht mehr zu einer Antwort. Der andere griff blitzschnell zu. Er drückte sie eng an sich und preßte seine Lippen hart auf ihren Mund. Sie zappelte mit den Beinen, aber es war ihr unmöglich, sich aus diesem Griff zu befreien.

Eine Kellnerin ging vorbei und schüttelte den Kopf. »Ja, ja, die Nacht bringt oft seltsame Wesen zusammen …«

Ich war gelaufen. Ich hatte gesucht. Ich wollte Claudine, Chris und auch den Höllenengel finden, aber ich hatte keinen von ihnen zu Gesicht bekommen.

Die Nacht schien für mich verhext zu sein, sie stand nicht eben auf meiner Seite.

Dabei war ich sicher, daß es Spuren gab. Ich mußte sie nur finden und spielte weiterhin den einsamen Wolf, der durch die Straßen streunt und auf der Suche ist. Mir fiel die Reklame eines Nachtsnacks auf. Die Tür des Ladens war nicht geschlossen, und nur deshalb hörte ich die entsetzten Rufe.

Wenige Herzschläge später hatte ich das Lokal betreten. Es waren nur wenige Gäste da, die alle um einen Tisch herumstanden. Ich ging näher und sah durch eine Lücke die Tote.

Es war Claudine.

Sie lag und saß halb. Ihr Gesicht war schwarz geworden. Um den Mund herum dunkler als im übrigen Gesicht.

Tief atmete ich durch und preßte ein »Neinnn!« hervor. Die Kellnerin hatte mich gehört. »Wenn Sie das Schwein suchen wollen, der Kerl ist rechts herum verschwunden ...«

»Danke.«

Wieder die Suche. Wieder das einsame Laufen durch die Straßen. Aber ich wußte jetzt, daß ich dem Höllenengel auf den Fersen war, und sein Vorsprung konnte nicht sehr groß sein. Es war viel wert, daß ich die Richtung der Flucht kannte, und sie hielt ich auch bei.

Mit langen Schritten ging ich um eine Ecke und bog in eine neue Straße ein.

Laternen spendeten mattes Licht.

Und nahe einer entdeckte ich Chris. Er hatte mich nicht gesehen. Seine Blicke waren auf die Fahrbahn fixiert und darüber hinweg auf die andere Straßenseite, denn dort wartete Sammuel auf ihn.

Er fixierte den Jungen und hatte seine Waffe bereits gezogen. Der Pfeil lag auf, die Sehne war gespannt ...

Das alles nahm ich innerhalb eines Augenblicks wahr. Ich wußte nun, daß es einzig und allein auf mich und auf die Zeit ankam, wenn ich noch etwas retten wollte.

Ich rannte los.

Ich sah den Höllenengel.

Ich sah Chris.

Er bewegte sich, und Sammuel spannte die Sehne so weit wie möglich. Der Pfeil sollte mit seiner Wucht den laufenden Jungen durchbohren.

Wer war schneller?

Ich wußte nicht, ob ich schrie oder rief. Mir war nur eines bewußt. Ich rannte, als ginge es um mein eigenes Leben, und all die Vorgänge liefen zeitlupenhaft langsam vor meinen Augen ab. Überdeutlich und auch überscharf nahm ich die Umgebung wahr und den Pfeil, der von der Sehne schnellte.

Er raste auf Chris zu.

Und Chris rannte ihm entgegen.

Ich sprang!

Es war ein wirklicher Panthersatz aus dem vollen Lauf. Dann der lange Hechtsprung durch die Luft. Meine vorgestreckten Arme. Die Gestalt des Jungen, die immer größer wurde, und der Rammstoß.

Beide fegten wir zur Seite, wie von einer plötzlichen Orkanböe erwischt. Wir fielen, prallten hart auf, und der Pfeil wischte nur um Haaresbreite an meinem Hals vorbei.

Beide waren wir hart aufgeprallt. Ich rappelte mich als erster wieder hoch und hörte Chris flüstern. Was er sagte, bekam ich nicht mit, denn ich drehte mich schon der anderen Straßenseite entgegen. Von dorther hallte mir höhnischer Applaus entgegen.

Ich deutete auf Chris. »Ihn bekommst du nie, Höllenengel! Nur über meine Leiche!«

»Oho, kannst du in die Zukunft schauen?«

Ich steckte voller Haß auf diese Gestalt. Blitzschnell zog ich die Beretta und feuerte drei geweihte Silberkugeln auf ihn ab. Ich sah, wie sie einschlugen, aber sie taten ihm nichts.

Erst lächelte er nur, dann lachte er auf. Danach begann er zu sprechen. »Ich bin so alt wie das Zeitalter der Menschen. Mein Wirken währt in euren Augen eine Ewigkeit, was bei meinem Zeitbegriff nur eine Stunde ist. Ich diene einem König, dessen Reiche sich tief in die Vergangenheit erstrecken. Ich kenne Geheimnisse, und ich habe Dinge gesehen, die deinen Verstand übersteigen.« Er lachte wieder. »Und nun kommst du und willst mich mit so lächerlichen Kugeln vernichten. Es gibt nur weniges, das mich zerstören kann. In deiner Macht liegt es nicht!«

Nach diesen Worten nickte er. Er hatte genug gesprochen. Er wollte jetzt mich. Das Lächeln auf seinen Lippen war an Bösartigkeit nicht mehr zu überbieten.

Er betrat die Fahrbahn. Er war sich seiner Sache sicher. Er und ich, es gab sonst niemanden.

Plötzlich war das Brüllen da. Oder ein Donnern. Wie vom Himmel gefallen. Ein monströses Hupen gesellte sich noch hinzu. Ich warf einen schnellen Blick nach links, genau hinein in das grelle Licht der beiden aufgeblendeten Scheinwerfer.

Sie gehörten zu einem mächtigen Truck, den ich bereits kannte. Und Chris ebenfalls, denn er war mit ihm kollidiert.

Jetzt war der Fahrer wieder da.

Er dachte gar nicht daran, zu bremsen. Er nahm die gesamte Straßenmitte ein, wurde noch schneller und entpuppte sich als gewaltiges Ungeheuer.

Ich war zurückgetreten und hatte Chris mitge-
schleift. Wir sahen, daß Sammuel auf der Straße stand.
Vom Licht erfaßt und dabei wie eine lebendige Comic-
Figur wirkend.

Er ging nicht zur Seite.

Ich wußte den Grund nicht. Vielleicht dachte er
daran, daß er unbesiegbar war und möglicherweise
auch unsterblich.

Fragen konnte ich ihn nicht mehr danach, denn der
Truck war da. Sammuel wurde von dem stählernen
Koloß gepackt. Die Schnauze des Trucks hob ihn hoch
und schleuderte ihn vor sich her, und als Sammuel zu
Boden fiel, da rollten die mächtigen Reifen über ihn
hinweg.

Chris und ich hörten die fürchterlichen Geräusche.
Das Brechen, Knacken und Knirschen. Der Truck raste
vorbei und verschwand wie ein Spuk in der Dunkelheit.

Es wurde still.

Wie von der Schnur gezogen, bewegten sich unsere
Köpfe. Chris atmete schwer und drückte sich an mich,
als wäre ich jetzt sein Schutzengel. Wir schauten auf
die Straßenmitte.

Das Licht der Laternen reichte aus, um das zu
beleuchten, was zurückgeblieben war.

Dort lag Sammuel.

Zerfetzt, zerquetscht, auseinandergerissen.

Kein Mensch mehr, auch kein Engel. Es waren die
Reste einer Schaufensterpuppe. Der Teil eines Kopfes,
ein Arm, ein zerquetschtes Bein. Plastik eben ...

Die Rücklichter des Trucks waren längst in der Dunkelheit verschwunden, da ergriff ich das Wort. »Nun
ja, er hatte eben keinen Schutzengel. Obwohl er gerade
jetzt nötig einen gebraucht hätte.«

Chris stieß scharf die Luft aus. »Mann, das glaubt mir keiner. Was – was war das eigentlich? Warum ist der gekillt worden? Und wer hat das getan?«

»Es war ein Krieg unter Engeln, mein Junge. Es ging um die Macht. Und deine Seele wäre der Preis gewesen. Damit wäre Sammuel noch höher gestiegen. Wer immer es nicht wollte, du wirst ihm dankbar sein müssen. Wie dem rothaarigen Mädchen.«

»Ja, John, das denke ich auch.«

Wir drehten uns um und klatschten uns dabei ab. »Tust du mir einen Gefallen, Chris?«

»Welchen denn?«

»Meldest du dich bei deinen Eltern?«

»Wieso? Die haben sich doch keine Sorgen gemacht. Und überhaupt …« Er blickte mich grinsend an. »Ist denn etwas losgewesen?«

Ich gab ihm einen Klaps auf die Mütze. »Du gehst, okay?«

Er zwinkerte mir zu. »Darf ich dann auch mal mit deiner Beretta schießen?«

»Klar«, erwiderte ich zögernd.

»Wann denn?«

»Später, Chris. Werde erst mal erwachsen. Und das ist schon schwer genug …«

ENDE

Der Sensenmann als Hochzeitsgast

Die Kapelle war klein, schon einige Jahrhunderte alt und trotzdem noch recht gut erhalten. Sie stand außerhalb des Ortes und glich von außen und auch von innen einer Baustelle. Dieses Schmuckstück mußte einfach renoviert werden, um der Nachwelt erhalten zu bleiben.

Dafür war unter anderem Paula Reinhardt zuständig, die junge Frau mit den hellen Haaren, die sich um die kleinen Kunstwerke innerhalb der Kirche kümmerte. Um Mosaiken, Fresken, Altäre und besonders um das alte Triptychon aus Stein, über das sie versonnen mit dem Pinsel hinwegstrich. Sie hatte es noch nicht fertig, doch wenn es einmal renoviert war, dann war es einfach nur schön. Ein wunderbares Relikt aus der Vergangenheit.

Bisher war sie mit sich und der Arbeit zufrieden. Man ließ sie in Ruhe. Niemand redete ihr in ihre Arbeit hinein, und das gefiel ihr. Mit einer geschmeidigen Bewegung drehte sich Paula um und ging auf den Altar zu. Es war ein kunstvoll verzierter Steinquader, der nicht in der Mitte auf einer Erhöhung stand, sondern mit seiner Rückseite an der Wand abschloß.

Auf dem Altar lag die Mappe mit den alten Skizzen. Um die vergilbten Blätter vor einem weiteren Verfall zu schützen, waren sie eingeschweißt worden. Sie gaben Paula wichtige Hinweise, die sie dann in die Praxis umsetzte.

Nachdenklich blätterte sie in den Papieren – und schaute plötzlich hoch, als sie den Lichtstreifen sah, der in die kleine Kapelle drang. Jemand hatte die Tür von außen geöffnet, und jetzt hörte Paula auch das leise Knarzen.

Erich Gehrmann betrat die Kapelle. Er war älter als Paula, hatte ein leicht verwittertes Gesicht, und auf seinem Kopf wuchs das Haar nur noch spärlich. Er trug einen mit Eßsachen gefüllten Korb bei sich und rief Paula während des Gehens zu: »Wer hart arbeitet, verdient eine Pause.«

Paula lachte ihm entgegen. »Nicht, wenn ich morgen fertig sein soll.«

»Ach, seien Sie doch nicht so arbeitswütig.« Er stellte den Eßkorb ab und blieb vor dem Triptychon stehen.

Paula gesellte sich zu ihm, sprach ihn aber nicht an, weil sie ihn bei der Betrachtung des Bildes nicht stören wollte.

Das dreigeteilte Kunstwerk war in der Tat außergewöhnlich. In der Mitte noch weiß, aber um das Zentrum herum lieferten sich die Heerscharen des Himmels und die finsteren Dämonen der Hölle wüste Schlachten.

»Nun, Paula, was soll uns das Gemälde sagen?«

Sie seufzte. »Ich weiß es leider noch nicht.« Dann blies sie die Luft aus. »Ich bin wirklich keine Anfängerin, aber ein derartiges Triptychon habe ich in meinem ganzen Leben noch nicht gesehen. Nicht nur, daß es aus Stein besteht. Es ist wirklich einmalig. Sie sollten daran denken, Ihren Gasthof zu vergrößern. Es wird sicherlich viele Kunsthistoriker geben, die sich diese Kapelle mit einem derartigen Inhalt anschauen wollen.«

Gehrmann winkte ab. »Nun mal langsam, Mädchen. Zunächst einmal müssen wir die Hochzeit Ihrer Freunde hinter uns bringen.« Er schlug ihr auf die Schulter. »Sie sind genau richtig für den Job. Aber machen Sie trotzdem eine Pause. Den Korb lasse ich stehen. Essen und Trinken hält Leib und Seele zusammen.«

Paula Reinhardt schaute ihm nach, wie er durch die Kapelle ging. Die Tür fiel wieder hinter ihm zu. Paula drehte sich um. Ihr Blick streifte über das Kunstwerk – und sie erstarrte.

Sie glaubte es nicht. Es war unmöglich, aber es stimmte. Die Mitte des Bildes, vorhin noch weiß und leer, zeigte plötzlich ein Bild. Ein Motiv, das aus dem Innern des Steins gedrungen zu sein schien. Es stellte so etwas wie eine Vermählung dar. Eine weiße Frau, die mit einem häßlichen, buckligen Wesen verheiratet wurde.

Paula schüttelte den Kopf. Ihre Stimme klang ängstlich, als sie flüsterte: »Soll das eine Hochzeit sein? Himmel, das ist eine …«

Plötzlich hörte sie den Wind. Urplötzlich war er aufgebraust. Er umheulte die Kapelle, er brach die Tür auf. Laub und Dreck wehten herein. Im Gegensatz dazu erstrahlten die alten Wandgemälde in einem hellen, überirdischen Glanz.

Wie von selbst blätterten sich die Seiten der Skizzenmappe auf, bevor sie Feuer fingen und verbrannten. Gleichzeitig regenerierte sich das Triptychon. Je mehr Seiten ein Opfer des Feuers wurden, um so mehr Motive entstanden auf dem steinernen Kunstwerk.

Die junge Restauratorin fühlte sich wie paralysiert. Sie konnte nichts tun, nur starren. Sie sah Blitze durch das Innere der Kapelle jagen, von denen die Fresken an den Wänden immer wieder erhellt wurden, so daß die scheußlichen Dämonenfratzen deutlich zu sehen waren.

Das Quietschen malträtierte ihre Ohren. Die Starre fiel von ihr ab. Paula drehte den Kopf. Wie von Geisterhand bewegt, schob sich der Altar von der Wand weg.

Dahinter tat sich eine Öffnung auf.

Paula starrte sie an. In ihrem Gesicht zeichneten sich keine Empfindungen mehr ab. Wie unter einer fremden Kontrolle schritt sie auf die Öffnung zu ...

Es war düster und unheimlich. Paula nahm es nicht wahr. Noch immer bewegte sie sich wie ferngelenkt die krummen Stufen der alten Treppe hinab, bis sie das Ende erreicht hatte und vor einem offenen Steinsarg stehenblieb.

Darin lag ein Mann.

Ihm fehlte der Kopf!

Der befand sich in einem Stahlkäfig an der Wand. Das Gesicht war eine widerliche Fratze, das Maul weit aufgerissen wie zu einem stummen Schrei.

Paula wußte genau, was sie zu tun hatte. Sie näherte sich dem Käfig und öffnete ihn. Mit beiden Händen umfaßte sie den Kopf, befreite ihn aus seinem Gefängnis, ging mit ihm zurück zum Sarg und setzte ihn mit behutsamen Bewegungen auf den Körper.

Als sich Paula wieder aufrichtete, wurde sie durch das helle Flimmern irritiert, in dem sich die Farben gelb und grün vereinigten.

Aus dem Unsichtbaren hörte sie eine Stimme, die einfach furchtbar klang. So düster, so grollend und zugleich triumphierend. »Ich danke dir für deine Dienste, mein Kind. Aber jetzt brauche ich dich nicht mehr ...«

Paula konnte wieder gehen. Sie wich zurück und sah nicht, was sich hinter ihr abspielte.

Eine scharf geschliffene Sense drang aus dem Nichts hervor und stach tief in ihren Rücken ...

Es war mal wieder Zeit gewesen, in das Kloster St. Patrick zu fahren, um meinem alten Freund Father Ignatius einen Besuch abzustatten. Außerdem brauchte ich Nachschub an Silberkugeln, und die stellte Ignatius nach wie vor her.

Die Zeit des Abschieds war gekommen. Ich wollte sehr früh am Morgen fahren, obwohl die Nebel noch über dem Land lagen, als wollten sie es verstecken.

Nebeneinander schritten wir durch den Säulengang. Ignatius trug seine Kutte. Er hielt den Kopf etwas gesenkt. »Wann wirst du denn von deiner Reise nach Deutschland wieder zurück sein?«

»In drei Tagen, schätze ich.«

Ignatius lächelte. »Eine Hochzeit, wie schön. Du weißt, daß ich Anja gern vermählt hätte. Trotzdem kann ich hier nicht weg. Sag ihr, daß es mir leid tut. Aber man braucht mich.«

Ich legte ihm eine Hand auf die Schultern. »Mein lieber Freund, woher nimmst du nur deine Energie?«

Er blieb stehen. »Das sind eben die Vorzüge eines Klosterlebens, John. Wir nutzen den Tag und schlafen in der Nacht. Was dir oft verwehrt bleibt.«

»Leider. Dämonen sind Geschöpfe der Nacht. Und am Tag hocke ich in meinem Büro.«

»Du hast es nicht anders gewollt.«

»Ich habe es mir leider nicht aussuchen können, das weißt du.«

Wir gingen weiter. Die erste Schritte schweigend, bis Ignatius fragte: »Anja liegt dir sehr am Herzen, nicht wahr?«

»Sie ist eine Freundin und nicht mehr.«

»Sehr gut, John, akzeptiert. Zwar führst du kein normales Dasein, aber vergiß nie, daß auch du nur ein Mensch bist.«

»Gut gesagt. Was rätst du mir?«

»Gesteh dir deine eigenen Gefühle ein, John.«

»Ich versuche es.«

»Wahre Gefühle«, sagte Father Ignatius, »sind niemals vergeblich. Sie sind noch immer die Quelle der Kraft. Daran hat sich in all den Zeiten nichts verändert.« Er lächelte mich an. »Deshalb nutze die wenigen Tage, um dich zu erholen. Und sollten dich deine Gefühle mal verwirren, ich bin immer für dich da.«

»Das weiß ich doch.«

Zum Abschied umarmten wir uns.

Das BMW-Cabrio glitt seidenweich über die Landstraße hinweg, die durch den Odenwald führte. Besser hätte das Wetter nicht sein können. Ein blanker Himmel, der in einem seidigen Blau schimmerte. Hinzu kam der Sonnenschein, der das Land vergoldete und sich als Schimmer auf die Hügel mit den dichten Wäldern legte.

Den Wagen lenkte Dr. Eric van Dreyer, ein attraktiver Mann um die Dreißig, der hin und wieder einen Blick auf die Frau neben sich warf und dabei lächelte.

Anja Kramer hatte den Beifahrersitz weit zurückgestellt und es sich bequem gemacht. Sie trug eine Sonnenbrille, genoß die Fahrt, das Wetter und den Wind.

»Freust du dich, Anja?«

»Klar.«

»Du wirst bald Frau van Dreyer heißen.« Eric schlug mit der Hand gegen das Lenkrad. »Ich kann es noch immer nicht glauben. Ich bin ein Glückspilz.«

Anja gab die Antwort lachend. »Das haben schon viele in deiner Lage gesagt. Wenn du das nach fünf Jahren noch immer sagst, bin ich zufrieden.«

Erics rechte Hand machte sich selbständig und strich über Anjas Haar. »Bestimmt sage ich das.«

Anja hob die Schultern. Ihr Lächeln wirkte etwas verkrampft, und Eric schnitt ein anderes Thema an. »Was ist eigentlich mit deiner Freundin Paula?«

»Das weiß ich auch nicht so genau.«

Van Dreyer schluckte. »Was?« Er schüttelte den Kopf.

»Jetzt tu nicht so aufgeregt, Eric. Ich habe seit rund zwei Wochen nichts mehr von ihr gehört. Der Gastwirt sagte, sie würde Tag und Nacht arbeiten.«

Eric nickte einige Male heftig. »Bravo, sehr gut. Dann stehen wir morgen also zwischen Baugerüsten und Farbeimern.«

»Nein, so ist das auch nicht. Ich kenne Paula. Sei doch nicht so pessimistisch.«

»Okay, schließen wir Frieden. Ich heirate dich selbstverständlich auch zwischen Farbeimern und Baugerüsten.«

»Das ist wunderbar.« Anja beugte sich zur Seite und gab Eric einen Kuß auf die Wange.

Ein paar Minuten später tauchte vor den Augen des jungen Paares der Gasthof auf. Langsam lenkte Eric den Wagen durch das Tor auf das Gelände und stoppte. Die Stille gefiel beiden nicht. Eric hupte zweimal. Auch dieses Signal brachte nichts.

Beide stiegen aus. Sie gingen auf die alte Tür zu. Anja drückte mehrmals auf die Klinke. Sie bewegte sich auch, nur war es ihr nicht möglich, die Tür zu öffnen. Eine Sorgenfalte hatte sich auf ihrer Stirn gebildet. »Das ist komisch. Wieso treffen wir hier niemanden an? Zumindest der Wirt müßte hier sein.«

Eric wollte beschwichtigen. »Nun mach mal keine Panik. Vielleicht ist er nur kurz in den Ort gefahren.«

»Möglich.« Anja trat von der Tür zurück. Sie schaute sich um. Das kleine Waldstück lag in unmittelbarer Nähe. Obwohl die Bäume noch dichtes Laub zeigten, war die Kapelle zu sehen. Sie zeichnete sich auf der Kuppe eines kleinen Hügels ab. Anja wies in die Richtung.

»Es kann sein, daß sie dort sind. Wir sollten hingehen und nachsehen.«

»Nichts dagegen.«

Arm in Arm machten sie sich auf den Weg. Der Wald schluckte sie und einen Teil des Sonnenlichts. Es war hier kühler, die Luft kam ihnen schwerer vor. Anja fror plötzlich in ihrem dünnen T-Shirt. Und sie bekam eine Gänsehaut, als ihr Zukünftiger wenig später die Tür der Kapelle aufzog. Beide schauten sie in die kleine Kirche hinein.

Es war weder ein Baugerüst zu sehen, noch standen Farbeimer herum. Das Innere wirkte wie blankgeputzt. Fresken, Bilder, Mosaiken, ein großer Altar, der erhöht stand. Auf den Bänken schimmerte das Sonnenlicht, das durch die schmalen, hohen Fenster drang.

»Ich bin beeindruckt«, murmelte van Dreyer.

»Verstehst du nun, warum ich hier unbedingt heiraten wollte?«

Eric nickte. »Der Weg hat sich gelohnt.«

Sie küßten sich und hielten sich an den Händen fest. Anja konnte es noch immer nicht fassen. »Es ist phantastisch, was Paula aus diesem alten Bau gemacht hat. Wohin du auch schaust, überall Schätze, aber das Beste ist dort.« Sie wies nach rechts.

»Wieso, was meinst du?«

»Das Triptychon.«

»Aha. Und was ist das?«

»Ein aus drei Teilen zusammengesetztes Bild. Komm, wir sehen es uns näher an.«

Die Farben waren noch vorhanden, aber sie zeigten eine Blässe, die auf ein sehr hohes Alter hinwies.

»Es besteht aus Stein, Eric. Das ist sehr selten.«

»Und was siehst du darauf?«

»Eine Hochzeit. Ein Buckliger heiratet eine schöne Frau in Weiß. Die Schöne und das Biest.«

Eric verzog den Mund. »Das hat hoffentlich nichts mit unserer Hochzeit zu tun. Oder es ist ein böses Omen.«

Beide lachen. Nur klang das Gelächter nicht besonders echt. Dann zuckten sie zusammen, weil sie plötzlich aus dem Hintergrund eine Stimme hörten.

»Oh, Verzeihung, ich wollte Sie nicht erschrecken. Das war wirklich nicht meine Absicht.«

Sie drehten sich um. »Das ist schon okay«, meinte Anja. »Sind Sie der Wirt?«

»Ja, ich bin Erich Gehrmann. Als ich Ihr Auto sah, da dachte ich mir, daß Sie hier sind.« Er gab sich etwas verlegen. »Sie haben mich nicht kommen hören. Ich weiß eben, wie man die Tür lautlos öffnet.«

»Das werden wir bestimmt auch noch lernen, Herr Gehrmann. Sagen Sie bitte, wissen Sie, wo meine Freundin ist?«

»Tja – hm …«, er hob die Schultern an. »Sie wollte noch mal nach Hause, weil sie schon früher fertig geworden ist, als sie angenommen hatte. Es ging alles sehr überstürzt.«

»Wieso plötzlich?« fragte van Dreyer, dem das alles nicht so recht gefiel.

»Ich meine, vor ein paar Tagen hat es hier noch ganz anders ausgesehen. Aber …«

Anjas Schrei unterbrach ihn. Sie hatte die fette Ratte

entdeckt, die vor ihr davonhuschte. Schnell trat sie einen Schritt zur Seite und riß die Arme hoch, während Gehrmann einen Kerzenständer packte, um das Tier zu jagen.

»Los, Sie auch!« wies er Eric an.

Anja wollte nicht dabei sein. So schnell wie möglich verließ sie die Kapelle. Auf einmal gefiel ihr die kleine Kirche doch nicht mehr so gut ...

Die frische Luft tat Anja gut. Innerhalb der alten Mauern hatte es nicht gut gerochen. Hinzu kam noch das Erscheinen der Ratte. Wenn sie daran dachte, bekam sie noch jetzt eine Gänsehaut.

Plötzlich hielt sie die Idee, in der Kapelle heiraten zu wollen, nicht mehr für so gut. Wenn sie sich vorstellte, daß bei der Zeremonie plötzlich eine Ratte erschien – nein, nur das nicht.

Sie lief noch einige Schritte weiter und blieb unter einem alten Baum stehen. Dort atmete sie einige Male tief ein und aus.

Nach oben schaute sie nicht. So entging ihr auch das lautlose und unheimliche Schauspiel. Ohne daß sich die Blätter bewegten oder raschelten, glitt die Stahlklinge einer Sense zwischen Ästen und Zweigen hervor. Es war niemand zu sehen, der sie festhielt. Sie war einfach da und schwebte über Anja Kramer.

Die merkte nichts davon. Sie sah auch keinen Schatten und erst recht nicht die Spitze der Sense, an der Blut klebte, das aussah wie roter Sirup.

Die Sense zitterte plötzlich. Eine kurze Bewegung reichte aus. Von der Spitze löste sich ein Blutstropfen. Zielsicher fiel er nach unten und traf Anjas Brust dort, wo der Ausschnitt des T-Shirts begann. Als rote Perle rollte der Tropfen hinein, ohne daß Anja es merkte. Sie schien in dieser Zeitspanne unter einer anderen Macht zu stehen. Daß Gehrmann und ihr Freund aus der Kapelle kamen, sah sie schon. Und auch, wie der Wirt die tote Ratte wegschleuderte.

»Alles klar«, sagte er und nickte Eric zu. »Ich werde mich dann mal um Ihr Gepäck kümmern.«

»Danke.

Gehrmann verschwand in Richtung Gasthof. Eric näherte sich Anja, die ihn kaum bemerkte und geistesabwesend unter einem Baum stand.

»Tötet man eine Biene, so kommt darauf die ganze Familie zur Beerdigung«, sagte Eric zu ihr. »So jedenfalls heißt es. Hoffentlich ist das bei Ratten nicht auch der Fall.«

Anja schaute noch immer ins Leere. »Mach dir keine Sorgen. Sie sind alle tot.«

Eric begriff nicht. »Wer soll tot sein?«

Das Geräusch einer Autohupe klang vom Gasthof her zu ihnen herüber. Plötzlich war Anja wieder voll da und konnte sogar lächeln. »Das kann nur der Besuch aus London sein – komm!«

Sie liefen los. Zurück blieb der Baum und auch dessen Wurzeln. Einige davon hatten sich aus dem Boden gedrückt. Dazu gehörte auch eine besonders lange und starke Wurzel. Sie hatte es geschafft, über einen aus dem Boden ragenden Grabstein zu wachsen. Wie eine Schlange, die ihn zerdrücken wollte …

Der Fahrer war bezahlt, das Taxi rollte davon, und drei Fahrgäste blieben vor dem Gasthof zurück. Es waren Glenda Perkins, Bill Conolly und ich.

Im ersten Moment fühlten wir uns ziemlich fehl am

Platze, weil wir keinen Menschen sahen. Das allerdings änderte sich, als wir das Paar sahen, das den Wald verlassen hatte.

»Da sind sie ja!« rief Glenda.

Anja jubelte zurück. »Herzlich willkommen.« Sie und Glenda umarmten sich.

Eric begrüßte Bill, der ihn fragte: »Sie also sind der Glückliche?«

»Ja.«

»Ich heiße Bill Conolly. Ich bin ein Freund der beiden hier und von Beruf Reporter. Außerdem arbeite ich hin und wieder mit John Sinclair zusammen.«

Anja Kramer hatte sich mittlerweile von Glenda gelöst und kam auf mich zu. Ich hatte mich etwas abseits gestellt, die Lippen zu einem leichten Lächeln verzogen. Wir sahen uns an. Beide kannten wir uns von früher, und beide waren wir auch etwas unsicher. Schließlich ging Anja auf mich zu, umarmte mich, und ich hörte sie flüstern: »Es ist schön, daß du gekommen bist, John.«

»Das war Ehrensache.« Wir ließen uns los, und ich schaute in Anjas Gesicht. »Du siehst sehr glücklich aus.«

»Das bin ich auch. Aber wie geht es dir?«

»Wie immer. Unkraut vergeht nicht.«

»Und wer freut sich für mich?«

Ich drehte den Kopf und sah Eric van Dreyer neben mir stehen. Wir schauten uns kurz an und begrüßten uns dann durch einen Handschlag. »Auf Sie sind alle Männer neidisch, Eric«, sagte ich.

Anja bekam einen roten Kopf. »Unsinn.«

»Doch«, mischte sich Bill ein. »Da muß ich John recht geben.«

Wir lachten gemeinsam, und die Situation entspannte sich ein wenig. Anja klatschte in die Hände. »Was stehen wir hier draußen eigentlich herum. Laßt uns ins Haus gehen.«

Das hatten wir auch vor. Aus der Ferne jedoch drang ein Wummern an unsere Ohren, das sich anhörte wie von einem Gewitter. Glenda, Bill und ich waren etwas irritiert, aber Anja und ihr Freund schauten sich wissend an.

Im nächsten Moment schon brauste der Porsche heran. Ein altes Baujahr, aber noch top in Schuß.

Ein junger Mann stieß den Wagenschlag auf und verließ sein Fahrzeug. Er grinste uns an.

Anja deutete auf ihn. »Darf ich vorstellen? Das ist Matthias Kramer, mein kleiner Bruder.«

Der Porschefahrer schaute in die Runde. Besonders Glenda schenkte er ein charmantes Lächeln.

»Hi«, sagte er nur. Er gab sich cool und lässig.

»Okay«, meinte Eric. »Da alles geklärt ist, können wir uns jetzt die Zimmer ansehen.«

Wir hatten nichts dagegen.

Es war wie ein Schritt zurück in die Vergangenheit, als wir die Tür des Gasthofes aufgestoßen hatten. Eine niedrige Decke, bestückt mit Balken, die an einigen Stellen ziemlich durchgebogen waren. Der alte Bohlenboden knarrte bei jedem Schritt, wenn er unser Gewicht spürte. Wir hatten uns auf die Zimmer verteilt. Ich wohnte neben Bill und wunderte mich darüber, hier sogar ein Bad vorzufinden, in das ich einen kurzen Blick warf. Bill war dabei, sein technisches Equipment auszupacken. Laptop, eine Digitalkamera und Kabel.

»Das Bad ist nicht sehr groß«, sagte ich.

»Verstehe.« Bill nahm sein Handy. »Ich will nur eben Sheila anrufen, damit sie weiß, daß wir gut angekommen sind.« Er tippte die Nummer ein, und sein Blick ließ dabei das Display nicht los. Dann schüttelte er den Kopf. »Seltsam. Es ist tot. Nichts, keine Verbindung. Vielleicht später.«

Ich deutete auf seine Ausrüstung. »Willst du hier ein Rechenzentrum eröffnen?«

»Nein, aber ich habe dir erzählt, daß ich mir eine Digitalkamera gekauft habe. Bei der können wir die Bilder sofort auf dem Schirm ansehen. Ich suche nur noch den Adapter und die verdammte Bedienungsanleitung.«

»Na, dann such mal.«

Ich hatte keine Lust, in seinem kleinen Zimmer zu bleiben, und ging zurück in meines. Den Koffer hatte ich geöffnet auf das Bett gelegt. Er war mit Kleidungsstücken gefüllt, doch auf ihnen lagen die Waffen, die mir wichtig waren.

Bill, der mir gefolgt war, runzelte die Stirn, als er die Beretta, die Flasche mit dem Weihwasser und den Silberdolch sah.

»Du bist wieder mal voll ausgerüstet, wie?«

»Ja, man kann nie wissen.«

»Hör auf. Das bildest du dir ein.«

Ich sah es nicht so. »Egal, wo wir uns auch befinden. Die Mächte der Finsternis schlafen nicht. Die kleben wie Leim an meinen Schuhen. Darauf kannst du dich verlassen.«

Er schüttelte den Kopf. »Du bist schon komisch. Wir wollen zu einer Hochzeit, und du machst mir den Eindruck, als würdest du zu einer Beerdigung gehen. Ist es wegen Anja?«

Ich verdrehte die Augen und dachte dabei an das

Gespräch mit Father Ignatius. »Jetzt fang du auch noch damit an.« Ich drehte mich von Bill weg und trat an das Fenster. Mein Blick fiel auf den Wald, auch bis hin zur Kapelle, weil sie höher lag.

Etwas am Waldrand störte mich. Ich konnte es nicht genau erkennen, weil es sich zwischen den Bäumen befand, aber es hatte mich neugierig gemacht.

»Ich verschwinde dann«, sagte Bill.

»Nein, du kannst mich begleiten.«

»Wohin denn?«

»Zum Wald.«

»Wenn du unbedingt willst.«

Wir brauchten nicht weit zu gehen, um den Waldrand zu erreichen. Was mir beim Blick aus dem Fenster schon aufgefallen war, sah ich jetzt aus der Nähe.

Aus dem Boden ragte tatsächlich ein Stück eines kantigen Grabsteins hervor. Allerdings war er von den Wurzeln des Baumes überwuchert, in dessen Nähe er sich befand.

Ich hörte Bill leise lachen, bevor er sagte: »Das gibt es doch nicht. Das ist unmöglich.«

»Was denn?«

»Da sind ja noch mehr Grabsteine.« Er hob den Arm. »Da, sie verteilen sich im Wald. Das ist ein regelrechter Friedhof, der hier zwischen den Bäumen angelegt wurde.«

»Das denke ich nicht, Bill. Ich glaube, daß der Friedhof zuerst dagewesen ist.«

»Was?« Bill nahm mir die Antwort nicht ab. »Weißt du eigentlich, wie lange es dauert, bis ein Baum derartige Ausmaße annimmt?«

»Mehrere hundert Jahre, das ist klar. Die Menschen hier haben den Ort irgendwann sich selbst überlassen.«

»Warum nur?«

Ich hob die Schultern. Dann bückte ich mich und strich über den Grabstein hinweg, bis ich das sah, was in den Stein eingemeißelt worden war. Zuerst fiel mir das Kreuz auf. Darunter konnte ich die Inschrift entziffern, die ich halblaut vorlas.

»*Possitis stare adversus insidias diaboli* …«

Bill hatte dafür nur ein müdes Grinsen übrig. »Wie schade, daß man tote Sprachen so schnell verlernt. Dabei haben wir uns auf der Uni oft Witze auf Latein erzählt.«

»Es bedeutet soviel wie: ›Damit ihr standhalten könnt gegen den Teufel.‹ Den Rest der Inschrift habe ich leider nicht lesen können. Das Gestein ist zu stark verwittert – oder?« Ich bückte mich noch einmal, um mehr erkennen zu können. »*Galeam – spiritus – verbum dei* …« Ich erhob mich wieder. »Die Wörter sind aus dem Zusammenhang gerissen. Sie ergeben keinen Sinn. Aber du kannst mir einen Gefallen tun, Bill. Fotografiere den Stein und die Inschrift. Vielleicht kann Father Ignatius mehr damit anfangen.« Ich trat zurück, um Bill Platz zu machen, der dieser Aufgabe gern nachkam. »Ich denke auch nicht, Bill, daß hier jemand begraben liegt. Die Inschrift ist eine Warnung.«

»Vor wem oder was?«

»Keine Ahnung. Aber weißt du was? Ich möchte mir gern mal die Kapelle näher ansehen.«

»Von mir aus.«

Es war nur ein kurzer Fußweg durch den etwas unheimlich anmutenden Wald. Die Kapelle sah von außen zwar renovierungsbedürftig aus, im Innern aber war sie wie neu. Bill war natürlich in seinem Element. Er fotografierte wie ein Weltmeister, während mein Blick von einem Triptychon angezogen wurde.

Ich schaute es mir nicht nur an, ich klopfte auch gegen den Stein und strich mit den Fingern darüber.

»Hast du das Gemälde hier auch im Kasten?«

»Klar doch.«

Ich nahm einen massiven Kerzenständer hoch und schlug zweimal auf das Bild ein. Ein Stück Gips brach ab und rollte vor meine Füße.

»He, bist du verrückt, John?«

»Bestimmt nicht. Aber es ist, wie ich es mir dachte. Nicht der Zahn der Zeit hat an dem Gemälde genagt.«

»Wer dann?«

»Sieh genau hin. Das Bild wurde herausgemeißelt. Der Stein ist bis tief in den Untergrund beschädigt.«

Bill war ratlos. »Und warum tut jemand so etwas?«

»Gute Frage. Und warum haben die Menschen den Friedhof sich selbst überlassen? Vielleicht aus Angst. Ich habe mir eine der Säulen genau angesehen. An ihr kannst du erkennen, daß die Kapelle mal bis auf die Grundmauern zerstört worden ist.«

»Denk an Kriege oder Vandalismus.«

Ich schüttelte den Kopf. »Erinnerst du dich an die alte Kapelle in Scargy Bridge?«

Bill hob seine freie Hand. »Klar, bei allem Respekt, John. Nicht jede Kapelle, die zerstört wurde, ist ein entweihter Ort. Das sind nur vage Vermutungen. Wir sind wegen einer Hochzeit hier. Verdirb Anja bitte nicht den schönsten Tag ihres Lebens.«

»Das ist es ja, Bill. Ich möchte morgen keine unangenehmen Überraschungen erleben.«

Bill schwieg. Ihm war es peinlich. Ich aber warf noch einmal einen Blick auf das Triptychon. Vielleicht lag es an meinem neuen Blickwinkel, daß ich zwischen den Fugen der Bodenplatte etwas schimmern sah. Wie Goldstaub.

Ich bückte mich und klaubte einen Gegenstand mit spitzen Fingern hervor. Es war eine goldene Halskette mit einem kleinen Anhänger daran. Auf ihm war der Name Paula eingraviert ...

Anja Kramer lächelte glücklich und strich mit beiden Händen über ihr Brautkleid, das sie übergestreift hatte. Zweimal zuckte das Blitzlicht einer Kamera auf. Fotografiert hatte Glenda Perkins, die ebenfalls im Zimmer stand.

»Du siehst super aus, Anja.«

»Ehrlich?«

»Ja. Aber so darf Eric dich erst morgen sehen, sonst bringt das Unglück. Laß das Kleid am besten bei mir im Schrank.«

Anja war einverstanden. Sie drehte sich um, um es auszuziehen, als Glenda sie stoppte. »Einen Moment noch, Anja. An der Brust sitzt es noch nicht richtig. Darf ich?«

»Klar doch.«

Glenda zupfte am Stoff, der sich verschob. Dabei fiel ihr der rote Fleck auf dem Brustansatz auf. »He, was hast du denn da?«

Anja trat zurück. »Ach, nichts.« Sie schob den Ausschnitt schnell wieder zurecht. »Nur ein Pickel. Kommt durch den Streß.«

»Du mußt es ja wissen ...«

Wir vier Männer saßen an der Theke, und der Wirt baute vier gefüllte Biergläser vor uns auf. Bills Frage hielt ihn fest, bevor er sich zurückziehen konnte. »Wo kann ich denn hier mal telefonieren?«

»Der Apparat steht in meinem Büro.«

»Wieso? Ist was passiert?« fragte van Dreyer.

Bill griff nach dem Bierglas. Bevor er es leer trank, antwortete er: »Nein, nur Routine.« Er stellte das Glas wieder ab und wollte wissen, so sich das Büro befand.

»Am Ausgang.«

Van Dreyer wunderte sich. »Braucht man in seinem Job nicht ein Handy?«

Die Frage hatte mir gegolten.

»Schon. Er hat auch eins, aber es funktioniert hier nicht.«

»Was machen Sie eigentlich genau bei Scotland Yard?« wollte Matthias wissen.

»Ich bin Polizist. Wie Ihre Schwester.«

Van Dreyer winkte ab. »Laßt uns das Thema beenden.«

»Warum?« fragte ich.

»Ja«, sagte Matthias. »Warum eigentlich? Ich habe schon einiges von Ihnen gehört. Man hat nicht jeden Tag Gelegenheit, einen Geisterjäger zu treffen. Worauf muß ich achten, wenn ich einem Gespenst begegne?«

»Matthias, es reicht!« Eric wurde sauer.

»Sind Ihnen denn schon viele begegnet?« Matthias grinste mich an. »Ich habe noch nie eines gesehen.«

»Vielleicht liegt es daran, daß es Menschen gibt, die für die andere Seite nicht von Interesse sind. Und jetzt entschuldigen Sie mich bitte.« Ich trank das Glas leer und ging.

Bill hatte sich von Erich Gehrmann in dessen Büro führen lassen. Den Laptop schloß er an die Telefonbuchse an. Dabei wurde er mißtrauisch von Gehrmann beäugt.

»Was machen Sie da?«

Der Reporter winkte ab. »Nichts Besonderes. Ich schicke nur ein paar Urlaubsbilder durch die Leitung.«

Bill nahm die Diskette aus seiner Digitalkamera, steckte sie in den Computer und wählte auf der Tastatur eine lange Telefonnummer. Ein kurzes Piepen erklang, dann wurden die Daten gesendet.

Bill wandte sich wieder an den Wirt. »Wenn Sie ein Fax vom Kloster St. Patrick erhalten, geben Sie uns bitte sofort Bescheid. Es ist wichtig. Und noch etwas. Das Brautpaar soll von allem nichts mitbekommen, wir wollen es überraschen. Okay?«

Gehrmann nickte.

Ich war froh darüber, Anja Kramer vor dem Gasthof getroffen zu haben.

Wir gingen ein paar Schritte und beobachteten dabei die allmählich untergehende Sonne, deren Strahlen die Landschaft mit einem warmen Licht übergossen. Der Weg führte uns einen kleinen Hügel hoch, und die Sicht in den Odenwald hinein war beeindruckend.

»Ist es nicht wunderschön hier, John?«

»In der Tat. Wie bist du auf diesen Flecken Erde gestoßen?«

»Durch meine Freundin Paula. Sie ist Restauratorin und hat die Kapelle wieder hergestellt.«

»Und sie ist jetzt nicht hier?«

Anja zuckte mit den Schultern. »Ich habe seit zwei Wochen nicht mehr mit ihr gesprochen. Aber ich bin sicher, daß sie morgen zur Hochzeit hier ist. Warum fragst du, John?«

Ich runzelte die Stirn und schob die Hand in meine Hosentasche.

Aus ihr holte ich die Halskette hervor und legte sie auf Anjas Hand. »Schau sie dir an.«

Anja tat es gründlich. Sie drehte sie zwischen ihren Fingern, las den Namen mehrmals und fragte mich erstaunt: »Wo hast du die her?«

»Ich fand sie in der Kapelle auf dem Boden.«

Anja steckte die Kette ein. »Ich werde sie Paula zurückgeben.«

»Tu das. Mich macht nur stutzig, daß du länger nichts von ihr gehört hast. Kann es nicht sein, daß sie verschwunden ist?«

»Nein, John, du kennst Paula nicht. Die ist immer in Action. Sie hat zudem wahnsinnig viel zu tun. Was willst du eigentlich? Suchst du nach einem Grund, meine Hochzeit zu verhindern?« Anja drehte sich um, weil sie Schritte gehört hatte. »Ach, da kommt ja Eric.«

Van Dreyer blieb vor uns stehen. Die Hände hatte er in die Seiten gestützt. Er wirkte ziemlich sauer. »Darf ich mal fragen, was hier los ist?«

»Reg dich nicht auf. Hier ist gar nichts los. John hat mal wieder ein Gespenst gesichtet. Aber niemand sonst außer ihm kann es sehen. Komm, wir gehen.« Sie faßte ihren Freund am Arm, warf mir noch einen bösen Blick zu und ging eilig davon.

Ich blieb zurück und fühlte mich ziemlich blöd …

Der Piepton war nur kurz. Abgegeben vom Fax in Gehrmanns Büro. Das Papier mit der Nachricht schob sich hervor, und der Text war brisant.

John, ich habe Deine Nachricht erhalten. Ihr seid in großer Gefahr!

Das Echo eines schweren Tritts hallte durch das Büro. Dann erschien ein Fuß, dessen Spitze genau die

Telefonbuchse traf. Mit einer so großen Gewalt, daß sie aus der Wand brach. Das Fax funktionierte nicht mehr. Eine Hand riß das Papier ab, schwenkte es hin und her, und wie von Geisterhand berührt fing es plötzlich Feuer. Als verbrennendes Etwas landete es in einem leeren Papierkorb …

Die Dunkelheit hatte den Tag abgelöst, und nur der helle Vollmond stand wie gemalt am Himmel.

Bill und ich hatten die Gelegenheit genutzt und den Gasthof verlassen. Für uns war die Kapelle wichtig, denn sie ließ mich nicht mehr in Ruhe.

Der Wald lag hinter uns. Ein stummer Wächter, der ein Geheimnis verbarg. An machen Stellen fiel das bleiche Mondlicht bis auf den Boden und verlieh einigen Grabsteinen einen schimmernden Glanz.

Ich zog die Tür der Kapelle auf. Es gab sogar elektrisches Licht hier drinnen, aber als ich den Schalter betätigte, blieb es trotzdem dunkel. So mußten wir uns auf unsere kleinen, aber lichtstarken Taschenlampen verlassen. Sie schickten ihre scharfen, hellen Speere durch die Dunkelheit. In ihrem Licht zitterten unzählige Staubkörner.

Vor dem Alter blieben wir stehen. Im fahlen Licht sahen wir uns die Platte genauer an. Die mächtige Steinplatte zeigte seltsame Kerben, die sich auch an den Seiten fortsetzten. Man konnte sie mit ein bißchen Phantasie als Symbole einstufen.

»Sagen dir die Kerben etwas, Bill?«

»Nein. Da kann ich nur raten. Vielleicht Symbole aus der Alchimie oder so. Vielleicht hat auch nur jemand daran herumgemeißelt. Wie bei dem Triptychon.«

Das wollte ich nicht glauben. Ich mußte mir den Altar genauer ansehen und leuchtete ihn ab.

Jetzt fiel mir eine Kerbe besonders auf. Sie zog sich diagonal von oben nach unten.

»Das sind keine Spielereien, Bill.«

»Was denn?«

»Abwarten.« Ich hatte die kleine Flasche mit dem Weihwasser sicherheitshalber eingesteckt. Das konnte ich jetzt gut gebrauchen. Ich ließ es auf den Altar tropfen. Durch die diagonale Kerbe floß das Wasser nach unten und versickerte zischend unter dem Steinquader.

»Ha, das habe ich geahnt, Bill.«

»Was denn?«

»Der Altar ist so etwas wie ein Richtblock. Wir befinden uns hier nicht in einem Haus Gottes. Durch diese Kerben floß Menschenblut. Fragt sich nur, wohin?« Ich stemmte mich gegen den Altar und versuchte, ihn wegzuschieben. Allein gelang es mir nicht, und auch zu zweit brachten wir ihn nicht von der Stelle.

So leicht gab ich nicht auf. Diesmal leuchtete ich den Boden in der Umgebung des Altars ab. Auf zwei Steinplatten sah ich ebenfalls die seltsamen Symbole. Ich stellte mich mit beiden Beinen auf sie und unternahm einen erneuten Versuch.

Diesmal bewegte sich der Altar zur Seite. In der Wand erschien eine Öffnung. Ich leuchtete hinein und entdeckte den Beginn einer Treppe.

Bill lachte leise. »Eigentlich habe ich nicht vor, dort hinabzusteigen, John.«

»Sorry, Alter, aber uns bleibt keine andere Wahl.«

Sie alle hatten gut gegessen, und Gehrmann war dabei, den Tisch abzuräumen. Matthias rückte auf der Eckbank näher an Glenda Perkins heran. Zu dicht, denn sie wich ein Stück weg.

Er ließ sich nicht abschütteln. »Was machen Sie eigentlich, wenn Sie nicht bei Scotland Yard arbeiten? Gibt es da noch ein zweites Leben?«

»Sicher«, erwiderte Glenda ironisch. »Da sitze ich dann allein zu Hause, höre tragische Opernmusik und warte sehnsüchtig auf den nächsten Tag.«

»Kann ich verstehen. So war das bei Anja auch. Bis sie eben den richtigen Typ getroffen hat.«

Anja hatte zugehört und lachte jetzt. »Ausgerechnet im Leichenschauhaus. Wo hätte ich schon sonst jemanden kennenlernen sollen als bei einer Obduktion?«

»Arbeitest du immer noch so viel?« fragte Glenda.

»Ja, und ich schlafe zu wenig.« Sie gähnte. »Bitte, entschuldigt mich, aber der Tag morgen wird anstrengend.« Sie stand auf, und van Dreyer erhob sich ebenfalls. Er hatte sich an den Gesprächen kaum beteiligt.

Matthias streckte die Hand aus. »He, was ist das denn, Eric? Dein letzter Tag in Freiheit. Willst du den schon so früh beenden?«

»Du darfst gern noch bleiben«, sagte Anja zu ihrem Bräutigam.

»Nein, ich komme mit.«

Matthias lachte. »Der steht jetzt schon unter der Knute. Na dann, gute Nacht.«

»Gleichfalls.«

Als das Brautpaar gegangen war, sah Matthias seine Chance wieder gekommen. Er rückte noch näher an Glenda heran. »Ist ja ein starkes Stück von Ihren Freunden, Sie so zu versetzen. Lassen Sie sich das eigentlich gefallen?«

»Es kommt immer darauf an, wer es ist.«

Matthias rückte noch näher, und auch seine Hand näherte sich Glendas Oberschenkel. Bevor er ihn berührte, fragte Glenda: »Wie alt bist du eigentlich?«

»Stolze Neunundzwanzig.«

»Ist ja super.«

»Was soll das?«

»Ich frage mich, ob du in deinem Alter nicht schon zu alt für eine so plumpe Anmache bist.«

Matthias Kramer lachte verlegen und rutschte wieder zurück.

Die Treppe lag endlich hinter uns. Wir befanden uns jetzt unter der Erde, umschlossen von den Wänden einer staubigen und unheimlich wirkenden Gruft. Wieder leisteten uns die Lampen gute Dienste. Ihre Lichtkegel huschten über die lehmigen Wände hinweg, die eine rauhe Struktur aufwiesen.

Bill hatte schon einige Male die Nase hochgezogen. Jetzt flüsterte er: »Ein seltsamer Geruch herrscht hier. Findest du nicht auch?«

Ich nickte und ging einen Schritt zurück. Unter meinem rechten Fuß knackte etwas. Als ich hinleuchtete, sah ich den zerbrochenen Oberschenkelknochen eines Menschen, was Bill zu der Frage veranlaßte: »Wie kommt der denn hierher?«

Ich hob die Schultern und kümmerte mich wieder um die Wände. Diesmal leuchtete ich sie länger ab. Was ich sah, hinterließ bei mir einen Schauer. Durch den dunklen Lehm schimmerte etwas Helles. Gebeine – Schädel und Knochen steckten in der Masse.

»Das darf nicht wahr sein«, flüsterte ich. »Die Kapelle ist auf Gebeinen gebaut. Hier müssen Hun-

derte von Menschen ihr Leben verloren haben.« Ich
untersuchte noch einmal den Boden. Jetzt sah ich auch
die Einkerbungen, die ich vom Altar her kannte. Sie
setzten sich hier unten fort.

»Und du weißt noch immer nicht, was sie bedeuten?« fragte Bill.

»Keine Ahnung, aber wir können sie verfolgen.«

Wir schlichen tiefer in die Gruft hinein, und zwar in
einen Teil, in dem wir bisher noch nicht gewesen
waren. Aus dem Licht schälten sich die Umrisse eines
alten Steinsargs hervor, zu dem die Spur hinführte.
Der Sarg war nicht geschlossen, und in ihm lag eine
bucklige Gestalt. Auch sie betrachteten wir genauer.

Bill wischte nervös über seine Stirn. »Verdammt, das
gibt es doch nicht …«

»Sieh ihn dir an, Bill.«

»Das tue ich doch schon.«

»Es ist der Bucklige, den wir auf dem Triptychon
gesehen haben.«

Bill runzelte die Stirn. »Wenn das alles so stimmt,
könnte das Bild so etwas wie eine Prophezeiung sein.«

»Ja, das denke ich auch …«

Eric van Dreyer schaltete die Nachttischlampe aus und
lächelte, als er aus dem Fenster blickte und den Vollmond am nächtlichen Himmel sah. Richtig romantisch, wie geschaffen für eine Nacht vor der Hochzeit.

Neben ihm lag Anja. Es gefiel ihm nicht, daß sie ihm
den Rücken zugedreht hatte. Van Dreyer wollte sie aus
der Nähe anschauen können und legte einen Arm um
sie.

Sie schob ihn weg.

»He, was ist los?«

»Ich bin müde.«

Van Dreyer gab nicht auf. Er strich sanft mit seinen Fingerkuppen über ihre Schulter, denn er wußte, daß Anja genau diese Berührungen liebte. Doch nicht in dieser Nacht. Sie schüttelte sich und sagte: »Laß mich in Ruhe.«

Eric war sauer. So kannte er seine Braut nicht. Das war eine völlig fremde Person, die neben ihm lag. Er drehte sich um und schaltete das Licht wieder ein. »Was ist los mir dir, verdammt? Hat es mit diesem Sinclair zu tun? Seitdem er hier ist, bist du wie ausgewechselt.«

»Hör auf, du spinnst.«

»Nein, das denke ich nicht. Gibt es da vielleicht etwas zwischen euch, das ich wissen müßte?«

Anja blieb stumm.

Eric ballte vor Wut die Hände. »Verflucht noch mal, rede wenigstens mit mir!« Er wollte nicht länger nur ihren Rücken anstarren, packte Anja an der Schulter und drehte sie herum.

Plötzlich wurden seine Augen groß. In den Pupillen malte sich das Erstaunen ab. Er sah nicht ihr Gesicht, er sah auch nicht ihre Schultern, sondern nur den Ansatz ihrer Büste, auf dem sich ein Mal abzeichnete, das tiefschwarz geworden war. Er hatte es zuvor noch nie gesehen.

Es dauerte Sekunden, bis er die Sprache wiedergefunden hatte. »Was ist das denn?« hauchte er. »Wo kommt dieser – dieser – Fleck her?«

»Nichts ist das, gar nichts.« Mit einem Ruck zog Anja die Bettdecke hoch, um das Zeichen wieder zu verstecken. Den nächsten Satz zischte sie durch die Lippen. »Und jetzt will ich in Ruhe schlafen. Verstehst du das?«

Van Dreyer konnte nichts sagen. Er starrte in ihr Gesicht. Der drohende Blick entging ihm nicht. So hatte er seine Braut noch nie erlebt.

»Und jetzt mach endlich das verdammte Licht aus!« schrie sie ihn an. »Ich will meine Ruhe haben.«

Eric wollte nicht noch mehr Streit provozieren. Deshalb schaltet er die Lampe aus.

Anja hatte ihm wieder den Rücken zugedreht. Sie lag da mit offenen Augen und schaute gegen das Fenster. Sie sah den Vollmond am Himmel, dessen Umrisse sich seltsamerweise auch in ihren Pupillen zeigten ...

Glenda lächelte Matthias Kramer fröhlich an. Sie saßen noch immer am Tisch. Jetzt aber durch die Länge der Platte getrennt. Matthias war frustriert und schüttelte immer wieder den Kopf. Eine derartige Abfuhr hatte er noch nie erlebt.

»Tja«, sagte Glenda und schlug auf die Platte. »War echt nett, mit dir zu plaudern. Die anderen sind ja schon weg, und ich mache mich auch auf die Socken.«

Kramer hob den Blick. »Ja, ja, schon gut. Man kann nicht immer gewinnen. Schlafen Sie wohl, Mylady.«

»Das werde ich bestimmt.«

Matthias stand ebenfalls auf. Er ging hinter den Tresen und zapfte sich ein Bier, denn Gehrmann war längst nicht mehr da. Während er zuschaute, wie der Gerstensaft in das Glas floß, schüttelte er den Kopf und sagte: »Die spinnen, die Engländer ...«

So dachte Glenda nicht, die die Tür der Gaststube hinter sich zugezogen hatte. Sie konnte es nur nicht leiden, auf diese plumpe Art angemacht zu werden. Als Gespielin für eine Nacht hatte sie sich noch nie verstanden. Die Zimmer lagen in der ersten Etage. Im Flur brannte ein düsteres Licht.

Glenda wollte die Treppe hochsteigen und hielt bereits das Geländer fest, als sie die Geräusche hörte. Ein Ungeheuer schien sich im Haus versteckt zu halten.

Das alte Gebälk knarrte. Das Haus fing an zu zittern, wie von einer Riesenfaust getroffen. Staub rieselte ihr von der Decke entgegen. Auch in ihrer unmittelbaren Nähe tat sich etwas. Innerhalb der Wände mußte es zu starken Verschiebungen gekommen sein, denn urplötzlich sprang eine Tür auf, die zuvor hinter der Wandverkleidung versteckt gewesen war.

Glenda blieb für einen Moment stehen. Sie mußte sich erst überwinden, bevor sie auf das Loch zuging.

Davor stoppte sie.

Eine Treppe führte in die Tiefe. Glendas Erschrecken war schnell vorbei. Sie kam sich vor wie in einem Schloß, denn auch dort fand man hin und wieder Geheimgänge.

»Hallo …? Hallo – ist da jemand?«

Keine Antwort.

Glenda überlegte. Zwar war sie ängstlich wie jeder Mensch, aber auch neugierig. So überwand sie ihre Angst und stieg langsam die Stufen hinab, denn am Fuß der Treppe hatte sie einen schwachen Lichtschein gesehen. Außerdem konnte sie sich vorstellen, John Sinclair dort unten zu finden.

Sie rief seinen Namen.

Eine Antwort erhielt sie nicht.

Trotzdem ging Glenda weiter …

Die Kerben auf dem Boden waren für uns der Wegweiser durch diese Gruft gewesen. Zwei Lampenstrahlen glitten lautlos über den staubigen Boden hinweg, holten hin und wieder die bleichen, alten Knochen hervor und bewegten sich dann nicht mehr weiter, als sie ein neues Ziel gefunden hatten.

Vor uns lag ein Toter. Eine halb verweste Leiche, die widerlich stank.

»Scheiße!« flüsterte Bill. »Wo sind wir hier nur hineingeraten? Ich denke, daß du wie ein Magnet auf diese Dinge wirkst. Ja, du ziehst sie einfach an.«

Ich enthielt mich einer Antwort. Der Tote drehte uns den Rücken zu. Mit dem Fuß wälzte ich ihn herum, so daß wir sein Gesicht anleuchten konnten.

»Nein, das gibt's nicht!« keuchte Bill. »Das – das – ist ja Gehrmann! Wahnsinn. Kann jemand so schnell verwesen?«

»Das frage ich mich auch, Bill.« Meine Stimme klang ebenfalls belegt.

»Ich denke, daß das hier der echte Gehrmann ist.«

»Okay. Wer ist dann der andere, den wir kennen?«

Darauf konnte ich ihm keine Antwort geben. Es war auch nicht mehr wichtig, denn aus der Ferne hörten wir einen gellenden Frauenschrei.

»Verdammt, Bill, das war Glenda!«

Mein Freund schaute sich um. »Was machen wir denn jetzt? Wieder zurückgehen?«

»Nein, wir folgen den Kerben …«

Das Licht lockte doch zu sehr, und trotz ihrer Furcht ging Glenda der Quelle entgegen. Die Treppe führte nicht in direkter Linie hinab, sondern war aus Wendeln zusammengesetzt.

Glenda Perkins konzentrierte sich nur auf die untere Hälfte. Was hinter ihr geschah, sah sie nicht, bis sie plötzlich den schleifenden Laut hörte, der nicht von ihr stammte.

Für einen Moment nur blieb sie stehen, dann fuhr sie auf der schmalen Stufe herum.

Vor ihr stand der Wirt!

Schnell die Augen schließen. Die Erleichterung ruhig zeigen. Die Augen wieder öffnen. Versuchen zu lächeln. »Himmel, Herr Gehrmann, haben Sie mich erschreckt.«

»Tatsächlich?«

Er hatte nur dieses eine Wort gesprochen, aber auch nicht normal, sondern gedehnt. So hatte Glenda ihn bisher noch nicht erlebt. Jetzt, in dieser Umgebung, keimte das Mißtrauen in ihr auf, gepaart mit einer gewissen Furcht.

Sie schaute zu Gehrmann hoch, der zwei Stufen über ihr stand. Dabei sah sie genau in sein Gesicht, in dem sich die Augen veränderten. Sie nahmen eine andere Farbe an. Sie wurden immer dunkler und waren schließlich schwarz wie zwei kleine Tümpel.

Die Verwandlung dauerte nur Sekunden, aber Glenda begriff sehr schnell. Der Wirt war kein normaler Mensch mehr. Irgendwer hatte ihn zu einem Besessenen gemacht, zu einem Werkzeug finsterer Mächte.

Und ausgerechnet diese Gestalt versperrte ihr den Weg nach oben und zurück zu den Gastzimmern.

Es gab für Glenda nur eine Chance.

Die Treppe hinab.

Der Gedanke war kaum in ihr aufgezuckt, als sie sich schon herumwarf und loslief. Sie fürchtete sich davor, zu stolpern, und sie schrie so laut wie möglich auf.

Hinter sich hörte sie Gehrmann lachen. Es war nicht sein Lachen.

Es war das Gelächter einer mörderischen Kreatur – des Schwarzen Tods ...

Glenda hörte das Lachen. Es traf sie wie der Riemen einer Peitsche. Es ließ sie weiterrennen. Sie achtete auf nichts mehr. Sie fand zum Glück immer wieder die richtige Stufe, stolperte nicht und schrammte hin und wieder nur mit der Schulter an der Wand entlang, doch das ließ sich leicht ertragen.

Wie eine letzte Hoffnung schimmerte ihr das Licht entgegen. Licht bedeutete Wärme, Helligkeit, Rettung.

Doch auch hier unten?

Nur nicht denken! hämmerte sich Glenda ein. Um Himmels willen nicht nachdenken. Weitermachen. Laufen, die Treppe mußte doch bald ein Ende haben. Sie hatte einige Wendel hinter sich gebracht, und Glenda wurde von einem Schwindelgefühl erfaßt.

Auf der letzten Stufe wäre sie beinahe noch ausgeglitten. Aber das Schicksal meinte es in diesem Fall gnädig mit ihr, und sie brachte auch dieses Hindernis hinter sich.

Gehrmann war noch da. Sie hörte seine Tritte hinter sich. Nur war er jetzt nicht mehr wichtig, denn sie stand bewegungslos da und starrte auf das, was sich vor ihr am Boden abmalte.

Eine riesige Blutlache. Beinahe schon ein dunkelroter See.

Und wieder lachte Gehrmann.

Diesmal aber dicht hinter ihr.

Glendas Verzweiflung endete abermals in einem schrillen Schrei ...

Manchmal muß man sich einfach auf sein Glück verlassen, und das stand uns in diesem Augenblick zur Seite. Wir waren den Spuren gefolgt. Ich hatte dabei gegen den Boden geleuchtet, während sich Bill mehr auf die Wände konzentrierte.

Deshalb entdeckte er die Tür in der Wand. »John, das muß es sein!«

Ich fuhr herum. Noch während ich mich bewegte, hörte ich den gellenden Schrei.

Glenda!

Diesmal wußten wir, wo sie sich befand. Hinter der Tür, die zum Glück nicht so stabil war. Sie stellte die Verbindung zwischen dem Keller des Gasthauses und der Gruft dar.

Wir brauchten uns nicht abzusprechen und verstanden uns auch ohne Worte. Zugleich rammten wir gegen die Tür, die dem plötzlichen Druck nicht mehr standhielt. Sie brach aus ihrer Verankerung, und wir hatten wieder das Glück, uns fangen zu können und nicht zu stolpern. Bill glitt nach links, ich nach rechts. Hinter uns lag die Tür am Boden, aber vor uns sahen wir Gehrmann und Glenda Perkins. Beide waren von unserem Eindringen überrascht worden.

Während sich Gehrmann umdrehte, rannte Glenda in ihrer Panik zurück zur Treppe, um dieser Hölle so rasch wie möglich zu entfliehen.

Erich Gehrmann aber grinste mich an. Glenda war für ihn unwichtig geworden. Er hatte in mir einen neuen Gegner gefunden. Ich wunderte mich, wie schnell er sich plötzlich bewegen konnte. Es mußte eine dämonische Triebkraft sein, die sich auch in seinen Augen abzeichnete, denn sie sahen nicht mehr menschlich aus, sondern erinnerten mich an schwarze Öllachen.

»John, Achtung!«

Etwas flog von der linken Seite her auf mich zu. Bill hatte einen alten Spaten gefunden. Ich schnappte ihn aus der Luft, holte mit einer fließenden Bewegung aus und knallte das schmutzige Blatt gegen Gehrmanns Kopf und Hals.

Der Treffer schüttelte ihn durch. Ein normaler Mensch hätte längst auf dem Boden gelegen. Verletzt, bewußtlos, wie auch immer. Nicht so Gehrmann.

Er lachte über den Treffer.

Das Lachen gehörte keinem Menschen mehr. Ich wußte, wer so lachte. Es war mein Todfeind, der Schwarze Tod.

Und genau seine widerliche Knochenfratze zeichnete sich für einen winzigen Moment auf Gehrmanns Gesicht ab, als wollte mich diese höllische Bestie zum Narren halten.

Bevor ich reagieren konnte, puffte der Körper des Wirts vor meinen Augen auf. Nicht er stand mehr vor mir, sondern eine Staubwolke mit menschlichen Umrissen, die jedoch sehr schnell zu Boden sank und als Aschehäufchen liegenblieb.

Ich nickte Bill zu. »Jetzt wissen wir, wer hier seine verdammten Fäden zieht ...«

Der Schmerz stach wie von einem Messer geführt durch ihr linkes Knie, mit dem Glenda über die rauhe Wand geschrammt war. Aber sie war hart im Nehmen, biß die Zähne zusammen und lief weiter. Die letzten Stufen noch, dann war es geschafft.

Sie taumelte in den düsteren Flur. Ihr Gesicht war noch immer von der erlebten Furcht gezeichnet. Ihr Mund stand weit offen, und sie holte keuchend Luft.

Die dunkle Gestalt schien von links heranzufliegen.

Nein, nicht schon wieder! Es war eine stumme Bitte, die durch Glendas Kopf schoß. Sie konnte einfach nicht mehr rennen. Die Knie waren ihr weich geworden, und die dunkle Gestalt griff wie mit Krakenarmen nach ihr.

Glenda hatte das Gefühl, zu Eis zu werden. Aber dann fiel das Licht auf die Gestalt, und Glenda drehte sich um und fiel dem Mann weinend um den Hals. So erleichtert fühlte sie sich.

»Glenda, was ist denn los mit Ihnen?«

Sie konnte noch nicht sprechen. Erst einmal schlucken, noch zweimal schluchzen, dann aber sprach sie den Namen mit großer Erleichterung aus.

»Father Ignatius, mein Gott!«

»Na ja, Mädchen, Gott bin ich nicht ...«

»Aber Sie kommen mir in diesem Augenblick so vor. Oder wie ein rettender Engel.«

»Das schon eher.«

Auf der obersten Stufe der Treppe erschien Eric van Dreyer. Er war nervös und schaute sich um. Er trug nur seinen Schlafanzug.

»Verdammt, ich habe Schreie gehört.« Er kam die Treppe herunter und nahm die letzten beiden Stufen mit einem Sprung. »Was ist passiert?«

Ignatius löste sich aus Glendas Armen. »Das kann ich Ihnen leider nicht sagen. Sind Sie der Bräutigam?«

Eric nickte.

»Und wo ist Ihre Braut?«

»Im Bett. Sie schläft.«

Ignatius deutete mit dem linken Zeigefinger auf ihn. »Es wäre besser, wenn Sie sie herholen.«

Van Dreyer drehte sich um, als wollte er nach etwas Bestimmtem suchen. So überspielte er nur seine eigene

Verlegenheit. »Warum soll ich das tun? Was ist hier eigentlich los?«

»Ich werde es Ihnen später erklären«, antwortete Ignatius mit ernster Stimme. »Aber jetzt holen Sie bitte Ihre Braut.«

»Na ja, wenn Sie meinen …« Van Dreyer drehte sich um und ging den Weg zurück.

Father Ignatius wandte sich wieder an Glenda. Diesmal lächelte er. »Sie haben sich ja wieder gefangen. Sagen Sie mir bitte, was hier geschehen ist.«

Glenda stammelte die Antwort. »Es ist – ich meine – es ist der Keller da unten.«

»Und weiter?«

»Blut«, flüsterte sie. »Er ist voller Blut …«

Father Ignatius wurde blaß. Nicht allein wegen Glendas Antwort. Ihn überkam eine schreckliche Vorahnung …

Der Schwarze Tod war verschwunden. Sein Gastkörper, in dem er sich eingenistet hatte, lag als kleiner Aschehaufen vor unseren Füßen. Somit hatten wir die erste Schlacht verloren, aber der Krieg ging weiter, das stand fest. Und wir würden am Ball bleiben, als hinge unser weiteres Leben davon ab.

Jenseits des kleinen Ascherestes setzte sich die Spur der Kerben fort. Der dünne Lichtstrahl meiner Taschenlampe folgte ihr bis zum Rand einer großen Blutlache. Dort endete die Spur.

Da genau blieb ich stehen. Zu Bill gewandt sagte ich: »Das Blut unzähliger Toter ist durch diese Gruft geflossen. Und zwar bis hierher.«

»Weißt du genau, was das bedeutet?«

»Ja. Wir sind an einem Ort des Bösen.«

Nicht ich hatte die Antwort gegeben, sondern Father Ignatius. Seine Stimme war hinter uns aufgeklungen. Bill und ich drehten uns um und schauten ihn überrascht an.

»Sagenhaft«, flüsterte ich. »Bist du vom Himmel gefallen?«

Er lächelte. »Nein, das nicht, obwohl mich deine liebe Glenda schon als Engel bezeichnet hat.« Er blickte etwas irritiert. »Mir scheint, daß du meine Nachricht nicht erhalten hast.«

»So ist es. Da der Wirt des Gasthofs nicht mehr lebt, gehe ich davon aus, daß der Schwarze Tod die Botschaft abgefangen hat. Er hatte die Rolle des Besitzers hier übernommen.«

Ignatius nickte nachdenklich. »Der Schwarze Tod«, murmelte er, »wieder einmal!« Er räusperte sich und ließ seinen besorgten Blick durch den Keller wandern. »Es ist noch schlimmer, als ich vermutet habe.«

»Und was bedeutet das genau?« wollte ich wissen.

Die Antwort verschluckte Ignatius, denn Bill hatte mit einer heftigen Bewegung seinen Arm ausgestreckt und deutete auf einen Spalt im Lehmboden.

Es war schon unheimlich anzusehen, wie der dicke, weiße und zähe Nebel daraus hervorkroch. Wie von einer fremden Kraft geleitet, bewegte er sich durch die Kerbe am Boden und kroch lautlos auf die große Blutlache zu. »John«, flüsterte Ignatius mir zu. »Ich denke, daß ich zur rechten Zeit hier erschienen bin. Wir müssen dringend miteinander reden ...«

»Okay«, sagte Bill, »dann strengen Sie sich mal an. Das müssen wir packen.«

Er und Matthias Kramer schoben und drückten den

schweren Schrank durch den Flur, um die Tür zum Keller zu verbarrikadieren. Sie mußten ihre ganze Kraft einsetzen. Ihre Gesichter waren hochrot angelaufen, aber sie schafften es letztendlich.

»Sehr gut«, erklärte Bill keuchend und trat dabei einen Schritt zurück.

Matthias hustete in seine hohle Hand. »Können Sie mir jetzt mal sagen, was das alles soll?«

Bill wich einer direkten Antwort aus. »Uns steht noch eine lange Nacht bevor.«

»Wer will schon um zehn Uhr abends ins Bett.«

Bill war nicht zu irgendwelchen Scherzen zumute. Er hatte zuvor einen Fensterladen verrammelt, überprüfte ihn noch einmal und war mit seiner Arbeit zufrieden. Auch die Außentür war fest verschlossen. So schnell kam dort niemand herein.

Grinsend kam Matthias auf den Reporter zu. »He, Mann, machen Sie mich nicht wahnsinnig. Haben Sie mal wieder so ein komisches Gespenst gesichtet?«

»Sie haben eine Fahne.«

»Klar, das bleibt nicht aus, wenn man Bier trinkt. Außerdem brauche ich nicht mehr zu fahren.«

Bill ließ den jungen Mann stehen. Er ging wieder in die Gaststube.

Matthias starrte ihm nach und winkte ab. Er wiederholte das, was er schon einmal gesagt hatte. »Die – die – spinnen doch, die Engländer.« Dennoch zog er den Kopf zwischen die Schultern, als er über sich im Deckengebälk ein verdächtiges Knacken und leises Pochen hörte.

Es gefiel ihm nicht mehr, allein im Flur zurückzubleiben. So folgte er Bill in die Gaststube.

Father Ignatius und ich waren nach oben in mein Zimmer gegangen und hatten Eric van Dreyer gebeten, sich wieder umzuziehen und uns dann nachzukommen. Ich war noch dabei, die Tür zu schließen, als ich Ignatius bereits ansprach. »Alles hat mit Anjas Freundin Paula angefangen. Sie hat die Kapelle restauriert. Seitdem ist sie spurlos verschwunden.«

»Dann ist sie tot, John!« Der Mönch ballte die Hände zu Fäusten. »Wann endlich lernen die Menschen es, auf die Zeichen der Vergangenheit zu achten, und nicht über sie hinwegzusehen? Die Kapelle hätte niemals restauriert werden dürfen. Das war der große Fehler.«

Jemand klopfte gegen die Tür, die dann sofort geöffnet wurde. Van Dreyer blieb auf der Schwelle stehen. Diesmal nicht mehr im Schlafanzug. »Sie wollten mich sprechen?«

Ignatius nickte ihm zu. »Bitte, kommen Sie doch herein.«

Van Dreyer schloß die Tür langsam. Er drehte sich auch ebenso langsam um und schaute auf das Foto mit dem Triptychon, das Ignatius ihm hinhielt.

»Sie kennen das Bild?«

»Das Bild nicht. Dafür den Gegenstand.«

»Gut. Das Gemälde zeigt Sodon, der so etwas wie ein Sohn des Asmodis ist. An diesem Ort sollte er mit der Jungfrau Kyra verheiratet werden.«

Eric lächelte etwas verwundert und auch spöttisch. »Wer ist dieser Asmodis?«

»Der Teufel. Das Böse.« Ignatius sprach mit ernster Stimme. »Im dreizehnten Jahrhundert haben sich an diesem Ort schreckliche Dinge abgespielt. Der Leibhaftige trieb sein Unwesen. Irgendwann fanden Menschen den Mut, diese Stätte mitsamt der Kapelle zu zerstören. Asmodis konnte das nicht hinnehmen und holte zum Gegenschlag aus. Seine Macht durfte nicht geringer werden. Sein Plan war, den eigenen Sohn – oder Diener, man kann es sehen, wie man will – mit der Tochter eines Edelmanns, Viktor Gaskar, zu vermählen. Das konnte der Vater glücklicherweise verhindern.«

»Wie tat er das?« fragte ich.

Mein Freund aus dem Kloster hob bedauernd die Schultern. »Das geht aus den Unterlagen leider nicht hervor.«

Van Dreyer mußte lachen. »Ist ja alles toll, was Sie mir da erzählen, aber was hat das mit mir und meinem Erscheinen hier bei Ihnen zu tun?«

»Das ist sogar recht einfach. Viktor Gaskar konnte zwar die Hochzeit verhindern, aber das Böse hat die letzten siebenhundert Jahre überdauert.« Seine Stimme verlor an Lautstärke. »Wie es scheint, ist Ihre Braut dazu auserkoren, Kyras Platz einzunehmen.«

Van Dreyer trat einen Schritt zurück und erschrak. »Was sagen Sie da? Meinen Sie Anja? Gibt es für den Schwachsinn, den Sie da reden, irgendwelche Beweise?«

Ignatius ließ sich nicht aus der Ruhe bringen. »Ich hoffe, Sie können uns den Beweis liefern.«

»Wie denn?« Eric wollte lachen, was er nicht schaffte.

»Meine Frage ist folgende: Hat sich Anja, seit Sie beide hier sind, irgendwie verändert?«

Die Frage hatte den Bräutigam geschockt. Er ging zu einem Stuhl und fiel darauf nieder. Mit stammelnder Stimme antwortete er: »Ja, schon. Auf ihrer Brust. In Höhe des Brustbeins hat sie ein seltsames Mal.«

Ignatius erschrak. Plötzlich hielt er das Foto wieder in der Hand. Er zeigte es uns, und diesmal zitterte seine Hand. »Hier!« flüsterte er nur.

In der Tat wies die Jungfrau an der gleichen Stelle

ein identisches Mal auf. Van Dreyer schluckte einige Male, bevor er fragte: »Verdammt, was hat das zu bedeuten?« Eric wußte nicht, wie er sich verhalten sollte. Es war ihm anzusehen, daß die Panik allmählich in ihm hochstieg.

Ignatius fand die richtigen Worte. »Keine Sorge, es ist noch nicht zu spät. Wenn wir Sie mit Anja verheiraten, und zwar hier in der Kapelle, wird dieser Ort zu seinem Ursprung zurückgeführt. Die Prophezeiung auf dem Triptychon läßt sich dadurch abwenden.«

Bisher hatte ich fast nur zugehört, aber ich hatte mir auch meine Gedanken gemacht. »Hast du nicht den Schwarzen Tod dabei vergessen, Ignatius? Welche Rolle spielt er?«

Van Dreyer blickte mich entsetzt an. »Der Schwarze Tod? Himmel, das wird ja immer schlimmer! Wer ist das denn schon wieder?« Van Dreyer wollte eine Antwort von uns. Ignatius war damit nicht einverstanden. Ich entnahm seinem Blick, daß er in diesem Fall gern mit mir unter vier Augen gesprochen hätte.

Er blieb eine Schrittlänge vor dem Bräutigam stehen. »Seien Sie mir nicht böse, Herr van Dreyer. Für Sie ist es am besten, wenn Sie zu Ihrer Braut zurückgehen und sie von sofort an nicht mehr aus den Augen lassen.«

»Nein, nein, nichts tue ich!« Er schüttelte den Kopf. »Ich will es jetzt genau wissen. Wer ist dieser Schwarze Tod, und was will er von uns?«

Ignatius schwieg.

»Verdammt, rücken Sie endlich mit der Sprache heraus!«

»Für mich gibt es nur eine Erklärung«, sagte Father Ignatius. Er drehte den Kopf und blickte mich an. »Er ist deinetwegen hier, John.«

Für einen Moment verengten sich meine Augen. »Du meinst, daß er uns hergelockt hat?«

»Ja, das war ein raffinierter Plan, denn hier liegen die Vorteile alle auf seiner Seite. Er ist ja machtbesessen und wird noch stärker, wenn er Asmodis' Sohn mit einem Menschen vereint, der auch dir am Herzen liegt oder sehr sympathisch ist.«

Auch van Dreyer hatte die Aussagen des Paters gehört. Er stand von seinem Stuhl auf und kam langsam auf mich zu. Aus seinem Gesicht war jede Freundlichkeit verschwunden. Verkniffen sah er mich an. »Wenn ich das richtig verstanden habe«, flüsterte er, »ist dieser ganze Horror nur entstanden, weil du hier bist.« Er konnte sich nicht mehr beherrschen. Die Wut packte ihn. Ohne Vorwarnung schlug er zu. Ich sah die Bewegung zwar noch, konnte der Faust aber nicht mehr ganz ausweichen. Sie rasierte an meinem Gesicht entlang, und van Dreyer wollte natürlich nachsetzen.

Unter dem zweiten Hieb duckte ich mich weg, drehte mich blitzschnell, war plötzlich hinter ihm und nahm ihn in einen Klammergriff. Meine Hände faltete ich in seinem Nacken zusammen, dann drückte ich ihn nach vorn, der Tischplatte entgegen.

Van Dreyer keuchte. Er wollte sich befreien, aber mein Gegendruck war zu stark. »Beruhige dich, es wird wieder alles in Ordnung kommen.«

»Scheiße, ich …«

»Okay?«

»Gut, gut …«

Ich ließ ihn los, und van Dreyer richtete sich wieder auf. Ignatius sprach ihn an. »Unsere einzige Chance besteht darin, gemeinsam gegen das Böse zu kämpfen. Ihre Hochzeit muß so schnell wie möglich stattfinden.«

Van Dreyer senkte den Kopf. Ihm fehlten die Worte. Ich wollte ihn trösten und sagte: »Es tut mir leid.«

»Ja.« Diesmal klang seine Stimme drohend. »Es tut dir bestimmt leid. Aber ich sage dir, Sinclair, wenn Anja etwas zustößt, hilft dir das auch nichts mehr ...«

Im Keller geschah Unheimliches.

Durch die dünne Rinne am Boden waberte der Nebel. Er zog seine Bahn wie von Geisterhand geführt. Weiter, immer weiter bewegte sich die amorphe Masse, bis sie die große Blutlache erreicht hatte und sich darauf verteilte.

Das Blut, das bis dahin völlig still auf dem Boden gelegen hatte, fing an, sich zu verändern. Es warf keine Wellen, es kochte auch nicht, aber auf seiner Oberfläche lag plötzlich ein kaltes Leuchten, als wäre das Mondlicht darin gefangen. Das rätselhafte Licht beschränkte sich nicht allein auf die Oberfläche. Es drang in die große Blutlache ein, als suche es dort ein Ziel.

In der Lache passierte etwas. Unruhe breitete sich in diesem kleinen Blutsee aus. Jetzt blieb auch die Oberfläche nicht mehr ruhig, und sie entließ das, was in magischer Tiefe gelauert hatte.

Eine furchtbare Gestalt stieg hervor. Jemand, der tot war und trotzdem lebte.

Ein Untoter, ein Zombie ...

Die Gaststube war wieder belegt. Glenda Perkins, Anja Kramer und Bill Conolly hockten an einem Tisch zusammen. Anja hatte nicht schlafen können. Sie war hellwach. Unter ihren Augen zeichneten sich die Ränder wie tiefe Schatten ab. Matthias war auch noch da. Er stand hinter der Theke und zapfte sich ein Bier.

Vor wenigen Sekunden hatten die Wände plötzlich vibriert. Sie alle standen noch unter dem Einfluß des Unheimlichen, das sich niemand erklären konnte.

Glenda fand als erste die Sprache wieder. »Ich möchte wissen, was sich hier abspielt.«

»Richtig«, meldete sich Matthias. »Das hätte ich auch gern gewußt. Was ist hier eigentlich los? Der Bär oder wie?« Er drehte den Zapfhahn zu, weil das Bier schon übergelaufen war.

Dann spürten sie es wieder. Die leichten Erschütterungen. Dazwischen das unheimlich klingende Pochen und Klopfen, das sich im Laufe der Sekunden immer mehr verstärkte.

Allerdings wurden sie abgelenkt, als drei Männer die Gaststube betraten. John Sinclair, Eric und Father Ignatius. Glenda stand sofort auf und kam auf mich zu.

»Himmel, John, sag schon, was ist los?«

Hinter der Theke lachte Matthias. »Das ist so eine Art von Erlebnis-Weekend. Frei nach Agatha Christie.«

Ignatius war irritiert. »Wer ist das denn?«

»Anjas Bruder«, erklärte ich. »Leider begreift er nichts.«

Matthias fühlte sich provoziert. »He, ich soll nichts begreifen? Das verstehe ich nicht.« Er grinste über die eigenen Worte.

Ignatius schaute ihn über die Theke hinweg an. »Hören Sie, das ist kein Spiel. Wir haben es hier mit einem sehr starken Dämon zu tun. Die Hochzeit muß vorverlegt erden. Spätestens im Morgengrauen muß sie stattfinden.«

Anja drückte sich von ihrem Platz hoch. »Was sagen

446

Sie da? Das gibt es doch nicht. Da habe ich wohl auch noch ein Wort mitzureden.«

»Bitte, Anja, vertrau uns. Wir sind alle in großer Gefahr.« Ihr Bräutigam sprach beschwörend auf sie ein und wollte sie auch in den Arm nehmen, aber Anja wich ihm aus.

Sie lachte. »Wieso sind wir in Gefahr? Ist doch Quatsch.« Sie wollte nicht mehr in der Nähe der anderen bleiben, wandte sich ab und ging auf ein Fenster zu, vor dem sie stehenblieb.

Mir war dabei das verzerrte Grinsen auf ihrem Gesicht nicht entgangen.

Anja schaute durch die Scheibe. Sehen, was draußen ablief, konnte sie nicht. Die Läden waren von außen zugezogen. Aber sie sah sich selbst in der Scheibe, in der sich noch eine zweite Person gespensterhaft zeigte.

Es war Paula Reinhardt, ihre Freundin, die ihr lächelnd zuwinkte.

Anja lächelte zurück. Ihr Bräutigam, der neben ihr stand, nahm die Erscheinung nicht war. Für ihn war Anjas Blick gegen die Scheibe normal.

Schließlich drehte sich Anja um. »Ich werde mich wieder ins Bett legen.«

»Nein!« widersprach ich. »Wir bleiben zusammen. Und zwar bis zum Morgengrauen.«

Anja legte den Kopf schief. In ihrem Blick lag keine Freundlichkeit mehr. »Hast du es wieder mal geschafft, die anderen verrückt zu machen und aufzuwiegeln?«

»Richtig, Schwester, richtig!« rief Matthias. »Weiter so. Das ist alles nur Schau hier. Ihr habt es echt drauf, jemandem einen Schrecken einzujagen.«

Ich drehte mich zur Theke hin. »Hören Sie endlich

mit Ihren dämlichen Sprüchen auf. Die nimmt Ihnen keiner mehr ab!«

Matthias Kramer hatte gespürt, daß meine Geduld am Ende war. Er schrak zusammen, starrte auf sein leeres Glas und zapfte sich sofort ein neues Bier. Wahrscheinlich war er schon halb betrunken.

Anja kümmerte sich nicht mehr um ihn. Gedankenverloren blickte sie gegen das von außen verschlossene Fenster.

Ignatius beobachtete sie. Als er merkte, daß keine Gefahr von Anja ausging, wandte er sich mit sehr leiser Stimme an Eric. »Ihre Braut ist vom Bösen infiziert. Wenn wir euch beide vermählt haben, wird es so sein wie früher.«

Van Dreyer war skeptisch. »Ist das ein Versprechen?«

»So wahr mir Gott helfe.«

Ein laut gesprochenes »Ha« unterbrach die Stille. Dem folgte ein Klatschen, denn Bill Conolly hatte sich gegen die eigene Stirn geschlagen. »Mensch, da fällt mir etwas ein. Die Inschrift, Freunde. Wißt ihr inzwischen, was sie zu bedeuten hat?«

Ignatius war überrascht. »Welche Inschrift?«

»Die auf dem Grabstein unter dem Baum. Ich habe sie fotografiert.«

Der Mönch runzelte die Stirn. »Ich erinnere mich wohl an das Foto. Eine Inschrift war darauf nicht zu erkennen.« Er griff in die Tasche, holte die Fotos hervor und sah sie durch. Ein Bild hielt er hoch. Es war unscharf. Fast strafend schaute er uns an. »Ist es das?«

Bill hob die Schultern. »Na ja, die Kamera habe ich noch nicht lange. Ich muß noch üben.«

»Erinnert ihr euch wenigstens daran, was auf dem Grabstein stand?«

Ich nickte. »Eine Art Warnung vor dem Teufel, denke ich. Dann noch einige vereinzelte Wörter.«

»*Galeam spiritus* oder so ähnlich«, sagte Bill.

Ignatius wiederholte die Worte. »Tut mir leid, aber das ergibt kleinen Sinn.«

Schlagartig fingen die Wände wieder an zu vibrieren. Matthias, noch immer hinter dem Tresen stehend, starrte auf die Krone seines frisch gezapften Biers. Sein Blick veränderte sich. Er wollte etwas sagen, doch das Unglaubliche hatte ihm die Sprache verschlagen. Auf der hellen Schaumkrone zeichnete sich ein roter Tropfen ab, der aussah wie Blut.

Er mußte von der Decke gefallen sein und hatte zielsicher das Bier getroffen.

Der junge Mann hob den Kopf.

Blut, wohin er blickte. Es quoll aus den Lücken zwischen den alten Balken. Immer mehr Blut sickerte hervor, mußte den Gesetzen der Gravitation folgen und fiel in dicken Tropfen nach unten.

Matthias sah das Blut auch an der Wand, und selbst aus dem Boden drang es hervor, denn Matthias stand schon inmitten einer roten Lache.

Noch immer knirschten die Balken. Noch immer zitterte die Decke, bewegten sich die Wände, vibrierte der Boden, aber der Schrei des Mannes übertönte alles. Er alarmierte uns, und wir flogen herum.

»Goooottt – seht euch das an!«

Erst jetzt erkannten wir das gesamte Ausmaß des Schreckens. Auch Ignatius erbleichte. »Das ist das Blut der Toten, die hier geopfert wurden. All die verlorenen Seelen …«

»Scheiße, und ihr tut nichts, wie?« Matthias hielt es hinter dem Tresen nicht mehr aus. Er stürmte auf mich zu, aber er sprang mich nicht an, sondern stoppte dicht vor mir. »Untote. Dämonen. Alles Mist. Was habe ich damit zu tun?«

»Bitte, Matthias, beruhigen Sie sich.« Ich wollte ihn an der Schulter festhalten, er aber ließ sich nicht stoppen.

Er sprang zurück und holte seinen Autoschlüssel hervor. »Okay, ich beruhige mich gleich wieder.« Rückwärts ging er auf die Tür zu. »Ich bin wieder stocknüchtern geworden. Und darum werde ich mich jetzt in mein Auto setzen und dieses Irrenhaus verlassen.«

»Sie werden nicht weit kommen, Matthias.«

»Ach, halt's Maul, Sinclair. Wenn du willst, schicke ich dir sogar eine Ansichtskarte.«

Er ließ sich nicht aufhalten, erreichte wenig später die Tür und zerrte sie auf. Dann stürmte er hinein in die Dunkelheit.

Wir durften ihn nicht laufenlassen. Es wäre sein Ende gewesen.

»Ich bleibe hier«, sagte Ignatius. »Einer muß Anja Kramer unter Kontrolle halten.«

Das galt für ihn, nicht für uns. Wir mußten uns um Matthias Kramer kümmern …

Matthias hatte seinen Wagen erreicht und ihn aufgeschlossen. Er riß die Fahrertür auf, wollte einsteigen, aber da war van Dreyer plötzlich bei ihm und zerrte ihn zurück.

»Du hast keine Chance, verdammt!«

»Das werden wir ja sehen!«

»Nein, Matthias.« Kramer schlug zu. Die Faust war hart wie ein Stein. Sie bohrte sich in Erics Unterleib und schleuderte ihn zu Boden.

Matthias lachte. »Idiot«, sagte er dann und riß die Tür des Porsche, die er bei seiner letzten Aktion zugeworfen hatte, wieder auf ...

Father Ignatius verhielt sich ebenso ruhig wie Anja. Dem Mönch gefiel die junge Frau nicht. Sie stand da und mußte ihre Umwelt völlig vergessen haben. Jemand hatte sie übernommen. Eine nicht sichtbare Kraft, die aus den Tiefen der Hölle gestiegen war.

Anja hatte sich nicht für die Vibrationen interessiert, auch nicht für das Blut, und sie wirkte wie fremdgelenkt, als sie sich umdrehte und die Gaststube verließ. Allerdings ging sie nicht nach draußen, sondern in den Gang. Dort schritt sie die Treppe zu ihrem Zimmer hoch.

Ignatius blieb ihr auf den Fersen. Anja drehte sich nicht einmal um. Auch vor ihrer Zimmertür stoppte sie nicht. Sie drückte die Tür auf und betrat den Raum ...

Ich konnte nur hoffen, nicht zu lange gezögert zu haben. Ich mußte den jungen Mann zurückhalten. Wenn Matthias Kramer allein wegfuhr, standen seine Überlebenschancen schlecht.

Van Dreyer hatte es nicht geschafft, und Matthias stieg wieder in den Porsche.

Ich rannte, was die Beine hergaben. Sturm war aufgekommen, und der Wind peitschte mir entgegen. Blitze zuckten fahlgelb über den Himmel und erhellten die gespenstische Kulisse in dieser einsamen Gegend. Die Natur und die Mächte der Finsternis schienen sich verbündet zu haben.

Als Matthias den Motor startete, war ich am Wagen. Ich hörte noch Bill etwas rufen, dann zerrte ich die Tür auf und packte Matthias an der Schulter, um ihn aus dem Auto zu zerren.

»Hau ab, Arschloch!«

»Du weißt nicht, was du tust.«

»Doch!«

Für einen Moment sah ich sein verzerrtes Gesicht. Dann gab er ohne Rücksicht Gas. Ich mußte zur Seite springen, um nicht mitgerissen zu werden. Wenig später sah ich nur noch die Rücklichter. Auch an van Dreyer und Bill raste der Sportwagen vorbei.

»Der ist irre, John!« keuchte Bill. »Warum hat er das getan?«

Ich hob die Schultern. Van Dreyer, der zu uns gekommen war, blickte zum den Wald. In der Dunkelheit wirkte er noch schwärzer. Aber zwischen den Bäumen bewegte sich etwas. Nicht nur der graue Nebel wallte zwischen den Stämmen. Schattenhaft zeichneten sich die Umrisse einiger Personen ab. Sie gingen schwankend, fielen mal hin, rafften sich wieder auf, und van Dreyer flüsterte: »Wer – wer ist das?«

»Untote«, sagte ich leise. »Und sie sind überall im Wald …«

Wir liefen wieder zurück.

Ich hatte den Gasthof als letzter betreten und rammte die Tür wieder zu. Glenda befand sich ebenfalls bei uns. Noch immer war das unheimliche Knirschen, das aus den Wänden drang, zu hören, als hätten sich dort die Seelen der Toten vereint. Hier war nichts weiter passiert. Es gab keine schrecklichen Neuigkeiten. Ich ging noch einmal zurück zur Tür und öffnete sie einen

Spalt breit. Was ich sah, verschlug mir den Atem. Drei, vier Zombies hatten den Wald bereits verlassen. Langsam, mit staksigen Bewegungen, aber unaufhörlich nahm die Gruppe Kurs auf den alten Gasthof.

Sie würden kommen, das war sicher. Hier fanden sie ihre Beute. Sie würden versuchen, uns zu töten, und dann, wenn sie es geschafft hatten, würden sie uns fressen.

Eine verfluchte Kannibalenbrut.

Ich rammte die Tür wieder zu, verriegelte sie, drehte mich um und hörte Glendas Frage.

»Wo ist eigentlich Anja?«

Matthias wußte nicht, ob er lachen oder fluchen sollte. Er entschied sich für ein Lachen, während er mit hoher Geschwindigkeit durch die Dunkelheit raste.

Das war geschafft. Er hatte es den Idioten gezeigt. Vor allen Dingen diesem Sinclair. Der war ja nicht ganz bei Trost, der Affe. Sollte er seinen Geisterkram allein durchziehen. Matthias hatte davon die Nase gestrichen voll. Der Gasthof war längst hinter einer Kurve verschwunden. Auch den Wald sah er nicht mehr. Nur noch das Licht der Scheinwerfer, das die Straße aussehen ließ wie einen bleichen Teppich.

Fernlicht! Das war noch besser.

Und dann sah er die Frau.

Sie stand mitten auf der Straße, winkte ihm zu und traf keinerlei Anstalten, zur Seite zu gehen.

Matthias Kramer fluchte, bremste und riß das Lenkrad herum. Er merkte, wie der Wagen schleuderte und der Gurt seine Brust zusammenpreßte. Aber er schaffte es. Die Frau lächelte zufrieden.

Es war Paula Reinhardt …

Anja Kramer sah jetzt anders aus. Sie hatte ihr Hoch-
zeitskleid übergestreift und das Zimmer wieder verlassen. Ignatius fiel ihr nicht auf, als sie mit langsamen
Schritten den Flur entlang ging. Selbst bei dieser
schlechten Beleuchtung war das Mal auf Anjas Brust
deutlich zu sehen.

Ihr Ziel war ein Fenster. Als sie es erreichte, zuckte
ein Blitz wie ein mächtiger Speer aus dem düsteren
Himmel hervor. Er spiegelte sich in der Scheibe und
erhellte auch den Baum vor dem Fenster.

Auf ihm stand Paula und winkte ...

Ignatius schaute zu. Er hielt sich im Schatten auf.
Die Stille empfand er als beklemmend. Was sich hier
abspielte, war mit dem normalen Verstand eines Menschen nicht zu fassen.

Plötzlich schrak Ignatius zusammen. Er hörte die
hastigen Tritte auf der Treppe. Sekunden später hatten
van Dreyer und John Sinclair die Treppe hinter sich
gelassen, erreichten den Gang und sahen Anja.

»Um Himmels willen, was hat sie vor?« rief Eric.

»Sie wird gerufen.«

»Und?«

»Wir müssen sie aufhalten.«

Als wäre genau diese Antwort der Startschuß für
Anja gewesen, bewegte sie sich und riß das Fenster
auf. Jetzt brauchte sie nur noch auf den Sims zu steigen und nach draußen zu klettern, doch sie hatte die
Rechnung ohne Eric und mich gemacht.

Gemeinsam starteten wir. Bevor Anja nach draußen
springen konnte, hatten wir sie von zwei Seiten
gepackt und zerrten sie zurück. Sie fiel steif gegen uns.
Doch ihre Ruhe war nur gespielt. Einen Augenblick
später hatte sich Anja verwandelt. Sie brüllte schrecklich auf und begann sich zu wehren. Gewaltige Kräfte

setzte sie dabei frei. Sie trat um sich, sie stieß mit den Ellbogen zu. Sie tobte und kreischte wie eine Wahnsinnige.

Wir hatten Mühe, sie zu halten. Van Dreyer klammerte sich an seine Braut, kassierte einen Tritt und einen Schlag gegen den Kopf, hielt seine Braut aber fest.

Auch mich wollte Anja loswerden. Mit einer hektischen Bewegung drehte sie den Kopf nach links. Sie versuchte mich zu beißen und trat gleichzeitig mit dem Fuß aus.

Zum Glück war der Gang relativ schmal und schränkte somit ihre Bewegungsfreiheit ein. Ich konnte sie herumreißen und gegen die Wand drücken.

Es war die richtige Haltung für Father Ignatius. Er trug einen Myrrhe-Zweig bei sich und zeichnete sehr schnell mit ihm ein Kreuz auf Anjas Stirn.

»Das Zeichen des Siegers«, flüsterte er. »Das Heil des Allmächtigen ...«

Anja riß den Mund auf. Kein Schrei drang mehr aus ihrer Kehle, diesmal war es ein Seufzen, und im nächsten Augenblick fiel sie in die Arme ihres Bräutigams.

Außer Atem trat ich zur Seite. »Haben wir verloren, Father?«

»Leider.« Er nickte. »Der Dämon hat bereits von ihr Besitz ergriffen.« Er holte tief Luft. »Jetzt müssen wir den Plan des Schwarzen Tods durchkreuzen.«

»Aber wie?« rief Eric verzweifelt.

Einige Sekunden lang sprach niemand von uns. Wenn auf dem Gesicht eines Menschen die Sonne aufgehen kann, so passierte dies bei Father Ignatius. »Ich habe nachgedacht«, sagte er mit leiser Stimme. »Es heißt in der Inschrift nicht *galeam spiritus* sondern *gladium spiritus*. Es bedeutet soviel wie Schwert des Geistes. Die Inschrift verweist auf einen Bibelvers, der lautet: ›Zieht die Waffenrüstung Gottes an, damit ihr standhalten könnt gegen die Ränke des Teufels.‹ Mich würde es deshalb nicht wundern, wenn der Edelmann Viktor Gaskar uns mehr als nur eine Inschrift hinterlassen hat.« Er zwinkerte mir zu. »Ich weiß nicht, was wir in diesem Grab finden werden, aber es könnte sich lohnen, einmal nachzuschauen, John.«

»Ja, du hast recht.« Jetzt war auch in mir ein Funken der Hoffnung aufgeglüht ...

Die lebenden Leichen waren da!

Sie hatten den Gasthof erreicht und hämmerten mit ihren Fäusten gegen die Tür, die Wände und gegen die verrammelten Fensterläden. Sie kamen auch durch den Keller, und die Anwesenden in der Gaststube hörten die dumpf klingenden Tritte, die gegen den Schrank dröhnten, der den Zugang versperrte.

Eric war nach unten gekommen. Auf seinen Armen lag Anja. Er sprach nicht, war nur leichenblaß. Ebenso wie Bill Conolly und Glenda. Bill hatte sich mit einem Spaten bewaffnet. Sie wußten, daß sie in der Falle saßen. Es konnte sich nur noch um Minuten handeln, dann hatten die Untoten die Tür aufgebrochen.

Noch warteten sie auf John Sinclair und Father Ignatius, die gleich darauf bei ihnen waren.

Es mußte schnell gehen. Ich gab erst gar keine langen Kommentare ab. Glenda bekam von mir das Weihwasser, Bill gab ich meine Beretta. Ich selbst behielt den Dolch und das Kreuz.

»Nimm auch den Spaten«, sagte Bill.

»Danke.«

Ignatius nickte uns zu. »Wir sollten den Ausbruch

wagen. Die Untoten werden bald hier sein, um die Braut zu entführen.«

»Ich konnte diesen Brauch noch nie leiden«, sagte Bill.

Die Bemerkung hinterließ bei Glenda ein erleichtertes Lächeln, das einen Moment später erlosch, als wir den Krach aus dem Keller hörten. Da splitterte Holz nach diesen wahnsinnigen Schlägen. Einem Untoten mußte es gelungen sein, den Schrank zu durchbrechen.

Und er war schnell.

Der Zombie erschien in der Tür. Grau sah er aus. Bleich, wie eine zum Monster geschminkte Puppe.

Ignatius war am schnellsten. Er hielt ihm ein Kreuz entgegen, und der lebende Leichnam wich fauchend zurück.

»Jetzt aber raus hier!«

Auch ich hatte mein Kreuz hervorgeholt. Es hing vor meiner Brust.

Ich öffnete die Tür.

Der Zombie fiel mir entgegen, als wollte er mich umarmen. Darauf war ich eingestellt. Durch einen Schlag mit dem Spaten räumte ich ihn aus dem Weg. Aber es war nur einer. Die anderen standen noch da. Unselige, furchtbare Gestalten, hervorgekrochen aus ihren Gräbern, standen sie vor mir und hatten einen Halbkreis gebildet. Ich sah in Fratzen, die unbeschreiblich waren. Leere Augenhöhlen oder Augen ohne Blick. Alles war vorhanden. Die Verwesung hatte bei manchen von ihnen irgendwann gestoppt. So bildeten sie Gestalten, die nur noch mit einigen Fleischresten behangen waren. Andere wiederum waren gar nicht verwest. Sie sahen aus wie lebende Menschen, abgesehen von ihrer aufgequollenen Haut.

Meine Freunde hielten sich hinter mir auf, und so sollte es auch bleiben. Ich wollte die Vorhut übernehmen und mir durch das Kreuz einen Weg bahnen.

Ein warmer Hauch berührte meinen Nacken. Als ich mich kurz umdrehte, sah ich, daß Ignatius eine Fackel in der Hand hielt. Der Widerschein des Feuers zauberte ein düsteres Muster auf sein Gesicht.

Das Kreuz nahm ich jetzt in die Hand. Irgendwie mußte diese Bewegung die Zombies aufgeschreckt haben, denn sie gingen nicht mehr weiter. Und wenig später wichen sie zurück, als ich ihnen das Kreuz entgegenstreckte. Silbern schimmernd ragte es aus meiner Faust hervor, als wollte es schon jetzt den Sieg verkünden.

Langsam wichen die Untoten zurück. Der Himmel bestand nur noch aus einer dunklen Masse, durch die hin und wieder Blitze schossen wie wuchtig geschleuderte Speere.

Noch einmal blickte ich mich um. Glenda und Bill gingen direkt hinter mir. Sie schirmten van Dreyer und Anja von den Seiten her ab. Den Schluß bildete Father Ignatius mit der Fackel.

Als ich ihn anschaute, trat er vor. »John, wir schaffen das hier allein, denke ich. Lauf du zum Grab. Du mußt bewaffnet sein, wenn du auf den Schwarzen Tod triffst.«

»Ist das dein Ernst?«

»Ja, tu es!« drängte er. »Das ist die einzige Chance, die wir haben!«

»Ich hoffe nur, daß dieser Viktor Gaskar uns nicht im Stich läßt.«

»Dafür werde ich beten ...«

Es war mir nicht wohl dabei, doch Ignatius hatte recht. Wir mußten jetzt alle Mittel ausnutzen.

Mit schleichenden Schritten löste ich mich von der Gruppe und rechnete damit, von den lebenden Leichen angefallen zu werden, aber sie kümmerten sich nicht um mich.

Sie wollten nur eine – die Braut!

Knirschend und wie von unsichtbaren Händen geschoben, glitt der Altar in der Kapelle über den Boden hinweg. Fahlgrünes Licht fiel aus dem Nichts und drang nach unten tief in die Gruft, wo es den dort stehenden Steinsarg erreichte.

In ihm lag der kopflose Sodon!

Eine Stimme. Von irgendwoher. Wie durch einen schlechten Lautsprecher verzerrt.

»Asmodis, wir werden für dich die Herrschaft über diesen Ort zurückerobern. Gib Sodon frei, denn ich bringe ihm eine Braut, die Kyra ebenbürtig ist …«

Die Bitte wurde erhört. Etwas Unheimliches geschah im Innern des Steinsargs. Gelbgrünes Licht floß über den Körper hinweg, und im nächsten Augenblick öffnete der entfernt stehende Schädel seine Augen.

Der Schwarze Tod war zufrieden. »In dieser Nacht und an diesem Ort werden wir Sinclair vernichten …«

Ich rannte durch die Nacht. Nein, das traf den Punkt nicht. Ich hatte das Gefühl, über den Boden hinwegzufliegen. Der normale Wald war zu einem Ort des Schreckens geworden, zu einer künstlichen Umgebung, die immer dann für einen kurzen Augenblick erhellt wurde, wenn die Blitze aus den Wolken schossen. Dann sahen die Bäume aus wie starre Gespenster, die ihre Arme ausgestreckt hatten. Endlich war ich da. Das Grab und die Baumwurzeln bildeten eine Einheit. Sie waren miteinander verwachsen. Es würde verdammt schwer werden, das Grab zu öffnen.

Der Spaten brachte nicht viel. Ich hackte in den harten Boden hinein, aber sein Blatt rutschte immer wieder an diesem verdammten Wurzelwerk ab.

Nein, das brachte nichts.

Mein Dolch?

Es war ein letzter Versuch. Wenn er mißlang, dann ...

Ich führte den Gedanken nicht zu Ende. Der Schweiß rann mir nicht nur wegen der Anstrengung über das Gesicht, es war auch die innere Erregung, die dazu beitrug.

Mit dem Dolch ging es. Er schnitt in die Wurzeln hinein, er trennte sie durch, und ich sah überall an den Schnittstellen das Blut hervorquellen.

Kurze Zeit später hatte ich es geschafft.

Das Grab lag frei, und ich griff wieder zum Spaten ...

Es war für sie der reine Horror gewesen, aber sie hatten sich erfolgreich zur Wehr gesetzt. Immer wieder hatten sie die Gruppe der lebenden Leichen zurückschlagen können. Die Zombies wichen vor Ignatius zurück. Hinter dem Father sammelten sie sich wieder, um die Braut doch noch in einer schaurigen Prozession zur Kapelle zu geleiten.

Dann hörten sie die Schreie, die nichts mit den gurgelnden und fluchenden Lauten der Untoten zu tun hatten. Von der Seite her bahnte sich Matthias Kramer mit rudernden Armen einen Weg zu ihnen.

»Bleibt stehen, verflucht. Geht nicht weiter. Haltet ein!« Er erreichte die Gruppe und blieb keuchend vor den anderen stehen. »Mann, bin ich froh, euch erreicht zu haben. Das war ja irre.«

Ein Blitz huschte über den Himmel und erhellte das Gesicht des Mannes. Er war kreidebleich. Unter seinen Augen zeichneten sich Ränder ab, und er zitterte wie Espenlaub.

»Was ist passiert?« wollte Bill wissen.

Matthias Kramer suchte nach Worten. »Ein Unfall. Plötzlich stand eine Frau auf der Straße. Ich habe mich im Wald versteckt.«

»Bei den lebenden Leichen?« fragte Bill.

»Laß gut sein!« Ignatius drängte. »Wir müssen weiter. Und Sie, Matthias, bleiben von nun an in unserer Mitte.«

»Ja, das ist gut ...«

Die verdammte Erde war weich, morastig, aber ich gab nicht auf und kämpfte mich weiter. Ich mußte das Erbe des Edelmanns finden, sonst war alles umsonst gewesen.

Ich hatte geschaufelt und gearbeitet wie ein Weltmeister, als gelte es, den Titel zu erringen. Für mich gab es nur das Grab, die übrige Umgebung interessierte mich nicht.

Auf einmal stieß das Spatenblatt gegen ein Hindernis. Keine weiche Erde mehr. Hoffentlich war es kein Stein. Den Spaten schleuderte ich zur Seite, bückte mich, kniete dann und wühlte mit beiden Händen weiter.

Wenig später zog ich den Gegenstand mit einer schon feierlich anmutenden Bewegung hervor.

In meinen Händen hielt ich das silberne Schwert des Edelmanns Viktor Gaskar ...

Der nächste Weg führte mich zur Kapelle. Ich war darauf vorbereitet, die Zombies aus dem Weg zu räumen, aber keiner hatte versucht, mich aufzuhalten. Ich ging durch eine beklemmende Stille und eine wie tot wirkende Landschaft.

Licht wies mir den Weg. Helles Licht. Es strahlte auch aus der offenstehenden Tür der Kapelle, in der sich die makabre Hochzeitsgesellschaft bereits versammelt hatte. Der Altar war zur Seite geschoben. Die Gruft lag offen.

Langsam ging ich nach vorn. Bei jedem Schritt knirschte der Dreck unter meinen Füßen. Ich ging vorbei an den Bankreihen, die mit Menschen besetzt waren. Ungefähr zwanzig Frauen und Kinder zählte ich. Sie trugen verschmutzte Totenhemden, drehten jetzt ihre Köpfe und starrten mich aus ihren großen, leblosen Augen an.

Van Dreyer sah mir entgegen. »Was hat das zu bedeuten, John?«

»Es sind die Opfer einer grausigen Epoche. Verlorene Seelen, auf deren Gebeinen diese Kapelle errichtet wurde.«

Ignatius warf einen zufriedenen Blick auf das Schwert, bevor er noch eine Erklärung abgab. »Sie sind dazu verdammt, diesen Ort nie zu verlassen. Nie wird ihnen die ewige Glückseligkeit zuteil werden ...«

Seine weiteren Worte wurden von einem schallenden Gelächter unterbrochen. Inmitten der Kapelle schlugen plötzlich Flammen hoch. Sie waren aber sehr blaß, mehr ein Flimmern, das unruhig in der Luft stand und erst nach und nach Konturen erhielt.

Die schreckliche, grauschwarze Skelettfratze des Schwarzen Tods mit seinen glühenden Augen erschien. Darunter baute sich sein Körper auf. Ein

462

ebenfalls schwarzes Skelett, durch einen dunklen Umhang verhüllt. Seine Worte waren an mich gerichtet und erreichten den letzten Winkel in der Kapelle. »Du aber kannst die Seelen hier retten. Du brauchst mir nur das Schwert zu geben …«

»Der will dich täuschen«, flüsterte Ignatius. »Geh nicht darauf ein.«

»Okay.« Ich reckte mein Kinn vor. »Was wird geschehen, wenn ich es nicht tue?«

»Denk daran, John, die Hochzeit muß stattfinden. Nur sie kann die Erlösung bringen.«

Ich wußte Bescheid. Der Schwarze Tod lauerte noch immer. Er war derjenige, der allein durch seine schaurige Anwesenheit das Geschehen diktierte.

Ich hob das Schwert an und legte meinen linken Arm quer zur Klinge. Damit war das Kreuz gebildet. »Unter diesem Zeichen wirst du untergehen, das verspreche ich …«

Die Worte gefielen dem Dämon nicht. Er zog sich ein Stück zurück und fauchte dabei. Aus seinem Umhang schob sich das scharf geschliffene Blatt der Sense hervor. Seine Waffe, auf die er sich verließ.

»Dann kann ich mit der Zeremonie beginnen, John.«

»Gut, Father. Auch wenn der Schwarze Tod versuchen wird, es zu verhindern, aber ich werde ihn übernehmen.«

Ohne eine Antwort abzuwarten, bewegte ich mich auf den Altar zu. Es war ein Risiko, aber ich konnte nicht mehr zurück und schritt den Mittelgang immer weiter hinab.

Der Schwarze Tod wartete auf mich. Er hatte sich zurückgezogen und lauerte am Eingang zur Gruft.

Ich aber erlebte ein Phänomen. Immer wenn ich an einer Bankreihe entlangging, verschwanden die dort hockenden Untoten wie von einer Geisterhand ausradiert. Mein Todfeind wollte mir beweisen, wie er die Lage hier unter Kontrolle hatte.

Hinter mir übergab Glenda Perkins dem Mönch das Weihwasser. Ignatius schüttete etwas auf den Boden und ließ einen feuchten Kreis zurück. Jeder Tropfen, der den Stein erreichte, zischte auf.

»Die Erde möge geweiht sein wie das Wasser, mit dem ich sie befeuchte. Bleibt in diesem Kreis, dann sind wir sicher.«

»Ist gut.«

Inzwischen stellte sich die kleine Hochzeitsgesellschaft zusammen. Jeder stand unter einer wahnsinnigen Spannung, aber sie wußten auch, daß es auf sie ankam.

Ignatius trat zu ihnen.

Er wartete, bis van Dreyer Anjas Hand erfaßt hatte, und legte seine Stola darüber. Der Bräutigam war totenblaß und zitterte.

Ignatius begann mit der Zeremonie. »Wir sind hier zusammengetroffen, um dich, Anja Kramer, mit Eric van Dreyer in den heiligen Stand der Ehe zu versetzen. Was Gott einmal verbunden hat«, sprach er mit lauter Stimme weiter, »kann weder der Mensch noch der Teufel trennen.«

Ich hörte die Worte. Sie taten mir gut. Sie gaben mir Kraft. Und immer mehr dieser untoten Personen verschwanden, lösten sich einfach auf – bis auf einen.

Es war Sodon, der Bucklige, der Dämon in der Gestalt eines Menschen. Der Kopf saß wieder auf seinen Schultern, aber diesmal hatte sich Sodon bewaffnet. Mit seinen Händen hielt er eine Axt fest.

Ich war zu sehr auf den Schwarzen Tod fixiert gewesen und hatte seine Verwandlung nicht richtig mitbekommen. Aber mein Freund Bill hielt ein wachsames Auge auf mich.

»Achtung, John, hinter dir!«

Ich drehte mich um. Und in der Drehung sah ich, daß Ignatius die Zeremonie noch nicht beendet hatte. Bill stand dicht bei Glenda. Er wollte den Kreis verlassen, doch Glenda hielt ihn zurück. »Nein, nicht du. Laß es John erledigen. Er hat das Schwert!«

Noch griff Sodon nicht an. Ich allerdings steckte in einer Zwickmühle.

Jetzt standen mir zwei Todfeinde gegenüber. Sodon auf der einen und der Schwarze Tod auf der anderen Seite.

»Bitte, Father, machen Sie weiter!« flüsterte Eric. »Wir müssen es hinter uns bringen.«

Ignatius nickte. »Willst du, Anja Kramer, den hier anwesenden Eric van Dreyer zu deinem Mann nehmen, ihn lieben und ehren, bis daß der Tod euch scheidet?«

»Ja, ich will …«

Ich lachte auf. »Er ist vorbei, Sodon. Deine Braut wird soeben vermählt.«

Sodon tat nichts. Er war überrascht. Auch alle anderen blieben starr. Bis auf Matthias. Er bewegte sich so schnell, daß niemand dazu kam, einzugreifen. Ich ebenfalls nicht, denn Sodon versperrte mir den Weg. Im Nu hatte Matthias seine Schwester erreicht. Er war in den Weihwasserkreis gesprungen, seine Augen sahen plötzlich aus wie dunkle Flecken, und bevor jemand es verhindern konnte, hatte er Anja gepackt und sie aus der sicheren Zone herausgezogen.

Bill reagierte als erster.

Er sprang ihm nach, um Anja zurückzuholen, aber Matthias war wieder schneller. In seiner rechten Hand blitzte es auf, und plötzlich drückte er eine Messerklinge gegen Anjas Kehle.

»Weg! Weg mit dir! Ich diene ihm, dem Meister! Ich töte sie. Ja, ich bringe sie um, wenn sich mir einer in den Weg stellt.«

Matthias war wie von Sinnen. Er zerrte Anja auf den Altar zu. Sie tat nichts und hing wie eine große Puppe in seinem Griff. Bill und ich schauten zu. Mein Freund hatte die Beretta gezogen. Er zielte auf Matthias, konnte aber nicht schießen, weil er unter Umständen Anja getroffen hätte.

Matthias lachte wie irre auf, als er das Podest endlich erreichte, wo der Schwarze Tod lauerte. Erst jetzt nahm er das Messer von Anjas Hals.

»Hier ist sie. Führe sie auf den richtigen Weg!«

In diesem Augenblick drückte Bill Conolly ab. Der Schuß peitschte auf, und damit veränderte sich alles ...

Die geweihte Silberkugel schlug in Matthias' Körper, der sich drehte, kurz schrie und dann zu Boden stürzte.

Vor mir drehte sich Sodon um. Er wollte sehen, was mit Anja passiert war. Die Chance nutzte ich. Die Klinge des Schwertes spießte ihn auf, so tief hatte ich sie in seinen widerlichen Körper gestoßen. Er fiel. Dabei rutschte sein Körper von der Schwertklinge ab, und ich hatte endlich freie Bahn. Mit langen Schritten stürmte ich auf den Schwarzen Tod zu, aber der war schneller als ich, und er besaß die Sense.

Seine freie Knochenklaue packte Anja. Dabei bewegte er die andere Hand und drückte ihr das scharfe Blatt der Sense gegen die Kehle. »Noch einen Schritt weiter, Sinclair, dann ist sie tot!«

Ich mußte stehenbleiben. Meine Hand mit dem Schwert sank nach unten. Diese Bewegung gefiel dem Schwarzen Tod, denn er lachte hämisch auf.

Die Sense glitt an Anjas Körper entlang nach unten und strich wie ein sanfter Todeshauch über ihr Mal auf der Brust hinweg.

»Trotz allem«, sagte ich. »Die Hochzeit ist geplatzt. Sodon, der Bräutigam, ist tot. Du hast es nicht geschafft!«

»Das interessiert mich nicht mehr. Ich will das Schwert. Gib es her!«

»Damit du uns alle töten kannst, wie?«

Die Stimme des Schwarzen Tods klang wieder verzerrt. »Das wäre dann Schicksal, Sinclair. So aber trägst du allein die Schuld an ihrem Tod. Du allein.« Er lachte mich aus und genoß seinen Triumph.

Ich schaute zur Seite und erhaschte einen Blick auf Father Ignatius, der den Kopf schüttelte. »Tu es nicht, John!«

»Was?« schrie Eric van Dreyer. »Seid ihr irre? Soll sie etwa sterben?«

»Bitte, Eric, bitte. Sie müssen sich beruhigen. Anja ist schon so gut wie tot. Wir können nur noch ihre Seele retten.«

»Nein, nein! Das meinen Sie doch nicht im Ernst. Das darf nicht sein! Ich werde …« Erics weiteren Worte gingen unter in einem heftigen Schluchzen.

Ignatius aber trat aus dem Kreis hinaus und schritt auf den Altar zu. Es war niemand da, der van Dreyer aufhielt, als er dem Mönch folgte.

Ich war noch immer unsicher, wie ich mich verhalten sollte. Der Schwarze Tod wollte das Schwert. Er sollte es bekommen, und deshalb reichte ich es ihm zögernd.

»Nein!« Seine Stimme hörte sich an, wie von elektrischen Störungen überlagert. »Wirf es weg!«

Ich schleuderte die Waffe zu Boden. Sie klirrte auf dem Gestein, und Ignatius schrak zusammen.

Das Keuchen des Schwarzen Tods übertönte das Geräusch. Dann hörten wir seine Stimme.

»Du Narr, Sinclair, du Narr!«

Närrisch war ich nicht, denn das Kreuz, meine letzte Waffe, die ich beim Betreten der Kapelle in die Tasche gesteckt hatte, schien wie von selbst in meine Hand zu gleiten.

Der Schwarze Tod bemerkte die Bewegung. Er sah das Leuchten, als das Kreuz auf ihn zuflog, um als Anjas letzte Rettung zu dienen.

Doch genau in dem Augenblick, als das Kreuz ihn am Schädel erwischte, stach er die Spitze der Sense in das Mal an Anjas Brust hinein.

Der Schwarze Tod brüllte auf. Er ließ Anja los. Sie taumelte nach vorn, fiel mir in die Arme, und ich sah, wie das Blut aus ihrer Brust quoll, zu Boden tropfte und im Gestein versickerte.

Ignatius nahm mir Anja ab. »Überlaß sie mir, ich weiß, was zu tun ist.« Er verschwand mit ihr.

Ich sprang auf das Schwert zu. Ich rutschte noch aus, aber nicht vorbei. Ich bekam die Waffe zu fassen, riß sie hoch und wirbelte herum. Ich wollte den Schwarzen Tod, und ich bekam ihn.

Die Kraft des Kreuzes hatte ihn gelähmt. Er bewegte sich nicht mehr, und so bohrte ich die Schwertklinge tief in seinen widerlichen Körper hinein.

Der Dämon kippte zurück. Er stürzte in die Gruft. Ich riß soeben noch mein Kreuz von ihm weg, dann war er verschwunden.

Zugleich zerfloß auf dem Triptychon die Abbildung

des Schwarzen Tods, und während dies geschah, platzte das kleine Kunstwerk auseinander. Nur Staub wehte noch als Rest durch die Luft.

Ich drehte mich um.

Father Ignatius hatte den geweihten Kreis zusammen mit Anja erreicht. Sie blutete noch immer, doch diesmal versickerte ihr Lebenssaft nicht, da sie sich in der Schutzzone aufhielt.

Die Stimme meines väterlichen Freundes klang leise, als er fragte: »Eric van Dreyer, willst du Anja zu deiner Frau nehmen?«

»Ja, ich will«, flüsterte Eric wie in Trance.

»Somit seid ihr Mann und Frau …«

Nach dem letzten Wort hörte die Wunde auf zu bluten. Ein Lächeln huschte über Anjas Gesicht, als sie ihren Mann anschaute. Eric kniete, Anja lag in seinen Armen, und er mußte zuschauen, wie ihr Blick brach. Sie war tot.

Weinend blieb Eric sitzen. Glenda hatte sich gegen Bills Schulter gedrückt, während ich auf Father Ignatius zuging.

»Es gibt immer wieder Opfer«, sagte er, »und das macht mich so traurig.«

Ich brauchte nichts hinzuzufügen, denn ich durchlebte das gleiche Gefühl …

ENDE

Das Horror-Kabinett

Das Zimmer war klein. Selbst die Decke schien für die neunjährige Camilla zum Greifen nahe zu sein.

Das Mädchen lag in seinem Bett, konnte aber nicht schlafen und hatte sich zum Fenster hingedreht, um den Vollmond zu betrachten, der sein Licht durch die Scheibe schickte. Manchmal, wenn der Wind zu stark wehte, bewegten sich auch die Äste des nahe stehenden Baumes und schlugen gegen die Scheibe.

Eine Etage tiefer saß Camillas Vater. Er tat das, was er immer um diese nächtliche Zeit machte. Er hockte vor der Glotze. Egal, was lief, er mußte es sehen.

In diesem Fall schien es wohl ein lustiger Film zu sein, denn Camilla hörte ihn hin und wieder laut lachen.

Das neunjährige Mädchen wußte auch nicht, weshalb der Schlaf nicht kommen wollte. Lag es am Vollmond? Lag es daran, daß der Vater immer so laut lachte?

Die Antwort war nicht einfach. Sie suchte auch nicht erst noch danach, sondern wälzte sich herum und stand auf. Im Bett liegen zu bleiben gefiel ihr nicht mehr. Sie wollte nach unten gehen. Egal, ob es nun mitten in der Nacht war. Wenn der Vater vor der Glotze hockte und sich einen lustigen Film anschaute, wollte auch sie ihn sehen.

Camilla trug ein langes Nachthemd und schlüpfte in die schmalen Pantoffeln. Sie hatte dunkle Haare und dunkle Augen. Dazu einen schön geformten Mund.

Wie immer quietschte die schiefe Zimmertür, als Camilla sie öffnete. Der Flur hier oben war eng. Überhaupt war alles eng in ihrem kleinen Haus, aber sie war froh, darin wohnen zu können. Irgendwie war es toll, nicht in einem der hohen Häuser eingepfercht zu sein, die Camilla oft im Fernsehen gesehen hatte.

Das Licht brauchte sie nicht einzuschalten. Die schmale Treppe fand sie auch in der Dunkelheit. Ihre Tritte verursachten kaum Geräusche. Sehr behutsam trat sie auf und ging auch langsam, wie jemand, der das Haus erst seit kurzem kannte.

Die Treppe war aus hohen Stufen gebaut. Schatten breiteten sich dort aus, und selbst durch das Fenster fiel tagsüber nur wenig Licht, weil es zu klein war.

Camilla kannte jede Stufe auswendig. Sehr locker lief sie deshalb in die Dunkelheit hinein. Die untersten Stufen nahm sie sogar mit einem kleinen Sprung.

Hier hörte sie die Geräusche deutlicher. Die fremden Stimmen, das Lachen einer Frau. Das Geschimpfe eines Mannes. Der Film mußte wirklich lustig sein.

Sie brauchte nicht weit zu laufen, um die Tür zu erreichen, hinter der das Zimmer lag. Ihr Gesicht war angespannt. Sie wirkte jetzt wie eine fremde Person, die sich nicht traute, das Wohnzimmer zu betreten. Dabei gab es keinen Grund dafür, aber etwas paßte ihr nicht, das spürte sie deutlich.

Sie legte die kleine Hand auf die Klinke. Sehr langsam drückte Camilla sie herunter, und einen Moment später schob sie die Tür nach innen.

Es brannte kein Licht. Der Raum wurde nur durch das Flackern des Fernsehers erhellt. Der Ton kam ihr jetzt leiser vor. Wenn sie sich mit ihrem Vater unterhalten wollte, brauchte sie nicht einmal laut zu sprechen.

Camilla schob sich in den Raum hinein. Für einen Moment hielt sie den Atem an, weil sie dachte, daß gleich etwas passieren würde. Es trat nicht ein. Alles blieb normal, auch das Flackerlicht. Sie schloß die Tür leise hinter sich und tappte einige Schritte in den Wohnraum hinein.

Ihr Vater saß in seinem Sessel. Wie immer. Der Sessel stand so, daß er bequem in die Glotze schauen konnte – und er hielt sich mehr im Lichtschatten auf, so daß Camilla ihn nicht genau erkennen konnte. Er schaute auch nicht zur Tür und war voll auf das konzentriert, was sich auf der Mattscheibe abspielte. Neben dem Sessel stand der kleine Tisch. Auf ihm war der Umriß einer Flasche zu erkennen.

Bis jetzt hatte sich Camilla nicht bemerkbar gemacht. Auch ihrem Vater war sie nicht aufgefallen. Das Flackerlicht vom Bildschirm huschte über den Boden und verlor sich in den auslaufenden Schatten.

»Darf ich auch noch fernsehen?«

Fünf Worte, eine Frage. Leise gestellt, doch noch so laut, daß ihr Vater sie hätte hören müssen.

Er bewegte sich nicht.

»Bitte, ich kann nicht schlafen. Ich möchte auch lachen und ansehen, was du da guckst.«

Ihr Vater bewegte sich nach links. Nein, es war die Gestalt im Sessel, die das getan hatte. Nicht der Vater – unmöglich – das war – das gab es nicht.

Camilla wußte nicht mehr, was sie denken sollte. Die Gestalt im Sessel war nicht ihr Vater, das stand fest. So sah er nicht aus, so hatte er nie ausgesehen, und er hatte auch nie so scharf und keuchend geatmet. Der andere war auch viel kleiner. Seine Füße erreichten nicht einmal den Fußboden.

Es war kein Mann, kein Vater – es war ein widerlicher, ein häßlicher Zwerg mit großem Kopf und kleinem Körper.

Er kicherte. In seinem breiten Maul schien dabei die Luft zusammengepreßt zu werden. »Setz dich doch, Kleine ...«

Camilla war in diesem fürchterlichen Moment unfähig, sich zu bewegen. Sie glotzte den Zwerg an.

Sie ließ den Blick nicht von ihm, über dessen häßliches Gesicht und auch über dessen Körper das blasse Licht aus der Glotze zuckte.

Nach einer Weile riß die Blockade im Hirn der Neunjährigen. Camilla konnte auch wieder sprechen. »Was – was – willst du von mir?«

Wieder zischte ihr das Kichern entgehen. »Hast du das etwa schon vergessen?«

Camilla schloß die Augen wie jemand, der einen schlimmen Traum vertreiben will. Sie konnte das Zittern nicht mehr unterdrücken, und es klang auch in ihrer Stimme durch. »Du – du – sollst mich …«

»Was soll ich denn, kleine Camilla?«

Urplötzlich ging ein Ruck durch ihre Gestalt. Der Körper des Mädchens straffte sich regelrecht. So sah jemand aus, der einen bestimmten Entschluß gefaßt hatte. Sie fühlte sich stark, so groß und stark, und sie griff das kleine Monster an.

Die Attacke begleitete sie mit einem Schrei. Er übertönte die Geräusche aus der Glotze, dann packten die kleinen Hände zu und umklammerten die Kehle des Zwergs. Camilla preßte ihn tief in den Sessel hinein. Sie fühlte die fremde Haut in ihrem Griff. Sie sah, wie der Zwerg sein widerliches Maul öffnete, und würgte ihn weiter. Es schien ihm nichts auszumachen. Seine großen Augen starrten von unten her zu ihr hoch, und er feuerte sie sogar noch an, obwohl er gewürgt wurde.

»Fester, Camilla, fester! Ja, du bist ein starkes Mädchen. Ein sehr starkes Mädchen. Fester! So ist es gut!«

Sie hörte sich noch immer schreien. Sie wollte ihn weghaben und drückte tatsächlich fester zu.

Der Zwerg lachte.

Er war nicht totzukriegen.

Camilla hielt ihn nicht mehr fest. Sie schnellte zurück, drehte sich und packte die auf dem Tisch stehende Flasche. Mit einer ruckartigen Bewegung des Arms hob sie die Flasche an.

»Du sollst mich endlich in Ruhe lassen!« Der Zwerg lachte.

Da schlug ihm Camilla mit aller Kraft die Flasche auf den verdammten Schädel …

Ozana betrat mit leisen Schritten das Zimmer ihres neunjährigen Sohnes. Auf Zehenspitzen näherte sie sich dem Bett, ließ sich auf der Kante nieder und lächelte, als sie die entspannten Züge des Jungen sah, der Lucian hieß.

Es war ein abendliches Ritual, das Ozana immer einhielt. Sie hätte selbst kaum einschlafen können, wenn sie nicht zuvor noch nach ihrem Sohn geschaut hätte.

Er lag auf dem Rücken. Um seinen Mund spielte ein Lächeln. Wahrscheinlich träumte er von schönen Dingen. Ozana wurde ein wenig wehmütig zumute, als sie daran dachte. Auch sie liebte die schönen Dinge des Lebens. Die allerdings traten bei ihr leider zu selten auf. Sie wurde mehr mit den weniger schönen konfrontiert. Eben mit der negativen Seite, die es auch gab.

Etwa eine Minute blieb sie auf ihrem Platz sitzen. Sie zupfte noch die dünne Bettdecke zurecht, beugte sich über das Gesicht des Jungen und gab ihm einen Kuß auf die Stirn. Danach verließ sie auf ebenso leisen Sohlen das Zimmer, wie sie zuvor gekommen war.

Ozana wollte noch nicht ins Bett gehen, obwohl draußen die Nacht gegen die Scheiben der Fenster drückte. Der Mond stand am Himmel und bildete einen hellen Kreis.

Ozana hatte es sich bequem gemacht, die normale Kleidung ausgezogen und sie gegen den Morgenmantel vertauscht. Sie würde noch einen guten Schluck Wein trinken und sich dann schlafen legen. Ozana brauchte Ruhe, ihr Job war anstrengend genug.

Eine ruhige Nacht ohne Störung, das wäre es gewesen. Leider blieb es ein Wunsch, denn jemand klopfte sehr hart und hektisch gegen das Holz der Haustür. Wer immer die Person war, sie mußte es verdammt eilig haben und unter Druck stehen.

Ozana verzog ihr Gesicht. Ausgerechnet jetzt, wo sie langsam müde wurde. Aber sie wollte wissen, wer da etwas von ihr wollte. So schloß sie den Morgenmantel fester um ihren Körper, raffte noch die Revers zusammen und öffnete.

Der Mann zitterte. Sein keuchender Atem wehte über das Gesicht der Frau hinweg. Er machte den Eindruck, als hätte er ein schreckliches Erlebnis hinter sich.

»Ja, was ist denn?«

»Der Popa schickt mich ...«

»Der Pfarrer?« unterbrach sie ihn.

»Ja, er.«

»Was ist denn geschehen?«

Der Mann vor ihr sah aus wie jemand, der kurz vor dem Weinen stand.

Den nächsten Satz brachte er nur flüsternd hervor. »Die kleine Camilla hat ihren Vater erschlagen.«

Ozana sagte nichts. Sie war dazu einfach nicht fähig. Sie dachte auch nicht an Camilla, dafür an ihren Sohn oben im Bett, der im gleichen Alter wie das Mädchen war.

»He, warum sagst du nichts? Glaubst du mir nicht?«

»Doch, ich bin in zwei Minuten da.«

Ozana schlug die Tür hinter sich zu. Sie lehnte sich dagegen. Ihre Beine wollten nachgeben. Erst jetzt traf sie der Schock. Es war ungeheuerlich, was man ihr da berichtet hatte.

Auf der anderen Seite gab es keinen Grund, dem Mann nicht zu glauben. Mit derartigen Dingen trieb man keine Späße.

Auf einmal kam Leben in sie. Ozana wußte, was zu tun war. Sie würde auch die Verantwortung als Polizistin tragen, und in Windeseile zog sie sich wieder an. Diesmal streifte sie ihre Polizeiuniform über, schaute auch nicht mehr nach Lucian und klemmte sich in ihren kleinen Wagen, um zum Haus der kleinen Camilla zu fahren.

Es hatte sich herumgesprochen, was geschehen war, denn vor der Tür standen bereits die Gaffer. Ozana hatte nichts gegen die Bewohner, sie wollte sie aber jetzt nicht hier haben und ruderte mit beiden Armen, als sie auf die Gruppe zuging.

»Haut ab! Geht wieder ins Bett! Hier gibt es nichts zu schauen. Los, macht schon.«

Sie murrten und trollten sich nicht. Der Weg zur Tür war frei. Ozana kannte sich aus. Zudem hörte sie aus dem Wohnraum Schritte. In der offenen Tür blieb sie zunächst stehen, um sich einen Eindruck zu verschaffen.

Der Pfarrer, zugleich auch Arzt, war damit beschäftigt, Camillas toten Vater zu untersuchen. Blutüberströmt lag er inmitten von Glassplittern auf dem Fußboden. Seine Frau war auch da. Sie saß abseits und weinte vor sich hin. Als sie Ozana hörte, hob sie den Kopf, schaute die Polizistin fassungslos an und schüttelte den Kopf, bevor sie einen erneuten Weinkrampf erlitt.

Neben dem Arzt blieb Ozana stehen. »Und …?«

»Nichts mehr zu machen. Tut mir leid.« Der Popa schluckte und umkrampfte sein Gebetbuch.

»Wo kann ich Camilla finden?«

Der Mann deutete gegen die Decke. »Sie hat sich dort eingeschlossen.«

»Danke.« Ozana drehte sich um. Sie ging zu Camillas Mutter, faßte nach ihren Händen und hob sie an. Die Frau blickte auf. Mit vom Weinen gezeichneter, aber durchaus gut zu verstehender Stimme fragte sie: »Ist sie auch wie die anderen?«

Ozana begriff die Frage nicht. Ebenso wenig wie der Popa. Beide schauten sich nur an. »Was immer passiert«, sagte die Polizistin leise, »Sie müssen trotzdem zu ihr halten. Schließlich ist Camilla Ihre Tochter.«

»Ja, ich versuche es.« Sie weinte wieder und war nicht mehr ansprechbar.

Ozana wandte sich an den Arzt. »Ich gehe mal nach oben und werde versuchen, mit Camilla zu reden.«

»Tun Sie das, Ozana, dann kann ich dem Toten die letzte Salbung geben.«

Vor Ozana lag eine schwere Aufgabe, das wußte sie sehr genau, aber es gehörte zu ihrem Beruf, den sie in Augenblicken wie diesem verfluchte. Die Treppe war mehr eine enge Stiege. Zudem mußte sich die Frau im Halbdunkel zurechtfinden.

Vor Camillas Zimmertür blieb sie stehen. Sie klopfte nicht an und sprach direkt. »Camilla, kannst du mich hören?«

Das Kind blieb stumm.

»Camilla, bitte, mach die Tür auf«, drängte Ozana.

Sie erhielt wieder keine Antwort. Sie überlegte nicht

mehr lange, drückte die Türklinke und wunderte sich ein wenig darüber, daß die Tür nicht verschlossen war. Mit sehr bedächtigen Schritten übertrat sie die Schwelle. Das Licht reichte aus, um alles erkennen zu können. Camilla saß auf einem Stuhl und starte die Wand an. Sie nahm von Ozana keine Notiz, die liebevoll über ihr Haar strich und fragte: »Camilla, was ist denn passiert?«

Camilla bewegte sich nicht. Sie starrte nach wie vor nur die Wand an und schien die Frau gar nicht wahrgenommen zu haben.

Ozana versuchte es erneut. »Möchtest du nicht sagen, was passiert ist? Ich bin gekommen, um dir zu helfen. Wir beide kennen uns gut.«

»Mir kann keiner helfen.«

»Laß es mich versuchen.«

»Er wird dich und die anderen töten.«

Ozana runzelte die Stirn. Mit der letzten Antwort konnte sie nichts anfangen. »Wer wird uns denn töten?«

Camilla schwieg wieder.

»Bitte – wer?«

Keine Antwort.

Dafür bewegte sich die Tür. Der Popa trat ein. Das Gebetbuch hielt er gegen die Brust gepreßt. Camillas Mutter war mitgekommen, blieb aber auf der Schwelle stehen. Sie warf nur einen kurzen Blick auf ihre apathische Tochter. Danach wandte sie sich ab und lief weinend davon.

»Haben Sie etwas aus ihr herausgekriegt?« erkundigte sich der Popa.

Die Polizistin hob die Schultern. »Nein, das habe ich nicht. Zumindest nichts Konkretes. Trotzdem müssen wir etwas unternehmen.« Sie blickte den Mann mit

allem Nachdruck an. »So kann es einfach nicht weitergehen.«

»Ja, das denke ich auch …«

Bill Conolly hatte das Cabrio geliehen und sich zudem
ausbedungen, zu fahren. Mir war das recht, so konnte
ich die hügelige Landschaft genießen, durch die wir
rollten.

»Du kannst sagen, was du willst, John, mich überzeugt das alles hier nicht.«

»Wieso nicht? Sieh dich um. Das sieht aus wie im
Urlaub. Mach ein paar Fotos.«

»Nein, die schieße ich lieber woanders. In Monaco.«

Ich grinste. »Ah, da bist du schon gewesen?«

Bill verzog das Gesicht und stand kurz davor, zum
Monster zu mutieren. »John, falls du das vergessen
haben solltest. Ich saß auf gepackten Koffern. Und
dann kamst du. Sheila ist fast explodiert.«

»Das mache ich wieder gut. Sollte ich mich geirrt
haben, gehen wir etwas essen und fahren wieder.«

Bill ließ sich nicht beirren. »Kein normaler Mensch
kommt hierher, nur um einen Teller Suppe zu löffeln.«

»Sagst du nicht immer, daß wir nicht normal
wären?«

»Du, John!« Bill kicherte albern. »Ich sage immer, du
bist nicht normal.«

»Oh, entschuldige, mein Lieber, dann habe ich das
falsch verstanden. Gib Gas, wir haben noch einen langen Weg vor uns.«

Bill beschleunigte. Dann nickte er. »Irgendwie hast
du schon recht. Auch ich bin nicht normal. Aber in dieser Welt ist das ja auch normal – oder?«

Schon die Menschen, die jetzt erwachsen waren, hatten sich in ihrer Kindheit von der alten Kirchenruine angezogen gefühlt. Das war auf die neue Generation übergegangen. Auch diese Kinder sahen in der zerstörten Kirche mehr einen Abenteuerspielplatz als eine geschichtsträchtige Bauruine.

Zeiten konnten vergehen, Menschen und Namen aber blieben.

An diesem düsteren Tag waren sie zu dritt. Stelian, Lucian und Doru. Sie hatten den Ort verlassen und sich auf den Weg zur Ruine gemacht. Nahe der alten Mauern und vor einem alten Zaun waren sie stehengeblieben.

Stelian deutete nach vorn. »Ich gehe zuerst.«

Sein Freund Lucian war einverstanden. »Dann geh schon.«

Stelian kletterte geschickt über den Zaun. Die beiden anderen schauten ihm nach. Doru hob die Schultern. »Was wollen wir da überhaupt?«

»Ha – fang nicht wieder damit an.« Lucian tippte gegen seine Stirn und kletterte ebenfalls über den Zaun.

Doru hatte keine Lust. Er steckte die Hände in die Hosentaschen und drehte sich entnervt ab.

Stelian hatte auf Lucian gewartet. »Warum bist du allein?«

»Doru hat keinen Bock.«

»Ist doch uncool. He, Doru!« rief er. »Worauf wartest du noch?«

»Ich bleibe hier. Wenn das mein Alter erfährt, kriege ich tierischen Ärger.«

»Wir etwa nicht?«

»Ist mir egal, Stelian, nur gibt es bei uns in einer halben Stunde Essen.«

»Du bist eben feige.«

»Laß ihn doch«, sagte Lucian und zog seinen Freund am Ärmel.

»Augenblick noch.« Stelian drehte sich wieder um. »Eines sage ich dir. Wenn du uns verpfeifst, bist du dran.«

Danach gingen sie los. Beide blieben recht still. Es war ein altes Gelände, aber es reizte nicht dazu, fröhlich zu werden, wenn man es betrat. Auch wenn die Sonne schien, sah es immer irgendwie düster aus, als lägen die Schatten der Vergangenheit sichtbar über den kahlen, graubraunen Mauern.

Die Jungen blieben angespannt, als sie zwischen den alten Resten einherschritten. Ihr Blick wurde durch nichts aufgehalten. Es waren keine querstehenden Mauern vor ihnen, und so konnten sie auch weiter im Hintergrund den kleinen Weiher sehen, dessen Wasser eigentlich immer düster war und sich der Umgebung angepaßt hatte.

Nur heute nicht.

Da sah es anders aus.

Über dem Weiher hatte sich ein Flimmern ausgebreitet. So etwas hatten die Jungen noch nie gesehen. Sie fühlten sich plötzlich wie in einem Film. Staunend schritten sie weiter, wobei Stelian fragte: »Teufel, was ist das denn?«

»Sieht aus wie ein UFO.«

»Quatsch. So sieht kein UFO aus.«

»Kennst du eins?«

»Nein.«

»Dann kannst du auch nicht wissen, wie so ein Ding aussieht.«

»Jedenfalls anders.«

Je näher die Freunde kamen, um so mehr veränderte

sich ihre Umgebung. Nicht nur, daß sich dieses Flimmern verdichtete, es waren jetzt auch Geräusche zu hören, mit denen die Jungen zunächst nichts anzufangen wußten. Sie blieben allerdings stehen, um ihnen zu lauschen. Zwar sprachen sie nicht darüber, aber jeder hörte das gleiche.

Ferne, verzerrte, geisterhafte Stimmen. Unterschiedlich laut. Manchmal sogar sirenenhaft.

Stelian stieß die Luft aus. »Was machen wir?«

»Hingehen. Kurz nachsehen, dann wieder abhauen.«

»Klar, das ziehen wir durch.«

Sie gingen jetzt weiter. Diesmal sogar schneller. Das Flimmern baute sich vor ihnen auf. Es tanzte nicht nur über dem Wasser, sogar über das Ufer hinaus hatte es sich ausgebreitet.

Eigentlich hatten sie vorgehabt, stehenzubleiben. Aber sie waren schon einen Schritt zu weit gegangen und direkt an die Ausläufer des Flimmern geraten.

Sie berührten es.

Alles wurde anders …

Es gab die Ruinen nicht mehr. Es gab den normalen Boden nicht mehr. Sie sahen den Weiher nicht. Dafür starrten sie auf ein Labyrinth mit spiegelnden Wänden. Überall, wo sie hinsahen, nur Spiegel, Spiegel, Spiegel …

Lucian schüttelte den Kopf. »Verstehst du das?«

»Überhaupt nicht.«

Trotzdem gingen sie weiter. Je tiefer sie in dieses unheimliche Kabinett vordrangen, um so kleiner erschien es ihnen. Da schienen die Wände immer näher zusammenzurücken, um sich irgendwann treffen zu können.

Lucian blieb stehen und hob einen Haarreif vom Boden auf.

»Kannst du mir sagen, wo wir hier sind?« hauchte Stelian.

Der andere kümmerte sich nicht um die Frage. Er hielt den Haarreif hoch. »Gehört der nicht Camilla?«

Stelian überlegte. »Was hat die denn hier gewollt?«

»Weiß ich auch nicht. Aber es war keine gute Idee, hierher zu kommen. Echt.«

»Dann laß uns abhauen.«

Das brauchte Stelian nicht noch einmal zu sagen. Sie gingen den gleichen Weg zurück, nur eben schneller, und beide zitterten um die Wette. Dann hatten sie Pech. Genau dort, wo sich eben noch der Ausgang befunden hatte, wuchs jetzt eine Wand hoch.

Stelian zuckte zurück. »Was soll das denn?« fragte er mit weinerlicher Stimme.

»Jetzt bleib mal ruhig.«

»Das sagst du so leicht.«

»Ich gehe vor.«

Sie suchten den Ausgang, doch es war unmöglich, ihn zu finden. Immer tiefer drangen sie hinein in das Labyrinth. Spiegel, wohin sie auch schauten. Sie sahen sich immer und immer wieder, aber sie sahen sich nicht so, wie sie waren. Je tiefer sie in den Irrgarten hineingingen, um so verzerrter und schrecklicher warfen die Spiegel ihre Gestalten zurück. Sie schienen sich in kleine Monster verwandelt zu haben. Die Panik nahm bei beiden zu. Auch Lucian war längst nicht mehr so ruhig geblieben.

Er blieb plötzlich stehen, um sich nach seinem Freund umzuschauen, doch der war nicht mehr da.

Weg – einfach so.

Lucian bekämpfte seine Angst. Er drehte sich auf

der Stelle. »Verdammt, hör doch auf mit den Witzen. Das ist Mist. Stelian, hörst du?«

Sein Erstarren schien von einem gewaltigen Stromstoß zu stammen.

Er sah Stelian, aber er sah ihn nicht normal. Er war in einem Spiegel gefangen oder stand in einem der Spiegel. Mit beiden Fäusten trommelte er gegen die Innenfläche und bewegte seine Lippen wie jemand, der heftig schreit. Nur drang kein einziger Laut an Lucians Ohren.

Einen Atemzug später färbte sich die Fläche ein, als wäre der Spiegel dabei, sich mit einem grauen Nebel zu füllen, der alles schluckte, auch Stelian.

Lucian begriff die Welt nicht mehr. Bisher hatte er sich noch zusammenreißen können, doch das war nun vorbei. Es brach aus ihm hervor. Die Schreie der Angst.

Alles war so furchtbar. Er rannte in seiner wilden Panik einfach los, prallte gegen die Spiegel, wurde immer wieder von ihnen zurückgeworfen. Er versuchte es erneut, diesmal mit noch mehr Kraft. Er hämmerte seinen Arm gegen eine Spiegelfläche und verletzte sich dabei. In seine Augen schossen Tränen. Das war kein Spiel mehr. Er fühlte sich gefangen, es machte ihn verrückt, in die verdammten Spiegel zu schauen, sich zu sehen, sich immer wieder betrachten zu können in all der Furcht.

Auf einmal war der Zwerg da.

Aus einem der Spiegel war er hervorgetreten. Ein kleiner Mann mit einem häßlichen Kopf, einem häßlichen Gesicht und einem bösen Blick in den Augen.

»Wie schön, daß du mich besuchst …«

Lucian hustete. »Wer – wer – sind Sie?«

»Nur ein Zwerg.«

»Das sehe ich. Aber wo – wo – ist Stelian?«

Der Zwerg fing an zu lachen und zu tanzen. Seine Antwort gab er singend. »Weg, weg, weg ...«

Der Mittelpunkt des Ortes war der Kirchplatz.

Zwei Lokale, einige Geschäfte und die kleine Polizeistation waren kreisförmig darum verteilt. Die Polizistin Ozana war froh, daß ihr Haus direkt neben der Polizeistation stand. Da war der Weg zum Arbeitsplatz nicht so weit.

Sie hatte soeben ihr Haus verlassen, als sie ihren Sohn Lucian entdeckte.

Er ging quer über den Kirchplatz und wirkte dabei anders als sonst. Mehr in sich gekehrt. Vielleicht auch gedankenverloren.

Ozana blieb stehen und sprach ihren Sohn an. »He, Lucian. Wo warst du so lange? Dein Essen steht noch im Ofen.«

Der Junge schaute seine Mutter an. Ihr gefiel der Blick nicht. »Ist alles in Ordnung?«

»Ja.«

Das wollte Ozana nicht glauben. Sie legte ihm die Hand auf die Stirn, schaute ihm dabei direkt in die Augen und schüttelte leicht den Kopf. »Hast du etwa Fieber?« Zugleich bemerkte sie die kleine Verletzung am Arm. »Und was ist das da?«

»Ich bin gefallen.«

»Laß mal sehen.« Sie sah sich die Wunde an und mußte zugeben, daß sie nicht besonders schlimm aussah. Sie war jedoch eine Frau, die auf Nummer Sicher ging. Deshalb kehrte sie noch einmal mit ihrem Sohn zusammen ins Haus zurück, wo sie beide das Bad betraten. Dort reinigte sie Lucians Wunde und klebte ein Pflaster darauf. »Dabei hatte ich dir verboten, zur Ruine zu gehen.«

»Ich war nicht dort.«

»Du sollst nicht lügen. Ich sehe es an deinen Schuhen.«

Lucian schaute nach unten und staunte. Jetzt sah er den feinen Staub auf den Schuhen kleben. Er glitzerte beinahe. »Aber …«

»Es gibt kein Aber, junger Mann. Wir haben ausgemacht, daß du das Dorf nicht verläßt.«

»Wir haben schließlich Ferien.«

Ozana schaute ihn streng an. »Möchtest du diese Tage denn im Haus verbringen?«

»Nein.«

»Dann höre endlich darauf, was ich dir sage. Ich will nicht, daß du das Dorf verläßt. Versprochen?«

Lucian schaute seine Mutter an. »Ehrenwort!«

Ozana lächelte und strich ihrem Sohn über das Haar. »Also gut. Wasch dir noch schnell das Gesicht. Ich bin dann im Büro.«

Ozana verließ das Bad. Lucian drehte den Wasserhahn auf. Über dem Waschbecken sah er den Spiegel, schaute hinein – und erstarrte.

Der Zwerg glotzte ihn an!

Er kicherte. »So ist es richtig«, höhnte er, »immer schön das Gesicht waschen …«

Lucian hörte nicht auf ihn. Ängstlich wich er zurück. Im Spiegel schüttelte der Zwerg seinen häßlichen Kopf. »Du kannst nicht vor mir weglaufen, Kleiner. Du nicht …«

Lucian wußte sich nicht mehr zu helfen. Auf dem Absatz machte er kehrt, schrie noch nach seiner Mutter, riß heftig die Tür des Bads auf – und lief Ozana in die Arme.

»He, Lucian, was ist geschehen?«

Zögernd und ängstlich blickte der Junge zurück. Im Spiegel war nichts mehr zu sehen.

»Was hast du, Kind?«

»Nichts, Mama.«

»Doch, sag schon. Das sehe ich dir an.«

Er winkte ab. »Ich dachte nur, da wäre etwas gewesen. Aber das war nur ich im Spiegel.«

Sie lächelte. »Dann ist ja alles gut ...«

Wir fuhren noch immer, hatten unser Ziel aber fast erreicht. Die Gegend war düsterer geworden. Eben typisch für das Land Rumänien. Uns kam es vor, als sollten alle Vorurteile, die sich in Filmen und Büchern vereinigten, hier bestätigt werden.

Wir rollten an einer Ruine vorbei. Vor uns tauchten bereits die ersten Häuser der Ortschaft auf.

»Genau so habe ich mir ein Dorf in den Karpaten immer vorgestellt«, kommentierte Bill.

»Ist doch romantisch – oder?«

»Eher düster. Es sieht hier aus, als könnte an jeder Ecke Dracula lauern.«

Unser Ziel war die kleine Polizeistation. Sie lag in der Ortsmitte, nicht weit von der Kirche entfernt. Vor dem Haus stand eine Frau, die einen Jungen verabschiedete.

Er drehte sich noch um und schaute unserem Wagen nach.

Vor der Tür hielten wir an. Die Frau beobachtete uns wachsam und neugierig. Schon beim Aussteigen sagte ich: »Guten Tag, wir suchen eine Frau Ozana Romanescu.«

»Das bin ich.«

»Oh, wie schön. Mein Name ist John Sinclair. Mein Begleiter heißt Bill Conolly.«

»Hi«, sagte Bill.

»Schön, meine Herren. Sie haben mich gefunden. Und wie geht es weiter?«

»Wir haben eine Lange Reise hinter uns. Wir kommen aus London und sind von Scotland Yard.«

Sie staunte. »Scotland Yard?«

»Ja. Ihr Ministerium hat sich mit uns in Verbindung gesetzt.«

Nach dieser Antwort lächelte Ozana. »Verstehe. Dann hat man meinen Hilferuf nicht ignoriert.« Sie wirkte erleichtert. »Kommen Sie, meine Herren, kommen Sie.«

Gemeinsam betraten wir die Polizeistation.

Der Raum war kärglich eingerichtet und mit den modernen Dienststellen, wie wir sie kannten, nicht zu vergleichen. Ein altersschwacher Schreibtisch und ein Telefon. Dazu ein paar Stühle.

»Es ist wirklich komisch«, sagte Ozana. »Normalerweise bleiben wir immer auf uns allein gestellt. Jetzt schickt man mir gleich zwei Leute. Dazu noch aus England.«

»Bestimmt eine gute Entscheidung«, meinte Bill. »Nach dem, was wir bisher gehört haben, scheint es ein klarer Fall für uns zu sein.«

Ich wunderte mich über Bills Worte, aber mein Freund zwinkerte mir zu.

»Wenn ich ehrlich bin«, sagte Ozana, »wird mir der Fall allmählich unheimlich ...«

Der Sessel war alt und durchgesessen. An der Wand hing der große Spiegel. Darin sah Stelian sich selbst und auch den Friseur, der ihm die Haare schnitt. Der Mann war schon älter und der einzige Friseur im Ort. Er arbeitete geschickt, grinste hin und wieder und sah nicht, weshalb sein junger Kunde auch grinste.

Der schielte nach rechts, denn dort befand sich das Fenster des Ladens. Hinter der Scheibe stand Lucian, machte Faxen und schnitt dazu die entsprechenden Grimassen.

»So, mein Freund, und jetzt beuge mal den Kopf nach vorn.«

Stelian kam der Aufforderung nach. Er spürte die Hand des Mannes an seiner linken Seite. »Schön still-halten, sonst kann noch etwas passieren.«

Stelian sagte nichts und ließ alles mit sich gesche-hen. Bis der Druck der Hand wieder nachließ und er den Kopf anhob.

Der Blick in den Spiegel ließ ihn erstarren.

Da war nicht mehr der Friseur zu sehen. Seine Stelle hatte der verdammte Zwerg eingenommen. Er hielt die Schere fest, und das Metall schimmerte dicht vor Stelians Gesicht.

»Schnipp, schnapp, der Kopf ist ab!« Ein böses Lachen folgte, und Stelian spürte die wilde Angst, die er nicht mehr unter Kontrolle halten konnte.

Lucian bekam alles mit. Von seinem Platz am Fen-ster sah er, wie Stelian den Friseur heftig zur Seite schubste. Der Mann taumelte weg, und Stelian konnte vom Stuhl hochspringen. Er riß sich noch das Laken ab, hatte für nichts mehr Sinn, denn er wollte den Salon so schnell wie möglich verlassen.

Er wuchtete die Tür auf. Ohne einen Blick nach rechts oder links zu werfen, rannte er weiter, und

Lucian hatte Mühe, mit ihm Schritt zu halten und noch schneller zu laufen, um Stelian einzuholen. Das schaffte er endlich und zerrte seinen Freund in eine schmale Einfahrt. Hier waren sie vor den Blicken der Leute geschützt.

Allmählich beruhigte sich Stelian. Er sprach davon, was er im Spiegel gesehen hatte und daß der Zwerg ihn verfolgte.

»Mich auch«, flüsterte Lucian.

»Und was machen wir?«

»Wir müssen uns bewaffnen.«

Stelian lachte rauh. »Wie denn?«

»Weiß ich auch nicht«, flüsterte Lucian.

»Wir waren in der Ruine.«

»Stimmt. Und seitdem haben wir diesen Zwerg am Hals …«

Beide blickten sich an, sagten aber nichts mehr, denn die Angst schnürte ihnen die Kehle zu.

Wir waren nicht zu dritt geblieben. Ozana hatte den Popa, der zugleich auch Arzt war, geholt. Auf uns machte der Mann einen ruhigen Eindruck, auch wenn es ihm schwerfiel, die eigene Nervosität zu unterdrücken.

Ozana begann mit ihrem Bericht.

»Vor zwei Wochen hatten wir den ersten Fall. Inzwischen sind drei weitere Kinder hinzugekommen. Und immer nach dem gleichen Muster. Die Kinder verändern sich von einem Tag auf den anderen und attackieren grundlos ihre Eltern. Danach sind sie kaum mehr ansprechbar.«

»Sie fallen in eine Art von Trance«, erklärte der Popa.

»Haben Sie nicht mit den Kindern reden können?«
erkundigte ich mich.

»Nur mit Camilla«, bestätigte Ozana. »Und das nur
sehr kurz, nachdem sie ihren Vater erschlagen hat. Sie
– sie hatte Angst und war der Meinung, daß irgend
jemand uns alle töten wollte. Leider haben wir nicht
mehr von ihr erfahren können.«

Es war wirklich nicht viel. Bill fragte: »Wurden die
Kinder danach untersucht?«

»Ja, ich habe mich darum gekümmert«, erwiderte
der Popa. »Ich bin zunächst von einer akuten Menin-
gitis ausgegangen. Einer bakteriellen Hirnhautentzün-
dung, wie sie überall vorkommt. Wir haben das Blut in
Bukarest untersuchen lassen. Ergebnis: Hypophyse
Insuffizienz. Den Kindern fehlen Wachstumshormone.«

»Was?« flüsterte ich. »Selbst bei den B-Proben?«

»Selbst dort. Normalerweise taucht dieses Phänomen nur in einem Verhältnis eins zu einhunderttau-
send auf. Bei uns ist das Verhältnis eins zu zehn. Ten-
denz steigend.«

Das war ein Hammer. »Ich würde mir gern eines der
Kinder ansehen, wenn es möglich ist.«

Ozana nickte mir zu. »Selbstverständlich. Wir werden zu Camilla gehen. Sie war die letzte.«

Der Weg zum Haus war nicht weit. In diesem Ort
lag eben alles dicht beisammen. Die Mutter hatte uns
geöffnet, sich angehört, was wir von Camilla wollten,
dann fing sie an zu weinen, und sie mußte einfach loswerden, was sie bedrückte.

»Ich weiß nicht mehr, was ich noch machen soll. Sie
will keinen Happen mehr essen und auch nichts trinken. Es ist, als wäre sie gar nicht mehr bei uns. Sie liegt
einfach nur da.«

Wir waren mittlerweile die schmale Stiege nach oben gegangen, und Camillas Mutter öffnete die Tür zum Kinderzimmer.

Das Mädchen lag steif auf dem Bett und starrte die Wand an. Neben ihr saß eine alte Frau. Wahrscheinlich die Großmutter. Als sie sah, daß ich auf das Bett zutrat, stand sie auf und machte mir Platz.

Ich nickte ihr zu, bevor ich mich an das Mädchen wandte. »Du bist also Camilla.«

Hinter mir stand die Mutter. Ich spürte ihren Atem in meinem Nacken. »Wird sie wieder normal?«

Ich achtete nicht auf die Frage. Es war wichtig, mich auf Camilla zu konzentrieren. »Hör zu, Camilla. Ich bin John, und ich bin von weither gekommen, um dir zu helfen. Wir finden bestimmt heraus, was mit dir geschehen ist.« Ich war kein Hypnotiseur, aber ich wußte, daß es in manchen Situationen gut war, wenn man seiner Stimme einen gewissen Klang gab. Wenn man ruhig, nicht hektisch, sondern eher einschläfernd sprach, und das probierte ich bei Camilla aus. »Du mußt versuchen, deine Arme und Beine ganz locker zu lassen. Stell dir vor, du bist in einem Bach, dessen Wasser dich wegträgt. Wenn du etwas siehst, hörst oder riechst, dann kannst du es mir ruhig sagen …«

Ich hoffte, den richtigen Ton getroffen zu haben, und wartete auf Camillas Reaktion. Zunächst geschah nichts.

Sie blieb einfach nur liegen, verkrampft, wie von dem gespannten Schweigen gelähmt.

Plötzlich fing sie an zu zittern. Es beschränkte sich auf die Hände, doch ich wußte, daß gewisse Dinge bei ihr in Bewegung geraten waren. Ich hielt sie sicherheitshalber fest.

Auch in ihrem Gesicht zeigte sich etwas. Sie öffnete

den Mund und stieß die Worte hervor: »Ich will da nicht rein!«

Das war der erste Schritt. »Weiter, Camilla!« drängte ich.

»Ich will da nicht rein!«

»Wo hinein willst du nicht?«

»Der Zaun ist hoch!«

Ozana, Bill und die Großmutter waren jetzt näher an das Bett herangetreten. In den Augen der beiden Verwandten schimmerten Tränen.

»Ich will da nicht rein!« flüsterte Camilla. Tränen sickerten aus den Augen und liefen über ihre Wangen. »Meine Schuhe sind staubig. Der Staub macht sie so schmutzig …«

Ich hörte Ozanas leisen Schrei und drehte mich um. »Der Mosaikstaub. Mein Gott, die Ruine.«

Ich bedeutete Ozana, ruhig zu sein, und drehte mich wieder Camilla zu.

»Was ist mit der Ruine, Camilla?«

»Neiinnnn!« Weit hatte sie den Mund geöffnet und schrie mich an. Sie hörte auch nicht auf. Ihre Schreie erfüllten das Zimmer, und ich tat das einzig richtige in dieser Lage. Ich beugte mich noch weiter vor und nahm sie in den Arm.

»Schon gut, kleine Camilla, schon gut. Du brauchst keine Angst mehr zu haben. Jetzt bin ich bei dir.«

Camilla schluckte einige Male, dann fiel sie wieder in ihren alten Zustand zurück.

Ihre Mutter trat neben mich. Auch sie war aufgelöst. »Was ist mit ihr? Sagen Sie doch was!« Sie bedrängte mich noch weiter, doch Ozana zog sie von mir weg.

Ich runzelte die Stirn und legte mir die nächsten Worte zurecht. »Eigentlich sind Kinder in der Lage, traumatische Erlebnisse vollständig aus ihrem

Bewußtsein zu löschen. Das ist bei Camilla anders. Sie erlebt die Dinge immer und immer wieder. Als ich eben mit ihr sprach, da hörte ich – Sie werden es kaum glauben – noch eine andere Stimme, die sich unter Camillas gelegt hatte. Sie rief das Kind.«

»Was für eine Stimme?« flüsterte Ozana.

Ich hob die Schultern. »Ich weiß es nicht, Ozana. Vielleicht können wir das später klären.« Dann wandte ich mich an Camillas Mutter. »Es ist jetzt wichtig, daß Sie bei ihr bleiben.«

Sie trocknete Tränen ab. »Und was soll ich dann tun?«

»Einfach nur bei ihr sein.«

Die Frau überlegte nicht lange und nickte. Für uns gab es vorläufig hier nichts mehr zu tun. Deshalb verließen wir das Haus. Auf der Straße atmete ich tief durch.

»Da werden wir wohl zur Ruine müssen«, sagte Bill.

»Sicher.«

Ozana druckste etwas herum. »Macht es Ihnen etwas aus, wenn ich Sie nicht begleite?«

Ihre Reaktion kam mir seltsam vor. »Stimmt etwas nicht?«

»Ich – ähm – muß nach meinem Jungen sehen. Es ist nicht, was Sie denken. Er ist gesund. Ich habe ihn in der letzten Zeit nur etwas vernachlässigt. Was hier vorgefallen ist, das kann man – nun ja – ich bin auch nur ein Mensch.«

Ozana und ich schauten uns in die Augen. »Okay«, sagte ich dann, »gehen Sie ruhig. Wir kommen später bei Ihnen vorbei.«

»Danke«, erwiderte sie lächelnd und ließ uns allein. Ich blickte nachdenklich hinter ihr her.

Bill beschäftigte sich bereits mit anderen Dingen.

»Die Stimme, John, die du gehört hast. Ein Dämon, nicht wahr?«

»Ein bestimmter. Einer, der sich in den Seelen der Kinder eingenistet hat und sie in den Wahnsinn treibt, bis sie sich in zweibeinige Killermaschinen verwandelt haben.«

Bill winkte ab. »Dann können wir nur darauf vertrauen, daß in diesem Ort nicht noch weitere Zeitbomben herumlaufen.«

»Kein Dämon ist so schnell zufrieden, Bill …«

Lucian hatte sein Kinderzimmer betreten, sich umgeschaut, nichts gesehen und wütend gegen einen Ball getreten. Er klatschte gegen die Wand, rollte wieder zurück, und dabei hörte der Junge die Stimme des unheimlichen Zwergs.

»Spielen wir?«

Lucian ließ den Ball an sich vorbeirollen und drehte sich um, ohne etwas sehen zu können. »Verdammt, du mieser Wicht!« schrie er. »Laß mich endlich in Ruhe!«

»Nein, Kleiner. Ein Spiel muß man bis zum Ende spielen, das weißt du doch.«

»Aber ich will nicht. Das ist kein schönes Spiel.«

»Doch.«

»Nein!«

»Sogar ein sehr schönes«, erklärte der unsichtbare Zwerg kichernd. »Du bist der Preis, und ich werde gewinnen.«

Der Junge trat mit dem Fuß auf. »Da mache ich nicht mit, verdammt noch mal – nein!«

Es war, als hätte der Tritt mit dem Fuß etwas ausgelöst. Plötzlich fing das Zimmer an zu wackeln. Der Boden, die Wände und natürlich die Regale. Die dort

stehenden Sachen flogen heraus. Bücher und Spiel-
sachen landeten auf dem Boden.

Plötzlich war der häßliche Zwerg wieder da. Er
stand mitten im Zimmer und fing eine Spieluhr auf,
wobei eine Melodie ertönte. Der Zwerg schüttelte die
Spieluhr hin und her.

»Die ist widerlich.« Er schleuderte sie wuchtig zu
Boden, wo sie zerbrach. Dann wandte er sich lachend
an den bewegungslosen Jungen. »Du bist jetzt einer
von uns.«

Lucian schüttelte den Kopf.

Der Zwerg ließ sich nicht beirren. »Doch, das bist
du. Ich freue mich. Du kannst dich auch freuen.« Er
starrte Lucian in die Augen. »Bald gibt es nur noch
uns. Alle anderen müssen sterben. Auch deine Mama,
Lucian.«

Der Junge widersprach nicht mehr. Er war voll unter
den Einfluß des Bösen geraten und schaute den Zwerg
an. Er nickte und flüsterte dabei: »Die Mama muß sterben.«

»Gut.« Über das häßliche Gesicht huschte ein zufrie-
denes Grinsen. »Der Pakt gilt.«

In diesem Augenblick hörte Lucian die Stimme seiner Mutter. Wenig später wurde die Tür des Kinderzimmers aufgestoßen. Noch immer rufend trat Ozana
über die Schwelle.

Ihr Sohn stand in der Mitte des kleinen Raumes. Sie
hatte nur Augen für ihn und nicht für das Chaos.
Schnell ging Ozana in die Knie und packte ihren Sohn
an den Armen.

»Was hast du in der Ruine gemacht? Sag es mir!«

Lucian schwieg.

Erst jetzt fiel Ozana das Chaos innerhalb des Zimmers auf. »Nein, nein«, hauchte sie. »Nicht auch du.

Das ist nicht möglich.« Sie blickte ihrem Sohn direkt in die Augen und riß ihn an sich. »Mein Gott, ich liebe dich doch so, Lucian, bitte …«

Lucian öffnete den Mund. Er schaute an seiner Mutter vorbei und sprach plötzlich mit einer monotonen und fremd klingenden Stimme. »Weine nicht, kleine gute Mama …«

Ozana hatte von einem Staub gesprochen und Camilla auch. Ihn entdeckten wir in der Ruine. Es war kein normaler Staub, sondern ein heller und glitzernder. Wie Glasstaub, und er verteilte sich überall auf dem Boden zwischen dem düsteren Gemäuer.

Hier herrschten Schatten vor, und hier war es auch kühl, und hier würde es auch in der Sommerhitze nie warm werden. Es gab derartige Orte, das wußte ich.

Hinter den Mauern lag der kleine Weiher, und auf ihn gingen wir zu. Bisher hatten wir nichts Ungewöhnliches entdeckt und hatten uns einfach von unseren Gefühlen leiten lassen.

Ich blieb plötzlich stehen.

»He, was hast du, John?«

»Mein Kreuz«, flüsterte ich. »Es reagiert.« Ich holte es hervor.

Auch Bill sah das Schimmern auf dem Metall. »Okay, John, ich kenne es ja. Aber was hat es in diesem Fall zu bedeuten?«

»Hier ist etwas. Davon bin ich überzeugt. Und ich wette, daß die Kinder hier bestimmte Dinge sehen, die wir nicht zu Gesicht bekommen haben.«

»Soll ich fragen, was es ist?«

»Kannst du. Du wirst aber keine Antwort erhalten. Nur soviel, Bill: Es ist abgrundtief böse …«

Lucian hatte sich wieder beruhigt. Ozana kam ihren Mutterpflichten nach und deckte den Tisch für das Abendessen. Auch jetzt ließ sie ihn nicht aus den Augen. Er war noch immer nicht normal, obwohl Lucian seiner Mutter half. Die Handgriffe verrichtete er rein automatisch. Mit seinen Gedanken war er nicht bei der Sache.

Ozana sprach ihn an. »Du hast die beiden Fremden im Ort ja gesehen und brauchst dich vor ihnen nicht zu fürchten. Sie sind nicht vom Geheimdienst Securitate. Sie kommen aus England und werden heute abend unsere Gäste sein.«

Lucian nickte und holte noch zwei Teller aus dem Schrank, die er auf den Tisch stellte.

Ozana war verzweifelt. Sie hätte gern eine Antwort gehört, aber Lucian sprach nicht mit ihr. Er verrichtete seine Arbeit automatisch, stellte Gläser auf den Tisch und holte auch die Messer …

Noch am Tisch stehend beugte er sich nach vorn. Da war die Stimme wieder. Nur für ihn, nicht für seine Mutter. »Hallo, ich bin da. Es wird Zeit, daß es losgeht …«

Nach dem letzten Wort bäumte sich der Junge auf. Weit öffnete er den Mund, um dem schrecklichen Schrei freie Bahn zu lassen. Es war erst der Anfang. Lucian wurde zu einem Berserker. Er grapschte nach dem Messer, bekam es zu fassen, riß es in die Höhe und sah nur noch seine Mutter, die er töten wollte.

Er sprang auf sie zu. Die Hand fuhr von oben nach unten. Der blanke Stahl blitzte. Für einen Moment schwebte Ozana in allerhöchster Gefahr. Bis es ihr gelang, das Gelenk des Jungen zu umfassen. Das Messer traf sie nicht.

Lucian wollte sich befreien. Er war wie von Sinnen.

Er schrie, er kämpfte gegen seine Mutter, und es gelang ihm sogar, sie durch seine wilden Bewegungen von den Beinen zu reißen. Beide stürzten zu Boden. Lucian war wie von der Tollwut befallen. Für ihn war die eigene Mutter zum Todfeind geworden, die einfach sterben mußte. Er schrie dabei, er brüllte, und immer wieder zuckte seine Hand vor, um das Messer in den Leib der Frau zu stoßen, die sich bisher noch hatte wehren können.

Aber Lucian war stark. Er wuchtete Ozana herum. Sie lag plötzlich auf dem Rücken, und Lucian kniete über ihr. Noch hielt sie seinen Messerarm fest, aber sie spürte, daß ihre Kraft nicht mehr lange reichen würde. Sie war ein Mensch, sie war nicht besessen. Im Gegensatz zu Lucian, dessen Kraft zunahm, der das Küchenmesser immer tiefer senkte und spürte, wie der Widerstand seiner Mutter allmählich erlahmte ...

Wir hatten an der Ruine und am Weiher nichts entdeckt und waren deshalb wieder zum Haus der Polizistin gefahren. Dort wollten wir gemeinsam zu Abend essen. Beide waren wir davon überzeugt, daß Ozana mehr wußte. Wir mußten es nur aus ihr herauskitzeln. Dazu war beim Essen sicherlich Gelegenheit.

Vom Wagen bis zur Haustür waren es nur wenige Schritte. Auf dem Weg dorthin hörten wir schon den Krach und auch die Schreie innerhalb des Hauses.

Bill reagierte als erster. Da die Haustür verschlossen war, rammte er mit der Schulter dagegen, fluchte, als ihn ein heißer Schmerz durchzuckte, dann flog die Tür nach innen, und er stolperte in den Raum hinein.

Ich hatte mir eine andere Lösung gesucht. Ein kurzer Blick durch das Fenster reichte aus. Ich erlebte eine

Szene wie in einem Horrorfilm. Ozana lag rücklings auf dem Boden. Ihr Sohn hockte über ihr und versuchte, ihr ein Küchenmesser ins Herz zu rammen. Noch konnte sie Lucian davon abhalten, aber ihr Widerstand erlahmte bereits, das war deutlich zu erkennen.

Ich schlug die Scheibe mit der Beretta ein. Die Scherben hatten den Boden im Zimmer noch nicht berührt, da kletterte ich schon in den Raum.

Ozana hatte mich wohl nicht gesehen. Allerdings ihr Sohn. Er drehte mir für einen kurzen Augenblick das Gesicht zu, und ich sah seine veränderten Augen.

»Nein!« schrie Ozana. Ihr Widerstand brach.

Da befand ich mich schon im Sprung. Bevor das Messer in ihre Kehle fahren konnte, war ich über Lucian. Ein Schlag schleuderte ihn im letzten Augenblick zur Seite. Er überkugelte sich auf dem Boden. Ich setzte nach, denn er hielt noch immer das Messer fest. Ein Tritt auf das Gelenk »nagelte« seine Hand am Boden fest. Dann riß ich ihm das Messer weg.

Bill Conolly stürmte in den Raum. Er sah mich und den sich windenden Jungen, der keine Ruhe geben wollte, und er tat das einzig Richtige. Er preßte Lucian die Beine auf den Boden. Leider nicht hart genug, denn Lucian trat ihm gegen das Kinn.

»Sterben!« brüllte er wie von Sinnen. »Sterben sollt ihr! Sterben sollt ihr alle!«

»Zieh ihn weg, Bill!«

»Wie denn?«

»Mach schon!«

Es war verdammt schwierig für uns, Gewalt über den Jungen zu bekommen. Er tobte weiter, er wollte sich einfach nicht beruhigen, die andere Macht in seinem Innern war zu stark.

Ozana lag weinend am Boden. Sie war unverletzt geblieben, doch sie hatte offenbar einen Schock erlitten.

Bill kämpfte noch immer mit Lucians Beinen. Ich hielt seinen Oberkörper umklammert. Wenn er sich weiterhin so benahm und alles versuchte, um sich aus meinem Griff zu befreien, mußte ich ihn bewußtlos schlagen.

Es war nicht mehr nötig.

Übergangslos erschlaffte er in unseren Griffen. Von einer Sekunde auf die andere wurde er ohnmächtig.

Gleichzeitig richtete sich Ozana wieder auf. Sie hörte meine Worte, als ich sagte: »Es ist vorbei.«

Ich nahm den Jungen auf die Arme und trug ihn in sein Zimmer. Ozana und Bill folgten mir. Über die Unordnung wunderte ich mich nicht weiter. Den Jungen legte ich auf sein Bett, während Bill Ozana ansprach.

»Sind Sie okay?«

Die Frau gab keine Antwort. Zuerst starrte sie Lucian nur an, dann setzte sie sich zu ihrem Sohn auf das Bett, hob seinen Kopf an und legte ihn in ihren Schoß. »Warum nur?« flüsterte sie unter Tränen. »Warum nur, mein Keiner?« Sie streichelte ihn und fing leise an zu singen. Sicherlich ein Kinderlied.

Es klopfte an die Tür. Als wir uns umdrehten, betrat der Popa das Zimmer. Auf seinem Gesicht lag ein ängstlicher Ausdruck. Er trat an das Bett und schlug ein Kreuzzeichen. Dann wandte er sich an Bill und mich. »Die Leute im Dorf sind auf den Beinen. Sie sind überfordert. Wir müssen etwas unternehmen.«

»Was schlägst du vor, John?«

Ich achtete nicht auf Bills Frage, denn ich hatte gesehen, wie Lucian weinte. Die Tränen kullerten nur so aus seinen Augen, und ich wandte mich an die Polizistin. »Singen Sie weiter, Ozana. Bitte nicht aufhören. Anscheinend gewinnt seine Seele dadurch an Stärke. Er kann jetzt wieder gegen den Dämon in ihm kämpfen. Es ist ein Lied aus seiner Kindheit, nicht wahr?«

Ozana nickte und sang weiter.

Bills Folgerung klang sehr pragmatisch, als er sagte: »Da entwickelt sich doch ein Täterprofil. Unser Dämon hat was gegen eine glückliche Kindheit.«

»Kann sein.« Ich gab ihm recht. »Oder er ist in seiner eigenen Kindheit gefangen. Nur was auch klein bleibt, darf existieren. Den Kindern stiehlt er die Wachstumshormone. Die Erwachsenen müssen sterben, weil die nicht in seine Hölle passen.« Mir war eine Idee gekommen, und ich wandte mich an den Popa. »Lassen Sie die Glocken läuten. Rufen Sie die Menschen so zusammen. Sie müssen in die Kirche kommen.«

»Gute Idee, das mache ich.«

»Und du gehst mit ihm, Bill.«

»Alles klar.«

Ich blieb zurück bei Lucian und Ozana. »Wir können ihn noch retten, Ozana. Singen sie weiter, immer nur weiter ...«

Sie nickte, sie weinte, aber sie sang ...

Die Kirche war nicht weit. Bill und der Popa brauchten nur über den Platz zu laufen. Das Bild hatte sich verändert. Die Menschen waren aus ihren Wohnungen und Häusern gelaufen und hatten sich zusammengerottet. Es sah alles aus wie dicht von einem Aufruhr, was dem Reporter überhaupt nicht gefiel. Er hielt den Popa für einen Moment zurück. »Bitte, laufen Sie weiter und läuten Sie die Glocken. Ich kümmere mich um die Menschen hier.«

Der Popa gehorchte, und Bill wandte sich in die andere Richtung. Sie Menschen sprachen wild durcheinander. Drohend reckten sich Fäuste gegen den Reporter, der ihnen als Fremder suspekt war. Er lief an den Häusern entlang. Neben ihm wurde eine Tür aufgestoßen. Schreiend rannte eine Frau ins Freie.

»Helft doch – helft! Stelian bringt ihn um ...« Sie stolperte in die Arme einer Nachbarin, während Bill mitten im Lauf stoppte. Er wußte jetzt, wo er zu suchen hatte.

Die Tür war nicht wieder zugefallen. Bill erreichte einen halbdunklen Korridor und sah vor sich eine Gestalt. Sie war aus einem Wohnraum getorkelt und blutete aus mehreren Wunden. Zugefügt hatte sie ihm der Junge, der hinter ihm herlief und eine blutbeflecktes Haumesser schwang.

Bill stürzte vor. Er hatte Glück, daß der Junge stark auf seinen Vater fixiert war. So konnte der Reporter dem Jungen einen Tritt versetzen, der ihn zurückwarf. Er prallte gegen den Türrahmen, drehte sich dabei und verschwand in dem Zimmer, das er vor wenigen Sekunden verlassen hatte.

Bill und der Mann rammten die Tür zu, so daß Stelian nicht mehr heraus konnte. Er wollte es. Er hämmerte die Klinge des Haumessers gegen die Tür, um sich so freie Bahn zu verschaffen.

»Singen Sie!« schrie Bill den Mann an. »Singen Sie ein Kinderlied, das er kennt!«

Stelians Vater lachte. »Was soll ich? Singen? Nein und nochmals nein. Ich werde ihm kein Lied singen. Ich werde den Gürtel nehmen und ihm zeigen, wer hier das Sagen hat.«

Der Mann war nicht zu belehren, das sah Bill mit einem Blick. Zum Glück rannte die Mutter wieder zurück in den Flur. Sie würde vielleicht auf Bill hören.

»Singen! Sie müssen singen!« Bill redete auf sie ein. Sie schien ihn nicht zu verstehen. Erst, als er sie noch wütender anschrie, fing sie tatsächlich an zu singen.

Die Schläge des Haumessers wurden leiser, bis sie ganz verstummten. Dafür hörten die Menschen etwas anderes.

Es war das Läuten der Glocken ...

Auch Ozana brauchte nicht mehr zu singen. Lucian war jetzt ruhig geworden. Sie betrachtete stumm das Gesicht ihres Jungen und lauschte dabei dem Geläut der Glocken.

Wir hatten uns in den letzten Minuten unterhalten können. Ich wiederholte eine ihrer Aussagen und wandelte sie in eine Frage um. »Sie kommen also aus Bukarest?«

»Ja.«

»Warum sind Sie hier?«

Sie lächelte etwas verloren. »Es ist einfach nur die Liebe gewesen.«

Ich verstand. »Lucians Vater?«

Sie nickte und verkrampfte sich dabei. Es fiel mir natürlich auf, und ich fragte sie: »Was ist passiert?«

Ozana suchte nach Worten.

»Als Lucian ein Jahr alt war, wurde mein Mann von der Geheimpolizei abgeholt. Ich habe nie wieder etwas von ihm gehört.«

»Aha, und deswegen auch die Polizistin.«

»Ja«, gab sie zu. »Ich möchte dafür sorgen, daß niemand das Leid erfährt, das ich durchlebt habe. Ob ich es schaffe, weiß ich nicht, aber ich versuche es.« Sie lächelte ihren Sohn an und leise sang sie weiter.

»Ich muß jetzt zur Kirche«, sagte ich.

Das Singen verstummte. »Dann komme ich mit.«

»Nein, es ist besser, wenn Sie bei Ihrem Sohn bleiben.«

Ozana schüttelte den Kopf. »Das weiß ich. Aber es geht auch um die anderen Kinder. Ich muß an die Menschen im Dorf denken. Für sie sind Sie nur ein Fremder. Mir aber vertrauen sie.«

In ihren Augen stand Entschlossenheit, und ich versuchte gar nicht erst, sie zu überreden.

Ozana drehte sich ab und gab ihrem Sohn einen Kuß auf die Stirn.

Genau da fielen Lucian die Augen zu. Von einem Moment zum anderen schlief er ein.

Ozana konnte wieder lächeln ...

Stelian stand vor der Tür. Das Haumesser hielt er noch immer in der Hand.

Er wollte schlagen, aber er hörte die Stimme seiner Mutter, die das alte Kinderlied sang.

Nach einer Weile sank nicht nur der Arm mit der Waffe nach unten, auch der Junge selbst rutschte an der Wand entlang dem Boden zu. Er legte sich dort nieder. Sein Körper entspannte sich. Die Augen fielen ihm zu. Dann schlief er ein ...

Camillas Mutter schrak zusammen, als sie das leise Seufzen hörte. Sie drehte den Kopf und schaute zu ihrer Tochter hin. Selbst die Großmutter war aufmerksam geworden. Beide beugten sich über das Kind.

»Was ist bloß los mit unserem Mädchen?« flüsterte die alte Frau.

»Ich weiß es nicht. Aber ich habe das Gefühl, daß doch noch alles gut werden könnte.«

»Meinst du?«

»Ja.«

»Was sollen wir tun?«

»Du bleibst hier. Ich gehe hinüber zur Kirche.«

»Einverstanden.« Die alte Frau schaute ihrer Tochter nach, wie sie aus dem Zimmer ging ...

Wie viele Dorfbewohner sich in der Kirche versammelt hatten, war schlecht zu schätzen. Ungefähr sechzig oder siebzig. Darunter befanden sich auch normale Kinder, die ebenso ängstlich schauten wie die Erwachsenen. Einige sprachen wild durcheinander. Andere hatten sich hingekniet und beteten. Eine alte Frau kümmerte sich um Stelians verletzten Vater. Auch Ozana und Bill Conolly befanden sich neben dem Popa und mir in der Kirche. Wir waren bisher nicht mehr als nur Beobachter, während der Popa versuchte, die Menschen zu beruhigen.

Er stand weit vorn und hatte sich so den besten Überblick verschafft.

»Ich bitte euch, hört mit dem Reden auf und seid ruhig. Wir haben euch etwas Wichtiges zu sagen.«

Es wurde tatsächlich still. Ich bewegte mich leise durch die Kirche und schaute jeden Bewohner, den ich passierte, beschwörend an. Als ich sie alle vor mir hatte, begann ich zu sprechen. »Ihr alle wißt, weshalb ihr hier seid. Etwas hat sich in euer Dorf eingeschlichen. Es ist das Böse, und es will eure Kinder. In einem teuflischen Plan sind sie letztendlich das Werkzeug, um euch zu vernichten.« Ich hob den rechten Arm. »Aber es gibt noch Hoffnung. Noch können wir sie retten. Ich stelle mich dieser Gefahr, doch ich kann es nicht allein schaffen. Ich benötige eure Hilfe. Geht zu euren Kindern und singt ihnen Lieder. Lieder, die sie in ihrer Kindheit gehört haben. Erzählt ihnen schöne Geschichten. Streichelt sie. Gebt ihnen Liebe, und eure Herzen müssen dabei rein sein. Ihre Seelen benötigen euer Vertrauen. Vergeßt niemals, was auch passierte, es sind eure Kinder. Bildet einen Chor und singt gemeinsam. Mit vereinten Kräften können wir das Böse aus dem Dorf vertreiben.«

Ich hatte recht lange gesprochen und wartete auf die Wirkung meiner Worte.

Ja, sie war vorhanden. Durch die Menge glitt ein Raunen, das düster durch die Kirche hallte. Einige Menschen fingen bereits an zu singen, andere sprachen miteinander, wieder andere waren dabei, die Kirche zu verlassen.

Der Popa stellte sich an meine Seite und drängte sie ebenfalls. »Geht! Tut, wie euch gesagt wurde. Ich werde für alle beten. Wenn die Glocken beim nächstenmal läuten, dann haben wir diese Prüfung überstanden, denn der Allmächtige ist mit uns …«

Seine Worte verfehlten ihre Wirkung nicht. Ich ging auf Ozana zu. »Es wäre besser, wenn Sie jetzt wieder zurück zu Ihrem Sohn gehen.«

Sie runzelte die dunklen Brauen. »Ja, das stimmt wohl. Aber Sie wissen jetzt auch, daß das Schicksal des Dorfes in Ihrer Hand liegt.«

»Ich werde es schon schaffen.«

Die Polizistin glaubte mir. Mit hastigen Schritten verließ sie die Kirche. Allerdings war mein Freund Bill Conolly skeptisch. »Na – ob singen allein ausreicht?«

Ich atmete tief ein. »Bestimmt nicht. Aber die Menschen haben etwas zu tun, und es gibt ihnen Hoffnung.«

Der Popa sagte: »Ich stehe Ihnen auch zur Verfügung.«

Seine Worte hatte ich sehr wohl verstanden. Es mußte ihn enttäuschen, daß ich nicht reagierte. Mein Blick war auf die Bankreihen im hinteren Ende der Kirche gefallen. Dort bewegte sich etwas Kleines zwischen ihnen hin und her.

Ein Mensch? Ein Kind?

Im nächsten Augenblick sprang die Gestalt auf einen Sitzplatz. Sie lachte, sie winkte mir zu, und ich sah die Umrisse eines häßlichen Zwergs.

»Verdammt, das ist er! Das ist der Zwerg!«

Bill und der Popa hatten mich gehört. »Wo denn? Was?« Beide schauten in die von mir gezeigte Richtung. »Da ist doch nichts, John!«

»Eben war er noch da.«

Bill hob die Schultern. Aber er sah auch das Glöckchen oberhalb der Sakristeitür. Es schwang plötzlich zart hin und her, wie von einem Hauch getroffen.

Ich zog meine Ersatzberetta, die ich sicherheitshalber noch eingesteckt hatte, und überreichte dem Popa die Waffe.

»Wir teilen uns auf. Das ist besser.«

Der Popa schüttelte den Kopf. »Was soll ich mit einer Pistole gegen einen unsichtbaren Zwerg ausrichten?«

»Die Waffe ist mit geweihten Silberkugeln geladen.«

»Ach?« hauchte er. »Und die wirken?«

»Nicht immer, aber in vielen Fällen.« Nach dieser Antwort lief ich auf die Sakristei zu.

Bill und der Popa trennten sich ebenfalls …

Die Sakristei bestand aus zwei Räumen. Ich hielt mich in dem vorderen auf und suchte ihn ab. Bevor ich mich noch orientieren konnte, gleißte das grelle Licht im zweiten Raum auf. Es war so grell, daß es mich blendete und mich eigentlich hätte in die Flucht schlagen sollen. Das genau tat ich nicht. Der Zwerg sollte nicht gewinnen. Ich wollte ihn haben, zudem fühlte ich mich durch mein Kreuz geschützt.

Ich tastete mich vor. Nur war es nicht stockfinster um mich herum, sondern strahlend hell. Das hämische Kichern begleitete meinen Weg. Wogegen ich stieß, fand ich nicht heraus. Aber meine Hände glitten über eine breite, hölzerne Fläche hinweg und ertasteten eine vorspringende Kante. Ich zog an ihr und öffnete eine Schranktür.

Dahinter war – ein Spiegel!

Ich warf einen Blick hinein.

Genau da fiel das Licht wieder zusammen, und ich sah mich selbst im Spiegel abgebildet.

Alles war wieder normal. Zum Glück. Ich konnte wieder durchatmen. Noch während die Luft aus meinem Mund drang, passierte es. Wie von Geisterhänden geschoben, löste sich mein eigenes Spiegelbild von der Fläche und trat auf mich zu.

Ich war geschockt. Unwillkürlich wich ich zurück und wußte nicht, wie ich mich verhalten sollte. Das hier war eine Magie, gegen die ich keine Waffe besaß.

Mein Spiegelbild ging den nächsten Schritt – und schrumpfte zusammen. Es wurde klein, so klein wie ein Zwerg, der jetzt in meinem Aussehen vor mir stand.

»Guten Abend, Geisterjäger ...«

Ich hörte noch das Lachen. Dann sah ich den Schatten. Etwas traf mich, und ich brach zusammen ...

Bill Conolly zuckte zusammen, als er den Schrei hörte. Er drehte sich unsicher im Kreis. Er wußte, daß etwas passiert war, konnte aber nichts feststellen.

Plötzlich nahm er die Bewegung an der Säule wahr. Bill senkte seine Waffe, als John ihm zuwinkte.

»Himmel, hast du mich erschreckt, John.«

»Oh, das tut mir aber leid.«

Bill überhörte den Spott. »Ich dachte, du wolltest die Sakristei checken?«

»Hähä – backen wir Kuchen. Backe, backe Kuchen …«

Bill blieb der Mund offen. »He, John, ist mit dir alles in Ordnung? Komm geh weg von der Säule.«

»Nervös, Billyboy?«

Der Reporter lachte nicht. Er sah die Gestalt an der Säule, und er wußte, daß etwas nicht stimmte. Er lief auf sie zu, entdeckte die roten kleinen Schuhe an den Füßen der angeblichen Sinclair-Gestalt, da erwischte ihn bereits der brettharte Schlag in die Magengrube.

Bill wurde die Luft geraubt. Er konnte sich nicht mehr auf den Beinen halten und sank zu Boden.

Sinclairs Ebenbild schüttelte den Kopf. »Ja, das tut weh …«

Der Popa wollte sich nicht nur auf die Pistole verlassen, sondern auch auf die Gebete. Leise vor sich hin murmelnd, bewegte er sich durch den Kirchturm. Plötzlich duckte er sich, wie jemand, der einen Schlag erhalten hatte.

Er schaute in die Höhe.

Dort schwangen die Kirchenglocken schattenhaft hin und her. Es war keine Einbildung. Sie bewegten sich tatsächlich, und ihr Hall schallte weit über den

Kirchplatz hinweg bis an die Ränder der Ortschaft. Er wunderte sich und hätte jetzt gern mit John Sinclair über dieses Phänomen gesprochen, der aber war nicht greifbar.

Der Popa wollte etwas tun. Zum Glück gab es an diesem Kirchturm einen Balkon. Auf ihn trat der Mann, um seinen Blick schweifen zu lassen.

Er schaute nicht über das Land hinweg, sondern sah nach unten zum Kirchplatz hin.

Die Menschen, die wieder in den Häusern verschwunden waren, kehrten nun zurück. Das erneute Läuten der Glocken hatte sie angelockt, und sie mußten glauben, daß das Schreckliche vorbei war.

Eine alte Frau rief: »Die Mutter Gottes hat uns erhört. Jetzt wird alles wieder gut.«

Immer mehr Dorfbewohner erschienen und gingen auf die Kirche zu. Der Popa begriff es nicht. Er konnte auch nicht hier auf dem Balkon bleiben. Er mußte wieder zurück in die Kirche und mit den Leuten reden. Er drehte sich um, hörte noch das Geräusch und sah John Sinclairs Ebenbild auf den Balkon treten …

Für die Dauer von zwei, drei Sekunden schloß der Popa die Augen. Er war erleichtert und streckte Sinclair die Waffe entgegen. »Bitte, hier, ich kann damit sowieso nicht umgehen. Meine Waffen sind die Worte des Allmächtigen.«

Der »Zwerg« nahm sie an sich. Dann öffnete Sinclairs Ebenbild den Mund.

»Los, spring!«

»Wie bitte?«

Sinclairs Gesicht verzerrte sich. »Verdammt, Alterchen, das dauert mir zu lange.« Er lachte noch.

Dann schoß er.

Die Kugel hieb in den Körper des Popa. Er wurde

zurückgestoßen, fiel gegen das Balkongitter, verlor den Halt und kippte nach hinten weg. Er fiel wie ein toter Vogel dem Boden entgegen und schlug mitten auf dem Kirchplatz zwischen den entsetzten Menschen auf …

Bill hockte am Boden, beide Hände gegen die getroffene Stelle gepreßt. Die Glocken läuteten, doch dafür hatte Bill kein Ohr. Er starrte auf seinen Freund John, der ihm hochhelfen wollte.

»Nein, verdammt.«

»He, was ist?«

»Hau ab.«

»Ich bin's, Bill.«

Mein Freund schaute mich genau an. Er sah auch meine Füße, dann nickte er und streckte mir die Hand entgegen. »Wo ist er, John?«

Ich dachte an das falsche Glockenläuten und deutete hoch zum Kirchturm. »Dort.«

Dann hörten wir den Schrei. Er war nicht in der Kirche aufgeklungen, sondern draußen auf dem Platz.

Für Bill und mich gab es kein Halten mehr. Es hatte sich einiges verändert. Der Wind wehte uns jetzt ins Gesicht, denn dieser Zwerg war mächtiger, als wir angenommen hatten.

Ich stürmte zuerst durch das Portal nach draußen, hinein in die Dämmerung.

Die Menschen waren da.

Und sie waren zu einem Mob geworden.

Sie hielten sich nicht weit entfernt von uns auf. Zwischen ihnen und uns lag der bewegungslose und verrenkte Körper des Popen, der den Sturz vom Kirchturm nicht überlebt hatte.

Ein Mann streckte uns seinen Arm entgegen. »Da stehen die verdammten Mörder! Da habt ihr eure Teufel. Leibhaftig und auch in Menschengestalt!«

Die Menge kreischte auf. Sie war kaum noch zu kontrollieren. Eine Frau tat sich besonders hervor. »Er wollte, daß wir singen. Damit wir nicht hören, wie er den Popen erschießt. Wir haben alles gesehen – alles.«

Wir hatten uns alles angehört, und wir sahen den Zwerg, der sich zwischen den anderen aufhielt und uns dabei feixend zuwinkte.

Als sich die Menge auf uns zu in Bewegung setzte, zog sich dieser kleine Teufel grinsend zurück.

Ich versuchte es noch einmal. »Hört mich an!«

»Das haben wir schon einmal getan!«

»Hängt die Mörder auf!« schrie jemand.

Es war das Zeichen für die Dorfbewohner. Diese Worte hatten sie nur gebraucht. Für sie gab es kein Halten mehr. Sie würden uns überrennen, auf unseren Körpern herumtrampeln und uns schließlich an den Galgen hängen.

Da fielen die Schüsse!

Zwei waren es genau. Neben uns stand plötzlich Ozana. Sie war es, die geschossen hatte. »Seid ihr irrsinnig?« brüllte sie. »Zurück. Los, zurück! Alle!«

Die Schüsse und auch die nachfolgenden Befehle hatten ihre Wirkung nicht verfehlt. Im Augenblick gab die Meute Ruhe. So kam es, daß wir an ihnen vorbeischauten und plötzlich das Licht hinter der Menge entdeckten.

Es leuchtete dort auf, wo sich die alte Ruine befand. Das Flimmern stand wie gemalt am Nachthimmel.

»Nein, nein!« schrie ein Mann. »Die beiden Fremden müssen ihre gerechte Strafe erhalten!«

»Ihr irrt euch!«

»Nein, du irrst dich!«

Ein anderer schrie: »Auch du mußt es mit deinen eigenen Augen gesehen haben, Ozana«

»Ja, das habe ich. Doch dafür wird es bestimmt eine Erklärung geben. Ich werde schießen, wenn ihr näher kommt.«

Die Spannung war wieder da. Wir spürten es. Die Menschen ließen sich nur für eine Weile beruhigen. Einer der Schreier verdrehte seine Augen. »Oh, Himmel, hab Erbarmen. Ozana hat sich mit dem Satan verbündet.« Er streckte den Arm aus. »Los, jetzt!«

Es war der Befehl für die Meute. Keiner blieb mehr stehen. Die Menschen stürmten auf uns zu.

Ozana, Bill und mir blieb nur die Flucht in die Kirche. Zum Glück waren wir sehr schnell gestartet und fanden sogar noch Zeit, die Kirchentür von innen zu verriegeln, bevor der Mob sie aufsprengen konnte.

Ich sah Ozanas fragenden Blick auf mich gerichtet und wußte, daß ich ihr eine Erklärung schuldig war. »Der verfluchte Dämon hat meine Gestalt angenommen. Glauben Sie mir!«

Sie lächelte schief. »Wäre ich sonst hier, John? Ich vertraue dir.«

Ich atmete auf und lächelte sie an. Daß sie mich jetzt duzte, zeigte, daß sie mir immer noch vertraute.

»Aber es hilft alles nichts, Ozana, wir müssen zur Ruine. Und draußen lauert der Mob.«

»Keine Sorge, ich kenne mich hier aus. Kommt, wir nehmen einen Seitenausgang.«

Wir hatten Glück. Draußen tobte der Mob. Aber nur vor dem Hauptportal, das unter den harten Schlägen erzitterte.

Wir waren der Meute entkommen …

Camilla lag im Bett. Ihre Augen standen jetzt offen. Sie beobachtete ihre Großmutter, die dabei war, Wasser aus einer Kanne in ein Waschbecken zu kippen.

Die alte Frau konnte nicht mehr besonders gut hören, und so bemerkte sie nicht, wie Camilla die Decke zur Seite schlug, aus dem Bett stieg und hinter dem Rücken der Großmutter das Zimmer verließ.

Auf Zehenspitzen schlich sie weiter. Sie wußte, zu wem sie gehörte, und niemand sollte sie aufhalten. Leichtfüßig näherte sie sich der Haustür, öffnete sie und trat nach draußen.

Zwei Mädchen warteten auf sie. Alle drei lächelten sich verschwörerisch zu, faßten sich dann an den Händen und gingen den Weg zur Ruine hoch. Auch Lucian erschien plötzlich, und es gab noch andere Kinder, die sich ihnen ebenfalls anschlossen.

Sie kamen aus verschiedenen Richtungen und trafen dort zusammen, wo der Weg hinauf zur Ruine führte …

Die Dorfbewohner hatten es geschafft. Jemand war mit einem hölzernen Rammbock erschienen. Durch seine Wucht wurde das Portal der Kirche zerstört.

Der Mob tobte in das Gotteshaus hinein. Niemand konnte ihn noch aufhalten. Sie wollten die Opfer, sie wollten die Mörder hängen sehen und konnten nicht glauben, daß sie selbst nicht mehr als Spielbälle waren.

Jede Stelle, jeden Winkel in der Kirche durchsuchten sie. Bänke fielen um, selbst der Altar war ihnen nicht mehr heilig, die Meute flippte aus.

Nicht alle machten dabei mit.

Zwei Männer, unter anderem Stelians Vater, hatten die Kirche nicht betreten. Sie standen auf dem Vorplatz und starrten hoch zur Ruine, wo sich das Licht abzeichnete. Sie sprachen nicht miteinander, aber ihre Blicke sagten genug.

Nach und nach verließen auch die anderen Menschen das Gotteshaus. Ihre Suche war erfolglos geblieben. Auch ihr Haß war teilweise vergangen. Sie konnten nicht anders, sie blickten zur Ruine hinauf, um die herum ein helles, flimmerndes Licht lag.

Es hatte sich so weit ausgebreitet, daß es auch die Umgebung der Ruine erfaßte.

Alle Augen sahen, wie sich die Gestalten der Kinder vor dem Lichtschein abmalten, die stumm zur Ruine hochschritten …

Nur gut, daß wir den Weg zur Ruine schon einmal gegangen waren. So gab es keine Orientierungsschwierigkeiten. Ozana hielt sich an unserer Seite, und als wir den Zaun überwunden hatten, atmete sie zunächst tief durch.

Das Licht war da. Aber es hatte nicht in der Ruine sein Zentrum, sondern hinter ihr, wo der Weiher lag. Dort leuchtete es am intensivsten, und wir sahen auch den Umriß eines Jungen, der sich dem Gewässer näherte.

Neben mir stand Ozana. Ich hörte sie heftig atmen und zugleich leise wimmern.

»Das ist Lucian – Lucian …«

Sie konnte es nicht verhindern. Wir ebenfalls nicht, denn ihr Sohn verschwand im Weiher.

Es sah ungewöhnlich aus. Das Licht verteilte sich nicht nur auf der Oberfläche, sein gelblicher Schein stieg wie eine starre Wand aus Flammen hoch, und in sie war der Junge hineingegangen und wie von einem Maul verschluckt worden.

Es war geschehen, aber wir wollten es nicht hinnehmen und nahmen mit langen Schritten die Verfolgung
auf. Diesmal war ich schneller, ließ Ozana und auch
Bill zurück, so daß ich als erster diesen unheimlichen
Ort erreichte.

Vor mir stand und flimmerte das Licht. Dahinter
mußte sich der Weiher befinden, den aber sah ich
nicht.

Und so tat ich das einzig Richtige in dieser Situation.
Ich berührte die Flammen, ging noch einen kleinen
Schritt vor, und die Welt wurde anders …

Keine Ruinen mehr, kein Weiher, nur noch das Licht.
Das allerdings war auch alles.

Ich stand in einem Spiegelkabinett. Ich kannte es
von Jahrmärkten her. Da gab es zahlreiche aufgestellte
Spiegel, die in verschiedenen Winkeln zueinander
standen und im Inneren ein Labyrinth bildeten, aus
dem man so leicht nicht wieder den Ausgang finden
konnte.

Auf der Kirmes zahlte man Eintritt für den Spaß.
Hier hatte ich nichts gezahlt, aber es war auch kein
Spaß, denn ich mußte davon ausgehen, daß die Kinder
irgendwo in diesem Labyrinth gefangen und zu einer
Beute des teuflischen Zwergs geworden waren.

Kurz hinter mir hatten auch Ozana und Bill Conolly
das Kabinett erreicht. »Da sind sie doch!« rief Ozana
und deutete nach vorn. Sie hatte einige Kinder
gesehen, die irgendwo vor uns jetzt verschwanden, als
wären sie in die Spiegel hineingelaufen.

Vielleicht hatten wir ja Glück. Bill und ich nahmen
die Verfolgung als erste auf. Ozana wollte uns folgen,
als sie hinter ich ein schwaches Flüstern vernahm.

Jemand rief ihren Namen. Sie drehte sich um.

Der Popa stand vor ihr. Er sah schlimm aus. Nicht nur das Einschußloch war zu sehen, sein gesamter Körper hatte beim Aufprall auf den Kirchplatz gelitten. Er war zum Teil verstümmelt. Ein schiefer Arm, ein Bein, das eingeknickt war, und der Kopf, der mehrere Platzwunden zeigte, aus denen eine rote Flüssigkeit sickerte.

Sie wollte etwas sagen, aber der Popa hob seinen rechten Finger. »Sag nichts Ozana. Du schwebst in großer Gefahr. In sehr großer sogar.«

Auch jetzt hatte er leise gesprochen. Jede Spiegelfläche schien das Echo seiner Stimme zurückgegeben zu haben. Ozana schaute fassungslos um sich. In jedem Spiegel zeigte sich die verstümmelte Gestalt ab. Sie fühlte sich wie von einem Monster in mehrfacher Ausfertigung umzingelt, das urplötzlich verschwunden war, und so sah Ozana nur noch ihr eigenes Spiegelbild. Sie war durcheinander und atmete auf, als sie John Sinclair und Bill Conolly sah. Bill eilte ihrem Sohn nach. John hatte gestoppt und drehte sich um.

»Ozana …?«

»Ja – hier«, antworte sie schwach.

Bill wollte es Lucian nachtun und ebenfalls in dem Spiegel verschwinden. Er machte den letzten Schritt, weil er damit rechnete, daß sich die Spiegelfläche öffnen wurde, aber prallte gegen einen harten Widerstand, durch den Lucian vor kurzem noch geflohen war. Jetzt war dieser Fluchtweg versperrt.

Ich hörte Bill fluchen. Es beruhigte mich irgendwie, denn jetzt wußte ich, daß er noch okay war. Aber Ozana nicht. Ich hatte sie gesehen und wollte sie holen. Dabei brauchte ich nur den Gang zurückzugehen, und alles war in Ordnung.

Doch es gab ihn nicht mehr!

Ein Spiegel versperrte mir den Weg. Das Labyrinth war tatsächlich in der Lage, sich zu verschieben. Es baute immer neue Wege und Fallen auf.

Ich mußte einen anderen Weg finden. Natürlich drängte auch die Zeit. Je mehr wir verloren, um so geringer wurden die Chancen, die Kinder rechtzeitig aus den Klauen des Zwergs zu befreien.

Ich wollte abdrehen, da warf ich noch einmal einen Blick auf den neuen Spiegel vor mir.

Er war da, aber ich sah mein eigenes Spiegelbild nicht.

Das war nicht normal.

Ohne Anlauf zu nehmen sprang ich hinein!

Wieder eine andere Welt. Nicht so kalt und nicht nur aus Spiegeln bestehend, obwohl diese schon überwogen. Sie hingen an den Wänden eines salonähnlichen Raumes. Große Spiegel, in goldene Rahmen eingefaßt. Einen derartigen Prunk hätte ich hier nicht erwartet.

Aber es gab nicht nur die Spiegel. In diesem Raum hielten sich auch sechs Kinder auf. Jungen und Mädchen. Ich bekam einen irren Schreck, als ich Camilla und auch Lucian erkannte. Für sie und auch für die anderen vier Kinder war gesungen und gebetet worden. Doch nun hockten sie hier mit blassen Gesichtern und trüben Augen.

Ich ahnte, daß die Spiegel nicht normal waren, und ging auf einen von ihnen zu. Sie und die Kinder mußten in einem Zusammenhang stehen, aber mir war zugleich klar, daß ich hier nichts überstürzen und mich nicht wie ein Elefant im Porzellanladen benehmen durfte.

Vor einem Spiegel blieb ich stehen. Ich streckte ihm meine Hand entgegen und berührte ihn.

Der Anblick des Jungen Stelian zerschnitt mir das Herz. Gleichzeitig trübte sich der Spiegel vor mir ein.

»Mein Gott!« ächzte ich ...

Ozana wußte nicht mehr, wo sie war. Sie hatte innerhalb des Kabinetts völlig die Orientierung verloren und steckte in einer gigantischen Falle aus Spiegeln. Immer öfter drehte sie sich im Kreis, um nach einem Ausweg aus dem Gefängnis zu suchen.

Schließlich sah sie in einem der Spiegel eine Bewegung. Schattenhaft zunächst, dann deutlicher – und hervor trat Lucian.

Ozana hätte jubeln und froh sein können, aber da gab es etwas, das sie störte und dafür sorgte, daß sich ihre Nackenhaare senkrecht stellten.

Ihr Sohn hielt mit beiden Händen den Griff einer Axt fest!

Die Frau war vor Entsetzen stumm. Es war ihr Junge, das sah sie deutlich, aber er war es nicht wirklich. In ihm steckte noch eine andere Macht. Gefährlich und finster. Sie kämpfte in ihm und versuchte auch, ihn zu übernehmen.

Er sah seine Mutter. Er starrte sie an und fing dann an zu sprechen. Die Worte drangen flüssig aus seinem Mund, aber er redete nicht immer mit der gleichen Stimme. Mal war es der echte Lucian, mal hörte sich die Stimme drohend an.

»Du hättest nicht herkommen sollen. Neugierde wird bestraft. Nicht nur bei Kindern.«

Ozana konnte und wollte es nicht wahrhaben, daß ihr Sohn unter diesem schrecklichen Einfluß stand. Sie litt darunter, und sie sprach ihn mit beschwörender Stimme an. »Bitte, Lucian, du mußt mir jetzt folgen. Hör mir zu …«

Er kicherte in den Satz hinein. »Kleine gute Mama …«

Die Frau hörte nicht auf, ihn anzusprechen. »Lucian, bitte, hör mir zu. Erinnerst du dich, als du früher nicht schlafen konntest, hast du mich immer gefragt: Mama, kann ich nicht mit offenen Augen einschlafen? Ich habe ja gesagt, und dann bist du eingeschlafen.« Sie lachte laut und unnatürlich, um die Spannung abzubauen. »Erinnerst du dich? Du bist immer noch mein Sohn.«

»Jetzt nicht mehr, Süße«, grollte es aus seinem Mund. Er machte einen tappenden Schritt vor und hob die Axt. Allerdings nicht über seinen Kopf hinweg. Vor dem Körper schwang er sie hin und her.

Ozana starrte die Klinge an, deren Stahl beinahe so hell schimmerte wie die zahlreichen Spiegel.

Lucian sprach nur noch mit der Stimme des Zwergs, und er verwandelte sich dabei. Sie sah nicht mehr ihren Sohn. Das war diese gräßliche und bitterböse Erscheinung, in deren Augen die blanke Mordlust funkelte. »Glaubst du mir jetzt? Lucian ist verloren. Für alle Zeit verloren. Verloren, verloren …« Er sprang in die Höhe und lachte. Dieses Gelächter erschütterte die Frau. Es schien aus den Tiefen der Hölle zu dringen. So schnell, wie es aufgeklungen war, brach es auch wieder ab. »Und dich, meine Liebe, werde ich zerhacken …« Er kam näher. Er grinste jetzt, seine Blicke waren wie Fesseln, die Ozana bannen sollten.

Dagegen kämpfte sie an. Sie ging zurück, und sie fing dabei an zu singen. Ozana wußte sich anders keinen Rat mehr. Es war für sie die letzte Chance.

Der Zwerg schüttelte sich. »Hör auf!« brüllte er und

schwang dabei die Axt hoch über seinen Kopf. »Nein, hör auf! Schweig endlich, sonst hacke ich dir den Kopf ab ...«

Ozana dachte nicht daran. Sie sang weiter – und auch lauter ...

Die Trübung war vorbei. Die Spiegel hatten sich wieder geklärt. Ich sah Stelian in der Fläche. Er war zu einem Gefangenen geworden. Aber nicht nur er. Alle anderen Kinder auch, die ich beim Eintreten in diese Welt gesehen hatte.

Ich wußte nicht, was ich jetzt noch unternehmen sollte. Wichtig war der Zwerg. Der aber hielt sich aus guten Gründen versteckt. Er wollte mit mir spielen und mir beweisen, wie mächtig er war.

»John?«

Es war Bill, der mich gerufen hatte, und seine Stimme gab mir wieder Hoffnung.

Ich drehte mich um. »Wo bist du?«

Die Antwort gab er mir durch sein Handeln. Er betrat auf dem gleichen Weg den Salon, wie ich es getan hatte. Der Spiegel entließ ihn, dann stand er neben mir.

»Wo steckt Ozana?«

»Ich weiß es nicht.«

Bill sah plötzlich die in den Spiegeln gefangenen Kinder. Er wollte auf sie zugehen. Im letzten Moment hielt ihn meine Warnung zurück. »Nur nicht anrühren, Bill!«

Er blieb stehen und wischte über seine Stirn. »Kannst du mir das alles hier erklären?«

»Nein, nicht die Hälf...« Ich verschluckte die nächsten Buchstaben und Worte. Auch Bill interessierte das

Thema nicht mehr, denn zugleich hörten wir die Stimme.

Sie sang.

Und sie sang ein altes Kinderlied.

Wo sich die Sängerin aufhielt, wußten wir nicht. Aber es war Ozana, das erkannten wir an ihrer Stimme. Sie hörte einfach nicht auf zu singen. Ihre Stimme nahm noch an Lautstärke zu. Irgendwo in diesem verfluchten Kabinett mußte sie sich aufhalten. Ich fragte mich, ob ihr Singen tatsächlich die einzige Chance war, aus dieser Hölle zu entkommen.

Es konnte durchaus sein, denn als ich meine Blicke über die Spiegel an den Wänden gleiten ließ, stockte mir fast der Atem.

Die ersten blanken Flächen zeigten bereits schmale Risse ...

Der Rausch war vorbei. Es gab den Haß nicht mehr. Die Bewohner des Dorfs waren wieder vernünftig geworden, und jeder hatte sich wieder auf das konzentriert, das weit sichtbar war.

Das Licht in der Ruine.

Sie wußten plötzlich Bescheid, als hätten sie sich abgesprochen. Sie rotteten sich zusammen und kannten nur den einen gemeinsamen Weg. In einer langen Prozession verließen sie den Ort und bewegten sich auf die Ruine und auf das Licht zu, das flimmernd über dem kleinen Weiher lag.

Sie blieben davor stehen. Der Schein leuchtete sie gespenstisch an. Keiner konnte erkennen, was sich in ihm verbarg oder was hinter ihm lag. Aber sie hörten jetzt die helle Stimme der Frau, und sie wußten, daß es Ozana war, die sang.

Ein altes Lied.

Jeder kannte es.

Die ersten sangen bereits mit.

Es wurden immer mehr. Auch diejenigen, die so gut wie nie in ihrem Leben ein Lied gesungen hatten, beteiligten sich daran, und so wurde dieser Gesang zu einer gewaltigen Waffe gegen das Böse ...

Ozana hörte nicht auf. Sie begann wieder von vorn. Immer dieselben Strophen.

Vor ihr stand der Zwerg. Er keuchte. Er brüllte manchmal auf. Er fuchtelte mit der Axt, aber er hatte noch nicht zugeschlagen, weil er sah, daß die Spiegel in seiner Nähe Risse bekommen hatten, und die ersten sogar schon zersplitterten.

Das war zuviel für den Zwerg! Er stellte sich auf die Zehenspitzen, als wolle er wachsen. Sein Gesicht nahm einen wilden und entschlossenen Ausdruck an, und gleichzeitig hob er die Axt so weit wie möglich, um wuchtig ausholen zu können.

Aus dem Stand heraus warf er sich Ozana entgegen und schlug zu.

Trotz ihrer Angst und der Ablenkung durch das Singen hatte sie den Zwerg nicht aus den Augen gelassen. Genau im richtigen Moment warf sie sich zur Seite.

Die Axt verfehlte ihren Kopf. Sie spürte noch den Luftzug, so dicht wischte sie an ihr vorbei. Auch der Zwerg torkelte weiter – und konnte nicht mehr stoppen.

Er drosch die Axt in einen Spiegel hinein, der zersprang und eine lange Funkenspur entstehen ließ ...

Wir hörten Ozana noch immer singen. Auch andere waren zu vernehmen. Ein Chor aus Sängern mußten sich in der Nähe aufhalten und sorgte für eine große Kraft.

Um uns herum zersprangen die Spiegel in unzählige Scherben. Die Gefängnisse waren geöffnet, die Kinder konnten sie endlich verlassen und sprangen nach draußen.

Bill und ich liefen ihnen entgegen. Ich konnte Stelian auffangen, bevor er zu Boden stürzte. In seinem Gesicht stand die Furcht wie eingefroren.

Ich wollte ihm etwas Tröstendes sagen, als ich Bills Stimme hörte. »Sieh her, John!«

Sofort ließ ich Stelian los und drehte mich zur Seite. Alle Spiegel waren zersplittert – bis auf einen.

In ihm stand Lucian.

Er schaffte es einfach nicht, sein Gefängnis zu verlassen. Immer wieder wuchtete er seinen Körper gegen die glatte, durchsichtige Fläche. Er schrie, aber wir hörten nichts. Wir starrten nur in sein entsetztes Gesicht. Er schaffte es einfach nicht, sein Gefängnis zu zerstören.

Ich wollte nicht, daß dieser verfluchte Zwerg letztendlich doch noch gewann, und ich sah nur eine Möglichkeit, Lucian zu befreien.

Ich nahm das Kreuz in die Faust, dann hämmerte ich sie gegen den Spiegel. Ich spürte den Widerstand der harten Fläche. Die Splitter wirbelten mir entgegen. Kleinere erwischten meine Haut. Die Schmerzen waren zu ertragen. Ich schlug noch einmal zu und rammte meinen Ellbogen gegen die heile Fläche, die noch vorhanden war.

Endlich war die Lücke groß genug.

Ein völlig aufgelöster Lucian sprang mir in die

Arme. Ich hielt ihn fest, drehte mich mit ihm um und rief den anderen zu: »Raus hier! Es gibt nur den einen Weg!«

Es war dieser magische Spiegel, der als Tor diente. Durch ihn waren wir gekommen, und durch ihn liefen wir auch wieder zurück …

Die Kinder hatten wir gerettet. Aber es fehlten Ozana und natürlich der Zwerg.

»Bill, kümmere du dich um die Kinder. Schaff sie in Sicherheit. Ich hole mir den Zwerg!«

Bills Antwort wartete ich nicht ab. Ich wußte genau, wohin ich zu laufen hatte. Ozanas Stimme wies mir den Weg. Sie sang noch immer, aber ihre Stimme war viel leiser geworden. Sicherlich war sie am Ende ihrer Kräfte.

Dann sah ich sie.

Sie schwankte. Das Singen bestand nur noch aus einem Krächzen. Aber sie sang weiter, auch wenn ihre Gesichtszüge die Folgen der Erschöpfung zeigten.

Sie flüsterte meinen Namen und wollte sich in meine Arme werfen.

»Nein, Ozana, lauf weg! Schnell …«

Die Polizistin war durch meine Worte aufgerüttelt worden. Sie nahm all ihre Kraft zusammen und rannte so schnell wie möglich weg.

Jetzt gab es nur noch zwei.

Den Zwerg und mich!

Wir standen uns gegenüber wie der Gute und der Böse in einem Western, um es auszuschießen.

»Deine Zeit ist vorbei, Zwerg!«

Er lachte mich meckernd an. »Irrtum!«

»Es gibt etwas, das stärker ist als du!«

Der Zwerg legte den Kopf schief. »He, was soll das denn sein? Das glaube ich dir nicht.«

»Die Liebe«, erklärte ich lächelnd. »Und zwar die Liebe einer Mutter ...«

Der Zwerg lachte mich schallend aus. Dabei ließ ich ihn nicht aus den Augen, denn nach wie vor hielt er seine Axt fest.

»Außerdem sind die Kinder frei. Deine Kraft schwindet, und bald wird sie völlig verschwunden sein!«

Aus dem Stand griff er mich an. Eine kleiner, böser Teufel sprang in die Höhe. Er schlug mit der Axt zu, als wollte er mich in zwei Hälften teilen.

Ich war schneller, denn ich war auf diesen Angriff vorbereitet gewesen. Blitzschnell fing ich die Hand mit der Axt ab. Ich drehte das Gelenk herum. Er schrie wie ein Tier, dann hielt ich seine Axt in der Hand.

Der Zwerg tobte noch immer in meinem Griff. Er sah, daß ich stärker war, er wollte mir die Axt wieder entreißen, die ich jedoch im richtigen Moment wegschleuderte.

Mein harter Stoß wuchtete den Zwerg zu Boden. Er rutschte noch ein Stück weiter, mußte sich erst fangen und sah dann, daß etwas auf ihn zuflog.

Automatisch schnappte er danach.

Er hatte genau den falschen Gegenstand gefangen. Zwischen beiden Händen hielt er das Kreuz! Er starrte es an, dann riß er den Mund so weit auf, als wollte er ihn zerreißen.

Ein wahnsinniger Schrei drang aus seiner Kehle. Der Zwerg wackelte mit dem Kopf wie ein Hampelmann, und ich wußte, daß es Zeit für mich wurde.

Mit einem Sprung war ich bei ihm, riß ihm das Kreuz aus den Händen und rannte, denn diese verdammte Welt war dabei, in sich zusammenzustürzen. Einen letzten Ruf oder einen verzweifelten Schrei hörte ich noch. »Meine Spiiieeegel ...«

Danach hechtete ich nach vorn, denn um mich herum krachte bereits alles zusammen.

Ich flog durch einen Lichtball und befürchtete, es nicht rechtzeitig genug zu schaffen. Da aber tauchten die Gesichter der Menschen auf. Ich sah die Kinder, ich sah Ozana und Bill, währen hinter mir das Spiegelkabinett in einem gleißenden Schein zusammenbrach.

Keiner fing mich auf, und ziemlich hart prallte ich auf den Boden ...

Wenig später richtete ich mich wieder auf. Bill hatte mir dabei geholfen. Das Licht gab es nicht mehr. Wir hielten uns in der Ruine auf. Der Weiher lag so ruhig da, wie es sein mußte.

Die Dorfbewohner standen nicht weit entfernt. Sie konnten mich nicht anschauen und hatten ihre Blicke zur Seite gedreht.

»Noch alles dran?« fragte Bill.

»Ich denke schon.«

Ozana kam zu uns. Sie umarmte uns beide und sagte dabei nur ein Wort: »Danke ...«

Danach fühlte ich mich irgendwie super. Bill erging es ebenso, dann grinste er von Ohr zu Ohr ...

ENDE

Band 73 919

Jason Dark
**Das Spiel
der Dämonen**

Dieser Band enthält folgende JOHN SINCLAIR-Romane:

**Der Moloch
Die Feuerhexe
Flucht in die Schädelwelt
Im Land des Vampirs
Schreie in der Horror-Gruft
Mein Todesurteil
Die Schöne aus dem Totenreich
Alptraum in der Geisterbahn**

Logan Costello, der Mafiaboß von London, hat in diesem Band seinen ersten Auftritt. Godwina, die Feuerhexe, rächt sich nach vierhundert Jahren an den Nachfahren ihrer Mörder. John wird erst in die mörderische Schädelwelt verschlagen, dann in die Vergangenheit am Rhein, wo er die Vorfahren von Marek, dem Pfähler, kennenlernt und die Vampir-Sippe der Fariacs vernichtet. Kara, die Schöne aus dem Totenreich und Tochter von Atlantis, tritt in Johns Leben, und John und Suko bringen schließlich die Teufelskinder der Mandinis in einer Geisterbahn zur Strecke…

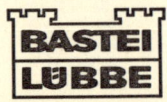